ОТЗЫВЫ О КНИГЕ
«ДИКАЯ. ОПАСНОЕ ПУТЕШЕСТВИЕ КАК СПОСОБ ОБРЕСТИ СЕБЯ» ШЕРИЛ СТРЭЙД

«Дикая» — книга гневная, отважная, самопознавательная, искупительная, захватывающая и блестяще написанная. Я думаю, она обречена на любовь многих людей, мужчин и женщин, на многие годы вперед».

НИК ХОРНБИ, *автор бестселлеров «Hi-Fi» и «Мой мальчик»*

«Эта книга меня практически уничтожила. Чтение последней ее трети заставило докатиться до слезливого кретинизма. «Дикая» так же отвязна, сексуальна и мрачна, как ранние песни Люсинды Уильямс. Она проникнута панковским духом и земным, американским звуком. Нелегкая жизнь Шерил сделала ее неистовой и забавной; она вбивает свои нелегко доставшиеся предложения в разум читателя, точно гвозди».

ДУАЙТ ГАРНЕР, *The New York Times*

«Мужественная» — вот верное слово для описания характера этой женщины и ее книги... Путь Стрэйд — это нечто исключительное».

San Francisco Chronicle

«Опустошительная и великолепная... Эта книга решительно обнажает великую истину «взрослости» — истину о том, что многие вещи в жизни оказываются не такими, как нам хочется, и что их все равно можно и до́лжно пройти и пережить. «Дикая» — лучшая книга о «поисках себя».

Slate

«Пронзительная и выразительная... У Стрэйд есть замечательный дар, о котором мечтает каждый писатель, — говорить именно то, что она думает, в строках лаконичных и поэтичных; врожденный талант выражать экзистенциальный страх — и благодарность, приходящую после того, как мы его одолеем».

The Washington Post

«Яркий, трогательный и в высшей степени воодушевляющий рассказ об одной рушащейся жизни и о пути, который вновь собирает ее в единое целое».

The Wall Street Journal

«Стрэйд ведет хронику своего героического похода с такой эмоциональной силой, которая не позволяет отложить книгу в сторону. В этом походе и потом, многие годы спустя — в писательстве, — Стрэйд вновь находит свою дорогу. И ее путь столь же ослепительно прекрасен, сколь и трагичен».

Los Angeles Times

«Бесстрашная история, рассказанная честной прозой, в которой сочетаются безудержная лиричность и откровенная физичность».

Minneapolis Star Tribune

«Это не Золушка в туристских ботинках, это женщина, выходящая из тьмы душевных терзаний и ошибочных решений с ясным представлением о том, где она побывала. В книге нет недостатка в приключениях и персонажах как согревающих сердце, так и опасных, но Стрэйд сопротивляется искушению преувеличить или подсластить эти моменты. Темп, в котором она разворачивает свое впечатляющее путешествие, безупречен».

The Seattle Times

«Стрэйд пишет отточенными, резкими сценами; ее предложения гудят энергией. Она способна описать жажду лимонада, рожденную трудной тропой, так, как ни один из известных мне писателей… Просто невозможно не болеть за нее».

КАРЕН Р. ЛОНГ, *The Plain Dealer*

«Блестяще… Шерил Стрэйд вырастает из своего скорбного пути как человек, которому суждено редкостное и жизненно важное призвание. Она стала неустрашимым картографом человеческого сердца».

Houston Chronicle

«Глубоко искренняя книга воспоминаний о матери и дочери, об одиночестве и мужестве, о постепенном обретении опоры под ногами».

Vogue

«Это большая мужественная книга из разряда «разбей свое сердце и собери его заново». Шерил Стрэйд прошла по Маршруту Тихоокеанского хребта, чтобы отыскать прощение и вернуться с великодушием, и теперь делится своей наградой с нами. Я фыркала от смеха, я безутешно рыдала; я даже знать не хочу человека, которому не понравится «Дикая»!»

ПЭМ ХЬЮСТОН, *писатель*

ШЕРИЛ СТРЭЙД

ДИКАЯ

ОПАСНОЕ ПУТЕШЕСТВИЕ КАК СПОСОБ ОБРЕСТИ СЕБЯ

УДК 159.9
ББК 88.53
С87

Cheryl Strayed
WILD: FROM LOST TO FOUND
ON THE PACIFIC CREST TRAIL

Copyright © by Cheryl Strayed

Перевод *Элеоноры Мельник*

Художественное оформление *Петра Петрова*

В оформлении обложки «оформления 1» использована фотография:
Scuddy Waggoner / Istockphoto / Thinkstock / Fotobank.ru

Стрэйд, Шерил.

С87 Дикая. Опасное путешествие как способ обрести себя / Шерил Стрэйд ; [пер. с англ. Э. И. Мельник]. — Москва : Эксмо, 2019. — 464 с.

ISBN 978-5-699-70058-5
ISBN 978-5-699-78404-2

Когда жизнь становится черно-белой, когда нечего терять, нет ни цели, ни будущего, ни желания жить, люди порой решаются на отчаянные поступки. Потеряв мать, разрушив свой брак и связавшись с наркоманом, Шерил дошла до той черты, за которой зияла бездна. Ей нужна была веская причина, чтобы начать новую жизнь, перестать заниматься саморазрушением и попытаться спасти себя. И она в одиночку отправилась в пешее путешествие длиной 1770 км. Поход Шерил был не только трудным, но и опасным. Ей пришлось пройти 27 километров по палящей пустыне лишь с небольшим запасом воды, совершить несколько дневных переходов длиной 30 километров, пройти по узкой тропе, расположенной выше 2 тысяч метров над уровнем моря, взобраться на заснеженную гору с рюкзаком весом 36 килограммов. Но что было сложнее – выдержать тяжелейшие условия или найти ответы на свои вопросы?

Откровенный и эмоциональный рассказ женщины, преодолевшей себя, вдохновляет на наведение порядка в собственной жизни. Чтобы прийти к себе, не обязательно отправляться в путешествие, иногда достаточно лишь взглянуть со стороны на то, как это уже кто-то сделал. Полное опасностей приключение позволило Шерил кардинально изменить свою жизнь, обрести душевное равновесие и гармонию.

УДК 159.9
ББК 88.53

ISBN 978-5-699-70058-5 (Оф. 1)   © Мельник Э.И., перевод на русский язык, 2014
ISBN 978-5-699-78404-2 (Оф. 2)   © Оформление. ООО «Издательство «Эксмо», 2019

*Посвящается Брайану Линдстрому
и нашим детям, Карверу и Бобби*

ОГЛАВЛЕНИЕ

Примечание от автора 9
Карта 11
Пролог 13

ЧАСТЬ ПЕРВАЯ. ДЕСЯТЬ ТЫСЯЧ ВЕЩЕЙ
1 Десять тысяч вещей 21
2 Расставание 49
3 Женщина с дырой в сердце 64

ЧАСТЬ ВТОРАЯ. СЛЕДЫ
4 С ношей за плечами 75
5 Следы 96
6 Окружили 118
7 Единственная девушка в лесу 157

ЧАСТЬ ТРЕТЬЯ. ХРЕБЕТ СВЕТА
8 Символ пустоты 181
9 В снежном безлюдье 207
10 Хребет Света 222

ЧАСТЬ ЧЕТВЕРТАЯ. В ГЛУШИ
11 Вырваться из клетки 267
12 Что такое километр 287
13 Коридор нетронутой природы 310
14 В глуши 332

ЧАСТЬ ПЯТАЯ. КОРОБКА С ДОЖДЕМ
15 Коробка с дождем 353
16 Голубая глубина 389
17 В первобытном состоянии 406
18 Королева МТХ 427
19 «Мечта об общем языке» 443
Благодарности 459
Книги, сожженные на МТХ 461

ПРИМЕЧАНИЕ ОТ АВТОРА

При написании этой книги я использовала личные дневники и опиралась на воспоминания о том периоде своей жизни, изучала всю возможную фактическую информацию, консультировалась с людьми, фигурирующими в повествовании. Я изменила имена большинства персонажей (но не все) и некоторые идентифицирующие детали, чтобы соблюсти анонимность. В книге нет ни сложных характеров, ни невероятных приключений. Я также опускала какие-то встречи или события, если они не оказывали решающего влияния на подлинность повествования и на его сущность.

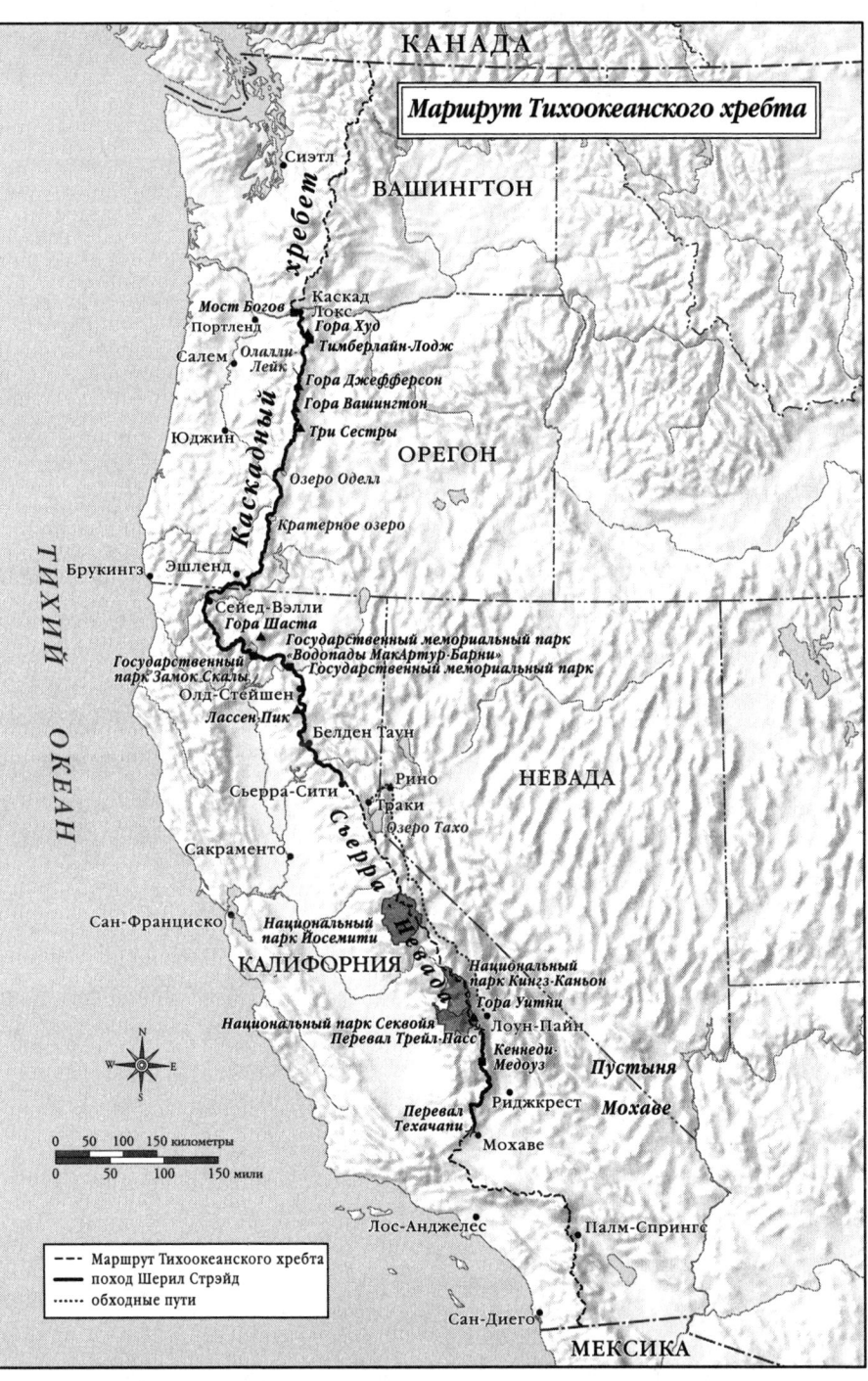

ПРОЛОГ

Деревья здесь высоки, а я еще выше — над ними, на крутом склоне горы в Северной Калифорнии. Несколько мгновений назад я сбросила с усталых ног свои походные ботинки, и левый свалился в эту чащу. Сначала, когда на него приземлился мой огромный рюкзак, он взмыл в воздух, а затем съехал по покрытой гравием тропе и перелетел через край обрыва. Ботинок отскочил от скального выступа в нескольких футах подо мной, прежде чем окончательно исчезнуть под лесным пологом. И выручить его оттуда не было никакой возможности. Я ошеломленно ахнула, хотя к тому времени провела в дикой глуши 38 дней и уже успела понять, что может случиться все, что угодно, — и непременно случается. Но это не значит, что произошедшее не повергло меня в шок.

Мой ботинок пропал. На самом деле пропал!

Я прижала его братца к груди, как младенца, хотя, разумеется, смысла в этом не было никакого. Что такое один ботинок без другого? Ничто. Бесполезная вещь, сирота отныне и навсегда, и я не могла отнестись к нему с милосердием. Это была здоровенная штука, весьма увесистая, сотворенная фирмой *Raichle*, коричневой кожи, с красным шнурком и серебристыми металлическими застежками. Я подняла его повыше, швырнула изо всех сил и наблюдала, как он падал в пышные древесные заросли — прочь из моей жизни.

Я осталась одна. Босая. Мне двадцать шесть лет, и я тоже сирота. *Настоящая беспризорница*, как заметил один незнакомец пару недель назад, когда я назвала ему свое имя и объяснила, что в этом мире меня ничто не держит. Отец ушел из моей жизни, когда мне было шесть. Мать умерла, когда мне было двадцать два. После ее смерти отчим превратился из человека, которого я считала своим папой, в знакомого, которого я едва узнавала. Брата и сестру рассеяла в разные стороны скорбь, несмотря на все мои попытки удержать семью вместе. И наконец я тоже сдалась и… рассеялась.

В годы, минувшие после этого и до того, как я зашвырнула свой ботинок с обрыва этой горы, я не раз бросала с обрыва и саму себя. Я странствовала, скиталась и бродила — от Миннесоты до Нью-Йорка, от Орегона по всему Западу США. Пока не оказалась здесь, без ботинок, летом 1995 года, не столько свободная от этого мира, сколько привязанная к нему.

Это был мир, в котором я прежде никогда не бывала, однако всегда знала, что он есть. Мир, к которому я брела, спотыкаясь, в скорби, растерянности, страхе и надежде. Этот мир, думала я, сделает меня той женщиной, которой я могла бы стать, и одновременно снова превратит меня в ту девчонку, которой я когда-то была. Мир размером 60 сантиметров в ширину и 4285 километров в длину.

Мир, который назывался Маршрутом Тихоокеанского хребта — МТХ.

Впервые я узнала о нем всего за семь месяцев до описываемых событий, когда жила в Миннеаполисе, печальная, отчаявшаяся, на грани развода с человеком, которого все еще любила. Я стояла в очереди в магазине туристического снаряжения, собираясь купить складную лопату. От нечего делать взяла с ближайшей полки книжку под названием «Маршрут Тихоокеанского хребта, часть I: Калифорния» и прочла текст на обороте обложки. МТХ, было сказано там, это непрерывная тропа в дикой местности, протянувшаяся от границы Калифорнии с Мексикой до самой канадской границы и чуть в глубь территории Канады, вдоль гребня девяти горных цепей — Лагуна, Сан-Хасинто, Сан-Бернардино, Сан-Габриель, Льебре, Техачапи, Сьерра-Невада, Кламат и Каскадные горы. Расстояние по прямой составляло около 1600 километров,

ПРОЛОГ

но сам маршрут был почти втрое длиннее. Пересекая по всей длине штаты Калифорния, Орегон и Вашингтон, МТХ проходит через национальные парки и нетронутые природные территории, через земли, находящиеся в федеральном, племенном и частном владении; через пустыни, горы и тропические леса; пересекает реки и скоростные шоссе. Я перевернула книгу и долго смотрела на лицевую сторону обложки — усыпанное валунами озеро, окруженное скалистыми утесами на фоне голубого неба. Потом поставила ее обратно на полку, заплатила за свою лопату и ушла.

Но позже я вернулась и купила эту книгу. Тогда Маршрут Тихоокеанского хребта еще не был для меня миром. Он был идеей, смутной и чуждой, полной обещания и тайны. Что-то расцветало внутри меня, когда я вела пальцем по его иззубренной линии на географической карте.

> Я осталась одна. Босая. Мне двадцать шесть лет, и я тоже сирота. *Настоящая беспризорница*, как заметил один незнакомец пару недель назад, когда я назвала ему свое имя и объяснила, что в этом мире меня ничто не держит.

И я решила, что пройду по этой линии. По крайней мере, пройду столько, сколько успею за сто дней. Я тогда жила одна в квартирке-студии в Миннеаполисе, разъехавшись с мужем, и работала официанткой. В жизни моей все было уныло и запутанно, как никогда прежде. Каждый день я чувствовала себя так, будто смотрю вверх со дна глубокого колодца. Но именно в этом колодце я и решила предпринять одиночный поход по дикой местности. А почему бы нет? В своей жизни я уже сменила много ролей. Любящей жены — и жены-изменницы. Любимой — когда-то — дочери, которая теперь проводила выходные в одиночестве. Амбициозной перфекционистки и начинающей честолюбивой писательницы, которая меняла одну бессмысленную работу на другую, опасно заигрывала с наркотиками и спала со слишком многими мужчинами. Я была внучкой пенсильванского шахтера и дочерью сталевара, переквалифицировавшегося в менеджера по продажам.

ДИКАЯ

После того как расстались мои родители, я жила с мамой, братом и сестрой в многоквартирных домах, населенных одинокими матерями и их детьми. Подростком я жила в миннесотской глуши (ага, стиль «назад к истокам») в лесном домишке, в котором не было ни туалета, ни электричества, ни водопровода. Несмотря на это, я была капитаном школьной команды болельщиц и королевой бала выпускников. А потом поступила в колледж и стала там предводительницей леворадикальных феминисток студенческого кампуса.

Но женщиной, которая в одиночку пройдет по дикой глуши четыре с лишним тысячи километров, мне еще быть не доводилось. Однако я решила попробовать это осуществить — терять мне было нечего.

Теперь — когда я стояла, босая, на горе в Калифорнии, — казалось, что с тех пор прошли годы. И что это в какой-то другой жизни я безрассудно решила предпринять одиночный поход по МТХ, чтобы спасти саму себя. Тогда-то я думала, что весь мой прежний опыт уже подготовил меня к этому путешествию. Да ничуть не бывало! Единственной возможной подготовкой к следующему дню на тропе был день нынешний. А иногда даже предыдущий день не мог подготовить меня к происходящему.

К тому, например, что мои ботинки безвозвратно канут в Лету, свалившись со склона горы.

Честно говоря, мне даже было их не очень-то жаль. Шесть недель я шла пешком в этих ботинках через пустыни и снега, мимо деревьев, кустов, трав и цветов всех форм, размеров, оттенков. Взбиралась на горные склоны и спускалась с них. Пересекала поляны, луга и такие участки земли, которым я и определенного названия дать не могла — разве только сказать, что я прошла по ним, миновала их. И все это время ботинки набивали мозоли на ногах, стирали их в кровь. Из-за них ногти на моих пальцах почернели и мучительно отрывались от плоти. К тому времени как я лишилась ботинок, у меня с ними все было кончено, да и они меня едва не прикончили. Хотя, правду сказать, я их полюбила.

ПРОЛОГ

Они перестали быть неодушевленными предметами. Скорее, стали продолжением меня самой, как и почти все, что я несла с собой в то лето: рюкзак, палатка, спальный мешок, водяной фильтр, сверхлегкая походная плитка и маленький оранжевый свисток, который я взяла с собой вместо пистолета. Это были вещи, которые я хорошо знала и на которые могла положиться. Вещи, которые помогали мне держаться.

Я смотрела на росшие внизу деревья — их высокие верхушки мягко покачивались на жарком ветру. Пусть оставят мои ботинки себе, подумала я, вглядываясь в бескрайнюю зеленую ширь. Я и привал-то решила сделать в этом месте только из-за живописного вида. Была вторая половина дня, середина июля, и на целые километры в любом направлении вокруг меня не было никакой цивилизации. Несколько дней пути отделяли меня от стоявшего на отшибе почтового отделения, где я забрала свою очередную посылку

> Мать умерла, когда мне было двадцать два. После ее смерти отчим превратился из человека, которого я считала своим папой, в знакомого, которого я едва узнавала. Брата и сестру рассеяла в разные стороны скорбь, несмотря на все мои попытки удержать семью вместе. И наконец я тоже сдалась и... рассеялась.

с припасами. Был небольшой шанс, что какой-нибудь другой походник встретится мне на тропе, но это случалось очень редко. Обычно я шла день за днем, не видя ни единой живой души. Да, собственно, не имело значения, встречу ли я кого-нибудь. Все равно я здесь одна.

Я вгляделась в свои босые сбитые ступни с жалкими остатками ногтей на пальцах. Они имели призрачно-бледный цвет до линии, проходившей в нескольких сантиметрах выше щиколоток, где заканчивались шерстяные носки, которые я обычно носила. Икры выше этой линии были мускулистыми, загорелыми и покрытыми волосками, припорошенными пылью и украшенными созвездиями синяков и царапин. Я начала поход в пустыне Мохаве и не планировала останавливаться, пока не коснусь рукой опоры моста, который пересекает реку Колумбия на границе между Орегоном и Вашингтоном и носит пышное название Мост Богов.

Я бросила взгляд на север, туда, где он должен находиться, — сама мысль о нем была для меня путеводной звездой. Потом посмотрела на юг, туда, откуда я пришла, на дикую землю, которая вышколила и опалила меня, и обдумала возможные варианты действий. Вариант был только один, я это знала. Всегда был только один вариант.

Продолжать идти.

ЧАСТЬ ПЕРВАЯ

ДЕСЯТЬ ТЫСЯЧ ВЕЩЕЙ

> Поломка вещи столь великой
> Должна бы вызвать больший треск.
>
> УИЛЬЯМ ШЕКСПИР,
> *«Антоний и Клеопатра»*

1

ДЕСЯТЬ ТЫСЯЧ ВЕЩЕЙ

У моего одиночного похода по Маршруту Тихоокеанского хребта было множество начал. Сначала возникло первое, легкомысленное решение сделать это. За ним последовало другое, более серьезное — *на самом деле* сделать это. А потом было третье начало, состоявшее из многих недель закупок, упаковывания и подготовки к тому, чтобы сделать это. Был уход с работы в качестве официантки, окончательное решение о разводе, продажа почти всего, чем я владела, прощание с друзьями и последнее посещение могилы матери. Была поездка через всю страну, от Миннеаполиса до Портленда в штате Орегон, а через несколько дней — перелет в Лос-Анджелес. Переезд в город Мохаве и еще один — к тому месту, где МТХ пересекает шоссе.

И уже в этой точке в конце концов началось «делание этого», за которым быстро последовало угрюмое осознание, что значило «сделать это». А потом решение перестать «делать это», потому что «делание этого» абсурдно, бесцельно, чудовищно трудно и требовало от меня гораздо больших усилий, чем я ожидала. А я была к этому совершенно не готова.

Однако я действительно начала «делать это» — в реальном мире и реальном времени.

Упорно, несмотря ни на что.

Несмотря на медведей, гремучих змей и помет горных львов, которых я так и не увидела. Несмотря на мозоли, струпы, царапины и ссадины. Несмотря на переутомление и лишения; холод и жару; монотонность и боль; жажду и голод. Несмотря на все великолепие и всех призраков, которые преследовали меня, пока я шла эти 1700 с лишним километров от пустыни Мохаве до штата Вашингтон совершенно одна.

И наконец, когда я действительно прошла все эти километры за все эти дни, пришло осознание: то, что я вначале считала началом, вовсе не было никаким началом. В действительности мой поход по Маршруту Тихоокеанского хребта начался не тогда, когда я приняла скоропалительное решение «сделать это». А тогда, когда я даже вообразить его не могла, а именно — на четыре года, семь месяцев и три дня раньше. Когда я стояла в маленькой палате в клинике Мейо в Рочестере, штат Миннесота, зная, что моя мать умрет.

Я была одета в зеленое. Зеленые брючки, зеленая блузка, зеленый бант в волосах. Это был наряд, который сшила мама: она шила для меня одежду всю мою жизнь. Некоторые из вещей были точь-в-точь такими, о каких я мечтала; другие — ничего похожего. Я была не в восторге от зеленого брючного костюма, но все равно носила его — как епитимью, как приношение, как талисман.

Весь тот «день зеленого костюма», пока я сопровождала маму и отчима Эдди с этажа на этаж в клинике Мейо, пока она делала один анализ за другим, проходила одно исследование за другим, в моей голове ритмично маршировала молитва. Хотя, пожалуй, «молитва» — неподходящее слово для описания этого марша. Я не была смиренна пред Богом. Я даже не верила в Бога. «Пожалуйста, Боже, смилуйся над нами» — такой молитвы у меня и в мыслях не было.

Я не собиралась просить о милосердии. Я в нем не нуждалась. Моей матери было 45 лет. Она выглядела прекрасно. Уже много лет она была вегетарианкой. Она сажала бархатцы по всему саду, чтобы отпугивать насекомых, вместо того чтобы пользоваться пестицидами. Нас с братом и сестрой она заставляла жевать сырой чеснок, когда у нас была простуда. Такие люди, как моя мать, не заболевают раком. И анализы в клинике Мейо это докажут, посрамив докторов из Дулута[1]. Я была в этом уверена. Да кто они такие вообще, эти дулутские врачи? Что такое Дулут? Ха, *Дулут!* Жалкий захолустный городишка с врачами, которые сами не понимают, что они, черт возьми, говорят. Объявляют некурящим сорокапятилетним вегетарианкам, поедающим чеснок, пользующимся исключительно природными средствами, что у них рак легких в последней стадии — вот что такое Дулут.

Да клала я на них с прибором!

Вот это и было моей молитвой: *клаласприборомклаласприборомклаласприбором.*

> Я едва не задохнулась от того, что поняла прежде, чем узнала наверняка. Мне предстояло прожить остаток жизни без мамы. Я не могла позволить себе поверить в это – и продолжать дышать.

И все же — вот здесь, в клинике Мейо, моя мать начинает с ног валиться, если ей приходится простоять больше трех минут подряд.

— Хочешь каталку? — спросил ее Эдди, когда мы наткнулись на целый ряд каталок, стоявших в длинном, выстеленном ковром холле.

— Да не нужна ей никакая каталка! — возразила я.

— Только на минуточку, — проговорила мать, почти падая на сиденье, и на миг ее глаза встретились с моими, прежде чем Эдди покатил ее к лифту.

Я шла сзади, не позволяя себе ни о чем задумываться. Наконец-то мы шли на встречу с последним из врачей. С «настоящим» врачом, как мы между собой его называли. С тем, которому предстояло собрать всю информацию о состоянии моей мамы и сказать, что правда, а что нет. Когда лифт поднялся на этаж, она протянула руку и одернула на мне брючки, пропуская между пальцами зеленый хлопок собственническим жестом.

---

[1] Город в штате Миннесота.

— Идеально, — проговорила мама.

Мне было 22 года; в таком же возрасте она была беременна мной. Вдруг возникла мысль: она собирается уйти из моей жизни в такой же момент, в который я вошла в ее жизнь. По неясной причине этот приговор полностью оформился в моих мыслях именно тогда, временно изгнав из них молитву «клала с прибором». Я едва не взвыла от муки. Я едва не задохнулась до смерти от того, что поняла прежде, чем узнала наверняка. Мне предстояло прожить остаток жизни без мамы. Все во мне противилось этому. Я не могла позволить себе поверить в это там, в лифте, — и продолжать дышать. Поэтому я разрешила себе верить в другие вещи. Например, в то, что если врач скажет тебе, что ты скоро умрешь, тебя отведут в комнату со сверкающим полированным деревянным столом.

Ничего такого не было.

Нас отвели в смотровую, где медсестра велела матери снять блузку и надеть белую хлопковую рубашку, по бокам которой болтались завязки. Переодевшись, мама взобралась на мягкую кушетку, застеленную белой бумагой. Стоило ей сделать какое-нибудь движение, и всю комнату наполнял шорох и треск бумаги, сминавшейся под ней. Я видела ее обнаженную спину, легкий изгиб плоти ниже талии. Она не умрет. Ее обнаженная спина казалась мне доказательством этого. Я смотрела на этот изгиб в упор, когда «настоящий врач» вошел в комнату и сказал, что моей матери здорово повезет, если она проживет еще год. Он объяснил, что они не станут пытаться лечить ее, поскольку это бесполезно. Невозможно ничего сделать, сказал он нам. Когда речь идет о раке легких, то, что его обнаруживают на такой поздней стадии, — обычное дело.

— Но она же не курит, — возразила я, будто могла отговорить врача от диагноза. Будто рак был разумным существом и с ним можно было договориться. — Она курила только в юности. Уже много лет она не брала в руки сигарету.

Доктор печально покачал головой и продолжал говорить. Ему нужно было делать свою работу. Они могут попробовать облегчить боль в спине с помощью облучения, сказал он. Радиация может уменьшить размеры опухолей, которые растут вдоль всего ее позвоночника.

Я не плакала. Только дышала. С трудом. Намеренно. А потом забыла, что нужно дышать. Один раз в жизни я упала в обморок — от ярости, в возрасте трех лет, нарочно задержав дыхание, потому что не хотела вылезать из ванны. Я была тогда слишком маленькой, чтобы запомнить это. *И что же ты сделала? Что ты сделала?* — спрашивала я мать на протяжении всего своего детства, заставляя ее снова и снова пересказывать мне эту историю, изумляясь и восхищаясь собственной пламенной силой воли. Она вытянула вперед руки и смотрела, как я постепенно синею, — так она всегда отвечала. Она держала меня на руках, пока голова моя не упала ей на ладонь, после чего я втянула в себя воздух и вернулась к жизни.

Дыши.

— А я смогу ездить на своей лошади? — спросила мать у «настоящего врача». Она сидела, плотно сжав ладони, переплетя лодыжки. Уйдя в хижину из себя самой.

Вместо ответа он взял карандаш, поставил его вертикально на край раковины и с силой ударил им о поверхность.

— Это ваш позвоночник после радиации, — сказал он. — Один рывок — и ваши кости сломаются, как сухое печенье.

Мы ушли в женский туалет. Заперлись в разных кабинках, всхлипывая. Не обменялись ни единым словом. Не потому, что мы были так одиноки в своей скорби. Наоборот, потому что мы были в ней слишком едины, как будто у нас было одно тело вместо двух. Я чувствовала, как мама навалилась на дверь всем весом, колотя по ней слабыми ладонями, заставляя вздрагивать весь ряд туалетных кабинок. Потом мы вышли, чтобы умыться, глядя друг на друга в ярко освещенном зеркале.

Нас отправили ждать в помещение аптеки. Я сидела между матерью и Эдди в своем зеленом костюме, зеленый бантик каким-то чудом все еще держался на моих волосах. Рядом с нами сидел пожилой мужчина с крупным лысым младенцем на руках. Еще была женщина, чья рука беспорядочно раскачивалась, начиная от локтя. Она придерживала ее второй рукой, пытаясь успокоить. Она ждала. Мы тоже ждали. Еще там была красивая темноволосая женщина в кресле-каталке. На ней была лиловая шляпа и целая горсть бриллиантовых колец. Мы глядели на нее во все глаза. Она разговаривала по-испански с группой людей, собравшихся вокруг нее; вероятно, то были ее родственники и муж.

— Как думаешь, у нее рак? — громко прошептала мне мать.

Эдди сидел по другую сторону от меня, но я не могла заставить себя взглянуть на него. Если бы я на него взглянула, мы оба сломались бы, как сухое печенье. Я думала о своей старшей сестре Карен и младшем брате Лейфе. О моем муже Поле, о родителях и сестре моей матери, которые жили в тысяче миль от нас. Что они скажут, когда узнают. Как они будут плакать. Теперь в голове у меня звучала другая молитва: *один год, один год, один год.* Эти два слова стучали, как сердце в груди.

Столько осталось жить моей матери.

— О чем ты сейчас думаешь? — спросила я ее. Из динамиков комнаты ожидания раздавалась песня. Она была без слов, но моя мать знала текст и вместо того, чтобы ответить на мой вопрос, тихо запела:

— «Бумажные розы, бумажные розы, какими настоящими казались они», — пела она. Накрыла ладонью мою руку и проговорила: — Я слушала эту песню, когда была молода. Так забавно об этом думать! Забавно, что ту же самую песню я слышу сейчас. Мне бы и в голову не пришло...

Потом сестра выкликнула имя моей матери: ее лекарства были готовы.

— Пойди, забери их вместо меня, — попросила она. — Скажи им, кто ты. Скажи им, что ты — моя дочь.

Да, я была ее дочерью — но не только. Я была — Карен, Шерил, Лейф. Карен Шерил Лейф. *КаренШерилЛейф.* Наши имена сливались в одно в устах моей матери всю мою жизнь, сколько я себя помню. Она шептала это имя и выкрикивала, шипела и распевала. Мы были ее дети, ее друзья-товарищи, ее начало и ее конец. Мы по очереди ездили с ней на переднем сиденье в машине. «Насколько я вас люблю — *настолько*?» — спрашивала она нас, раздвигая пальцы на пятнадцать сантиметров. «Нет», — отвечали мы с хитрыми улыбками. «Насколько я вас люблю — *настолько*?» — спрашивала она снова, и снова, и снова, каждый раз раздвигая руки все шире. Но у нее никогда не получалось показать это, как бы широко она ни разводила руки. Количество ее любви к нам нельзя было измерить руками. Его невозможно было выразить численно

> В голове у меня звучала молитва: *один год, один год, один год*. Эти два слова стучали, как сердце в груди. Столько осталось жить моей матери.

или в чем-то уместить. Эта любовь была десятью тысячами поименованных вещей из вселенной «Дао Дэ Цзин»[1] — и еще десятью тысячами вещей сверх того. Ее любовь была громогласной, всеобъемлющей и неприукрашенной. Каждый день она расточала ее без остатка, весь запас.

Она была дочерью кадрового военнослужащего и католичкой. До того момента, как ей исполнилось пятнадцать, она успела пожить в пяти разных штатах и двух графствах. Она обожала лошадей и Хэнка Уильямса, у нее была лучшая подружка по имени Бабс. В девятнадцать лет, забеременев, она вышла замуж за моего отца. Тремя днями позже он зверски избил ее. Она ушла и вернулась. Снова уходила и вновь возвращалась. Она не собиралась с этим мириться — но мирилась. Он сломал ей нос. Он перебил всю ее посуду. Он до костей содрал кожу на ее коленях, волоча ее за волосы по подъездной дорожке средь бела дня. Но он ее не

---

[1] Основополагающий источник учения и один из выдающихся памятников китайской мысли, оказавший большое влияние на культуру Китая и всего мира. Основная идея этого произведения — понятие дао — трактуется как естественный порядок вещей, не допускающий постороннего вмешательства, «небесная воля» или «чистое небытие».

сломал. В двадцать восемь лет она сумела уйти от него — в последний раз.

Она осталась одна, и *КаренШерилЛейф* ездили с ней на переднем сиденье машины.

К тому времени мы жили в маленьком городке в часе езды от Миннеаполиса, кочуя из одного многоквартирного дома в другой. У всех у них были обманчиво фешенебельные названия: Милл-Понд и Барбери-Нолл, Три-Лофт и Лейк-Грейс-Мейнор. У матери была одна работа, потом ее сменяла другая. Вначале она обслуживала столики в одном кафе, которое называлось «Северянин», потом в другом, «Инфинити», где ее униформа состояла из черной футболки с блескучей надписью «Вперед!» поперек груди. Она работала в дневную смену на фабрике, которая производила пластиковые контейнеры для хранения высокотоксичных химикатов, и приносила бракованные изделия домой — подносы или коробки, которые были надтреснуты, надколоты или перекособочены машиной. Мы превращали их в игрушки — кроватки для наших кукол, гаражи для наших машинок. Она все работала, работала и работала, но мы оставались все такими же бедными. Мы получали от правительства благотворительный сыр и сухое молоко, талоны на продукты и на медицинскую помощь, а в Рождество — бесплатные подарки от благотворителей. Ожидая, пока принесут чеки, мы играли в салочки, и в «красный свет — зеленый свет», и в шарады у почтовых ящиков нашего многоквартирного дома, которые можно было отпереть только специальным ключом.

«Мы не бедны, — говорила моя мать снова и снова. — Ведь мы богаты любовью». Она подмешивала пищевые красители в подслащенную воду и делала вид, что это какой-то особенный напиток. «Сарсапарилья», или «Оранж Краш», или лимонад. Она спрашивала: «Не желаете ли еще одну порцию, мадам?» — с тягучим британским акцентом, который всякий раз вызывал у нас хохот. Она широко разводила руки и спрашивала нас, насколько сильно она нас любит — и этой игре не было конца. Она любила нас больше, чем все поименованные вещи в этом мире. Она была оптимистичной и безмятежной, если не считать нескольких моментов, когда теряла терпение и шлепала нас деревянной ложкой. Или того раза, когда она завопила «Б**дь!» и разразилась рыданиями, потому что мы не желали убирать свою комнату. Она была добросердечной и всепрощающей, великодушной и наивной. Она встречалась с мужчинами, которых звали как-то вроде Киллер, Дуби и Байкер Дэн, и еще с одним парнем по имени Виктор, любителем горнолыжного скоростного спуска. Они давали нам пятидолларовые банкноты и отсылали в магазин покупать сладости, чтобы улучить минутку и побыть в квартире наедине с нашей мамой.

Количество материнской любви нельзя было измерить. Эта любовь была громогласной, всеобъемлющей и неприукрашенной. Каждый день мама расточала ее без остатка, весь запас.

«Не забудьте посмотреть в обе стороны, переходя дорогу», — окликала она нас, когда мы выбегали за дверь, как стая голодных бродячих собак.

Познакомившись с Эдди, она не думала, что у них что-то получится, потому что он был на восемь лет моложе ее, но они все равно влюбились друг в друга. Мы с Карен и Лейфом тоже в него влюбились. Ему было двадцать пять, когда мы с ним познакомились, и двадцать семь — когда он женился на нашей матери и пообещал стать отцом для нас. Он был плотником и мог сделать и починить все, что угодно. Мы перестали метаться из одного многоквартирного дома с вычурным названием в другой и переехали к нему, во взятый в аренду изрядно потрепанный фермерский дом. На его первом этаже был земляной пол, а стены снаружи выкрашены четырьмя видами разноцветной краски. Зимой того года, когда наша мать вышла за него замуж, Эдди во время работы упал с крыши и повредил спину. Годом позже они с матерью взяли 12 тысяч долларов, полученные им в качестве выходного пособия, и купили на эти деньги 40 акров земли в графстве Эйткин, в полутора часах езды к западу от Дулута, полностью оплатив покупку наличными.

Дома там не было. Никто никогда не строил дом на этой земле. Эти 40 акров представляли собой идеальный квадрат, заполненный деревьями, кустарниками, высокими травами, заболоченными прудами и трясиной, заросшей рогозом. Там не было ничего, что отличало бы это место от других деревьев, кустарников, трав, прудов и трясины, которые окружали его на целые мили во всех направлениях. В первые месяцы, заделавшись землевладельцами, мы не раз обходили свою землю по периметру, прокладывая себе путь через дикое запустение на тех двух сторонах квадрата, которые не граничили с дорогой, словно ходить по ней — значило отделить ее от всего остального мира, сделать эту землю своей. И постепенно у нас это получилось. Деревья, которые поначалу казались мне точно такими же, как и все остальные, стали узнаваемыми, как лица старых друзей в толпе. Покачивания их ветвей вдруг приобрели какое-то значение, листья их манили нас, как знакомые руки. Пучки травы и берега ставших теперь знакомыми заболоченных прудов стали межевыми знаками, ориентирами, не различимыми ни для кого, кроме нас.

Мы называли это место «там, на севере», пока продолжали жить в городке в часе езды от Миннеаполиса. В течение полугода мы ездили «туда, на север» только по выходным, яростно трудясь, чтобы приручить этот клочок земли и построить на нем однокомнатную хижину из толя, где мы впятером могли переночевать. А в начале июня, когда мне исполнилось тринадцать, мы окончательно перебрались «туда, на север». Вернее, туда перебрались мама, Лейф, Карен и я. А еще две наши лошади, кошки, собаки и коробка с десятью цыплятами, которых моя мать получила в подарок в магазине кормов для животных за то, что купила двадцатипятифунтовую упаковку корма для кур. Эдди продолжал ездить к нам по выходным все лето, а потом и вовсе перестал приезжать. Его спина окончательно зажила, и он наконец смог снова работать, получив место плотника в самый сезон строительства. Эта возможность была слишком соблазнительной, чтобы ее упустить.

КаренШерилЛейф снова остались наедине с матерью — как и было все те годы, которые она прожила одиночкой. В то лето, спя или бодрствуя, мы едва ли теряли друг друга из виду и очень редко видели других людей. Мы жили в двадцати милях от ближайших маленьких городков в обоих направлениях: Мус-Лейк располагался на востоке, а Мак-Грегор — на северо-западе. Осенью мы начали ходить в школу в Мак-Грегоре, меньшем из двух городков, с населением в четыре сотни человек. Но все лето, если не считать редких гостей — дальних соседей, которые притормаживали у нашего участка, чтобы представиться, — мы были наедине с мамой. Чтобы убить время, мы дрались, и разговаривали, и подшучивали друг над другом, и устраивали каверзы.

«Кто я такой?» — спрашивали мы друг друга снова и снова, играя в игру, в которой водящий должен был загадать какого-нибудь персонажа, знаменитого или не очень. А остальные должны были догадаться, о ком идет речь, основываясь на бесконечном числе вопросов. Отвечать нужно было только «да» или «нет»: «Ты мужчина или женщина? Ты американец? Ты мертвый? Ты — Чарлз Мэнсон?»

Мы играли в нее, когда сажали и обустраивали сад на земле, предоставленной самой себе в течение тысячелетий. И когда были заняты в строительстве дома, который мы возводили на другой стороне нашего участка, надеясь, что удастся закончить его к концу лета. Во время работы нас осаждали целые рои москитов. Но мать запрещала нам пользоваться любыми репеллентами, которые разрушают мозг, загрязняют землю и вредят экологии. Вместо этого она учила нас натирать тело мятным или гвоздичным маслом. По вечерам мы подсчитывали укусы на наших телах при свете свечей, превратив и это в игру. Помню, как-то раз насчитали 79, 86 и 103.

«Когда-нибудь вы меня за это поблагодарите», — всегда говорила мама, когда мы, дети, жаловались на то, что столь многого лишились. Мы никогда не жили в особой роскоши, не дотягивали даже до уровня среднего класса, но тем не менее пользовались всеми удобствами современной эпохи. В нашей квартире всегда был телевизор, не говоря уже о туалете со сливом и о кране, из которого можно было набрать в стакан воды, чтобы попить. Теперь же, в нашем быту первопроходцев, даже удовлетворение простейших потребностей часто требовало решения утомительной цепи задач, обязательных к исполнению и совершенно бессмысленных. Наша кухня состояла из старого примуса, кругового камина, старомодного ледника, придуманного Эдди, в котором нужно было держать настоящий лед, чтобы хотя бы немного охладить продукты, умывальника, прибитого к наружной стене хижины, и ведра с водой, покрытого крышкой. Каждое из этих приспособлений требовало заботы. За каждым нужно было ухаживать, наполнять и опорожнять, перетаскивать и ставить, накачивать и заряжать, топить и отслеживать.

У нас с Карен была одна постель на двоих на высокой платформе, настолько поднятой к потолку, что на ней едва можно было сесть. Лейф спал неподалеку от нас, на своей платформе, поменьше. А у мамы была постель прямо на полу, и по уик-эндам к ней присоединялся Эдди. Каждый вечер, укладываясь, мы разговаривали, пока сон не накрывал нас с головой. В потолке было световое оконце, которое тянулось во всю длину платформы, на которой спали мы с Карен. От его прозрачной панели до наших лиц оставались считаные сантиметры. Каждую ночь темное небо и яркие звезды были моими спутниками, будоражившими воображение. Порой их красота и безмятежность настолько поражали меня, что я понимала: наша мама права. Когда-нибудь я действительно *буду* ей благодарна. И я действительно была благодарна ей за то, что чувствовала нечто, растущее во мне, сильное и настоящее.

Именно это нечто проснулось во мне многие годы спустя, когда печали сорвали мою жизнь с якорей. И тогда я поверила, что поход по Маршруту Тихоокеанского хребта будет моим возвращением к личности, которой я когда-то была.

В день перед Хэллоуином мы переехали в дом, который построили из бревен и обрезков дерева. В нем не было ни электричества, ни проточной воды, ни телефона, ни туалета, ни единой комнаты с дверью. Все время, пока я была подростком, Эдди и мама продолжали его достраивать, дополнять, улучшать. Мать засаживала огород и осенью консервировала, мариновала и замораживала овощи. Она делала надрезы на коре кленов и варила из сока кленовый сироп, пекла хлеб, и чесала шерсть, и делала собственные красители для ткани из листьев одуванчика и брокколи.

Я выросла и уехала из дома в колледж в «городах-близнецах»[1], носивший имя св. Фомы, но с мамой не рассталась. В письме о моем зачислении было сказано, что родители учащихся могут бесплатно посещать занятия в колледже. Как ни нравилась матери ее жизнь в духе «современных первопоселенцев», она всегда хотела получить диплом о среднем образовании. Мы вместе посмеялись над этой идеей, а потом обдумали ее, каждая в отдельности. Ей уже было сорок. Слишком много, чтобы учиться в колледже, сказала мама, когда мы стали снова это обсуждать. И я не могла с ней не согласиться. Кроме того, до колледжа св. Фомы было три часа езды. Мы все говорили и говорили об этом, пока наконец не заключили сделку: она поедет в колледж, но жить мы будем отдельно, и решать все буду я. Я буду жить в кампусе, а она станет ездить в колледж и обратно. Если наши дорожки в кампусе пересекутся, она не подаст виду, что узнала меня, если только я не поздороваюсь с ней первая.

> Именно это нечто проснулось во мне многие годы спустя, когда печали сорвали мою жизнь с якорей. И тогда я поверила, что поход по Маршруту Тихоокеанского хребта будет моим возвращением к личности, которой я когда-то была.

— Очень может быть, что все это ничем не кончится, — как-то сказала она, когда мы обговаривали детали нашего плана. — Вероятнее всего, я все равно оттуда вылечу.

Чтобы подготовиться, она подражала мне в течение всего последнего года моей учебы в школе, делая все домашние задания,

---

[1] Так называют американские города Миннеаполис и Сент-Пол.

которые мне давали, оттачивая свои навыки. Она копировала мои рабочие тетради, писала те же работы, которые должна была писать я, прочла все нужные книги до единой. Я оценивала ее работу, опираясь на оценки моих учителей как на ориентир. И оценивала ее шансы в лучшем случае на троечку.

Она начала сдавать вступительные экзамены в колледж — и по всем предметам получила отлично.

Иногда, встречая ее в кампусе, я бросалась к ней с бурными объятиями. А иногда дефилировала мимо, как будто она для меня никто.

Мы обе учились на предпоследнем курсе колледжа, когда узнали, что у нее рак. К тому времени это был уже не колледж св. Фомы. Нас обеих перевели в университет Миннесоты после первого года учебы: ее — в кампус Дулута, меня — в кампус Миннеаполиса. И, к нашему изумлению, мы выбрали общую специализацию. У нее была двойная специализация — женские исследования и история, у меня — женские исследования и английский. По вечерам мы по часу разговаривали с ней по телефону. К тому времени я уже вышла замуж за хорошего человека по имени Пол. Бракосочетание мы провели на нашей земле, и на мне было белое шелковое кружевное платье, сшитое мамой.

> После того как мама заболела, я забыла о собственной жизни. Сказала мужу, чтобы он на меня не рассчитывал: я буду делать все так, как нужно моей матери.

После того как она заболела, я забыла о собственной жизни. Сказала Полу, чтобы он на меня не рассчитывал: я буду делать все так, как нужно моей матери. Я хотела бросить колледж, но мама велела мне этого не делать, умоляя, что бы ни случилось, получить диплом. Сама она, по ее собственному выражению, «взяла отпуск». До получения диплома ей осталось прослушать всего пару предметов, и она уверяла, что это сделает. Она получит свой бакалавриат, даже если это убьет ее, сказала она, и мы рассмеялись, а потом мрачно уставились друг на друга. Она будет работать, соблюдая постельный режим. Она будет говорить мне, что нужно печатать, и я стану это печатать. Вскоре она окрепнет достаточно, чтобы начать ходить на оставшиеся лекции, она совершенно точно это знает. Я не бросила колледж, хотя и убедила преподавателей позволить мне присутствовать на занятиях только два дня в неделю. Как только эти два дня заканчивались, я мчалась домой, чтобы быть с мамой. В отличие от Лейфа и Карен, которые едва могли выносить ее присутствие после того, как она заболела, мне было невыносимо находиться вдали от нее. Кроме того, она нуждалась во мне. Эдди был с ней столько, сколько мог, но ему нужно было работать. Кто-то должен был оплачивать счета.

Я готовила еду, которую мама пыталась есть, но ей это удавалось редко. Ей казалось, что она голодна, а сама сидела, как заключенный в тюрьме, уставившись на еду, лежавшую на тарелке. «Как красиво! — вздыхала она. — Думаю, я смогу поесть попозже».

Я драила полы. Вынула все из шкафов и застелила их новой бумагой. Мать спала, и стонала во сне, и считала, и глотала свои таблетки. В хорошие дни она сидела в кресле и разговаривала со мной.

Говорить было особо не о чем. Она была настолько откровенна и экспансивна, а я настолько пытлива, что мы уже успели переговорить почти обо всем. Я знала, что ее любовь ко мне больше, чем десять тысяч вещей и еще другие десять тысяч вещей сверх этих. Я знала имена лошадей, которых она любила в детстве: Пол, Бадди и Бахус. Знала, что она лишилась девственности в семнадцать лет с парнем по имени Майк. Знала, как она в следующем году познакомилась с моим отцом и каким нежным он был с ней на первых нескольких свиданиях. И как ее отец уронил ложку, когда она сообщила родителям о своей внебрачной подростковой беременности. Я знала, как она ненавидела ходить на исповедь, как ненавидела те самые грехи, в которых исповедовалась. Как она ругалась и огрызалась в ответ на слова матери, злясь из-за того, что ей приходится накрывать на стол, а младшая сестренка — намного младше ее — в это время играет. Как она, отправляясь в школу, выходила из дома в платье, а потом переодевалась в джинсы, которые засовывала в школьную сумку. Все свое детство и отрочество я расспрашивала и расспрашивала, заставляя ее описывать эти сцены снова и снова. Желая знать, кто что и как говорил, что она при этом чувствовала, где кто при этом стоял и какое было время суток. И она рассказывала, то с неохотой, то с удовольствием, хохоча и расспрашивая, с чего бы это вдруг мне захотелось это знать. А я хотела знать. Я не могла объяснить.

Но теперь, когда она умирала, я уже знала все. Моя мать уже была во мне. Не только та часть ее, которую я знала лично, но и та часть, которая была до меня.

Не так уж долго пришлось мне курсировать между Миннеаполисом и домом. Чуть больше месяца. Мысль о том, что мать проживет еще год, быстро превратилась в печальную несбыточную мечту. 12 февраля мы ездили в клинику Мейо. К 3 марта ей пришлось перебраться в больницу в Дулуте, в 113 километрах от Мейо, потому что боли были слишком сильными. Одеваясь перед отъездом, она обнаружила, что не может сама надеть носки, и позвала меня к себе в комнату, попросив помочь. Она сидела на кровати, и я опустилась на колени перед ней. Я никогда не надевала носки на другого человека, и это оказалось труднее, чем я думала. Они не желали скользить по ее коже. Все время перекручивались. Я разозлилась на мать, будто это она нарочно ставила ноги так, чтобы я не могла надеть на нее носки. Она откинулась назад, опираясь руками на постель, закрыв глаза. Я слушала, как она дышит, глубоко, медленно.

— Черт побери совсем! — в сердцах сказала я. — *Помоги мне.*

Мать смотрела на меня сверху вниз и несколько мгновений не произносила ни слова.

— Милая, — сказала она наконец, глядя на меня, и протянула руку, чтобы погладить по макушке. Этим словом она называла меня все мое детство, произнося его совершенно особенным тоном. *Я не хотела, чтобы так все случилось,* говорило это единственное слово «милая», *но так уж вышло.* Именно это принятие страдания больше всего раздражало меня в матери — ее бесконечный оптимизм и жизнерадостность.

— Идем, — сказала я после того, как мне удалось запихнуть ее ступни в туфли.

Когда она натягивала пальто, движения ее были замедленными и неловкими. Она держалась за стены, идя по дому, и две ее любимые собаки следовали за ней по пятам, тыкаясь носами в ее ладони и одежду. Я видела, как она гладит их по головам. Больше у меня не было молитв. Слова «клала с прибором» перекатывались у меня во рту, как две сухие пилюли.

— Прощайте, милые, — сказала она собакам. — Прощай, дом, — проговорила, выходя вслед за мной за дверь.

Мне никогда не приходило в голову, что моя мама умрет. Пока она не начала умирать, у меня и мысли такой не было. Она была цельной и несокрушимой, хранительницей моей жизни. Она должна была стать старухой — и по-прежнему продолжать работать в саду. Этот образ был твердо запечатлен у меня в мозгу. Так же, как те воспоминания детства, которые я заставляла ее пересказывать настолько подробно, что запоминала их так, будто они были моими. Она должна была состариться, но оставаться прекрасной, как черно-белая фотография Джоржии О'Киф[1], которую я как-то послала ей. Я крепко держалась за этот образ в течение первых двух недель после того, как мы уехали из клиники Мейо. А потом, когда ее перевели в отделение хосписа в Дулуте, этот образ растаял, уступив место другим, более скромным и правдивым. Я представляла свою мать в октябре; я писала эту сцену

> Мысль о том, что мать проживет еще год, быстро превратилась в несбыточную мечту.

---

[1] Американская художница.

в своем воображении. Потом я стала представлять ее в августе, потом — в мае. И с каждым прошедшим днем отсекался еще один месяц.

В первый же день, проведенный в больнице, медсестра предложила матери сделать укол морфина, но она отказалась. «Морфин — это то, что дают умирающим, — сказала она. — Морфин означает, что надежды больше нет».

Но она противилась только один день. Она спала и просыпалась, разговаривала и смеялась. Она кричала от боли. Я сидела рядом с ней все дни напролет, а Эдди взял на себя ночи. Лейф и Карен не появлялись, выдумывая отговорки, которые я считала необъяснимыми и отвратительными, хотя похоже было, что их отсутствие не беспокоит мать. Ее не занимало ничто, кроме попыток уничтожить боль — невыполнимая задача в промежутках между дозами морфина. Нам никак не удавалось правильно подложить ей подушки. Однажды днем врач, которого я прежде ни разу не видела, зашел в палату и объяснил, что моя мать «активно умирает».

— Но ведь прошел только месяц, — раздраженно сказала я. — Другой врач говорил нам, что у нас есть год.

Он не ответил. Он был молод, наверное, лет тридцати. Он стоял рядом с моей матерью, засунув в карман холеную волосатую руку, глядя на нее, лежащую в постели:

— С этого момента единственное, о чем нам нужно беспокоиться, — это чтобы ей было комфортно.

Комфортно… И все же медсестры старались давать ей как можно меньше морфина. Среди них был один медбрат, и очертания его мужского достоинства просвечивали сквозь тесные белые форменные брюки. Мне отчаянно хотелось затащить его в маленькую ванную за стенкой, сразу за изножьем материнской кровати, и отдаться ему. Сделать все, что угодно, только бы он нам помог. А еще мне хотелось получить от него удовольствие, почувствовать вес его тела, ощутить его губы в моих волосах, услышать, как он снова и снова произносит мое имя. Принудить его признать меня, сделать так, чтобы мы для него что-то значили, сокрушить его сердце состраданием к нам.

Когда мама просила у него еще морфина, она говорила таким тоном, какого я никогда от нее не слышала. Как обезумевшая собака. Он смотрел не на нее, когда она повторяла свои просьбы, а на свои наручные часы. На лице его было одно и то же выражение, вне зависимости от того, что он отвечал. Иногда он давал ей дозу без лишних возражений, а иногда говорил «нет» — голосом таким же мягким, как и его член в штанах. Тогда мать принималась умолять и всхлипывать. Она плакала, и слезы ее текли как-то неправильно. Не вниз по впалым щекам к уголкам рта, а к вискам, затекая в уши и в гнездо волос, лежащих на подушке.

> Мне никогда не приходило в голову, что моя мама умрет. Она была цельной и несокрушимой — хранительницей моей жизни. Она должна была состариться, но оставаться прекрасной.

Она не прожила этот год. Она не дожила ни до октября, ни до августа, ни до мая. Она прожила 49 дней после того, как врач в Дулуте в первый раз сказал ей, что у нее рак; 34 дня — после того, как это подтвердил врач в клинике Мейо. Но каждый из этих дней был вечностью, и эти вечности накладывались друг на друга — холодная ясность внутри глубокого тумана.

Лейф ни разу не приехал, чтобы навестить ее. Карен приехала один раз, после того как я настояла, что она обязана. Я не понимала, как так может быть, и это разбивало мне сердце и приводило в ярость. «Мне не нравится видеть ее такой», — слабо промямлила сестра, когда мы с ней разговаривали, а потом разразилась слезами. С братом я поговорить не могла: где он был все эти недели, осталось тайной и для Эдди, и для меня. Одна подруга сказала мне, что он живет у девушки по имени Сью в Сент-Клауде. Другой приятель как-то раз видел его на озере Шериф. Он удил рыбу в полынье. У меня не было времени его искать. Каждый день я была поглощена заботами о маме. Держала перед ней пластиковые тазики, пока ее рвало. Снова и снова поправляла чертовы подушки. Усаживала ее в кровати и помогала переместиться на стульчак, который медсестры поставили у ее кровати. Уговаривала ее съесть малую толику пищи, которую она извергала обратно спустя какие-нибудь десять минут. В основном я смотрела, как она спит, и это было труднее всего — видеть, что даже во сне ее лицо искажено болью. Всякий раз, как она двигалась, капельницы, которыми было увешано все пространство вокруг кровати, раскачивались. А сердце мое пускалось вскачь от испуга, что она выдернет иглы, прикрепленные к трубкам, воткнутые в ее распухшие кисти и ладони.

— Как ты себя чувствуешь? — с надеждой спрашивала я, когда она просыпалась, и протягивала руку между трубками, чтобы пригладить ее разметавшиеся волосы.

— Ох, милая, — вот и все, что она по большей части могла сказать, а потом отворачивалась.

Я бродила по больничным коридорам, пока мама спала, мельком заглядывая в палаты других людей, когда проходила мимо их дверей. Видела стариков с лиловой кожей, которых мучил тяжелый кашель, женщин с бинтами вокруг жирных коленок.

— Как ваши дела? — спрашивали меня медсестры меланхоличными голосами.

— Держимся, — отвечала я, как будто я была — *мы*.

Но я была — только я одна. Мой муж Пол делал все, что в его силах, чтобы я не чувствовала себя настолько одинокой. Он по-прежнему оставался добрым и нежным человеком, в которого я влюбилась несколько лет назад. Тем самым, которого я любила так неистово, что потрясла всех окружающих, выйдя за него замуж, как только мне исполнилось двадцать. Но как только начала умирать моя мать, нечто во мне умерло к Полу, и стало не важно, что он говорил и что делал. И все же я звонила ему каждый день, с платного таксофона из больницы или вернувшись вечером в дом моей матери и Эдди. Мы вели долгие разговоры, я рыдала и рассказывала ему обо всем. И он плакал вместе со мной и пытался хоть капельку облегчить все это, но слова его оставались для меня пустыми. Я словно вообще их не слышала. Что он знает о том, каково это — терять близкого человека? Его родители были живы и счастливы в браке. Мои отношения с ним и его чудесно цельной жизнью, казалось, только усиливали мою боль. В этом не было его вины. Быть с ним было невыносимо, но точно так же невыносимо было быть с кем угодно другим. Единственный человек, чье присутствие я тогда терпела, был самым невыносимым из всех — моя мама.

> Она прожила 49 дней после того, как врач в первый раз сказал, что у нее рак. Но каждый из этих дней был вечностью.

По утрам я садилась рядом с ее кроватью и пыталась читать ей. У меня были с собой две книги: «Пробуждение» Кейт Шопен[1] и «Дочь оптимистки» Юдоры Уэлти[2]. Это были книги, которые мы читали в колледже, книги, которые нам нравились. Я начинала читать — но не могла продолжить. Каждое произнесенное мною слово само себя стирало в воздухе.

То же самое происходило, когда я пыталась молиться. Я молилась лихорадочно, безумно — Всевышнему, любому богу, некоему богу, которого я не могла определить или обрести. Я на чем свет проклинала мать, которая не дала мне никакого религиозного образования. Полная отвращения к своему собственному репрессивному католическому воспитанию, она напрочь избегала церкви в своей взрослой жизни — и вот теперь она умирала, а у меня не было даже Бога. Я молилась всей огромной вселенной и надеялась, что где-то в ней есть Бог, который меня слушает. Я молилась, молилась, а потом запиналась. Не потому, что не могла найти Бога, но потому, что внезапно с абсолютной ясностью осознавала: Бог там, вот только он не имеет никакого намерения влиять на ход вещей или спасать жизнь моей мамы. Бог не исполняет ничьих желаний. Бог — безжалостная скотина.

---

[1] Американская писательница, считается одной из родоначальниц феминизма.
[2] Американская писательница и фотограф.

ДИКАЯ

В последние дни жизни мать пребывала не столько «на приходе»[1], сколько в забытьи. К тому времени она постоянно была под капельницей с морфином — прозрачным мешочком с жидкостью, которая медленно втекала по трубке, приклеенной пластырем к ее руке, в вену. Просыпаясь, она только охала. Или печально вздыхала. Она смотрела на меня, и в ее взгляде мелькала вспышка любви. А иногда снова проваливалась в сон, как будто меня вообще там не было. Порой, очнувшись, мама не понимала, где она. Требовала принести ей энчиладу[2] и яблочный соус. Ей казалось, что все животные, которых она любила в своей жизни, находятся в палате вместе с ней — и их было очень много. Она говорила: «Эта лошадь едва не наступила на меня», — и обвиняющим взглядом искала эту самую лошадь. А порой протягивала руку, чтобы погладить невидимую кошку, лежавшую у нее на коленях. В эти моменты мне хотелось, чтобы мама сказала мне, что я лучшая дочь в мире. Я не хотела хотеть этого, но все равно хотела. Необъяснимо, словно пылая в лихорадке, которую можно было остудить только этими словами. Я даже спрашивала ее прямо: «Скажи, ведь я самая лучшая дочь в мире?»

И она говорила — *да, конечно*.

Но этого было недостаточно. Я хотела, чтобы эти слова сами складывались в мыслях мамы, чтобы она сама говорила их мне.

Я ненасытно жаждала любви.

Мама умирала быстро, но не внезапно. Как едва теплящееся пламя, чьи языки превращаются в дым, а дым — в воздух. У нее даже не было времени исхудать. В смерти она изменилась, но осталась женщиной из плоти. Это было тело женщины, принадлежавшей к миру живых. Она сохранила и свои волосы — каштановые, пусть ломкие и истончившиеся от многонедельного лежания в кровати.

---

[1] Состояние после приема наркотических веществ.
[2] Тортилья из кукурузной муки с начинкой.

ДЕСЯТЬ ТЫСЯЧ ВЕЩЕЙ

Из комнаты, где она умирала, я видела одно из Великих озер — Верхнее. Самое большое озеро в мире и самое холодное. Чтобы увидеть его, приходилось потрудиться. Я сильно прижималась к стеклу щекой, и мне становилась видна его полоска, бесконечно тянущаяся к горизонту.

— Комната с красивым видом! — восклицала мать, хотя была слишком слаба, чтобы встать с постели и самой увидеть его. А потом, тише, говорила: — Всю свою жизнь я мечтала о комнате с красивым видом.

Она хотела умереть сидя, поэтому я собрала все подушки, которые сумела добыть, и сделала для нее гнездышко. Мне хотелось унести ее из больницы и усадить умирать на лугу, заросшем тысячелистником. Я укрыла ее лоскутным одеялом, которое привезла из дома, — тем, которое она сшила сама из кусков нашей старой одежды.

— Убери его отсюда, — яростно прорычала она и принялась пинать его ногами, пытаясь сбросить.

На улице солнце играло на боковых дорожках, отражаясь от ледяных граней снежинок. Был день Святого Патрика, и медсестры принесли маме квадратный кусок зеленого желе. Теперь

> Я молилась всей огромной вселенной и надеялась, что где-то в ней есть Бог, который меня слушает. Я молилась, молилась, а потом осознавала: Бог не имеет никакого намерения спасать жизнь моей мамы. Бог — безжалостная скотина.

оно лежало, подрагивая, на столике рядом с ней. Это оказался последний полный день ее жизни, и бо́льшую его часть она провела с неподвижными, открытыми глазами, ни спя, ни бодрствуя, и состояние ясности сознания перемежалось галлюцинациями.

В тот вечер я уехала от нее, хотя и не хотела. Медсестры и врачи сказали нам с Эдди, мол, «*вот и все*». Мне почему-то показалось, будто это значит, что она умрет через пару недель. Я верила, что раковые больные не торопятся покидать этот мир. На следующее утро собирались приехать из Миннеаполиса Карен и Пол, а через пару дней должны были прилететь родители моей матери из Алабамы. Но Лейфа по-прежнему невозможно было найти. Мы с Эдди обзванивали его друзей и родителей его друзей, оставляя умоляющие сообщения, прося его позвонить, но он так и не позвонил. Я решила на один вечер уехать из больницы, чтобы отыскать его и привезти с собой, хотя бы один раз.

— Вернусь утром, — сказала я маме. Бросила взгляд на Эдди, который полулежал рядом на маленькой виниловой кушетке. — Я вернусь с Лейфом.

Услышав его имя, она распахнула глаза: голубые и сияющие, такие же, какими они были всегда. Несмотря ни на что, они не изменились.

— Как ты можешь на него не злиться? — горько спросила я ее, наверное, раз в десятый.

«Молока из камня не выжмешь», — обычно отвечала она. Или: «Шерил, ему же всего восемнадцать». Но в этот раз она только посмотрела на меня и сказала: «Милая», — так же, как в тот раз, когда я разозлилась из-за носков. Так же, как она делала всегда, когда видела, что я страдаю оттого, что хочу что-то изменить и не могу. И она пыталась убедить меня этим единственным словом, что я должна принимать вещи такими, каковы они есть.

— Мы все соберемся завтра утром, — проговорила я. — А потом все вместе останемся с тобой, ладно? Больше никто из нас не уйдет. — Я протянула руку между трубками, которые висели вокруг нее, и погладила ее по плечу. — Я люблю тебя, — сказала я, наклоняясь, чтобы поцеловать ее в щеку, хотя она отстранилась от меня: ей было слишком больно, чтобы вынести хотя бы поцелуй.

— Люблю, — прошептала она, слишком ослабев, чтобы добавить слова «я» и «тебя». — Люблю, — прошелестела она снова, когда я выходила из палаты.

Я спустилась вниз в лифте, вышла на промерзшую улицу и пошла по боковой дорожке. Миновала бар, битком набитый людьми, которых я видела через большое, покрытое амальгамой окно. Все они были одеты в сверкающие зеленые бумажные шляпы, зеленые рубашки, зеленые подтяжки и пили зеленое пиво. Какой-то мужчина в баре встретил мой взгляд и пьяным жестом указал на меня пальцем, лицо его исказил безмолвный хохот.

Я приехала домой, задала корму лошадям и курам и взялась за телефон. Собаки благодарно лизали мне руки, а наш кот настойчиво пытался забраться ко мне на колени. Я позвонила всем, кто мог знать, где находится мой брат. Он пьет запоем, говорили мне некоторые. Да, верно, говорили другие, он тусуется с девушкой из Сент-Клауда по имени Сью. В полночь он позвонил, и я сказала ему, что «*вот и все*».

Когда полчаса спустя он появился на пороге, мне хотелось наорать на него, встряхнуть за плечи, пылая яростью и сыпля обвинениями. Но когда я его увидела, меня хватило только на то, чтобы обнять его и заплакать. В ту ночь он казался мне глубоким стариком и одновременно совсем юным. Впервые в жизни я заметила, что он стал мужчиной, однако единственное, что я видела перед собой, — маленького мальчика, которым он для меня был и оставался. Мой малыш, тот, которому я всю свою жизнь была второй матерью, не имея другого выхода, кроме как помогать маме, когда она должна была уходить на работу. У нас с Карен была разница всего в три года, но нас воспитывали так, как будто мы были почти близнецами, и обе мы в равной степени заботились о Лейфе, пока были детьми.

— Я не могу этого сделать, — продолжал он повторять сквозь слезы. — Я не могу жить без мамы. Не могу. Не могу!

— Мы должны, — повторяла я, хотя и сама не верила в то, что говорила. Мы лежали рядом на его односпальной кровати, разговаривая и плача до самого утра, бок о бок, пока не провалились в сон.

Я проснулась через несколько часов. Прежде чем будить Лейфа, покормила животных и доверху загрузила сумки едой, которую нам предстояло есть во время нашего бессонного бдения в больнице. К восьми часам мы уже были на пути в Дулут, в машине нашей матери, которую вел брат. Мы ехали слишком быстро, и песня The Joshua Tree группы U2[1] грохотала в колонках. Мы упорно слушали музыку, ничего не говоря, и низкое солнце вспыхивало яркими прорезями в снегу по обе стороны дороги.

Добравшись до маминой палаты в больнице, мы увидели на закрытой двери объявление: нам велено было сначала зайти в комнату медсестер. Такого прежде не бывало, но я подумала, что это просто какое-то процедурное нововведение. Когда мы шли по коридору, одна из медсестер подошла к нам и, прежде чем я успела вымолвить хоть слово, заговорила:

> Я завыла — и выла, и выла, тыкаясь лицом в ее тело, как животное. Она умерла час назад. Руки и ноги уже остыли, но в животе еще оставался островок тепла. Я прижалась к нему лицом и снова завыла.

— Мы держим у нее на глазах лед. Она хотела пожертвовать нуждающимся свою роговицу, так что нам нужно продолжать держать лед…

— Что?! — воскликнула я с такой силой, что она вздрогнула.

Я не стала ждать ответа и метнулась в палату матери, брат бежал за мной по пятам. Когда я распахнула дверь, Эдди поднялся и пошел к нам с распростертыми руками, но я увернулась и бросилась к маме. Ее руки лежали по бокам, как восковые, испещренные желтым, и белым, и черным, и синим. Иглы и трубки уже убрали. Ее глаза были накрыты двумя хирургическими перчатками, набитыми льдом, их растопыренные толстые пальцы по-клоунски покрывали ее лицо. Когда я схватила ее за плечи, перчатки соскользнули. Попрыгали по кровати и свалились на пол.

Я завыла — и выла, и выла, тыкаясь лицом в ее тело, как животное. Она умерла час назад. Руки и ноги уже остыли, но в животе еще оставался островок тепла. Я прижалась к нему лицом и снова завыла.

---

[1] Ирландская рок-группа.

ДЕСЯТЬ ТЫСЯЧ ВЕЩЕЙ

Она снилась мне непрерывно. В сновидениях я всегда была рядом с ней, когда она умирала. Именно я должна была убить ее. Снова, и снова, и снова. Она велела мне сделать это, и всякий раз я падала перед ней на колени и рыдала, умоляя ее не заставлять меня. Но она не собиралась сжалиться надо мной, и всякий раз, как хорошая дочка, я в конечном счете подчинялась. Я привязывала ее к дереву в нашем саду и обливала бензином, а затем поджигала. Я заставляла ее бежать по проселочной дороге, которая проходила мимо нашего дома, и сбивала грузовиком. Я стаскивала ее тело, зацепившееся за металлический выступ под днищем грузовика, а потом снова и снова переезжала его колесами. В этих снах не было ничего сюрреалистичного. Они казались унылыми и обыденными. Это были документальные фильмы, снятые моим подсознанием, и ощущение от них было таким же реальным, как сама жизнь. Мой грузовик был на самом деле моим грузовиком. Наш сад действительно был настоящим нашим садом. Миниатюрная бейсбольная бита стояла в нашем чулане среди зонтиков.

> Ничто не сможет вернуть мою маму назад. Ничто не сможет вернуть меня к ней в тот момент, когда она умерла. Это сломало меня. Это разорвало меня на части. Это полностью сокрушило меня.

От этих сновидений я просыпалась не с плачем. Я просыпалась с воплем. Пол хватал меня и держал в объятиях, пока я не успокаивалась. Он смачивал холодной водой кухонное полотенце и клал мне его на лоб. Но эти влажные полотенца не могли стереть сновидений о моей матери.

Ничто не могло их стереть. И ничто не сотрет. Ничто не сможет вернуть мою маму назад, не сможет заставить меня примириться с ее уходом.

Ничто не сможет вернуть меня к ней в тот момент, когда она умерла. Это сломало меня. Это разорвало меня на части. Это полностью сокрушило меня.

ДИКАЯ

Мне потребовались годы, чтобы снова занять свое место среди десяти тысяч вещей, имеющих имена. Чтобы стать той женщиной, которую воспитывала моя мать. Чтобы вспомнить, как она говорила «милая», и зримо представить себе ее особенный взгляд. Я страдала. И снова страдала. Я хотела, чтобы все случилось не так, как случилось. Это желание было дикой чащей, и я должна была найти собственный выход из этой чащи. Мне потребовалось четыре года, семь месяцев и три дня, чтобы сделать это. Я не знала, куда иду, пока не пришла туда.

Это было место, именуемое Мостом Богов.

2

РАССТАВАНИЕ

Если бы мне пришлось нарисовать карту этих четырех с лишним лет, чтобы наглядно проиллюстрировать время, прошедшее со дня смерти моей матери до того дня, когда я начала свой поход по МТХ, она представляла бы собой сплошную путаницу линий во всех направлениях, похожую на путь фейерверочной ракеты. А ее неизбежным центром была бы Миннесота. В Техас и обратно. В Нью-Йорк и обратно. В Нью-Мексико, Аризону, Неваду, Калифорнию, Орегон — и обратно. В Вайоминг и обратно. В Портленд и обратно. Снова в Портленд и снова обратно. И еще раз. Но эти линии не рассказали бы никакой истории. Эта карта показала бы все места, в которые я бежала, но не те способы, которыми я пыталась остаться. Она не показала бы вам, как в месяцы, последовавшие после смерти матери, я пыталась — безуспешно — заменить ее, пытаясь удержать нашу семью вместе. Или как я силилась спасти свой брак, одновременно обрекая его на гибель ложью. Она просто выглядела бы, как взорвавшаяся звезда, со всеми ее устремляющимися вовне яркими лучами.

К тому времени как я приехала в городок Мохаве, штат Калифорния, вечером накануне своего похода по Маршруту Тихоокеанского хребта, я «выстрелила» из Миннесоты в последний раз. Я даже сказала об этом маме, хоть она и не могла меня слышать. Я сидела на цветочной клумбе в лесу на нашей земле, там, где мы с Эдди, Полом, моими братом и сестрой смешали ее прах с землей и уложили надгробный камень, и объясняла ей, что больше меня не будет рядом, чтобы ухаживать за могилой. А это означало, что никто не будет за ней ухаживать. У меня не оставалось другого выбора, кроме как позволить ее могиле снова зарасти сорняками, быть погребенной под сорванными ветром с деревьев сучьями и упавшими шишками. Предоставить ее на милость снегов, муравьев, оленей, барибалов[1] и земляных ос. Я лежала на земле, смешанной с ее прахом, посреди крокусов и говорила ей, что все нормально. Что я сдалась. Что с тех пор, как она умерла, все изменилось. Что случились вещи, которые она не могла бы вообразить, которые ей даже в голову не могли прийти. Слова изливались из меня тихо и мерно. Меня охватила такая печаль, как будто меня кто-то душил. Но при этом казалось, что вся моя жизнь зависит от того, произнесу ли я эти слова. *Ты всегда будешь моей матерью, говорила я ей, но мне нужно идти. В любом случае теперь, лежа в этой цветочной грядке, ты не сможешь больше обо мне заботиться, объясняла я. Я перенесу тебя в другое место. В единственное место, где я всегда смогу до тебя дотянуться. В себя.*

На следующий день я покинула Миннесоту навсегда. Я собиралась пройти по МТХ.

Была первая неделя июня. Я приехала в Портленд в своем грузовичке «Шевроле» 1979 года, нагруженном дюжиной ящиков, наполненных обезвоженными продуктами и припасами для похода. Предыдущие недели я провела, собирая их, адресуя каждую коробку самой себе и надписывая названия мест, где я никогда в жизни не была. Это были остановки вдоль МТХ с говорящими названиями, такими как «Озеро Эхо» и «Содовые Ручьи», «Водопады Барни» и «Долина Сейед». Я оставила грузовик и коробки у Лизы, своей подруги, в Портленде. Ей предстояло высылать эти коробки мне на протяжении всего лета. Потом села на самолет,

---

[1] Барибал, или черный медведь — самый распространенный вид медведя в США.

РАССТАВАНИЕ

летевший в Лос-Анджелес. А оттуда выехала в Мохаве, сговорившись с братом другой своей подруги.

Мы въехали в городок ранним вечером, когда солнце уже зацепило краем го́ры Техачапи, вздымавшиеся на западе в паре десятков километров позади нас. Те самые горы, по которым завтра днем я буду идти. Город Мохаве расположен на высоте примерно 854 метра над уровнем моря. Но мне казалось, будто я нахожусь на самом дне какой-то впадины. Дорожные знаки с вывесками заправочных станций, ресторанов и мотелей здесь поднимались выше самого высокого дерева.

> Я лежала на земле, смешанной с ее прахом, посреди крокусов и говорила, что все нормально. Что я сдалась.

— Можешь высадить меня здесь, — сказала я парню, который привез меня из Лос-Анджелеса, указывая на старомодную неоновую вывеску с надписью «Мотель Уайтс». Над ней полыхали желтым буквы «ТВ», а под ней — слова «есть свободные места», выведенные розовым. По неказистому виду здания я предположила, что это самая дешевая ночлежка в городе. Для меня — то, что надо.

— Спасибо, что подвез, — сказала я, когда мы подрулили к стоянке.

— На здоровье, — ответил он и взглянул на меня. — Ты уверена, что с тобой все будет в порядке?

— Да, — ответила я с напускной уверенностью. — Я не раз путешествовала одна.

Я вышла из машины с рюкзаком на плечах и двумя огромными пластиковыми пакетами из универмага, полными разных вещей. Я намеревалась вынуть все из пакетов и уложить в рюкзак до отъезда из Портленда, но у меня не хватило на это времени. В результате пришлось так и везти пакеты с собой. А теперь я соберу все это в своем номере.

— Удачи, — сказал мой попутчик.

Я смотрела, как он уезжает. У горячего воздуха был привкус пыли, от сухого ветра волосы лезли в глаза. Парковка была вымощена крохотными белыми камушками, скрепленными цементом. Мотель — длинный ряд дверей и окон, занавешенных потрепанными гардинами. Я закинула на плечи рюкзак и подобрала с земли пакеты. Было так странно сознавать, что это — единственное, что у меня есть. Я внезапно ощутила себя беззащитной, воодушевление мое куда-то слиняло, а ведь я на него рассчитывала. Все последние полгода я представляла себе этот момент, но теперь, когда он настал, — теперь, когда всего десяток миль отделял меня от самого МТХ, — все казалось менее ярким, чем в моем воображении. Как будто я попала в сновидение, все мысли была жидкими и вялыми, и вперед их толкала только моя воля, а не инстинкты. *Войди внутрь*, пришлось мне приказать самой себе, прежде чем я сумела сделать шаг по направлению к рецепции мотеля. *Спроси для себя номер.*

— Восемнадцать долларов, — обронила пожилая женщина, которая стояла за конторкой. С грубой выразительностью она смотрела мимо меня, сквозь стеклянную дверь, через которую я прошла мгновением раньше. — Это если вы без спутника. За двоих — больше.

— У меня нет никакого спутника, — проговорила я и вспыхнула: только говоря правду, я чувствовала себя так, будто лгу. — Этот парень просто подвозил меня.

— Что ж, тогда — восемнадцать долларов. *Пока*, — отозвалась она. — Но если к вам присоединится спутник, придется платить больше.

— Никакой спутник ко мне не присоединится, — проговорила я ровно. Вытащила двадцатидолларовую банкноту из кармана шортов и пустила ее по конторке по направлению к ней. Она забрала мои деньги и протянула мне два доллара сдачи и карточку, которую следовало заполнить, вместе с карандашом, прикрепленным к цепочке с бусинками. — Я пешком, так что не могу заполнить тот раздел, который про машины, — сказала я, указывая пальцем на бланк. Я улыбнулась, но ответной улыбки не дождалась. — И еще… у меня на самом деле нет постоянного адреса. Я сейчас путешествую, так что…

РАССТАВАНИЕ

— Впишите адрес места, куда вернетесь, — перебила она.

— Видите ли, в том-то и дело. Я не знаю точно, где буду жить после того, как...

— Тогда адрес ваших родных, — рявкнула она. — Где бы они ни жили.

— Ладно, — согласилась я и вписала адрес Эдди, хотя мои отношения с ним за четыре года, минувшие после смерти матери, стали настолько болезненными и отстраненными, что я больше не могла искренне считать его родственником. У меня не было «дома», несмотря на то что выстроенный нами дом по-прежнему стоял на своем месте. Между нами с Карен и Лейфом существовала неразрывная связь как между братом и сестрами. Но мы редко разговаривали и виделись, каждый жил своей жизнью. Мы с Полом окончательно оформили свой развод месяцем раньше, после душераздирающего года проживания порознь. У меня были любимые подруги, которых я иногда называла своей семьей. Но наши отношения были неформальными и пунктирными, более семейственными на словах, чем на деле. «Кровь гуще, чем водица», — слышала я от мамы, пока росла, — поговорка, которую я всегда оспаривала. На самом деле не имело значения, права она или нет. Из моих сложенных лодочкой ладоней одинаково утекли и та и другая.

Я закинула на плечи рюкзак и подобрала с земли пакеты. Было так странно сознавать, что это — единственное, что у меня есть.

— Вот, пожалуйста, — сказала я женщине, пустив бланк по скользкой поверхности конторки к ней, хотя еще пару минут она и не думала поворачиваться. Она смотрела новости, уставившись в экран маленького телевизора, стоявшего позади конторки. Вечерние новости. Что-то о судебном процессе над О. Джей Симпсоном[1].

---

[1] Бывший знаменитый американский футболист. В 1995 году был оправдан в суде по обвинению в убийстве своей жены Николь Браун Симпсон и ее любовника Рональда Гольдмана.

— Как думаете, он виновен? — спросила она, по-прежнему глядя на экран.

— Похоже на то, но, мне кажется, говорить что-то слишком рано. Еще нет всей информации...

— Да конечно, он это сделал! — выкрикнула она.

Когда она наконец соизволила выдать мне ключ, я прошла через парковку к двери в дальнем конце здания, отперла ее и вошла внутрь, побросав свои вещи на пол и усевшись на мягкую кровать. Я была в пустыне Мохаве, но комната оказалась странно влажной, пахла мокрым ковром и лизолом[1]. Белая металлическая коробка с дырками, стоявшая в углу, с ревом пробудилась к жизни — засорившийся кондиционер несколько минут выплевывал ледяной воздух, а потом выключился с драматическим грохотом, который лишь усугубил мое ощущение неуверенного одиночества.

Я подумывала о том, чтобы пойти прогуляться и найти себе «спутника». Это было так легко сделать. Предыдущие годы превратились в сплошную цепь одно-, двух- и трехразовых пересыпов. Сейчас вся эта близость с людьми, которых я не любила, казалась мне смешной и жалкой. И все же я по-прежнему жаждала простого ощущения тела, прижатого к моему, затмевающего все остальное. Я поднялась с кровати, чтобы стряхнуть эту жажду, остановить бесконечное коловращение мыслей: *Я могла бы пойти в бар. Я могла бы позволить какому-нибудь мужчине угостить меня выпивкой. Мы могли бы тут же вернуться сюда.*

А прямо за этой жаждой скрывалось побуждение позвонить Полу. Он перестал быть моим мужем, но по-прежнему оставался мне лучшим другом. Как бы я ни отстранялась от него за годы, минувшие после смерти матери, одновременно я с силой опиралась на него. И посреди всех моих, в основном молчаливых, мучений по поводу нашего брака у нас бывали и хорошие времена, мы были — странно — по-настоящему *счастливой парой*.

---

[1] Обеззараживающее средство.

РАССТАВАНИЕ

Металлическая коробка с дырками в углу снова самопроизвольно включилась, и я подошла к ней, позволив ледяному воздуху обдувать мои голые ноги. Я была в той одежде, которую носила с момента отъезда из Портленда вчера вечером, каждая вещь была новехонькой, с иголочки. Это была моя походная одежда, и я чувствовала себя в ней немного чужой — человеком, которым пока еще не стала. Шерстяные носки под парой кожаных походных ботинок с металлическими застежками. Темно-синие шорты с внушительными карманами, которые застегивались на липучку. Трусы, изготовленные из специальной быстросохнущей ткани, и простая белая футболка поверх спортивного лифчика. Они были в числе множества вещей, на которые я копила деньги всю зиму и весну, отрабатывая как можно больше смен в ресторане, где обслуживала столики. Когда я их покупала, они не казались чужими. Несмотря на мое недавнее погружение в нервную городскую жизнь, меня с легкостью можно причислить к тем, кого называют заядлыми любителями свежего воздуха. В конце концов, в отрочестве я жила в почти первобытных условиях северных лесов Миннесоты. Наши семейные каникулы всегда включали ту или иную форму походов. Такими же были и поездки, которые я предпринимала сама — вместе с Полом, или одна, или с друзьями. Сколько раз я спала на заднем сиденье своего грузовичка, ставила палатку в национальных парках и лесах — не счесть! Но теперь, здесь, имея под рукой только эту одежду, я внезапно почувствовала себя мошенницей. За полгода, прошедшие с тех пор, как я решила отправиться в поход по МТХ, я минимум с десяток раз вела разговоры, в которых объясняла, почему поход — отличная идея и насколько хорошо я подготовлена к тому, чтобы выполнить эту задачу. Но теперь, оказавшись в одиночестве в своем номере

> Я подумывала о том, чтобы пойти прогуляться и найти себе «спутника». Это было так легко сделать. Предыдущие годы превратились в сплошную цепь одно-, двух- и трехразовых пересыпов.

в мотеле «Уайтс», я поняла: невозможно отрицать тот факт, что я ступила на зыбкую почву.

— Может быть, для начала тебе следовало бы попробовать поход покороче, — предположил Пол, когда я рассказала ему о своем плане во время одного из наших разговоров на тему «оставаться вместе или все-таки развестись», состоявшегося несколько месяцев назад.

— Почему? — спросила я раздраженно. — Ты что же, думаешь, что я не справлюсь?

— Дело не в этом, — ответил он. — Просто ты никогда не ходила в поход с рюкзаком, насколько я знаю.

— Нет, ходила! — рявкнула я в ответ, хотя он был прав: такого еще не было. Несмотря на все, что я прежде проделывала и что казалось мне таким близким к пешим походам с рюкзаками, на самом деле я никогда не ходила по безлюдной местности с рюкзаком за плечами, ни разу не ночевала там. Ни единого раза.

Я ни разу не ходила в поход с рюкзаком! — подумала я сейчас с каким-то унылым весельем. Я вдруг по-новому взглянула на свой рюкзак и оба пластиковых мешка, которые волокла с собой из Портленда; в них лежали вещи, которые я до сих пор не вынула из заводской упаковки. Мой рюкзак был цвета лесной зелени с черной отделкой; его основная часть состояла из трех больших отделений, на которые были нашиты толстенные карманы из сетки и нейлона, торчавшие по обе стороны рюкзака, как большие уши. Он стоял сам по себе, поддерживаемый «уникальной пластиковой полочкой», выступавшей вдоль его дна. То, что он стоял вот так, прямо, не заваливаясь на бок на остальные свертки, послужило мне небольшим, странным утешением. Я подошла к нему и легонько коснулась его верхушки, будто гладила по голове ребенка. Месяц назад мне настоятельно посоветовали упаковать свой рюкзак именно так, как я собираюсь сложить его на время похода, и вывести его на пробную прогулку. Я хотела провести пробный поход до отъезда из Миннеаполиса, потом ре-

РАССТАВАНИЕ

шила сделать это, когда приеду в Портленд. Но так и не сделала. Так что эта пробная прогулка состоится завтра — в первый день моего похода.

Я сунула руку в один из пластиковых пакетов и вытащила оттуда оранжевый свисток, на обертке которого было хвастливо написано «самый громкий в мире». Вскрыла упаковку, вытянула из нее свисток за желтый шнурок, потом повесила его себе на шею, как спортивный тренер. И что же, мне придется весь поход носить его вот так, на себе? Пожалуй, это глупо. Покупая «самый громкий в мире свисток», я не продумала все до конца — как и в случае со всеми остальными приобретениями. Я сняла его и привязала к раме рюкзака, так что ему предстояло болтаться у меня над плечом, когда я выйду на маршрут. Оттуда его будет легко достать, если понадобится.

> На самом деле я никогда не ходила по безлюдной местности с рюкзаком за плечами и ни разу не ночевала там. Ни единого раза.

А понадобится ли он мне? — гадала я вяло и мрачно, плюхнувшись обратно на постель. Самое время поужинать, но я была слишком взволнована, чтобы ощущать голод, и одиночество неуютно плескалось в моем желудке.

— Ты наконец получила то, чего хотела, — сказал Пол, когда мы прощались с ним в Миннеаполисе десятью днями раньше.

— Что именно? — спросила я.

— Одиночество, — ответил он и улыбнулся, а я смогла в ответ только неуверенно кивнуть.

Да, именно этого я и хотела, хотя *одиночество* было не совсем тем словом. Что мне требовалось, когда речь шла о любви, — это, казалось, невозможно объяснить. Кончина моего брака была долгим процессом, который начался с письма, прибывшего через неделю после смерти матери, хотя его истоки уходили еще дальше.

Письмо было адресовано не мне. Полу. Как бы ни была свежа тогда моя скорбь, я все же взволнованно бросилась в нашу спальню и протянула ему письмо, и вот тут-то заметила обратный адрес.

ДИКАЯ

Оно было из университета Нью-Скул в Нью-Йорке. Когда-то, в другой жизни — которая у нас была всего три месяца назад, в те дни, когда я еще не знала о том, что у моей матери рак, — я помогала ему собирать документы и подавать заявление в магистратуру по специальности «политическая философия». Тогда, в середине января, мысль о том, что мы будем жить в Нью-Йорке, казалась мне самой восхитительной мыслью в мире. Но теперь, в конце марта —

> Я испытывала влечение к другим мужчинам с тех пор, как мы поженились, но держала его под контролем. Больше я не могла этого делать.

когда он вскрыл письмо и воскликнул, что его приняли, а я обняла его и всячески старалась сделать вид, что меня радует эта хорошая новость, — я почувствовала, что раскалываюсь надвое. Одна женщина — та, которой я была до смерти мамы. Другая — та, которой я стала теперь. И прежняя жизнь красовалась на поверхности моей личности, как синяк. Истинная «я» скрывалась под ним. В прежней жизни я знала, что в июне буду защищать свой диплом бакалавра, а спустя пару месяцев мы уедем. Что мы снимем квартиру в Ист-Виллидж или Парк-Слоуп — тех местах, которые я могла только представлять себе или читать о них. Что я буду носить броские пончо с очаровательными вязаными беретами и крутыми сапожками, становясь писательницей — на тот же «романтически бедняцкий» лад, как и многие из моих литературных героев и героинь.

Все это было теперь невозможно, что бы там ни говорилось в письме. Моя мама умерла. Моя мама умерла. Моя мама умерла. Все, что я воображала о себе, исчезло в трещине ее последнего вздоха.

Я не могла уехать из Миннесоты. Я была нужна моей семье. Кто поможет Лейфу завершить взросление? Кто позаботится об Эдди в его одиночестве? Кто приготовит ужин в День благодарения и будет продолжать семейные традиции? Кто-то должен был удерживать вместе то, что осталось от нашей семьи. И этим кем-то должна была быть я. Хотя бы так я должна отдать долг матери.

РАССТАВАНИЕ

— Ты должен ехать без меня, — сказала я Полу, который держал письмо. И повторяла это снова и снова, пока мы разговаривали в течение следующих недель, и моя убежденность росла день ото дня. Часть меня была в ужасе от того, что он меня покинет. Другая часть отчаянно надеялась, что он это сделает. Если бы он уехал, дверь нашего брака захлопнулась бы сама, и мне не пришлось бы захлопывать ее пинком. Я была бы свободна и ни в чем не виновата. Я любила его, но я была своевольной девятнадцатилетней девчонкой, когда мы поженились, и близко не готовой к тому, чтобы посвятить себя другому человеку, как бы дорог он мне ни был. Хотя я испытывала влечение к другим мужчинам с тех пор, как мы поженились, я держала его под контролем. Но больше я не могла этого делать. Скорбь уничтожила мою способность сдерживаться. Мне в столь многом отказано, думала я. Почему же я должна отказывать еще и сама себе?

Спустя неделю после смерти матери я поцеловалась с другим мужчиной. А еще спустя неделю — еще с одним. Я только заигрывала с ними и с другими, которые были после, — поклявшись не пересекать сексуальную

> Тогда, в середине января, мысль о том, что мы будем жить в Нью-Йорке, казалась мне самой восхитительной мыслью в мире. Но сейчас, в конце марта, я почувствовала, что раскалываюсь надвое. Все, о чем я мечтала раньше, было теперь невозможно.

черту, которая имела для меня какое-то значение. Но все равно знала, что я не права, обманывая и изменяя. Я попалась в ловушку собственной неспособности ни бросить Пола, ни оставаться ему верной. Поэтому и ждала, чтобы он оставил меня, чтобы уехал в магистратуру один. Конечно, он отказывался. Он отложил поступление на год, и мы остались в Миннесоте, чтобы я могла быть рядом с родными. Хотя эта близость за год, прошедший после смерти матери, принесла мало плодов. Оказалось, что я неспособна удержать семью вместе. Я не была моей мамой. Только после ее смерти я осознала, кем она была: магической силой в центре нашей семьи, которая заставляла нас всех невидимо вращаться по прочным орбитам вокруг нее. Без нее Эдди постепенно превращался в незнакомого человека. Лейф, Карен и я постепенно уплывали в свои собственные жизни. Как бы сильно я ни старалась, наконец мне пришлось тоже это признать: без матери мы перестали быть тем, чем были прежде. Мы стали четырьмя людьми, дрейфующими по отдельности посреди обломков нашей скорби, соединенными только тончайшей бечевкой. Я так и не приготовила ни одного ужина в День благодарения. К тому времени как настал первый День благодарения после смерти матери, через семь месяцев, моя семья превратилась в то, о чем я уже говорила в прошедшем времени.

Так что, когда мы с Полом наконец уехали в Нью-Йорк год спустя, я была рада. Там я могла начать все сначала. Я перестану путаться с другими мужчинами. Я перестану скорбеть так неистово. Я перестану страдать по семье, которая у меня была когда-то. Я буду писательницей, которая живет в Нью-Йорке. Я буду ходить по городу в крутых сапожках и очаровательном вязаном берете.

Но этого не случилось. Я была той, кем была — женщиной, чей пульс бился под синяком ее прежней жизни. Просто теперь я находилась в другом месте.

Днем я работала, писала рассказы. Вечером обслуживала столики в ресторане и встречалась с одним из двух мужчин, с которыми одновременно «не пересекала черту». Мы прожили в Нью-Йорке всего месяц, а потом Пол ушел из магистратуры, решив, что он не хочет учиться, а хочет играть на гитаре. Спустя полгода мы совсем уехали из Нью-Йорка, ненадолго вернувшись в Миннесоту. Потом отправились в продлившуюся несколько месяцев автомобильную поездку по всему Западу, описав широкий круг, который охватывал Гранд-Каньон и Долину Смерти, Биг-Сюр и Сан-Франциско. Под конец этой поездки, поздней весной, мы обосновались в Портленде и нашли себе работу в ресторанах. Поначалу жили у моей подруги Лизы в ее крошечной квартирке. Затем переехали на ферму в 10 милях от города, где получили

РАССТАВАНИЕ

возможность провести лето — в обмен на то, что приглядывали за козой, кошкой и целым выводком экзотических диких кур. Мы вытащили из нашего грузовичка футон и спали на нем в гостиной, под большим широким окном, которое выходило в сад, заросший лещиной. Мы подолгу гуляли, собирали ягоды и занимались любовью. *Я смогу,* думала я. *Я смогу быть Полу женой.*

И снова я ошиблась. Я могла быть только той, кем, казалось, должна была быть. Только сейчас — в еще большей степени. Я даже не помнила той женщины, которая была до того, как моя жизнь раскололась надвое. Живя на этой маленькой ферме на дальней окраине Портленда, несколько месяцев спустя после второй годовщины смерти матери, я больше не беспокоилась о том, чтобы не пересекать черту. Когда Пол принял предложение о работе в Миннеаполисе, которая потребовала от него возвращения в Миннесоту прямо посреди нашего экзотического ангажемента по уходу за курами, я осталась в Орегоне. И стала любовницей бывшего бойфренда женщины, которой принадлежали экзотические цыплята. Я переспала с поваром в ресторане, где работала, обслуживая столики. Я переспала с массажистом, который угостил меня ломтиком бананово-сливочного пирога и подарил бесплатный массаж. И со всеми тремя — в течение каких-нибудь пяти дней.

> Я попалась в ловушку собственной неспособности ни бросить Пола, ни оставаться ему верной. Поэтому и ждала, чтобы он оставил меня.

Думаю, примерно так чувствуют себя люди, которые нарочно наносят себе ножевые ранения. Некрасиво — зато чисто. Нехорошо — но никаких сожалений. Я пыталась исцелиться. Пыталась изгнать зло из своего организма, чтобы снова стать хорошей. Исцелить себя от себя самой. К концу лета, когда я вернулась в Миннеаполис, чтобы жить вместе с Полом, я верила, что мне это удалось. Я думала, что стала другой, что стала лучше, что *дело сделано.* И некоторое время так и было — мне удалось хранить верность ему всю осень и начало нового года. А потом я закрутила очередную интрижку. Я знала, что дошла до края. Я больше не могла выносить саму себя. Я, наконец, должна была сказать Полу слова, которые разодрали всю мою жизнь надвое. Дело не в том, что я его не любила. А в том, что я должна была быть одна, хотя и не понимала, почему.

Моя мама была мертва три года.

Когда я сказала ему все, что должна была сказать, мы оба рухнули на пол и зарыдали. На следующий день Пол съехал с квартиры. Постепенно мы рассказали нашим друзьям, что расстаемся. Мы надеемся, что нам удастся с этим справиться, говорили мы. Нам необязательно разводиться. Поначалу они нам не поверили — мы казались *такими счастливыми*, говорили все. А потом они страшно разозлились — не на нас, а на меня. Одна из самых близких подруг вынула мою фотографию, которая стояла у нее в рамке, разорвала ее пополам и прислала мне по почте. Другая закрутила роман с Полом. Когда я была вне себя от обиды и ревности, третья подруга сказала, что именно этого-то я и заслуживаю: мол, что посеешь, то и пожнешь. Мне нечего было ей возразить, но сердце все равно было разбито. Я лежала одна на нашем футоне, чувствуя, что мое тело чуть ли не взмывает в воздух от боли.

> Я переспала с тремя мужчинами в течение каких-нибудь пяти дней. Я пыталась исцелиться. Пыталась изгнать зло из своего организма, чтобы снова стать хорошей. Исцелить себя от себя самой.

Спустя три месяца после расставания мы по-прежнему терзались всеми муками ада. Я не хотела ни снова сходиться с Полом, ни разводиться с ним. Я хотела бы, чтобы меня было две, чтобы можно было сделать и то и другое. Пол встречался с целой вереницей женщин, а я внезапно стала целомудренной. Теперь, когда я сексом разрушила свой брак, секс оказался в моих мыслях на последнем месте.

— Тебе нужно уехать из Миннеаполиса к чертовой матери, — как-то раз сказала моя подруга Лиза во время одного из наших

РАССТАВАНИЕ

надрывных ночных разговоров. — Приезжай ко мне в Портленд, — предложила она.

Спустя неделю я ушла с работы, загрузила свой грузовик и отправилась на запад, по тому же маршруту, по которому проехала годом позже, чтобы начать свой поход по Маршруту Тихоокеанского хребта.

К тому времени как добралась до Монтаны, я поняла, что поступила правильно. Бескрайние зеленые просторы расстилались на целые мили за моим ветровым стеклом, а небо уходило еще дальше. Город Портленд подмигивал мне издалека, невидимый за горизонтом. Он будет для меня роскошным убежищем, пусть и ненадолго. Я оставлю позади все свои тревоги.

Но вместо этого я лишь нашла новые.

> Теперь, когда я сексом разрушила свой брак, секс оказался в моих мыслях на последнем месте.

3

ЖЕНЩИНА С ДЫРОЙ В СЕРДЦЕ

Проснувшись на следующее утро в своем номере в мотеле «Уайтс», я приняла душ и встала перед зеркалом, чистя зубы и мрачно разглядывая себя. Я пыталась ощутить нечто вроде приятного волнения, но вместо него пришла только угрюмая неуверенность. То и дело в мыслях моих возникал приговор, грохотавший в моей голове, как глас божий. И, пока я смотрела на свое отражение в этом тусклом, покрытом пятнами зеркале, он зазвучал снова: *женщина с дырой в сердце*. Это была я. Вот почему вчера вечером мне так хотелось, чтобы рядом был хоть какой-нибудь спутник. Вот почему я оказалась здесь, голая, в номере мотеля, со смехотворной идеей совершить трехмесячный одиночный поход по МТХ. Я опустила щетку, наклонилась к зеркалу и вгляделась в собственные глаза. Я чувствовала, что внутри меня все рассыпается, словно лепестки отцветшего цветка на ветру. Стоило мне шевельнуть хоть одним мускулом, и еще один мой лепесток улетал прочь. *Пожалуйста*, думала я. *Пожалуйста…*

Я подошла к кровати и стала разглядывать свою походную униформу. Прежде чем пойти в душ, я аккуратно разложила ее на постели — так же, как сделала моя мама, когда я в первый раз должна была пойти в школу. Когда я надела лифчик и стала натягивать футболку, крошечные корочки, которые еще покрывали мою новую татуировку, зацепились за рукав, и я осторожно отшелушила их. Это была моя единственная татуировка — синяя лошадка на левой дельтовидной мышце. Пол сделал себе такую же. Этими татуировками мы отметили наш развод, который стал окончательным всего месяц назад. Мы больше не были женаты, но эти татуировки казались нам доказательством наших вечных уз.

Мне еще отчаяннее хотелось позвонить Полу, чем накануне вечером, но я не могла себе этого позволить. Он слишком хорошо меня знал. Он услышал бы печаль и нерешительность в моем голосе и понял, что дело не только в том, что я взволнована из-за начала похода. Он почувствовал бы, что я должна что-то ему сказать.

Я натянула носки, зашнуровала ботинки, подошла к окну и отдернула занавески. Солнце ослепительно отражалось от белых камешков парковки. Через дорогу была заправочная станция — хорошее место, чтобы поймать

> Это была я. Здесь, в номере мотеля, голая, со смехотворной идеей совершить трехмесячный одиночный поход по МТХ.

попутку, которая подбросит меня к началу маршрута. Когда я выпустила из рук занавеску, в комнате снова стало темно. Мне она нравилась такой, похожей на безопасный кокон, который мне никогда не придется покинуть, — хотя я и понимала, что это не так. Было 9 утра, а на улице уже стало жарко, и белый дырчатый ящик в углу вновь ожил, взревев и наполнив комнату прохладой. Несмотря на все, что намекало мне, что я иду в никуда, все же было место, где я должна оказаться: первый день на МТХ.

Я расстегнула отделения рюкзака и вытащила из него все, швыряя вещи на постель. Подняла с пола пластиковые пакеты и опорожнила их тоже, а потом уставилась на эту кучу предметов. Их все мне предстояло нести с собой в течение следующих трех месяцев.

Там был голубой компрессионный мешок, в котором лежала одежда, которую я еще не носила: пара флисовых брюк, термофутболка с длинным рукавом, толстый флисовый анорак с капюшоном, две пары шерстяных носков и двое трусов, пара тонких перчаток, панама, флисовая шапка, непромокаемые брюки. Еще один, более плотный непромокаемый мешок с сухим пайком, был под завязку набит продуктами, которые понадобятся мне в течение следующих четырнадцати дней, прежде чем я доберусь до первой «подзаправочной» остановки — места под названием Кеннеди-Медоуз. Также там был спальный мешок и походный стульчик, который можно разложить так, чтобы он служил подушкой. Головной фонарик — такой, какие носят шахтеры, и пять эластичных шнуров. Был фильтр для воды и крохотная складная плитка, высокая алюминиевая канистра с газом и маленькая розовая зажигалка. Маленький котелок, вложенный внутрь котелка побольше. Приборы, складывающиеся пополам. Пара дешевых спортивных сандалий, которые я намеревалась носить в конце каждого дня, поставив лагерь перед ночевкой. Быстросохнущее полотенце, термометр-брелок, брезент и термоизолированная пластиковая кружка с ручкой. Комплект сыворотки против змеиных укусов и швейцарский армейский нож. Миниатюрный бинокль в застегивающемся на молнию футляре из кожзама и моток флуоресцентной веревки. Компас, которым я еще не научилась пользоваться, и книга, которая должна была меня этому научить, под названием «Как не заблудиться» — ее я намеревалась прочесть во время перелета в Лос-Анджелес, но так и не прочла. Аптечка первой помощи в девственно-чистом красном парусиновом чехле, закрывавшемся на кнопку, моток туалетной бумаги в зиплок-пакете[1]. Лопатка из нержавеющей стали, у которой были собственные черные ножны с надписью *U-Dig-It* на лицевой стороне. Маленький пакет с туалетными принадлежностями и личными вещами, которые, как я думала, понадобятся мне в дороге, — шампунь и кондиционер, мыло, лосьон и дезодорант, кусачки для ногтей, репеллент от насекомых и лосьон от солнца, щетка для волос, натуральная губка для менструаций и тюбик водоотталкивающего и солнцезащитного бальзама для губ. Электрический фонарик и металлический фонарь под свечу, запасные свечи и складная пила — для чего, я и сама не знала — и зеленый нейлоновый мешок со сложенной палаткой. Две

---

[1] З и п л о к - п а к е т — полиэтиленовый пакет многоразового использования с пластиковой застежкой.

пластиковые бутылки для воды по 32 унции[1] каждая, заплечный бурдюк для воды, способный вместить 2,6 галлона[2], комок нейлона величиной с кулак, который разворачивался в дождевик для моего рюкзака, и шарик из гортекса[3], который, раскрываясь, превращался в дождевик для меня. Еще там были вещи, которые я взяла на случай, если другие вещи меня подведут — запасные батарейки, коробка со спичками, которые не боятся воды, спасательное одеяло и бутылочка с таблетками йодина. Две ручки и три книги (помимо «Как не заблудиться»): «Маршрут Тихоокеанского хребта, часть I: Калифорния» (тот самый путеводитель, который и сподвиг меня на это путешествие, созданный квартетом авторов,

> Я вытащила все вещи из рюкзака и пластиковых пакетов, а потом уставилась на эту кучу предметов. Их все мне предстояло нести с собой в течение следующих трех месяцев.

спокойно, но жестко рассказывавших о трудностях и прелестях этого маршрута), «Когда я умирала» Уильяма Фолкнера и «Мечта об общем языке» Адриенны Рич. Двухсотстраничный альбом для набросков, который я использовала в качестве дневника. Зиплок-пакет с моей водительской лицензией и небольшим свертком наличных, ворохом почтовых марок и крохотным блокнотиком на пружинке, в котором на нескольких страницах были нацарапаны адреса друзей. Здоровенный профессиональный 35-мм фотоаппарат Minolta X-700 со съемными линзами и съемной вспышкой и миниатюрный складной треножник — все это было упаковано внутри пухлого чехла от камеры размером с футбольный мяч.

Не то чтобы я была фотографом…

Чтобы закупить добрую долю всех этих благ, я раз десять заходила в магазин туристического снаряжения в Миннеаполисе под названием *REI*. И не скажу, что это было простым делом. Как

---

[1] 1 унция = 30 мл.
[2] 1 галлон = 9,84 л.
[3] Отличающийся высокой водопроницаемостью «дышащий» материал, произведенный фирмой W. L. Gore & Associates.

я вскоре выяснила, покупать даже бутылку для воды, прежде не изучив основательно новейшие технологии изготовления бутылок, было глупостью. Приходилось принимать во внимание различные «за и против» самых разных материалов, не говоря уже об исследованиях, касавшихся дизайна фляги. И это была самая мелкая, наименее сложная из покупок. Остальная часть снаряжения оказалась еще сложнее, как я обнаружила после консультаций с продавцами *REI*, которые с надеждой спрашивали, не могут ли они помочь мне, всякий раз, когда замечали меня у витрин с походными плитками или между рядами палаток. Они были разного возраста, отличались манерой разговора и областью специализации по приключениям в дикой природе, но между ними было и нечто общее. Все до единого они могли разговаривать о снаряжении с таким воодушевлением и так долго, что это ошеломляло меня, и в итоге я совершенно переставала понимать что бы то ни было. Они заботились о том, чтобы мой спальный мешок имел устройство, предохраняющее молнию от застревания. И муфту для лица, которая позволяет капюшону плотно прилегать, не мешая мне дышать. Они испытывали искреннее удовольствие от того, что в моем водяном фильтре был складчатый элемент из стекловолокна для увеличения поверхностной площади. Их знания каким-то образом передавались мне. К тому времени как я приняла решение покупать именно этот рюкзак — с новейшей гибридной внешней рамой, которая, как утверждалось, обладает балансом и гибкостью внутренней рамы, — я уже чувствовала себя экспертом по рюкзакам.

И только теперь, стоя и глядя на эту кучу методично подобранного снаряжения, лежавшего на кровати в моем номере мотеля в пустыне Мохаве, я поняла — с глубоким смирением, — что никакой я не эксперт.

Я разобрала всю эту гору вещей, рассортировывая, складывая и заталкивая их в каждое доступное пространство своего рюкзака, пока наконец в него уже ничего нельзя было больше впихнуть. Я рассчитывала использовать эластичные шнуры, чтобы прикрепить свой мешок с продовольствием, палатку, брезент, мешок с одеждой и походный стульчик, сложенный в подушку, снаружи своего рюкзака — к тем местам внешней рамы, которые были предназначены как раз для этой цели. Но теперь стало очевидно, что снаружи цеплять придется и многое другое. Я связала эластичными шнурами все вещи, с которыми планировала это сделать прежде, а затем всунула между ними и остальные: ремни сандалий, футляр с фотоаппаратом, ручку, кружку и светильник под свечу. Я пристегнула лопатку в футляре к ремню рюкзака и прицепила к одной из его молний брелок-термометр.

> Покупать даже бутылку для воды, прежде не изучив основательно новейшие технологии изготовления бутылок, было глупостью. Приходилось принимать во внимание различные «за и против» самых разных материалов, не говоря уже об исследованиях, касавшихся дизайна фляги.

Покончив с этим, я уселась на пол, вся потная от усилий, и умиротворенно уставилась на свой рюкзак. А потом вспомнила еще одно, последнее: *вода*.

Я решила начать свой поход именно отсюда по простой причине. Потому что, по моим расчетам, мне потребовалось бы около сотни дней, чтобы дойти до Эшленда, города в штате Орегон. В этом месте я планировала закончить свой маршрут, потому что слышала о нем много хорошего и думала, что мне, возможно, захочется остаться там жить. Месяцы назад я проводила пальцем по карте, двигаясь на юг, складывая километры и дни, и останавливалась на перевале Техачапи, где МТХ пересекает шоссе 58 в северо-западном углу пустыни Мохаве, недалеко от города Мохаве. И всего пару недель назад до меня дошло, что я начинаю свой поход с одного из самых засушливых участков маршрута. С того места, где даже самые быстрые, подготовленные и спортивные дальноходы не всегда могли добраться от одного источника воды до другого в течение дня. А для меня так это просто невозможно. Мне потребуется два дня, чтобы дойти до первого источника — в 27 с лишним километрах от начала маршрута. Так что предстояло нести с собой достаточно воды, чтобы продержаться двое суток.

ДИКАЯ

Я заполнила бутылки под краном в ванной и всунула их в сетчатые боковые карманы рюкзака. Выкопала из главного отделения заплечный бурдюк и залила его под завязку, все 9,84 л. Вода, как я позже выяснила, весит по 8,3 фунта на галлон. Не знаю, сколько весил мой рюкзак в тот первый день, но знаю, что одна только вода весила почти 10 кг. И это были неподъемные «почти 10 кг». Бурдюк вел себя, как гигантский плоский воздушный шар, наполненный водой: он хлюпал, сгибался и выскальзывал у меня из рук, шлепаясь на пол, пока я пыталась прикрепить его к рюкзаку. По краям он был снабжен ткаными ремешками. С огромными усилиями я продела сквозь них эластичные шнуры, привязав бурдюк рядом с чехлом с камерой, босоножками, кружкой и светильником под свечу. И, пока делала это, извелась настолько, что вытащила кружку и швырнула ее через всю комнату.

> Пару недель назад до меня дошло, что я начинаю свой поход с одного из самых засушливых участков маршрута. Мне потребуется два дня, чтобы дойти до первого источника воды.

Наконец, когда все оказалось на нужных местах, на меня снизошел покой. Я была готова к началу. Я надела наручные часы, накинула на шею розовую неопреновую петлю-шнурок, на которой болтались мои солнечные очки, нахлобучила панаму и взглянула на рюкзак. Он был одновременно огромным и компактным, вызывал легкое восхищение и раздражал своей самодостаточностью. Он выглядел как живой. В его компании я уже не чувствовала себя абсолютно одинокой. Стоя на полу, он доходил мне до талии. Я ухватилась за него и наклонилась, чтобы поднять.

Он даже не шелохнулся.

Я присела на корточки, решительней взялась за раму и попыталась поднять его снова. И вновь он не сдвинулся с места. Ни на сантиметр. Я схватила его обеими руками, напружинив ноги, одновременно пытаясь заключить его в медвежьи объятия, стараясь изо всех сил, собрав всю волю, на пределе дыхания, мобилизовав все свои возможности. А он не двигался. Это было все равно что пытаться приподнять «Фольксваген-жук». Он выглядел таким симпатичным, таким *готовым* к тому, чтобы его подняли — и все же это было невозможно сделать.

Я уселась и принялась обдумывать ситуацию. Как я смогу нести этот рюкзак сотни километров по иззубренным горам и безводным пустыням, если не могу сдвинуть его ни на дюйм в комнате мотеля, оборудованной кондиционером?! Даже представить смешно — и все же я *должна* была поднять этот рюкзак. Мне и в голову не приходило, что я не смогу этого сделать. Я просто почему-то думала, что если сложу все вещи, которые мне нужны, чтобы отправиться в пеший поход с рюкзаком, по весу они будут равны той тяжести, которую я в состоянии нести. Правда, продавцы из *REI* довольно часто упоминали о весе в своих монологах, но я не обращала на это достаточного внимания. Мне казалось, что есть и более важные вопросы, которые следует обдумать. К примеру, позволит ли муфта для лица плотно прилегать капюшону, при этом не мешая мне дышать.

Я задумалась о том, что можно вынуть из рюкзака, но каждая вещь была столь очевидно необходима или без нее настолько нельзя было обойтись в чрезвычайных обстоятельствах, что я не решилась ничем пожертвовать. Придется постараться поднять рюкзак таким, каков он есть.

> Присев на корточки, я снова попыталась приподнять рюкзак. И снова он не сдвинулся с места. Это было все равно что пытаться приподнять «Фольксваген-жук».

Я подползла к рюкзаку по ковру и уселась на корточки прямо перед ним, продела руки в лямки и застегнула ремни поперек груди. Сделала глубокий вдох и начала раскачиваться взад-вперед, чтобы набрать инерцию, пока наконец не рухнула вперед вместе с рюкзаком и не оказалась на четвереньках. Рюкзак больше не прикасался к полу. Он официально стал частью меня. Он по-прежнему казался мне «Фольксвагеном-жуком», только теперь стал «Фольксвагеном», который припарковался у меня на спине. Я постояла так несколько секунд, пытаясь обрести равновесие.

ДИКАЯ

Медленно подтянула ступни под себя, одновременно перебирая руками по металлической решетке кондиционера, пока не приняла достаточно вертикальное положение, чтобы из него можно было проделать упражнение по становой тяге. Пока я поднималась, рама рюкзака попискивала. Чудовищный вес испытывал не только мои, но и ее возможности. К тому моменту как мне удалось встать — точнее, сгорбиться в позе, отдаленно напоминающей вертикальное положение, — в руках у меня оказалась дырчатая металлическая панель, которую я, увлекшись процессом, случайно оторвала от кондиционера.

О том, чтобы приладить ее обратно, нечего было и думать. Место, куда ее нужно было вставить, оказалось недосягаемым для меня. Всего на несколько сантиметров, но о том, чтобы их преодолеть, не могло быть и речи. Я прислонила панель к стене, застегнула ремень на бедрах и, покачиваясь и спотыкаясь, прошлась по комнате.

> Наконец-то рюкзак официально стал частью меня. Он по-прежнему казался мне «Фольксвагеном-жуком», только теперь — «Фольксвагеном», который припарковался у меня на спине.

Мой центр тяжести смещался в любом направлении, куда мне стоило хотя бы чуть-чуть наклониться. Ноша моя болезненно врезалась в плечи, поэтому я все туже и туже затягивала ремень на бедрах, пытаясь уравновесить ее. И в результате пережала тело настолько сильно, что плоть выпирала по обе стороны от ремня. Рюкзак вздымался над моей спиной, точно хищная птица, возвышаясь на несколько сантиметров над моей головой и сдавливая тело, точно тисками, вплоть до самого копчика. Ощущение было ужасное, но, вероятно, именно такое ощущение должно быть у пешего походника.

Наверняка я этого не знала.

Я знала только, что пора идти. Так что открыла дверь и шагнула в солнечный свет.

ЧАСТЬ ВТОРАЯ

СЛЕДЫ

Слова — это цели.
Слова — это карты.

АДРИЕННА РИЧ,
«Ныряя в обломки»

Примешь меня такой,
какая есть? Примешь?

ДЖОНИ МИТЧЕЛЛ,
«Калифорния»

4

С НОШЕЙ ЗА ПЛЕЧАМИ

В своей жизни я совершила немало глупых и опасных поступков, но поездки в машине с незнакомцем среди них еще не было. Ужасные вещи случаются с теми, кто путешествует автостопом в одиночку, я знала это. Особенно с женщинами. Их насиловали, им отрубали головы. Их мучили и оставляли умирать. Но пока я добиралась из мотеля «Уайтс» к ближайшей заправочной станции, я не могла позволить таким мыслям отвлекать меня. Если я не хочу тащиться 20 километров по пышущей жаром обочине шоссе, мне нужно, чтобы кто-то меня довез.

К тому же поездка автостопом — это как раз то, что порой проделывали дальноходы на МТХ. А ведь я была одной из них, верно? *Верно?*

Верно.

Путеводитель «Маршрут Тихоокеанского хребта, часть I: Калифорния» пояснял этот вопрос в своей обычной невозмутимой манере. Кое-где МТХ пересекает шоссе, а в нескольких километрах дальше по этому шоссе расположено почтовое отделение. Туда походник направляет себе посылку с едой и необходимыми вещами, которые понадобятся на следующем отрезке маршрута. И автостоп — единственное практичное решение, чтобы забрать эти коробки и вернуться на маршрут.

Я стояла рядом с автоматом, торговавшим лимонадом, напротив здания автозаправочной станции. Смотрела, как люди приезжают и уезжают, и набиралась храбрости, чтобы подойти к одному из них. И надеялась, что когда я увижу нужного мне человека, то почувствую, что он не причинит мне вреда. Я видела пожилых, обветренных пустыней мужчин в ковбойских шляпах, и людей семейных, чьи машины были уже битком набиты. И подростков, которые притормаживали, а из открытых окон их машин грохотала музыка. Никто из них не был особенно похож на убийцу или насильника. С другой стороны, нельзя сказать, что все они были *непохожи* на убийц и насильников. Я купила банку кока-колы и выпила ее с беззаботным видом, который должен был скрывать тот факт, что я не могу нормально стоять из-за невероятной ноши, давящей мне на плечи. Наконец мне пришлось сделать решительный шаг. Было почти 11 часов утра, и жара пустынного июньского дня набирала силу.

> Ужасные вещи случаются с женщинами, которые путешествуют автостопом в одиночку. Но если я не хочу тащиться 20 километров по пышущей жаром обочине шоссе, нужно, чтобы кто-то меня довез.

На заправке остановился мини-вэн с колорадскими номерами, и из него выбрались двое мужчин. Один из них был примерно моего возраста, другой выглядел лет на пятьдесят. Я подошла к ним и попросила подвезти меня. Они замешкались и переглянулись. По выражению их лиц было ясно, что они молча ищут предлог отказать. Я поспешила объясниться, короткими фразами рассказывая о своем походе по МТХ.

— Ладно, — наконец сказал старший мужчина с явной неохотой.

— Спасибо большое! — пропела я тонким девичьим голоском. Когда я доковыляла до большой двери сбоку машины, мужчина помоложе откатил ее передо мной. Я заглянула внутрь, внезапно осознав, что понятия не имею, как мне туда забраться. Я не могла даже попытаться шагнуть внутрь, пока на спине у меня оставался рюкзак. Мне нужно было снять его, но как я это сделаю? Если бы я расстегнула пряжки, которые удерживали ремни рюкзака вокруг моей талии и плеч, то никак не смогла бы удержать его от падения назад, причем с такой силой, что он вполне мог вывернуть мне руки.

— Помощь нужна? — спросил молодой.

— Нет. Я справлюсь, — сказала я фальшиво-беззаботным тоном. Единственное, что я сумела придумать, — это повернуться к машине спиной и согнуть ноги, чтобы усесться на раму проема, придерживаясь за край откатной дверцы, чтобы рюкзак приземлился на пол позади меня. Это было блаженство! Я отстегнула лямки и осторожно выпуталась из них, не опрокинув рюкзак, а потом повернулась и влезла внутрь машины, чтобы сесть рядом с ним.

Когда тронулись с места, мужчины стали вести себя дружелюбнее. Мы покатили по пустынному ландшафту, отмеченному иссохшими кустами и бледными горами, простиравшимися вдаль. Они оказались отцом и сыном из пригорода Денвера, направлялись на церемонию вручения дипломов в Сан-Луис-Обиспо. Прошло совсем немного времени, и показался дорожный знак, обозначающий перевал Техачапи. Старший из мужчин притормозил и съехал на обочину дороги. Молодой вышел и снова откатил передо мной большую дверь. Я надеялась надеть рюкзак так же, как и сняла его, помогая себе поднять вес с помощью пола машины, присев на корточки перед дверью, но не успела я сделать шаг наружу, как молодой вытащил мой рюкзак и тяжело уронил его на покрытую гравием обочину. Он рухнул так грузно, что я испугалась, как бы не прорвался водяной бурдюк. Я выбралась из машины, установила рюкзак в вертикальное положение и отряхнула.

— Вы уверены, что сможете его поднять? — поинтересовался молодой. — Ведь даже *мне* это едва удалось.

— Разумеется, я могу его поднять, — проговорила я.

ДИКАЯ

Он продолжал стоять рядом, как будто ждал, пока я это докажу.

— Спасибо, что подбросили, — сказала я, изо всех сил желая, чтобы он уехал и не стал свидетелем унизительного взваливания рюкзака на спину.

Он кивнул и захлопнул дверцу кузова.

— Безопасного вам пути.

— Спасибо, — кивнула я, глядя, как он забирается обратно в машину.

После того как они уехали, я немного постояла у безмолвного шоссе. Ветер вихрился, гоня вперед маленькие облачка пыли под пылающим полуденным солнцем. Я стояла на высоте почти в 1160 метров над уровнем моря, со всех сторон окруженная бежевыми голыми горами, местами испещренными кустами полыни, рощицами юкки и чапараля высотой мне до пояса. Я была на западной границе пустыни Мохаве и у южного подножия Сьерра-Невады. Эта огромная горная цепь простирается на север более чем на 640 километров, вплоть до национального парка Лассен-Волканик. Там она смыкается с Каскадными горами, которые тянутся от Северной Калифорнии через весь Орегон и Вашингтон до канадской границы и дальше. Этим двум горным цепям предстояло стать моим миром на ближайшие три месяца; их гребни будут моим домом. На столбике ограды за кюветом я разглядела металлическую табличку в ладонь величиной с надписью «Маршрут Тихоокеанского хребта».

> Двум горным цепям предстояло стать моим миром на ближайшие три месяца. Их гребни будут моим домом.

Я добралась. Наконец-то я могла начать.

Мне пришло в голову, что сейчас самое время сделать фотографию, но распаковывание камеры было сопряжено с таким рядом операций по разбору снаряжения и распутыванию шнуров, что не хотелось даже пытаться. К тому же, чтобы сделать фотографию самой себя, нужно было найти что-то, на чем установить камеру, включить таймер и добраться до нужного места до того, как она сделает снимок. А вокруг не было ничего похожего на надежную опору. Даже тот столбик, на котором висел знак, обозначающий начало маршрута, казался чересчур иссохшим и хрупким. Вместо этого я уселась на землю перед рюкзаком точно так же, как делала в комнате мотеля, и взвалила его на плечи. Потом, стоя на четвереньках, постепенно сгруппировалась и встала, как штангист-тяжеловес.

Взволнованная, издерганная, сгорбленная под весом рюкзака, я застегнула пряжки и затянула ремни. А потом сделала первые неуверенные шаги

> В журнале регистрации я принялась читать имена походников, которые прошли по тропе до меня. Большинство были мужчинами, путешествовавшими в парах, и ни одной женщины-одиночки.

по тропе к коричневому металлическому ящику, прикрепленному к другому столбику. Подняв крышку, я увидела внутри блокнот и ручку. Это был журнал регистрации, о котором я читала в путеводителе. Я вписала свое имя, дату прохождения и принялась читать имена и заметки походников, которые прошли по тропе за недели до меня. Большинство были мужчинами, путешествовавшими в парах, и ни одной женщины-одиночки. Я еще немного помедлила, переживая бурю эмоций, поднятую этим фактом. Но делать нечего — надо идти. И я двинулась вперед.

Тропа устремлялась на восток. Некоторое время она шла параллельно шоссе, ныряя в каменистые овраги и снова поднимаясь. «Я иду!» — подумала я. А потом: «*Я иду по Маршруту Тихоокеанского хребта!*» Само по себе это действие — движение по маршруту — лежало в основе моей убежденности в том, что такой поход был разумным предприятием. В конце концов, что такое пеший туризм, как не ходьба? *Я же умею ходить!* — возражала я, когда Пол тревожился по поводу того, что я ни разу не была в настоящем походе с рюкзаком. Ходила-то я постоянно. Когда работала официанткой, то проходила не один километр за день, не останавливаясь ни на минуту. Я обходила пешком города, в которых жила и которые посещала. Я ходила и ради удовольствия, и с конкретной целью. Да, все это правда. Но спустя примерно пятнадцать минут движения по МТХ стало ясно, что я никогда не ходила по пустынным горам в начале июня с такой ношей, которая была взвалена на мои плечи.

И, как выяснилось, это вообще не очень-то напоминает ходьбу. В сущности, это напоминает не ходьбу, а адские муки.

Я сразу же стала задыхаться и потеть. Когда же тропа повернула на север и начала даже не подниматься, а карабкаться в гору, мои ботинки и голени припорошило пылью, а каждый шаг стал сущей пыткой. Я поднималась все выше и выше, и этот подъем лишь изредка прерывался короткими спусками. Но они были не столько перерывом в аду, сколько новым вариантом ада. Приходилось собираться перед каждым шагом, чтобы земное притяжение не заставило меня рухнуть вместе с моим чудовищным, неконтролируемым бременем. Казалось, что не столько рюкзак пристегнут ко мне, сколько я к нему. Как будто я – здание на ножках, оторванное от своего фундамента, бредущее, пошатываясь, по пустыне.

> Спустя примерно пятнадцать минут движения по МТХ стало ясно, что это не очень-то напоминает ходьбу. Это, скорее, напоминает не ходьбу, а адские муки.

Не прошло и сорока минут, как мой внутренний голос принялся вопить: «Во что я себя втравила?!» Я пыталась игнорировать его, даже мычать какую-то мелодию на ходу, хотя это оказалось слишком сложно. Я одновременно задыхалась и стонала от муки. И пыталась удержать себя в положении, отдаленно напоминающем вертикальное. И при этом пыталась как-то двигаться вперед, хоть и чувствовала себя каменным зданием на ножках. Я решила сконцентрироваться на внешних звуках: на стуке моих подошв по сухой и каменистой тропе, на шорохе хрупких листьев и веток низких кустарников, мимо которых я проходила. Не тут-то было. Постоянный рефрен — *во что я себя втравила?* — превратился в могучий вопль. Попробуй заглуши такой! Единственный способ отвлечься — бдительно выслеживать змей. Я ожидала встретить их, готовых ужалить, за каждым поворотом. Казалось, этот ландшафт просто создан для них. А также для горных львов и обожающих пустынную местность серийных убийц.

Но о них я не думала.

Это была сделка, которую я заключила сама с собой несколько месяцев назад и которая заставила меня отправиться в поход в одиночку. Я понимала, что если позволю страху одолеть меня, то мое путешествие обречено. Страх в значительной степени рождается из тех историй, которые мы себе рассказываем. Поэтому я решила рассказывать себе иную историю, нежели те, которые рассказывают друг другу женщины. Я решила, что я в безопасности. Я сильна. Я мужественна. Ничто не может сломить меня. Упорно держась за эту историю, я, конечно, занималась своего рода самовнушением, но по большей части оно срабатывало. Всякий раз, услышав звук неизвестного происхождения или почувствовав, как нечто чудовищное начинает формироваться в моем воображении, я отталкивала это прочь. Я просто не позволяла себе испугаться. Страх порождает страх. Сила порождает силу. Я собственной волей заставляла себя порождать силу. Проходило совсем немного времени — и я действительно *переставала* бояться.

> Я ожидала встретить змей, готовых ужалить, за каждым поворотом. Казалось, этот ландшафт просто создан для них. А также для горных львов и обожающих пустынную местность серийных убийц.

Мне было слишком трудно, чтобы еще и бояться.

Я делала один шаг, потом другой, двигаясь вперед со скоростью, которую нельзя назвать иначе, как «черепашьим шагом». Я и не думала, что пройти по МТХ будет легко. Я знала, что какое-то время придется приспосабливаться. Но теперь резко поубавилось уверенности в том, что удастся приспособиться. Поход по МТХ отличался от того, что я себе вообразила. Я *сама* отличалась от той женщины, которую воображала себе. Я даже не могла припомнить, что именно представлялось мне шесть месяцев назад, в декабре, когда я впервые приняла решение «сделать это».

Я вела машину по отрезку шоссе к востоку от Су-Фолс в Южной Дакоте, когда у меня возникла эта идея. Я выехала в Су-Фолс из Миннеаполиса накануне вместе с подругой Эме, чтобы забрать свой грузовик, который оставил там один из друзей: он взял его у меня в аренду, но машина по дороге сломалась.

К тому моменту как мы с Эме прибыли в Су-Фолс, мой грузовик уже отбуксировали с улицы. Теперь он стоял на стоянке, окруженной цепной изгородью и заваленной снегом, поскольку парой дней раньше случилась сильная метель. Именно из-за этой метели я и пошла накануне в магазин *REI* купить лопатку. Пока я стояла в очереди, чтобы заплатить за нее, я заметила путеводитель по Маршруту Тихоокеанского хребта. Я сняла его с полки, рассмотрела обложку и прочла аннотацию, прежде чем вернуть на место.

> Я делала один шаг, потом другой, двигаясь вперед со скоростью, которую нельзя назвать иначе, как «черепашьим шагом».

Как только мы с Эме очистили машину от снега, я забралась внутрь и повернула ключ. Я думала, что не услышу ничего, кроме мертвого щелчка, который автомобиль издает, когда больше ничего не может для тебя сделать, но он завелся мгновенно. Мы могли сразу же уехать обратно в Миннеаполис, но вместо этого решили остаться на ночь в мотеле. Вечером пошли поужинать в мексиканский ресторанчик, воодушевленные нежданной легкостью нашего путешествия. Пока мы ели чипсы с сальсой и запивали их «маргаритой», у меня вдруг возникло странное ощущение в желудке.

— Такое ощущение, будто я глотала эти чипсы целиком, — сказала я Эме, — и теперь их края протыкают меня изнутри. Мне казалось, что нижняя часть живота у меня вздулась, и там ощущалось покалывание. Ничего похожего раньше со мной не случалось.

— Может быть, я беременна, — пошутила я. И в тот же момент, когда произнесла эти слова, осознала, что не шучу.

— А ты беременна? — удивилась Эме.

— Очень может быть, — ответила я, внезапно приходя в ужас. Несколько недель назад я переспала с парнем по имени Джо. Мы познакомились предыдущим летом в Портленде, куда я сбежала, чтобы повидаться с Лизой и отрешиться от своих проблем. Я пробыла там всего несколько дней, и однажды он подошел ко мне в баре и накрыл мою руку своей ладонью.

На голове у него была неоново-яркая стрижка ежиком, как у панка, кричащая татуировка покрывала его руки до половины, а вот лицо оказалось полной противоположностью этому образу: упрямое и нежное, как у котенка, который хочет молока. Ему было 24 года, а мне 25. Я не спала ни с кем с тех пор, как три месяца назад мы с Полом окончательно расстались. В ту ночь мы с Джо занимались сексом на его хлипком футоне, расстеленном на полу, и почти не спали, проговорив до самого восхода солнца, в основном — о нем. Он рассказывал мне о своей умнице матери и алкоголике отце, об элитном и строгом университете, где годом раньше он получил диплом бакалавра.

— Ты когда-нибудь пробовала героин? — спросил он утром.

Я покачала головой и рассмеялась:

— А что, надо было?

Я могла бы спустить этот вопрос на тормозах. Когда мы познакомились, Джо только-только начал его употреблять. Он делал это без меня, с группой приятелей, которых я не знала. Да, я могла бы пропустить его вопрос мимо ушей, но что-то принудило меня сделать паузу. Я была заинтригована. Я не была связана никакими обязательствами. Молодая и переполненная скорбью, я была готова к саморазрушению.

> Молодая и переполненная скорбью, я была готова к саморазрушению. Так что я не просто сказала «да» героину. Я вцепилась в него обеими руками.

Так что я не просто сказала «да» героину. Я вцепилась в него обеими руками.

Я лежала в обнимку с Джо после секса на его шатком диванчике, когда в первый раз попробовала героин, спустя неделю после того, как мы познакомились. Мы по очереди вдыхали дым горящей капельки черной героиновой смолы, прилепленной к листку алюминиевой фольги, через трубочку, которая была тоже сделана из фольги. Всего через несколько дней я уже оставалась в Портленде не ради того, чтобы повидаться с Лизой и убежать от своих печалей. Я была в Портленде потому, что у нас с Джо началась этакая полулюбовь, подогретая наркотиками.

> На прошлой неделе мне исполнилось 26 лет. Это был первый день рождения в моей жизни, когда меня не поздравил ни один человек.

Я перебралась в его квартиру над заброшенной аптекой, где мы и провели бóльшую часть лета, занимаясь приключенческим сексом и употребляя героин. Вначале это происходило пару раз в неделю, потом — раз в два дня, потом — каждый день. Вначале мы его курили. Затем нюхали. *Но мы никогда не будем его колоть! —* говорили мы. Ни в коем случае.

А потом стали колоть.

Это было здорово. Это было нечто необыкновенно-прекрасное и не принадлежащее этому миру. Как будто я нашла настоящую планету, о существовании которой всегда знала. Планету Героин. Место, где не было боли; где смерть матери, и отсутствие в моей жизни отца, и распад нашей семьи, и расставание с человеком, которого я любила, — все это было неприятностями, в сущности, не такими уж страшными.

По крайней мере, так казалось, когда я была «на приходе».

По утрам моя боль усиливалась в тысячу раз. По утрам оказывалось, что в моей жизни есть не только эти печальные факты. Теперь был еще один, дополнительный факт — то, что я превратилась в кучу дерьма. Я просыпалась в убогой комнатенке Джо, и все говорило мне об этом: лампа и стол, книга, которая упала, раскрывшись, и теперь лежала, распластав по полу свои мятые страницы. В ванной я умывалась и всхлипывала в ладони, делая несколько быстрых вдохов, готовясь к работе официантки, которую нашла себе в ресторане, где подавали завтраки. Я думала: *это не я. Я не такая. Прекрати это. Хватит.* Но после рабочего дня я возвращалась с комком наличных, чтобы купить еще одну дозу героина, и думала: *Да. Я до этого дошла. Я докатилась до того, чтобы зря растратить свою жизнь. Я превратилась в наркоманку.*

Но этому не суждено было сбыться. Однажды мне позвонила Лиза и сказала, что хочет повидаться. Я не теряла с ней связи, подолгу тусовалась у нее дома, рассказывая ей некоторые подробности того, чем занимаюсь. В этот раз, как только я переступила ее порог, я поняла, что все не так просто.

— Ну-ка, расскажи мне о героине, — потребовала она.

— О героине? — переспросила я беззаботным тоном. Что же я могла ей сказать? Это было необъяснимо даже для меня самой.

— Я не становлюсь наркоманкой, если тебя это беспокоит, — соврала я. Я стояла, прислонившись к кухонному шкафчику, наблюдая, как она подметает пол.

— Именно это меня и беспокоит, — резко возразила она.

— Так не беспокойся, — предложила я. И принялась объясняться, настолько рационально и шутливо, насколько удавалось. Это длится всего пару месяцев. Скоро мы это прекратим. Мы с Джо просто развлекаемся, получаем удовольствие.

— В конце концов, сейчас же лето! — воскликнула я. — Помнишь, как ты предложила мне приехать сюда, чтобы сбежать от всего? Вот я и убегаю, — рассмеялась я, хотя она не поддержала мое веселье. Я напомнила ей, что никогда прежде у меня не было проблем с наркотиками; что я употребляла алкоголь умеренно и умела держать себя в руках. Я экспериментирую, сказала я ей. Я – художник. Такая женщина, которая говорит «да» вместо «нет».

Она оспаривала каждое мое предложение, подвергала сомнению каждый мой вывод. Она все подметала и подметала пол, и наша беседа постепенно превратилась в ссору. Под конец она так разозлилась, что шлепнула меня веником.

Я вернулась к Джо, и мы стали разговаривать о том, что Лиза ничего не понимает.

А еще через две недели позвонил Пол.

Он хотел видеть меня. Немедленно. Лиза рассказала ему о Джо и о том, что я употребляю героин. И он немедленно сел в машину и проехал 2700 километров из Миннеаполиса, чтобы поговорить со мной. Через час я встретилась с ним дома у Лизы. Был теплый солнечный сентябрьский день. На прошлой неделе мне исполнилось 26 лет. Джо об этом не вспомнил. Это был первый день рождения в моей жизни, когда меня не поздравил ни один человек.

— С днем рождения, — сказал Пол, когда я открыла дверь.

— Спасибо, — сказала я чуть слишком официальным тоном.

— Я хотел позвонить, но у меня не было твоего номера… я имею в виду, номера Джо.

Я кивнула. Мне было так странно видеть его! Моего мужа. Фантом из моей настоящей жизни. Самого настоящего человека из всех, кого я знала. Мы сидели за кухонным столом, и ветви смоковницы постукивали в окно, а веник, которым шлепнула меня Лиза, стоял, прислоненный к стене.

Он проговорил:

— Ты выглядишь по-другому. Ты кажешься такой… как бы это сказать? Кажется, будто тебя здесь нет.

Я поняла, что он имеет в виду. Его взгляд сказал мне все то, что я отказывалась слышать от Лизы. Я *была* другой. Меня там не было. И такой меня сделал героин. И все же мысль о том, что от него придется отказаться, казалась мне невозможной. Я поглядела Полу прямо в лицо, и это заставило меня осознать, что мои мысли путаются.

— Просто расскажи мне, зачем ты это с собой делаешь, — попросил он. Взгляд его был мягок, а лицо его было таким родным. Он потянулся через стол и взял мои руки в свои, и мы держались друг за друга, глядя друг другу в глаза, и по моим щекам потекли слезы, а потом заплакал и он. Он хочет, чтобы я поехала с ним домой, сегодня же, проговорил он ровным тоном. Не ради воссоединения семьи, но чтобы убраться отсюда. Убраться не от Джо, но от героина.

Я сказала ему, что мне нужно подумать. Я поехала обратно к дому Джо и села на солнце, в садовый шезлонг, который Джо держал в проулке позади здания. Героин заставил меня отупеть и отдалиться от себя самой. Мысль начинала формироваться в моем разуме, а потом испарялась. Я не могла заставить себя нормально мыслить, даже когда не была «на приходе». Пока я сидела там, ко мне подошел какой-то мужчина и сказал, что его зовут Тим.

> Взгляд Пола сказал мне обо всем. Я *была* другой. Меня там не было. И такой меня сделал героин.

Он взял меня за руку, пожал ее и сказал, что я могу доверять ему. Спросил, не одолжу ли я ему три доллара на подгузники для ребенка; потом — не может ли он зайти в мою квартиру и позвонить по телефону, а потом — не разменяю ли я ему пятидолларовую купюру и так далее. Бесконечный ряд хитрых вопросов и жалобных историй, которые смутили меня и заставили встать и вытащить последнюю свою десятку из кармана джинсов.

Увидев деньги, он вытащил из-под рубашки нож. Он приставил его к моей груди, осторожно, почти вежливо, и прошипел:

— Дай-ка мне эти денежки, милая.

Я собрала свои немногочисленные пожитки, написала записку Джо и приклеила ее к зеркалу в ванной, а потом позвонила Полу. Когда он притормозил на углу, забралась в его машину.

Я сидела на пассажирском сиденье, пока мы ехали через всю страну, и мне казалось: вот она, моя настоящая жизнь — рядом. Но до нее не дотянуться. Мы с Полом ссорились, и кричали, и машина тряслась от нашей ярости. Наши слова были чудовищны в своей жестокости — а потом мы разговаривали мягко, как ни в чем не бывало, потрясенные друг другом и самими собой. Мы решали, что разведемся, а потом — что не будем этого делать. Я ненавидела его — и любила. С ним я чувствовала себя пойманной в ловушку, клейменой, но поддерживаемой и любимой. Как дочь.

— Я не просила тебя приезжать и забирать меня! — вопила я во время одной из наших ссор. — Ты приехал по собственным соображениям. Просто для того, чтобы быть великим героем.

— Может быть, — отвечал он.

— Почему ты проехал весь этот путь, чтобы забрать меня? — спрашивала я, задыхаясь от горя.

— Потому что, — отвечал он, вцепившись в руль и вглядываясь через ветровое стекло в звездную ночь. — Просто — потому что.

Я снова встретилась с Джо через несколько недель, когда он приехал в Миннеаполис повидаться со мной. Мы с ним больше не были парой, но немедленно принялись за старое — кололись каждый день всю неделю, что он пробыл со мной, пару раз занимались сексом. Но когда он уехал, для меня все было кончено. И с ним, и с героином. Я даже ни разу больше не подумала о нем до того самого момента, как это странное ощущение в своих кишках — как будто в них тычутся непрожеванные кукурузные чипсы, сидя с Эме за столиком в Су-Фолс.

> Я сидела на пассажирском сиденье, пока мы ехали через всю страну, и мне казалось: вот она, моя настоящая жизнь — рядом. Но до нее не дотянуться.

Мы ушли из мексиканского ресторанчика и отправились в огромный местный супермаркет, чтобы купить тест на беременность. Пока мы шагали по ярко освещенному магазину, я мысленно уговаривала себя, что, вероятнее всего, я все же не беременна. Я уже столько раз уворачивалась от этой пули — бесцельно суетясь и беспокоясь, воображая симптомы беременности настолько убедительно, что, когда у меня начинались месячные, я испытывала шок. Но теперь мне было уже двадцать шесть, и я собаку съела в сексе; я не поддамся очередному страху.

С НОШЕЙ ЗА ПЛЕЧАМИ

Вернувшись в мотель, я заперлась в ванной и пописала на тестовую полоску, в то время как Эме сидела на кровати в номере. Спустя несколько секунд в крохотном окошке на полоске появились две темно-синие линии.

— Я беременна, — сказала я, выйдя из ванной, и глаза мои налились слезами. Мы с Эме улеглись на постель и разговаривали об этом около часа, хотя нам, в общем-то, особо не о чем было говорить. То, что мне придется сделать аборт, было фактом настолько очевидным, что обсуждать что-то еще казалось глупостью.

На дорогу от Су-Фолс до Миннеаполиса требуется около четырех часов. На следующее утро Эме ехала за мной на машине на тот случай, если мой грузовичок снова сломается. Я ехала, не включая радио, думая о своей беременности. В тот момент плод был размером с зернышко риса, и все же я чувствовала его в самой глубокой, самой сильной части себя, и он тянул меня вниз, потрясал меня, отдаваясь эхом изнутри наружу. Где-то в районе юго-западных фермерских земель

> То, что мне придется сделать аборт, было фактом настолько очевидным, что обсуждать что-то еще казалось глупостью.

Миннесоты я разразилась слезами, рыдая с такой силой, что едва могла вести машину. И плакала не только из-за нежеланной беременности. Я оплакивала все это тошнотворное болото, в которое я превратила свою жизнь с тех пор, как умерла мама. Все глупое существование, которое стало для меня таким привычным. Я не должна была быть такой, жить так, сделаться такой мрачной неудачницей.

Именно тогда я и вспомнила тот путеводитель, который сняла с полки в *REI*, пока ждала своей очереди в кассу, собираясь заплатить за лопатку. Мысль о фотографии, на которой было изображено озеро, усыпанное валунами, окруженное скалистыми утесами и голубым небом, словно прорвала мою оборону. Буквально как кулак, ударивший в лицо. Когда листала эту книгу, то думала, что просто убиваю время, стоя в очереди. Но теперь она казалась мне чем-то бóльшим — знаком. Указанием не только на то, что я могла бы сделать, но на то, что я должна сделать.

Добравшись вместе с Эме до Миннеаполиса, я помахала ей, когда она сворачивала к своему дому, но сама домой не поехала. Вместо этого я поехала в *REI*, купила «Маршрут Тихоокеанского хребта, часть I: Калифорния», привезла его домой и читала всю ночь. За следующие месяцы я прочла его с десяток раз. Я сделала аборт и принялась учиться готовить обезвоженные хлопья из тунца и вяленую индейку. Освежила в памяти основы первой помощи и тренировалась в использовании водного фильтра в собственной кухонной раковине. Я должна была измениться. «Я должна измениться» — эта мысль была моим стимулом все месяцы планирования похода. Не стать другой, но вернуться к личности, которой я когда-то была, — сильной и ответственной, с ясным взглядом и мотивацией, нравственной и доброй. И сделать меня такой должен был МТХ. Я буду идти по нему и думать о своей жизни. Там, вдали от всего, что делало ее смешной и жалкой, я вновь обрету свою силу.

> Я должна была измениться. Вновь стать сильной и ответственной, нравственной и доброй. И сделать меня такой должен был МТХ.

И вот я здесь, на МТХ, в первый день своего похода, снова смешная и жалкая, хотя и по-иному. Сгорбившаяся в позе, отдаленно напоминающей вертикальное положение.

Спустя три часа я добрела до ровного участка — редкость в этих местах — неподалеку от рощицы, состоявшей из разных видов юкки и можжевельника, и остановилась на привал. К моей великой радости, там оказался огромный валун, на который я могла сесть и снять рюкзак точно так же, как сделала в машине в пустыне Мохаве. Придя в восторг от возможности освободиться от его веса, я начала расхаживать по полянке, случайно задела одну из юкк, и она пронзила меня острыми шипами. Из трех колотых ранок на руке мгновенно брызнула кровь. Ветер был настолько силен, что, когда я достала из рюкзака аптечку и открыла ее, все упаковки с пластырем просто сдуло прочь. Я напрасно гналась за ними по всей пустоши — они скатились вниз с горы и пропали. Я села на землю, зажала ранки рукавом футболки и сделала несколько глотков из бутылки с водой.

Никогда еще в своей жизни я не была настолько изнурена. Часть этой усталости можно было списать на то, что тело приспосабливалось к физической нагрузке и подъему. Теперь я была на высоте около 1525 метров, на 1365 метров выше, чем в начале маршрута, на перевале Техачапи. Но в большей части этой усталости можно было обвинить только чудовищный вес моего рюкзака. Я смотрела на него без всякой надежды. Это было мое бремя, которое я собрала сама, тщательно и кропотливо. Значит, мне его и нести — и все же я понятия не имела, как понесу его дальше. Я достала из рюкзака путеводитель и стала его просматривать, придерживая трепещущие страницы, надеясь, что знакомые слова и карты разгонят мою растущую неуверенность. И что книга убедит меня своей доброжелательной четырехголосной гармонией, что я могу «это сделать», — точно так же, как она убеждала меня все месяцы, пока я работала над своим планом. В путеводителе не было фотографий четырех его авторов, но мысленно я их представляла очень хорошо: Джеффри Шефер, Томас Уиннетт, Бен Шифрин и Руби Дженкинс. Они были разумны и добры, мудры и всезнающи. Они проведут меня до конца. Они должны это сделать.

> Я смотрела на свой рюкзак без всякой надежды. Это было мое бремя, которое я собрала сама, тщательно и кропотливо. Значит, мне его и нести. И все же я понятия не имела, как понесу его дальше.

Многие сотрудники *REI* рассказывали мне о собственных пеших экскурсиях с рюкзаками за спиной, но никто из них ни разу не ходил по МТХ. И мне не пришло в голову даже попытаться найти кого-нибудь, кто это делал. Летом 1995 года был еще каменный век Интернета. Теперь существуют десятки онлайн-дневников дальноходов, преодолевавших МТХ, целый кладезь информации о маршруте, одновременно статичной и вечно меняющейся. Но у меня ничего такого не было. У меня был только путеводитель, «Маршрут Тихоокеанского хребта, часть I: Калифорния». Он стал моей библией. Моим спасательным тросом. Единственной книгой, которую я читала о прохождении МТХ — да и любого другого маршрута, если уж на то пошло.

Но когда я листала ее в первый раз непосредственно на маршруте, она утешила меня меньше, чем я надеялась. Стало ясно, что там были вещи, которые я проглядела. Например, цитата на странице 6, слова какого-то парня по имени Чарльз Лонг, с которыми авторы путеводителя соглашались от всей души: «Как может описать какая-то книга психологические факторы, к которым нужно подготовиться, — отчаяние, отчуждение, тревогу. И, главное, боль, как физическую, так и ментальную, которая вгрызается в самое сердце походника, — словом, все те реальные явления, к которым необходимо быть готовым? Передать эти факторы невозможно никакими словами…»

> Летом 1995 года был еще каменный век Интернета. Единственным источником информации для меня был путеводитель. Он стал моей библией. Моим спасательным тросом.

Я сидела с вытаращенными глазами, и внутри меня вызревало понимание, что действительно никакие слова *не могли* передать эти факторы. Теперь я знала, что это за факторы. Я уже выучила их наизусть, пройдя каких-нибудь три мили по пустынным горам, согнувшись под рюкзаком, который напоминал «Фольксваген-жук». Я стала читать дальше, отмечая про себя пропущенные прежде откровения о том, что неплохо было бы улучшить свою физическую форму, прежде чем отправляться в поход, может быть, специально тренироваться для него… И, разумеется, наставления по поводу веса рюкзака. Авторы предлагали даже воздержаться от того, чтобы нести с собой весь путеводитель, поскольку он слишком тяжел, да и в любом случае это не нужно. Вполне можно скопировать отдельные страницы или вырвать необходимые разделы, а остальное вкладывать в посылки с дополнительными припасами. Я закрыла книжку.

Почему же я об этом не подумала? О том, чтобы разорвать путеводитель на части?

Потому что я была круглой идиоткой и не понимала, что, черт возьми, я делаю — вот почему. И мне нужно было оказаться одной в пустыне с дьявольской ношей наедине, чтобы догадаться об этом.

Я обхватила ноги руками, прижалась лицом к коленкам и закрыла глаза, свернувшись в клубок. А ветер в припадке ярости трепал мои волосы, обрезанные вровень с плечами.

> Я была круглой идиоткой. И мне нужно было оказаться одной в пустыне с дьявольской ношей наедине, чтобы понять это.

Открыв глаза спустя несколько минут, я увидела, что сижу рядом с растением, которое было мне знакомо. Пусть этот шалфей был не таким зеленым, как тот, который многие годы растила в нашем саду мама, но форма листьев и аромат были теми же. Я потянулась к нему, сорвала горсть листьев и растерла их между ладонями. Потом опустила в них лицо и глубоко вдохнула — так научила меня делать мама. «Вы сразу почувствуете прилив энергии», — утверждала она, уговаривая меня, сестру и брата последовать ее примеру в те долгие дни, когда мы работали над строительством дома и падали духом, а наши тела наливались свинцом от усталости.

Вдыхая его сейчас, я ощущала не столько острый, земляной аромат пустынного шалфея, сколько яркое воспоминание о маме. Я вгляделась в голубое небо, действительно чувствуя прилив энергии, а еще больше — присутствие мамы. И вспомнила, почему я решила, что смогу пройти этот маршрут. Из всего того, во что я заставила себя поверить, чтобы пройти МТХ, именно смерть матери убедила меня в собственной безопасности. Ничего плохого не может случиться со мной, думала я. Худшее уже случилось.

Я поднялась, позволив ветру сдуть листья шалфея с моих ладоней, и подошла к краю плоской полянки. Дальше и ниже земля сменялась каменистым скальным выступом. Я видела горы, которые окружали меня на многие мили вокруг, мягко скатываясь вниз, в широкую пустынную долину. В отдалении каменистые хребты венчали белые угловатые ветряки электростанции. В моем путеводителе говорилось, что они вырабатывают электричество для жителей городов и поселков, расположенных в долине, но теперь я была далека от всего этого. От поселков и городов. От электричества. Даже, казалось, от самой Калифорнии, хотя я находилась в самом ее сердце. В сердце истинной Калифорнии, с ее неутомимыми ветрами, зарослями юкки и гремучими змеями, прячущимися в местах, которые мне только предстояло открыть.

> Эта книга была утешительницей, старой подругой. И когда я держала ее в ладонях в свой первый вечер на маршруте, я ни на йоту не жалела о том, что взяла ее. Пусть даже она еще больше увеличивала вес рюкзака, под которым я сгибалась.

Стоя там, я поняла, что на сегодня с меня хватит, хотя, устраивая этот привал, была намерена идти дальше. Слишком усталая, чтобы растапливать плитку, и слишком измученная, чтобы ощущать голод, я поставила палатку, хотя было всего 4 часа дня. Вытащила вещи из рюкзака и запихнула их в палатку, чтобы не сдуло ветром. Потом засунула туда же рюкзак и на четвереньках заползла внутрь сама. Внутри мне сразу же стало легче, хотя это «внутри» обозначало всего лишь измятую зеленую нейлоновую пещерку. Я поставила свой маленький походный стульчик и уселась в том месте, где потолок палатки был достаточно высок, чтобы не приходилось наклонять голову. Перерыла свои вещи, чтобы отыскать книгу. Не «Маршрут Тихоокеанского хребта, часть I: Калифорния», которую мне следовало бы почитать, чтобы понять, с чем мне предстоит столкнуться на следующий день. И не «Как не заблудиться», которую мне следовало прочесть еще до того, как выйти на маршрут. Я искала сборник стихов Адриенны Рич «Мечта об общем языке».

Я понимала, что это был ничем не оправданный вес. Я даже могла представить себе неодобрительное выражение на лицах авторов путеводителя. Даже у романа Фолкнера было больше прав находиться в моем рюкзаке, хотя бы потому, что я пока еще его не читала, и его наличие можно было бы оправдать. А «Мечту об общем языке» я настолько часто брала в руки, что почти запомнила стихотворения наизусть. За предыдущие несколько лет некоторые строчки сделались для меня все равно что заклинаниями. Словами, которые я напевала самой себе, переживая скорбь и растерянность. Эта книга была утешительницей, старой подругой. И когда я держала ее в ладонях в свой первый вечер на маршруте, я ни на йоту не жалела о том, что взяла ее, — пусть даже она еще больше увеличивала вес рюкзака, под которым я сгибалась. Да, путеводитель по МТХ стал ныне моей библией, но «Мечта об общем языке» была моей религией.

Я раскрыла ее и прочла первое стихотворение вслух. Голос мой перекрывал звук ветра, барабанящего по стенам палатки. Я читала его снова, и снова, и снова.

Это было стихотворение под названием «Сила».

5

СЛЕДЫ

С формальной точки зрения я на 15 дней старше Маршрута Тихоокеанского хребта. Я родилась в 1968 году, 17 сентября, а маршрут был официально утвержден актом конгресса США 2 октября того же года. Вообще-то маршрут существовал в разнообразных формах задолго до этого. Различные его участки осваивали и наносили на карту с 1930-х годов, когда группа туристов и энтузиастов дикой природы впервые проявила интерес к созданию маршрута от Мексики до Канады. Но только в 1968 году МТХ получил официальное признание, а полностью завершен — только в 1993 году. Официальное открытие состоялось почти ровно за два года до того, как я проснулась в то первое утро посреди зарослей юкки, которая воткнула в меня свои колючки. Но у меня не было ощущения, что этой тропе всего два года. Она даже не казалась мне моей ровесницей. В ней дышала древность. Знание. Абсолютно и глубоко равнодушное ко мне.

Я проснулась на рассвете, но еще целый час не могла заставить себя даже сесть. И вместо этого валялась в спальном мешке и читала путеводитель, все еще полусонная, хотя проспала — или, по крайней мере, пролежала — около 12 часов. Ветер неоднократно будил меня ночью, врезаясь в мою палатку мощными ударами, иногда настолько сильными, что матерчатые стенки ложились мне на лицо. Он затих за несколько часов до рассвета, но тогда

СЛЕДЫ

меня разбудило нечто иное — тишина. Неопровержимое доказательство того, что я здесь совершенно одна.

Я выползла из палатки и медленно выпрямилась. Мышцы мои затекли после вчерашнего похода, босые ноги ощущали каждую неровность каменистой почвы. Я по-прежнему не испытывала голода. Однако заставила себя позавтракать, всыпав две ложки соевой порошковой субстанции, носившей хвастливое название «Лучше, чем молоко», в один из котелков и смешав его с водой, прежде чем добавить туда гранолу[1]. Вкус показался мне не лучше молока. И не хуже. У него вообще не было никакого вкуса. С тем же успехом я могла жевать траву. Похоже, мои вкусовые рецепторы напрочь онемели. Но я все равно продолжала заталкивать в рот эту субстанцию. Мне нужно было подкрепиться перед предстоящим долгим днем. Я допила оставшуюся воду из бутылок и осторожно наполнила их заново из водяного бурдюка, который тяжело плескался в моих руках. Если верить путеводителю, я была в 21 километре от первого источника воды, Голден-Оук-Спрингс, которого, несмотря на свои жалкие вчерашние результаты, я рассчитывала достичь к концу дня.

> Официальное открытие МТХ состоялось почти ровно за два года до того, как я проснулась в то первое утро посреди зарослей юкки. Но у меня не было ощущения, что этой тропе всего два года. В ней дышала древность.

Я загрузила свой рюкзак так же, как накануне в мотеле, укладывая и запихивая в него вещи, пока не осталось даже малейшей щелочки, а остальное привязала эластичными шнурами снаружи. Мне потребовался час, чтобы свернуть лагерь и пуститься в путь. И почти сразу же я наступила на маленькую кучку помета какого-то животного, всего в нескольких футах от того места, где ночевала. Он был черным, как смола. Койот, как я понадеялась. А может быть, горный лев?! Я поискала на земле следы, но ниче-

---

[1] Овсяные хлопья, орехи и сухофрукты с медом, запеченные в духовке.

го не нашла. Обвела взглядом окрестности, готовая увидеть здоровенную кошачью морду, выглядывающую из зарослей полыни или россыпи камней.

Я двинулась вперед, чувствуя себя чуть более опытной, чем вчера, меньше осторожничая при каждом шаге, несмотря на обнаруженный помет, и даже рюкзак казался не таким тяжелым. От этой новообретенной силы ничего не осталось за четверть часа, пока я взбиралась в гору, а потом еще выше, углубляясь в Скалистые горы, преодолевая один подъем за другим. Рама рюкзака поскрипывала у меня за спиной при каждом шаге, напрягаясь под огромным весом. Мышцы верхней части спины и плеч скрутились в тугие жаркие узлы. Я то и дело останавливалась и наклонялась, упираясь руками в колени, частично смещая вес рюкзака с плеч, чтобы получить пару секунд облегчения, а затем, пошатываясь, идти дальше.

> Я двинулась вперед, чувствуя себя чуть более опытной, чем вчера, меньше осторожничая при каждом шаге, и даже рюкзак казался не таким тяжелым. Но от этой новообретенной силы ничего не осталось буквально за четверть часа.

К полудню я поднялась до 1830 метров над уровнем моря, и в воздухе похолодало, а солнце внезапно исчезло за тучами. Вчера в пустыне было жарко, но теперь я дрожала, сидя за обедом, состоявшим из протеинового батончика и кураги. Пропитавшаяся по́том футболка холодила мне спину. Я выкопала из мешка с одеждой флисовую куртку и надела ее. А потом прилегла на брезент, чтобы отдохнуть пару минут, — и, не желая того, уснула.

Проснулась оттого, что дождевые капли упали на мое лицо, и посмотрела на часы. Оказывается, я проспала почти 2 часа. Мне ничего не снилось. Я вообще не сознавала, что сплю, как будто кто-то подкрался сзади и вырубил меня ударом камня по голове. Усевшись, я увидела, что со всех сторон меня окружило облако. Туман был настолько непроницаемым, что я ничего не видела дальше метра вокруг. Я взвалила на себя рюкзак и пошла вперед под легким дождем. Но все мое тело чувствовало себя так, будто с каждым шагом проталкивалось сквозь глубокие воды. Я закатала футболку и шорты, чтобы сделать из них подушечки на тех местах на бедрах и спине, которые рюкзак стер в кровь, однако от этого стало только хуже.

Я продолжала подниматься весь день и вечер, не видя ничего, кроме того, что было прямо у меня под ногами. Я уже не думала о змеях, как вчера. Я вообще не думала: *Вот, я иду по маршруту Тихоокеанского хребта*. Я даже не думала: *Боже, во что я себя втравила?* Все мысли были лишь о том, чтобы подталкивать себя вперед. Мой разум стал хрустальной вазой, в которой содержалось только одно это желание. Зато тело сделалось его противоположностью — мешком с битым стеклом. Каждое мое движение отдавалось в нем болью. Я считала шаги, чтобы отвлечься от боли, и числа мерно тикали в моей голове, от одного до одной сотни, а потом начинались заново. Эти блоки чисел сделали ходьбу чуточку более сносной, как будто мне нужно было всего лишь добраться до конца каждого блока.

Во время подъема до меня дошло, что я не понимаю, по какой горе иду, даже иду ли я по одной горе — или по целому ряду гор, слившихся воедино. Там где я росла, гор не было. Мне случалось забираться в горы, но только по хорошо протоптанным тропинкам, и эти походы были однодневными. И, в сущности, то были не столько горы, сколько довольно высокие холмы. Но эти горы были иными. Эти горы, как я теперь понимала, были многослойными и сложными, необъяснимыми и не похожими ни на что. Всякий раз как я добиралась до места, которое казалось мне вершиной горы или серии гор, слившихся вместе, я обнаруживала свою ошибку. Всегда оставалось куда *подниматься*, даже после коротенького спуска. И так я шла и шла вперед, пока не добралась до того места, которое на самом деле было вершиной. Я поняла, что это вершина, потому что там оказался снег. Нет, не на земле — он падал с неба тонкими хлопьями, которые кружились в безумной пляске, подхваченные ветром.

Я не ожидала в пустыне никакого дождя, и уж точно не ожидала никакого снегопада. Там, где я росла, не было не только гор, но и пустынь. И хотя я пару раз ходила в однодневные походы по пустыне, на самом деле я не понимала, что она такое. Я считала пустыни сухими, жаркими песчаными равнинами, полными змей, скорпионов и кактусов. Но они были не такими. Точнее, они были и такими тоже, но у них было множество иных качеств. Они были многослойными и сложными, необъяснимыми и не похожими ни на что. Мое новое существование не имело никаких аналогов — и я поняла это на второй день на маршруте.

Я вступила в совершенно новое царство.

Сущность горы и сущность пустыни были не единственными вещами, на которые я не рассчитывала. Я не рассчитывала, что кожа на копчике, бедрах и передней части плеч начнет кровоточить. Я не ожидала, что моя средняя скорость будет составлять чуть больше полутора километров в час. А именно с такой скоростью, по моим расчетам — их сделал возможными крайне подробный путеводитель, — я двигалась на этот момент, если считать многочисленные привалы заодно с тем временем, которое я действительно проводила на ногах. В прошлом, когда поход по МТХ был для меня всего лишь идеей, я планировала делать в среднем по 22,5 километра в день в течение всего похода. Более того, это расстояние должно было увеличиваться, потому что я предполагала каждые несколько дней устраивать себе дни отдыха, когда вообще не собиралась двигаться. Но, очутившись на тропе, я поняла, что не учла ни отсутствия должной физической формы, ни истинных трудностей пути.

Я спускалась в легкой панике, пока снег не превратился в туман, а туман не уступил место отчетливой панораме приглушенных зеленых и бурых красок гор, которые окружали меня вблизи и вдали. Их попеременно покатые и иззубренные профили выделялись резким контрастом на бледном небе. Во время ходьбы единственными звуками были стук моих ботинок, хрустящих по устланной гравием почве, и писклявый скрип рюкзака, который постепенно сводил меня с ума. Я остановилась и смазала раму рюкзака бальзамом для губ в тех местах, откуда, как мне казалось, исходил скрип, но, двинувшись, обнаружила, что толку от этого никакого. Время от времени я начинала говорить что-нибудь вслух, чтобы отвлечься. Прошло всего лишь чуть больше 48 часов, как я попрощалась с мужчинами, подбросившими меня к началу маршрута. Но было такое ощущение, что это произошло неделю назад, и мой голос звучал странно одиноко в безмолвном воздухе. Казалось, что я вскоре увижу какого-нибудь другого походника. Меня удивляло то, что я до сих пор никого не встретила. Впрочем, одиночество оказалось весьма кстати часом позже, когда я внезапно ощутила потребность сделать то, что мысленно называла «воспользоваться туалетом». Хотя здесь это означало всего лишь присесть на корточки над самостоятельно вырытой ямкой. Именно для этого я взяла с собой нержавеющую лопатку, которая теперь болталась на поясном ремне моего рюкзака в собственных нейлоновых ножнах с надписью *U-Digg-It*, отпечатанной на лицевой части.

Не скажу, чтобы я была от этого в восторге, но так принято среди походников, так что ничего больше делать не оставалось.

> Во время ходьбы единственными звуками были стук моих ботинок, хрустящих по устланной гравием почве, и писклявый скрип рюкзака, который постепенно сводил меня с ума.

Я шла до тех пор, пока не нашла местечко, где можно было безбоязненно отойти на несколько шагов от тропы. Сняла рюкзак, вытащила лопатку из ножен и поспешила за куст шалфея, чтобы выкопать ямку. Земля была каменистой, красновато-бежевого оттенка, и казалась монолитным целым. Пытаться вырыть в ней ямку было все равно что пытаться проковырять отверстие в гранитной кухонной столешнице, слегка присыпанной песком и камешками. С этой задачей мог бы справиться только отбойный молоток. *Или мужчина*, в ярости подумала я, ковыряя почву кончиком лопатки до тех пор, пока мне не показалось, что у меня вот-вот отвалятся руки. Я тщетно отковыривала крошку за крошкой, и тело мое дрожало, покрытое холодным потом. Под конец мне пришлось выпрямиться, чтобы не наделать прямо в шорты. У меня не оставалось иного выбора, кроме как стянуть их (к тому времени я уже отказалась от трусов, поскольку они лишь усугубляли ситуацию со стертыми в кровь бедрами), а потом просто присесть на корточки и уступить зову природы. Я настолько ослабела от облегчения, когда закончила свои дела, что едва не рухнула в кучу собственных экскрементов.

Прихрамывая, побродила вокруг, собирая камни. И прежде чем идти дальше, выстроила маленький холмик из обломков, похоронив под ним следы преступления.

Я полагала, что иду по направлению к Голден-Оук-Спрингс, но к семи вечера его все еще не было видно. А мне наплевать. Слишком усталая, чтобы проголодаться, я снова пропустила ужин, таким образом сэкономив воду, которая ушла бы на его приготовление, и нашла место, достаточно ровное, чтобы водрузить палатку. Крохотный термометр, который свисал с бока моего рюкзака, показывал +6 °C. Я содрала с себя промокшую от пота одежду и развесила ее сушиться на каком-то кусте, прежде чем забраться на четвереньках в палатку.

Утром мне пришлось надевать ее на себя силой. Затвердевшая, как доска, одежда за ночь замерзла.

Я добралась до Голден-Оук-Спрингс через несколько часов после начала моего третьего дня на маршруте. Зрелище квадратного бетонного бассейна невероятно подняло мне настроение. И не только потому, что в колодце была вода, но потому, что его явно выстроили люди. Я погрузила руки в воду, потревожив нескольких водомерок, которые курсировали по поверхности. Вытащила свой водяной фильтр, сунула его пластиковую заборную трубку в воду и принялась качать насос — так, как делала, тренируясь в кухне у себя дома, в Миннеаполисе. Это оказалось труднее, чем тогда, — может быть, потому, что во время тренировки я нажала на ручку насоса всего пару раз. Теперь же для этого потребовалась бо́льшая мышечная сила. А когда я наконец сладила с насосом, заборная трубка всплыла на поверхность и стала всасывать только воздух. Я качала и качала воду, пока не устала настолько, что пришлось сделать перерыв. Потом снова принялась качать и в итоге наполнила обе бутылки и бурдюк. На это ушел почти час, но обойтись без этого было никак нельзя. Следующий источник воды находился в мучительных 30 километрах отсюда.

> Я была твердо намерена идти дальше в тот день, но вместо этого уселась на свой складной стульчик прямо рядом с источником.

Я была твердо намерена идти дальше в тот день, но вместо этого уселась на свой складной стульчик прямо рядом с источником. Воздух наконец потеплел, и солнце заливало светом мои голые руки и ноги. Я сняла рубашку, стянула шорты пониже и легла на спину с закрытыми глазами, надеясь, что солнце подсушит те участки кожи, которые растер в кровь рюкзак. Открыв глаза, я увидела на камне рядом маленькую ящерку. Она смешно двигалась, будто отжималась.

— Привет, ящерка, — проговорила я. Она перестала отжиматься и замерла в совершенной неподвижности, а потом юркнула по камню вниз и исчезла в мгновение ока.

Надо было отдохнуть. Я уже отставала от своего расписания, но не могла заставить себя в тот же день покинуть маленькую рощицу живых дубов, окружавших источник. Помимо потертостей на коже, мышцы и кости у меня ныли от ходьбы, а ноги покрывались все возраставшим числом мозолей. Я уселась на землю и принялась их разглядывать, понимая, что не смогу ничего сделать, чтобы помешать этим волдырям превратиться из скверных в ужасные. Я осторожно провела пальцем по ним, а потом по черному синяку размером с серебряный доллар, который цвел пышным цветом на моей лодыжке — он не был получен на МТХ, а являл собой свидетельство моего допоходного идиотизма.

Именно из-за этого синяка я решила не звонить Полу, когда чувствовала себя такой одинокой в том мотеле в Мохаве. Этот синяк был ядром истории, которую, как я понимала, он услышит в моем голосе, как бы я ее ни скрывала. Истории о том, как я пыталась держаться подальше от Джо в те два дня, которые провела в Портленде, прежде чем сесть в самолет до Лос-Анджелеса, но так и не удержалась. И как все кончилось тем, что мы с ним укололись героином, несмотря на то что я не прикасалась к этому зелью с того самого момента, как он приехал навестить меня в Миннеаполисе полгода назад.

— Моя очередь, — проговорила я торопливо, после того как увидела, как он загоняет в вену иглу. МТХ казался мне далеким будущим, хотя до него оставалось всего 48 часов.

— Давай сюда ногу, — сказал Джо, когда не смог найти вену на моей руке.

Я провела этот день в Голден-Оук-Спрингс с компасом в руке, читая книжку «Как не заблудиться». Отыскала север, юг, восток и запад. С наслаждением прошлась без рюкзака по колее, проделанной внедорожниками, которая подходила к самому источнику, чтобы осмотреться. Это было восхитительно — идти без ноши на плечах, даже при том состоянии, в котором пребывали мои ноги, даже при том, как у меня ныли все мышцы. Я шла не просто прямо, но приподнято, словно кто-то сверху прикрепил к моим плечам крылья. Каждый мой шаг был прыжком, легким, как воздух.

Дойдя до смотровой площадки, я остановилась и обвела взглядом раскинувшуюся передо мною ширь. Там были только пустынные горы, прекрасные и суровые, и новые ряды угловатых ветровых турбин, уходящие вдаль.

Я вернулась в лагерь, растопила плитку и попыталась приготовить себе горячую еду — первую за весь маршрут. Но пламя не держалось, как я ни старалась. Я вытащила из рюкзака маленькую книжечку с инструкциями, прочла раздел возможных неполадок и обнаружила, что заполнила канистру плитки не тем газом. Я заполнила ее неэтилированным топливом вместо требуемого специального белого газа, и теперь генератор засорился, и крохотная конфорка почернела от сажи в результате моих усилий.

> В некоторые моменты посреди своих разнообразных мучений я замечала красоту, которая меня окружала.

Да и в любом случае голода я не испытывала. Голод стал словно онемевшим пальцем, едва двигавшимся. Я съела всухомятку горсть тунцовых хлопьев и уснула около четверти седьмого вечера.

Прежде чем отправиться в путь на четвертый день, я подлечила свои раны. Продавец из *REI* убедил меня купить упаковку *Spenco 2nd Skin* — гелевых подушечек, которые предназначались для лечения ожогов, но также отлично помогали при мозолях. Я налепила их на все места, где кожа кровоточила, была стерта или покраснела от сыпи — кончики пальцев ног, пятки, бедренные кости, переднюю сторону плеч и поясницу. Покончив с этим, я вытряхнула носки, попытавшись размять их руками, прежде чем снова надеть. У меня было с собой две пары, но обе они заскорузли от грязи и высохшего пота. На ощупь казалось, что они из картона, а не из ткани, хотя я и разминала их во всех возможных направлениях каждые несколько часов, надевая одну пару, пока другая сохла, подвешенная на эластичном шнуре к рюкзаку.

В тот день, когда я уходила от источника, снова полностью нагруженная десятью килограммами воды, я осознала, что начала временами получать странное, абстрактное, ретроспективное удовольствие. В некоторые моменты посреди своих разнообразных мучений я замечала красоту, которая меня окружала, маленькие и большие чудеса. Оттенок пустынного цветка, который касался моих ног на тропе. Или огромную панораму неба, когда солнце садилось за горы. Как раз в один из таких моментов мечтательного забытья я поскользнулась на гальке и упала, приземлившись на твердую поверхность тропы лицом вниз с такой силой, что она вышибла из меня весь дух. Я пролежала, не двигаясь, добрую минуту, не решаясь шелохнуться и из-за острой боли в ноге, и из-за колоссального веса, давившего на спину, который пригвоздил меня к земле. Когда я наконец выползла из-под рюкзака и стала оценивать нанесенный ущерб, то увидела, что из пореза на голени обильно течет кровь, а под ней уже сформировалась шишка размером с кулак. Я полила ранку небольшим количеством своей драгоценной воды, очистив ее, насколько было возможно, от грязи и мелких камешков. Потом прижимала к ней марлевый тампон, пока кровотечение не замедлилось. И похромала дальше.

Остаток дня я шла, сосредоточив взгляд на тропе прямо перед собой, боясь, что снова потеряю равновесие и упаду. Именно тогда я и заметила то, что искала несколькими днями ранее — следы горных львов. Они виднелись вдоль тропы недалеко от меня, в том же направлении, в котором шла я. Их лапы явственно отпечатались на земле на протяжении полукилометра. Каждые несколько минут я останавливалась, чтобы осмотреться. Не считая нескольких пятен зелени, ландшафт представлял собой в основном гамму светлых и бурых тонов — тех же цветов, в которые окрашена шкура горного льва. Я шла дальше, размышляя о газетной статье, на которую недавно наткнулась, — о трех женщинах из Калифорнии: все они были убиты горными львами за последний год. И обо всех тех документальных фильмах о дикой природе, которые смотрела ребенком и в которых хищники преследовали тех, кого считали самыми слабыми членами стада. Несомненно, я была именно таким членом стада — тем самым, кого с наибольшей вероятностью могут разорвать в клочки. Я принялась

> Временами я проходила по тенистым лужайкам, густо заросшим травой. Эта трава и сравнительно большие деревья были для меня утешением. Они говорили о воде и жизни.

во все горло распевать песенки, которые приходили мне в голову — «Сияй, сияй, маленькая звездочка» и «Отведи меня домой, сельская дорога», — надеясь, что мой переполненный страхом голос отпугнет льва, и в то же время боясь, что он оповестит льва о моем присутствии. Как будто крови, запекшейся коркой на моей ноге, и запаха не мытого несколько дней тела было недостаточно, чтобы привлечь хищника.

Пристально оглядывая местность, я осознала, что уже зашла достаточно далеко, чтобы вид окрестностей начал меняться. Ландшафт вокруг был по-прежнему засушливым, в нем доминировали чапараль и полынь, как и всю дорогу до этого. Но теперь юкка, характерная для пустыни Мохаве, попадалась лишь изредка. Чаще стали встречаться заросли можжевельника, карликовой сосны и кустарникового дуба. Временами я проходила по тенистым лужайкам, густо заросшим травой. Эта трава и сравнительно большие деревья были для меня утешением. Они говорили о воде и жизни. Они намекали, что я справлюсь.

Но только до тех пор, пока дерево не преградило мне путь. Оно упало поперек тропы, и ветви удерживали его толстый ствол ровно на такой высоте, чтобы я не могла пролезть под ним, однако настолько высоко, чтобы и перелезть его сверху было невозможно, особенно учитывая вес моего рюкзака. О том, чтобы обойти его, тоже не было речи: с одной стороны скальная стена уходила вверх слишком отвесно, а с другой стороны были слишком густые ветви. Но мне нужно было пройти, каким бы невозможным это ни казалось. Или пройти — или развернуться и возвращаться в мотель в Мохаве. Я подумала о своей крошечной комнатке за 18 долларов с пронзительным, тягостным желанием. Жажда вернуться туда овладела мной, затопив все мое тело. Я привалилась спиной к дереву, расстегнула пряжки рюкзака и перевалила его через грубый ствол, изо всех сил стараясь, чтобы он не упал по другую сторону ствола с такой силой, чтобы раздавить водяной бурдюк. А потом вслед за ним перебралась и сама, оцарапав ладони, уже ободранные в результате падения. За следующие полтора километра пути я насчитала еще три таких поваленных дерева. К тому времени как я миновала последнее из них, корочка на голени прорвалась и снова начала кровоточить.

> Я вспомнила настоящее название этого животного и поняла, что меня вот-вот проткнет рогами техасский длиннорогий бык.

В полдень пятого дня, пробираясь по узкому и крутому участку маршрута, я подняла глаза и увидела огромное бурое рогатое животное, надвигающееся на меня.

— Лось! — вскрикнула я, хотя понимала, что это не лось. В мгновенной панике, охватившей меня, разум мой никак не мог сообразить, что такое я вижу перед собой, и слово «лось» оказалось самым близким названием для этого. — Лось! — завопила я еще отчаяннее, видя, что животное приближается. Я принялась продираться сквозь манзаниту и кустарниковые дубы, окаймлявшие тропу, изо всех сил хватаясь за их корявые ветви, задыхаясь под тяжестью рюкзака.

Попутно мне вспомнилось настоящее название этого животного, и я поняла, что меня вот-вот проткнет рогами техасский длиннорогий бык.

СЛЕДЫ

— Лось! — завопила я еще громче, хватаясь за висевший на раме моего рюкзака желтый шнурок, на котором держался «самый громкий в мире» свисток. Я нащупала его, поднесла к губам, закрыла глаза и дунула со всей мочи, и дула до тех пор, пока не пришлось остановиться, чтобы перевести дух.

Когда я открыла глаза, быка уже не было.

Как и кожи на верхней части моего указательного пальца, которую я в припадке безумия содрала о шершавые ветки манзаниты[1].

Открытие, касающееся прохождения Маршрута Тихоокеанского хребта, которое имело для меня столь глубокое значение в то лето — однако, как и многие другие открытия, столь бесконечно простое, — состояло в том, что у меня было крайне мало вариантов выбора. И часто приходилось делать именно то, что мне хотелось делать меньше всего. И никакого спасения или отрицания. Невозможно было приглушить это порцией мартини или отгородиться от этого случайной половой связью. Цепляясь в тот день за ветки чапараля, пытаясь залепить чем-нибудь кровоточащий палец, вздрагивая при каждом звуке от ужаса, что это возвращается бык, я рассмотрела имеющиеся возможности. Их было только две, и, в сущности, они оставались прежними. Я могла вернуться туда, откуда пришла, — или пойти вперед, туда, куда намеревалась идти. Бык, мрачно признала я, мог оказаться и там, и сям, ибо я не видела, куда он убежал, потому что закрыла глаза. Я могла выбирать только между быком, который набросится на меня спереди, — и быком, который набросится на меня сзади.

И поэтому пошла дальше.

---

[1] Одно из исконных калифорнийских растений.

Чтобы покрыть 14,5 километра в день, от меня требовались все мои силы. 14,5 километра в день — это было физическое достижение, намного превосходящее все, что мне когда-либо приходилось делать. У меня болело все тело, каждая его клеточка. За исключением сердца. Я никого не встречала, но, как ни странно, ни по кому не скучала. Я не желала ничего, кроме пищи, воды и возможности сбросить с плеч рюкзак. Но все равно продолжала его тащить. Вверх, вниз, вокруг иссушенных гор, где сосны Джеффри и черные дубы обрамляли тропу, пересекавшую горные дороги, на которых виднелись следы больших грузовиков, хотя ни одного из них нигде не было видно.

Утром восьмого дня я проголодалась и вывалила все свои припасы на землю, чтобы оценить ситуацию. Внезапно мне страстно захотелось горячей пищи. Даже в изнуренном состоянии, с подавленным аппетитом, я к тому времени съела бо́льшую часть того, что не надо было готовить — гранолу, орехи и сухофрукты, вяленую индейку и хлопья тунца, протеиновые батончики и шоколад, и даже сухое соевое молоко. То, что у меня осталось, в основном нужно было готовить, а работающей плитки у меня не было. Коробки с дополнительными припасами мне не видать, пока я не достигну Кеннеди-Медоуз, а это почти 220 километров от начала моего путешествия. Хорошо подготовленный дальноход прошел бы эти 220 километров за то время, которое я провела на маршруте. А я со своей средней скоростью не преодолела даже половины пути. И даже если бы мне удалось добраться до Кеннеди-Медоуз с теми припасами, которые у меня оставались, мне все равно нужно было отдать в починку плитку и наполнить ее нужным топливом. А Кеннеди-Медоуз, бывший скорее высокогорной базой для охотников, туристов и рыбаков, чем городком, был для этого неподходящим местом. Сидя на земле, окруженная разбросанными вокруг меня пакетами с обезвоженными продуктами, которые не было никакой возможности приготовить, я решила свернуть с маршрута. Не так далеко от того места, где я сидела, МТХ пересекал целую сеть проселков, бежавших в разных направлениях.

СЛЕДЫ

Я пошла по одному из них, логически рассудив, что со временем найду цивилизацию — шоссе, проходившее параллельно маршруту примерно в 32 км к востоку. Я шла, не зная, по какой именно дороге иду. Шла на одной только вере в то, что что-то да найду. Шла и шла под жарким ярким солнцем. Двигаясь, я ощущала собственный запах. Я взяла с собой дезодорант и каждое утро мазала им подмышки, но это все равно не помогало. Я не мылась больше недели. Тело мое было покрыто грязью и кровью. Волосы, слипшиеся от пыли и засохшего пота, лежали под панамой плоским блином. Я чувствовала, как мышцы в моем теле становятся сильнее день ото дня — но в то же время (и в равной мере) слабели сухожилия и суставы. Ступни болели и внутри, и снаружи, покрытые кровавыми мозолями, а кости и мускулы ныли от пройденных километров. Дорога, по которой я шла, была блаженно ровной или плавно нисходящей — желанное отдохновение от безжалостных подъемов и спусков тропы. Но я все равно страдала. Не раз и не два на протяжении долгих переходов я пыталась вообразить, что на самом деле никаких ступней у меня нет, что мои ноги заканчиваются двумя невосприимчивыми обрубками, которые способны вынести что угодно.

> Сидя на земле, окруженная разбросанными вокруг меня пакетами с обезвоженными продуктами, которые не было никакой возможности приготовить, я решила свернуть с маршрута.

Спустя четыре часа я начала сожалеть о своем решении. На тропе я могла умереть с голоду или быть убитой воинственными длиннорогими быками. Но там я, по крайней мере, понимала, где нахожусь. Я снова перечитала путеводитель, к этому моменту уже не уверенная, что вообще нахожусь на какой-либо из тех дорог, которые были там вскользь упомянуты. Каждый час доставала карту и компас, чтобы определять и заново переопределять свое местонахождение. То и дело вытаскивала книжку «Как не заблудиться», чтобы снова прочесть, как именно нужно пользоваться картой и компасом. Изучала положение солнца. Потом миновала небольшое стадо коров, которые паслись на приволье без всякой изгороди, и сердце мое затрепетало при виде их, хотя ни одна из них и не подумала подойти ко мне. Они лишь перестали пастись, подняли головы и наблюдали, как я прохожу мимо, а я тихонько окликала их: «Коровка, коровка, коровка…»

Местность, по которой бежала дорога, местами была удивительно зеленой, в других местах — сухой и каменистой, и дважды я миновала тракторы, припаркованные у обочины, безмолвные и пугающие в своем безмолвии. Я шла, дивясь этой красоте и безмолвию, но к вечеру в моей душе начала зарождаться тревога.

На маршруте за восемь дней я не видела ни одного человеческого существа. Здесь *была* цивилизация. И все же, если не считать коров на вольном выпасе, двух заброшенных тракторов и самой дороги, не наблюдалось ни малейшего признака цивилизации. Я чувствовала себя так, будто смотрю фантастический фильм, будто я — один-единственный человек, оставшийся на всей планете. И впервые за все путешествие мне захотелось разрыдаться. Я сделала глубокий вдох, заталкивая подступающие слезы поглубже, сняла рюкзак и поставила на землю, чтобы переложить его содержимое. Впереди был поворот дороги, я пошла к нему без рюкзака, чтобы осмотреться.

> На тропе я могла умереть с голоду или быть убитой воинственными длиннорогими быками. Но там я, по крайней мере, понимала, где нахожусь.

И увидела там троих мужчин, сидевших в кабине желтого грузовичка-пикапа.

Один из них был белый. Другой — чернокожий. Третий — латиноамериканец.

Мне потребовалось около минуты, чтобы дойти до них. Они смотрели на меня с тем же выражением на лицах, с каким я, наверное, смотрела днем раньше на длиннорогого быка. Казалось, они вот-вот завопят: «Лось!» Мое облегчение при виде их трудно описать словами. Однако когда я шла к ним, все мое тело покалы-

СЛЕДЫ

вало от неприятного осознания того, что я перестала быть единственной звездой фильма о планете, лишенной людей. Теперь я стала героиней совершенно иного фильма. Я была единственной женщиной наедине с тремя мужчинами с неизвестными мне намерениями, характерами и личной историей, которые наблюдали за мной из кабины желтого грузовичка.

Пока я объясняла им свою ситуацию через открытое водительское окошко, они молча глазели на меня. Выражение их глаз менялось от ошеломленного к ошарашенному, потом в нем мелькнуло высокомерие, а под конец они дружно разразились хохотом.

— Да знаешь ли ты, куда забралась, милая? — спросил меня белый мужчина, оправившись от изумления, и я покачала головой. Ему и чернокожему было с виду лет за шестьдесят, а латиноамериканец едва вышел из подросткового возраста.

> Я была единственной женщиной наедине с тремя мужчинами с неизвестными мне намерениями, которые наблюдали за мной из кабины желтого грузовичка.

— Видишь эту горку, вот здесь? — спросил он. Он указывал прямо вперед через ветровое стекло со своего места за рулем. — Мы как раз готовимся взорвать эту горку, — и объяснил, что строительная организация выкупила права на этот клочок земли. А они производят саперные работы, чтобы добыть декоративный камень, который люди используют для оформления своих садиков.

— Меня звать Фрэнком, — сказал он, постукивая по полям своей ковбойской шляпы. — И, строго говоря, ты нарушаешь границы чужих владений, юная леди, но мы не станем подавать на тебя в суд, — он взглянул на меня и подмигнул. — Мы ведь просто саперы. Мы не собственники этой земли, иначе нам пришлось бы пристрелить тебя!

Он снова расхохотался, потом ткнул пальцем в латиноамериканца, сидевшего в середине, и сказал, что того зовут Карлосом.

— А я — Уолтер, — представился чернокожий, сидевший на пассажирском сиденье.

ДИКАЯ

Они были первыми людьми, которых я увидела с тех пор, как двое мужчин в мини-вэне с колорадскими номерами высадили меня у обочины дороги больше недели назад. Когда я говорила, мой голос казался мне незнакомым. Казалось, что он стал тоном выше и что я говорю быстрее, чем обычно. Словно речь была какой-то штукой, которую я не могла хорошенько ухватить и удержать. Словно каждое слово было маленькой птичкой, устремлявшейся, трепеща крылышками, прочь. Мужчины велели мне забраться в кузов, и мы проехали к тому месту, где я оставила рюкзак. Фрэнк притормозил, и все они вышли. Уолтер подобрал мой рюкзак и был явно потрясен его весом.

— Знаешь, я был в Корее, — сказал он, взваливая на металлическую платформу грузовика мой рюкзак с явным усилием. — И мы ни разу не таскали такие тяжеленные рюкзаки. Ну, может, только однажды меня навьючили подобной тяжестью — когда я провинился и заработал взыскание.

Быстро, без особенного участия с моей стороны, было решено, что я поеду с Фрэнком к нему домой. Его жена накормит меня ужином, и я смогу искупаться и переночевать в настоящей постели. Утром он отвезет меня куда-нибудь, где смогут починить мою плитку.

— А теперь объясни мне все это еще раз, — несколько раз просил Фрэнк, и всякий раз все трое слушали меня со смущенным и восторженным вниманием. Они жили в каких-нибудь тридцати километрах от Маршрута Тихоокеанского хребта, и все же ни один из них ни разу о нем не слышал. Они никак не могли уразуметь, с чего вдруг женщине пришло в голову путешествовать в одиночку, и Фрэнк с Уолтером так мне и заявили в веселой и обходительной манере.

— Думаю, это, типа, круто, — сказал Карлос через некоторое время. Ему было 18 лет, и он собирался пойти на военную службу, как он мне признался.

— Может быть, тебе стоит вместо этого пройти маршрут, — предложила я.

— Ну уж нет, — отозвался он.

СЛЕДЫ

Мужчины снова забрались в кабину, и я километра три ехала в кузове одна, пока мы не добрались до того места, где Уолтер припарковал свой грузовик. Они с Карлосом пересели в него и поехали дальше, оставив меня наедине с Фрэнком, которому нужно было еще около часа поработать.

Я сидела в кабине желтого грузовичка и наблюдала, как Фрэнк ездит взад-вперед на тракторе, выравнивая дорогу. Всякий раз, проезжая мимо, он махал мне рукой. А когда он отъезжал, я исподтишка исследовала содержимое его грузовичка. В бардачке лежала серебряная фляжка с виски. Я сделала маленький глоток и быстро положила ее на место, губы мои загорелись огнем. Сунула руку под сиденье и вытащила тонкий черный футляр. В нем оказался пистолет, такой же серебряный, как фляжка с виски. Я тут же захлопнула футляр и сунула его обратно под сиденье. Ключи по-прежнему висели в замке зажигания, и я отстраненно подумала, что будет, если я заведу машину и уеду. Потом сняла ботинки и принялась массировать ступни. Маленький синяк на голени, образовавшийся после укола героина в Портленде, по-прежнему никуда не делся, но побледнел и был теперь мертвенно-желтого цвета. Я провела по нему пальцем, задев бугорок крошечного следа от укола, по-прежнему различимый в середине, дивясь абсурдности собственного поведения. А потом снова натянула носки, чтобы больше его не видеть.

— Что ты за женщина? — спросил Фрэнк, когда закончил работу и забрался в грузовик, сев рядом со мной.

— В смысле? — переспросила я. Наши взгляды встретились, в его глазах мелькнуло что-то странно знакомое, и я отвела взгляд.

— Ты такая, как Джейн? Того типа женщина, которая понравилась бы Тарзану?

— Думаю, да, — ответила я и рассмеялась, хотя ощущала ползучую тревогу, искренне желая, чтобы Фрэнк завел грузовик и поехал вперед. Он был крупный мужчина, поджарый, точеный, загорелый. Сапер, который казался мне похожим на ковбоя. Его руки напомнили мне руки всех мужчин, которых я знала, пока росла.

Мужчин, которые зарабатывали на жизнь физическим трудом. Мужчин, чьи ногти никогда не становились абсолютно чистыми, как бы упорно они их ни оттирали. Сидя рядом с ним, я чувствовала то же самое, что и всегда, когда мне приходилось оказываться в определенных обстоятельствах наедине с определенными мужчинами — что случиться может все, что угодно. Что он может рассказывать о своих делах, учтиво и добродушно, а может сграбастать меня в охапку и полностью изменить ход вещей в одно мгновение. Сидя с Фрэнком в грузовике, я смотрела на его руки, наблюдала за его движениями, и каждая клетка моего тела была настороже. Хотя внешне я казалась такой же расслабленной, как если бы только что очнулась от дремоты.

> Я сунула руку под сиденье и вытащила тонкий черный футляр. В нем оказался пистолет, такой же серебряный, как фляжка с виски.

— У меня есть кое-что для нас обоих, — проговорил он, протягивая руку в бардачок, чтобы достать оттуда фляжку с виски. — Это моя награда за день тяжелого труда, — он открутил крышечку и протянул фляжку мне. — Сначала леди.

Я взяла у него фляжку, поднесла к губам и чуть смочила рот виски.

— Ага. Точно, ты именно такая женщина. Так я и буду называть тебя — Джейн, — он забрал у меня фляжку и сделал долгий глоток.

— Знаешь, на самом деле я здесь не совсем одна, — выпалила я, сплетая ложь на ходу. — Мой муж — его зовут Пол — тоже идет по маршруту, только он начал в Кеннеди-Медоуз. Знаешь, где это? Мы оба хотели попробовать поход в одиночку, так что он идет на юг, а я двигаюсь на север. Мы должны встретиться в середине, а потом проведем остаток лета вдвоем.

Фрэнк кивнул и сделал еще один глоток из фляжки.

— Ну, тогда он еще более чокнутый, чем ты, — резюмировал он, неторопливо обдумав мои слова. — Одно дело — быть женщиной достаточно сумасшедшей, чтобы проделать то, что делаешь ты. И совсем другое — быть мужчиной, который позволяет своей жене смыться и сделать это.

СЛЕДЫ

— Ага, — кивнула я, словно соглашаясь с ним. — Ну, как бы там ни было, через пару дней мы воссоединимся, — я произнесла это с такой уверенностью, что даже сама себя убедила в том, что Пол в эту самую минуту пробирается ко мне. Что на самом деле мы не подали на развод два месяца назад, в один снежный апрельский день. Что он идет мне навстречу. Или что он узнает, если я вдруг не пройду дальше по маршруту. Что о моем исчезновении станет известно за считаные дни.

Но все было совсем наоборот. Люди в моей жизни были подобны тем пластырям, которые улетели вместе с пустынным ветром в первый мой день на маршруте. Они рассыпались в разные стороны и исчезли. Никто не ждал от меня даже телефонного звонка, когда я доберусь до своей первой большой остановки. Или второй. Или третьей.

> Все было совсем наоборот. Никто не ждал от меня даже телефонного звонка, когда я доберусь до своей первой большой остановки. Или второй. Или третьей.

Фрэнк откинулся на спинку сиденья и поправил крупную металлическую пряжку на своем ремне.

— Есть еще кое-что, чем я люблю вознаградить себя после целого дня тяжелой работы, — проговорил он.

— И что же это? — спросила я с неуверенной улыбкой, и сердце в моей груди загрохотало. Руки, лежавшие на коленях, вдруг отчаянно зачесались. Я остро осознавала, что мой рюкзак лежит слишком далеко от меня, в кузове грузовичка. В одну секунду я решила, что брошу его без раздумий, если мне придется распахнуть дверцу и бежать.

Фрэнк полез под сиденье, где лежал пистолет в черном кожаном футляре.

И вытащил оттуда прозрачный пластиковый пакетик. Внутри лежали длинные тонкие жгуты красной лакричной тянучки, свернутые на манер лассо. Он протянул пакет мне и спросил:

— Хочешь кусочек, мисс Джейн?

6

ОКРУЖИЛИ

Я слопала добрых полтора метра красной тянучки Фрэнка, пока мы ехали, и съела бы еще столько же, если бы что-то осталось.

— Жди здесь, — велел он мне, притормозив на узкой проселочной дорожке, которая шла вдоль его дома, — это был один из трейлеров в небольшом лагере в зарослях пустынного кустарника. — Я зайду в дом и расскажу Аннет, кто ты такая.

Через пару минут они вышли из дома вместе. Аннет оказалась пухленькой седовласой женщиной с недружелюбным и подозрительным выражением лица.

— Это все, что у тебя есть? — проворчала она, пока Фрэнк вытаскивал мой рюкзак из кузова. Я вошла вслед за ними в трейлер, где Фрэнк тут же исчез за дверью ванной.

— Располагайся, — проговорила Аннет, и я поняла это так, что должна сесть за обеденный стол, отграничивающий пространство кухоньки, где она накладывала мне на тарелку еду. На дальнем конце стола стоял маленький телевизор, орущий во все горло, так что слушать его было почти невыносимо. Еще один репортаж о судебном заседании по делу О. Джей Симпсона. Я смотрела его, пока не подошла Аннет. Она поставила передо мной тарелку с едой и выключила телевизор.

— Только об этом и говорят. О. Джей то да О. Джей сё, — проворчала она. — Можно подумать, что дети в Африке больше не голодают. Ну-ка, давай, приступай, — она указала на еду.

ОКРУЖИЛИ

— Я подожду, — сказала я беззаботным тоном, который должен был скрыть мой отчаянный голод. И уставилась на свою тарелку. На ней лежала гора свиных ребрышек-гриль, консервированная кукуруза и картофельный салат. Мне пришло в голову, что неплохо бы встать и помыть руки, но я боялась, что это отсрочит ужин. Мысль о том, что необходимо мыть руки перед едой, была от меня теперь так же далека, как новостные репортажи по телевидению.

— Ешь! — скомандовала Аннет, водружая передо мной пластиковую кружку с вишневым компотом.

Я набрала полную вилку картофельного салата и поднесла ко рту. Это было так прекрасно, что я едва не свалилась со стула.

— Ты студентка колледжа?

— Да, — сказала я, странно польщенная тем, что она так обо мне подумала, несмотря на всю грязь, которая меня покрывала, и вонь пота. — Точнее, была студенткой. Защитила диплом четыре года назад, — уточнила я и снова набила рот едой, сознавая, что, в общем-то, солгала.

Я обещала матери в последние дни ее жизни, что получу диплом бакалавра, но этого не сделала. Она умерла в первый понедельник наших весенних каникул, и я вернулась в колледж в следующий понедельник. Кое-как дотянула до конца занятий в ту последнюю четверть, полуослепшая от скорби. Однако диплом не получила. Потому что не смогла сделать одну вещь. Я не написала пятистраничную работу по английскому. Это было ерундовое задание, но когда я попыталась начать писать, смогла только тупо пялиться в пустой экран компьютера. Да, я прошла по сцене в университетской шапочке и мантии и приняла из рук преподавателя небольшой свиток. Но когда я его развернула, там было написано именно то, чего и следовало ожидать: пока я не закончу эту работу, свой диплом не получу. У меня был только студенческий кредит, который, по моим расчетам, мне предстояло выплачивать до 43 лет.

> Мысль о том, что необходимо мыть руки перед едой, была от меня теперь так же далека, как новостные репортажи по телевидению.

На следующее утро Фрэнк высадил меня у круглосуточного магазина на шоссе, наказав на прощание поймать машину, которая подбросит меня до города под названием Риджкрест. Я уселась на переднее крыльцо магазина и сидела там, пока парень, который развозил чипсы, не подошел ко мне. Он согласился подвезти меня, хотя правила компании-работодателя не позволяли брать попутчиков. Как только я забралась в его огромный грузовик, он рассказал, что его зовут Трой и что он катается по Южной Калифорнии пять дней в неделю, развозя мешки с чипсами всех видов. А еще он женат на своей первой школьной любви вот уже 17 лет — с тех пор, как ему самому исполнилось 17.

> Всклокоченный мужчина решил, будто я такая же, как он. Бродяга. Отверженная. Никакая не студентка, пусть даже бывшая.

— Семнадцать лет на воле и семнадцать в клетке, — пошутил он, хотя в голосе его отчетливо слышалось сожаление. — Я дал бы что угодно, чтобы поменяться с тобой местами, — проговорил он, отъезжая от магазина. — Я – свободная душа, у которой никогда не хватало смелости вырваться из заточения.

Он высадил меня у магазина туристических товаров Тодда. Мистер Тодд самолично разобрал мою плитку, почистил ее, вставил новый фильтр, продал мне «правильный» газ, а потом руководил мною во время пробного включения — на всякий случай. Я купила еще металлическую клейкую ленту и еще один набор *2nd Skin* для своих израненных ног. А потом пошла в ресторан и заказала шоколадно-солодовое молоко и чизбургер с жареной картошкой, чувствуя себя так же, как за ужином накануне вечером — тая от наслаждения и смакуя каждый кусочек. После я шла через город, а мимо проносились машины. Водители и пассажиры поворачивались, чтобы взглянуть на меня с холодным любопытством. Я шла мимо забегаловок фастфуда и магазинчиков автодилеров, не зная, что лучше сделать: то ли поднять большой палец, пытаясь остановить машину, то ли про-

ОКРУЖИЛИ

вести ночь в Риджкресте и вернуться на маршрут на следующий день. Пока я стояла у перекрестка, пытаясь понять, в каком направлении двигаться, ко мне сзади подъехал всклокоченный мужчина на велосипеде. В руках у него был сморщенный бумажный пакет.

— Уходишь прочь из города? — спросил он.

— Может быть, — отозвалась я. Велосипед был слишком мал для него — рассчитан на мальчишку, а не на мужчину, — и по бокам рамы вызывающе вились языки нарисованного пламени.

— И куда направляешься? — продолжал расспрашивать он. Зловоние, исходившее от него, было таким мощным, что я едва не закашлялась, хоть и догадывалась, что пахну ничуть не лучше, чем он. Несмотря на принятую накануне ванну у Фрэнка и Аннет, я была по-прежнему одета в свои грязные одежки.

— Может, останусь на ночь в мотеле, — сказала я.

— Не делай этого! — с жаром взревел он. — Я, на свою голову, сунулся туда, и меня упекли в каталажку!

Я кивнула, понимая, что он решил, будто я такая же, как он. Бродяга. Отверженная. Никакая не студентка, пусть даже бывшая. Про МТХ я даже заикаться не стала.

— Угощайся, — предложил он, протягивая мне бумажный пакет. — Там хлеб и болонская колбаса. Можешь сделать себе сэндвичи.

— Нет, спасибо, — отказалась я, одновременно возмущенная и тронутая его предложением.

— Ты откуда? — спросил он. Ему явно неохота было уезжать.

— Из Миннесоты.

— Эй! — воскликнул он, и по лицу его расползлась широкая улыбка. — Так ты ж моя сестренка! А я из Иллинойса. Иллинойс и Миннесота — они как соседи.

— Ну, *почти* соседи — между ними еще Висконсин, — возразила я — и сразу же пожалела об этом, не желая ранить его чувства.

— Ну, все равно соседи, — подытожил он и протянул мне раскрытую ладонь для рукопожатия.

И я ее пожала.

— Удачи, — сказала я ему в спину, когда он покатил дальше.

Я зашла в продуктовый магазин и долго бродила между рядами, ни до чего не дотрагиваясь, ослепленная видом целых гор еды. Я купила кое-что, чтобы восполнить запасы продуктов, которые съела, пока не могла готовить себе обеды из сухого пайка. А потом долго шла вдоль оживленной главной улицы, пока не обнаружила здание, которое показалось мне самым дешевым мотелем в городе.

— Меня кличут Бадом, — сообщил мне мужчина за конторкой, когда я спросила, есть ли у него свободный номер. У него была внешность висельника и кашель курильщика. Кожа загорелых щек свисала по бокам его морщинистого лица. Когда я рассказала ему, что путешествую по МТХ, он настоял на том, чтобы постирать мою одежду.

— Да я просто закину твои вещички в стиралку вместе с простынями и полотенцами, милочка. Мне это ничего не стоит, — прибавил он, когда я запротестовала.

Я пошла в свой номер, разделась догола и натянула непромокаемые штаны и куртку, хотя был жаркий июньский день; потом вернулась на рецепцию и протянула Баду маленькую кучку грязной одежды, смущаясь и снова благодаря.

— Это потому, что мне понравился твой браслет. Вот почему я предложил, — пояснил Бад. Я закатала рукав своей куртки, и мы оба на него уставились. Это был полинялый серебряный ободок, браслет «военнопленного, пропавшего без вести», который моя подруга Эме застегнула на моей кисти, когда мы прощались на улице Миннеаполиса несколько недель назад.

— Дай-ка мне поглядеть, кто у тебя там, — он перегнулся через конторку, взял меня за руку и повернул, чтобы прочесть написанные на браслете слова. — Уильям Джей Крокет, — проговорил он и отпустил мою руку. Эме навела справки и рассказала мне,

ОКРУЖИЛИ

кем был этот Уильям Джей Крокет: военным летчиком, которому оставалось два месяца до двадцать шестого дня рождения, когда его самолет был сбит во Вьетнаме. Она носила этот браслет много лет, не снимая. С того момента как она подарила его мне, я тоже его не снимала.

— Я сам ветеран Вьетнама, так что у меня глаз на такого рода вещи. Поэтому я и дал тебе наш единственный номер, где есть ванная, — пояснил Бад. — Я был там в шестьдесят третьем, мне едва стукнуло восемнадцать. Но теперь я против войны. Против любой войны. На сто процентов против. Не считая только особых случаев.

В пластиковой пепельнице перед ним дымилась сигарета, Бад взял ее в руку, но не поднес к губам. — Ну, я полагаю, ты уже знаешь, что в этом году в Сьерра-Неваде полным-полно снега.

— Снега? — переспросила я.

— В этом году настоящий рекорд. Все завалило. Здесь в городе есть бюро по природопользованию. Если хочешь, зайди к ним и спроси насчет погодных условий, — предложил он и затянулся сигаретой. — Твои вещички будут готовы через час или два.

Я вернулась в свой номер, приняла душ, потом полежала в ванне. А после откинула покрывало на постели и улеглась на простыни. В моем номере не было кондиционера, но я все равно потрясающе себя чувствовала. Я чувствовала себя лучше, чем когда-либо за всю жизнь — теперь, когда маршрут показал мне, что такое по-настоящему ужасное самочувствие. Поднялась, порылась в рюкзаке, потом снова разлеглась на кровати и принялась читать «Когда я умирала». А слова Бада насчет снега эхом отзывались во мне.

Я знала, что такое снег. В конце концов, я же выросла в Миннесоте. Я разгребала его лопатой, ездила по нему, катала из него снежки. Я день за днем смотрела из окон, как он падал и собирался в сугробы, которые смерзались и покрывали землю на многие месяцы. Но этот снег был другим. Это был снег, который укрывал Сьерра-Неваду столь неколебимо, что горы были названы в его честь — по-испански *sierra nevada* означает «заснеженные горы».

Мне казалось абсурдным то, что я шла по этому снежному хребту всю дорогу, что засушливые безводные горы, которые я пересекала вплоть до этого момента, официально были частью Сьерра-Невады. Но они не были Высокой Сьеррой — исполинской цепью гранитных пиков и утесов, простирающейся за Кеннеди-Медоуз, которые альпинист и писатель Джон Мюир всем сердцем обожал и исследовал более ста лет назад.

Я не читала его книг о Сьерра-Неваде до того, как сама ступила на маршрут, но знала, что он был основателем «Сьерра-клуба». Спасение Сьерра-Невады от овцеводов, горных разработок, развития туристической индустрии и иных видов агрессии современной эпохи было его пожизненной страстью. Именно благодаря ему и его сторонникам бо́льшая часть Сьерра-Невады и по сей день остается частью дикой природы. Природы, которая теперь, по всей видимости, завалена снегом.

> Я чувствовала себя лучше, чем когда-либо за всю жизнь — теперь, когда маршрут показал мне, что такое по-настоящему ужасное самочувствие.

Не сказать, чтобы эта новость полностью застала меня врасплох. Авторы путеводителя предостерегали насчет снега, с которым я могу столкнуться в Высокой Сьерре, и я шла, подготовленная к этому. По крайней мере, подготовленная до такой степени, которую полагала достаточной до того, как вышла на маршрут. Я купила топорик-ледоруб и послала его почтой в коробке, которую должна была забрать в Кеннеди-Медоуз. Покупая ледоруб, я искренне считала, что он будет мне нужен лишь время от времени, на самых высоких участках маршрута. Путеводитель уверял меня, что в обычный год бо́льшая часть снега успевает стаять к тому времени, когда я собиралась проходить Высокую Сьерру, — к концу июня — июлю. Мне и в голову не пришло проверить, был ли этот год «обычным».

ОКРУЖИЛИ

Я нашла телефонную книгу на прикроватном столике и пролистала ее, а потом набрала номер местного офиса бюро землепользования.

— О да, там целая куча снега, — подтвердила женщина, которая взяла трубку. Подробности были ей неизвестны, но она знала наверняка, что этот год был рекордным по снегопадам в Сьерре. Когда я рассказала ей, что иду по МТХ, она предложила подвезти меня до тропы. Я повесила трубку, ощущая не столько тревогу по поводу снега, сколько облегчение оттого, что мне не придется ловить попутку. Снег просто казался мне таким далеким, таким невероятным.

Добрая женщина из бюро землепользования отвезла меня обратно на маршрут и высадила в месте, которое называлось перевалом Уокера, на следующий день. Провожая ее машину взглядом, я чувствовала себя одновременно смиренной и чуть более уверенной, чем девятью днями ранее, когда начинала свой поход. За эти дни мне пришлось спасаться от техасского длиннорогого быка, я была вся избита и истерзана падениями и другими несчастьями, отыскивала свой путь по безлюдной дороге мимо горы, которую вот-вот должны были взорвать. Я прошла километры по пустыне, поднималась и спускалась по бесчисленным горам и горкам и за многие дни не встретила ни одного человека. Я стерла ноги до волдырей, истерзала тело до кровоподтеков и по этому суровому запустению пронесла не только себя, но и рюкзак, который весил больше, чем половина меня. И я сделала это в одиночку.

Это ведь чего-то стоит, верно? — думала я, проходя через непритязательный палаточный городок неподалеку от перевала Уокера и ища себе место для ночевки. Было уже поздно, но еще светло — граница весны и лета. Я поставила палатку и пригото-

> Я прошла километры по пустыне, стерла ноги до волдырей, истерзала тело до кровоподтеков. И по этому суровому запустению пронесла не только себя, но и рюкзак, который весил больше, чем половина меня. И я сделала это в одиночку.

вила себе первый горячий ужин на маршруте на своей новой, теперь функционирующей плитке — сушеные бобы и рис. Наблюдая, как небесный свет превращается в яркое шоу красок над горами, я чувствовала себя счастливейшей из всех живущих. До Кеннеди-Медоуз оставалось 83,5 километра и почти 26 километров — до первой воды на маршруте.

Утром я нагрузила свой рюкзак еще одним полным запасом воды и пересекла шоссе 178. Следующее шоссе пересекало Сьерра-Неваду в 240 километрах к северу по прямой, неподалеку от Туолумне-Медоуз. Я шла по каменистой восходящей тропе под жарким утренним солнцем, разглядывая горы, возвышавшиеся со всех сторон. Близкие и далекие — горы Скоди на юге. Горы Эль-Пасо — подальше к востоку. Заповедник Доумлэнд — на северо-западе, куда я приду через несколько дней. Все они казались мне одинаковыми, хотя каждая гора немного отличалась от другой. Я привыкла постоянно видеть их перед собой. За последнюю неделю мое восприятие изменилось. Я приспособилась к многокилометровым бесконечным панорамам, привыкла к ощущению, что иду по земле в том самом месте, где она встречается с небом. По гребню.

> За последнюю неделю я привыкла к ощущению, что иду по земле в том самом месте, где она встречается с небом. По гребню.

Но большую часть времени я взгляд не поднимала. Шаг за шагом глаза мои были прикованы к покрытой песком и галькой тропе, и ноги порой скользили, пока я поднималась и снова спускалась. Мой рюкзак раздражающе скрипел при ходьбе, и этот скрип по-прежнему исходил из точки, расположенной всего в нескольких сантиметрах от моего уха.

Я шла вперед и старалась заставить себя не думать о больных плечах и спине, о ступнях и бедрах. Но мне удавалось забывать об этом лишь ненадолго. Пересекая восточный склон горы Дженкинс, я несколько раз останавливалась, чтобы оглядеть огромную панораму пустыни, которая простиралась внизу к востоку

ОКРУЖИЛИ

от меня — насколько хватало взгляда. К полудню я добралась до каменной осыпи и остановилась. Взглянула на вершину горы и проследила оползень глазами до самого ее подножия. На месте некогда плоской тропы шириной в 60 сантиметров, по которой мог бы пройти любой обычный человек, теперь была широкая река, где вместо воды «текли» угловатые осколки метаморфических пород величиной с кулак. А я даже не была обычным человеком. Я была человеком с такой ношей на плечах, которая могла бы устрашить и бога. И у меня не было даже трекинговой палки, чтобы поддерживать равновесие. Почему я взяла складную пилу, но не сообразила прихватить с собой трекинговую палку, понятия не имею. Найти палку здесь не представлялось возможным — редкие низкие и искривленные деревца меня не спасут. Ничего не оставалось делать, кроме как прорываться.

> У меня не было даже трекинговой палки, чтобы поддерживать равновесие. Почему я взяла складную пилу, но не сообразила прихватить с собой трекинговую палку, понятия не имею.

Я ступила на оползень дрожащими ногами в страхе, что моя обычная походка — согнувшись в три погибели — стронет камни с места и заставит их скользить всей массой вниз по горе, увлекая меня с собой. Один раз я упала, жестко приземлившись на колено, потом поднялась, стараясь идти еще осторожнее. Вода в гигантском бурдюке на моей спине хлюпала при каждом шаге. Добравшись до другой стороны оползня, я почувствовала огромное облегчение. И мне было совершенно наплевать, что колено пульсирует болью и кровоточит. *Слава богу, это позади*, думала я с благодарностью. Но я ошибалась.

В тот день мне пришлось пересечь еще три оползня.

Вечером я разбила лагерь на высокой седловине между горами Дженкинс и Оуэнс, безумно уставшая, хотя и прошла всего 13,5 километра. Прежде я молча кляла себя на чем свет стоит за то, что не иду быстрее. Но теперь, сидя на своем походном стульчике и механически запихивая в рот горячий ужин из котелка, который стоял прямо на земле между моими ступнями, я была довольна, что прошла хотя бы столько. Я находилась на высоте 2134 метра над уровнем моря, и со всех сторон меня окружало небо. На западе садилось солнце, освещая закатными лучами землю, похожую на застывшее море, которое окрасило небо в десять тонов оранжевого и розового. К востоку, уходя за горизонт, тянулась казавшаяся бесконечной пустыня.

Сьерра-Невада представляет собой единый вставший на дыбы пласт земной коры. Ее западный склон составляет около девяноста процентов всей горной цепи. Вершины постепенно спускаются к плодородным долинам, которые затем переходят в калифорнийское побережье — оно примерно повторяет очертания МТХ на протяжении более чем 320 километров к западу. Восточный склон Сьерра-Невады совершенно другой: это крутой обрыв, который резко ниспадает к огромной плоской пустыне, простирающейся до самого Большого Бассейна в Неваде. Прежде я видела Сьерра-Неваду только один раз, когда мы с Полом ехали на запад через несколько месяцев после того, как покинули Нью-Йорк. Мы переночевали в Долине Смерти, а на следующий день час за часом ехали по ландшафту настолько пустынному, что, казалось, он не принадлежит этой планете. К середине дня на западной стороне горизонта показалась Сьерра-Невада, гигантская белая непроходимая стена, выпирающая прямо из земли. Теперь, сидя на высокой горной седловине, я почти не могла представить себе этот образ. Я больше не стояла в отдалении, глядя на эту стену. Я оседлала ее хребет. Я просто вглядывалась в эту землю, совершенно раздавленная восхищением, слишком усталая, чтобы хотя бы подняться и дойти до палатки, и смотрела, как темнеет небо. Надо мной всходила яркая луна, а подо мной в дальней дали перемигивались огоньками города Иньокерн и Риджкрест. Тишина была грандиозной, безлюдье —

> Я находилась на высоте 2134 метра над уровнем моря, и со всех сторон меня окружало небо.

ощутимым и весомым. Вот зачем я пришла, подумала я. Вот что я получила.

Наконец, поднявшись и принимаясь готовить лагерь ко сну, я осознала, что впервые за все время на маршруте не надела свой флисовый анорак, когда село солнце. Я даже не натянула рубашку с длинным рукавом. В воздухе не ощущалось ни малейшей прохлады, несмотря на высоту в 2134 метра. В ту ночь я была благодарна за легкий теплый ветерок, обдувавший мои голые руки, но к 10 часам следующего утра от моей благодарности не осталось и следа.

Ее выдрала из меня неумолимая, всепоглощающая жара.

К полудню зной стал таким безжалостным, а на тропе было настолько негде укрыться от солнца, что я, честно говоря, уже гадала, переживу ли этот день. Единственным спасением были остановки через каждые десять минут, чтобы отдыхать пять, когда я глотала воду из бутылки, ставшую горячей, как чай. Переставляя ноги, я стонала чуть ли не на каждом шагу, будто от этого могло стать прохладнее, но ничего не менялось. Солнце все так же бессердечно смотрело на меня в упор, и ему было абсолютно все равно, жива я или мертва. Иссохший кустарник и искривленные деревца стояли с той же индифферентной решимостью, как они это делали прежде и как будут делать всегда.

> К полудню зной стал таким безжалостным, а на тропе было настолько негде укрыться от солнца, что я, честно говоря, уже гадала, переживу ли этот день.

Я была камешком. Я была листом. Я была корявой древесной веткой. Я была для них ничем, а они были для меня всем.

Я отдыхала везде, где удавалось найти тень, в самых причудливых деталях грезя о холодной воде. Жар был таким мощным, что мои воспоминания о нем — не столько ощущение, сколько звук; писк, который достигал диссонансной пронзительности, исходя из самого центра моей головы. Несмотря на все, что мне до сих пор пришлось вынести на маршруте, я ни разу не думала о том, чтобы повернуть обратно. Но теперь, всего лишь на десятый день похода, я дошла до точки. Я захотела сдаться.

Спотыкаясь, я брела на север, в Кеннеди-Медоуз, в ярости кляня себя за эту безумную идею. Где-то люди сейчас жарят шашлыки и проводят выходные, нежась на берегах озер и дремля в гамаках. У них сколько угодно кубиков льда, и лимонада, и прохладных комнат, где температура не поднимается выше +21 градуса. Я знала этих людей. Я любила этих людей. А еще ненавидела их — за то, как далеки они от меня, бредущей на грани гибели по маршруту, о котором даже слышали-то немногие. Я собиралась все это бросить. *Бросить, бросить, бросить, бросить*, напевала я себе под нос, и стонала, и шла, и отдыхала (десять, пять, десять, пять). Я дойду до Кеннеди-Медоуз, заберу свою коробку с припасами, съем все до единого батончики, которые уложила в нее, а потом поймаю попутку до любого города, до которого согласится довезти меня остановившийся водитель. Доберусь до автобусной станции, а уж оттуда поеду куда-нибудь еще.

> Что я наделала? Почему я сама запутала себя в прискорбный клубок, состоявший из героина и секса с мужчинами, которых я едва знала?

На Аляску, решила я. Потому что уж на Аляске-то точно есть лед.

Когда решение сдаться устоялось, я нашла еще одну причину, чтобы подкрепить свою убежденность в том, что весь поход по МТХ был невообразимо дурацкой идеей. Я отправилась в поход по этому маршруту для того, чтобы поразмыслить о своей жизни, обдумать все, что сломало меня, и сделать себя снова цельной. Но дело в том, что, по крайней мере, до сих пор я была полностью поглощена исключительно сиюминутным и физическим страданием. С тех пор как начался поход, воспоминания о мучениях моей жизни лишь изредка мелькали в памяти. Почему, о почему моя милая мама умерла и как получилось так, что я могу жить-поживать себе без нее? Как могла моя семья, некогда столь дружная и крепкая, распасться так быстро и безвозвратно сразу после ее смерти? Что я наделала, разрушив свой брак с Полом — надежным, ласковым мужем, который так верно любил меня? Почему я сама запутала себя в прискорбный клубок, состоявший из героина, Джо и секса с мужчинами, которых я едва знала?

Это были вопросы, которые я таскала с собой, как камни, всю зиму и весну, пока готовилась к походу по Маршруту Тихоокеанского хребта. Те вопросы, над которыми я всхлипывала и завывала, которые раскапывала в мучительных деталях в своем дневнике. Я планировала разобраться со всеми ними во время похода по МТХ.

> Я думала, что буду лить слезы катарсической печали и возрождающей радости каждый день своего путешествия. Но вместо этого я лишь стонала, и вовсе не потому, что у меня болела душа. А потому что болели ступни, спина и раны на бедрах.

Я воображала себе бесконечные медитации на закате и созерцание девственно-чистых горных озер. Я думала, что буду лить слезы катарсической печали и возрождающей радости каждый день своего путешествия. Но вместо этого я лишь стонала, и вовсе не потому, что у меня болела душа. А потому что болели ступни, спина и так и не зажившие раны на бедрах. Еще во время этой второй недели похода — когда весна едва-едва собиралась официально перейти в лето — я стонала потому, что мне было до такой степени жарко, что, казалось, вот-вот лопнет голова.

В те моменты, когда я мысленно не брюзжала по поводу своего физического состояния, то обнаруживала, что мой разум снова и снова проигрывает обрывки каких-то песен и мелодий в бесконечном, бессмысленном цикле. Как будто в голове у меня играло микстейп-радио[1]. Реагируя на тишину, мой мозг отвечал отдель-

---

[1] М и к с т е й п (от *англ. mix*, смесь + *tape*, кассета) — особый род музыкального альбома, записи в котором скомпонованы в соответствии со вкусами или намерениями его создателя; изначально микстейпы изготавливались диджеями кустарно.

ными фразами из мелодий, которые я слышала на протяжении жизни, — фрагментами песен, которые я любила, и отчетливыми переложениями мелодий из рекламных роликов, которые едва не сводили меня с ума. Я потратила несколько часов, пытаясь выпихнуть из головы рекламу жвачки «Даблминт» и «Бургер Кинга», а потом всю оставшуюся часть дня пыталась вспомнить следующую строчку из песни группы *Uncle Tupelo*, которая начиналась словами «Выпасть из окна, споткнувшись о складку на ковре…». Целый день был потрачен на то, чтобы вспомнить все слова песни Люсинды Уильямс «Что-то происходит, когда мы разговариваем».

> Готовясь к выходу со стоянки, я услышала с южной стороны какой-то шум. Обернулась и увидела бородатого мужчину с рюкзаком на спине, который шел ко мне по тропе.

Так, со ступнями, горящими огнем, со стертой в кровь плотью, с ноющими мышцами и суставами, с пульсирующим от небольшого воспаления указательным пальцем, с которого была содрана кожа во время нападения быка, с кипящим и гудящим от случайных обрывков музыки мозгом, к концу удушающе жаркого десятого дня своего похода я практически вползла в тенистую рощицу трехгранных тополей и ив. В моем путеводителе она называлась Спэниш-Нидл-Крик. В отличие от многих перечисленных в нем мест, названия которых содержали обманчиво многообещающее слово *creek* — ручей, Спэниш-Нидл-Крик *действительно* был ручьем. По крайней мере, на мой взгляд: поток воды глубиной сантиметров в десять поблескивал на камнях укрытого тенью рощицы небольшого русла. В мгновение ока я сбросила с плеч рюкзак, сняла ботинки и одежду и уселась голышом в холодной мелкой воде, плеская ее горстями на лицо и голову. За все десять дней на маршруте я ни разу не встретила на тропе другого человека, поэтому блаженствовала, ничуть не беспокоясь, что кто-то появится. К тому же голова моя кружилась от восторга, пока я трудолюбиво накачивала холодную воду в водяной фильтр и с жадностью пила бутылку за бутылкой.

ОКРУЖИЛИ

Проснувшись на следующее утро под сладостные звуки бегущего ручья, я предавалась праздности в своей палатке, наблюдая, как над тканевым потолком светлеет небо. Съела батончик из гранолы и немного почитала путеводитель, готовясь к предстоящему пути. Наконец встала, пошла к ручью и еще раз искупалась в нем, наслаждаясь неслыханной роскошью. Было всего 9 утра, но жара уже усиливалась. И мысль о том, чтобы покинуть тенистый уголок у ручья, наполняла меня страхом. Отмокая в воде глубиной в десяток сантиметров, я решила, что не пойду в Кеннеди-Медоуз. Даже это было слишком далеко, учитывая ту скорость, с которой я передвигалась. В путеводителе упоминалась дорога, которая пересекала маршрут через 20 километров. Дойдя до нее, я сделаю то же, что и в прошлый раз: пойду по ней, пока не удастся поймать машину. Вот только на этот раз я не собиралась возвращаться на маршрут.

Готовясь к выходу со стоянки, я услышала с южной стороны какой-то шум. Обернулась и увидела бородатого мужчину с рюкзаком на спине, который шел ко мне по тропе. Его трекинговая палка издавала резкий щелчок при каждом шаге, соприкасаясь с твердой, как камень, землей.

— Привет! — обратился он ко мне с улыбкой. — Должно быть, вы — Шерил Стрэйд.

— Да, — отозвалась я чуть дрогнувшим голосом, совершенно ошарашенная как тем, что увидела другое человеческое существо, так и собственным именем, слетевшим с его уст.

— Я видел вас в журнале регистрации, — объяснил он, заметив удивленное выражение на моем лице. — Я шел по вашим следам несколько дней.

Вскоре мне предстояло привыкнуть к тому, что люди, обращавшиеся ко мне на пустынном маршруте, вели себя с такой фамильярностью. Все лето журнал регистрации служил нам своего рода общественным бюллетенем.

— Я — Грэг, — сказал он, пожимая мне руку, а потом указал на мой рюкзак: — Вы что, действительно тащите эту штуку?

Мы уселись в тени, разговаривая о том, куда каждый из нас направляется и где мы уже побывали. Ему было около сорока, бухгалтер из Тахомы, штат Вашингтон, с «застегнутым на все пуговицы», методичным, чисто бухгалтерским складом ума. Он вышел на маршрут в начале мая, начав с самых истоков тропы на мексиканской границе, и планировал пройти весь путь до Канады. Он был первым из встреченных мной людей, который, в сущности, делал то же, что и я, хотя прошел уже намного больше. Ему не нужно было объяснять, что я тут делаю. Он понимал.

Пока мы разговаривали, меня одновременно воодушевляло его общество и подавляло растущее осознание того, что он принадлежит к совершенно иной породе людей. Настолько же тщательно подготовлен, насколько неподготовлена я. Отлично подкован в тех вопросах путешествия, о существовании которых я даже не догадывалась. Он планировал свой поход несколько лет, собирая информацию, обмениваясь ею с другими людьми, которые проходили МТХ в предыдущие годы, и посещая семинары, которые он называл конференциями дальноходов. Он свободно сыпал названиями переходов и подъемов, детально перечислял все «за и против» внутренних и внешних рам рюкзаков. Он то и дело упоминал в разговоре о человеке, о котором я прежде даже не слышала, по имени Рэй Джардин. Как благоговейным тоном поведал мне Грэг, это был знаменитый дальноход. Джардин был бесспорным знатоком и экспертом во всех тонкостях МТХ, в особенности в умении пройти его, не таская с собой неподъемный груз. Грэг расспрашивал меня о водяном фильтре, о том, сколько протеина я потребляю в день и какой марки носки ношу. Он желал знать, как я лечу свои мозоли и сколько километров преодолеваю в среднем в день. Сам Грэг проходил в день в среднем 35,5 километра. За это самое утро он прошел те 11 с лишним километров, которые я мучительно проползла за весь предшествующий день.

— Это тяжелее, чем я себе представляла, — призналась я, и на сердце у меня было тяжко от понимания, что я оказалась еще большей идиоткой, чем считала поначалу. — Максимум, что я могу, — это пройти километров семнадцать-девятнадцать, — солгала я. Уж будто бы!

— Ну, конечно, — кивнул Грэг, совершенно не удивленный. — Поначалу и со мной было то же самое, Шерил. Не волнуйтесь по этому поводу. Я проходил по двадцать два — двадцать четыре километра, если повезет, а потом чувствовал себя, как избитый. А ведь я тренировался заранее, ходил в походы по выходным с полностью груженным рюкзаком и так далее. Здесь все по-другому. Телу требуется как минимум пара недель, чтобы достаточно приспособиться к дальним переходам.

Я кивнула, чувствуя себя несказанно утешенной — не так его ответом, как самим его присутствием. Несмотря на явное превосходство, он был таким же, как я. Правда, я не была уверена, что и он чувствует по отношению ко мне то же самое.

— А что вы делаете со своими припасами по ночам? — робко спросила я, заранее боясь ответа.

— Обычно я на них сплю.

— И я тоже, — выдохнула я с облегчением. Перед началом похода я слыхала о том, что необходимо трудолюбиво развешивать съестные припасы по деревьям каждую ночь, как советуют всякому добропорядочному туристу. До этого момента я была слишком изнурена, чтобы хотя бы подумать об этом. Вместо этого я втаскивала продуктовый мешок внутрь палатки и сама туда заползала — и как раз это обычно советуют *не делать*, — а потом подкладывала его как подушку под свои распухшие ноги.

> Он был первым из встреченных мной людей, который, в сущности, делал то же, что и я. Ему не нужно было объяснять, что я тут делаю. Он понимал.

— Я затаскиваю его прямо в палатку, — продолжал Грэг, и при этих словах внутри меня что-то ожило. — Так делают все местные егеря. Просто они никому об этом не рассказывают, потому что их ждет сущий ад, если кто-то их послушает, а потом его сожрет медведь. Лично я собираюсь подвешивать свои продукты на более туристических участках маршрута, где медведи — привычное дело, но до тех пор я не стану об этом беспокоиться.

Я уверенно кивнула, надеясь, что по выражению моего лица нельзя догадаться, будто я не знаю, как именно нужно подвешивать мешок с продуктами на дерево, чтобы не подманить медведя ни к себе, ни к нему.

— Но, с другой стороны, может быть, нам даже не удастся добраться до тех мест, — сам себе возразил Грэг.

— Как это — не удастся? — переспросила я, вспыхивая румянцем от иррациональной мысли о том, что он каким-то образом догадался о моих планах сойти с маршрута.

— Из-за снега.

— Ах да, точно... Снег. Я слышала, что там сейчас много снега.

На этой жаре я совершенно о нем позабыла. Бад, та женщина из бюро землепользования, мистер Тодд и бродяга, который пытался угощать меня хлебом и колбасой, казались мне сейчас всего лишь далеким сновидением.

— Сьерра целиком утонула в снегу, — продолжал Грэг, повторяя слова Бада. — Многие сошли с маршрута, потому что в этом году были рекордные снегопады. Трудненько будет там пройти.

— Ничего себе! — пробормотала я, ощущая одновременно смесь ужаса и облегчения, — теперь у меня был и предлог, чтобы сойти с маршрута, и солидная отговорка. *Я хотела пройти МТХ, но не смогла! Он был весь завален снегом!*

— В Кеннеди-Медоуз составим план, — продолжал Грэг. — Я залягу там на пару дней, чтобы перегруппироваться, так что буду на месте, когда вы придете, и мы сможем все обдумать.

— Отлично, — отозвалась я радостным тоном, не имея ни малейшего желания говорить ему, что к тому времени, как он доберется до Кеннеди-Медоуз, я уже буду сидеть в автобусе, направляющемся в Анкоридж.

— Мы достигнем снегов чуть к северу оттуда, а потом вся тропа похоронена под их толщей на протяжении нескольких сотен километров. — Он встал и с легкостью закинул свой рюкзак на плечи. Его волосатые ноги были похожи на опоры причала на озере в Миннесоте. — Мы выбрали не тот год, чтобы идти по МТХ.

— Думаю, так и есть, — отозвалась я, пытаясь поднять свой рюкзак и продеть руки в лямки так же небрежно, как только что сделал Грэг, как будто из чистого желания избежать унижения я внезапно отрастила себе мышцы вдвое сильнее, чем те, что у меня были. Но мой рюкзак был слишком тяжел, и я по-прежнему не могла его оторвать от земли ни на сантиметр.

Он шагнул вперед, чтобы помочь мне поднять его.

— Тяжелая штука, — заметил он, пока мы старались пристроить его мне на спину. — Намного тяжелее моего.

— Так приятно было познакомиться с вами, — проговорила я, как только мы справились с рюкзаком, стараясь сделать вид, что не горблюсь под своей ношей по необходимости, а наклоняюсь вперед с воодушевлением и вниманием. — До сих пор я никого не встречала на маршруте. Я думала, здесь будет больше… походников.

— По МТХ вообще ходят немногие. И тем более в этот год, с этими рекордными снегами. Многие люди видели прогноз и отложили свой поход на следующий год.

— Я вот думаю, не стоит ли и нам это сделать? — спросила я, надеясь, что он сочтет это отличной идеей, в смысле, вернуться сюда на следующий год.

— Вы — единственная женщина-одиночка, которую я до сих пор встретил на маршруте, да и во всем журнале регистрации вы единственная. Это своего рода редкость.

Я ответила ему легкой дрожащей улыбкой.

— Ну что, вы полностью готовы идти? — спросил он.

— Готова! — ответила я с большей живостью, чем ощущала. Я последовала за ним по тропе, стараясь идти как можно быстрее, ориентируя ритм шагов на щелканье его альпенштока. Когда через 15 минут мы добрались до серии небольших горок, я остановилась, чтобы сделать глоток воды.

— Грэг, — позвала я его и повторила: — Приятно было с вами познакомиться.

Он остановился и обернулся:

— До Кеннеди-Медоуз осталось всего 48 километров.

— Ага, — отозвалась я, понуро кивнув ему. Он будет там следующим утром. Если я и дальше буду идти так же, как до сих пор, мне на это понадобится три дня.

— Там будет попрохладнее, — обнадежил меня Грэг. — На триста с лишним метров выше, чем здесь.

— Отлично, — печально ответила я.

— Вы прекрасно справляетесь, Шерил, — сказал он. — Не переживайте так. Вы еще «зеленая», но крепкая. А крепость — это то, что значит здесь больше всего. Не каждый способен сделать то, что делаете вы.

— Спасибо, — сказала я, настолько воодушевленная его словами, что горло у меня перехватило от эмоций.

— Увидимся в Кеннеди-Медоуз, — добавил он и пошел дальше.

— Кеннеди-Медоуз, — эхом отозвалась я ему вслед. Хотела бы я ощущать такую же решимость, с какой произнесла эти слова!

— Там и придумаем что-нибудь насчет снега! — воскликнул он, прежде чем скрыться из виду.

Я преодолевала жару того дня с новой решимостью. Вдохновленная верой Грэга в меня, я больше ни раздумывала о том, чтобы сдаться. На ходу я размышляла о ледорубе, который должен быть в коробке с новыми припасами. О ледорубе, который, по идее, принадлежал мне. Он был черный с серебром, опасный на вид, с длинным металлическим клювом примерно в 60 сантиметров в длину и более короткой и острой поперечной лопаткой на конце. Я купила его, принесла домой и уложила в коробку с ярлычком «Кеннеди-Медоуз», рассуждая, что к тому времени, когда доберусь до этого самого Кеннеди-Медоуз, буду знать, как надо им пользоваться — превратившись к тому времени каким-то необъяснимым способом в опытную альпинистку.

ОКРУЖИЛИ

Теперь я понимала, что это не так. Маршрут научил меня смирению. Не имея никакого опыта в пользовании ледорубом, я не сомневалась, что скорее покалечу себя, чем сумею воспользоваться им в попытке не скатиться со склона горы. Во время своих привалов в тот день, на жаре, при температуре больше +38, я листала страницы путеводителя, чтобы выяснить, нет ли там каких-нибудь сведений о том, как пользоваться ледорубом. Там ничего подобного не оказалось. Зато было сказано, что при прохождении заснеженных склонов одинаково необходимы «кошки» и ледоруб, равно как и безупречное умение пользоваться компасом, «уважительное и информированное отношение к лавинам» и «значительная доля альпинистского здравого смысла».

Я захлопнула книжку и пошла дальше по жаре, углубляясь в заповедник Доум Лэнд, надеясь, что направляюсь к тому месту, где Грэг преподаст мне краткий курс пользования ледорубом.

> У меня не было никакого опыта в пользовании ледорубом. И сейчас я уже не сомневалась, что скорее покалечу себя, чем сумею воспользоваться им в попытке не скатиться со склона горы.

Я едва знала его, и все же этот человек стал для меня маяком, моей путеводной звездой, сияющей на севере. *Если он может это сделать, то и я смогу,* упорно думала я. Он не круче меня. *Никто не круче меня,* говорила я себе, сама в это не веря. Я превратила эту фразу в мантру тех дней. Останавливаясь отдохнуть, прежде чем преодолеть еще одну серию горок, или оскальзываясь на опасных для коленей склонах, которые сдирали с моих ног куски кожи вместе с носками, или лежа в одиночестве в своей палатке по ночам, я спрашивала, иногда вслух: *кто круче меня?*

Ответ всегда был одним и тем же. Даже когда я точно знала, что это никоим образом не может быть правдой, я все равно повторяла: *никто.*

По мере того как я шла, местность медленно менялась, превращаясь из пустынной в лесистую. Деревья становились выше и пышнее, в мелких руслах ручьев с большей вероятностью можно было добыть глоток воды, лужайки пестрели цветами. В пустыне тоже были цветы, но они казались не такими пышными, более экзотичными, с прекрасными величественными венчиками. Дикие цветы, которые попадались здесь, были чуть более обыденными, они покрывали землю яркими коврами или обрамляли затененные края тропы. Многие были мне знакомы; это были те же виды, которые буйно расцветали летом в Миннесоте, или их близкие родственники. Проходя мимо них, я ощущала присутствие мамы настолько остро, что казалось, будто она рядом. Один раз пришлось даже остановиться и поискать ее взглядом, прежде чем я смогла двинуться дальше.

> *Никто не круче меня*, говорила я себе, сама в это не веря. Я превратила эту фразу в мантру тех дней.

В тот день, когда я встретила Грэга, я увидела и своего первого медведя на этой тропе. Впрочем, сначала его услышала — отчетливое и какое-то «мускулистое» фырканье — и застыла как вкопанная. Подняв глаза, я увидела метрах в шести перед собой на тропе животное, огромное, как холодильник, стоящее на всех четырех лапах. В тот момент, когда наши взгляды встретились, вид у нас сделался одинаково оторопелый.

— МЕДВЕДЬ! — завопила я и потянулась за своим свистком в ту же секунду, как он развернулся и помчался прочь, и мышцы на его толстом заду ходили волнами, переливаясь под солнцем, пока мой свисток издавал убийственно громкий свист.

Мне потребовалось несколько минут, чтобы набраться храбрости и двинуться дальше. Вдобавок к тому, что теперь мне приходилось идти в том самом направлении, в котором сбежало животное, мой разум лихорадочно обдумывал тот факт, что это, похоже, был не черный медведь. Прежде я не раз видела черных медведей — в лесах Северной Миннесоты их было полным-полно. Много раз я застигала их врасплох точно таким же образом, когда гуляла или бегала по проселочной дороге в тех краях, где выросла. Но те черные медведи отличались от этого, которого

ОКРУЖИЛИ

я только что видела. Они были черными. Черными, как смола. Черными, как чернозем, который покупают в больших мешках в садоводческом магазине. Этот медведь был на них ничуть не похож. Его шкура была цвета корицы, местами — почти светлая.

Я осторожно шла дальше, пытаясь заставить себя поверить, что этот медведь наверняка не был ни гризли, ни бурым — более хищными медвежьими родственниками черного. Конечно, это не так. Я знала, что такого просто быть не может. Эти медведи больше не живут в Калифорнии; всех их истребили много лет назад. И все же почему медведь, которого я видела, был совершенно определенно... *не черным*?

Я сжимала в кулаке свисток еще около часа, готовая дунуть в него в любую минуту, и заодно распевая во все горло песенки, чтобы не застать врасплох медведя какого угодно вида величиною с холодильник, если мне случится наткнуться на него снова. Я вытаскивала из памяти старые рекламные мелодии — те самые, которые напевала, когда неделю назад была уверена, что за мной крадется горный лев, напевая их натужно бодрым голосом. А потом переключилась на микстейп-радио, игравшее в моей голове, перескакивая с фрагмента одной мелодии на другую.

> Я увидела на тропе животное, огромное, как холодильник, стоящее на всех четырех лапах. В тот момент, когда наши взгляды встретились, вид у нас сделался одинаково оторопелый.

И из-за этого самого пения я едва не наступила на гремучую змею, не сумев уразуметь, что неумолчное грохотание погремушки, громкость которого все усиливалась, исходило действительно от самой настоящей погремушки. Причем не какой-нибудь обычной старой погремушки, а находившейся на хвосте змеи, толстой, как мое предплечье.

— Ай! — вскрикнула я, когда взгляд мой упал на змею, свернувшуюся кольцами всего в паре метров от меня. Если б я могла подпрыгнуть, я бы это сделала. То есть подпрыгнуть-то я подпрыгнула, вот только ноги мои не оторвались от тропы. Вместо этого я едва ли не на карачках поползла прочь от змеиной маленькой тупой головки, завывая от ужаса. Прошло добрых десять минут, прежде чем я достаточно собралась с силами, чтобы обойти ее по широкой дуге, дрожа всем телом.

Остаток дня я шла медленно, постоянно обшаривая глазами землю и горизонт, пугаясь каждого звука и одновременно повторяя себе: *я не боюсь*. Несмотря на все свое потрясение, я не могла не чувствовать благодарность за то, что мне удалось увидеть животных, которые делили со мной эту землю, которую я уже начинала самую капельку ощущать своей. Я осознала, что, несмотря на все тяготы, с приближением к концу первого этапа моего путешествия во мне начинала расти привязанность к МТХ. Рюкзак, каким бы он ни был тяжелым, стал моим почти одушевленным спутником. Он перестал быть тем абсурдным «Фольксвагеном-жуком», который я с трудом взваливала на себя в номере мотеля в Мохаве всего каких-нибудь пару недель назад. Теперь у моего рюкзака было собственное имя: Монстр.

И это было самое что ни на есть любовное прозвище. Меня изумлял тот факт, что все необходимое мне для выживания можно нести на спине. И удивительнее всего то, что *я могу* это нести. Что я могу вынести то, что кажется невыносимым. Это осознание не могло мне помочь физически, зато очень подкрепляло эмоционально. То, что нашу сложную жизнь можно превратить в такую простую, ошеломляло. Я подумала даже, что, может быть, нет ничего страшного в том, что я проводила дни на маршруте не в размышлениях о своей скорби. Что благодаря сосредоточенности на физическом страдании, по крайней мере, часть эмоциональных исчезнут. К концу второй недели до меня дошло, что с момента начала похода я не проронила ни одной слезинки. Я прошла оставшиеся километры

> Подпрыгнуть-то я подпрыгнула, вот только ноги мои не оторвались от тропы. Вместо этого я едва ли не на карачках поползла прочь от змеиной маленькой тупой головки, завывая от ужаса.

ОКРУЖИЛИ

до узкой ровной площадки, где разбила лагерь перед тем, как достичь Кеннеди-Медоуз, с привычными мучениями, которые стали моими постоянными спутниками. И испытала облегчение, увидев, что выбранное место для лагеря с одной стороны отгорожено толстым поваленным деревом. Оно погибло много лет назад, его ствол стал серым и гладким, давным-давно лишившись коры. Из него получилась отличная скамейка, на которую я уселась и с легкостью сняла рюкзак. Сбросив его с плеч, я разлеглась прямо на дереве, как на диване — приятное

> Теперь у моего рюкзака было собственное имя: Монстр. И это было самое что ни на есть любовное прозвище.

разнообразие после сидения на земле. Ширины как раз хватало, чтобы лежать неподвижно и отдыхать, не скатываясь вбок. Ощущение потрясающее. Я была мокрая от пота, истомленная голодом и жаждой, усталая, но все это ничто по сравнению с обжигающей болью, которую излучали мышечные узлы в верхней части спины. Я прикрыла глаза, вздохнув от облегчения.

Спустя несколько минут я почувствовала какое-то шевеление на ноге. Посмотрела на нее и увидела, что вся покрыта черными муравьями. Их была целая армия, они хороводом выползали из дупла в дереве и рассыпались по всему моему телу. Я пулей вскочила, вопя громче, чем когда встретила медведя и гремучую змею, изо всех сил колотя по безобидным муравьям, задыхаясь от иррационального страха. Страха не только перед муравьями, но *перед всем*. Страха перед тем фактом, что я не принадлежу этому миру, несмотря на все мое упрямство.

Я приготовила себе ужин и залезла в палатку, стараясь действовать как можно быстрее, задолго до темноты, просто для того, чтобы оказаться внутри — пусть даже это «внутри» означало всего лишь тонкий слой нейлона. Прежде чем отправиться на МТХ, я воображала, что буду спать в палатке только тогда, когда будет угроза дождя, что бо́льшую часть ночей я буду лежать в спальном мешке поверх брезента, под звездами. Но в этом, как и во многом другом, я оказалась не права. Каждый вечер я жаждала оказаться под кровом своей палатки, жаждала ощущения, что нечто ограждает меня от всего остального мира, хранит меня не от опасности, но от самой его огромности. Я полюбила полутемную, тесную темноту палатки, уютную привычность своих действий, с какой я каждый вечер располагала вокруг себя все свои пожитки.

> Меня изумлял тот факт, что все необходимое мне для выживания можно нести на спине. И удивительнее всего то, что я *могу* это нести.

Я вытащила из рюкзака книгу «Когда я умирала», нацепила налобный фонарь и пристроила мешок с едой себе под голени. А после проговорила про себя коротенькую молитву о том, чтобы медведь, которого я встретила — *черный* медведь, подчеркнула я, — не вломился в палатку, чтобы украсть из-под меня этот мешок.

Когда в одиннадцать часов вечера я проснулась под завывание койотов, лампочка в фонаре потускнела. Фолкнеровский роман по-прежнему лежал, раскрытый, у меня на груди.

Утром я едва смогла встать. И так было не только утром четырнадцатого дня. Так происходило всю последнюю неделю: все увеличивавшийся набор проблем и болей, которые практически не давали мне стоять или ходить так, как это свойственно нормальным людям, когда я по утрам вылезала из своей палатки. Было такое ощущение, что я внезапно превратилась в древнюю старуху, начинающую свой день с хромоты и ковыляния. Я сумела пронести Монстра более 160 километров по труднопроходимой и порой круто восходящей в гору местности. Но с началом каждого нового дня даже мой собственный вес казался мне непереносимым. Ступни — чувствительные и распухшие после нагрузки предыдущих дней. Колени — слишком негнущиеся, чтобы делать то, что требовала от них обычная ходьба.

Я закончила ковылять босиком по лагерю, полностью сложила свои вещи и была уже готова идти, когда с южного конца тропы

ОКРУЖИЛИ

появились двое мужчин. Как и Грэг, они поприветствовали меня по имени прежде, чем я успела хоть слово сказать. Их звали Альберт и Мэтт, отец и сын из Джорджии, которые задумали пройти весь маршрут целиком. Альберту было 52 года, Мэтту — 24. Оба они были «скаутами-орлами»[1], и это было видно невооруженным глазом. Их обоих отличала пронзительная искренность и военная точность, которая заставляла забыть о спутанных бородах, покрытых пылью ляжках и о трехметровом (в диаметре) облаке запаха пота, которое сопровождало каждое их движение.

— Ничего себе! — протянул Альберт, когда увидел моего Монстра. — Что это у тебя там, девочка? Похоже, ты туда уложила все, кроме кухонной раковины.

— Обычное снаряжение, — проговорила я, краснея от стыда. Каждый из их рюкзаков был размером вполовину меньше моего.

— Да я просто поддразниваю тебя, — ласково проговорил Альберт. Мы немного поболтали об обжигающе жарком маршруте, оставшемся позади нас, и о замороженном пути, ждущем впереди. Пока мы разговаривали, я чувствовала себя точно так же, как при общении с Грэгом. Встреча с ними воодушевляла меня, хотя и лишний раз подчеркивала, насколько недостаточно я подготовилась к походу. Я чувствовала на себе

> Было такое ощущение, что я внезапно превратилась в древнюю старуху, начинающую свой день с хромоты и ковыляния.

взгляды мужчин, с легкостью читая их, пока они перескакивали с одной мысли на другую, отмечая мой абсурдно тяжелый рюкзак и сомнительные знания о том деле, в которое я ввязалась, и одновременно признавая, какое упорство потребовалось мне, чтобы проделать такой путь в одиночку. Мэтт был здоровенным парнем, сложенным, как игрок американского футбола. Рыжевато-каштановые волосы слегка курчавились у него над ушами, а густая выгоревшая поросль на ногах взблескивала золотистыми

---

[1] «О р ё л» — высший ранг в скаутской организации.

искрами. Он был всего на пару лет младше меня, но настолько стеснителен, что казался совсем мальчишкой. Он скромно стоял в сторонке, предоставив в основном вести беседу отцу.

— Прости меня за вопрос, — проговорил Альберт, — но сколько раз в день ты ходишь по-маленькому по такой жаре?

— Э-э... да я и не считала. А что, надо было? — спросила я, снова чувствуя себя разоблаченной мошенницей. Я надеялась, что прошлым вечером они стояли лагерем недостаточно близко ко мне, чтобы услышать, как я вопила, стряхивая с себя муравьев.

— В идеале должно быть семь раз, — сказал Альберт сухо. — Это старое бойскаутское правило, хотя при такой жаре и отсутствии воды на маршруте, да еще при крайнем уровне физического напряжения, хорошо если удается мочиться трижды в день.

— Ага. Со мной то же самое, — проговорила я, хотя на самом деле были одни сутки — самые жаркие за этот переход, — когда я не помочилась вообще ни разу. — Я видела медведя к югу отсюда, — проговорила я, чтобы сменить тему. — Бурого медведя... то есть, конечно, черного. Но на вид он был бурым. По цвету, я имею в виду.

— Просто в этих местах шерсть у них имеет цвет корицы, — объяснил Альберт. — Наверное, выгорает на калифорнийском солнце. — Он коснулся рукой полей своей шляпы. — Увидимся в Кеннеди-Медоуз, мисс. Рад был познакомиться.

— Там впереди идет еще один мужчина, по имени Грэг, — сказала я. — Я встретила его пару дней назад, и он сказал, что задержится ненадолго в Кеннеди-Медоуз.

Внутри у меня что-то дрогнуло, когда я произнесла имя Грэга, по той простой причине, что он был единственным человеком, которого я лично знала на этом маршруте.

— Мы довольно долго шли по его следам, так что будет приятно наконец познакомиться, — проговорил Альберт. — А вслед за нами идет еще пара парней. Они могут появиться в любой момент, — добавил он и обернулся, бросая взгляд в том направлении, откуда мы пришли. — Двое ребят, Дуг и Том, примерно

ОКРУЖИЛИ

того же возраста, что и вы все. Они начали маршрут незадолго до тебя, только чуть южнее.

Я попрощалась с Альбертом и Мэттом взмахом руки и несколько минут сидела, размышляя о существовании на свете Дуга и Тома. Потом поднялась и провела следующие несколько часов в более упорной ходьбе, чем прежде, с той единственной целью, чтобы они не нагнали меня раньше, чем я достигну Кеннеди-Медоуз. Конечно же, мне до смерти хотелось с ними познакомиться — но при этом я хотела встретить их как женщина, за которой они тащились вслед, а не которую они перегнали. Грэг, Альберт и Мэтт начали свой поход у мексиканской границы и к сегодняшнему дню были закаленными, опытными дальноходами, с легкостью делавшими по 30 с лишним километров каждый день. Но Дуг и Том — это дело иное. Как и я, они ступили на МТХ совсем недавно — *незадолго до тебя,* так сказал Альберт — и только самую малость южнее. Его слова вновь и вновь повторялись в моих мыслях, словно повторение могло придать им больший смысл и конкретность. Словно по ним я могла понять, насколько быстро или медленно я иду по сравнению с Дугом и Томом. Словно ответ на этот вопрос содержал ключ к моему успеху или неудаче во всем этом предприятии — самом трудном из всех, за которые я когда-либо бралась.

> Я чувствовала на себе взгляды мужчин, с легкостью читая их, пока они перескакивали с одной мысли на другую.

Я остановилась как вкопанная, когда в голове моей мелькнула эта мысль — что прохождение МТХ было самой трудной задачей из всех, за которые я бралась в своей жизни. И сразу же внесла в эту мысль поправку. Самым трудным из всего, что я делала, было смотреть, как умирает моя мать, и учиться жить без нее. Бросить Пола и разрушить наш брак и жизнь, какой я ее знала, по той простой и необъяснимой причине, что я чувствовала, что *должна* так сделать, тоже было трудно. Но идти по МТХ было трудно совершенно по-иному. Трудно в том особом смысле, по сравнению с которым другие трудные вещи становились самую чуточку легче. Странно, но так оно и было. И, возможно, я в каком-то отношении понимала это с самого начала. Возможно, побуждение купить путеводитель по МТХ несколько месяцев назад было первобытным инстинктом, заставившим меня ухватиться за лекарство, за ту нить моей жизни, которая была разорвана пополам.

Я буквально чувствовала, как раскручивается эта старая, утраченная мною нить. А вместо нее я наматываю новую — идя по маршруту к виднеющимся далеко впереди заснеженным пикам Высокой Сьерры.

Впрочем, я не думала об этих снежных пиках. А думала о том, что́ сделаю немедленно по прибытии в Кеннеди-Медоуз. Воображала в самых фантастических подробностях, какую еду и питье себе куплю — холодный лимонад, и шоколадные батончики, и фастфуд, которыми я редко увлекалась в обычной жизни. Я представляла момент, когда возьму в руки свою первую посылку с дополнительными припасами, которая казалась мне монументальной путевой вехой, осязаемым доказательством того, что я — по крайней мере, пока — осуществляю задуманное. *Здравствуйте*, бормотала я себе под нос, предвкушая то, что скажу, как только приду на почту. *Я иду по МТХ, хочу забрать свою посылку. Меня зовут Шерил Стрэйд.*

Шерил Стрэйд, Шерил Стрэйд, Шерил Стрэйд — эти два слова подряд все еще скатывались с моего языка с некоторой запинкой. «Шерил» было моим именем всегда, но «Стрэйд» прибавилось к нему совсем недавно — эта фамилия официально стала моей только с апреля, когда мы с Полом подали на развод. Поженившись, мы прибавили к своим прежним фамилиям фамилии друг друга, и они стали одной длинной четырехсложной фамилией, разделенной дефисом. Мне она никогда не нравилась. Она была слишком сложной и громоздкой. Редко кто ухитрялся произнести ее правильно, и даже я сама частенько на ней спотыкалась. «Шерил Дефис-Дефис» — так называл меня один старый ворчун, на которого я временно работала; его приводила в замешательство моя настоящая фамилия, и я не могла не отметить, что он в чем-то прав.

В тот непонятный период, когда мы с Полом расстались на несколько месяцев, но еще не были уверены, что хотим развестись, мы как-то раз встретились, чтобы отсканировать набор стандартных документов для развода, которые заказали по телефону. Словно возможность подержать их в руках помогла бы нам решить, что делать. Пролистывая бумаги, мы набрели на вопрос о том, какую фамилию каждый из нас хотел бы взять после развода. Строчка под вопросом была совершенно пустой. На ней, к моему изумлению, мы могли написать что угодно. Стать кем угодно.

> В сущности, я *действительно* заплутала, отклонилась и одичала. И из тех диких мест, куда блуждания завели меня, я познавала вещи, которых не могла познать прежде.

В то время мы над этим посмеялись, придумывая для себя всевозможные нелепые фамилии — имена кинозвезд, персонажей мультфильмов и странные комбинации слов, которые, в сущности, вообще не были ни именами, ни фамилиями.

Но позже, когда я осталась одна в своей квартире, эта пустая строчка так и засела у меня в душе. Не было сомнений в том, что если я разведусь с Полом, то выберу новую фамилию. Я не могла оставаться «Шерил Дефис-Дефис», как не могла ни вернуться к той фамилии, которую носила в школе, ни быть той девушкой, которой я когда-то была. Так что в те месяцы, когда мы с Полом зависли в некоем супружеском чистилище, не понимая, в каком направлении нам следует двигаться, я обдумывала вопрос о будущей фамилии, мысленно просматривая слова, которые хорошо сочетались бы с именем Шерил, и создавая списки персонажей из романов, которые мне нравились. Ничто не казалось подходящим, пока однажды мне на ум не пришло слово «Стрэйд». Я тут же полезла в словарь и обнаружила, что это — мое. Определения этого слова говорили непосредственно о моей жизни, а также задавали некий поэтический тон: «*сойти с верного пути, отклониться от прямого курса, быть потерянной, одичать, остаться без матери или отца, не иметь дома, бесцельно бродить в поисках чего-то, отступать или отклоняться*».

Я именно что отклонилась, отступила, заплутала и одичала. Я приняла это слово как свою новую фамилию не потому, что оно описывало негативные аспекты моих жизненных обстоятельств. Но потому, что даже в самые темные свои дни — в те самые дни, когда я искала себе фамилию, — я видела силу в этой тьме. Видела, что, в сущности, я *действительно* заплутала, *действительно* была беспризорницей. И что из диких мест, куда блуждания завели меня, я познавала те вещи, которых не могла познать прежде.

Шерил Стрэйд — я исписала этим словосочетанием всю страницу своего дневника, как девчонка, которая влюбилась в парня и надеется выйти за него замуж. Вот только никакого парня не существовало. Я была сама себе парень, я пустила корень в самом центре своей оторванности от корней. И все же у меня были сомнения. Выбрать слово из словаря и объявить его своим — это казалось мне неким мошенничеством, отчасти ребячеством или глупостью, не говоря уже о легком привкусе лицемерия. Многие годы я втайне посмеивалась над сверстниками из моего хиппового, богемного, левацкого окружения, которые брали себе самостоятельно изобретенные имена. Дженнифер и Мишель, которые стали Секвойей и Луной, Майк и Джейсон, которые заделались Дубом и Чертополохом. Однако я упорствовала, посвятив нескольких друзей в свое решение, и попросила их начать называть меня новым именем, чтобы помочь проверить его на прочность. Я поехала в долгое автомобильное путешествие и всякий раз, как приходилось вписывать имя в регистрационную книгу, подписывалась как «Шерил Стрэйд». И рука моя чуть подрагивала от смутного чувства вины, будто я подделывала платежный чек.

К тому времени как мы с Полом все же решили подать на развод, я привыкла к новому имени настолько, что могла вписать его в пустую строчку без всякого замешательства. Медлить меня заставляли другие строчки — бесконечные строчки, на которых требовалось поставить подпись, разрушающую наш брак. Эти строчки я заполняла с куда большим трепетом. Я не особенно хотела разводиться. Правда, сказать, что совсем не хотела, тоже нельзя. Я почти в одинаковой степени была убеждена в том, что развод с Полом будет правильным поступком, и в том, что этим

> Всякий раз, как приходилось вписывать имя в регистрационную книгу, рука моя чуть подрагивала от смутного чувства вины. Будто я подделывала платежный чек.

я разрушаю лучшее из того, что у меня есть. К тому времени мой брак был тем же, чем стала тропа в тот момент, когда я осознала, что бык может с равным успехом оказаться с любой стороны. Я просто совершила «прыжок веры» — и продолжала идти туда, где прежде никогда не была.

В тот апрельский день, когда мы подписали документы на развод, в Миннеаполисе шел снег, и хлопья сыпались с неба густыми вихрями, зачаровывая город. Мы сидели по другую сторону стола от женщины по имени Вэл, которая была нашей знакомой, а заодно — так уж вышло — имела лицензию нотариуса. Мы смотрели на падающий снег из широкого окна в ее офисе в центре города и пытались шутить, когда получалось. До того дня я виделась с Вэл всего пару раз; обрывочные сведения о ней путались в моей памяти. Она была хорошенькой, резкой в манерах и невероятно миниатюрной, минимум на десять лет старше нас. Волосы ее были подстрижены «ежиком» в пару сантиметров длиной и вытравлены до белизны, если не считать одной длинной пряди, которая была выкрашена в розовый цвет и свисала птичьим крылышком ей на глаза. В ушах у нее звенели целые гроздья серебряных сережек, а руки были сплошь покрыты многоцветными татуировками, похожими на рукава.

Вот так вот. И несмотря на это, у нее была настоящая работа в деловом районе, в настоящем офисе с большим широким окном. А еще — настоящая лицензия нотариуса. Мы выбрали ее для ведения наших дел по разводу, так как хотели, чтобы это было просто. Мы хотели, чтобы это было круто. Мы хотели верить, что по-прежнему останемся в этом мире благородными, хорошими людьми. Что все, что мы сказали друг другу шесть лет назад, было правдой. *А что мы там такое говорили?* — спрашивали мы друг друга за несколько недель до этого дня, полупьяные, сидя в моей квартире, когда решили раз и навсегда, что должны пройти через это.

— Вот оно! — воскликнула я, как следует порывшись в бумагах и отыскав свадебные обеты, которые мы сочинили сами, — три полинялые странички, скрепленные степлером. Мы даже придумали для этого опуса название: «День, когда расцвели маргаритки». — *День, когда расцвели маргаритки!* — завопила я, и мы до слез смеялись сами над собой, над теми людьми, которыми мы были. А потом я положила наши обеты обратно в стопку, в которой их нашла, не в силах читать дальше.

Мы поженились очень молодыми. И это было так необычно, что даже наши родители спрашивали, почему мы не можем просто пожить вместе. Мы не могли *просто жить* вместе, пусть даже мне было всего лишь девятнадцать, а ему — двадцать один. Мы были безумно влюблены и верили, что должны совершить нечто безумное, чтобы продемонстрировать это. Вот и совершили самый безумный поступок, который сумели придумать, — поженились. Но, даже поженившись, мы не думали о себе как о *супружеской паре*. Мы были моногамны, но у нас не было никакого намерения «осесть».

Мы уложили свои велосипеды в ящики и полетели вместе с ними в Ирландию, где месяцем позже мне исполнилось двадцать лет. Мы сняли было квартиру в Голуэе, а потом передумали и поехали в Дублин. И нашли себе там работу: он — в пиццерии,

ОКРУЖИЛИ

я — в вегетарианском кафе. Спустя четыре месяца перебрались в Лондон и бродили по его улицам, настолько обнищав, что подбирали монетки на тротуарах. Под конец мы вернулись домой, а вскоре после этого моя мать умерла — и мы проделали все то, что привело нас сюда, в офис Вэл.

Мы с Полом крепко держали друг друга за руки под столом, наблюдая, как Вэл методично изучает наши самодельные разводные документы. Она просматривала одну страницу, потом бралась за следующую, и так далее, и так далее. А страниц было то ли пятьдесят, то ли шестьдесят — выясняя, все ли мы сделали правильно. Пока она этим занималась, я чувствовала, как во мне нарастает чувство некой солидарности с Полом против всего, что она могла нам возразить или посчитать ошибкой, — как будто мы подавали заявление, чтобы быть вместе до конца наших дней, а вовсе не наоборот.

> Мы были безумно влюблены и верили, что должны совершить нечто безумное, чтобы продемонстрировать это.

— Что ж, все это выглядит хорошо, — произнесла она наконец, скупо улыбнувшись нам. А потом заново перелистала все страницы, теперь уже намного быстрее, прижимая к некоторым из них свою гигантскую нотариальную печать, а десятки других передавая нам через стол, чтобы мы их подписали.

— Я люблю его! — выпалила я, когда мы почти закончили, и глаза мои налились слезами. Я подумывала о том, чтобы закатать рукав и показать Вэл квадратную кровяную корку, которая покрывала мою новенькую татуированную лошадку в качестве доказательства, но вместо этого, запинаясь, продолжала: — Я имею в виду, мы это делаем не из-за отсутствия любви, просто чтобы вы понимали. Я люблю его, и он любит меня... — Я взглянула на Пола, ожидая, что он перебьет меня, соглашаясь, и тоже заявит о своей любви, но он хранил молчание. — Просто чтобы вы понимали, — повторила я. — Чтобы у вас не сложилось неправильное представление.

— Я знаю, — произнесла Вэл и откинула со лба розовую прядь волос. Я увидела, как ее глаза нервно перебегают с документов на меня, а потом снова возвращаются к документам.

— И все это моя вина, — проговорила я надтреснутым и дрожащим голосом. — Он ничего не делал. Это я виновата. Я сама разбила собственное сердце.

Пол протянул руку и сжал мое колено, утешая меня. Я не могла на него смотреть. Если бы я взглянула на него, я бы разревелась. Мы договорились обо всем вместе. Но я знала: если бы я повернулась к нему и предложила забыть о нашем разводе, а вместо этого сойтись снова, он бы согласился. Но я не повернулась. Что-то внутри меня глухо урчало, как машина, которую я завела и уже не могла остановить. Я опустила руку под стол и положила ее поверх ладони Пола, лежавшей на моем колене.

Иногда мы вместе гадали, не могло ли все повернуться по-другому, если бы какое-нибудь одно из случившихся событий не случилось. Если бы, например, моя мама не умерла, стала бы я ему изменять? Или, если бы я не стала ему изменять, изменял бы он мне? А если бы не случилось вообще ничего из этого — и мама бы не умерла, и никто никому не изменял, — развелись бы мы все равно, просто потому, что поженились слишком молодыми? Нам не дано было этого знать, но мы были открыты для знания. Такие же близкие, как когда были вместе, мы стали еще ближе в нашем взаимном раскрытии, наконец, рассказывая друг другу все. Говоря те слова, которые, нам казалось, никогда не говорили друг другу два человеческих существа — настолько откровенно мы вытаскивали из глубин и прекрасное, и уродливое, и истинное.

— Теперь, когда мы через все это прошли, нам следовало бы остаться вместе, — наполовину пошутила я, охваченная нежностью нашего последнего, рвущего сердце, обнажающего душу разговора. Того, после которого мы должны были наконец решить, разводиться или нет. Мы сидели на диване в темноте моей квартиры, проговорив весь день и бо́льшую часть вечера, оба

ОКРУЖИЛИ

слишком разбитые к тому времени, как село солнце, чтобы подняться с дивана и включить свет.

— Надеюсь, ты когда-нибудь сможешь остаться вместе с кем-то другим, — добавила я, когда он не ответил, хотя самая мысль об этом «ком-то» пронзила мне сердце.

— Надеюсь, ты тоже сможешь, — ответил он.

Я сидела в темноте рядом с ним, желая верить, что способна когда-нибудь отыскать тот род любви, который испытывала к нему, — и на этот раз не превратить ее в обломки, когда придет время. Мне казалось, это невозможно.

Я думала о маме. О том, сколько всего ужасного случилось в последние дни ее жизни. Сколько мелких, ужасных событий. Вспоминала ее бессвязное, горячечное бормотание. Черноту пролежней, которые покрывали тыльную сторону ее прикованных к постели предплечий. Как она умоляла о том, что не было даже милосердием. Ибо, что бы это ни было — это меньше, чем милосердие; для этого у нас нет подходящего слова. В те дни я думала, что хуже ничего быть не может. Однако в тот момент, когда она умерла, чего бы я только не отдала, чтобы вернуть их все! Один короткий, ужасный, замечательный день за другим. Может быть, так будет и с Полом тоже, думала я, сидя рядом с ним в тот вечер, когда мы решили развестись. Может быть, когда эти ужасные дни закончатся, я тоже захочу, чтобы они вернулись.

> Иногда мы вместе гадали, не могло ли все повернуться по-другому. Если бы, например, моя мама не умерла, стала бы я ему изменять? Или, если бы я не стала ему изменять, изменял бы он мне?

— О чем ты думаешь? — спросил он, но я не ответила. Я только протянула руку и включила свет.

Отослать по почте заверенные нотариусом документы на развод мы должны были сами. Мы вместе вышли из офиса на улицу, в снегопад, и шли по тротуару, пока не отыскали почтовый ящик. А потом прислонились к холодным кирпичам какого-то дома и целовались, плача и бормоча слова сожаления, и слезы смешивались на наших лицах.

— Что такое мы делаем? — спросил Пол через некоторое время.

— Прощаемся, — ответила я. Я подумывала о том, чтобы попросить его вернуться вместе со мной в мою квартиру, как мы делали несколько раз за время нашей годичной разлуки, падая вместе в постель на всю ночь или на день, но мне не хватило духу.

— Прощай, — проговорил он.

— Прощай, — повторила я.

Мы стояли близко-близко, лицом к лицу, и я держалась руками за воротник его куртки. Одним боком я ощущала равнодушную шершавость стены, к которой мы прислонились. С другой стороны было серое небо и белые улицы, похожие на гигантское дремлющее животное. А между ними — мы, оказавшиеся наедине, словно в туннеле. Снежинки падали и таяли на его волосах, и мне хотелось протянуть руку и коснуться их. Но я этого не сделала. Мы стояли так, не говоря ни слова, глядя друг другу в глаза — как будто в последний раз.

— Шерил Стрэйд, — сказал он после долгой паузы, и мое имя странно прозвучало из его уст.

Я кивнула и выпустила его куртку.

7

ЕДИНСТВЕННАЯ ДЕВУШКА В ЛЕСУ

— Шерил Стрэйд? — без улыбки спросила меня женщина в сельском универмаге Кеннеди-Медоуз. Когда я с энтузиазмом кивнула, она повернулась и исчезла в подсобке, не произнеся больше ни единого слова.

Я огляделась, пьянея от вида упаковок с едой и напитками, ощущая смешанное чувство предвкушения тех вещей, которыми буду лакомиться в ближайшие часы, и облегчения от того, что рюкзак больше не отягощает мое тело, а стоит на крыльце магазина.

Я дошла. Я добралась до своей первой остановки. Это казалось мне чудом. Я наполовину ожидала увидеть в магазине Грэга, Мэтта и Альберта, но их нигде не было видно. Путеводитель объяснял, что палаточный городок расположен примерно в пяти километрах дальше, и я решила, что там-то их и найду. А также, со временем, Дуга и Тома. Благодаря моим нечеловеческим усилиям они так и не сумели нагнать меня. Кеннеди-Медоуз представлял собой привольно раскинувшиеся сосновые леса, заросли полыни и травяные лужайки на возвышении 1890 метров над уровнем моря у южной части реки Керн. Это был не городок, скорее, форпост цивилизации, растянувшийся на несколько миль и состоявший из универмага, ресторана под названием *Grumpie's* и примитивного палаточного городка.

— Держите, — проговорила женщина, возвращаясь с моей коробкой и плюхая ее на прилавок. — Это единственная, на которой женское имя. Потому я и догадалась. — Она протянула руку через прилавок. — И еще для вас пришло вот это.

В ее руке оказалась открытка. Я взяла ее и прочла. *«Надеюсь, ты пока справляешься»*, — было написано на ней знакомыми каракулями. *«Хочу когда-нибудь стать твоим новым чистым[1] бойфрендом. Люблю тебя. Джо»*. На другой стороне открытки была фотография *Sylvia Beach Hotel* на побережье Орегона, где мы как-то останавливались вдвоем. Я смотрела на фотографию несколько мгновений, и на меня волнами накатывали разные чувства: благодарность за весточку от человека, которого я знала, ностальгия по Джо, разочарованность тем, что мне написал только один человек… И сердечная боль, пусть и неоправданная, из-за того, что этим единственным человеком оказался не Пол.

Я купила две бутылки лимонада *Snapple*, самый большой батончик *Butterfinger* и упаковку чипсов *Doritos*, вышла на улицу и уселась на передних ступеньках, поедая только что купленные лакомства и снова и снова перечитывая открытку. Через некоторое время я обратила внимание на стоявшую в углу крыльца коробку, доверху набитую преимущественно упаковками сухого пайка. Над ней висела написанная от руки табличка, которая гласила:

БЕСПЛАТНАЯ коробка для туристов с МТХ!!!
Оставь здесь то, что тебе не нужно!
Возьми то, что тебе нужно!

Позади коробки кто-то пристроил лыжную палку — именно то, что мне было необходимо. Это была палка, которой не погнушалась бы и принцесса: белая, с нейлоновым темляком для кисти цвета розовой жевательной резинки. Я немного прошлась с ней, чтобы оценить свои ощущения. Она оказалась идеальной длины. Она поможет мне не только пройти через снег, но и преодолеть многие броды и осыпи, которые, несомненно, ждали меня впереди.

---

[1] На сленге слово «чистый» означает «воздерживающийся от наркотиков».

ЕДИНСТВЕННАЯ ДЕВУШКА В ЛЕСУ

Часом позже я шла с палкой в руке, пробираясь по проселочной дороге, которая петлей охватывала палаточный городок, и высматривала Грэга, Мэтта и Альберта. Был воскресный июньский полдень, но городок казался пустым. Мне попался мужчина, возившийся со своими рыбацкими снастями. Потом парочка с переносным холодильником, полным пива, и бумбоксом[1]. Наконец я добралась до лагерной полянки, где за столом для пикников, читая книгу, сидел без рубашки седовласый мужчина с сильно загорелым округлым животом. Когда я приблизилась, он взглянул на меня.

— Должно быть, ты та самая знаменитая Шерил с огромным рюкзаком, — обратился он ко мне.

Я, смеясь, кивнула.

— А я – Эд, — он поднялся и подошел, чтобы пожать мне руку. — Все твои приятели уже здесь. Они только что поймали машину, чтобы доехать до магазина, должно быть, вы разминулись. Но они просили меня присмотреть за тобой. Если хочешь, можешь поставить свою палатку прямо здесь. Они все тут расположились — и Грэг, и Альберт, и его сын, — он широким жестом обвел палатки вокруг нас. — Мы тут бились об заклад, кто придет первым. Ты или те два парня, которые шли за тобой с востока.

— И кто же выиграл? — поинтересовалась я.

Эд на мгновение задумался.

— Да никто, — сказал он и разразился хохотом. — Никто из нас на тебя не поставил.

Я пристроила Монстра на стол для пикников, сняла его и оставила там, чтобы, когда придет пора в следующий раз его надеть, не пришлось исполнять унизительные отжимания от земли.

— Добро пожаловать в мой скромный приют, — проговорил Эд, указывая на маленький трейлер, крытый брезентом, который

---

[1] Тип переносного аудиоцентра.

свисал с одного его бока, образуя импровизированный навес над крохотной уличной кухонькой. — Голодная?

В палаточном городке душевой не было, так что пока Эд готовил мне обед, я дошла до реки и попыталась вымыться настолько хорошо, насколько это возможно, не снимая одежду. После засушливых мест, по которым я шла, река произвела на меня шокирующее впечатление. А ведь Саут-Форк-Керн — это вам не какая-нибудь река. Она была яростной и самодовольной, холодной как лед и бурной, являя собой отчетливое свидетельство того, что выше в горах лежат обильные снега. Течение было слишком быстрым, чтобы зайти в нее хотя бы по щиколотку, поэтому я шла по берегу, пока не обнаружила небольшую заводь с бурлящими водоворотами прямо возле берега, и вошла в нее. Ступни мои защипало от ледяной воды, и они тут же онемели. Я присела на корточки и принялась плескать горстями воду на грязные волосы и под одежду, чтобы хоть как-то обмыть тело. Я была вся наэлектризована сладким и победным ощущением прибытия; наполнена предвкушением разговоров, которые мне предстоит вести в течение ближайшей пары дней. Покончив с мытьем, я пошла вверх по берегу, а потом пересекла широкую лужайку, влажную и прохладную. Издалека я видела Эда, а приблизившись, стала наблюдать, как он курсирует из своей походной кухни к столу для пикников с тарелками еды в руках, бутылками кетчупа и горчицы и банками кока-колы. Я знала его всего несколько минут — и все же, как и в случае с другими мужчинами, с которыми я здесь познакомилась, он мгновенно показался мне своим, словно я могла довериться ему чуть ли не во всем. Мы уселись за стол друг напротив друга и принялись за еду, пока он рассказывал мне о себе. Ему было пятьдесят, он был поэт-любитель и сезонный бродяга, без-

> Я сожрала два хот-дога, целую гору печеной фасоли и еще одну гору картофельных чипсов в одно мгновение — а потом сидела, все такая же голодная, мечтая о добавке.

детный и разведенный. Я пыталась есть так же неторопливо, как и он, откусывая кусочки одновременно с ним — как пару дней назад пыталась идти в ногу с Грэгом, — но это было невозможно. Я проголодалась, как тигрица. Сожрала два хот-дога, целую гору печеной фасоли и еще одну гору картофельных чипсов в одно мгновение — а потом сидела, все такая же голодная, мечтая о добавке. Тем временем Эд лениво ковырял свой обед, делая паузы, чтобы раскрыть дневник и прочесть вслух стихотворение, которое сочинил днем раньше. Бо́льшую часть года он жил в Сан-Диего, объяснил он, но каждое лето разбивал лагерь в Кеннеди-Медоуз, чтобы встречать и приветствовать туристов, проходивших мимо по маршруту МТХ. Он был тем, что на местном жаргоне МТХ называлось «ангелом тропы», но тогда я этого не знала. Я даже не знала, что существует такая штука, как местный жаргон МТХ.

— Глядите-ка, ребят, мы все проиграли пари! — прокричал Эд мужчинам, когда они вернулись из магазина.

— Я не проиграл! — запротестовал Грэг, подойдя ближе и приобнимая меня за плечи. — Я поставил свои денежки на тебя, Шерил, — настаивал он, хотя другие с хохотом опровергали его заявление.

Мы немного посидели вокруг стола для пикников, разговаривая о маршруте, и через некоторое время все они расползлись подремать: Эд в трейлер; Грэг, Альберт и Мэтт — в свои палатки. Я осталась за столом, слишком взволнованная, чтобы спать, перебирая содержимое коробки, которую упаковала несколько недель назад. Вещи внутри нее пахли, как другая планета, как мир, в котором я жила в другой жизни; пахли благовониями *Nag Champa*, которыми пропиталась моя квартира. Зиплок-пакеты и упаковки с продуктами все еще оставались блестящими и неповрежденными. Свежая футболка пахла лавандовой жидкостью для стирки, которую я покупала оптом в кооперативном магазине коммуны, к которой принадлежала в Миннеаполисе.

Цветастая обложка «Полного собрания рассказов» Флэннери О`Коннор была еще не заломлена.

Чего нельзя было сказать о фолкнеровском романе «Когда я умирала» — или, скорее, о той небольшой доле этой книги, которая еще лежала в моем рюкзаке. Я оторвала от нее обложку, потом последовательно отрывала все страницы, которые прочла накануне вечером, и сжигала их в маленькой алюминиевой пирожной форме. Ее я взяла с собой, чтобы подкладывать под плитку и не допустить пожара из-за случайных искр. Я смотрела, как имя Фолкнера исчезает в языках пламени, с ощущением, что это немного похоже на святотатство. У меня и в мыслях никогда не было, что я буду жечь книги, но мне отчаянно хотелось хоть немного облегчить свою ношу. Я проделала то же самое и с разделом путеводителя, посвященным той части маршрута, которую уже прошла.

Делать это было больно, но необходимо. Я любила книги в моей обычной, домаршрутной жизни, но на тропе они обрели еще большее значение. Они были другим миром, в котором я могла затеряться, когда тот, в котором я находилась на самом деле, становился слишком одиноким, или грубым, или невыносимым. Разбивая по вечерам лагерь, я спешила как можно скорее справиться с текущими задачами — поставить палатку, отфильтровать воду, приготовить ужин, — чтобы потом можно было усесться в укрытии палатки, на стульчик, зажав коленями котелок с горячей едой. Я ела, держа ложку в одной руке, а книжку — в другой, читая при свете налобного фонарика, пока небо над палаткой постепенно темнело. В первую неделю своего похода я часто была слишком изнурена, чтобы прочесть более одной-двух страниц перед сном. Но, становясь сильнее, стала читать больше, жаждая спастись от скуки и утомительности дней. И каждое утро сжигала то, что прочла накануне вечером.

> У меня и в мыслях никогда не было, что я буду жечь книги, но мне отчаянно хотелось хоть немного облегчить свою ношу.

Когда я держала в руках еще не испорченный экземпляр рассказов О'Коннор, из своей палатки выглянул Альберт.

— Кажется, ты не прочь лишиться кое-каких вещичек, — проговорил он. — Нужна помощь?

— На самом деле, — протянула я, сокрушенно улыбаясь ему, — нужна.

— Тогда начнем. Вот что я хочу, чтобы ты сделала: упакуй свой рюкзак точно так же, как если бы ты собиралась уйти отсюда на следующий отрезок маршрута, и с этого начнем.

И он отправился к реке с огрызком зубной щетки в руке — кончик которой он, несомненно, позаботился заранее обломать, чтобы сэкономить на весе.

Я принялась за работу, соединяя новое со старым, и чувствуя себя так, будто прохожу тест, который обречена провалить. Когда я закончила, Альберт вернулся и методично распаковал мой рюкзак. Он укладывал каждый предмет в одну из двух стопок — одной предстояло вернуться обратно в рюкзак, а другой — либо оказаться в пустой теперь коробке, которую я могла послать почтой домой, либо остаться в коробке для походников с МТХ на крыльце универмага Кеннеди-Медоуз, чтобы этими вещами поживились другие. В эту коробку отправилась складная пила, миниатюрный бинокль, мегаваттная вспышка для камеры, которую я так до сих пор и не использовала. Под моим взглядом Альберт отпихнул в сторону дезодорант, чьи способности я переоценила, и одноразовый станок для бритья, который я взяла с собой со смутным представлением о том, что неплохо бы иногда побрить ноги и подмышки, и – к моему вящему смущению — толстую пачку презервативов, которую я засунула в свою первую аптечку.

— Они тебе действительно нужны? — спросил Альберт, держа в руке презервативы. Альберт, георгианский папочка, «скаут-орел», чье обручальное кольцо сверкало на солнце, который откромсал рукоятку от собственной зубной щетки, но, несомненно, таскал в своем рюкзаке карманную Библию. Он смотрел на меня с каменным лицом солдата, в то время как белые пластиковые обертки дюжины ультратонких презервативов без смазки издавали в его руке негромкий треск, разворачиваясь, как серпантин.

— Нет, — пробормотала я, чувствуя, что вот-вот умру со стыда. Мысль заниматься сексом казалась мне сейчас абсурдной. А когда я упаковывала свое снаряжение, он представлялся мне вероятной перспективой — тогда, когда я еще понятия не имела, что́ прохождение Маршрута Тихоокеанского хребта сотворит с моим телом. Я не видела себя с тех пор, как покинула мотель в Риджкресте. Но после того как мужчины ушли спать, воспользовалась возможностью взглянуть на свое лицо в зеркальце, висевшее на борту трейлера Эда. Я выглядела загорелой и грязной, несмотря на мое недавнее плескание в реке. Я чуть похудела, а мои блондинистые волосы стали на оттенок светлее и местами прилипали к голове, местами стояли торчком благодаря комбинации засохшего пота, речной воды и пыли.

Я не выглядела как женщина, которой может понадобиться дюжина презервативов.

Но Альберт не останавливался, чтобы поразмыслить о таких вещах — буду я с кем-то спать или нет, красива я или нет. Он продолжал шерстить мой рюкзак, задавая мне отрывистые вопросы всякий раз, прежде чем сунуть еще одну вещь, которую я прежде считала необходимой, в стопку, от которой предстояло избавиться. Я кивала почти каждый раз, когда он поднимал какой-нибудь предмет, соглашаясь, что без него можно обойтись, хотя прочно держала оборону, когда зашла речь о «Полном собрании рассказов» и моей любимой нетронутой книжке «Мечты об общем языке». Я также не дала выбросить мой дневник, в который записывала все, что делала в это лето. А улучив момент, когда Альберт не смотрел в мою сторону, оторвала один презерватив от конца толстого свертка, который он отбросил в сторону, и незаметно сунула его в задний карман своих шорт.

— Так что же привело тебя сюда? — спросил Альберт, покончив со своей работой. Он сел на скамейку возле стола, сложив перед собой на столе широкие ладони.

— Сюда — в смысле на МТХ? — уточнила я.

Он кивнул и стал наблюдать, как я запихиваю разнообразные предметы, о которых мы договорились, что они мне нужны, обратно в рюкзак.

— Я расскажу тебе, почему я это делаю, — проговорил он быстро, не успела я вымолвить ни слова. — Для меня это была мечта всей жизни. Когда я услышал об этом маршруте, подумал: «Вот что я хотел бы сделать перед тем, как отправлюсь встретиться с Господом», — и он тихонько постучал костяшками о стол. — А ты что скажешь, девочка? У меня есть теория, что большинство людей обладают здравым смыслом. У них у всех есть свои причины. Что-то такое, что погнало их сюда.

— Не знаю, — заколебалась я. Я не собиралась рассказывать пятидесятилетнему христианину из Джорджии, «скауту-орлу», почему я решила блуждать в одиночку в лесах на протяжении трех полных месяцев, какой бы добротой ни лучились его глаза, когда он улыбался. То, что принудило меня идти по этому маршруту, прозвучало бы для него скандально, а для меня — сомнительно. И нам обоим этот рассказ лишь открыл бы, насколько шаткая основа скрывалась под всем этим предприятием.

— Главным образом, — проговорила я, — мне казалось, что это будет весело.

— Ты называешь *это* весельем? — переспросил он, и мы оба расхохотались.

> После того как мужчины ушли спать, я взглянула в зеркальце, висевшее на борту трейлера. Я не выглядела как женщина, которой может понадобиться дюжина презервативов.

Я повернулась и наклонилась к Монстру, продевая руки в лямки.

— Ну, поглядим, изменилось ли что-нибудь, — сказала я и приподняла рюкзак. Когда я застегнула его пряжки и оторвала от столешницы, меня поразило, насколько легким он мне показался, даже будучи нагружен моим новым ледорубом и свежими продуктовыми припасами на одиннадцать дней. Я широко улыбнулась Альберту. — Спасибо!

Он хмыкнул в ответ, качая головой.

Я триумфально пошла прочь, чтобы испытать Монстра на пробном маршруте по проселочной дороге вокруг лагеря. Мой рюкзак оставался все равно самым большим среди поклажи всех присутствующих: идя в одиночку, я должна была нести с собой вещи, которые походники, путешествующие парами, могли поделить между собой. К тому же я не обладала несгибаемой уверенностью в себе или навыками, которые были у Грэга. Но по сравнению с тем, каким был мой рюкзак до того, как Альберт помог мне его очистить, он стал настолько легким, что мне казалось, я вот-вот взлечу в воздух. На середине дорожной петли я остановилась и подпрыгнула.

Я оторвалась от земли всего на какую-нибудь пару сантиметров, но, по крайней мере, я это сделала!

И в эту минуту раздался голос:

— Шерил?

Я подняла глаза и увидела симпатичного молодого мужчину с рюкзаком на спине, который шел навстречу мне.

— Дуг? — спросила я, и моя догадка оказалась верной. В ответ он замахал руками и радостно заулюлюкал, а потом подошел прямо ко мне и от души обнял.

— Мы прочли твою запись в журнале и все это время пытались тебя нагнать.

— И вот она я, — запинаясь, пробормотала я, захваченная врасплох его энтузиазмом и дивной внешностью. — Мы все разбили лагерь вон там, — я махнула рукой себе за спину. — Нас уже целая компания. А где твой друг?

— Скоро дойдет, — сказал Дуг и снова радостно заулюлюкал, ни к селу ни к городу. Он напомнил мне всех «золотых мальчиков», которых я знала в своей жизни, — классически красивых и очаровательно уверенных в том, что их место на вершине горы, что мир принадлежит им и что им в этом мире безопасно, что бы кто по этому поводу ни думал. Стоя рядом с ним, я почувствовала, что в любой момент он может протянуть мне руку — и мы вместе спрыгнем с парашютами со скалы, хохоча и мягко планируя вниз.

— Том! — прогремел Дуг, завидев фигуру, появившуюся на дороге. Мы вместе пошли навстречу второму парню. Я даже на таком расстоянии видела,

> Я триумфально пошла прочь, чтобы испытать Монстра на пробном маршруте по проселочной дороге вокруг лагеря.

что Том был физической и духовной противоположностью Дуга — костлявый, бледный, очкастый. Улыбка, которая вползла на его лицо при нашем приближении, была опасливой и слегка неуверенной.

— Привет, — проговорил он, когда мы подошли достаточно близко, чтобы можно было обменяться рукопожатием.

За те несколько коротких минут, которые потребовались нам, чтобы дойти до лагеря Эда, мы в головокружительном темпе обменялись информацией о том, кто мы такие и откуда взялись. Тому было 24 года; Дугу — 21. «Голубая кровь Новой Англии», сказала бы о них моя мама. Я поняла это еще до того, как они успели обменяться со мной парой предложений. Для мамы это словосочетание означало всего лишь, что они были довольно богаты и родом откуда-то к востоку от Огайо и к северу от Колумбии. За несколько следующих дней я узнала о них абсолютно все. О том, что в числе их родителей — хирург, мэр и крупный финансист. О том, что они оба учились в снобской школе-пансионе, чья слава была настолько велика, что даже я слышала ее название. Что они проводили свои каникулы на острове Нантакет, на находящихся в частной собственности островках у побережья штата Мэн, а весенние каникулы — на горнолыжном курорте Вэйл. Но

Я пока еще ничего этого не знала, не догадывалась, в сколь многих отношениях их жизнь была непостижима для меня, а моя — для них. Я понимала только, что в одном очень конкретном смысле они теперь мои ближайшие родственники. Они не были людьми, помешанными на технических новинках, или экспертами по походному туризму, или записными всезнайками. Они не шли по маршруту от самой Мексики и не планировали этот поход в течение целого десятилетия. И, что было еще лучше, те мили, которые они преодолели до сих пор, почти так же измотали их, как и меня. Да, благодаря тому, что они шли вместе, моя проблема — не встретить ни одно другое человеческое существо в течение многих дней — для них не стояла. Их рюкзаки были достаточно разумного размера, чтобы я не заподозрила, что они тащат с собой складную пилу. Но я поняла в то же мгновение, когда встретилась глазами с Дугом, что, несмотря на всю его уверенность и непринужденность, ему пришлось пройти через «кое-что». А когда Том взял меня за руку, чтобы пожать ее, я с точностью до буквы прочитала выражение на его лице. Оно гласило: Я ДОЛЖЕН СБРОСИТЬ С НОГ ЭТИ ДОЛБАНЫЕ БОТИНКИ.

> За те несколько коротких минут, которые потребовались нам, чтобы дойти до лагеря, мы в головокружительном темпе обменялись информацией о том, кто мы такие и откуда взялись.

Пару минут спустя он это сделал, сидя на скамейке за столом для пикников, после того как мы добрались до нашего лагеря, и остальные мужчины собрались вокруг, чтобы обменяться приветствиями с новичками. Я смотрела, как Том осторожно сдирает с себя грязные носки, а вместе с ними отваливаются комочки шерсти — и его собственной кожи. Его ступни выглядели точно так же, как мои: белые, как рыбье брюхо, и покрытые кровавыми, источающими сукровицу ранами, с которых свисали клочья кожи, стершиеся и теперь болтавшиеся, из последних сил держась за те участки плоти, которым еще только предстояло умереть медленной, спровоцированной МТХ смертью. Я сняла с плеч рюкзак и расстегнула карман, чтобы достать свою аптечку.

ЕДИНСТВЕННАЯ ДЕВУШКА В ЛЕСУ

— Ты когда-нибудь это пробовал? — спросила я Тома, протягивая ему пластинку *2nd Skin*; к счастью, я уложила еще несколько упаковок в коробку с дополнительными припасами. — Эта штука меня просто спасла, — объяснила я. — Не знаю, что бы я без нее делала.

Том лишь с отчаянием взглянул на меня и кивнул, не вдаваясь в подробности. Я положила еще пару пластинок рядом с ним на скамейку.

— Можешь воспользоваться и этими, если захочешь, — проговорила я. Вид прозрачных голубых оберток заставил меня вспомнить о презервативе в заднем кармане. Я гадала: брал ли Том с собой презервативы; брал ли их с собой Дуг; было ли то, что я их взяла, такой уж дурацкой мыслью. В присутствии Тома и Дуга она казалась не такой уж и дурацкой.

— К шести часам все вместе поедем ужинать в *Grumpie's*, — проговорил Эд, глядя на свои часы. — У нас есть еще пара часов. Я отвезу всех в своем грузовике, — он взглянул на Тома и Дуга. — А тем временем с удовольствием приготовлю вам, ребятки, что-нибудь перекусить.

Мужчины уселись за стол, поедая приготовленную Эдом жареную картошку и холодные печеные бобы, разговаривая о том, почему они выбрали именно такие рюкзаки, и обсуждая все «за» и «против» каждого. Кто-то принес колоду карт, и завязалась игра в покер. Грэг листал свой путеводитель, сидя на ближайшем ко мне конце стола, а я все стояла возле своего рюкзака, восхищенная его волшебной трансформацией. В карманах, которые прежде едва не разрывались, теперь образовались небольшие области пустого пространства.

— Ты теперь практически «Джарди-наци», — поддразнивая меня, проговорил Альберт, видя, как я пожираю взглядом свой рюкзак. — Это верные ученики Рэя Джардина[1], если вдруг не знаешь. У них совершенно особенные взгляды на то, сколько должен весить рюкзак.

---

[1] Американский альпинист.

— Это тот парень, о котором я тебе рассказывал, — вставил Грэг.

Я с умным видом кивнула, пытаясь скрыть свое невежество.

— Пойду подготовлюсь к ужину, — сказала я и двинулась к краю нашего палаточного городка. Я поставила палатку и заползла внутрь, растянувшись на своем спальном мешке, и лежала на нем, глядя на зеленый нейлоновый потолок, прислушиваясь к рокоту мужских голосов и периодическим взрывам смеха. Я собиралась в ресторан с шестерыми мужчинами — и мне было нечего надеть, кроме того, что уже было на мне: футболки поверх спортивного лифчика и шортов, под которыми ничего не было. Я вспомнила о свежей футболке из коробки с новыми припасами, села и натянула ее. Вся спинка той футболки, которую я носила, начиная с Мохаве, теперь приобрела буровато-желтый цвет от бесконечных купаний в поту. Я скатала ее в ком и сунула в угол палатки. Выброшу ее попозже, когда окажусь возле магазина. Единственной иной одеждой, которая у меня была, оставалась та, которую я взяла для холодной погоды. Я вспомнила о кулоне, который носила до тех пор, пока цепочка не стала нагреваться так, что терпеть ее на коже было невыносимо. Я отыскала его в зиплок-пакете, где хранила свои водительские права и деньги, и надела. Кулоном служила маленькая серьга из серебра и бирюзы, которая некогда принадлежала моей матери. Я потеряла вторую сережку, поэтому, вооружившись плоскогубцами с тонкими кончиками, превратила оставшуюся в кулон на тонкой серебряной цепочке. Я взяла его с собой потому, что сережка принадлежала моей матери; для меня было важно то, что она со мной. Но сейчас я была рада, что это украшение у меня есть, просто потому что чувствовала себя в нем красивее. Я пробежала пальцами по волосам, попытавшись придать им какую-то форму с помощью крохотной расчески, но в итоге сдалась и заправила их за уши.

Я прекрасно понимала, что могла с тем же успехом позволить себе выглядеть, пахнуть и чувствовать себя так, как я уже выглядела, пахла и чувствовала себя. В конце концов, я была, как выразился Эд, «единственной девушкой в лесу», в окружении целой компании мужчин. Я чувствовала, что в силу необходимости, находясь здесь, на маршруте, мне необходимо сексуально нейтрализовать мужчин, которых я встречала, стараясь по возможности быть «одной из них».

В обычной жизни я такой не была, никогда не взаимодействовала с мужчинами с тем ледяным равнодушием, которое подразумевает словосочетание «свой парень». Мне было не так легко это вынести, и я думала об этом, сидя в своей палатке, пока мужчины играли в карты. В конце концов, я всегда была девушкой, хорошо осведомленной о своих природных возможностях и полагавшейся на них. Подавление этих возможностей и способностей вызывало у меня какое-то мрачное покалывание в желудке. Быть своей среди парней означало, что я больше не могу быть женщиной, которой я в совершенстве научилась

> Я собиралась в ресторан с шестерыми мужчинами — и мне было нечего надеть, кроме того, что уже было на мне: футболки поверх спортивного лифчика и шортов, под которыми ничего не было.

быть в среде мужчин. А ведь это была та самая версия меня самой, вкус которой я впервые почувствовала, когда была девочкой одиннадцати лет, когда ощутила тот щекочущий поток собственной силы, когда взрослые мужчины оборачивались, чтобы посмотреть на меня или присвистнуть, и говорили: «Эй, маленькая красотка» — совсем негромко, так что я едва могла расслышать. Это была та версия меня, на которую я делала ставки всю среднюю школу, моря себя голодом, чтобы похудеть, разыгрывая из себя хорошенькую дурочку, чтобы быть популярной и любимой. Та версия, которую я пестовала всю свою юность, примеривая на себя разные костюмы — земная девушка, девушка-панк, девушка-ковбой, девушка-бунтарка, пробивная сучка. Та самая, для которой за каждой парой эротичных сапожек, или сексуальной юбочкой, или пышным облаком волос скрывался неприметный люк, ведущий в обиталище наименее истинной версии меня.

А теперь осталась только одна версия. На МТХ у меня не было никакого другого выбора, кроме как жить на нем полностью, показать мою чумазую рожицу всему широкому миру. Который — по крайней мере, пока — состоял всего из шести мужчин.

— Ше-ри-ил, — тихонько произнес голос Дуга совсем близко, на расстоянии пары десятков сантиметров. — Ты там?

— Ага, — отозвалась я.

— Мы собираемся на реку. Пойдем, потусуешься с нами.

— Ладно, — ответила я, против воли чувствуя себя польщенной. Когда я села, презерватив в моем заднем кармане издал тихий скрип. Я вынула его и засунула в аптечку первой помощи, выползла из палатки и пошла к реке.

Дуг, Том и Грэг бродили босиком в той мелкой заводи, в которой я умывалась несколько часов назад. За их спинами бушевали потоки воды, прыгая по камням размером с мою палатку. Я подумала о том снеге, с которым скоро встречусь, если пойду дальше — с ледорубом, которым я до сих пор не умела пользоваться, и белой лыжной палкой с хорошенькой розовенькой петелькой-темляком, которая досталась мне по чистой случайности. Я еще даже не начинала думать о том, что будет дальше на маршруте. Я только слушала и кивала, когда Эд рассказывал мне, что большинство туристов, которые проходили через Кеннеди-Медоуз за те три недели, что он стоял здесь лагерем, решали сойти с маршрута в этой точке из-за рекордных снежных завалов, сделавших тропу практически непроходимой на протяжении следующих 650–800 километров. Они ловили попутки и садились в автобусы, чтобы снова выйти на маршрут дальше к северу, у тех вершин, что пониже, сказал Эд. Некоторые намеревались позже летом сделать петлю, чтобы пройти тот участок, который пропустили; другие решали совсем пропустить его. Эд говорил, что некоторые завершили свой поход, как рассказывал

> Быть своей среди парней означало, что я больше не могу быть женщиной, которой я в совершенстве научилась быть в среде мужчин.

мне раньше и Грэг, решив пытать счастья в другой, не такой рекордно снежный год. И лишь совсем немногие устремлялись вперед, полные решимости пробиться сквозь снег.

Благодарная за то, что на ногах у меня дешевые сандалии, я осторожно пробралась по камням, выстилавшим речное ложе, к мужчинам. Вода была так холодна, что кости у меня ломило.

— У меня есть для тебя подарок, — сказал Дуг, когда я добралась до него. Он протянул мне руку. В пальцах у него было зажато сверкающее перо, сантиметров тридцать длиной, настолько черное, что отливало на солнце синим.

— Это для чего? — спросила я, принимая перо.

— На удачу, — ответил он и коснулся моей руки.

Когда он убрал руку, то место, в котором он меня коснулся, ощущалось почти как ожог. Я вдруг осознала, как редко кто-то ко мне прикасался за последние четырнадцать дней, как я была одинока.

— Я тут думала насчет снега, — проговорила я, держа перо и стараясь перекрыть голосом рев воды. — О тех людях, которые решили не идти дальше. Они были здесь за неделю или за две до нас. К этому времени уже растаяло намного больше снега, так что, может быть, все будет нормально. — Я бросила взгляд на Грэга, а потом на черное перо, поглаживая его пальцами.

— Глубина снега на плато Бигхорн первого июня была более чем в два раза больше, чем в тот же день в прошлом году, — отозвался он, поигрывая камушком. — Какая-то неделя не сыграет тут большой роли.

Я кивнула, делая вид, что понимаю, что такое плато Бигхорн, или что это значит — что толщина снега вдвое больше, чем в прошлом году. Я чувствовала себя мошенницей, даже просто заводя этот разговор, как болельщица среди настоящих игроков. Будто они были настоящими туристами на маршруте, а я просто случайно рядом оказалась. Будто каким-то образом моя неопытность, незнание ни единой страницы, написанной Рэем Жардином, мой смехотворно медленный темп и моя уверенность в том, что упаковать с собой складную пилу — разумное решение, отменили то, что я действительно дошла до Кеннеди-Медоуз от перевала Техачапи. Будто кто-то принес меня сюда с собой.

Но я все-таки пришла сюда, и я не готова сдаться, отказаться от мысли увидеть Высокую Сьерру. Пока не готова. Это была та часть маршрута, которую я предвкушала и ждала больше всего, жаждая ее нетронутой красоты, превозносимой авторами моего путеводителя и увековеченной натуралистом Джоном Мюиром в книгах, которые он написал столетие назад. Это была горная цепь, которой он дал название «Хребет Света». Высокая Сьерра и ее трехтысячники и четырехтысячники, ее холодные, чистые озера и глубокие каньоны, казалось, и были *смыслом* всего похода по МТХ в Калифорнии. К тому же пропустить этот отрезок значило устроить себе логистическую путаницу. Если бы я пропустила Высокую Сьерру, то оказалась бы в Эшленде на месяц с лишним раньше, чем намеревалась.

> Но я все-таки пришла сюда, и я не готова сдаться, отказаться от мысли увидеть Высокую Сьерру. Пока не готова.

— Я хотела бы идти дальше, если там есть хоть какая-то дорога, — проговорила я, небрежно помахивая перышком. Ноги у меня уже не болели. Они блаженно онемели в ледяной воде.

— Что ж, у нас есть примерно 65 километров, чтобы поиграться, прежде чем прохождение станет действительно трудным — отсюда и до перевала Трейл-Пасс, — сказал Дуг. — Там есть тропа, которая пересекает МТХ и спускается вниз к палаточному лагерю. Мы, по крайней мере, можем дойти до того места и посмотреть, как там дела — сколько там на самом деле снега, — а потом отступиться, если захотим.

— Что вы думаете об этом, Грэг? — спросила я. Что бы он ни сделал, я была готова тоже это сделать.

Он кивнул.

— Думаю, это хороший план.

— Именно это я и сделаю, — заявила я. — Со мной все будет в порядке. Теперь у меня есть ледоруб.

Грэг взглянул на меня:

— Вы знаете, как им пользоваться?

На следующее утро он преподал мне урок.

— Это — ствол, — сказал он, проводя рукой вдоль всей длины древка ледоруба. — А это — клюв, — добавил он, прикоснувшись пальцем к острому кончику. — А на другом конце — головка.

Ствол? Головка? Я старалась не расхохотаться, как восьмиклассница на уроке сексуального просвещения, но не смогла удержаться.

— Что такое? — спросил Грэг, охватывая ладонью ствол своего ледоруба, но я могла только покачать головой. — Вот, у вас есть две кромки, — продолжал он. — Тупая кромка, — это тесло, или лопатка. Ее используют, чтобы вырубать ступени. А другая, острая, кромка — клюв. Ее используют, чтобы спасти свою задницу, когда соскальзывают со склона горы, — он говорил тоном, который подразумевал, что я все это уже знаю, что он просто освежает основы, прежде чем мы начнем.

— Ага. Ствол, головка, клюв, весло… — подытожила я.

— *Тесло,* — поправил он. — Начинается с буквы «т». — Мы стояли на крутом берегу реки, это было самое близкое подобие ледяного склона, какое мы сумели найти. — А теперь давайте представим, что вы падаете, — продолжал Грэг, бросаясь вниз по склону, чтобы продемонстрировать наглядно. Падая, он воткнул клюв в глину. — Клюв нужно засадить в снег как можно сильнее, держась за древко одной рукой, за головку другой. Вот так. А как только вам удалось его заякорить, нащупывайте ногами опору.

Я уставилась на него.

— А что, если опоры не найдешь?

— Ну, тогда будете там висеть, — ответил он, перебирая руками по ледорубу.

— А что, если я не смогу висеть там долго? Я имею в виду, у меня же будет рюкзак и все остальное, и, честно говоря, я не настолько сильна, чтобы подтянуться на одной руке.

— Висите и держитесь, — проговорил он бесстрастно. — Если, конечно, не предпочтете скатиться со склона горы.

И я принялась за дело. Снова и снова я бросалась со склона, который становился все более рыхло-глинистым, представляя себе, что скольжу по льду, и снова и снова втыкала клюв своего ледоруба в почву, пока Грэг наблюдал, руководил мною и критиковал мою технику.

Дуг и Том уселись поблизости, притворяясь, что их это совершенно не интересует. Альберт и Мэтт лежали на брезенте, который мы расстелили для них в тени дерева подле Эдова грузовичка, слишком больные, чтобы двигаться куда-то, кроме туалета, куда им приходилось наведываться по нескольку раз в час. Они оба проснулись посреди ночи от болезни, в которой мы все начинали подозревать лямблиоз. Это недуг, спровоцированный водяным паразитом, который вызывает мучительный понос и рвоту, требует специальных медикаментов для лечения и почти всегда означает неделю или две воздержания от маршрута. Вот по этой причине те, кто идет по МТХ, проводят столько времени за разговорами о водяных фильтрах и водных источниках — из страха, что за одно-единственное неверное решение им придется дорого заплатить. Я не знала, где Мэтт и Альберт подхватили то, что они подхватили, но молилась, чтобы со мной не случилось того же. К концу дня все мы столпились над ними, бледными и безвольными, лежавшими на брезенте, убеждая, что сейчас самое время поехать в больницу в Риджкресте. Слишком ослабевшие, чтобы сопротивляться, они смотрели, как мы упаковываем их вещи и загружаем рюкзаки в кузов грузовика Эда.

Ствол? Головка? Я старалась не расхохотаться, как восьмиклассница на уроке сексуального просвещения, но не смогла удержаться.

— Спасибо за помощь — вы так помогли мне облегчить мой рюкзак, — сказала я Альберту, когда мы на минуту остались наедине, прежде чем они уехали. Он отсутствующим взглядом посмотрел на меня со своего брезентового ложа. — Я не смогла бы сделать это сама.

Он слабо улыбнулся мне и кивнул.

— Кстати, — продолжала я, — я хотела сказать вам... о том, почему я решила пройти МТХ. Я развелась. Я была замужем и не так давно развелась. А еще около четырех лет назад умерла моя мама. Ей было всего 45 лет, у нее внезапно обнаружили рак, и она умерла. Это был тяжелый период в моей жизни, и я вроде как сбилась с пути. Поэтому я... — Глаза его расширились, он внимательно смотрел на меня. — Я подумала, что если я пройду маршрут, это поможет мне отыскать свою суть. — Я сделала какой-то неловкий жест ладонью, внезапно лишившись дара речи и немного удивившись, что позволила себе выложить ему столь многое.

— Ну, теперь-то ты отыскала свои ориентиры, правда? — сказал он и сел, и лицо его засияло, несмотря на тошноту. Он поднялся, медленно добрел до грузовичка и забрался в кабину, усевшись рядом с сыном. Я залезла в кузов вместе с их рюкзаками и коробкой с вещами, которые мне больше не были нужны, и доехала вместе с ними до универмага. Когда мы до него добрались, Эд притормозил на пару минут; я выпрыгнула из кузова вместе с коробкой и помахала Альберту и Мэтту, крича им вслед: «Удачи!»

Пока я смотрела, как они уезжают, меня захлестнула мощная волна теплого чувства. Эд должен был вернуться через несколько часов, но очень вероятно, что Альберта и Мэтта я больше никогда не увижу. На следующий день я пойду к Высокой Сьерре с Дугом и Томом, и утром мне придется распрощаться заодно и с Эдом, и с Грэгом: Грэг собирался задержаться в Кеннеди-Медоуз еще на один день, и хотя он наверняка нагонит меня, это будет всего лишь мимолетная встреча, а затем и он уйдет прочь из моей жизни.

Я дошла до крыльца универмага и свалила в коробку все, кроме складной пилы, специальной высокотехнологичной вспышки для моей камеры и миниатюрного бинокля. Их я упаковала в прежнюю посылочную коробку и отправила Лизе в Портленд. Пока я заклеивала коробку скотчем, который одолжил мне Эд, у меня все время было чувство, что чего-то в ней не хватает.

Позже, на пути к палаточному лагерю, до меня дошло, чего там не было: толстого свертка презервативов.

Они исчезли. Все до единого.

ЧАСТЬ ТРЕТЬЯ

ХРЕБЕТ СВЕТА

Теперь мы в горах,
А они — в нас...

ДЖОН МЮИР,
«Мое первое лето в Сьерре»

Коль твой Дух тебя подвел —
Прыгни выше Духа.

ЭМИЛИ ДИКИНСОН

8

СИМВОЛ ПУСТОТЫ

Кеннеди-Медоуз называют вратами Высокой Сьерры, и ранним утром следующего дня я прошла сквозь эти врата. Дуг и Том сопровождали меня примерно первые полкилометра, но потом я остановилась, попросив их идти дальше, потому что мне, мол, нужно кое-что достать из рюкзака. Мы обнялись и пожелали друг другу удачи, попрощавшись навсегда… Или на 15 минут — мы не знали точно. Я прислонилась к валуну, снимая часть веса Монстра со своей спины, глядя им вслед.

Их уход оставил меня в меланхолии, хотя я также чувствовала нечто вроде облегчения, когда они исчезли между темными деревьями. Мне не нужно было ничего доставать из рюкзака; я просто хотела остаться одна. Одиночество всегда казалось мне самым подходящим для меня местом. Словно оно было не состоянием, а пространством, помещением, в которое я могла удалиться и быть той, кто на самом деле есть. Радикальное одиночество МТХ изменило это ощущение. Теперь одиночество было уже не помещением, но целым огромным миром. И я была там одна, живя в нем так, как никогда прежде. Жизнь на свежем воздухе, как сейчас, когда над головой не было даже крыши, заставило мир казаться одновременно

> Мы обнялись и пожелали друг другу удачи, попрощавшись навсегда… Или на 15 минут — мы не знали точно.

и больше, и меньше. До этого времени я не слишком хорошо понимала огромность нашего мира — не понимала даже, насколько велико может быть расстояние в один километр. Пока не прошла каждый из этих километров своими ногами. Однако присутствовало и противоположное чувство — странная близость, которую я начала ощущать с тропой, по которой я шла в то утро мимо сосен пиньон и цветов губастиков, и с мелкими ручьями, которые я переходила вброд. Все это казалось знакомым и известным, хотя я никогда прежде здесь не была.

Я шла в прохладе утра под ритм цокавшей по тропе моей новенькой лыжной палки, ощущая, как смещается и утрамбовывается облегченный, но все равно абсурдно тяжелый вес Монстра. Отправляясь этим утром в путь, я думала, что ощущения на тропе будут иными, что идти будет легче. В конце концов, ведь рюкзак облегчился. И не только благодаря Альберту, но и потому, что мне уже не нужно было нести с собой больше пары бутылок с водой одновременно — теперь я шла по менее засушливой части маршрута. Но спустя полтора часа я остановилась на привал, ощущая знакомую боль и дискомфорт. И в то же время чувствовала, что мое тело стало чуть-чуть покрепче, как и обещал Грэг.

> Раньше я не слишком хорошо понимала огромность нашего мира — не понимала даже, насколько велико может быть расстояние в один километр. Пока не прошла каждый из этих километров своими ногами.

Это был первый день третьей недели, официально уже наступило лето — первая неделя июня. Я оказалась не только в другом времени года, но и в другой местности, все выше поднимаясь к дикому краю Южной Сьерры. За 64 километра, лежавших между Кеннеди-Медоуз и перевалом Трейл-Пасс, мне предстояло подняться с высоты в 1860 до почти 3350 метров. Даже в жаре этого первого полдня после возвращения на маршрут я чувствовала в воздухе дыхание прохлады, которое, несомненно, окутает меня ночью. Я теперь уже точно была в Сьерре —

СИМВОЛ ПУСТОТЫ

на любимом «Хребте Света» Мюира. Я проходила под огромными темными деревьями, которые почти полностью затеняли разросшиеся под их кронами меньшие растения, и через широкие травянистые лужайки, полные диких цветов. Я перебиралась через ручьи талой воды, переступая с одного шаткого камня на другой, помогая себе лыжной палкой. На скорости пешей ходьбы Сьерра-Невада казалась вполне проходимой. Ведь я всегда могла сделать следующий шаг. И только когда я вышла за поворот горы и увидела белые пики впереди, я усомнилась в своих способностях. Только тогда я подумала о том, насколько далеко мне еще нужно пройти, и утратила веру в то, что доберусь до цели.

> На скорости пешей ходьбы Сьерра-Невада казалась вполне проходимой. Ведь я всегда могла сделать следующий шаг. И только когда я вышла за поворот горы и увидела белые пики впереди, я усомнилась в своих способностях.

Следы Дуга и Тома периодически появлялись передо мной то на глинистой, то на пыльной тропе. А к середине дня я набрела на них, сидевших у ручья, и на лицах их отразилось удивление, когда я подошла к ним. Я уселась рядом, принялась качать воду, и мы немного поболтали.

— Тебе следовало бы встать лагерем вместе с нами сегодня вечером, если ты нас нагонишь, — сказал Том, прежде чем они пошли дальше.

— Так я уже вас догнала, — ответила я, и мы рассмеялись.

Тем вечером я дошла до небольшой опушки, где они поставили свои палатки. После ужина они поделились со мной двумя банками пива, которые взяли из Кеннеди-Медоуз, и мы отпивали по глотку по очереди, сидя на земле, завернувшись в теплую одежду. Пока мы пили пиво, я гадала, кто из них забрал одиннадцать презервативов, которые я купила в Портленде несколькими неделями раньше. Мне казалось, что это должен быть один из них. На следующий день, идя по тропе в одиночку, я дошла до широкого снежного языка на крутом спуске; его гигантский, покрытый ледяной коркой панцирь преграждал тропу. Это было похоже на осыпь, только страшнее — река изо льда, а не из камней. Если бы эта осыпь соскользнула, пока я пыталась бы перейти ее, то я скатилась бы по склону горы и врезалась в валуны далеко внизу, а то и хуже — провалилась бы еще дальше, бог знает куда. Как казалось мне с того возвышения, на котором я стояла, — в пустоту. А если бы я не попыталась перейти этот снежный язык, мне пришлось бы вернуться обратно в Кеннеди-Медоуз. Это показалось мне не такой уж плохой идеей. Но я продолжала стоять на месте.

Черт, думала я. *Черт побери*. Вынула ледоруб и изучила предстоящий путь — то есть, откровенно говоря, просто постояла пару минут, собираясь с духом. Я видела, что Дуг и Том перебрались через снежный язык, их ноги оставили в снегу ряд округлых ямок. Я перехватила ледоруб так, как показывал мне Грэг, и ступила в одну из них. Их наличие сделало мою участь одновременно и тяжелее, и легче. Мне не приходилось вырубать для себя ступеньки, но следы мужчин располагались неудобно для меня. Они были скользкими, а порой настолько глубокими, что мои ботинки застревали внутри, я теряла равновесие и падала. А ледоруб казался настолько неподъемным, что оказался скорее бременем, чем помощью. *Тормозить*, неизменно думала я, пытаясь представить, что я буду делать с ледорубом, если начну скользить вниз по склону. Этот снег отличался от миннесотского снега. Местами он скорее был льдом, чем хлопьями, столь плотно утрамбованным, что напомнил мне твердый слой изморози в морозилке, которую давно пора разморозить. В других местах он легко поддавался под ногой, оказываясь более рыхлым, чем с виду.

Я не смотрела на россыпь валунов внизу, пока не добралась до другой стороны снежного языка, пока не встала на глинистую тро-

> Это было похоже на осыпь, только страшнее — река изо льда, а не из камней. Если бы эта осыпь соскользнула, то я скатилась бы по склону горы и врезалась в валуны далеко внизу.

пу, дрожащая, но довольная. Я понимала, что этот маленький язычок — всего лишь первый образчик того, что предстоит дальше. Если я не решу сойти с тропы на Трейл-Пасс, чтобы обойти снег, то вскоре достигну перевала Форестера, высшей точки МТХ, расположенной на высоте 4011 метров над уровнем моря. И если я не соскользну со склона горы, проходя через этот перевал, то проведу несколько следующих недель, не видя перед собой ничего, кроме снега. И это будет снег гораздо более предательский, чем тот кусочек, который я только что миновала. Но справиться с этой малостью значило сделать то, что лежало впереди, более реальным для меня. Эд говорил, что у меня нет иного выбора, кроме как сойти с маршрута. Я не была достаточно подготовлена к прохождению МТХ даже в обычный год, не говоря уже о таком, когда глубина снега оказывалась вдвое и втрое больше, чем в предшествующие годы. Такой снежной зимы здесь не было с 1983 года и не будет еще лет десять, а то и больше.

> Я понимала, что этот маленький язычок — всего лишь первый образчик того, что предстоит дальше. Если я не решу сойти с тропы, то проведу несколько следующих недель, не видя перед собой ничего, кроме снега.

К тому же принимать в расчет приходилось не только снег. Были и другие вещи, связанные со снегом. Это опасно полноводные реки и ручьи, которые мне пришлось бы переходить вброд в одиночку. Это температура воздуха, которая подвергала бы меня риску гипотермии. И то, что мне пришлось бы полагаться исключительно на свою карту и компас на длинных участках, где тропа была скрыта снегом. У меня не было необходимого снаряжения. Не было нужного знания и опыта. И, поскольку я была одна, у меня к тому же не было права на ошибку. Свернув с маршрута, как сделали многие другие туристы в этом году, я пропущу красоты Высокой Сьерры. А если останусь, то рискую своей жизнью.

— Я схожу с тропы на перевале, — сказала я Дугу и Тому, когда мы в тот вечер ужинали. Я весь день шла одна — и это был второй за все время день, в который я прошла больше 24 километров, — но снова нагнала их, когда они ставили лагерь. — Я собираюсь подняться в Сьерра-Сити и там опять встать на маршрут.

— А мы решили идти дальше, — проговорил Дуг.

— Мы говорили об этом и думаем, что тебе следует к нам присоединиться, — добавил Том.

— Присоединиться к вам? — переспросила я, выглядывая из туннеля своего темного флисового капюшона. Я натянула на себя всю одежду, которая у меня была; температура упала почти до нуля. Со всех сторон нас окружали островки снега, залегшие в тех местах под деревьями, где кроны заслоняли их от солнца.

— Тебе небезопасно идти одной, — сказал Дуг.

— Ни для кого из нас небезопасно идти в одиночку, — вставил Том.

— Но идти по снегу небезопасно ни для одного из нас. Ни вместе, ни в одиночку, — возразила я.

— Мы хотим попробовать, — сказал Том.

— Спасибо, — проговорила я, — тронута вашим предложением, но не могу.

— Почему это ты не можешь? — спросил Дуг.

— Потому что в этом весь смысл моего похода: я здесь для того, чтобы сделать это в одиночку.

> Я была здесь не для того, чтобы не говорить «*я не боюсь*» всякий раз, как послышится треск ветки в темноте. Я была здесь для того, чтобы переиграть этот страх.

После этого мы некоторое время ели и молчали, каждый из нас держал в ладонях теплый котелок, полный риса, фасоли или лапши. Из-за произнесенного «нет» меня охватила печаль. Не только потому, что это значило, что я не попаду в Высокую Сьерру. Но еще и потому, что, сколько бы я ни твердила, что хочу совершить этот поход одна, их компания меня утешала. Быть недалеко от Тома и Дуга ночью означало, что мне не нужно будет повторять себе «*я не боюсь*» всякий раз, как послышится треск ветки в темноте или ветер начнет трясти палатку настолько яростно, что кажется, будто вот-вот случится что-то плохое. Но я была здесь не для того, чтобы не говорить «*я не боюсь*». Я была здесь для того, чтобы переиграть этот страх. Чтобы переиграть, в сущности, все то, что я сделала с собой, и то, что сделали со мной. И я не могла добиться этого, объединившись с кем-то другим.

После ужина я залегла в свою палатку с рассказами Флэннери О'Коннор, поставив книгу себе на грудь, слишком утомленная, чтобы держать ее на весу. Дело было не только в том, что я замерзла и устала от дневного перехода: на этой высоте еще и воздух стал разреженнее. Я не могла просто так заснуть. В состоянии, напоминавшем реакцию бегства, я размышляла, каково это — пропустить Высокую Сьерру. Это разрушало практически все. Все планы, которые я строила. Весь путь, который я разметила себе на лето, вплоть до каждой коробки с припасами и едой. А теперь я совершу лягушачий прыжок в более чем 700 километров по маршруту, который намеревалась пройти. Я доберусь до Эшленда в начале августа, а не в середине сентября.

> Я перекатилась на бок, лицом к той стороне, в которой стояла его палатка, наполовину желая, чтобы он пришел и лег рядом со мной. Не для того, чтобы заниматься любовью. Просто чтобы прижаться к кому-то.

— Дуг? — позвала я в ночную тьму; его палатка стояла всего лишь на расстоянии вытянутой руки от моей.

— Да?

— Я тут думала: если сойду с маршрута, то могу вместо этого пройти весь Орегон. — Я перекатилась на бок, лицом к той стороне, в которой стояла его палатка, наполовину желая, чтобы он пришел и лег рядом со мной — чтобы это сделал хоть кто-нибудь. Это было то же самое голодное, пустое чувство, которое я ощущала в мотеле в Мохаве, когда жалела, что у меня нет спутника. Не для того, чтобы заниматься любовью. Просто чтобы прижаться к кому-то. — Ты, случайно, не знаешь, какова протяженность маршрута в Орегоне?

— Около 800 километров, — ответил он.

— Идеально, — выдохнула я, и сердце мое заколотилось быстрее при этой мысли, а потом я закрыла глаза и провалилась в глубокий сон.

На следующий день Грэг нагнал меня прямо перед тем, как я добралась до Трейл-Пасс — точки, где должна была сойти с маршрута.

— Я схожу, — сказала я ему неохотно.

— Я тоже, — отозвался он.

— Вы тоже?! — переспросила я с облегчением и ликованием.

— Там, наверху, все слишком забито, — объяснил он.

Мы оглянулись, обводя взглядом согнутые ветрами карликовые сосны среди валунов, ограждавших тропу; горы и перевалы виднелись в нескольких километрах вдали под чистым голубым небом. Самая высокая точка тропы находилась всего лишь в 56 километрах дальше. А вершина горы Уитни, высочайшая в соседних штатах, была еще ближе, чуть в сторону от МТХ.

Вместе мы спустились по тропе, ведущей с перевала, на три километра вниз, к палаточному городку и площадке для пикников в Хорсшу-Медоуз, где встретились с Дугом и Томом и поймали попутку до Лоун-Пайн. Я не планировала заходить туда. Некоторые туристы, идущие по МТХ, посылают в Лоун-Пайн коробки с дополнительным продовольствием, но я планировала пройти до городка Индепенденс, примерно в 80 километрах к северу. У меня еще были запасы на несколько дней, но как только мы попали в город, я сразу же отправилась в продуктовый магазин, чтобы пополнить их. Мне нужно было достаточное количество съестного, чтобы продержаться на 154-километровом отрезке маршрута, по которому предстояло пройти от Сьерра-Сити до Белден-Тауна. После этого я отыскала таксофон и позвонила Лизе, оставив сообщение на ее автоответчике и постаравшись как можно короче объяснить свои новые планы. Попросила ее немедленно выслать мою коробку, адресованную в Белден-Таун,

СИМВОЛ ПУСТОТЫ

и придержать все остальные, пока я не сообщу ей детали моего нового курса.

Я чувствовала себя потерянной и печальной, вешая трубку. Пребывание в городке вызывало у меня меньший восторг, чем я рассчитывала. Я шла по главной улице, пока не отыскала мужчин.

— Мы возвращаемся в горы, — проговорил Дуг, и глаза его встретились с моими. На сердце у меня было тяжело, когда я обнимала его и Тома на прощание. Я успела проникнуться к ним своего рода любовью, но сверх этого еще и тревожилась.

— Вы уверены, что хотите идти туда, в снега? — спросила я.

— А ты уверена, что не хочешь? — ответил Том.

— Смотри-ка, у тебя по-прежнему сохранился тот талисман удачи, — заметил Дуг, указывая на черное перо, которое он подарил мне в Кеннеди-Медоуз. Я пристроила его на раму Монстра, над своим правым плечом.

— Должно же у меня остаться что-то о тебе на память, — ответила я, и мы рассмеялись.

После их ухода мы вместе с Грэгом пошли в местный универмаг, который заодно служил автобусной станцией для «Грейхаундов». Мы проходили мимо баров, оформленных как

Белые пики Сьерра-Невады к западу настолько театрально врезались в голубое небо, что казались мне почти нереальными.

салуны Дикого Запада, и магазинчиков, в главных витринах которых красовались ковбойские шляпы и картины с изображением мужчин, сидящих верхом на лягающихся полудиких лошадях.

— Ты когда-нибудь видела фильм «Высокая Сьерра» с Хамфри Богартом? — спросил Грэг.

Я помотала головой.

— Он был снят здесь. Как и куча других фильмов. Вестернов.

Я кивнула, ничуть не удивленная. Ландшафт действительно выглядел совершенно по-голливудски: заросшее полынью высокое плоскогорье, пустынное, каменистое и безлесное, вид с которого открывался на многие километры вокруг. Белые пики Сьерра-Невады к западу настолько театрально врезались в голубое небо, что казались мне почти нереальными, как роскошный фасад.

— Вот он-то нас и повезет, — проговорил Грэг, ткнув пальцем в большой «Грейхаунд» на парковке перед магазином.

Но он ошибся. Как мы выяснили, здесь не было автобусов, которые шли бы прямо до Сьерра-Сити. Мы должны были сесть на вечерний автобус и семь часов ехать до Рино в штате Невада. А потом сесть на другой автобус и через час добраться до Траки, уже в штате Калифорния. А после этого единственное, что мы могли сделать — это на попутках проехать оставшиеся 70 с лишним километров до Сьерра-Сити. Мы купили два билета в один конец и целую кучу съестного и уселись на теплый тротуар на краю парковки, ожидая, пока придет автобус. Прикончили по нескольку пакетов чипсов и банок с лимонадом, пока разговаривали. Мы говорили обо всем — об МТХ, о походном снаряжении, еще раз о рекордных снежных завалах, о теориях «ультралегкости» и о методах Рэя Жардина и его последователей (правильно или неправильно понимавших дух, скрытый в этих теориях и методах) — и наконец добрались до нас самих. Я принялась расспрашивать о его работе и жизни в Тахоме. У него не было ни домашних животных, ни детей, только подруга, с которой он встречался около года. Она тоже была страстной поклонницей пеших походов. Ясно было, что его жизнь являла собой порядок и размеренность. Мне это казалось одновременно скучным и ошеломительным. Представить себе не могу, какой казалась моя жизнь ему.

Когда мы наконец забрались в автобус до Рино, он оказался почти пустым. Я прошла вслед за Грэгом в середину, где мы заняли по паре сидений напротив друг друга через проход.

— Я собираюсь немного поспать, — сказал он, как только автобус вырулил на шоссе.

— Я тоже, — сказала я, хотя и знала, что это неправда. Даже совершенно обессиленной, мне никогда не удавалось заснуть ни в каком движущемся транспорте, а сейчас я даже не устала. Я была взволнована тем, что вернулась в нормальный мир. Пока Грэг спал, я смотрела в окно. Никто из тех, с кем я была знакома больше недели, не имел ни малейшего понятия, где я нахожусь. «*Я на пути в Рино, штат Невада*», — думала я с некоторым удивлением. Я никогда не была в Рино. Мне казалось полной нелепостью направляться туда в нынешней своей одежде, грязной, как дворняга, и с волосами, свалявшимися, как мочалка. Я вытащила из карманов все деньги, которые у меня были, и пересчитала банкноты и монеты, подсвечивая себе фонариком. У меня оказалось 44 доллара и 75 центов. Сердце мое упало при виде этого жалкого зрелища. Я потратила гораздо больше, чем рассчитывала к этому моменту. Я не ожидала ни остановок в Риджкресте и Лоун-Пайн, ни покупки автобусного билета до Траки. Я не должна была получить никаких денег, пока не доберусь до своей следующей коробки с припасами в Белден-Тауне — а это еще только через неделю, и даже там будет всего 20 баксов. Мы с Грэгом договорились, что снимем номера в мотеле в Сьерра-Сити, чтобы отдохнуть одну ночь после нашего долгого путешествия, но у меня возникло отвратительное чувство, что придется вместо этого поискать себе место для палатки.

С этим я ничего не могла поделать. У меня не было кредитной карты. Я просто должна была как-то справляться с тем, что имелось в наличии. Я проклинала себя за то, что не вложила в свои коробки больше денег — одновременно признавая, что и не могла этого сделать. В них и так были вложены все мои деньги. Всю зиму и весну я откладывала чаевые, продала добрую долю своих пожитков и на эти деньги закупала всю еду, которую упаковала в коробки, и все снаряжение, которое лежало тогда передо мной на кровати в мотеле в Мохаве. А еще я выписала чек Лизе, чтобы покрыть почтовые расходы на оставленные ей коробки, и еще один чек — чтобы покрыть четыре месяца платежей по студенческой ссуде, выплачивать которую мне предстояло до сорока трех лет. И то количество денег, которое после этого у меня осталось, было единственным, что я могла потратить на МТХ.

Я рассовала деньги обратно по карманам, выключила фонарик и стала смотреть в окно на запад, ощущая печальную неуверенность. Меня охватила ностальгия, но я не знала, что это за ностальгия — по той жизни, которая у меня когда-то была, или по МТХ. Темный силуэт Сьерра-Невады был едва различим на освещенном луной небе. Она снова была похожа на непроходимую стену, снова стала такой же, какой показалась мне несколько лет назад, когда я видела ее из окна машины, в которой мы ехали с Полом. Но ощущения ее непроходимости у меня уже не было. Я могла представить себя на ней, в ней, частью ее. Мне знакомо это ощущение — двигаться в ней, медленно, шаг за шагом. Я снова вернусь к ней, как только выйду из Сьерра-Сити. Я миную Высокую Сьерру — не увижу секвойи и Кингз-Каньон, и национальный парк Йосемити, и Туолумне-Медоуз, и пустоши Джона Мюира, и Десолейшен, и столь многое другое — но все равно пройду еще 160 километров по Сьерра-Неваде, прежде чем направиться к Каскадному хребту.

До четырех часов утра, когда наш автобус припарковался на автовокзале в Рино, я не уснула ни на минуту. Нам с Грэгом нужно было убить час, остававшийся до отъезда другого автобуса в Траки, и мы с красными от недосыпа глазами бродили по маленькому казино, соединенному с автобусной станцией, не снимая с плеч рюкзаки. Я чувствовала себя усталой, но в то же время бодрой, потягивая горячий чай «Липтон» из пластиковой чашечки. Грэг сыграл в блек-джек и выиграл три доллара. Я выловила из кармана три четвертака, скормила их «однорукому бандиту» — и все проиграла.

Грэг одарил меня сухой улыбкой в стиле «я же тебе говорил», как будто предвидел это.

— Эй, ведь никогда же не знаешь, — возразила я. — Я однажды была в Вегасе — мы просто проезжали через него пару лет назад, — сунула никель в «однорукого бандита» и выиграла 60 баксов.

На него это явно не произвело впечатления.

Я отправилась в «дамскую комнату». Пока я чистила зубы перед зеркалом, освещенным флуоресцентной лампой, какая-то женщина сказала мне:

— Мне нравится ваше перышко, — и указала на перо, прикрепленное к моему рюкзаку.

— Спасибо, — отозвалась я, встречаясь с ней взглядом в зеркале. Она была бледная, с карими глазами, носиком-картошкой и длинной косой вдоль спины; одета в «вареную» футболку и джинсы с заплатами и разрезами, а на ногах — сандалеты от Биркин. — Мне его подарил друг, — промямлила я, роняя капли пены от зубной пасты. Казалось, прошла целая вечность с тех пор, как я в последний раз разговаривала с женщиной.

— Должно быть, кто-то из семейства врановых, — продолжала она, протянув руку и деликатно притрагиваясь к нему одним пальцем. — Или ворон, или ворона, символ пустоты, — добавила она мистическим тоном.

— Пустоты? — переспросила я уныло.

— Но это же хорошо, — возразила она. — Ведь пустота — это место, где вещи рождаются, где они *начинаются*. Представьте себе, как черная дыра впитывает энергию, а потом высвобождает ее как нечто новое и живое, — она умолкла, многозначительно глядя мне в глаза. — Мой бывший был орнитологом, — объяснила она уже менее неземным тоном. — Его область — корвидология[1]. Он писал диссертацию по воронам, а поскольку у меня магистерская степень в английском, мне пришлось перечитывать эту долбаную работу раз десять, так что теперь я знаю о них больше, чем хотелось бы. — Она повернулась к зеркалу и пригладила

---

[1] Ветвь орнитологии, специализирующаяся на воронах и их семействе (семействе врановых).

волосы. — Вы случайно не на Встречу Племен Радуги направляетесь?

— Нет. Я...

— Вам непременно нужно поехать. Это действительно круто. В этом году встреча состоится в национальном парке Шаста-Тринити, на Тоуд-Лейк.

— Я была на Встрече Племен Радуги в прошлом году, когда она проходила в Вайоминге, — сказала я.

— И это правильно, — проговорила она тем особенным тягучим тоном, каким люди говорят «и это правильно». — Удачного вам похода, — добавила она, протянула руку и чуть сжала мое плечо. — Корвидология! — воскликнула она, как лозунг, направляясь к двери и показывая мне и моему перышку два больших пальца.

К восьми утра мы с Грэгом были в Траки. К одиннадцати мы все еще стояли на жаркой обочине, пытаясь поймать попутку до Сьерра-Сити.

— Эй! — завопила я, как маньячка, проносившемуся мимо очередному автобусу-«фольксвагену». За последнюю пару часов по меньшей мере шесть штук таких проехало мимо нас. Особое раздражение у меня вызывали именно водители автобусов-«фольксвагенов». — Долбаные хиппи! — в сердцах сказала я Грэгу.

— А я думал, что ты и есть хиппи, — сказал он.

— Ну да. Я хиппи. Но только самую малость. — Я уселась на гравий на обочине и развязала шнурки ботинок, но, покончив с этим делом, вставать снова не стала. У меня голова кружилась от истощения. Я не спала уже больше полутора суток.

— Тебе следовало бы пройти вперед и постоять одной, — сказал Грэг. — Ничего, я не против. Будь ты одна, ты бы давным-давно поймала машину.

— Нет, — возразила я, хотя знала, что он прав: одинокая женщина выглядит не так угрожающе, как пара женщина-мужчина. Мужчины обычно проявляют желание помочь одинокой женщине. Или забраться ей под юбку. Но мы с ним были вместе — и вместе оставались до тех пор, пока через час не остановилась рядом машина. Мы забрались внутрь и отправились в Сьерра-Сити. Это оказалось симпатичное поселение, состоявшее из менее чем десятка деревянных домов, выстроенных на высоте в 1280 метров. Городок втиснулся между рекой Северная Ююба и высокими предгорьями Сьерры, которые вздымались бурыми валами на фоне ясного голубого неба с северной стороны от городка.

Водитель попутки высадил нас возле универмага, расположившегося

Мужчины обычно проявляют желание помочь одинокой женщине. Или забраться ей под юбку.

в милом старомодном здании. Туристы, поедая мороженое в стаканчиках, сидели на расписной передней веранде, заполненной гомонящей толпой, предвкушавшей празднование Четвертого июля.

— Купишь себе мороженое? — спросил Грэг, вытаскивая из кармана пару долларов.

— Не-а. Может быть, попозже, — сказала я, стараясь не показать голосом, в каком я отчаянии. Конечно, я хотела мороженого. Я просто не решалась его купить — из страха, что потом не смогу позволить себе снять номер. Когда мы вошли в тесный, полный народа магазинчик, я старалась не смотреть на еду. Встала у кассы, просматривая туристические брошюры, пока Грэг занимался покупками.

— Представляешь, весь этот городок однажды снесло лавиной, это было в 1852 году, — сказала я ему, когда он вернулся, обмахиваясь глянцевой брошюрой. — Снег сошел с предгорий.

Он кивнул, как будто уже знал это, облизывая свое шоколадное мороженое. Я отвернулась, видеть это было невыносимо.

— Я надеюсь, ты не против, но мне нужно найти какое-то дешевое место. Я имею в виду, чтобы переночевать.

Правду сказать, мне нужно было *бесплатное* место, но я слишком устала, чтобы искать кемпинг. В последний раз мне удалось поспать на маршруте в Высокой Сьерре.

— Как насчет вот этого,– сказал Грэг, указывая на старое деревянное здание через улицу.

На нижнем этаже был бар и ресторан; на верхнем — номера с общими ванными. Была только половина второго, но женщина в баре разрешила нам заселиться пораньше. После того как я заплатила за номер, у меня осталось 13 долларов.

— Хочешь сегодня поужинать внизу? — спросил меня Грэг, когда мы добрались до своих номеров и стояли перед дверьми, оказавшимися рядом.

— Конечно, — сказала я, слегка покраснев. Я не испытывала к нему влечения, и все же не могла не надеяться, что нравлюсь ему. Хотя прекрасно понимала абсурдность этого желания. В конце концов, может быть, это он прихватил мои презервативы. От этой мысли меня пробрала легкая дрожь.

— Можешь пойти помыться первой, — предложил он, указывая через коридор на ванную, которая была общей для всех обитателей нашего этажа. — Похоже, пока мы здесь единственные постояльцы.

— Спасибо, — кивнула я и отперла дверь своего номера, ступив внутрь. У одной стены стоял потрепанный древний гардероб с круглым зеркалом, а у другой — двуспальная кровать, плетеный стеллаж и кресло. С потолка в центре комнаты свисала голая лампочка. Я поставила Монстра на пол и села на кровать. Матрас взвизгнул, просел и опасно заколыхался под моим весом, но все равно ощущение было великолепное. Телу было почти до боли приятно посидеть на кровати, словно после ожога я погрузилась в прохладу. Походный стульчик, который заодно служил мне подушкой, как оказалось, был не таким уж и мягким. Бóльшую часть ночей на маршруте я спала как убитая, но не потому, что мне было удобно. Просто я слишком уставала, чтобы обращать внимание на какие-то неудобства.

СИМВОЛ ПУСТОТЫ

Мне хотелось спать, но руки и ноги были исполосованы пятнами грязи, а запах от тела шел убийственный. Забраться в постель в таком состоянии казалось почти преступлением. Последний раз я мылась как следует в мотеле в Риджкресте почти две недели назад. По коридору прошла в ванную. Душа там не было, только большая фарфоровая ванна на птичьих лапах и полка, на которой стопкой лежали сложенные полотенца. Я выбрала себе одно и глубоко вдохнула его свежий, чуть припахивающий отдушкой аромат. Потом сняла одежду и оглядела себя в зеркале — большом, в полный рост.

Зрелище было поразительное.

> Я была похожа не столько на женщину, которая провела последние три недели в пешем походе по безлюдной местности, сколько на жертву ужасного преступления.

Я была похожа не столько на женщину, которая провела последние три недели в пешем походе по безлюдной местности, сколько на женщину, которая стала жертвой яростного и ужасного преступления. Синяки, чья цветовая гамма варьировалась от желтого до черного, покрывали мои руки и ноги, спину и задницу, как будто меня долго били палками. Бедра и плечи были усеяны волдырями и ссадинами, воспаленными потертостями и темными корочками в тех местах, где их постоянно обдирали лямки рюкзака. Под синяками, ранами и грязью я видела теперь новые, бугрящиеся мышцы, и в тех местах, где моя плоть прежде была мягкой, она стала плотной и твердой.

Я наполнила ванну водой, забралась внутрь и принялась отдраивать себя мочалкой и мылом. Спустя несколько минут вода стала настолько темной от грязи и крови, смытых с моего тела, что я спустила ее и наполнила ванну заново.

В этой второй ванне я вытянулась во весь рост, ощущая такую благодарность, какой в жизни не испытывала. Спустя некоторое время принялась исследовать свои ступни. Они были избиты, покрыты волдырями, и пара ногтей к этому времени полностью почернела. Я потрогала один из них и обнаружила, что он почти совершенно оторвался от пальца. Этот палец мучительно болел много дней, распухая все больше, и казалось, что ноготь вот-вот с него соскочит; но теперь он почти перестал болеть. Когда я потянула за ноготь, он оказался в моей руке после одного резкого укола боли. На его месте остался тонкий слой, который был похож одновременно на кожу и на ноготь. Эта кожица была прозрачной и слегка блестящей, как крохотный кусочек пищевой пленки.

— У меня ноготь отвалился, — сказала я Грэгу перед ужином.

— Ты теряешь ногти? — переспросил он.

— Только один, — уныло сказала я, сознавая, что на самом деле с большой вероятностью потеряю больше, и что это — еще одно свидетельство моего идиотизма.

— Вероятно, это потому, что у тебя слишком тесные ботинки, — сказал он, когда к нам подошла официантка с двумя тарелками спагетти и корзинкой с чесночным хлебом.

Я планировала быть сдержанной при заказе, особенно потому, что потратила сегодня еще 50 центов на прачечную, вложившись в долю с Грэгом. Но как только мы сели за столик, я не смогла устоять и копировала каждое движение Грэга: заказала ром с колой к ужину, согласилась на корзинку чесночного хлеба. Я старалась не показывать, что мысленно подвожу итог счета, пока мы едим. Грэг уже и так знал, насколько я не готова к походу по МТХ. И не надо было ему знать, что есть еще один пункт, в котором я проявила себя круглой дурой.

Но именно дурой я и была. После того как мы получили счет, добавили к нему чаевые и разделили сумму пополам, у меня оставалось 70 центов.

Вернувшись после ужина в свой номер, я раскрыла путеводитель, чтобы почитать о следующем отрезке маршрута. Моя очередная остановка была запланирована в местечке под названием Белден-Таун, где меня ждала следующая коробка с припасами и двадцатью долларами внутри. Я же смогу добраться до Белдена с 70 центами, правда? В конце концов, я же буду идти в глуши, и мне негде будет тратить свои деньги, думала я, хотя тревога все равно меня не покидала. Я написала Лизе письмо, прося ее купить и послать мне путеводитель по орегонскому отрезку МТХ, воспользовавшись теми деньгами, которые я ей оставила, и переписать адреса на коробках, которые она должна была посылать мне до конца маршрута по Калифорнии. Я снова и снова перечитывала список, чтобы убедиться, что сделала все правильно, сопоставляя длину отрезка в километрах с датами и населенными пунктами.

Выключив свет и улегшись на скрипучую кровать, чтобы поспать, я слышала, как Грэг по другую сторону стены ворочается на своей скрипучей кровати. Его близость была такой же осязаемой, как и отчужденность. Эти звуки заставили меня ощутить свое одиночество настолько остро, что я бы завыла от боли, если бы дала себе волю. И не очень понимала, почему. Мне от него ничего не было нужно, но при этом хотелось всего и сразу. Что он сделает, если я постучусь к нему в номер? Что сделаю я, если он меня впустит?..

Я знала, что я сделаю. Я проделывала это много раз.

— В сексуальном отношении я похожа на парня, — говорила я психотерапевту, с которым встречалась пару раз в прошлом году. Это был мужчина по имени Винс, который работал волонтером в общественной клинике в центре Миннеаполиса, где такие люди, как я, могли поговорить с такими людьми, как он, за десять баксов в час.

— А какие они — парни? — спросил он.

— Непривязанные, — пояснила я. — Или, по крайней мере, многие из них. Вот и я такая. Способная быть непривязанной, когда речь идет о сексе.

Я бросила взгляд на Винса. Ему было больше сорока, темные волосы разделялись на пробор посередине и ниспадали, как два волнистых черных крыла, по обе стороны его лица. Я ничего к нему не чувствовала, но если бы он встал со своего места, прошел через комнату и поцеловал меня, я бы ответила на поцелуй. Я бы сделала что угодно.

Но он не встал. Он лишь кивнул, ничего не сказав, и в его молчании чувствовалась одновременно вера в мои слова и скептицизм.

— А кто не привязывался к вам? — спросил он наконец.

— Не знаю, — сказала я, улыбаясь так же, как во всех случаях, когда ощущала дискомфорт. Я избегала смотреть прямо на него. Вместо этого смотрела на плакат в рамке, висевший за его спиной, черный прямоугольник с белым завихрением в середине, которое должно было изображать Млечный Путь. В центр завихрения указывала стрелка, над которой были написаны слова: «Вы находитесь здесь». Это изображение растиражировали на футболках и плакатах, и оно всегда меня слегка раздражало, поскольку я не понимала, как его воспринимать, с юмором или всерьез, на что оно должно было указывать — на огромность наших жизней или на их незначительность.

— Никто никогда меня не бросал, если вы об этом спрашиваете, — проговорила я. — Я всегда сама заканчиваю отношения.

Внезапно лицо мое жарко вспыхнуло. Я осознала, что сижу с переплетенными руками и ногами — в йогической «позе орла», безнадежно скрученная и запутанная. Я попыталась расслабиться и сесть нормально, но это было невозможно. С неохотой я подняла глаза и встретилась с ним взглядом.

— Это как раз тот момент, когда я должна рассказать вам о своем отце? — спросила я, смеясь фальшивым смехом.

Центром моего существа всегда была мать, но в этой комнате, наедине с Винсом, я внезапно ощутила отца — точно кол в моем сердце. «Я ненавижу его», — говорила я, будучи подростком. Теперь я не знала, что чувствую по отношению к нему. Он был как домашнее кино, которое проигрывалось в моей голове, с нарушенным сюжетом и отрывочными кадрами. В нем были большие драматические сцены и необъяснимые моменты, дрейфовавшие вне времени. Возможно, потому, что бóльшая часть воспоминаний о нем связана с первыми шестью годами моей жизни. Вот отец в припадке ярости разбивает о стену тарелки, полные еды. Вот отец душит мою мать, усевшись ей на грудь и колотя ее головой о пол. Вот он вытаскивает меня и сестру из постели посреди ночи, когда мне всего пять лет, и допрашивает нас, хотим ли мы жить с ним всегда. А мать стоит рядом, покрытая кровью, прижимая спящего маленького брата к груди, умоляя отца прекратить. Когда мы расплакались вместо ответа, он рухнул на колени, прижался лбом к полу и издал такой отчаянный вопль, что я была уверена, что мы все вот-вот умрем на месте.

Один раз посреди одной из своих тирад он пригрозил, что вышвырнет нашу мать и ее детей голыми на улицу, как будто мы не были и его детьми тоже. Тогда мы жили в Миннесоте. Когда он выплюнул эту угрозу, на дворе была зима. Я была в том возрасте, когда все воспринимается буквально. Мне казалось, что именно так он и сделает. В голове у меня возникла картинка, как мы вчетвером, голые и вопящие, бежим по покрытому ледяной коркой снегу. Пару раз было так, что он запирался в доме от нас с Лейфом и Карен, когда мы жили в Пенсильвании; мать уходила на работу, оставляя его позаботиться о нас, а ему хотелось передохнуть. Он выгонял нас в садик и запирал все двери, и мы с сестрой держали нашего братца, едва научившегося ходить, за липкие ладошки. Мы, всхлипывая, бродили по траве, а потом забывали о своих горестях и принимались играть в «дочки-матери» и «королеву родео». Потом, разозлившиеся и усталые, подходили к задней двери, колотили по ней кулаками и вопили. Я отчетливо помню эту дверь и три бетонные ступеньки, которые вели к ней, и как мне приходилось вставать на цыпочки, чтобы заглянуть в окошко в верхней половине двери.

> Один раз посреди одной из своих тирад отец пригрозил, что вышвырнет нашу мать и ее детей голыми на улицу. Как будто мы не были и его детьми тоже.

Хорошие события — это не кино. Их недостаточно, чтобы отснять бобину пленки. Хорошие события — это стихотворение, едва ли длиннее, чем хайку. Среди хорошего его любовь к Джонни Кэшу и братьям Эверли. И шоколадные батончики, которые он приносил домой с работы, а работал он в продуктовом магазине. И все его великие стремления, настолько обнаженные и жалобные, что я чувствовала их и скорбела по ним, даже будучи маленьким ребенком. И то, как он пел песню Чарли Рича «Эй, ты, случайно, не видел самую красивую девушку в мире?» и говорил, что эта песня обо мне, моей сестре и нашей матери, что мы — самые красивые девушки в мире. Но даже эти мои воспоминания запачканы. Он говорил так только тогда, когда пытался уломать мою мать вернуться, когда уверял, что теперь все будет по-другому. Когда обещал ей, что никогда не будет обращаться с ней так, как прежде.

И всегда происходило то же самое. Он был лжецом — и очаровательным мужчиной, неотразимым красавцем — и животным.

Моя мать собирала нас и уходила от него. Возвращалась, и снова уходила, и снова возвращалась. Мы никогда не уходили далеко. Нам некуда было идти. У нас не было близких родственников, а мать была слишком горда, чтобы впутывать в свои дела подруг. Первый приют для женщин, подвергшихся домашнему насилию, открылся в Соединенных Штатах только в 1974 году. В том году, когда моя мать наконец ушла от него навсегда. Вместо этого мы просто ездили на машине всю ночь: мы с сестрой — на заднем сиденье, то дремля, то просыпаясь под мигание зеленых огоньков приборной доски, а Лейф — на переднем, рядом с мамой.

> Несмотря ни на что, я любила папу и понимала, что если мама разведется с ним, то я потеряю его — и оказалась права.

А утром мы снова оказывались дома, и отец был трезв и готовил яичницу-болтунью, как ни в чем не бывало распевая ту самую песенку Чарли Рича.

Когда мать наконец окончательно порвала с ним, мне было шесть лет. И это случилось через год после того, как мы все переехали из Пенсильвании в Миннесоту. Я рыдала и умоляла ее не делать этого. Развод казался мне тогда наихудшим из возможных несчастий. Несмотря ни на что, я любила папу и понимала, что если мама разведется с ним, то я потеряю его — и оказалась права. После того как они расстались в последний раз, мы остались в Миннесоте, а он вернулся в Пенсильванию и с тех пор лишь изредка с нами связывался. Раз или два в год приходило письмо, адресованное Карен, Лейфу и мне, и мы вскрывали его, преисполненные радости. Но внутри были только бесконечные жалобы на нашу мать, на то, какая она шлюха, какая она дура, ленивая сука, живущая на пособие. Когда-нибудь он нас всех достанет, обещал он. Когда-нибудь мы ему за все заплатим.

— Но мы так и не заплатили, — сказала я Винсу на нашем втором и последнем сеансе. Когда я пришла к нему снова, он объяснил, что уходит с этой работы; он даст мне имя и номер телефона другого психотерапевта.

— После того как родители развелись, я осознала, что отсутствие отца в моей жизни, как ни печально, пошло мне *на пользу*. Больше никаких сцен насилия, — пояснила я. — Я имею в виду, представьте только, какой была бы моя жизнь, если бы меня воспитывал отец!

— А вы представьте, какой была бы ваша жизнь, если бы у вас был такой отец, который любил бы вас, как и положено настоящему отцу, — возразил Винс.

Я попыталась вообразить такое детство, но мой разум невозможно было заставить проделать подобный трюк. Я не могла расписать эту ситуацию в виде списка. Я не могла рассчитывать на любовь или безопасность, уверенность или чувство принадлежности. Отец, который любит тебя так, как положено отцу, был чем-то бо́льшим, чем любые его составные части. Он был как тот самый белый вихрь на плакате, висевшем за головой Винса. Он был одной гигантской необъяснимой вещью, которая содержала в себе миллион других вещей. И поскольку ни одной из таких вещей у меня никогда не было, я опасалась, что не смогу найти себя внутри этого огромного белого водоворота.

— А что вы можете сказать о своем отчиме? — спросил Винс. Он бросил взгляд в блокнот, лежавший на его коленях, наверное, читая каракули, нацарапанные им в прошлый раз.

— Эдди. Он тоже отстранился, — сказала я легким тоном, будто это для меня ничего не значило, будто это почти развлекало меня. — Это долгая история, — добавила я, отведя взгляд к часам, которые висели на стене рядом с плакатом. — Да и время наше почти кончилось…

— От ответа у доски спас звонок, — проговорил Винс, и мы оба рассмеялись.

В тусклом свете уличных фонарей, который просачивался в мою комнату в Сьерра-Сити, я видела очертания Монстра и перо, которое подарил мне Дуг, прикрепленное к раме. Я думала о корвидологии. Гадала, действительно ли это перо — символ, или оно просто безделушка, которую я таскала с собой. Я одновременно и придавала вещам огромное значение, и не верила во всю эту запредельную чушь. Я была одновременно и искательницей — и скептиком. Я не знала, к чему приложить свою веру, и есть ли нечто такое, к чему ее приложить. Даже не могла с уверенностью определить, что на самом деле означает слово «вера» во всей его сложности. Мне во всем виделась и возможная мощь, и возможная фальшивка. «Ты — искательница, — сказала мне мама, лежа в больничной постели в последнюю неделю своей жизни, — как и я». Но я не знала, что именно искала моя мать. Да и искала ли она что-нибудь? Это был единственный вопрос, который я ей не задавала. Но даже если бы она сказала мне, я усомнилась бы в ее словах, заставляя объяснять, что такое духовная реальность, спрашивая, как ее можно доказать. Я сомневалась даже в тех вещах, чью истинность доказать было возможно. «Тебе следовало бы ходить к психотерапевту», — говорили мне все после смерти матери. И в конечном счете — в бездне самых мрачных моментов того года, который предшествовал походу, я это сде-

> Я гадала, действительно ли это перо — символ, или оно просто безделушка, которую я таскала с собой.

лала. Но веры в докторов у меня не было. Я так и не позвонила другому терапевту, которого рекомендовал Винс. У меня была проблема, которую не мог разрешить ни один психотерапевт, — скорбь, которую не мог смягчить ни один мужчина ни в одной комнате.

Я выбралась из постели, завернулась в полотенце и босиком вышла в коридор, минуя дверь Грэга. Дойдя до ванной, захлопнула за собой дверь, повернула кран и легла в ванну. Горячая вода была подобна волшебству, ее грохот наполнял комнату, пока я не завернула кран. И тогда воцарилось молчание, которое казалось более безмолвным, чем прежде. Я откинулась назад, легла спиной на идеально выверенный изгиб фарфора и уставилась в стену, а потом услышала стук в дверь.

— Да-да? — проговорила я, но ответа не было, лишь звук шагов, удаляющихся по коридору.

— Здесь уже кое-кто есть, занято, — сказала я погромче, хотя это было очевидно. *Кое-кто* здесь действительно был. Это была я. Я была здесь. Я ощущала это так, как не ощущала уже целую вечность: здесь, внутри меня, была я, занимающая мое место в беспредельном Млечном Пути.

Я протянула руку, достала мочалку с полочки возле ванны и принялась тереть себя ею, хотя была уже чистой. Я терла и терла лицо, и шею, и горло, и грудь, и живот, и спину, и ягодицы, и руки, и ноги, и ступни...

«Первое, что я делала, когда каждый из вас рождался, это целовала вас с головы до ног, — рассказывала мама мне, брату и сестре. — Я должна была сосчитать каждый пальчик, каждую ресничку. Я проводила пальцами по линиям на ваших ладошках».

Я не помнила этого — и все же никогда этого не забывала. Это было такой же частью меня, как и слова отца, грозящего, что он выбросит меня из окна. Даже в большей степени.

Я снова легла, закрыла глаза и погружала голову в воду, пока она не покрыла все лицо. У меня возникло то же ощущение, которое я испытывала ребенком, когда проделывала такой же трюк:

словно весь знакомый мир ванной исчезал и благодаря простому акту погружения становился незнакомым и таинственным местом. Его привычные звуки и ощущения становились приглушенными, отдаленными, абстрактными, а вместо них появлялись другие звуки и ощущения, которых обычно я не слышала и не замечала.

Я только-только начала. Прошло три недели с начала похода, но, казалось, все во мне изменилось. Я лежала в воде столько, сколько могла оставаться без дыхания, одна в странном новом мире, в то время как весь настоящий мир вокруг меня потихоньку продолжал свой неумолчный гул.

9

В СНЕЖНОМ БЕЗЛЮДЬЕ

Я обошла ее. Обошла Высокую Сьерру. Теперь мне ничего не грозило. Я обманула снега. Теперь, как я полагала, оставалась сравнительно прямая дорога через остаток Калифорнии. Потом — через Орегон в Вашингтон. Моей новой целью был мост, который пересекал реку Колумбия, игравшую роль границы между двумя штатами. Мост Богов. До него было 1622 километра; до сих пор я прошла только 273, зато постепенно набирала скорость.

Утром мы с Грэгом выдвинулись из Сьерра-Сити и шли вместе около двух с половиной километров вдоль обочины шоссе, пока не добрались до места, где оно пересекало МТХ. А потом еще несколько минут шли вместе по тропе, прежде чем остановиться и попрощаться.

— Это растение называют горной страдалицей[1], — сказала я, указывая на низкие зеленые кустики, обрамлявшие тропу. — Или, по крайней мере, так написано в моем путеводителе. Будем надеяться, что не в буквальном смысле.

— Боюсь, это может быть и буквально, — проговорил Грэг, и он был прав.

За 13 ближайших километров пути тропа поднималась более чем на 914 метров вверх. Я морально подготовилась к тяготам

---

[1] Вариант названия хамебатии олиственной, вечнозеленого кустарника с белыми цветами.

этого дня, Монстр был загружен недельным запасом продовольствия.

— Удачи, — сказал Грэг, и взгляд его карих глаз встретился с моим.

— Тебе тоже удачи, — я крепко обняла его.

— Держись, Шерил, — добавил он, разворачиваясь.

— Ты тоже, — сказала я ему вслед.

Не прошло и десяти минут, как он скрылся из виду.

Я была взволнована тем, что снова стою на маршруте, на 725 километров к северу от того места, где сошла с него. Снежных пиков и высоких гранитных скал Высокой Сьерры больше не было видно, но ощущения от тропы оставались теми же. Она во многом и выглядела так же. Несмотря на все бесконечные горные и пустынные панорамы, которые я повидала, именно зрелище лежащей передо мной тропы шириной в 60 сантиметров было самым знакомым. Той вещью, к которой чаще всего прилипал мой взгляд, высматривающий корни и ветки, змей и камни. Иногда тропа была песчаной, порой каменистой, глинистой или покрытой круглой галькой, а то и укутанной многочисленными слоями сосновых иголок. Она могла быть черной, бурой, серой, белой, бежевой — но это всегда был МТХ. Моя точка опоры.

> Моей новой целью был мост, который пересекал реку Колумбия, игравшую роль границы между двумя штатами. Мост Богов. До него было 1622 километра. До сих пор я прошла только 273.

Я шла под сенью леса, состоявшего из сосен, дубов и ладанного кедра, потом через рощицу дугласовых пихт, взбираясь по тропе вверх и вверх, не видя никого в это солнечное утро, хотя и чувствуя невидимое присутствие Грэга. С каждой милей это чувство ослабевало, и я представляла, как он уходит от меня своим обычным решительным шагом все дальше и дальше. Тропа выбралась из тенистого леса на открытый хребет. Оттуда я видела внизу каньон, протянувшийся на многие мили, венчаный по краям скалистыми иззубренными пиками. К середине дня я поднялась выше 2100 метров, и тропа стала грязно-глинистой, хотя дождей не было много дней. Наконец за поворотом тропы я вышла на снежную полянку. Точнее, это я поначалу подумала, что вышла на полянку, а оказалось, что полянке этой не видно конца. Я стояла на краю снежного поля и выглядывала следы Грэга, но ни одного не увидела. Снег был не на склоне, только на плоском месте посреди редкого леса, и это было хорошо, поскольку ледоруба больше со мной не было. Я оставила его тем утром в бесплатном ящике для туристов в Сьерра-Сити, когда мы с Грэгом выходили из города. У меня не было денег, чтобы отослать его обратно Лизе (к большому моему сожалению, учитывая, сколько он стоил), но и дальше нести его я не хотела, полагая, что отныне он мне не понадобится.

Я воткнула лыжную палку в снег, чуть оскользнулась на его заледеневшей поверхности и пошла вперед, хотя ходьбой это можно было назвать лишь

> Несмотря на разнообразные панорамы, которые я повидала, именно зрелище лежащей передо мной тропы шириной в 60 сантиметров было самым знакомым. Она могла быть черной, бурой, серой, белой, бежевой — но это всегда был МТХ. Моя точка опоры.

время от времени. В некоторых местах я скользила по корке наста. В других моя нога проваливалась сквозь него, иногда погружаясь до середины лодыжки. Прошло не так уж много времени, а снег уже набился в отвороты моих ботинок, и нижняя часть ног горела от него так, как будто кожу с них соскребли тупым ножом.

Это беспокоило меня меньше, чем тот факт, что я не видела тропы, погребенной под снегом. *Маршрут кажется достаточно очевидным*, успокаивала я себя, на ходу держа перед собой страницы путеводителя, время от времени останавливаясь, чтобы перечитать каждое слово. Спустя час я остановилась, внезапно испугавшись. Иду ли я по маршруту? Все это время я искала взглядом маленькие металлические ромбики, отмечавшие тропу, которые были кое-где прибиты к деревьям, но уже давно ни одного не видела. Правда, это не обязательно было поводом для тревоги. Я знала, что на маркеры МТХ нельзя полностью полагаться. На некоторых участках они появлялись каждые несколько километров; на других я шла день за днем, не видя ни одного.

Я вытащила топографическую карту этой области из кармана шортов. Когда я это сделала, десятицентовик выпал из моего кармана и провалился в снег. Я потянулась за ним, неустойчиво пошатываясь под весом рюкзака, но в тот момент, когда мои пальцы его нащупали, монетка провалилась еще глубже и исчезла. Я раскапывала снег, ища ее, но она пропала безвозвратно.

Теперь у меня осталось только 60 центов.

Я вспомнила тот десятицентовик в Вегасе, тот самый, который бросила в «однорукого бандита» и выиграла 60 долларов. Я громко рассмеялась при мысли о нем, чувствуя, что эти две монетки как-то связаны между собой. Но не могла объяснить, чем именно, если не считать этой дурацкой мысли, мелькнувшей у меня, пока я стояла там, в снегу. Может быть, потеря монетки была добрым предзнаменованием — так же, как черное перо, символизировавшее пустоту, на самом деле означало нечто позитивное. Может быть, я и не вляпалась в то, чего так сильно старалась избежать. Может быть, за следующим поворотом я выйду на тропу.

К этому моменту я уже дрожала, стоя в снегу в шортах и пропитанной потом футболке. Но не решалась сделать шаг дальше, пока не сориентируюсь. Снова раскрыла путеводитель и прочла то, что писали авторы об этом участке маршрута. «После хребта, по которому идет тропа, вас ждет неуклонно восходящий, заросший кустами отрезок, — так они описывали то место, на котором, как кажется, я оказалась. — Со временем тропа выравнивается и выходит на открытую ровную площадку...» Я медленно повернулась вокруг своей оси, обозревая окрестности на 360 градусов. Это и есть то безлесное открытое плоское место? Казалось бы, ответ должен быть ясен, но это было не так. Ясно было лишь то, что все вокруг погребено под снегом.

В СНЕЖНОМ БЕЗЛЮДЬЕ

Я потянулась за компасом, который висел на шнурке на боку моего рюкзака, рядом с «самым громким в мире» свистком. Я не пользовалась им с того дня, когда шла по дороге в первую трудную неделю на маршруте. Принялась изучать его, сверяясь с картой и изо всех сил стараясь догадаться, где я могу находиться, а потом шла дальше, неуверенно продвигаясь вперед по снегу, то скользя по нему, то проваливаясь внутрь, каждый раз все сильнее царапая щиколотки и голени. Спустя примерно час я увидела металлический ромбик с надписью «Маршрут Тихоокеанского хребта», прикрепленный к согбенному под снегом деревцу, и меня накрыла волна облегчения. Я по-прежнему не понимала, где именно нахожусь, зато, по крайней мере, точно знала, что я – на МТХ.

К этому моменту я уже дрожала, стоя в снегу в шортах и пропитанной потом футболке. Но не решалась сделать шаг дальше, пока не сориентируюсь.

К концу дня я добралась до горного гребня, с которого была видна глубокая, заполненная снегом котловина.

— Грэг! — позвала я, просто чтобы проверить, нет ли его где-нибудь поблизости. За весь долгий день я не увидела ни одного его следа, но все равно ждала, что он вот-вот появится, надеясь, что снег замедлит его продвижение достаточно, чтобы я успела его нагнать и мы вместе сориентировались на местности. Я услышала тихие, далекие возгласы и увидела трех лыжников на соседнем хребте, по другую сторону снежной котловины. Они были достаточно близко, чтобы мы слышали друг друга, но добраться до них было невозможно. Они активно размахивали руками, и я помахала в ответ. Они были далеко, одеты в горнолыжную амуницию, которая не давала мне понять, женщины это или мужчины.

— Где мы?! — прокричала я им через широкую снежную пустошь.

— Что?! — их ответ едва долетел до меня.

Я выкрикивала эти слова снова и снова — *где мы, где мы,* — пока у меня не заболело горло. Я приблизительно знала, где нахожусь, но хотела услышать, что они скажут, просто чтобы быть уверенной. Я кричала снова и снова, но крики мои до них не долетали, так что я решила попробовать один последний раз, вложив в этот крик все свои силы, и едва не скатилась с горы в результате отчаянных усилий:

— ГДЕ МЫ?!

Возникла пауза, которая говорила о том, что они наконец расслышали мой вопрос, а потом, в унисон, они заорали в ответ:

— В КАЛИФОРНИИ!!

Судя по тому, как они повалились при этом друг на друга, я догадалась, что их одолел неудержимый хохот.

— Спасибо!! — саркастически крикнула я в ответ, хотя весь мой сарказм достался ветру.

Они крикнули мне еще что-то, но я не расслышала, что именно. Они повторяли много раз, но эхо смешивало слова, пока наконец они не прокричали их одно за другим, тогда я смогла их расслышать.

— ТЫ! ЗАБЛУДИЛАСЬ?!

Я пару секунд обдумывала этот вопрос. Если я скажу «да», они спасут меня и я покончу с этим проклятым Богом маршрутом.

— НЕТ!!! — завопила я в ответ. Я не заблудилась.

Я просто перенервничала. Оглянулась и посмотрела на деревья, сквозь которые просачивался угасающий дневной свет. Скоро вечер, а мне еще нужно найти место, чтобы поставить лагерь. Я поставлю свою палатку в снегу, проснусь в снегу и пойду дальше по снегу. И это несмотря на все, что я сделала, чтобы избежать снега!

Я шла дальше, пока не нашла нечто, относительно напоминавшее уютное местечко для палатки — в смысле, уютное тогда, когда у тебя нет выбора, кроме как счесть таким местечком подмерзшую корку снега под деревом. Забравшись в спальный мешок, надев на себя все вещи, которые у меня были, я мерзла, но чувствовала себя сносно, а бутылки с водой лежали рядом со мной, так что они замерзнуть не могли.

В СНЕЖНОМ БЕЗЛЮДЬЕ

Утром стены моей палатки были покрыты узорами инея — паром от моего дыхания, который ночью осел на них и заиндевел. Некоторое время я лежала молча, полностью проснувшись, не готовая снова сталкиваться со снегом, прислушиваясь к песням птиц, которых не знала по именам. Знала только, что их песни становятся для меня привычными. Когда я наконец села, расстегнула молнию на двери и выглянула наружу, то увидела, как птицы перелетают с дерева на дерево, изящные, беззаботные и совершенно равнодушные ко мне.

Я достала свой котелок, налила в него воды, всыпала заменитель молока, потом добавила гранолы и уселась завтракать перед открытым входом в палатку, надеясь, что по-прежнему

> Я поставлю свою палатку в снегу, проснусь в снегу и пойду дальше по снегу. И это несмотря на все, что я сделала, чтобы избежать снега!

нахожусь на МТХ. Доев, поднялась, вычистила котелок горстью снега и осмотрела окрестности. Меня окружали камни и деревца, торчавшие из-под заледенелого снега. Я по-прежнему ощущала дискомфорт из-за дурацкой ситуации, в которой оказалась, и при этом меня ошеломила бескрайняя одинокая красота. Что мне делать — идти дальше или повернуть обратно? Я ненадолго задумалась, хотя мне прекрасно был известен ответ. Он буквально сидел у меня в печенках: конечно, я пойду дальше. Я приложила слишком много усилий, чтобы добраться сюда, и не могла поступить по-другому. Повернуть обратно было бы логично. Я могла бы пройти по собственным следам обратно до Сьерра-Сити, поймать еще одну попутку и поехать еще дальше к северу, туда, где горы были свободны от снега. Это было безопасно. Это было разумно. Вероятно, именно так и следовало сделать. Но ничто во мне не желало так поступать.

Я шла весь день, падая и оскальзываясь, осторожно переступая, сжимая лыжную палку с такой силой, что на ладони появились мозоли. Я переложила ее в другую руку. Но мозоли появились и на другой. Перед каждым поворотом, на каждом гребне, по другую сторону каждой лужайки я надеялась, что снега больше не будет. Но всегда после нескольких прогалин, где была видна земля, снова начинался снег. «Я еще на МТХ?» — гадала я, увидев очередной кусок голой земли. Невозможно было сказать наверняка. Только время покажет.

Мне было жарко, и вся спина мокла там, где к телу прилегал рюкзак, вне зависимости от температуры воздуха или количества одежды, которая была на мне надета. Останавливаясь, я начинала дрожать через считаные минуты, и влажная одежда внезапно становилась ледяной. Мышцы начали наконец приспосабливаться к требованиям долгих переходов, но теперь к ним были предъявлены новые требования, и состояли они не только в том, чтобы сохранять постоянную собранность, стараясь держаться прямо. Если я шла по склону, то приходилось вырубать в снегу каждую ступеньку, чтобы у ног была точка опоры, иначе я бы съехала с горы и врезалась в камни и кусты, а то и деревья, или даже хуже — перелетела бы через край ущелья. Я методично вбивала ботинки в корку наста, покрывавшую снег, шаг за шагом готовя для себя ступеньки. Я помнила, как Грэг учил меня делать это ледорубом в Кеннеди-Медоуз. Теперь я изо всех сил, почти патологически желала, чтобы ледоруб был здесь со мной, представляя, как он бесполезно валяется в ящике для туристов МТХ в Сьерра-Сити. В результате всех этих пинков и напряжения в придачу ко всем старым мозолям на моих ногах появились новые, а кожу на бедрах и плечах по-прежнему стирали лямки Монстра.

Я шагала, как приговоренная к этой тропе, и продвижение мое было обескураживающе медленным. По большей части я проходила около 3 километров в час в обычные дни, но в снегу все было иначе: медленнее и с меньшей уверенностью. Я думала, что хва-

> Я могла бы поймать попутку и поехать дальше к северу, туда, где горы были свободны от снега. Это было безопасно. Это было разумно. Вероятно, именно так и следовало сделать. Но ничто во мне не желало так поступать.

тит шести дней, чтобы добраться до Белден-Тауна. Но когда я упаковывала в рюкзак еду на шесть дней, я и представления не имела, что меня ждет. О шести днях в таких условиях не шло и речи, и не только из-за физической трудности продвижения по снегу. Каждый шаг был рассчитанной попыткой оставаться приблизительно на тропе — по крайней мере, я так надеялась. С картой и компасом в руке я пыталась припомнить все, что могла, из книжки «Как не заблудиться», которую сожгла давным-давно. Многие из этих методов — триангуляция, перекрестное пеленгование, брекетинг — приводили меня в недоумение даже тогда, когда я держала книгу в руке. А теперь ими невозможно было

> Я думала, что хватит шести дней, чтобы добраться до Белден-Тауна. Но когда я упаковывала в рюкзак еду на шесть дней, то и представления не имела, что меня ждет.

воспользоваться даже с мало-мальской уверенностью. Я никогда не отличалась математическими способностями. Формулы и числа просто не держались у меня в голове. Математическая логика имела для меня мало смысла. В моем восприятии мир не был ни графиком, ни формулой, ни равенством. Он был историей. Поэтому я в основном полагалась на описания в своем путеводителе, перечитывая их снова и снова, сопоставляя с картами, пытаясь интуитивно проникнуть в предназначение и нюанс каждого слова и фразы. Я все равно что оказалась внутри вопроса гигантского стандартизированного теста: «*Если Шерил взбирается по гребню на север в течение часа со скоростью 2,5 км в час, а потом на запад, на седловину, с которой она видит на востоке два продолговатых озера, значит ли это, что она стоит на южном склоне горы 7503?*»

Я гадала и снова гадала, вымеряя, считая, останавливаясь, вычисляя и снова считая, прежде чем поверить в то, что полагала истинным. К счастью, на этом отрезке маршрута нашлось немало примет, он был весь изрезан пиками и утесами, озерами и прудами, которые часто были видны с тропы. Меня преследовало то же ощущение, которое появилось с самого начала, когда я вступила в пределы Сьерра-Невады на ее южной оконечности, — словно я взгромоздилась на возвышение над всем миром, и сверху мне видно очень многое. Я шла от гребня к гребню, ощущая облегчение, когда мне удавалось заметить прогалину, где солнце растопило весь снег; дрожа от радости, когда мне удавалось идентифицировать водный источник или какое-то особенное скальное образование, соответствовавшее изображению на карте или описанию в путеводителе. В эти моменты я чувствовала себя сильной и спокойной. А какой-нибудь миг спустя, снова остановившись, чтобы поправить рюкзак, я думала, что совершила огромную глупость, решив идти дальше. Я проходила мимо деревьев, которые казались угрожающе знакомыми, будто я уже проходила мимо них час назад. Открывавшиеся мне широкие виды гор не так уж сильно отличались от прежних панорам. Я сканировала землю, ища чьи-нибудь следы, надеясь, что меня успокоит хотя бы малейший признак присутствия другого человеческого существа. Но ни одного так и не увидела. Мне попадались только следы животных — плавные зигзаги кроликов или скачущие треугольники, оставленные, казалось, дикобразами или енотами. Воздух то оживал от порыва ветра, хлещущего по деревьям, то совершенно замирал, поскольку все звуки поглощал снег. Все вокруг, кроме меня самой, казалось совершенно уверенным в себе. Еще бы! Небу-то не приходилось думать, где оно есть.

— Э-ге-гей! — периодически кричала я, всякий раз зная, что никто не ответит. Но мне нужно было услышать хоть какой-нибудь голос, пусть даже свой собственный. *Мой голос спасет меня от того, чтобы затеряться в этом снежном безлюдье навсегда...*

Пока я шла, в голове моей крутились обрывки мелодий, все то же микстейп-радио. Иногда его прерывал голос Пола, говорящий мне, какая глупость с моей стороны идти по такому снегу в одиночку. Он был бы тем, кто сделал бы все, что надо, если бы я действительно не вернулась. Несмотря на наш развод, он по-прежнему оставался моим самым близким родственником. По крайней мере, единственным достаточно организованным, чтобы взять на себя такую ответственность. Я вспомнила, как он разносил меня в пух и прах, когда мы ехали из Портленда в Миннеаполис, после того как прошлой осенью он вырвал меня из объятий героина и Джо. «Ты понимаешь, что могла умереть? — говорил он с отвращением, словно наполовину желал, чтобы я действительно умерла и он оказался прав. — Всякий раз как ты вводишь себе героин, ты словно играешь в русскую рулетку. Ты приставляешь пистолет к голове и нажимаешь спусковой крючок. Ты не знаешь, в какой момент в стволе окажется пуля».

Сказать в свою защиту было нечего. Он был прав, хотя в то время мне так не казалось.

Но идти по пути, который я прокладывала сама, надеясь, что это МТХ, было не то же самое, что колоть себе героин. Спусковой крючок, который

Мне нужно было слышать хоть какой-нибудь голос, пусть даже свой собственный. *Мой голос спасет меня от того, чтобы затеряться в этом снежном безлюдье навсегда.*

я нажимала, ступая по снегу, заставлял меня осознавать свои чувства острее, чем когда-либо прежде. Как бы неуверенно я ни продвигалась вперед, я чувствовала себя правой в своем упрямстве, словно само по себе усилие что-то означало. Может быть, одно только присутствие посреди неоскверненной красоты дикой природы означало, что я тоже могу быть неоскверненной, вне зависимости от того, что я потеряла или что у меня отобрали. Вне зависимости от всех тех прискорбных поступков, которые я совершала по отношению к другим и себе, или всех прискорбных поступков, совершенных по отношению ко мне. Как бы скептически я ни относилась ко многому, это не настраивало меня на скептический лад. Дикая природа обладала ясностью, которая включала и меня.

То мрачная, то ликующая, я шла, вдыхая холодный воздух. Солнце сверкало, пробиваясь сквозь ветви деревьев, отражалось от снега, слепило глаза, несмотря на то что я надела темные очки. Каким бы вездесущим ни был снег, я чувствовала, как он исчезает, неощутимо тает в эту самую минуту вокруг меня. И он казался таким же живым в своем умирании, каким бывает пчелиный улей в своей жизни. Порой я проходила участки, где слышала журчание, словно под снегом, невидимая, бежала вода. В других местах огромные влажные сугробы обваливались с древесных ветвей.

На третий день после выхода из Сьерра-Сити, сидя сгорбившись возле открытого входа в палатку и врачуя свои покрытые мозолями ноги, я сообразила, что вчера, оказывается, было Четвертое июля. Тот факт, что я живо представляла себе, чем занимаются сейчас без меня не только мои друзья, но и добрая доля населения Соединенных Штатов, заставил еще острее почувствовать свое отчуждение. Несомненно, у них там вечеринки и парады, они обгорают на солнце и жгут фейерверки, пока я одна здесь, в этом холоде. На мгновение я увидела себя со стороны и сверху — крохотную точку на фоне огромной массы зеленого и белого, не более и не менее значимую, чем любая из безымянных птах на деревьях. Здесь могло быть четвертое июля или десятое декабря. Эти горы дней не считают.

На следующее утро я шла по снегу несколько часов и наконец вышла на прогалину, на которой лежало огромное поваленное дерево. На его стволе не было ни снега, ни ветвей. Я сбросила рюкзак и вскарабкалась на ствол, оцарапавший меня шершавой корой. Вытащила из рюкзака пару полосок вяленой говядины и уселась, запивая ее водой из бутылки. Вскоре краем глаза я заметила рыжее пятнышко: на полянку, неслышно переставляя лапы по снегу, выходил лис. Он смотрел прямо перед собой, не глядя на меня, казалось, даже не сознавая, что я здесь. Когда лис оказался прямо передо мной, может быть, метрах в трех, он остановился, повернул голову и миролюбиво посмотрел в мою сторону, не встречаясь со мной глазами, но принюхиваясь. Он был одновременно похож и на кошку, и на собаку: мордочка заостренная и компактная, тело напряженное и бдительное.

В СНЕЖНОМ БЕЗЛЮДЬЕ

Сердце мое понеслось вскачь, но я сидела совершенно неподвижно, борясь с желанием поджать ноги и прыгнуть за дерево, чтобы защититься. Я не знала, что лис сделает дальше. Я не думала, что он как-то навредит мне, хотя был вполне способен это сделать. В холке он едва доходил мне до колена, но сила его была очевидна, красота ослепительна, а его превосходство надо мной ясно читалось в каждой его чистейшей шерстинке. Он мог бы прыгнуть на меня в мгновение ока. Это был его мир. Он излучал такую же безмятежную уверенность, как и небо.

> На мгновение я увидела себя со стороны и сверху — крохотную точку на фоне огромной массы зеленого и белого. Здесь могло быть четвертое июля или десятое декабря. Эти горы дней не считают.

— Лис, — прошептала я как можно тише, словно, называя его по имени, могла одновременно защитить себя от него и подманить поближе. Он чуть приподнял свою точеную голову, но остался стоять где стоял. И еще несколько секунд изучал меня, прежде чем беспечно отвернуться и продолжить свою прогулку через полянку и дальше, в заросли.

— Вернись, — негромко позвала я, а потом внезапно завопила: — Мама! Мама! Мама! МАМА!

Я и представить себе не могла, что это слово слетит с моего языка, пока это не произошло.

А потом, так же внезапно, я умолкла, обессиленная.

На следующее утро я добрела до дороги. Несколько раз за предшествующие дни я пересекала другие, меньшие, грубые колеи, оставленные внедорожниками, но они были похоронены под снегом, и ни одна из них не была такой широкой и явной, как эта. Увидев ее, я едва не рухнула на колени от облегчения. С красотой снежных вершин ничто не могло сравниться, но дорога была моей родственницей. Если это была та самая дорога, про которую я думала, то просто дойти до нее уже было победой. Это означало, что я не отклонилась от МТХ. Это также означало, что в обоих направлениях по ней в нескольких километрах отсюда есть города. Я могла повернуть вправо или влево, пойти по ней — и выйти в тот вариант начала июля, к которому привыкла и который имел для меня смысл. Я сняла рюкзак, присела на зернистый холмик снега, размышляя, что делать дальше. Если я была действительно там, где предполагала, то я прошла 70 километров за четыре дня, то есть с тех пор как вышла из Сьерра-Сити. Впрочем, в реальности, вероятно, я прошла намного больше, учитывая мои жалкие навыки обращения с картой и компасом. До Белден-Тауна было еще 88,5 маршрутных километра, в основном покрытых снегом. Об этом едва ли стоило думать. В моем рюкзаке осталось пищи всего на пару дней. Пойди я дальше, мне просто не хватило бы еды. И я пошла вниз по дороге в сторону городка под названием Квинси.

> Увидев дорогу, я едва не рухнула на колени от облегчения. С красотой снежных вершин ничто не могло сравниться, но дорога была моей родственницей.

Дорога почти ничем не отличалась от дикой местности, по которой я шла последние несколько дней. Она была безмолвной и заснеженной, только теперь мне не приходилось останавливаться каждые несколько минут, чтобы вычислить, где я нахожусь. Я просто шла по ней вниз, и снег постепенно уступил место мокрой глине. В моем путеводителе не было сказано, насколько далеко находится Квинси, было только туманное определение «долгий день пути». Я ускорила шаг, надеясь достичь его к вечеру, хотя... что я буду там делать с какими-то жалкими шестьюдесятью центами — это был другой вопрос.

К одиннадцати часам я завернула за поворот и увидела зеленый внедорожник, припаркованный на обочине дороги.

— Эй! — позвала я, гораздо осторожнее, чем в те моменты, когда выкрикивала это слово над белой пустыней. Никто не отозвался. Я подошла к машине и заглянула внутрь. Поперек переднего сиденья лежал свитер с капюшоном, на приборной доске стояла картонная чашечка с кофе, там и сям виднелись другие предметы, напоминавшие мою прежнюю жизнь. Я пошла дальше по дороге и шла с полчаса, а потом услышала позади приближавшийся рокот мотора и повернулась.

Это был тот самый зеленый внедорожник. Через пару минут он резко затормозил рядом со мной, за рулем был мужчина, а на пассажирском сиденье — женщина.

— Мы едем в Пэкер-Лейк-Лодж — если хотите, подвезем вас, — проговорила женщина, опустив стекло.

Сердце мое упало, хотя я поблагодарила ее и забралась на заднее сиденье. Пару дней назад я читала о Пэкер-Лейк-Лодж в своем путеводителе. Я могла бы выбрать боковой маршрут к нему в тот день, когда вышла из Сьерра-Сити, но решила миновать его, предпочтя оставаться на МТХ. Пока мы ехали, я буквально чувствовала, как все мое продвижение на север отматывается в обратную сторону. Все километры, которые я с такими мучениями прошла, были потеряны меньше чем за час; и все же находиться в этой машине было для меня просто раем земным. Я протерла пятнышко на запотевшем стекле и наблюдала, как мимо проносятся деревья. Предел нашей скорости, пока мы ползли по поворотам дороги, составлял, вероятно, километров 30 в час, но мне все равно казалось, что мы едем безрассудно быстро. И земля обретала общие черты вместо конкретных, больше не принимая меня, но молча отступая в сторону.

> Пока мы ехали, я буквально чувствовала, как все мое продвижение на север отматывается в обратную сторону. Все километры, которые я с такими мучениями прошла, были потеряны меньше чем за час.

Я думала о том лисе. Гадала, вернулся ли он к поваленному дереву, задумался ли, куда я делась. Вспомнила тот момент, когда он исчез среди деревьев, и я позвала маму. После этого мгновенного смятения воцарилось безмолвие — безмолвие того рода, которое, казалось, содержит в себе все. И птичьи песни, и скрип деревьев. И умирающий снег, и невидимую журчащую воду. И сверкающее солнце. И невозмутимое небо. И пистолет, в стволе которого не было пули. И маму. Всегда — маму. Маму, которая никогда не придет ко мне.

10

ХРЕБЕТ СВЕТА

Уже сам по себе вид Пэкер-Лейк-Лодж подействовал на меня, как удар. Это был ресторан. С едой. А я с тем же успехом могла быть немецкой овчаркой. Я учуяла его сразу же, как выбралась из машины. Поблагодарила пару, которая подвезла меня, и все равно пошла к маленькому зданию, оставив Монстра на крыльце, прежде чем войти внутрь. Там было полным-полно туристов, большинство из них арендовали отделанные в деревенском стиле коттеджи, окружавшие ресторан. Похоже, они не обращали внимания на то, как я пялилась на их тарелки, пробираясь к стойке. На ней были стопки блинчиков, окруженные юбочками из бекона, красиво уложенная кучками яичница-болтунья и – на это смотреть было больнее всего — чизбургеры, похороненные под зубчатыми холмами картошки фри. Один их вид приводил меня в неистовство.

— Что там слышно об уровне снега к северу отсюда? — спросила я женщину, которая работала за кассой. Мне ясно было, что она здесь начальница — по тому, как ее глаза следили за официантками, пока она двигалась вдоль конторки с кофейником в руке. Я никогда не встречалась с этой женщиной, но работала на таких, как она, тысячу раз. Мне пришло в голову, что я могла бы спросить у нее насчет работы на все лето и сойти с маршрута.

— Практически везде на бо́льших высотах, чем здесь, сплошные завалы, — ответила она. — Все, кто проходил мимо в этом году, сошли с маршрута. Вместо этого народ идет вдоль шоссе Голд-Лейк.

— Шоссе Голд-Лейк? — переспросила я озадаченно. — А здесь в последние несколько дней не проходил мужчина? Его зовут Грэг. Ему чуть за сорок. С каштановыми волосами и бородой.

Она покачала головой, но одна из официанток вклинилась в наш разговор, сказав, что она недавно разговаривала с туристом, который отвечал этому описанию, хотя по имени она его не знала.

— Если хотите поесть, можете присесть здесь, — проговорила женщина.

На конторке лежало меню, и я взяла его, просто чтобы посмотреть.

— У вас есть что-нибудь, что стоит шестьдесят центов или меньше? — спросила я ее шутливым тоном, настолько тихо, что голос мой был едва слышен из-за шума.

— Семьдесят пять центов — и вы получите чашку кофе. Добавка бесплатно, — ответила она.

— Ну, на самом деле у меня с собой обед в рюкзаке, — ответила я и пошла к двери мимо отставленных в сторону тарелок, на которых были горками свалены совершенно съедобные остатки еды. На них не позарился бы никто, кроме меня, медведей и енотов. Я мужественно дошла до крыльца и уселась рядом с Монстром. Вытащила из кармана свои 60 центов и уставилась на серебристые монетки в своей ладони, будто они могли умножиться, если смотреть на них достаточно долго. Я думала о ждущей меня в Белден-Тауне коробке с двадцатью долларами внутри. Я была смертельно голодна, и действительно обед лежал в моем рюкзаке, но я пребывала в слишком глубоком унынии, чтобы съесть его. Вместо этого я принялась перелистывать страницы путеводителя, снова пытаясь придумать новый план.

— Я подслушала, как вы в ресторане разговаривали о Маршруте Тихоокеанского хребта, — проговорила какая-то женщина. Средних лет, стройная, вытравленные до белизны волосы подстрижены в стильный «боб». В каждом ухе — по маленькой бриллиантовой сережке.

— Я иду по нему второй месяц, — сказала я.

— О, по-моему, это просто потрясающе! — улыбнулась она. — Мне всегда было любопытно, какие люди это делают. Я знаю, что тропа пролегает там, наверху, — проговорила она, махнув рукой в сторону запада, — но я на ней никогда не бывала. — Она подошла ближе, и какое-то мгновение мне казалось, что она вот-вот меня обнимет, но она лишь похлопала меня по плечу. — Но вы же не одна или... — Когда я кивнула в ответ, она рассмеялась и прижала руку к груди. — Бога ради, а что по этому поводу думает ваша мама?

> Я пошла к двери мимо отставленных в сторону тарелок. На них были горками свалены совершенно съедобные остатки еды, на которые не позарился бы никто, кроме меня, медведей и енотов.

— Она умерла, — проговорила я, слишком расстроенная и голодная, чтобы смягчить свой ответ извиняющимся тоном, как делала обычно.

— Боже ты мой! Как ужасно! — На груди у нее болтались солнечные очки, висевшие на шнурке из блестящих светлых бусин. Она поймала их и надела. Ее зовут Кристин, сказала она мне, они с мужем и двумя дочерями-подростками снимают коттедж неподалеку. — Не хотите зайти к нам и принять душ? — спросила она.

Муж Кристин, Джеф, сделал мне сэндвич, пока я мылась. Когда я вышла из ванной, он лежал на тарелке, разрезанный по диагонали и гарнированный кукурузными чипсами и маринованным огурчиком.

— Если захотите добавить туда побольше мяса, на здоровье, — проговорил Джеф, подталкивая через стол ко мне тарелку с холодной нарезкой. Он был симпатичный и пухленький, с волнистыми темными волосами, седеющими на висках. Присяжный поверенный, как сказала мне Кристин за время нашей недолгой прогулки от ресторана до их коттеджа. Они жили в Сан-Франциско, но каждый год первую неделю июля проводили здесь.

— Может быть, еще пару ломтиков… Спасибо, — проговорила я, потянувшись за индейкой с деланым равнодушием.

— Она органическая, если это имеет для вас значение, — добавила Кристин. — И выращена в гуманных условиях. Мы стараемся работать над собой в этом направлении, насколько возможно. Ты забыл про сыр, — попрекнула она Джефа и пошла к холодильнику. — Хотите немного укропного сыра к сэндвичу, Шерил?

— Да нет, спасибо, — сказала я из вежливости, но она все равно отрезала несколько ломтиков и принесла мне, и я слопала его настолько быстро, что она отошла к другому столу и нарезала еще, не говоря ни слова. Потом раскрыла пакет с хлебом и положила еще несколько кусков на мою тарелку, достала банку с рутбиром и поставила ее передо мной. Даже если бы она вывалила передо мной весь свой холодильник, я бы съела все до последней крошки. — Спасибо, спасибо большое, — говорила я всякий раз, как она выставляла на стол новые продукты.

> Даже если бы она вывалила передо мной весь свой холодильник, я бы съела все до последней крошки.

За дверями кухни, раздвижными, стеклянными, я видела двух дочерей Джефа и Кристин. Они сидели на веранде в одинаковых креслах, листая журналы *Seventeen* и *People*, заткнув уши наушниками.

— Сколько им лет? — спросила я, кивая в сторону девочек.

— Шестнадцать и почти восемнадцать, — ответила Кристин. — Второй и третий курсы колледжа.

Девушки почувствовали, что на них смотрят, и оторвались от чтения. Я махнула им рукой, и они робко помахали в ответ, прежде чем вернуться к своим журналам.

— Я порадовалась бы, если бы они сделали что-то подобное тому, что делаете вы. Если бы они могли быть такими же отважными и сильными, как вы, — проговорила Кристин. — Хотя, может быть, и *не настолько* отважными. Думаю, я бы до смерти боялась отпустить в такой поход, как ваш, кого-то из них. Скажите, а вам не страшно вот так, совсем одной?

— Иногда, — пожала я плечами. — Но не настолько, как может показаться.

Вода капала с моих мокрых волос на грязную рубашку. Я сознавала, что от моих вещей здорово несет, хотя под ними я чувствовала себя чище, чем все последнее время. Душ был почти священным переживанием после многих дней потения и замерзания в одной и той же пропотевшей одежде, горячая вода и мыло обжигали, сдирая с меня грязь. Я заметила на дальнем конце стола несколько книг — «Случка» Нормана Раша, «Тысяча акров» Джейн Смайли и «Корабельные новости» Анни Пру. Это были книги, которые я читала и любила, их обложки казались мне знакомыми лицами. Уже один только их вид создал у меня такое ощущение, будто я оказалась почти дома. *Может быть, Джеф и Кристина позволят мне остаться здесь, с ними*, мелькнула абсурдная мысль. Я могла бы быть такой, как одна из их дочерей, читать журналы и загорать на веранде. Если бы они это предложили, я бы согласилась.

— Хотите почитать? — спросила Кристин. — Мы все только этим и занимаемся, когда приезжаем сюда. Таково наше представление об отдыхе.

— Чтение — это моя награда в конце дня, — сказала я. — Сейчас у меня с собой книга Флэннери О'Коннор «Полное собрание рассказов».

В моем рюкзаке по-прежнему лежала целая книжка. Я не стала сжигать ее, страница за страницей, помня, что из-за снега и изменений в программе похода неизвестно, когда я доберусь до своей следующей коробки с припасами. Я уже дочитала ее до конца и начала заново накануне вечером.

— Тогда можете взять одну из этих, — предложил Джеф, приподнимаясь, чтобы взять в руки «Случку». — Мы их уже прочли, и не один раз. Или, если эта не в вашем вкусе, возьмите другую, — добавил он и удалился в спальню, расположенную за кухней. Через минуту он вернулся с толстым томом Джеймса Миченера в бумажной обложке, который водрузил рядом с моей, теперь опустевшей, тарелкой.

Я бросила взгляд на обложку книги. Она называлась «Роман», я никогда о ней не слышала и не читала ее, хотя Джеймс Миченер был любимым писателем моей мамы. И только когда я пошла в колледж, я узнала, что в этом, оказывается, есть нечто неприличное. «Писатель-развлекатель для массового читателя», — фыркнул один из моих преподавателей, когда спросил, какие книги я читаю. Миченер, наставительно сказал он, не тот писатель, которого мне стоит читать, если я действительно хочу сама стать писательницей. Я чувствовала себя полной дурой. Все свои подростковые годы я считала себя утонченной и искушенной, погружаясь в мир «Польши» и «Дрифтеров», «Космоса» и «Саёнары». В первые же месяцы в колледже я быстро усвоила, что ничего не понимаю в том, какой писатель действительно важен, а какой — нет.

— Ты же знаешь, что это не настоящая книга, — пренебрежительно бросила я матери, когда кто-то подарил ей «Техас» Миченера на Рождество.

— Да что ты, правда? — мать взглянула на меня загадочно, явно забавляясь.

— Я имею в виду — это же не серьезная литература. Не настоящая литература, которая стоит твоего времени, — уточнила я.

— Ну, как ты, возможно, знаешь, мое время никогда так уж много не стоило, поскольку я никогда не получала ничего выше минимальной зарплаты, да и ради нее-то мне приходилось вкалывать, как римской рабыне. — Она легко рассмеялась и похлопала меня по плечу ладонью, без усилий ускользнув от моего осуждающего взгляда, как она всегда и делала.

Когда моя мать умерла и женщина, на которой со временем женился Эдди, переехала к нам, я забрала с собой все книги, которые хотела забрать, с маминой полки. Я взяла те, которые она купила в начале 1980-х, когда мы перебрались на собственную землю: «Энциклопедию органического садоводства» и «Двойную йогу». «Дикие цветы севера» и «Одежду из лоскутков». «Мелодии для дульцимера» и «Основы хлебопечения». «Использование целительных растений» и «Я всегда ищу в словаре слово "вопиющий"». Я взяла книги, которые она читала мне главу за главой, пока я сама не научилась читать: несокращенные варианты «Бэмби», и «Черного красавчика», и «Большой дом в маленьких лесах». Я взяла книги, которые она покупала, уже будучи студенткой колледжа, в последние годы своей жизни: «Священный обруч» Полы Ганн-Аллен и «Женщина-воин» Максины Хонг-Кингстон, «Мост, который называется моей спиной» Черри Морага и Глории Анзалдуа и «Моби Дик» Германа Мелвилла, «Гекльберри Финн» Марка Твена и «Листья травы» Уолта Уитмена. Но книги Джеймса Миченера — те, которые мама любила больше всех, — я не взяла.

— Спасибо, — сказала я Джеффу, держа в руках «Роман». — Я обменяю его на книгу Фленнери О'Коннор, если хотите. Это потрясающая книга, — я едва удержалась от упоминания о том, что мне придется сжечь ее сегодня же вечером в лесу, если он откажется.

— С удовольствием, — ответил он, посмеиваясь. — Но думаю, что в этой сделке я останусь в выигрыше.

После обеда Кристин отвезла меня на станцию егерей в Квинси, но когда мы туда добрались, оказалось, что егерь, с которым я разговаривала, похоже, очень смутно представлял себе МТХ. Он не был на тропе в этом году, сказал он мне, потому что она до сих пор завалена снегом. И очень удивился, когда узнал, что я по ней шла. Я вернулась к машине Кристин и принялась изучать путеводитель, чтобы сориентироваться. Единственным местом, где разумно было вернуться на МТХ, оставалось пересечение его с дорогой в 22,5 километра к западу от того места, где мы стояли.

— Кажется, вот эти девочки могут что-то об этом знать, — заметила Кристин. Она махнула рукой вперед, в сторону парковки возле заправочной станции, где рядом с мини-автобусом стояли две молодые женщины, а на борту их машины было выведено краской название палаточного городка.

Я представилась им, а спустя пару минут уже обнимала на прощание Кристин и забиралась в кузов их машины. Девушки оказались студентками колледжа, которые работали в летнем лагере. Они собирались проехать прямо мимо того места, где МТХ пересекался с дорогой. Они сказали, что с удовольствием отвезут меня туда, если только я готова подождать, пока они закончат все свои дела. Я уселась в тени их машины на парковке, читая «Роман», пока они отоваривались в продуктовом магазине. Было знойно и влажно — настоящее лето, не такое, каким оно было в снегах еще сегодня утром. Читая, я настолько остро ощущала присутствие мамы и настолько глубоко ее отсутствие, что мне трудно было сосредоточиться на словах. И зачем я только высмеивала ее любовь к Миченеру? Дело в том, что я тоже любила Миченера: когда мне было пятнадцать, я прочла «Дрифтеров» четыре раза. Одним из худших последствий потери матери именно в этом возрасте было то, что у меня осталось слишком много поводов для сожалений. Мелочей, которые безжалостно жалили меня сейчас. Все те моменты, когда я выказывала презрение к ее доброте, закатывая глаза или отшатываясь в ответ на ее прикосновения. Тот случай, когда я сказала ей: «Разве тебя не удивляет то, насколько я искушеннее в свой 21 год, чем ты была в том же возрасте?» Теперь при мысли о тогдашнем юношеском недостатке смирения меня тошнило. Я была высокомерной, заносчивой кретинкой — и в разгар всего этого моя мама умерла. Да, я была любящей дочерью, да, я заботилась о ней, когда это было важно, но я могла бы стараться лучше. Я могла бы быть той, кем умоляла назвать меня: лучшей дочерью в мире.

> Читая, я настолько остро ощущала присутствие мамы и настолько глубоко ее отсутствие, что мне трудно было сосредоточиться на словах. Я была высокомерной, заносчивой кретинкой — и в разгар всего этого моя мама умерла.

ДИКАЯ

Я захлопнула книгу и сидела, почти парализованная сожалениями, пока девушки не появились снова, катя перед собой тележку. Мы вместе загрузили их сумки в кузов. Они были на четыре или пять лет моложе меня, волосы и лица — сияющие и чистые. Обе были одеты в спортивные шорты и маечки на лямках, а их щиколотки и запястья украшали цветные косички из сплетенных ниток пряжи.

— Знаешь, мы тут разговаривали о тебе... Это так опасно — идти по горам одной, — сказала одна из них, когда мы покончили с погрузкой.

— А что об этом думают твои родители? — поинтересовалась другая.

— Ничего не думают. Я имею в виду... у меня нет родителей. Моя мама умерла, а папы у меня нет — точнее, теоретически он у меня есть, но только не в моей жизни. — Я забралась в минивэн и принялась заталкивать «Роман» в утробу Монстра, чтобы не видеть растерянность и неловкость, омрачившие их солнечные лица.

— Ого, — протянула одна из них.

— Да уж, — поддакнула вторая.

— В этом есть и одна положительная сторона. Я свободна. Могу заниматься, чем хочу.

— Ага, — сказала та, которая в первый раз протянула «ого».

— Ого, — пропела та, которая в прошлый раз сказала «да уж».

Они забрались на передние сиденья, и мы тронулись с места. Я смотрела в окно, на проносящиеся мимо высокие деревья, и думала об Эдди. Я чувствовала себя немного виноватой, что не упомянула о нем, когда девушки расспрашивали о моих родителях. Он стал для меня просто старым знакомым. Я все еще любила его — как полюбила сразу же, с первого взгляда, когда увидела, когда мне было десять лет. Он был не похож ни на одного из мужчин, с которыми встречалась моя мать после развода с отцом. Большинства из них хватало всего на пару недель; каждого, как я быстро поняла, отпугивал тот факт, что связаться с моей матерью означало одновременно связаться и со мной, Карен и Лейфом. Но Эдди полюбил нас, всех четверых, с самого начала. В то время он работал на фабрике, выпускавшей автозапчасти, хотя по профессии был плотником. У него были мягкие голубые глаза, острый германский нос, каштановые волосы, которые он убирал в конский хвост, спускавшийся до середины спины.

В тот первый вечер, когда мы познакомились, он пришел ужинать к нам в Три-Лофт — многоквартирный дом, в котором мы жили. Это был уже третий многоквартирный дом, который мы сменили после развода родителей. Все эти «меблирашки» были расположены на расстоянии не больше километра друг от друга в Часке, городке примерно в часе езды от Миннеаполиса. Мы переезжали каждый раз, когда маме удавалось найти квартиру подешевле. Когда Эдди пришел, мама еще готовила ужин, и он принялся играть с Карен, Лейфом и мной на небольшом островке газона перед нашим домом. Он гонялся за нами, ловил, поднимал на вытянутых

> Я бунтовала, но в конечном счете у меня не осталось никакого выбора, кроме как принять то, чем стала моя семья — она перестала быть семьей.

руках в воздух и встряхивал, говоря, что сейчас посмотрит, не вылетят ли из наших карманов какие-нибудь монетки. Если они вылетали, он подхватывал их с земли и убегал, а мы бежали за ним, вопя от той особенной радости, которой были лишены всю жизнь, потому что нас никогда не любил ни один мужчина. Он щекотал нас и наблюдал, как мы проделывали танцевальные па и крутили «колесо». Он учил нас замысловатым песенкам и сложным фокусам с руками. Он «крал» наши носы и уши, а потом показывал их нам, просовывая кончик большого пальца между остальными, а потом, пока мы хохотали, «возвращал» их обратно. К тому времени как мать позвала нас за стол, я была настолько очарована им, что совершенно расхотела есть.

В нашей квартире не было столовой. Там были две спальни, одна ванная, а также гостиная с маленькой нишей в углу, где разместились рабочий кухонный столик, плита, холодильник и пара шкафчиков. В центре комнаты стоял большой круглый деревянный стол, чьи ножки были подпилены так, что в высоту он был только по колено. Мама купила его за десять долларов у людей, которые жили в этой квартире до нас. Чтобы пообедать или поужинать, мы садились на пол вокруг этого стола. Мы говорили, что мы — китайцы, не зная, что на самом деле это японцы едят, сидя за низкими столиками на полу. В Три-Лофт не разрешалось иметь домашних животных, но мы все равно их завели — собаку по кличке Киззи и канарейку Канари, которая летала на свободе по всей квартире.

Наша канарейка — точнее, кенар — была воспитанной птицей. Гадил он исключительно на квадрат газетной бумаги, постеленной в кошачий лоток, стоявший в углу. Научила его так поступать моя мать, или он делал это по собственной воле — не знаю. Через несколько минут после того, как все мы уселись на пол вокруг стола, Канари приземлился на голову Эдди. Обычно, проделав такой фокус, он задерживался на голове у человека всего мгновение, а потом улетал, но у Эдди на голове Канари так и остался. Мы захихикали. Эдди повернулся к нам и, делая вид, что ничего не замечает, спросил, над чем это мы так смеемся.

— У тебя на голове канарейка, — поведали мы ему.

— Что?! — переспросил он, оглядывая комнату в притворном удивлении.

— У тебя канарейка на голове! — завопили мы.

— Где? — удивился он.

— На голове! На голове у тебя канарейка! — кричали мы, от восторга едва не впадая в истерику.

Да, на голове у него была канарейка — и чудесным образом оставалась там весь ужин, да и потом тоже, засыпая, просыпаясь, устраивая себе гнездышко.

Вот такой он был, Эдди.

По крайней мере, был таким, пока мама не умерла. Ее болезнь поначалу сблизила нас сильнее, чем когда-либо прежде.

ХРЕБЕТ СВЕТА

Мы стали товарищами за те недели, пока она болела — выступали в больнице единым фронтом, советовались друг с другом по поводу медицинских решений, рыдали вместе, когда поняли, что конец близок, вместе ходили на встречу с директором похоронного бюро, когда она умерла. Но вскоре после этого Эдди отстранился от меня, брата и сестры. Он вел себя так, будто был нашим другом, а не отцом. Довольно быстро влюбился в другую женщину, и вскоре она уже въехала в наш дом вместе со своими детьми.

> У меня не осталось денег, чтобы заплатить за место, но было слишком темно, чтобы идти в лес.

К тому времени как приблизилась первая годовщина смерти матери, я, Карен и Лейф, в сущности, оказались предоставленными самим себе. Бо́льшую часть вещей матери я упаковала в коробки и сдала на хранение. Эдди говорил, что любит нас, но жизнь продолжается. Он по-прежнему наш отец, утверждал он, но не делал ничего, чтобы продемонстрировать это. Я бунтовала, но в конечном счете у меня не осталось никакого выбора, кроме как принять то, чем стала моя семья — она перестала быть семьей.

Молока из камня не выжмешь, часто говорила мама.

К тому времени как подвозившие меня девушки притормозили у обочины узкого шоссе, солнце почти скрылось из виду за высокими деревьями, обступавшими дорогу. Я поблагодарила их и огляделась, пока они отъезжали прочь. Я стояла рядом со знаком лесничества, на котором было написано «Палаточный городок "Уайт Хорс"». МТХ находится сразу за ним, сказали мне девушки, пока я выбиралась из их машины. Я не удосужилась взглянуть на карту, пока мы ехали. После многих дней постоянной бдительности я устала бесконечно сверяться с путеводителем. Я просто наслаждалась поездкой, убаюканная уверенностью этих молодых девушек в том, что они знают, куда едут. Они сказали, что, миновав лагерь, я могу пройти по коротенькой тропке, которая приведет меня прямо на МТХ. Идя по мощеным дорожкам палаточного городка, я перечитывала новые страницы, выдранные из путеводителя, силясь разглядеть слова в меркнущем свете. Мое сердце подпрыгнуло от облегчения, когда я добрела до слов «палаточный городок «Уайт Хорс», а потом упало, когда я стала читать дальше и сообразила, что от того места, где я стою, до МТХ еще три километра. Слова «сразу за городком» для девушек на колесах означали совсем не то же самое, что для меня.

Я огляделась, цепляя взглядом водяные колонки, ряд бурых туалетных кабинок и большой знак, который объяснял, что следует положить плату за место для ночлега в конверт, который затем нужно сунуть в прорезь деревянного ящика. Не считая пары машин и нескольких редких палаток, городок был пугающе пуст. Я прошлась по одной мощеной петле, гадая, что делать. У меня не осталось денег, чтобы заплатить за место, но было слишком темно, чтобы идти в лес. Я дошла до той площадки, которая находилась на самом краю палаточного городка, дальше всего от знака, объяснявшего, как заплатить за место. Да кто меня вообще здесь увидит?

Я поставила палатку, приготовила и съела свой ужин в роскошном одиночестве на столе для пикников, пописала в полном комфорте в туалетной кабинке, а потом забралась в палатку и раскрыла «Роман». Я успела прочесть страницы три, когда мою палатку затопил поток света. Я расстегнула входную молнию и выглянула наружу, где меня встретила пожилая пара, стоявшая передо мной в ослепительном свете фар грузовичка.

— Здравствуйте, — проговорила я осторожно.

— Вы обязаны заплатить за это место! — рявкнула вместо ответа женщина.

— Я должна заплатить? — проговорила я с наигранным недоумением. — Я думала, что платить должны только те, кто приехал на машине. А я иду пешком. У меня с собой только рюкзак. — Супруги слушали меня в молчании, на их морщинистых лицах застыло раздражение. — Да я сразу уйду утром! Самое позднее, часов в шесть.

— Если вы собираетесь оставаться здесь, вы должны заплатить, — повторила женщина.

— Двенадцать долларов за ночь, — добавил мужчина.

— Дело в том... — начала я, — так получилось, что у меня с собой нет наличных. Я совершаю большой переход. Я иду по Маршруту Тихоокеанского хребта — МТХ, знаете его? — и там в горах везде снег... это рекордно снежный год... и, в общем, я сошла с маршрута и не планировала оказаться здесь, потому что девушки, которые меня подвозили, случайно высадили меня не в том месте, и...

— Ничто из этого не изменяет того факта, что вы обязаны заплатить, юная леди! — проорал мужчина с удивительной силой, и его голос заставил меня замолчать, как рев гигантского рога, раздавшийся в тумане.

— Если вы не можете заплатить, вы должны собраться и уйти отсюда, — сказала женщина. Она была одета в толстовку, на груди которой был рисунок: два маленьких енота с хитрыми ужимками выглядывали из дупла в дереве.

— Но ведь здесь вообще никого нет! И сейчас середина ночи! Что плохого будет в том, что я просто...

— Таковы правила! — рявкнул мужчина. Он отвернулся и полез в грузовик, сочтя, что разговаривать со мной больше не о чем.

— Прошу прощения, мисс, но мы — хозяева этого лагеря, и заставлять всех придерживаться правил — это и есть наша работа, — сказала женщина. На какое-то мгновение ее лицо смягчилось, но потом она поджала губы и добавила: — Нам очень не хотелось бы звонить в полицию.

Я опустила глаза и заговорила, обращаясь к ее енотам.

— Я просто... я просто поверить не могу, вам же от этого никакого вреда! Я имею в виду, ведь никто бы даже не воспользовался эти местом, если б меня здесь не было, — проговорила я тихо, в последний раз пытаясь воззвать к ее чувствам, как женщина к женщине.

— Мы и не говорим, что вы должны уходить! — прикрикнула она, будто бранила собаку, заставляя ее замолчать. — Мы говорим, что вы должны *заплатить*.

— Но *я не могу*.

— Сразу за душевыми начинается тропа к МТХ, — сказала женщина, указывая себе за спину. — Или можете пройти по обочине, около полутора километров или вроде того вверх по шоссе. Думаю, дорога будет попрямее, чем тропа. Мы посветим вам фарами, пока вы собираетесь, — сказала она и забралась в грузовик к мужу, и теперь их лица за ярким светом фар стали для меня невидимы.

Ошеломленная, я повернулась к своей палатке. До сих пор все, кто встречался на моем пути, проявляли ко мне только доброту. Я забралась в палатку, трясущимися руками нацепила на голову фонарь и принялась запихивать все, что распаковала, обратно в рюкзак, без обычного тщания и заботы, не обращая внимания, что и куда кладу. Я понятия не имела, что мне теперь делать. К этому времени уже полностью стемнело, и на небо выплыл месяц. Единственной вещью, которая была страшнее, чем мысль о том, что мне придется идти в темноте по незнакомой тропе, была мысль о том, что придется идти в темноте по неизвестной дороге. Я надела на плечи Монстра и махнула рукой паре в грузовике, не зная, помахали ли они мне в ответ.

Я шла вперед, держа налобный фонарик в руке. Он едва освещал мне дорогу: батарейки садились. Я дошла по мощеной дорожке до душевых и увидела за ними уходящую прочь тропу, о которой упоминала женщина. Сделала несколько неуверенных шагов по ней. Я уже привыкла чувствовать себя в безопасности в лесах, даже по ночам. Но идти по лесу в темноте — это совершенно другое дело, потому что я ничего не видела. Я могла столкнуться с ночными животными или споткнуться о корень. Я могла пропустить поворот и забрести туда, куда совершенно не собиралась. Я шла медленно, нервно, как в самый первый день моего похода, когда была готова к тому, что гремучая змея может наброситься на меня в любую секунду.

ХРЕБЕТ СВЕТА

Через некоторое время я стала чуть яснее различать очертания окружающей местности. Я находилась в лесу из высоких сосен и елей, их прямые, лишенные ветвей стволы заканчивались наверху надо мной густыми кронами. Я слышала, как слева от меня журчит ручей, и ощущала, как мягкое одеяло сухих хвойных иголок потрескивает под моими ботинками. Я шла с такой сосредоточенностью, как никогда прежде, и из-за этого чувствовала тропу и собственное тело острее, будто шла боса́я и нага́я. Вспомнила, как я была ребенком и училась ездить верхом. Мама учила меня ездить на своей лошади, Леди: я сидела в седле, а она стояла, держа длинную корду, прикрепленную к уздечке. Поначалу я вцеплялась руками в гриву Леди, пугаясь, даже когда она шла шагом, но потом расслабилась, и мама уговорила меня закрыть глаза, чтобы я могла почувствовать, как лошадь движется подо мной и как мое тело движется вместе с лошадью. Позднее я проделывала то же самое, широко расставив руки в стороны, двигаясь по кругу, и снова по кругу, и тело мое подчинялось движениям Леди.

> Ошеломленная, я повернулась к своей палатке. До сих пор все, кто встречался на моем пути, проявляли ко мне только доброту.

Я шла по тропе еще минут двадцать, пока не добралась до места, где деревья расступались в стороны. Сняла рюкзак и опустилась на четвереньки, с помощью фонаря исследуя место, которое показалось мне удачным пятачком для ночлега. Поставила палатку, забралась внутрь, залезла в спальный мешок и застегнула молнию, хотя сейчас не чувствовала совершенно никакой усталости, взбудораженная своим изгнанием и ночным переходом.

Раскрыла было «Роман», но мой фонарик мигал и гас, так что я выключила его и продолжала лежать в темноте. Я обняла саму себя, положив ладони на предплечья. Под пальцами правой руки чувствовалась татуировка; очертания лошадки были еще выпуклыми, их еще можно было нащупать. Женщина, которая мне ее набивала, сказала, что кожа на этом месте будет припухшей несколько недель, но она оставалась такой и после нескольких месяцев, словно лошадь была вырезана на моей коже, а не наколота. И это была не просто абстрактная лошадь. Это была Леди — та самая лошадка, которую мама имела в виду, спрашивая у врача в клинике Мейо, сможет ли она ездить верхом, после того как он сказал ей, что она умрет. По-настоящему ее звали не Леди — так мы ее называли только между собой. Это была породистая американская седловая лошадь, и ее официальное имя сияло во всей величественной красе в сертификате Ассоциации коневодов, который к ней прилагался: *Стоунволлз Хайленд Нэнси*, отпрыск жеребца *Стоунволл Сенсейшен* и кобылы *Мэкс Голден Куин*. Моя мама ухитрилась, вопреки всякому здравому смыслу, купить Леди в ту ужасную зиму, когда они с нашим отцом окончательно расстались. Она познакомилась с одной супружеской парой в ресторане, где в то время работала официанткой. Те люди хотели продать свою чистокровную двенадцатилетнюю кобылу задешево; и хотя мама не могла позволить себе даже недорогую лошадь, она все же поехала посмотреть на нее — и договорилась с пожилыми супругами, что выплатит им триста долларов в течение шести месяцев. А потом договорилась еще с одними знакомыми, у которых была конюшня неподалеку, что они поставят у себя Леди, а она взамен будет на них работать.

— От нее просто дух захватывает, — говорила мама всякий раз, описывая Леди, и это действительно было так. Больше шестнадцати ладоней в холке, высокая, длинноногая, высоко вскидывавшая ноги в галопе, элегантная, как королева. У нее была белая звездочка на лбу, но вся остальная шкура имела тот же рыжевато-каштановый оттенок, которым отливала шубка лиса, встреченного мною в заснеженных горах.

Когда мама купила ее, мне было шесть лет. Мы жили на первом этаже квартирного комплекса под названием Барбари-Нолл. Мама только что рассталась с отцом в последний раз. У нас едва хватало денег на жизнь, но мама не могла не заполучить эту лошадь. Я интуитивно понимала, хотя и была в то время совсем маленькой, что именно Леди спасла моей маме жизнь. Леди, которая дала ей возможность не только уйти от моего отца, но и продолжать держаться. Лошади были религией моей матери. Когда она была маленькой девочкой, ее заставляли надевать платье и ходить к мессе, а ей страстно хотелось проводить с лошадьми все воскресенье. Истории, которые она рассказывала мне о лошадях, были контрапунктом ко всем прочим историям о ее католическом воспитании. Она делала все, что было в ее силах, только бы ездить на них. Она чистила стойла и полировала сбрую, ворошила сено и сыпала солому, выполняла любую черную работу, какую только могла, чтобы ей позволяли маячить рядом с каким-нибудь стойлом и иногда ездить на чьей-нибудь лошади.

> Моя мама ухитрилась, вопреки всякому здравому смыслу, купить лошадь Леди в ту ужасную зиму, когда они с нашим отцом окончательно расстались. Я интуитивно понимала, что именно Леди тогда спасла ее.

Образы ее ковбойской прошлой жизни являлись мне время от времени, пойманные в фотографически замершие мгновения, столь же ясные и осмысленные, как если бы я читала о них в книге. Поездки в ночное по захолустной глуши Нью-Мексико, в которые она отправлялась вместе с отцом. Безрассудно отважные родео-трюки, которые она отрабатывала и исполняла вместе со своими подругами. В шестнадцать лет она получила собственную лошадь — пегого жеребца с белой гривой по кличке Пэл, на котором она выступала на конных выставках и родео в Колорадо. Эти награды она хранила до самой смерти. Я упаковала их в коробку, которая теперь стояла в подвале у Лизы в Портленде. Желтая лента — за третье место в скачках с бочками. Розовая — пятое место за шаг, рысь, галоп. Зеленая — за артистизм и участие. И единственная голубая лента — за то, что она провела свою лошадь через все воротца по маршруту, перегороженному канавами с грязью и барьерами, мимо хохочущих клоунов и надрывающихся рожков, балансируя при этом яйцом в серебряной ложке в вытянутой руке дольше, чем могли все остальные.

В конюшне, где Леди поначалу жила, когда стала нашей, мама выполняла ту же работу, которой занималась, будучи девчонкой, — чистила стойла и засыпала сено, возила разные разности туда-сюда в тачке на колесах. Часто она брала с собой Карен, Лейфа и меня. Мы играли в амбаре, пока она выполняла свои обязанности. А после смотрели, как она ездит на Леди по кругу, снова и снова, и каждому из нас можно было по очереди прокатиться, когда она заканчивала. К тому времени как мы перебрались на свою землю в Северной Миннесоте, у нас уже была вторая лошадь, мерин-полукровка по кличке Роджер, которого мама купила потому, что я влюбилась в него, а его владелец был готов отдать его почти даром. Мы отвезли обеих лошадей на север во взятом напрокат трейлере. Их пастбище составляло четверть от наших сорока акров.

> Мы договорились, что Леди придется прикончить. Она была старой и больной; она пугающе исхудала; свет в ее глазах потускнел.

Когда однажды в начале декабря, почти три года спустя после смерти матери, я нагрянула к Эдди в гости, меня потрясло то, как истощала и ослабела Леди. Ей был тогда почти тридцать один год, совсем старушка; и даже если бы ее можно было выходить, этим все равно некому было заняться. Эдди и его подруга делили свое время между домом, где я росла, и трейлером в маленьком городке — пригороде Городов-Близнецов. Две собаки, две кошки и четыре курицы, которые были у нас, когда мама умерла, либо умерли своей смертью, либо были отданы новым хозяевам. Оставались только две наши лошади, Роджер и Леди. Иногда, очень редко, о них заботился сосед, которого Эдди попросил кормить их.

Приехав в гости в том декабре, я завела с Эдди разговор о состоянии Леди. Поначалу он повел себя агрессивно, выговаривал мне, мол, он не знал, что лошади — это его проблема. У меня не было сил объяснять ему, почему именно он, оставшись вдовцом после смерти моей матери, нес ответственность за ее лошадей. Я говорила только о Леди, настаивая на том, чтобы мы составили какой-то план действий. Через некоторое время он сбавил тон, и мы договорились, что Леди придется прикончить. Она была старой и больной; она пугающе исхудала; свет в ее глазах потускнел. Я уже консультировалась с ветеринаром, сказала я Эдди. Ветеринар мог приехать к нам и усыпить Леди уколом. Или так, или нам придется самим ее пристрелить.

Эдди счел, что нам следует принять второе решение. Мы с ним оба были на мели. К тому же именно так прекращали мучения лошадей в течение многих поколений. Как ни странно, нам это казалось более гуманным выходом — то, что она умрет от рук людей, которых знала и которым доверяла, а не будет убита каким-то незнакомцем. Эдди сказал, что сделает это до того, как мы с Полом вернемся через несколько недель, чтобы встретить здесь Рождество. Это не стало бы семейным сборищем: мы с Полом рассчитывали остаться в доме вдвоем. А Эдди собирался провести Рождество дома у своей подруги вместе с ней и ее детьми. У Карен и Лейфа тоже были собственные планы — Лейф оставался в Сент-Поле вместе со своей подругой и ее родными, а Карен — с мужем, с которым она познакомилась и за которого вышла замуж буквально пару недель назад.

Я чувствовала себя совершенно больной, когда мы с Полом через несколько недель, в канун Рождества, сворачивали на дорожку, ведущую к дому. Снова и снова я пыталась себе представить, каково это будет — посмотреть на пастбище и увидеть там одного только Роджера. Но когда я выбралась из машины, Леди все еще была там, дрожавшая в своем загоне, и шкура свисала складками с ее исхудавшей, как скелет, фигуры. Даже смотреть на нее было больно. Морозы в тот год были жестокие, они побивали все рекорды и маячили в районе –25 градусов, а из-за сильных ветров казалось, что на улице еще холодней.

Я не стала звонить Эдди, не стала расспрашивать, почему он не выполнил свое обещание. Вместо этого я позвонила деду, отцу мамы, в Алабаму. Он всю свою жизнь был наездником и коннозаводчиком. Мы проговорили о Леди битый час. Он задавал мне один вопрос за другим, и к концу разговора твердо убедился, что настало время оборвать ее жизнь. Я сказала ему, что возьму на размышление ночь. На следующее утро телефон зазвонил почти сразу же после рассвета.

Это был дедушка, но он позвонил не для того, чтоб пожелать счастливого Рождества. Он звонил, чтобы побудить меня действовать немедленно. Позволить Леди умирать естественно — это жестоко и негуманно, настаивал он, и я понимала, что он прав. Я также понимала, что именно мне придется позаботиться о том, чтобы это было сделано. У меня не было денег, чтобы заплатить ветеринару, который мог приехать и сделать ей смертельную инъекцию, и даже если бы были, сомнительно, что он потащился бы к нам в Рождество. Дед в мельчайших подробностях объяснил мне, как застрелить лошадь. Когда я сказала ему, что при мысли об этом меня бросает в дрожь, он уверил, что именно так это и делалось с незапамятных времен. А еще меня беспокоило, что делать с телом Леди. Земля промерзла настолько глубоко, что похоронить ее было невозможно.

— Оставь ее так, — велел он. — Койоты ее утащат.

— Что, вот что мне делать?! — плача, кричала я Полу после того, как повесила трубку. Мы тогда этого не знали, но это было наше последнее совместное Рождество. Всего через пару месяцев я расскажу ему о своей неверности, и он съедет от меня. К тому времени как Рождество наступит снова, мы уже будем обсуждать развод.

— Делай то, что считаешь правильным, — сказал он в то рождественское утро. Мы сидели за кухонным столом — каждая его трещинка и бороздка были знакомы мне, и все же казалось, будто я так далеко от дома, что дальше и быть не может; одна, дрейфую на плавучей льдине.

— Я не знаю, что правильно, — сказала я, хотя на самом деле знала. Я совершенно точно знала, что должна сделать. То, что мне теперь так часто приходилось делать: выбирать менее ужасную из двух ужасных вещей. Но я не могла сделать этого без брата. Нам с Полом приходилось прежде стрелять — Лейф учил нас обоих предыдущей зимой, — но нам обоим не хватало ни уверенности, ни точности. Лейф не был страстным охотником, но он, по крайней мере, охотился достаточно часто, чтобы понимать, что делает. Когда я позвонила ему, он согласился приехать в тот же вечер.

Утром мы детально обсудили план действий. Я пересказала ему все, что говорил мне дедушка.

— Ладно, — ответил он. — Подготовь ее.

Дед в мельчайших подробностях объяснил мне, как застрелить лошадь. Когда я сказала ему, что при мысли об этом меня бросает в дрожь, он уверил, что именно так это и делалось с незапамятных времен.

На улице вовсю сияло солнце, небо было похоже на голубой хрусталь. К одиннадцати утра потеплело — теперь стало «всего» –17. Мы натянули на себя всю имевшуюся теплую одежду, слой за слоем. Было настолько холодно, что кора деревьев лопалась, замерзая и взрываясь с громким треском, который я в эту ночь слышала, лежа в постели.

Надевая на Леди недоуздок, я шептала ей на ухо, говорила, как сильно люблю ее, потом вывела из загона. Пол захлопнул ворота позади нас, чтобы Роджер не мог пойти за ней. Я вела ее по ледяной корке наста, оборачиваясь, чтобы посмотреть на нее еще один, последний раз. Она до сих пор двигалась с невыразимой грацией и силой, шла длинным, величественным, красивым шагом, высоко поднимая ноги; тем самым, от которого у моей матери всегда перехватывало дыхание. Я подвела ее к березе, которую мы с Полом выбрали накануне днем, и привязала к стволу кордой. Дерево стояло на самом краю пастбища, сразу за ним сгущался лес, и это было достаточно далеко от дома, чтобы койоты, как я надеялась, не побоялись приблизиться и уволочь ее тело той же ночью. Я разговаривала с ней, проводила ладонями по ее каштановой шкуре, бормоча слова о любви и печали, умоляя ее простить и понять.

Когда я подняла глаза, брат стоял рядом с карабином в руках.

Пол взял меня за руку, и мы вместе, спотыкаясь, пошли, чтобы встать за спиной у Лейфа. Между нами и Леди было всего два метра. Теплое дыхание вылетало из ее ноздрей, как шелковистое облачко. Корка наста пару мгновений держала нас, а потом провалилась, и мы утонули в снегу по колени.

— Прямо между глаз, — сказала я Лейфу, еще раз повторяя те слова, которые сказал мне дед. Если мы так сделаем, обещал он, то убьем ее одним чистым выстрелом.

Лейф прицелился, встав на одно колено. Леди затанцевала на месте, царапая передними копытами лед, потом опустила голову и взглянула на нас. Я резко вдохнула, и в этот момент Лейф спустил курок. Пуля ударила Леди прямо между глаз, в середину ее белой звездочки, именно так, как мы и надеялись. Она дернулась так сильно, что кожаный недоуздок разорвался и упал с ее морды, и она встала, не двигаясь, глядя на нас с ошеломленным выражением.

— Стреляй еще раз! — выдохнула я, и Лейф сразу выстрелил, выпустив ей в голову еще три пули, одну за другой. Она пошатывалась и дергалась, но не падала — и не убегала, хотя и не была больше привязана к дереву. Ее глаза уставились на нас с безумным выражением, шокированные тем, что мы сделали, на морде расплывалось созвездие бескровных дырочек. В одно мгновение я поняла, что мы поступили неправильно — не потому, что решили убить ее, но потому, что решили, что мы сами должны это сделать. Мне следовало настоять, чтобы это сделал Эдди, или заплатить ветеринару. Я не представляла себе, чего это стоит — убить животное. Не существует такой вещи, как один «чистый» выстрел.

— Стреляй! *Стреляй же в нее!* — умоляла я брата с утробным воем. Я и не знала, что способна издавать такие звуки.

— У меня патроны кончились! — завопил Лейф.

— Леди! — взвизгнула я. Пол сграбастал меня за плечи, чтобы притянуть к себе, и я стала отбиваться, задыхаясь и подвывая, как будто он хотел забить меня до смерти.

Леди сделала один шаткий шаг, а потом упала на передние колени, ее тело жутко наклонилось вперед, как будто она была огромным кораблем, медленно тонущим в море. Мотая головой, она издала глубокий стон. Кровь хлынула из ее мягких ноздрей внезапным, сильным потоком, ударив в снег так горячо, что он зашипел. Она кашляла и кашляла, каждый раз извергая ведра крови, ее задние ноги подогнулись в мучительно медленном движении. Она зависла на полусогнутых, гротескно пытаясь снова встать, а потом наконец опрокинулась на бок, лягаясь, брыкаясь и изгибая шею, силясь подняться снова.

— Леди! — выла я. — Леди!

Лейф схватил меня за плечи.

— Отвернись! — крикнул он, и мы вместе отвернулись. — ОТВЕРНИСЬ СЕЙЧАС ЖЕ! — заорал он Полу, и Пол повиновался.

— Пожалуйста, приди и забери ее, — нараспев стал говорить Лейф, заливаясь слезами. — Пожалуйста, приди и возьми ее. Приди и возьми. Пожалуйста.

Когда я обернулась, Леди наконец уронила голову на снег, хотя бока ее все еще вздымались, а ноги подергивались. Мы втроем, шатаясь, подошли ближе, проваливаясь сквозь снежную корку по колено. Мы смотрели, как она медленно дышит, делая гигантские вдохи, а потом в конце концов она вздохнула в последний раз — и тело ее замерло.

Лошадь нашей мамы. Леди. Стоуноллз Хайленд Нэнси была мертва.

Сколько это длилось — пять минут или час, — не знаю. Я где-то обронила варежки и шапку, но не могла взять себя в руки, чтобы поискать их. Ресницы у меня смерзлись от слез. Волосы, которые ветер бросал мне в лицо, от слез превратились в сосульки и позвякивали, когда я двигалась. Я в отупении откидывала их прочь с лица, не в силах даже обращать внимание на холод. Я упала на колени рядом с крупом Леди и в последний раз провела ладонями по ее забрызганному кровью туловищу. Она была еще теплая — точно как мама, когда я вошла в больничную палату и увидела, что она умерла без меня. Я смотрела на Лейфа и гадала, вспоминает ли он то же, что и я. Я подползла к ее голове и коснулась холодных ушей, мягких, как бархат. Накрыла ладонями черные входные отверстия от пуль в ее белой звездочке. Глубокие туннели, которые выжгла ее кровь в снегу, уже начали подмерзать.

Мы с Полом смотрели, как Лейф вынул нож и срезал пряди светлых рыжеватых волос с гривы и хвоста Леди. Одну из них он протянул мне.

— Теперь мама может переправиться на другую сторону, — проговорил он, глядя мне в глаза, как будто во всем мире остались только мы вдвоем. — В это верят индейцы — что когда умирает великий воин, нужно убить его лошадь, чтобы он смог переправиться на другую сторону реки. Это такой способ оказать ему уважение. Может быть, теперь мама сможет ускакать прочь.

Я представила себе, как наша мама пересекает огромную реку на сильной спине Леди, наконец покидая нас — теперь, почти три года спустя после ее смерти. Я хотела, чтобы это оказалось правдой. Это было то, чего я желала, когда у меня появлялась возможность загадывать желания. Не чтобы мама прискакала обратно ко мне — хотя, конечно, я этого хотела, — но чтобы они с Леди ускакали вместе. Чтобы мой самый худший в жизни поступок оказался исцелением, а не убийством.

Я наконец заснула той ночью в лесах за палаточным лагерем «Уайт Хорс». И когда я заснула, мне приснился снег. Не тот снег, на котором мы с братом убили Леди, но тот, по которому я только что шла в горах. И воспоминание о нем было более пугающим, чем сам этот опыт. Всю долгую ночь мне снилось то, что могло случиться, но не случилось. Как я поскальзываюсь и съезжаю вниз по предательскому склону, срываясь с утеса или врезаясь в скалы внизу. Как я иду, иду, но так и не нахожу дорогу, окончательно сбиваюсь с пути и умираю от голода.

На следующее утро за завтраком я изучала свой путеводитель. Если я пойду наверх, к МТХ, как планировала, то мне снова предстоит идти по снегу. Мысль об этом пугала меня, и, вглядываясь в карту, я обнаружила, что делать это вовсе не обязательно. Я могла вернуться к палаточному городку «Уайт Хорс» и пройти еще дальше на запад, к Бакс-Лейк. Оттуда я могла пойти по колее, проложенной внедорожниками, на север, поднявшись к МТХ в месте, которое называлось Три Озера. Альтернативный маршрут по длине был почти таким же, как и отрезок МТХ, приблизительно 24 километра, но располагался на достаточно небольшой высоте, и там могло не оказаться снега. Я свернула лагерь, прошла обратно по тропе, по которой поднималась вчера ночью, и с вызовом прошагала по всем мощеным дорожкам «Уайт Хорс».

> Я упала на колени рядом с крупом Леди и в последний раз провела ладонями по ее забрызганному кровью туловищу. Она была еще теплая — точно как мама, когда я вошла в больничную палату и увидела, что она умерла без меня.

Все утро, идя на запад к Бакс-Лейк, потом на север и на запад вдоль его берега, прежде чем выйти на разбитую машинами колею, которая вывела бы меня обратно к МТХ, я думала о коробке с припасами, которая ждала меня в Белден-Тауне.

И не столько о коробке, сколько о двадцати долларах, которые должны были лежать внутри. И даже не столько о самой бумажке, сколько о продуктах и напитках, которые я смогу купить на эти деньги. Час за часом я шла в полуэкстатическом-полумучительном состоянии грезы, фантазируя о пирогах и чизбургерах, шоколаде и бананах, яблоках и зеленом салате — и главным образом о лимонаде *Snapple*. В этом вообще не было никакого смысла. В жизни до МТХ я всего пару раз пила такой лимонад, и хотя он мне нравился, ничего выдающегося в нем я не находила. Это был не мой напиток. Но теперь он навязчиво преследовал меня.

Желтый или розовый — неважно. Дня не проходило, чтобы я не представляла себе в ярких деталях, каково это — взять бутылку в руку и поднести ее ко рту. В иные дни я запрещала себе думать о нем, чтобы не спятить окончательно.

Видно было, что дорога к Трем Озерам лишь недавно освободилась от снега. Местами на ней образовались огромные трещины, и потоки тающего снега бурлили широкими зияющими промоинами вдоль ее обочин. В середине дня я почувствовала знакомое тянущее ощущение внутри. Пришли месячные, сообразила я. Первые на маршруте. Я почти забыла о том, что они вообще должны прийти. Новый способ осознания своего тела, появившийся у меня с начала похода, затмил все прежние способы. Меня больше не беспокоил сложный вопрос о том, действительно ли я чувствую себя капельку толще или худее, чем накануне. Не существовало такого понятия, как «неудачный день». Мельчайшие внутренние вибрации перекрывались откровенной болью, которую я постоянно ощущала в форме ноющей ступни или мышц плеч и верхней части спины, которые стягивались в узлы и пылали так сильно и жарко, что мне приходилось останавливаться по нескольку раз в час и проделывать серию движений,

> Час за часом я шла в полумучительном состоянии грезы, фантазируя о пирогах и чизбургерах, шоколаде и бананах, яблоках и зеленом салате — и главным образом о лимонаде.

которые обеспечили бы пару мгновений облегчения. Я сняла с плеч рюкзак, порылась в аптечке и отыскала комковатый клок натуральной губки, который положила в маленький зиплок-пакетик перед началом похода. Перед тем как отправиться на МТХ, я воспользовалась ею только пару раз, в порядке эксперимента. Тогда, в Миннеаполисе, эта губка показалась мне разумным способом решить проблему месячных на маршруте, учитывая обстоятельства; но теперь, держа ее в руке, я была в этом отнюдь не уверена. Я попыталась вымыть руки водой из бутылки, одновременно смачивая губку, потом выжала ее, стянула шорты, присела на корточки над дорогой и засунула губку как можно дальше во влагалище, прижимая ее края к шейке.

Натягивая шорты обратно, я услышала приближающееся ворчание мотора, и через пару мгновений красный грузовичок-пикап с расширенной кабиной и шинами не по размеру завернул за поворот. Водитель ударил по тормозам, когда заметил меня, пораженный этим зрелищем. Я тоже была поражена — и заодно глубоко благодарна судьбе, что он не застал меня сидящей на корточках, полуголой и с рукой между ног. Когда грузовичок притормозил рядом со мной, я нервно помахала ему.

— Привет, — произнес мужчина и потянулся ко мне через открытое окно. Я взяла его за руку и потрясла ее, смущенно думая о том, *где* только что побывали мои пальцы. В кабине грузовичка вместе с ним было еще двое мужчин. Один сидел на переднем сиденье, а другой — на заднем, вместе с двумя мальчиками. На мой взгляд, мужчинам было около тридцати, а мальчикам — около восьми.

— Вы направляетесь к Трем Озерам? — спросил мужчина за рулем.

— Ага.

Он был симпатичный, ухоженный; белый, как и второй мужчина рядом с ним, как и мальчики на заднем сиденье. Третьим в их компании был латиноамериканец с длинными волосами, и спереди его рубашку топорщило пивное брюшко.

— Мы собираемся туда, чтобы порыбачить. Мы бы вас подвезли, да у нас места нет, — продолжал он, указывая на заднюю часть грузовичка, переоборудованную под кемпер.

— Ничего страшного. Я люблю ходить пешком.

— Что ж, у нас сегодня вечерком будут «гавайские отвертки», так что заворачивайте к нам, когда будете проходить мимо.

— Спасибо, — поблагодарила я и смотрела им вслед, пока они не скрылись из виду.

Остальную часть дня я шла, размышляя о «гавайских отвертках». Я не знала точно, что они собой представляют. Но для меня соблазнительность предложения не сильно отличалась от лимонада *Snapple*. Добравшись до самой высокой горки на дороге, я увидела внизу красный пикап и разбитый мужчинами лагерь, установленный на самой западной оконечности Трех Озер. МТХ находился сразу за ним. Я пошла по едва заметной тропе к востоку вдоль берегов озера, подыскивая себе уединенное местечко среди валунов, разбросанных по берегу. Поставила палатку и метнулась в лес, чтобы выжать губку и сунуть ее обратно. Потом пошла к озеру, чтобы накачать в фильтр воды и обмыть лицо и руки. Я подумывала о том, чтобы искупаться, но вода была холодна, как лед, а я уже и так продрогла на горном ветру. До того как отправиться на МТХ, я воображала себе бесчисленные купания в озерах, реках и ручьях, но в действительности окунуться мне доводилось очень редко. К концу дня у меня все болело от усталости, меня трясло, словно в лихорадке, но это был лишь результат истощения и переохлаждения от высыхающего пота. Самое большее, на что меня хватало — это ополоснуть лицо, содрать с себя пропитанную потом футболку и шорты, а потом натянуть флисовый анорак и легинсы, чтобы лечь в них спать.

Я сбросила ботинки, сняла подушечки *2nd Skin* и повязки из металлизированной клейкой ленты с ног и погрузила ступни в ледяную воду. Когда я их потерла, еще один почерневший ноготь оказался у меня в руке — уже второй за этот поход. Озеро было спокойным и чистым, обрамленным высокими деревьями и пышными кустарниками, росшими среди валунов. На глине я заметила ярко-зеленую ящерицу; она на мгновение замерла на месте, а потом бросилась прочь со скоростью света. Лагерь мужчин был недалеко от меня, дальше по берегу, но они пока еще не заметили моего присутствия. Прежде чем отправиться на встречу с ними, я почистила зубы, смазала губы бальзамом и провела расческой по волосам.

— А вот и она! — воскликнул мужчина, прежде сидевший на пассажирском сиденье, когда я приблизилась. — И как раз вовремя!

Он протянул мне красный пластиковый стаканчик, наполненный желтой жидкостью, которая, как я могла догадаться, и была «гавайской отверткой». В ней плавали кубики льда. Там была водка. И ананасовый сок. Сделав глоток, я подумала, что сейчас упаду в обморок. И не потому, что алкоголь ударил мне в голову, но от чистого великолепия сочетания жидкого сахара с алкоголем.

Двое белых мужчин были пожарными. Латиноамериканец — художником по натуре, но плотником по профессии. Его имя было Франсиско, хотя все обращались к нему только сокращенно — Пако. Он был двоюродным братом одного из белых мужчин и приехал в гости из Мехико-Сити, хотя все трое выросли в одном и том же квартале в Сакраменто, где до сих пор жили оба пожарника. Пако же десять лет назад уехал навестить свою прабабушку в Мексике, влюбился в мексиканку и остался там жить. Сыновья пожарных развлекались у нас за спинами, играя в войну, пока мы сидели вокруг сложенных костром поленьев, которые мужчинам еще предстояло разжечь, и воздух вокруг нас наполняли прерывистые вскрики, ахи, охи и имитация пальбы, когда мальчишки стреляли друг в друга из пластиковых пистолетов, прячась за валунами.

До того как отправиться на МТХ, я воображала себе бесчисленные купания в озерах, реках и ручьях. Но в действительности окунуться мне доводилось очень редко. Самое большое, на что меня хватало — ополоснуть лицо.

— Да ты, должно быть, шутишь!
— Да нет, ты наверняка шутишь! — так восклицали пожарные по очереди, пока я объясняла им, чем занимаюсь, и демонстрировала свои избитые ноги с восемью оставшимися ногтями. Они задавали мне один вопрос за другим, дивясь, качая головами и снабжая меня очередными порциями «гавайской отвертки» и кукурузными чипсами.

— Да, женщинам не занимать *cojones*[1], — протянул Пако, смешивая в миске гуакамоле. — Мы, парни, считаем, что они есть только у нас, но мы неправы.

Его волосы были похожи на змею, спускавшуюся вдоль спины, — длинный, толстый «конский хвост», перевязанный в не-

---

[1] Яйца (исп.).

скольких местах по всей длине простыми резинками. После того как разгорелся костер, как мы съели форель, которую один из них поймал в озере, и приготовили рагу из оленины, причем олень был убит одним из них минувшей зимой — после всего этого у костра остались только мы с Пако. А остальные мужчины ушли в палатки почитать сыновьям на ночь.

— Хочешь выкурить со мной косячок? — спросил он, доставая самокрутку из кармана рубашки. Он раскурил ее, затянулся и протянул мне. — Значит, это вот и есть Сьерра, да? — проговорил он, глядя вдаль через темное озеро. — За все время, пока рос здесь, я ни разу туда не забирался.

— Это Хребет Света, — проговорила я, отдавая ему самокрутку. — Так называл его Джон Мюир. Теперь я понимаю почему. Я еще никогда так не видела свет, как здесь. Все эти закаты и рассветы на фоне гор...

— Значит, ты на «пути духа», правильно я понимаю? — проговорил Пако, уставившись в огонь.

— Не знаю, — вздохнула я. — Наверное, это можно и так называть.

— Так и есть, — подтвердил он, пристально глядя мне в глаза. Поднялся с места. — У меня есть для тебя подарок. — Он подошел к багажнику грузовичка и вернулся с футболкой в руках. Протянул мне, я расправила ее и подняла перед собой. На ее передней стороне был гигантский портрет Боба Марли[1], его дреды были окружены изображениями электрогитар и доколумбовых идолов в профиль. На спинке футболки был изображен Хайле Селассие[2] — тот человек, которого растаманы[3] называют воплощен-

---

[1] Ямайский музыкант, гитарист, вокалист и композитор, самый известный исполнитель в стиле регги.

[2] Последний император Эфиопии, происходивший из легендарной династии потомков царя Соломона.

[3] Последователи нового религиозного движения — растафарианства, возникшего на Ямайке в 1930-х годах, которое привело к образованию музыкального стиля регги в 1960-х.

ным Богом, окруженный красно-зелено-золотым водоворотом. — Это священная майка, — сказал Пако, пока я разглядывала ее при свете костра. — Я хочу, чтобы она была у тебя, ибо я вижу, что ты идешь вместе с духами животных, с духами земли и небес.

Я только кивнула, не в силах выговорить ни слова от эмоций, опьянения и крепкой, как скала, уверенности, что эта футболка действительно священна.

— Спасибо, — пробормотала я.

Вернувшись обратно к своему лагерю, я некоторое время стояла, глядя на звезды, сжимая в руках футболку, прежде чем забраться в палатку. Уйдя от Пако, протрезвев от холодного воздуха, я задумалась: что он там говорил насчет хождения с духами? И что это вообще означает? Я что, действительно хожу с духами? А моя мама это делала? И куда она отправилась после того, как умерла? И куда делась Леди? Действительно ли они вместе переправились через реку на другой берег? Логика твердила, что они просто умерли, хотя обе являлись мне в снах, и довольно часто. Сны о Леди были полной противоположностью снам о матери — тем самым, в которых она снова и снова приказывала мне убить ее. В снах о Леди мне не приходилось никого убивать. Мне нужно было только принимать у нее гигантский, фантастически многоцветный букет цветов, который она приносила, зажав своими мягкими губами. Она подталкивала меня носом, пока я не брала букет в руки, и благодаря этому приношению я понимала, что прощена. Но так ли это было? Был ли то ее дух — или только работа моего собственного подсознания?

Я надела подарок Пако на следующее утро, вернувшись на МТХ и продолжая двигаться к Белден-Тауну, время от времени посматривая на видневшийся вдали Лассен-Пик. Он был примерно в 80 километрах к северу — снежный вулканический великан, вздымающийся к небу на 3187 метрах, своего рода верстовой столб для меня. И не только из-за размера и величественности, но и потому, что это был первый пик, который мне предстояло пройти в Каскадном Хребте, начинавшемся сразу на север от Белден-Тауна. От Лассена и дальше на север горы Высоких Каскадов выстроились иззубренным рядом посреди сотен других, не таких выдающихся вершин, и все они отмечали мой дальнейший путь в последующие недели. Каждая из этих гор казалась моему воображению похожей на детские «лазалки», на которых я раскачивалась, будучи ребенком. Стоило забраться на одну, как за ней открывалась следующая, только рукой подать. От Лассен-Пика — к горе Шаста. Оттуда — к горе Маклафлин, потом к горе Тильсен. Оттуда к Трем Сестрам — Южной, Средней и Северной. А затем к горе Вашингтон, и к Трехпалому Джеку, и к горе Джефферсон. И, наконец, к горе Худ, откуда предстояло пройти еще 80 с чем-то километров, прежде чем я достигну Моста Богов. Все эти горы были вулканами, самый меньший из которых чуть-чуть не дотягивал до 2440 метров, а самый высокий переваливал за 4260 метров. Они составляли небольшую часть Тихоокеанского огненного кольца — цепи вулканов и океанских разломов, протянувшейся на более чем 40 000 километров, вдававшейся в Тихий океан в форме подковы, начиная с Чили, далее вверх по западному краю Центральной и Северной Америки, пересекая Россию и Японию, возвращаясь обратно через Индонезию и Новую Зеландию, прежде чем прийти к своей кульминации в Антарктике.

Вниз, вниз, вниз по тропе — так шел мой последний полный день похода по Сьерра-Неваде. От Трех Озер до Белдена было по прямой всего около 11 километров, но тропа неумолимо опускалась на 1220 метров на протяжении отрезка, составлявшего всего полтора километра. К тому времени как я добралась до Белдена, на моих ступнях появились совершенно новые потертости: мозоли образовались на кончиках пальцев. Ступни скользили вперед при каждом шаге, и пальцы безжалостно вжимались в носки ботинок. Я предполагала, что это будет легкий день, но прита-

---

Сны о Леди были полной противоположностью снам о матери — тем самым, в которых она снова и снова приказывала мне убить ее.

щилась в Белден-Таун, хромая от пережитых мучений. На самом деле это был никакой не городок, а просто покосившееся здание возле железнодорожных путей. В здании находился бар, маленький магазинчик, который заодно выполнял функции почты, крохотной прачечной самообслуживания и душевой. Я переобулась на крыльце, сбросив ботинки и надев босоножки, и похромала внутрь, чтобы забрать свою коробку. Как только я получила ее вместе с двадцатью долларами, при виде денежного свертка я испытала такое чудовищное облегчение, что на некоторое время даже забыла о своих сбитых пальцах.

Я купила две бутылки *Snapple* и вернулась на крыльцо, чтобы выпить их, одну за другой.

— Крутая футболка, — проговорила какая-то женщина. У нее были короткие кудрявые седые волосы, на поводке она держала большую белую собаку. — Это Один, — представила она пса, наклоняясь, чтобы почесать его шею, потом выпрямилась, подсадила обратно на переносицу свои маленькие круглые очочки и уставилась на меня любопытным взглядом. — Вы, случайно, не по МТХ идете?

Ее звали Трина. Она оказалась учительницей английского из средней школы, ей был пятьдесят один год, жила она в Колорадо и начала свой поход всего на пару дней раньше. Она вышла из Белден-Тауна, направившись на север по МТХ, и столкнулась там с таким количеством снега, что пришлось вернуться. Ее рассказ вогнал меня в уныние. Да удастся ли мне, в конце концов, когда-нибудь избавиться от этого чертова снега? Пока мы разговаривали, подошла еще одна туристка — женщина по имени Стейси, которая начала свой поход днем раньше, придя по той же дороге, по которой я добралась до Трех Озер.

Наконец-то я встретила на маршруте женщин! Я была сама не своя от облегчения, пока мы обменивались кратким изложением подробностей нашей жизни. Трина была страстной любительницей пеших походов по выходным. А Стейси — опытной дальноходкой, она прошла по Маршруту Тихоокеанского хребта вместе с подругой от Мексики до Белден-Тауна предыдущим летом. Мы со Стейси поговорили о тех местах на маршруте, в которых обе бывали, об Эде из Кеннеди-Медоуз, с которым она познакомилась во время прошлого похода, и о ее жизни в пустынном городе в Южной Калифорнии, где она работала бухгалтером в компании своего отца и брала летом отпуск, чтобы путешествовать. Ей было тридцать лет, она происходила из большой ирландской семьи; бледнокожая, хорошенькая и черноволосая.

— Давайте сегодня на ночь разобьем лагерь вместе и составим план, — предложила Трина. — Тут есть полянка, вон на той лужайке, — она указала рукой на полянку, которая была видна из магазина. Мы пошли туда и поставили палатки. Я распаковывала свою коробку, а Трина и Стейси разговаривали, сидя на траве. Волны удовольствия захлестывали меня, когда я вынимала из коробки каждую вещь и инстинктивно подносила ее к носу. Девственно-целые упаковки лапши «Липтон», дегидрированная фасоль и рис, которые я готовила себе на ужин, все еще блестящие обертки питательных батончиков *Clif* и безупречные пакеты с сушеными фруктами и орехами. Я уже до смерти устала от всей этой еды, но видеть ее новой, в неразорванных упаковках — это зрелище снова возрождало меня к жизни. Там же лежала свежая футболка, теперь ненужная — ведь у меня была майка с Бобом Марли; две пары новехоньких шерстяных носков и «Летняя клетка для птиц» Маргарет Дрэббл, читать которую я была пока не готова — я сожгла только половину страниц «Романа», бросив их этим утром в костер Пако. И, самое главное, новая упаковка *2nd Skin*.

Я сняла ботинки и принялась ухаживать за своими изжеванными ступнями. Пес Трины залаял, я подняла глаза и увидела молодого человека — белокурого, голубоглазого и худого. Я тут же поняла, что он идет по МТХ — по повадке и походке. Его звали Брентом, и как только он представился, я поприветствовала его как старого друга, хотя мы никогда прежде не встречались. Я слышала истории о нем в Кеннеди-Медоуз. Он вырос в маленьком городке в штате Монтана, как рассказали мне Грэг, Альберт и Мэтт. Как-то раз он пришел в гастроном в городке неподалеку от маршрутов Южной Калифорнии, заказал сэндвич с двумя фунтами жареной говядины — и слопал его за шесть укусов. Он засмеялся, когда я напомнила ему об этом, потом сбросил свой рюкзак и присел на корточки, чтобы как следует рассмотреть мои ноги.

— У тебя слишком тесные ботинки, — сказал он, повторяя слова, которые произнес Грэг в Сьерра-Сити. Я уставилась на него ничего не выражающим взглядом. Мои ботинки просто *не могли* быть слишком маленькими. Ведь это были единственные ботинки, которые у меня были.

— Думаю, просто все дело в этом ужасном спуске от Трех Озер, — возразила я.

— Но в этом-то и дело, — отозвался Брент. — Будь у тебя ботинки нужного размера, ты смогла бы спуститься, не сбив себе ноги. Для этого-то и нужны ботинки — чтоб можно было *спускаться*.

Я подумала обо всех добрых людях из магазина *REI*. Вспомнила консультанта, который заставил меня ходить вверх и вниз по маленькой деревянной рампе именно для этого — чтобы убедиться, что пальцы не упираются в носки ботинок, когда я спускаюсь, и что пятки не трутся о задники, когда я поднимаюсь. Тогда, в магазине, мне казалось, что этого не происходит. Теперь было уже неважно, в чем дело — я ли ошиблась, или мои ноги выросли, или случилось что-то еще. Невозможно было отрицать, что, пока на ногах у меня были эти ботинки, я словно заживо проваливалась в преисподнюю.

Но с этим ничего нельзя было поделать. У меня не было денег, чтобы купить новую пару, да их и негде было купить, даже будь у меня деньги. Я надела босоножки и вернулась обратно в магазин, где за доллар получила в свое распоряжение душевую кабинку, после чего переоделась в непромокаемую амуницию, пока моя одежда стиралась и сохла в мини-прачечной. Ожидая ее, я позвонила Лизе и пришла в восторг, когда она взяла трубку. Она рассказала мне о своем житье-бытье, а я, насколько сумела, попыталась поведать о своем. Мы вместе еще раз прошлись по моей походной программе. Повесив трубку, я расписалась в регистрационном журнале МТХ и просмотрела его страницы, чтобы узнать, проходил ли через это место Грэг. Его имени там не было. Может быть, он отстал от меня? Но это казалось невозможным.

— Ты ничего не слышал о Грэге? — спросила я Брента, переодевшись в чистую одежду и вернувшись в лагерь.

— Он сошел с маршрута из-за снега.

Я уставилась на него, лишившись дара речи.

— Ты уверен?

— Так мне сказали австралийцы. Ты их знаешь?

Я отрицательно покачала головой.

— Молодожены, проводят здесь свой медовый месяц. Они тоже решили послать МТХ куда подальше. И вместо этого отправились проходить АМ.

Только после того как я решила идти по МТХ, я узнала об АМ — Аппалачском маршруте, гораздо более популярном и цивилизованном кузене МТХ. Обоим этим маршрутам в 1968 году был присвоен статус национальных. Длина АМ — 3500 километров, примерно на 800 километров короче, чем МТХ; он тянется по гребню Аппалачей от Джорджии до Мэна.

— А что, Грэг тоже отправился на АМ? — пискнула я.

— Не-а. Он не захотел пропускать такую большую часть маршрута со всеми этими обходами и альтернативными тропами, так что вернется в следующем году, чтобы пройти его целиком. По крайней мере, мне так сказали австралийцы.

— Ух ты, — выговорила я, чувствуя легкую тошноту от этой новости. Грэг был для меня своего рода талисманом, после того как я встретила его на маршруте в тот самый момент, когда решила сойти с него. Он считал, что если он может это сделать, то и я тоже смогу. И вот теперь он сошел. Как и австралийцы — пара молодоженов, с которыми я никогда не встречалась, но чьи образы все равно моментально сформировались в моем разуме. Я и без знакомства знала, что они были отважными и мускулистыми, блистательно подготовленными к суровым условиям жизни на открытом воздухе благодаря своей австралийской крови — так, как я никогда не смогла бы быть к ней готовой.

— А почему же *ты* не отправился на АМ? — спросила я, боясь, что он ответит, что как раз собирается это сделать.

Он на секунду задумался.

— Там слишком людно, — проговорил наконец. Он не отрываясь смотрел на меня, на лицо Боба Марли, такое огромное на моей груди, как будто хотел сказать что-то еще. — Кстати, у тебя совершенно потрясная футболка.

Я никогда не ступала ногой на АМ, но много слышала о нем от мужчин в Кеннеди-Медоуз. Этот маршрут был ближайшим родственником МТХ — и все же во многих отношениях его противоположностью. Около двух тысяч человек планировали сквозное прохождение АМ каждое лето. И хотя только паре сотен из них удавалось добраться до конца, это все равно было намного больше, чем какая-нибудь сотня дальноходов, отваживавшихся ступить на МТХ за год. Туристы на АМ проводили большую часть ночей в кемпингах или в оборудованных местах групповой ночевки, рассеянных вдоль маршрута. На АМ точки пополнения припасов стояли ближе друг к другу, по бо́льшей части в настоящих городках — не чета тем, которые были расположены рядом с МТХ и часто представляли собой не что иное, как почту, бар и крохотный магазинчик «в одном флаконе». Я представила себе австралийских молодоженов на АМ, которые ели чизбургеры, запивая их пивом в пабе в паре километров от тро-

> Невозможно было отрицать, что, пока на ногах у меня были эти ботинки, я словно заживо проваливалась в преисподнюю.

пы; которые спали но ночам под деревянной крышей. Возможно, собратья-походники уже придумали им прозвища — еще один обычай, который чаще соблюдали на АМ, чем на МТХ, хотя и у нас тоже было заведено давать людям прозвища. В половине случаев, когда Грэг, Мэтт и Альберт рассказывали о Бренте, они называли его Пацаном, хотя он был всего на пару лет младше их. Грэга то и дело называли Статистиком, потому что в его памяти хранилось огромное множество фактов и цифр, касавшихся маршрута, да кроме того, он еще и работал бухгалтером. Мэтт и Альбер были Скауты-Орлы, а Дуг и Том — Мальчики-Мажоры. Я не думала, что у меня было какое-то прозвище, но подозревала, что если оно и есть, то я не хочу знать, что это за прозвище.

Трина, Стейси, Брент и я поужинали в баре, примыкавшем к магазину в Белдене. После того как я расплатилась за душ, стирку, лимонад, пару закусок и разных мелочей, у меня осталось что-то около четырнадцати долларов. Я заказала миску зеленого салата и тарелку картошки фри — два пункта в меню, которые были достаточно дешевы и удовлетворяли мои самые глубинные желания, расходившиеся в двух противоположных направлениях: мне хотелось одновременно свежего и хорошо прожаренного. Все это вместе обошлось мне в пять долларов, так что теперь у меня осталось девять, чтобы продержаться на маршруте до следующей коробки с припасами. Она ждала меня в 215 километрах отсюда, в государственном Мемориальном парке «Водопады МакАртур-Барни». Там был магазин товаров по сниженным ценам, который позволял туристам, путешествующим по МТХ, воспользоваться им как пунктом пополнения припасов. Я уныло пила свою воду со льдом, пока другие потягивали пиво. За едой мы обсуждали предстоящий отрезок маршрута. Судя по всему, значительные участки его были блокированы снегом. Симпатич-

> Я заказала миску зеленого салата и тарелку картошки фри — два пункта в меню, которые были достаточно дешевы и удовлетворяли мои самые глубинные желания.

ХРЕБЕТ СВЕТА

ный бармен услышал наш разговор и подошел, чтобы сказать нам, будто ходят слухи, что национальный парк Лассен-Волканик по-прежнему погребен под пятью метрами снега. На дорогах проводятся взрывные работы, чтобы открыть их хотя бы ненадолго во время туристического сезона.

— Не желаете выпить чего-нибудь покрепче? — спросил он меня, поймав мой взгляд. — За счет заведения, — добавил бармен, заметив мое замешательство.

Он принес мне бокал холодного пино гри, наполненный по самый ободок. Отпивая его маленькими глотками, я почувствовала мгновенное головокружение от удовольствия — точно такое же, как накануне вечером, когда пила «гавайскую отвертку». К тому времени как принесли счет, мы решили, что, выйдя утром из Белдена, будем придерживаться дорог, проделанных внедорожниками и расположенных на самых малых высотах. Потом пройдем около 80 километров по МТХ, после чего поймаем попутку, минуем занесенный снегом отрезок маршрута в национальном парке и вновь встанем на тропу в месте, которое называлось Олд-Стейшен.

Когда мы вернулись в лагерь, я уселась на свой стульчик и стала писать письмо Джо на листке бумаги, вырванном из дневника. Приближался день его рождения, а от вина во мне проснулась тоска по нему. Я ни о чем в письме не вспоминала. Сидела, грызя ручку, думая о тех вещах, которые могла бы рассказать ему об МТХ. Казалось, невозможно будет заставить его понять все, что случилось со мной за месяц, прошедший с тех пор, как мы виделись в Портленде. Мои воспоминания о прошлом лете казались такими же чуждыми, каким мое описание этого лета показалось бы ему. Так что я просто ограничилась длинным рядом вопросов, интересуясь, как у него дела, чем он занимается, с кем проводит время и удалось ли ему совершить тот побег, на который он

Мне пришло в голову, что с тех пор как встала на маршрут, я ни разу не заплакала. Как такое может быть? Это казалось невозможным, но так и было.

намекал в открытке, посланной мне в Кеннеди-Медоуз, и слезть с иглы. Я надеялась, что удалось. Надеялась не ради себя, но ради него. Сложила письмо и сунула его в конверт, который дала мне Трина. Сорвала несколько диких цветов с лужайки и вложила их внутрь, прежде чем запечатать.

— Схожу отошлю письмо, — сказала я остальным и, подсвечивая себе налобным фонариком, пошла по траве и протоптанной в глине тропинке к почтовому ящику, который висел на дверях закрытого магазина.

— Эй, красавица! — донесся до меня мужской голос, когда я опустила письмо в прорезь ящика. Я видела только горящий кончик сигареты на темном крыльце.

— Привет, — ответила я неуверенно.

— Это я, бармен, — проговорил мужчина, делая шаг вперед, чтобы я могла увидеть его лицо в слабом свете своего фонарика. — Как тебе понравилось вино? — спросил он.

— А, это ты! Привет. Да, понравилось, и это было очень мило с твоей стороны. Спасибо!

— Я пока еще работаю, — проговорил он, стряхивая пепел сигареты в урну. — Но скоро закончу. Мой трейлер стоит прямо через дорожку. Если хочешь, приходи, устроим вечеринку. Я могу принести целую бутылку того пино гри, которое тебе понравилось.

— Спасибо, — проговорила я. — Но мне завтра рано вставать, утром мы уходим.

Он еще раз затянулся сигаретой, кончик которой ярко мигнул. Я наблюдала за ним некоторое время после того, как он принес мне вино. На вид ему было около тридцати. И он отлично выглядел в своих джинсах. Почему бы мне не пойти с ним?

— Что ж, у тебя есть время подумать об этом. Если вдруг передумаешь... — сказал он.

— Мне завтра предстоит пройти тридцать километров, — ответила я, как будто это что-то для него значило.

— Ты могла бы переночевать у меня, — ответил он. — Я отдам тебе свою кровать. Я-то могу поспать и на диване, если хочешь.

Спорим, постель — это классно, после всех тех ночей, которые тебе пришлось провести на земле?

— Все мои пожитки вон там, — махнула я рукой в сторону лужайки.

Я шла обратно в лагерь, взволнованная, в равной мере обеспокоенная и польщенная его интересом, временами меня пронзала стрела отчаянного желания. К тому времени как я вернулась, женщины уже закрылись на ночь в своих палатках, но Брент еще не спал, он стоял в темноте и глядел на звезды.

— Красиво, правда? — шепнула я, тоже поднимая взгляд к небу. И в этот миг мне пришло в голову, что с тех пор как встала на маршрут, я ни разу не заплакала. Как такое может быть? После всех моих слез это казалось невозможным, но так и было. Осознав это, я едва не разрыдалась, но вместо этого засмеялась.

— Что ты увидела смешного? — спросил Брент.

— Ничего, — пожала я плечами и взглянула на часы. Четверть одиннадцатого. — Обычно к этому моменту я уже сплю без задних ног.

— Я тоже, — сказал Брент.

— Но сегодня спать совершенно не хочется.

— Это потому, что мы переволновались, попав в город, — сказал он.

Мы оба рассмеялись. Весь день я наслаждалась компанией женщин, благодарная за такие разговоры, какие мне ни разу не случалось вести с тех пор, как я начала свой поход. Но, как ни странно, Брент казался мне ближе всех, пусть даже только потому, что был как-то привычнее, что ли. Стоя рядом с ним, я осознала, что он напоминает мне брата, которого, несмотря на разделявшее нас расстояние, я любила больше всех на свете.

— Нам надо загадать желание, — сказала я Бренту.

— А разве не нужно дождаться падающей звезды? — удивился он.

— Традиционно — да. Но мы можем придумать новые правила, — возразила я. — Например, я хочу, чтобы у меня были ботинки, от которых не болят ноги.

— Но ведь произносить желание вслух нельзя! — воскликнул он расстроенно. — Это все равно что не вовремя задуть деньрожденные свечки! Нельзя говорить никому, какое у тебя желание. Теперь оно не исполнится. У тебя же на ногах живого места нет!

— Вовсе не обязательно, — повторила я нетерпеливо, хотя у меня было неприятное чувство, что он прав.

— Ладно, я свое загадал. Теперь твоя очередь, — сказал он.

Я уставилась на звезду, но разум мой лишь прыгал от одной мысли к другой.

— Ты во сколько завтра снимаешься с места? — спросила я.

— С первыми лучами.

— Я тоже, — сказала я. Я не хотела проститься с ним завтра утром. Мы с Триной и Стейси решили идти и ночевать вместе в течение следующей пары дней, но Брент двигался быстрее нас, и это означало, что он пойдет один.

— Ну что, ты загадала свое желание? — спросил он.

— Все еще думаю.

— Сейчас для желаний самое время, — заметил он. — Это ведь наша последняя ночь в Сьерра-Неваде.

— Прощай, Хребет Света, — сказала я небу.

— Ты могла бы пожелать себе лошадь, — предположил Брент. — Тогда тебе не пришлось бы беспокоиться о своих ногах.

Я взглянула на него в темноте. Это было верно — МТХ был открыт и для пеших туристов, и для вьючных животных, хотя я еще не встречалась ни с одним всадником на маршруте. — У меня когда-то была лошадь, — сказала я, снова обращая взгляд к небу. — На самом деле даже две.

— Ну, тогда тебе повезло, — сказал он. — Не у каждого есть лошадь.

Несколько минут мы молчали.

Я загадала свое желание.

ЧАСТЬ ЧЕТВЕРТАЯ

В ГЛУШИ

> Когда не имел я крова,
> Сделал я кровом своим Отвагу.
>
> РОБЕРТ ПИНСКИ
> *«Песнь самурая»*

> Никогда, никогда, никогда не сдавайтесь.
>
> УИНСТОН ЧЕРЧИЛЛЬ

11

ВЫРВАТЬСЯ ИЗ КЛЕТКИ

Я стояла на обочине шоссе сразу на выезде из городка Честер, пытаясь поймать попутку, когда мужчина, сидевший за рулем серебристого «Крайслера», притормозил и вышел из машины. За истекшие пятьдесят с чем-то часов я прошла около 80 километров со Стейси, Триной и ее псом от Белден-Тауна до местечка под названием Стовер-Кемп. Но мы расстались минут десять назад, когда рядом с нами остановилась пара в маленькой «Хонде», объявив, что у них в машине есть место только для двух из нас. «Поезжай ты, — говорили мы друг другу. — Нет, поезжайте вы», — пока я не настояла на том, чтобы Стейси и Трина забрались в машину, и не запихнула вслед за ними Одина, которому предстояло сидеть, где получится. Я уверила их, что со мной все будет в порядке.

«И все *будет в* порядке», — думала я, пока водитель «Крайслера» шел ко мне по покрытой гравием обочине дороги, хотя и ощутила тошнотворный трепет в желудке, пытаясь определить за доли секунды, каковы его намерения. Он вроде бы выглядел довольно приличным парнем, на пару лет старше меня. *Да нет, он и вправду отличный парень*, решила я, бросив взгляд на бампер его автомобиля. На бампере была зеленая наклейка, которая гласила «Представь себе мир во всем мире».

Существовал ли в истории хотя бы один серийный убийца, который пытался представить себе мир во всем мире?

— Привет, — сказала я дружелюбно. Я сжимала в ладони свой «самый громкий в мире свисток», моя рука бессознательно потянулась к нему, пропутешествовав вверх по раме Монстра и охватив нейлоновый шнурок, свисавший с рюкзака. Я не пользовалась свистком с тех пор, как на меня бросился бык. Но с того самого раза у меня присутствовало постоянное и инстинктивное знание, где он находится, словно он был привязан шнурком не только к моему рюкзаку, но и другим, невидимым шнурком — прямо ко мне.

— Доброе утро, — проговорил мужчина, протягивая мне руку для рукопожатия, каштановые волосы бились на ветру и лезли ему в глаза. Он назвался Джимми Картером, подчеркнул, что не родственник бывшего президента, и посетовал, что не может подвезти меня, поскольку в его машине нет места. Я взглянула на нее и увидела, что это правда. Каждый дюйм внутреннего пространства, за исключением водительского сиденья, был забит газетами, книгами, одеждой, банками с лимонадом и кучей других вещей, толща которых доходила до самых окон. Он поинтересовался, нельзя ли просто поговорить со мной. Сказал, что он репортер, пишущий статью для издания *Hobo Times*. Он ездил по всей стране, интервьюируя «народ», который жил жизнью хобо[1].

— Но я не хобо, — возразила я, улыбнувшись. — Я походница, дальноходка. — Я выпустила свисток и вытянула руку в сторону дороги, подняв вверх большой палец, когда завидела подъезжающий мини-вэн. — Я иду по Маршруту Тихоокеанского хребта, — объяснила я, бросая взгляд на него искоса, от души желая, чтобы он забрался в свою машину и убрался к чертям.

Мне нужно было поймать две попутки в двух разных направлениях, чтобы добраться до Олд-Стейшен, и его присутствие мне ужасно мешало. Да, я была грязной, а моя одежда — еще грязнее, но я все равно была одинокая женщина. Присутствие Джимми

---

[1] Американские странствующие рабочие; термин появился на западе США в конце XIX в.; сейчас иногда используется как синоним слов «бродяга» или «бездомный».

ВЫРВАТЬСЯ ИЗ КЛЕТКИ

Картера все усложняло, изменяло картинку с точки зрения водителей, проезжавших мимо. Я вспомнила, как долго мне пришлось стоять на обочине дороги, когда я пыталась добраться до Сьерра-Сити вместе с Грэгом. Если Джимми Картер будет продолжать стоять рядом со мной, то никто не остановится.

— И как давно вы бродяжничаете? — спросил он, вытаскивая ручку и длинный, узкий репортерский блокнот из заднего кармана своих вельветовых брюк. Волосы его были свалявшимися и давно не мытыми. Они висели сосульками, то скрывая, то вновь открывая его темные глаза, в зависимости от того, как сильно и в какую сторону дул ветер. Он показался мне ученым, имеющим докторскую степень по какому-то неземному и неописуемому предмету. К примеру, по истории сознания или сравнительным исследованиям в области дискурса и общества.

> Интересно, чует ли он мой запах, подумалось мне. Для меня тот момент, когда я могла почувствовать собственный запах, уже миновал.

— Я же уже *сказала*. Я не бродяжничаю, — сказала я и рассмеялась. Хоть мне и ужасно хотелось поймать машину, общество Джимми Картера меня все же немного развлекало. — Я иду по Маршруту Тихоокеанского хребта, — повторила я, в знак подтверждения собственных слов указывая ему на леса, граничившие с дорогой, хотя в действительности МТХ располагался примерно в 15 километрах от места, где мы стояли.

Он уставился на меня ничего не выражающим, непонимающим взглядом. Была середина утра, уже стало жарко; такой день, когда к полудню можно заживо изжариться. Интересно, чует ли он мой запах, подумалось мне. Для меня тот момент, когда я могла почувствовать собственный запах, уже миновал. Я отступила на шаг и, сдавшись, опустила руку. Пока он не уедет, поймать попутку у меня нет ни малейших шансов.

— Это Национальная пейзажная тропа, — продолжала я, но он лишь продолжал смотреть на меня с выражением бесконечного терпения на лице, держа в руке блокнот, в котором еще не появилось ни одной заметки. Пока я объясняла ему, что такое МТХ и что я на нем делаю, я заметила, что Джимми Картер не так уж плох собой. *Интересно, не найдется ли у него в машине какой-нибудь еды,* мелькнула у меня мысль.

— Так если вы идете по маршруту в заповеднике, что вы тогда делаете *здесь*? — не понял он.

Я рассказала ему, как мы делаем крюк в обход глубоких снегов в национальном парке Лассен.

— Ну, так давно вы бродяжничаете?

— *На маршрут*, — подчеркнуто сказала я, — я вышла около месяца назад, — и увидела, как он это записал. Тут мне подумалось, что, возможно, я все-таки на какую-то крохотную долю хобо, учитывая все то время, которое я провела, ловя попутки и пропуская участки тропы. Но сочла, что упоминать об этом было бы неумно.

— Сколько ночей в этом месяце вы спали под крышей? — спросил он.

— Три, — ответила я, обдумав ответ: одну ночь у Фрэнка и Аннет и по одной ночи в мотелях в Риджкресте и Сьерра-Сити.

— Это все вещи, что у вас есть? — спросил он, кивая в сторону моего рюкзака и альпенштока.

— Да. Я имею в виду, остальные мои вещи на хранении, но на данный момент это все. — Я опустила руку на раму Монстра. Он всегда казался мне другом, но в компании Джимми Картера это чувство стало еще острее.

— Ну, в таком случае, я бы сказал, что вы — хобо! — воскликнул он довольно и попросил меня назвать по буквам мои имя и фамилию.

Я выполнила его просьбу — и тут же пожалела об этом.

— Да этого быть не может! — воскликнул он, когда записал их в своем блокноте. — Это что, взаправду ваше имя?

— Ну да, — сказала я и отвернулась, делая вид, что ищу машину на дороге, чтоб он не увидел замешательства на моем лице. Дорога была пугающе безмолвна, потом медлительный грузовик вырулил за поворот и, взревев, проехал мимо, не обращая внимания на мою поднятую руку.

— Итак, — сказал Джимми Картер, когда грузовик проехал, — мы могли бы сказать, что вы — *настоящая* бродяга.

— Я бы так не сказала, — запинаясь, проговорила я. — Быть хобо и быть любительницей пеших походов — это две совершенно разные вещи. — Я продела руку в розовую петлю своей лыжной палки и принялась царапать землю ее кончиком, рисуя линию, ведущую в никуда. — Я не в том смысле туристка, в каком вы обычно представляете себе туристов, — объяснила я. — Я, скорее, теперь уже эксперт. Я прохожу от двадцати четырех до тридцати двух километров в день, день за днем, часто иду по нескольку дней подряд, не встречая ни одного другого человека. Может быть, вам стоит сделать статью из этого?

Он сказал, чтобы я поискала его статью обо мне в осеннем номере журнала *Hobo Times*, как будто я была его регулярной читательницей.

Он бросил на меня взгляд поверх своего блокнота, волосы экстравагантно перечеркнули его бледное лицо. Он казался очень похожим на многих людей, которых я знала. Интересно, подумал ли он то же самое обо мне.

— Я почти не встречаю женщин-хобо, — почти прошептал он, словно поверяя мне какой-то секрет, — так что это просто чертовски круто!

— Я *не хобо!* — еще раз, довольно раздраженно, возразила я.

— Женщин-хобо так трудно найти! — настаивал он.

Тогда я заявила ему, что это потому, что женщины слишком угнетены, чтобы быть хобо. Скорее всего, все женщины, которые хотели бы быть хобо, оказываются, как в ловушке, дома с целым выводком детишек, которых надо воспитывать. Детишек, чьими отцами стали мужчины-хобо, выбравшие для себя дорогу.

— Ага, понимаю, — проговорил он. — Значит, вы — феминистка.

— Да, — подтвердила я. Было так приятно хоть с чем-нибудь согласиться!

— Мой любимый тип женщин, — сказал он и сделал пометку в своем блокноте.

— Но все это не имеет никакого значения! — воскликнула я. — Потому что я – не хобо. Это совершенно законно, понимаете? То, что я делаю. Я же не единственная иду по МТХ. Люди *это делают*. Вы когда-нибудь слышали об Аппалачском маршруте? Вот и это то же самое. Только на западе — я стояла и смотрела, как он царапает что-то в блокноте — возможно, то, что я ему говорила.

— Я хотел бы сфотографировать вас, — сказал Джимми Картер. Он просунулся в окошко машины и вытащил из салона фотоаппарат. — Кстати, у вас клевая футболка. Я люблю Боба Марли. И ваш браслет мне тоже нравится. Знаете, многие хобо — бывшие ветераны Вьетнама.

Я бросила взгляд на имя Уильяма Дж. Крокета на моем запястье.

— Улыбнитесь, — попросил он и сделал снимок. Сказал, чтобы я поискала его статью обо мне в осеннем номере журнала *Hobo Times*, как будто я была его регулярной читательницей. — Выдержки из этих статей печатаются в журнале «Харперс», — добавил он.

— «Харперс»? — спросила я, словно громом пораженная.

— Да, это такой журнал, который…

— Я знаю, что такое «Харперс», — резко оборвала его я. — И я не хочу оказаться на страницах «Харперс». Точнее, я очень хотела бы оказаться в «Харперс», но только *не потому*, что я хобо.

— Так вы же вроде говорили, что вы не хобо, — заметил он и отвернулся, чтобы открыть багажник своей машины.

— Ну, я действительно не хобо, так что это было бы очень глупо — появиться в таком виде в «Харперс», и это означает, что вам, вероятно, вообще не следовало бы писать эту статью, потому что…

— Стандартная упаковка гуманитарной помощи для хобо, — перебил он меня, повернувшись и протягивая банку холодного

«Будвайзера» и пластиковый пакет, который оттягивал вниз вес продуктов, лежавших внутри.

— Но я же не хобо, — слабо запротестовала я в последний раз, уже с меньшим пылом, чем прежде, боясь, что он наконец поверит мне и уберет свой пакет с гуманитарной помощью.

— Спасибо за интервью, — проговорил он и захлопнул крышку багажника. — Безопасного вам пути.

— Да, спасибо, вам тоже, — ответила я.

— Полагаю, у вас есть оружие. По крайней мере, *надеюсь*, что это так.

Я пожала плечами, не желая ни признаваться в том, что его у меня нет, ни подтверждать его догадку.

— Я понимаю, что вы уже прошли довольно большое расстояние к югу отсюда, но теперь направляетесь на север, а это значит, что вскоре вы войдете в страну бигфутов[1].

— Бигфутов?

— Ну да. Ну, знаете, эти — сасквочи? Я вас не обманываю. Отсюда до самой границы и дальше, в Орегоне, вы вступаете на территорию, где зафиксировано наибольшее в мире количество сообщений о встречах с бигфутами. — Он повернулся к деревьям и уставился на них, словно снежный человек мог вывалиться оттуда и наброситься на нас. — Многие люди в них верят. Многие хобо — хобо, которые странствуют здесь. Люди, которые знают. Я постоянно слышу в этих краях истории о бигфутах.

— Ну, думаю, со мной все будет в порядке. По крайней мере, пока все было в порядке, — пробормотала я и рассмеялась, хотя желудок мой проделал небольшое сальто. В те недели, когда я готовилась выйти на МТХ, когда решила ничего не бояться, я думала о медведях, змеях, горных львах и незнакомых людях, которых буду встречать по дороге. У меня и мысли не возникало о волосатых гуманоидных двуногих тварях.

---

[1] Название предполагаемого млекопитающего, похожего на человекообразную обезьяну.

— Но, вероятно, с вами действительно все в порядке. А мне не следовало беспокоиться. Велика вероятность, что они не станут вас трогать. Особенно — если у вас есть пистолет.

— Точно, — кивнула я.

— Удачи вам в походе, — сказал он, залезая в машину.

— Удачи и вам... в поиске хобо, — ответила я и помахала ему вслед.

Я некоторое время постояла на дороге, даже не пытаясь остановить проезжавшие мимо машины. Я чувствовала себя более одинокой, чем любой живой человек на всем белом свете. Солнце палило как оглашенное, даже сквозь панаму. Я гадала, где сейчас Стейси и Трина. Мужчина, который подобрал их на дороге, собирался отвезти их только на 20 километров к востоку, к пересечению со следующим шоссе. Там нам надо было поймать еще одну попутку, которая отвезла бы нас на север, а потом снова повернула на запад, к Олд-Стейшен, где нам предстояло вновь выйти на МТХ. Мы договорились встретиться у этого перекрестка. Я отстраненно пожалела о том, что уговорила их оставить меня, когда рядом остановилась та машина. Машинально вытянула руку с поднятым большим пальцем в сторону очередной машины, и только когда она проехала мимо, до меня дошло, что я не так уж хорошо выгляжу с зажатой в руке банкой пива. Я прижала ее холодный алюминиевый бочок к горячему лбу — и внезапно ощутила острое желание выпить. А почему бы и нет? Пиво только зря нагреется, если я положу его в рюкзак.

Я взгромоздила Монстра на спину, спустилась сквозь высокую траву в кювет, поднялась на другой его стороне и вошла в лес, который теперь казался мне чем-то вроде дома. Миром, который стал моим после того, как мир дорог, городов и машин перестал мне принадлежать. Я шла, пока не набрела на хорошее местечко в тени дерева. Там я уселась на землю и вскрыла банку. Я не люблю пиво — на самом деле эта банка «Будвайзера» была единственной полной банкой пива, которую я выпила за свою жизнь.

ВЫРВАТЬСЯ ИЗ КЛЕТКИ

Но его вкус показался мне приятным, таким, каким он, наверное, кажется людям, которые его любят: холодным, острым, резким и «правильным».

Попивая пиво, я исследовала содержимое пластикового пакета, который подарил мне Джимми. Я вытряхнула из него все, что в нем было, и разложила перед собой на земле: упаковку мятной жвачки; три влажные салфетки в индивидуальных упаковках; бумажный пакетик, в котором лежали две таблетки аспирина; шесть ирисок в прозрачной золотистой обертке; книжечку спичек; тонкую сырокопченую колбаску, запечатанную в своем собственном пластиковом вакуумном мире; одну-единственную сигарету в прозрачном цилиндрике «под стекло»; одноразовую бритву и широкую, почти плоскую банку запеченной фасоли.

Я начала с колбаски, запивая ее остатками пива. Потом настала очередь ирисок, всех шести, я съела их одну за другой. А потом — все еще голодная, *всегда* голодная — я обратила свое внимание на банку с запеченной фасолью. Вскрыла ее с помощью крошечного приспособления, входившего в комплект моего швейцарского армейского ножа, и, будучи слишком разморенной, чтобы рыться в рюкзаке в поисках ложки, стала вылавливать фасолинки ножом и поедать — как хобо — прямо с ножа.

> В те недели, когда я готовилась выйти на МТХ, я думала о медведях, змеях, горных львах и незнакомых людях, которых буду встречать по дороге. У меня и мысли не возникало о волосатых гуманоидных двуногих тварях.

Я вернулась на дорогу в легком тумане пивного опьянения, жуя сразу две пластинки жвачки, чтобы протрезветь, и принялась с энтузиазмом размахивать большим пальцем перед каждой машиной, проезжавшей мимо. Через несколько минут рядом со мной притормозил старый белый «маверик». На водительском сиденье сидела женщина, рядом с ней — мужчина, еще один мужчина и собака — на заднем сиденье.

— Куда направляешься? — спросила женщина.

— На Олд-Стейшен, — ответила я. — Или, по крайней мере, на перекресток тридцать шестого и сорок четвертого шоссе.

— Нам это по дороге, — сказала она, выбралась из машины, обошла ее сзади и открыла для меня багажник. Она выглядела лет на сорок. Волосы у нее были спутанные, вытравленные до белизны, лицо — припухлое, испещренное шрамиками от старого зажившего акне. На ней были обрезанные джинсы, в ушах — золотые сережки в форме бабочек, а верхнюю часть тела украшал сероватый топ, на первый взгляд сшитый из остатков швабры. — Ни хрена себе ты упаковалась, детка! — воскликнула она и рассмеялась грубым нарочитым смехом.

— Спасибо, спасибо, — приговаривала я, стирая с лица пот, пока мы вместе старались втиснуть Монстра в багажник. В конце концов у нас это получилось, и я забралась на заднее сиденье, к собаке и мужчине. Пес оказался породы хаски; голубоглазый и роскошный, он сидел на крохотном участке пола перед сиденьем. Мужчина был худ, примерно того же возраста, что и женщина, его темные волосы были заплетены в тонкую косицу. На нем была черная кожаная куртка на голое тело, а голову украшала повязанная по-байкерски красная бандана.

— Привет, — пробормотала я ему, напрасно нашаривая ремень безопасности, который оказался безвозвратно утонувшим в складке сиденья. Мои глаза пробежали по его татуировкам. Шипастый металлический шар-моргенштерн[1] на конце цепи — на одной руке. На другой — торс женщины с голой грудью, с головой, запрокинутой назад то ли от боли, то ли от экстаза, то ли от того и другого разом. Поперек его загорелой груди было выведено латинское слово, значения которого я не знала. Когда я перестала ерзать в поисках ремня безопасности, хаски наклонил ко мне голову и нежно облизал мое колено мягким и странно прохладным языком.

---

[1] Бронзовый шарик с ввинченными в него стальными шипами.

— У этого пса чертовски хороший вкус на женщин, — прокомментировал мужчина. — Его зовут Стиви Рэй, — добавил он. Пес тут же перестал вылизывать колено, плотно захлопнул пасть и посмотрел на меня своими льдистыми, обведенными черным глазами, словно понимал, что его уже представили, и хотел проявить галантность. — А я — Спайдер. Луизу ты уже знаешь — мы кличем ее Лу.

— Это я! — проговорила Лу, на мгновение встретившись со мной глазами в зеркальце заднего вида.

— А это — мой брат Дейв, — продолжал мужчина, указывая на другого мужчину, сидевшего на пассажирском сиденье.

— Привет, — сказала я.

— Ну а ты? У тебя вообще имя-то есть? — Дейв обернулся ко мне с вопросом.

— Ах да, извините. Я – Шерил, — улыбнулась я, хотя меня охватила смутная неуверенность в том, что я правильно поступила, сев в эту машину. Но теперь с этим уже ничего невозможно было поделать. Мы ехали вперед, и горячий ветер из окна обдувал мои волосы. Я принялась гладить Стиви Рэя, одновременно искоса наблюдая за Спайдером. — Спасибо, что подобрали меня, — проговорила я, стараясь скрыть свою неуверенность.

— Эй, да нет проблем, сестренка, — отмахнулся Спайдер. На среднем пальце у него красовалось квадратное кольцо с бирюзой. — Нам всем пришлось в этой жизни постранствовать по большой дороге. Все мы знаем, каково это. Я вот на прошлой неделе ехал автостопом, и черт меня побери, если я мог поймать машину, даже ради спасения собственной жизни. Так что, когда я увидел тебя, попросил Лу остановиться. Все это долбаная карма, понимаешь?

— Ага, — отозвалась я и попыталась заправить волосы за уши. На ощупь они были грубыми и сухими, как солома.

— Кстати, а что ты делаешь на большой дороге? — спросила меня Лу с переднего сиденья.

Я пустилась в рассказ об МТХ, начав с самого начала, с идеи пройти его в одиночку, объясняя тонкости, связанные с маршрутом, с рекордными снегопадами этого года и сложными маневрами, которые мне пришлось предпринимать, чтобы добраться до Олд-Стейшен. Они слушали меня с уважительным отстраненным любопытством, и все трое дымили сигаретами, пока я рассказывала.

После того как я выговорилась, Спайдер промолвил:

— У меня есть одна история для тебя, Шерил. Думаю, она перекликается с тем, о чем ты тут толкуешь. Я недавно читал о животных, и там был этот долбаный ученый из Франции, который в тридцатых или сороковых годах, или когда это там было, ставил опыты на животных. Он пытался заставить мартышек рисовать картинки — настоящие художественные картинки, вроде тех, что нарисованы этими долбаными художниками и висят в музеях и во всяком таком дерьме. В общем, эти ученые постоянно показывали мартышкам разные картинки и раздавали им угольные карандаши для рисования. И в один прекрасный день одна из мартышек что-то нарисовала, но нарисовала она вовсе не художественную картинку. Она нарисовала прутья своей собственной долбаной клетки. *Своей собственной долбаной клетки!* Господи, и в этом-то вся правда, верно?! Эта история задевает меня за живое, и я спорить готов, что и тебя тоже, сестренка.

— Да, и меня тоже, — честно сказала я.

— Нас всех это задевает за живое, приятель, — проговорил Дейв и повернулся на своем сиденье, чтобы обменяться со Спайдером серией характерных жестов, принятых в байкерском братстве.

— Хочешь, расскажу тебе кое-что про этого пса? — спросил Спайдер. — Я взял его в тот день, когда умер Стиви Рэй Воэн[1]. Вот так он и получил свое долбаное имечко.

— Я люблю Стиви Рэя, — сказала я.

— А тебе нравится *Texas Flood*? — спросил меня Дейв.

— Ага, — кивнула я, погружаясь в сладкую грезу при одной мысли об этой песне.

---

[1] Американский гитарист и певец, один из самых известных и влиятельных гитаристов в мире.

— Она у меня с собой, — сказал он, вытащил компакт-диск и сунул его в бумбокс, стоявший между ним и Лу. Через мгновение блаженные звуки электрогитары Воэна наполнили машину. Эта музыка для меня была как помощь, как пища, как все те вещи, которые я некогда воспринимала как должное и которые ныне стали для меня источниками экстаза, поскольку мне в них было отказано. Я смотрела, как деревья проплывают мимо, заблудившись в звуках песни *Love Struck Baby*.

> Меня тоже вполне можно назвать чем-то вроде распутного старого ублюдка, подумала я.

Когда песня закончилась, Лу проговорила:

— Мы тоже ударенные любовью, и я, и Дейв. На следующей неделе мы решили пожениться.

— Поздравляю, — сказала я.

— Хочешь выйти за меня замуж, золотко? — спросил меня Спайдер, на мгновение царапнув мое голое бедро тыльной стороной своей ладони, острыми гранями бирюзового кольца.

— Не обращай на него внимания, — посоветовала Лу. — Он всего лишь распутный старый ублюдок. — Она расхохоталась и поймала мой взгляд в зеркальце.

Меня тоже вполне можно назвать чем-то вроде распутного старого ублюдка, подумала я, пока один Стиви Рэй — пес — методично вылизывал мое колено, а другой Стиви Рэй пустился в головоломную каденцию песни *Pride and Joy*. Казалось, весь мой пульс переместился в то место на ноге, которого коснулся Спайдер. Мне хотелось, чтобы он снова это сделал, хотя я и понимала, что это смешно. Какая-то заламинированная фотокарточка с крестиком болталась на зеркальце заднего вида вместе с полинялой елочкой салонного освежителя воздуха, и когда карточка развернулась, я увидела, что на ее обороте изображен маленький мальчик.

— Это твой сын? — спросила я Лу, когда закончилась песня, указывая на зеркальце.

— Это мой маленький Люк, — ответила она, постучав по карточке пальцем.

— А он будет присутствовать на свадьбе? — спросила я, но она не ответила. Только приглушила музыку, и я сразу же поняла, что сказала что-то не то.

— Он умер пять лет назад, когда ему было восемь, — ответила Лу через несколько минут.

— Боже мой, прости меня, — пробормотала я. Наклонилась вперед и похлопала ее по плечу.

— Он катался на своем велике, и его сшиб грузовик, — проговорила она ровным голосом. — Он не сразу умер. Еще неделю продержался в больнице. Ни один из врачей не мог поверить, что он не умер сразу.

— Он был крепкий маленький ублюдок, — одобрительно проговорил Спайдер.

— Да уж, это точно, — отозвалась Лу.

— Точно как его мама, — проговорил Дейв, сжимая колено Лу.

— Мне так жаль, — снова проговорила я.

— Я знаю, что тебе жаль, — сказала Лу и снова включила музыку на полную громкость. Мы ехали дальше, не разговаривая, слушая гитару Воэна, завывающую в песне *Texas Flood*, и сердце мое сжималось при ее звуках.

Через несколько минут Лу крикнула:

— Вот он, твой перекресток! — Она притормозила и выключила мотор, потом глянула на Дейва. — Почему бы вам, мальчики, не сводить Стиви Рэя отлить?

Все они вышли вместе со мной из машины и стояли вокруг, прикуривая сигареты, пока я вытаскивала из багажника свой рюкзак. Дейв и Спайдер выпустили Стиви Рэя в заросли деревьев вдоль обочины дороги, а мы с Лу стояли на затененном островке неподалеку от машины, пока я застегивала Монстра. Она расспрашивала, есть ли у меня дети, сколько мне лет, замужем ли я сейчас и была ли когда-нибудь.

— Нет. Двадцать шесть. Нет. Да, — отвечала я ей.

Она сказала:

— Ты красивая, так что с тобой будет все в порядке, чем бы ты ни занималась. А со мной не так. Люди всегда покупаются только на то, что сердце у меня доброе. А вот красоты у меня никогда не было.

— Но это неправда, — запротестовала я. — Я думаю, что ты красивая.

— Правда? — спросила она.

— Правда, — сказала я, хотя «красивая» — это было не совсем то слово, каким бы я ее описала.

— *Серьезно?* Ну, спасибо. Приятно слышать. Обычно Дейв — единственный, кто так думает. — Она бросила взгляд на мои ноги. — Девочка, да тебе надо бы побриться! — гулким басом воскликнула Лу, а потом рассмеялась тем же самым грубым смехом, что и тогда, когда отпустила замечание насчет веса моего рюкзака. — Да нет, — добавила она, выдувая изо рта струйку дыма. — Я просто над тобой смеюсь. На самом деле, я думаю, это здорово — делать что хочешь. Если спросишь моего мнения, так немногие цыпочки делают это — просто говорят обществу и его ожиданиям, чтобы те шли в задницу. Если бы большее количество женщин было на это способно, мы жили бы куда лучше. — Она сделала затяжку и снова выдула дым тонкой струйкой. — Кстати, знаешь, что случилось после того, как моего сына убили? После того как это случилось, я тоже умерла. Внутри, — она похлопала себя по груди рукой, в которой держала сигарету. — Я выгляжу точно так же, но *здесь я* больше не такая. Я имею в виду, жизнь-то идет дальше, жизнь и все прочее дерьмо, но смерть Люка забрала ее у меня. Я стараюсь этого не показывать, но так и есть. Она забрала Лу у Лу, и я никак не могу получить эту Лу обратно. Ты понимаешь, что я имею в виду?

— Понимаю, — сказала я, глядя в ее ореховые глаза.

— Я так и думала, — кивнула она. — У меня возникло такое же чувство насчет тебя.

Я попрощалась с ними, миновала перекресток и пошла по дороге, которая должна была привести меня к Олд-Стейшен. Жара была такая, что нагретый воздух поднимался от земли видимой рябью. Ступив на дорогу, я увидела в отдалении три покачивающиеся фигуры.

— Стейси! — завопила я. — Трина!

Они увидели меня и замахали руками. Один тоже пролаял свое приветствие.

Вместе мы поймали попутку до Олд-Стейшен — еще одной крохотной деревушки, которая представляла собой скорее столпившиеся вместе несколько домишек, чем городок. Трина пошла на почту, чтобы отправить кое-что домой. Мы со Стейси ждали ее в кафе с кондиционированным воздухом, попивая лимонад и обсуждая следующий участок маршрута. Это был участок плато Модок, который назывался Хэт-Крик-Рим, — место пустынное и славящееся отсутствием тени и воды. Легендарный участок на легендарном маршруте. Сухой и жаркий, он был дочиста выжжен пожаром в 1987 году. Путеводитель проинформировал меня, что от Олд-Стейшен до Рок-Спрингс-Крик, расположенного в 48 километрах отсюда, нет ни одного надежного источника воды. По крайней мере, так было в 1989 году, когда книга отправилась в печать. Но егерская служба собиралась установить цистерну с водой неподалеку от развалин старой пожарной наблюдательной вышки, расположенной примерно на середине этого отрезка. Путеводитель предупреждал, что эту информацию следует проверить. И даже если цистерна будет установлена, на такие хранилища воды не всегда можно положиться, поскольку вандалы иногда портят их, простреливая из огнестрельного оружия.

Я сосала кубики льда, вылавливая их из стакана с лимонадом по одному, обдумывая эту информацию. Я бросила свой водяной бурдюк в Кеннеди-Медоуз, поскольку на большей части отрезков маршрута к северу оттуда имелись адекватные источники воды. В предвкушении засушливого Хэт-Крик-Рим я планировала купить большую флягу с водой и цеплять ее к Монстру, но по причинам финансовым и физическим очень надеялась, что в этом не

ВЫРВАТЬСЯ ИЗ КЛЕТКИ

будет необходимости. Я надеялась потратить последние остатки своих денег на еду в этом кафе, а не на флягу для воды, не говоря уже о необходимости волочь ее почти 50 километров пути по пустыне. Так что я едва не свалилась со стула от радости и облегчения, когда с почты вернулась Трина с хорошей новостью. Туристы, шедшие с юга, написали в регистрационном журнале, что цистерна, упомянутая в путеводителе, действительно существует и в ней есть вода.

Воодушевленные, мы дошли до палаточного городка в полутора километрах от бара и поставили свои палатки бок о бок на одну последнюю ночь,

> Это был участок плато Модок, который назывался Хэт-Крик-Рим, — место пустынное и славящееся отсутствием тени и воды. Легендарный участок на легендарном маршруте.

которую нам предстояло провести вместе. Трина и Стейси выдвигались на маршрут на следующий день, но я решила отложить выход, желая снова идти одна. А еще я хотела дать отдых ступням, до сих пор не пришедшим в норму после ужасного спуска от Трех Озер.

На следующее утро, проснувшись, я обнаружила лагерь целиком в своем распоряжении. Уселась за стол для пикников и стала пить чай из походного котелка, одновременно сжигая последние страницы «Романа». Тот профессор, который морщил нос по поводу Миченера, в некотором отношении был прав. Да, этот автор не был ни Уильямом Фолкнером, не Флэннери О'Коннор, но временами его текст меня захватывал, и дело было отнюдь не только в писательском стиле. Эта книга затронула некие струны в моей душе. То была история о многих вещах, но сосредоточивалась она вокруг жизни одного романа — история, рассказанная с точки зрения автора романа, его издателя, критиков и читателей. Среди всего, что я совершила в своей жизни, среди всех тех версий себя самой, которые я проживала, был один аспект, который никогда не менялся: я была писательницей. Я намеревалась когда-нибудь написать собственный роман. И мне было стыдно, что я пока еще ни одного не написала. Десять лет назад я была совершенно уверена, что к этому моменту уже опубликую свою первую книгу. Я написала несколько коротких рассказов и сделала серьезную заявку на роман, но сказать, что эта книга скоро будет готова, пока было нельзя. За всеми перипетиями последнего года казалось, что писательская муза покинула меня навсегда. Однако во время похода я почувствовала, как роман возвращается ко мне, вплетая свой голос во фрагменты песен и обрывки рекламных мелодий, кружащиеся в моем мозгу. И в то утро на Олд-Стейшен, разрывая книгу Миченера на стопки по пятьдесят страниц, чтобы бумага хорошо горела, присев на корточки возле кострища в лагере, чтобы поджечь их, я решила взяться за работу. Мне в любом случае нечем было заняться в течение всего этого долгого дня, так что я уселась за стол для пикников и писала до самого вечера.

> Я намеревалась когда-нибудь написать собственный роман. И мне было стыдно, что я пока еще ни одного не написала.

Подняв глаза, я увидела, что бурундук прогрызает дырочку в матерчатой двери моей палатки, пытаясь добраться до съестных припасов. Я отогнала его, ругаясь на чем свет стоит, а он взобрался на дерево и сердито трещал на меня оттуда. К этому времени палаточный городок вокруг меня ожил. На большинстве столов для пикника теперь стояли переносные холодильники с пивом и походные плитки. На небольших мощеных парковочных площадках припарковались грузовички-пикапы и трейлеры. Я вытащила мешок с продуктами из палатки и взяла его с собой, решив вернуться в кафе, где вчера днем мы сидели с Триной и Стейси. Там я заказала бургер, наплевав на то, что потрачу на него почти все свои деньги. Следующая коробка с припасами ждала меня в государственном парке Берни-Фоллс, в 67,5 километра отсюда, но я могла добраться туда за два дня. Теперь наконец я научилась идти быстрее — выйдя из Белдена, я дважды проходила по 30 километров за день.

ВЫРВАТЬСЯ ИЗ КЛЕТКИ

День выдался солнечный, было всего пять часов, и темнело сейчас не раньше девяти или десяти вечера, и я оказалась в кафе единственной посетительницей, поглощающей свой ужин.

Когда я вышла из ресторана, в кармане у меня бренчала только мелкая монета. Я прошла было мимо таксофона, потом вернулась к нему, сняла трубку, набрала 0, и внутри у меня все задрожало от смеси страха и возбуждения. Когда в трубке раздался голос оператора, я назвала номер Пола.

Он снял трубку на третьем звонке. Я была настолько захвачена чувствами при звуке его голоса, что едва смогла выдавить «привет».

— Шерил! — воскликнул он.

— Пол! — наконец вымолвила я, а потом в одной быстрой, сбивчивой тираде поведала ему, где нахожусь

> Мы проговорили почти час, наш разговор был любящим и радостным, поддерживающим и добрым. И мне совсем не верилось, что он — мой бывший муж. Казалось, что это мой лучший друг.

и что со мной случилось с тех пор, как я в последний раз его видела. Мы проговорили почти час, наш разговор был любящим и радостным, поддерживающим и добрым. И мне совсем не верилось, что он — мой бывший муж. Казалось, что это мой лучший друг. Повесив трубку, я бросила взгляд на свой продуктовый мешок, лежавший на земле. Он был почти пуст, голубой, как яйцо малиновки, продолговатый, сделанный из специально обработанного материала, который на ощупь напоминал резину. Я подняла его, крепко прижала к груди и закрыла глаза.

Я ушла обратно в лагерь и долго сидела за столом, сжимая в руках «Летнюю клетку для птиц», слишком переполненная эмоциями, чтобы читать. Я наблюдала, как люди вокруг меня готовят себе ужин, а потом — как желтое солнце плавится, разливаясь по небу розовыми, оранжевыми и нежнейшими лавандовыми оттенками. Я скучала по Полу. Я скучала по своей жизни. Но я не хотела возвращаться. Ужасный момент, когда мы с Полом сидели на полу после того, как я рассказала ему правду о своей неверности, все еще порой накатывал на меня жаркими волнами. И я сознавала, что начатое мною в тот момент, когда я выговорила эти слова, привело не только к моему разводу, но и ко всему этому — к тому, что я сейчас сижу одна в Олд-Стейшен, штат Калифорния, за столом для пикника под этим великолепным небом. Я не чувствовала ни печали, ни радости. Я не гордилась собой и не стыдилась себя. Я лишь чувствовала, что, несмотря на все неправильные поступки, совершенные мной в жизни, загнав себя сюда, я поступила верно.

> Я по-прежнему была женщиной с дырой в сердце. Но дыра эта стала на какую-то крохотную долю процента меньше.

Я подошла к Монстру и вытащила сигарету в футлярчике из фальшивого стекла, которую накануне дал мне Джимми Картер. Я не курила, но все равно вскрыла упаковку, уселась на столешницу стола и прикурила сигарету. Я шла по МТХ чуть больше месяца. Казалось, прошло уже немало времени, но одновременно также казалось, что мой поход едва начался. Что я едва-едва начинаю заниматься тем, для чего пришла сюда. Я по-прежнему была женщиной с дырой в сердце. Но дыра эта стала на какую-то крохотную долю процента меньше.

Я сделала затяжку и выпустила изо рта дым, вспоминая, как чувствовала себя самым одиноким человеком на свете в то утро, когда Джимми Картер уезжал прочь. Может быть, я и была самым одиноким человеком на всем белом свете.

Может быть, это нормально.

12

ЧТО ТАКОЕ КИЛОМЕТР

Я проснулась с первыми лучами солнца и стала методично сворачивать лагерь. Теперь я уже навострилась собираться за пять минут. Каждый предмет из неизмеримой кучи, лежавшей некогда на кровати в мотеле городка Мохаве, который я не успела еще бросить по дороге или сжечь, занял свое место в моем рюкзаке или снаружи на нем, и я точно знала, где это место. Мои руки находили его инстинктивно, казалось, почти без участия мозга. Монстр был моим миром, моей неодушевленной дополнительной конечностью. Хотя его вес и размер по-прежнему угнетали меня, я пришла к принятию того, что это — моя ноша и ничья больше. Я больше не противопоставляла себя ему так, как месяц назад. Больше не было отдельно меня — отдельно его. Мы стали одним целым.

Таскание на себе веса Монстра изменило меня и внешне. Мои ноги стали твердыми, как булыжники; их мышцы, казалось, были теперь способны на что угодно, бугрясь под источнившейся плотью так, как никогда раньше. Те участки кожи на бедрах, плечах и копчике, которые неоднократно были стерты до крови и ободраны в местах, где лямки и ремни Монстра натирали мое тело, наконец капитулировали. Они сделались грубыми и пупырчатыми, и плоть в этих местах превратилась в то, что я могу описать лишь как нечто среднее между древесной корой и кожей мертвого цыпленка, после того как его окунули в кипяток и ощипали.

А что же ступни? Они по-прежнему оставались абсолютно, невыразимо изуродованными.

Два больших пальца так и не оправились после безжалостного спуска от Трех Озер к Белден-Тауну. Ногти на них выглядели практически мертвыми. Мизинцы были сбиты так, что я порой начинала гадать, не отвалятся ли они как-нибудь от ступни. Пятки вплоть до щиколоток покрывали волдыри, которые, похоже, перешли в хроническую форму. Но в то утро на Олд-Стейшен я отказывалась думать о своих ногах. Способность идти по МТХ в огромной степени зависит от самоконтроля: стойкой решимости двигаться вперед, несмотря ни на что. Я «упаковала» свои раны в *2nd Skin* и клейкую ленту, потом натянула носки и ботинки и похромала к лагерной колонке, чтобы наполнить две свои бутылки шестьюдесятью четырьмя унциями воды, которая должна была поддерживать меня на протяжении 24 знойных километров пути через Хэт-Крик-Рим.

Было еще рано, но уже жарко, когда я дошла по дороге до того места, где она пересекалась с МТХ. Я чувствовала себя отдохнувшей и сильной, готовой к испытаниям грядущего дня. Все утро мне пришлось пробираться по пересохшим руслам ручьев и твердым, как кость, глинистым вымоинам. Я старалась как можно реже делать остановки и отпивать по глотку воды. К середине утра я шла по тянувшемуся на целые километры обширному склону, который представлял собой высокое и сухое поле трав и диких цветов, где не было ни клочка тени. Те немногие деревья, мимо которых я прошла, были мертвы, убиты пожаром много лет назад, их стволы добела выжжены солнцем или дочерна — огнем, их ветви сломаны и превращены пламенем в острые кинжалы. Когда я шла мимо, их жесткая красота давила на меня с молчаливой мучительной силой.

Над головой раскинулось голубое небо. Солнце ярко сияло — безжалостное, обжигающее даже сквозь панаму и крем от солнца, который я втирала в мокрые от пота лицо и руки. Обзор во все стороны открывался на километры — снежный Лассен-Пик

ЧТО ТАКОЕ КИЛОМЕТР

поближе, к югу, еще более высокая и заснеженная Шаста — к северу. Вид горы Шаста вдохновил меня. Я направлялась к ней. Я миную ее и пройду дальше, весь путь до реки Колумбия. Теперь, когда я сбежала от снега, ничто не сможет сбить меня с курса. Картинка — как я легко и проворно прохожу все оставшееся расстояние — возникла в моем воображении. Но вскоре ослепительная жара испарила ее, напоминая, что не стоит быть такой самонадеянной. Если я и доберусь до границы между Орегоном и Вашингтоном, то только пройдя через все трудности, которые подразумевало передвижение со скоростью пешехода, нагруженного чудовищным рюкзаком. Передвижение пешком в корне отличалось от остальных способов перемещения по миру, к которым я привыкла прежде. Километры перестали быть скучными вехами, мелькавшими мимо. Они превратились в длинные россыпи глубоко личных деталей — островки сорняков и наплывы глины, стебли травы и цветы, которые гнулись под ветром, деревья, которые трещали и скрипели. Они превратились в звуки моего дыхания, моих ног, ступающих по тропе шаг за шагом, в цоканье лыжной палки. МТХ дал мне понять, что это такое — километр. Я ощущала свое смирение и ничтожность перед лицом каждого из них. И еще сильнее это смирение ощущалось в тот день на Хэт-Крик-Рим, пока температура воздуха повышалась, переходя от жары к обжигающему зною. Ветер ничуть не помогал, только взбивал крохотные вихри пыли вокруг моих ног. Во время одного такого порыва я уловила звук, более настойчивый, чем все звуки, порожденные ветром, и до меня дошло, что это гремучая змея трясет своей погремушкой, сильно и близко, предостерегая меня. Я отпрянула и увидела ее в нескольких шагах перед собой, на тропе. Она грохотала своей погремушкой, словно грозя мне пальцем, чуть приподняв ее над свернутым кольцами телом, и ее

> Все утро мне пришлось пробираться по пересохшим руслам ручьев и твердым, как кость, глинистым вымоинам. Я старалась как можно реже делать остановки и отпивать по глотку воды.

тупая головка была устремлена ко мне. Еще пара шагов — и я бы на нее наступила. Это была третья по счету змея, встреченная мною на маршруте. Я обошла ее по почти до смешного широкой дуге и двинулась дальше.

К середине дня я нашла узкую полоску тени и уселась, чтобы поесть. Сняла носки, ботинки и вытянулась на земле, положив распухшие и избитые ноги на рюкзак, как делала почти всегда во время обеденного привала. Я смотрела в небо, наблюдая за ястребами и орлами, которые парили надо мной безмятежными кругами, но не могла по-настоящему расслабиться. И не только из-за гремучей змеи. Ландшафт здесь был достаточно голым, чтобы можно было разглядеть окрестности на большое расстояние. Но меня не покидало смутное чувство, что кто-то рыщет поблизости, наблюдает за мной, выжидает, чтобы наброситься. Я села и обвела окрестности взглядом, высматривая горных львов. Потом снова легла, повторяя себе, что бояться нечего. И снова вскочила, заслышав, как мне показалось, треск ветки.

Там ничего нет, говорила я себе. *Я не боюсь.* Достала бутылку с водой и сделала долгий глоток. Мне так хотелось пить, что я потягивала воду, пока бутылка не опустела, потом открыла вторую и попила из нее тоже, не в силах остановиться. Термометр, свисавший с молнии моего рюкзака, сообщил, что сейчас +38 в тени.

На ходу я распевала песенки, а солнце лупило так, словно было настоящей физической силой, состоявшей из чего-то большего, чем просто тепло. Пот собирался вокруг очков, заливал глаза и щипал их настолько сильно, что мне то и дело приходилось останавливаться и вытирать лицо. Казалось невероятным, что всего какую-то неделю назад я была в снежных горах и заворачивалась во всю имеющуюся одежду. Что просыпалась каждое

> Передвижение пешком в корне отличалось от остальных способов перемещения по миру, к которым я привыкла прежде. Километры перестали быть скучными вехами, мелькавшими мимо.

ЧТО ТАКОЕ КИЛОМЕТР

утро и видела толстый слой инея на стенах палатки. Мне даже по-настоящему припомнить это не удавалось. Те белые дни казались теперь сновидением, словно я все время ковыляла на север в палящей жаре — вплоть до этой пятой недели на маршруте, — все по той же жаре, которая едва не согнала меня с тропы на второй неделе. Я остановилась и снова попила. Вода была такой горячей, что едва не обожгла мне рот.

> Меня не покидало смутное чувство, что кто-то рыщет поблизости, наблюдает за мной, выжидает, чтобы наброситься.

Полынь и россыпи жестких диких цветов устилали широкую равнину. Колючие растения, вид которых я не могла определить, на ходу царапали мне лодыжки. Другие были мне знакомы, они словно разговаривали со мной, называя свои имена голосом моей матери. Имена, которые я даже не представляла, что знаю, пока они не возникали так отчетливо в моем разуме: кружева королевы Анны[1], индейская кисть[2], люпин — те же самые цветы, белые, оранжевые и пурпурные, росли в Миннесоте. Когда мы проезжали в машине мимо них, росших в кювете, мама иногда притормаживала и собирала букеты.

Я остановилась и вгляделась в небо. Хищные птицы по-прежнему кружили там, почти не шевеля крыльями. «*Я никогда не вернусь домой*», — подумала я с очевидностью, от которой у меня перехватило дыхание. А потом пошла дальше, и в моем мозгу не осталось ничего, кроме старания заставлять свое тело двигаться вперед с голой монотонностью. Не было ни одного дня на маршруте, когда монотонность в конечном счете не взяла бы верх. Когда единственной мыслью, оставшейся в голове, оказывались самые серьезные на данный момент физические трудности. Своего рода жгучее лекарство. Я считала шаги, а добираясь до сотни, начинала заново, с единицы. Всякий раз как я доходила до конца очередной сотни, казалось, что это достижение, пусть

---

[1] Вариант названия дикой моркови.
[2] Вариант названия кастиллеи.

и небольшое. Потом сотня стала для меня слишком оптимистичным числом, и я перешла к пятидесяти, потом к двадцати пяти, потом к десяти...

Раз два три четыре пять шесть семь восемь девять десять...

Я остановилась и нагнулась вперед, упираясь ладонями в колени, чтобы на мгновение дать отдых спине. Пот капал с моего лица в бледную пыль, как слезы.

Плато Модок отличалось от пустыни Мохаве, но ощущение от него было тем же самым. И там и там было полно колючих пустынных растений, совершенно не дружественных человеческой жизни. Крохотные серые и бурые ящерки либо метались зигзагами поперек тропы, когда я приближалась, либо застывали, когда я проходила мимо. «*Интересно, они-то где находят воду?*» — недоумевала я, стараясь не позволять себе думать о том, как мне жарко и хочется пить. И где я ее найду? По моим расчетам, до цистерны с водой было еще около пяти километров. А у меня осталось восемь унций[1] воды.

А потом шесть.

А потом четыре.

Я заставила себя не допивать последние две, пока не доберусь до места, с которого видно цистерну, и к половине пятого она возникла передо мной в отдалении: высокие опоры сожженной пожаром вышки посреди пустыни. А рядом с ними и металлическая цистерна, прикрепленная к шесту. Едва завидев ее, я вытащила бутылку и допила остатки воды, благодаря небеса за то, что через считаные минуты смогу как следует напиться из цистерны. Приближаясь, я увидела, что деревянный шест возле цистерны сплошь покрыт какими-то полосками, трепетавшими на ветру. Поначалу это было похоже на изрезанные в бахрому ленты, а потом — на драную тряпку. И только подойдя поближе, я увидела, что это были крохотные клочки бумаги — записки, прибитые или приклеенные к шесту липкой лентой и трепещущие на ветру.

---

[1] Около 30 миллилитров.

ЧТО ТАКОЕ КИЛОМЕТР

Я метнулась вперед, чтобы прочесть их, уже зная, что там написано, еще до того, как мои глаза добрались до бумаги. Слова на них были разными, но смысл — одним и тем же: *воды нет*.

С минуту я стояла неподвижно, парализованная ужасом. Заглянула в цистерну, чтобы убедиться, что это правда. Воды там не было. Воды не было и у меня. Ни глотка.

Водынетводынетводынетводынетводынетводынет.

Я в ярости пинала землю и рвала сухие пучки травы, негодуя на себя за то, что опять поступила неправильно, что снова оказалась той же идиоткой, которой была с самого первого дня, когда ноги мои ступили на эту тропу. Той самой, которая купила себе слишком тесные ботинки и в корне недооценила количество денег, которые понадобятся на лето. Той самой идиоткой, которая уверовала, что сможет пройти этот маршрут.

Я вытащила из кармана шорт выдранные из путеводителя страницы и снова перечитала их. Я была напугана. Но это был не тот страх, который навалился на меня раньше, когда появилось то странное чувство, что кто-то невидимый рыщет поблизости. Теперь это был настоящий, неподдельный ужас. Это было даже не чувство. Это был факт: я находилась в десятке с лишним километров от источника воды, а температура приблизилась к +40. Я понимала, что это самая серьезная ситуация из всех, в которые я попадала на маршруте: более опасная, чем разозленный бык, более жуткая, чем снег. Мне была необходима вода. И как можно скорее. Я нуждалась в ней прямо сейчас. И чувствовала эту нужду каждой клеточкой своего тела. Я вспомнила, как Альберт, когда мы только познакомились, спрашивал меня, сколько раз в сутки я мочусь. Я не делала этого с того момента, как утром вышла с Олд-Стейшен. В этом не было необходимости. Каждая унция, которую я выпила, была использована без остатка. Я испытывала такую жажду, что не могла даже плюнуть.

Авторы путеводителя писали, что ближайший «надежный» источник воды расположен в 24 километрах отсюда, в Рок-Спринг-Крик. Но сообщали, что на самом деле водоем есть и ближе, но они настоятельно рекомендовали не пить из него, называя качество воды «сомнительным в лучшем случае». Этот источник был примерно в восьми километрах дальше по маршруту.

Если только, конечно, и он не пересох.

И очень может быть, что так и есть, признавала я, пустившись в забег к этой воде — который, учитывая состояние моих ног и вес рюкзака, на самом деле был не более чем относительно быстрой ходьбой. Казалось, что с восточной кромки Хэт-Крик виден весь мир. В отдалении передо мной простиралась широкая долина, обрывавшаяся на севере и на юге зелеными вулканическими горами. Несмотря на тревогу, я не могла не восторгаться этой красотой. Да, я была круглой идиоткой и могла умереть от обезвоживания и теплового удара. Однако я находилась в прекрасном месте, которое успела полюбить, невзирая на все трудности и тяготы. И я добралась до него на собственных двух ногах. Утешая себя этим, я шла дальше, ощущая такую жажду, что у меня поднялась температура и стало подташнивать. *Со мной все будет в порядке,* говорила я себе. *Еще совсем немножко осталось,* повторяла я на каждом повороте и на каждом подъеме, а солнце клонилось к горизонту… и вот я наконец увидела этот «водоем».

> Это был факт: я находилась в десятке с лишним километров от источника воды, а температура приблизилась к +40.

Я даже остановилась и уставилась на него, как на чудо. Это был жалкий на вид грязный пруд размером с небольшой теннисный корт, но в нем все-таки была вода. Я хохотала от радости, спотыкаясь, спускаясь по склону к узкой глинистой полоске берега, окружавшей этот водоем. Я завершила свой первый за все время 32-километровый дневной переход. Отстегнула Монстра, сбросила его на землю и подошла к воде, чтобы опустить в нее руки. Она была серая и теплая, как кровь. Когда я пошевелила пальцами, ил со дна поднялся тонкими призрачными струйками и окрасил ее в черный цвет.

ЧТО ТАКОЕ КИЛОМЕТР

Я вынула фильтр и принялась накачивать эту сомнительную жидкость в бутылку. Помпа фильтра ходила все так же тяжело, как и в первый раз, когда я проделала это в Голден-Оук-Спрингс. Но эту воду, настолько грязную, что ил наполовину забил мой фильтр, накачивать было особенно трудно. К тому времени как я наполнила одну бутылку, руки у меня тряслись от усталости. Я вытащила аптечку, достала таблетки йодина и бросила две штуки в бутылку. Я брала их с собой именно на такой случай — если мне придется пить воду ужасного качества. Даже Альберт, очищая мой рюкзак в Кеннеди-Медоуз и безжалостно бросая другие вещи в кучу, от которой предстояло избавиться, счел таблетки йодина хорошей идеей. Альберт, которого в тот же день свалил с ног амебиаз — болезнь грязной воды.

> Я уселась на брезент и осушила одну бутылку, потом другую. Теплая вода отдавала железом и илом, однако мне редко приходилось пробовать что-то, столь же восхитительное на вкус.

Мне нужно было подождать тридцать минут, чтобы йодин сделал свою работу, прежде чем воду было безопасно пить. Я умирала от жажды, но отвлекала себя, наполняя водой другую бутылку. Закончив, расстелила на илистом берегу брезент, встала на него и сняла одежду. На закате ветер стал мягче. Ласковыми порывами он охлаждал перегретые участки моей обнаженной кожи. Мне и в голову не пришло, что кто-то еще может идти за мной по маршруту. За весь день я не видела ни единой живой души, и даже окажись здесь кто-нибудь, я была слишком обессилена обезвоживанием и истощением, чтобы тревожиться об этом.

Я бросила взгляд на часы. Прошло двадцать семь минут с того момента, как я бросила таблетки в воду. Обычно к вечеру я успевала адски проголодаться, но сейчас у меня даже не возникло мысли о еде. Вода была моим единственным желанием.

Я уселась на брезент и осушила одну бутылку, потом другую. Теплая вода отдавала железом и илом, однако мне редко приходилось пробовать что-то, столь же восхитительное на вкус. Я чувствовала, как эта вода движется во мне. Но даже выпив две бутылки по тридцать две унции, не полностью восстановила водный баланс. Голода я по-прежнему не ощущала. Я чувствовала себя так же, как в первые дни на маршруте, когда усталость была настолько всепоглощающей, что единственным, чего жаждало мое тело, был сон. А теперь единственное, чего оно хотело — воды. Я вновь наполнила бутылки, очистила воду йодином и снова выпила обе.

К тому времени, как я утолила жажду, было уже темно и поднималась полная луна. У меня не было сил поставить палатку — задача, которая теперь требовала всего лишь каких-нибудь двухминутных усилий, но в данный момент казалась геркулесовым подвигом. Да мне и не нужна была палатка. После тех первых дождливых дней на маршруте с небес не упало ни капли. Я снова натянула одежду и расстелила поверх брезента спальный мешок, но было все еще слишком жарко, чтобы залезать в него, и я легла сверху. Я слишком устала, чтобы читать. Даже просто для того, чтобы смотреть на луну, требовались некоторые усилия. С того момента как я пришла сюда и выпила сто двадцать восемь унций сомнительной по качеству воды, прошло несколько часов — а в туалет мне по-прежнему не хотелось. Это было феноменальной тупостью — отправиться через Хэт-Крик-Рим со столь малым количеством воды. «Никогда больше не буду такой легкомысленной», — пообещала я луне, прежде чем уснуть. Два часа спустя я проснулась от смутно приятного ощущения, что меня гладят крохотные прохладные ладошки. Я чувствовала их повсюду — на ногах, руках, лице, в волосах, на шее, на ладонях. Их прохладный легкий вес ощущался сквозь футболку на груди и на животе.

— Ммм, — промычала я, чуть повернувшись на бок, а потом открыла глаза — и медленно, друг за другом, осознала факты действительности.

> Два часа спустя я проснулась от смутно приятного ощущения, что меня гладят крохотные прохладные ладошки.

ЧТО ТАКОЕ КИЛОМЕТР

Фактом была висевшая в небе луна, и то, что я сплю под открытым небом на брезенте, — тоже было фактом.

Фактом было то, что я проснулась от ощущения маленьких холодных ладошек, нежно поглаживавших меня, — и то, что маленькие холодные ладошки *действительно* нежно поглаживали меня.

А потом я осознала последний факт — более монументальный, чем даже сама луна: тот факт, что эти крохотные прохладные ладошки были не ладошками, а сотнями маленьких холодных черных лягушек.

Маленьких, холодных, скользких черных лягушек, прыгавших по всему моему телу.

Каждая из них была размером примерно с ломтик картофеля. Это была целая армия земноводных, орда влажных гладкокожих созданий, огромная волна перепончатолапых мигрантов — и я оказалась на их пути, когда они прыгали, ползли, вылезая из пруда на полоску глины, которую, несомненно, считали своим частным, собственным пляжем.

Через мгновения я уже уподобилась им — прыгая, подскакивая, — подхватила рюкзак, брезент и все остальное, что успела разбросать, и кинулась в заросли кустов подальше от берега, вытряхивая лягушек из волос и складок футболки. Их было так много, что, несмотря на все старания, я все же раздавила босыми ногами несколько штук. Оказавшись наконец в безопасности, я стояла, наблюдая за ними, видя лихорадочные движения их маленьких темных телец в ослепительном лунном свете. Нескольких заплутавших лягушек вытряхнула даже из карманов шортов. Я перетащила свои вещи на небольшой открытый участок, который показался мне достаточно плоским, чтобы поставить палатку, и вытащила ее из рюкзака. Мне даже не нужно было смотреть, что я делаю. Палатка была поставлена в мгновение ока.

Я вылезла из нее только в половине девятого утра. Для меня это было поздно — примерно как полдень в моей прошлой жизни. И ощущения были примерно такими же. Как будто накануне я допоздна накачивалась алкоголем. Я стояла сгорбившись, мутным взглядом озирая окрестности. Писать мне по-прежнему не хотелось. Я свернула лагерь, накачала в бутылки новую порцию грязноватой воды и пошла на север под обжигающе горячим солнцем. Было даже жарче, чем накануне. Не прошло и часа, как я едва не наступила еще на одну гремучую змею, хотя она любезно предостерегала меня грохотом своей погремушки.

К полудню всякие мысли о том, чтоб за один день добраться до государственного мемориального парка «Водопады МакАртур-Барни», полностью испарились. Об этом нечего и мечтать. Я слишком поздно вышла, ноги опухли и стерты в кровь, а жара была оглушительная. Вместо этого я немного свернула с маршрута — зайдя в Кэссел, где, как обещал мне путеводитель, был небольшой магазинчик. К тому времени как я до него добралась, было почти три часа дня. Я сняла с плеч рюкзак и уселась на деревянный стул на старомодной веранде магазина, почти ничего не соображая от жары. Большой термометр показывал +39 в тени. Я пересчитала свои монетки, едва не расплакавшись и понимая, что сколько бы их ни было, на бутылку лимонада все равно не хватит. Желание выпить лимонада стало настолько огромным, что его уже нельзя было больше назвать жаждой. Оно было скорее похоже на ад, растущий в моих внутренностях. Бутылка должна была стоить 99 центов, или 1 доллар 5 центов, или 1 доллар 15 центов — я не знала, сколько именно. Но у меня осталось всего семьдесят шесть центов — и этого было недостаточно. Но я все равно зашла в магазин — просто чтобы посмотреть.

— Вы идете по МТХ? — спросила меня женщина за прилавком.

— Да, — сказала я, улыбаясь ей.

— Откуда вы?

— Из Миннесоты, — сказала я, пробираясь мимо холодильника со стеклянной дверцей, внутри которого выстроились аккуратными рядами холодные напитки. Я шла мимо ледяного пива и лимонада, мимо бутылок с минеральной водой и соком.

ЧТО ТАКОЕ КИЛОМЕТР

Остановилась у дверцы, за которой стояли полки с лимонадом *Snapples*. Приложила руку к стеклу перед ними — там был и розовый, и желтый. Они были похожи на бриллианты — или порнографические снимки. Смотреть — можно, прикоснуться — нельзя.

— Если вы на сегодня закончили свой переход, то можете поставить палатку на полянке за магазином, — предложила мне женщина. — Мы позволяем останавливаться там всем туристам с МТХ.

> Я пересчитала свои монетки, едва не расплакавшись и понимая, что сколько бы их ни было, на бутылку лимонада все равно не хватит.

— Спасибо, я об этом подумаю, — сказала я, по-прежнему глядя на напитки. *Может быть, просто подержать одну в руках*, подумала я. Просто прижаться к ней на минуту лбом. Я открыла дверцу и вытащила бутылку с розовым лимонадом. Она была такой холодной, что чуть ли не обжигала мне руку. — Сколько это стоит? — я не могла удержаться, чтобы не спросить.

— Я видела, как вы пересчитывали свои монетки там, на улице, — рассмеялась женщина. — Сколько у вас есть?

Я отдала ей все, что у меня было, рассыпавшись в благодарностях, и вынула бутылку с лимонадом из холодильника. Вышла с ним на веранду. Каждый глоток пронзал меня острым удовольствием. Я держала бутылку обеими руками, желая впитать каждую кроху прохлады, какую только возможно. Рядом притормаживали машины, из них выходили люди, шли в магазин, потом выходили и уезжали. Я наблюдала за ними целый час, пребывая в постлимонадном блаженстве, похожем на алкогольное опьянение. Через некоторое время перед магазином остановилась машина, из которой вылез мужчина, вытащил свой рюкзак из багажника и помахал уезжающему водителю. Он повернулся ко мне и зацепился взглядом за мой рюкзак.

— Эй! — воскликнул он, и по его мясистому розовому лицу расползлась широкая улыбка. — Дьявольски жаркий день, чтобы идти по МТХ, не правда ли?

Его звали Рексом. Это был здоровенный рыжеволосый мужчина, общительный, веселый, тридцати восьми лет от роду. Он был из тех людей, глядя на которых вспоминаешь выражение «медвежьи объятия». Он зашел в магазин, купил там три банки пива и тянул их одну за другой, усевшись рядом со мной на веранде, пока вокруг сгущался вечер. Он жил в Фениксе и работал на какую-то корпорацию — кем, я так и не смогла понять, — но вырос в маленьком городке в южном Орегоне. Начал свой поход с мексиканской границы и дошел до Мохаве весной — сойдя с маршрута в том же самом месте, где я на него встала, и примерно в то же время. Ему нужно было вернуться в Феникс на шесть недель и заняться кое-какими делами, прежде чем снова выйти на маршрут у Олд-Стейшен, элегантно обойдя стороной все жуткие снега.

— Думаю, вам нужны новые ботинки, — сказал он, эхом повторяя слова Грэга и Брента, когда я продемонстрировала ему свои ступни.

— Но я не могу купить себе новые ботинки. У меня нет денег, — сказала я ему, больше не стыдясь признаваться в этом.

— А где вы их купили? — спросил Рэкс.

— В *REI*.

— Позвоните им. У них есть гарантийный срок на такие товары. Они поменяют их вам бесплатно.

— Правда?!

— Позвоните по номеру один-восемьсот, — посоветовал он.

Я думала об этом весь вечер, после того как мы с Рексом разбили палатки на полянке за магазином, и весь следующий день, быстрее прежнего преодолевая оставшиеся девятнадцать — к счастью, милосердно нетрудных — километров до мемориального парка «Водопады МакАртур-Барни». Придя туда, я сразу же забрала свою коробку с припасами из местного комиссионного магазина и отправилась к таксофону, чтобы набрать номер оператора, а затем дозвониться в *REI*. Не прошло и пяти минут, как женщина, с которой я разговаривала, согласилась выслать мне почтой новую пару ботинок, на размер больше, срочной почтой, с доставкой на завтрашний день — и бесплатно.

ЧТО ТАКОЕ КИЛОМЕТР

— Вы уверены? — то и дело спрашивала я ее, бессвязно лепеча о том, сколько проблем мне доставили слишком тесные ботинки.

— Да, да, — повторяла она безмятежно, и теперь я могла официально признаться: я полюбила *REI* даже больше, чем людей, придумавших лимонад *Snapples*. Я продиктовала ей адрес магазина, в котором забирала свои припасы, читая его по квитанции с еще не вскрытой коробки. Я бы прыгала от радости, повесив трубку, если бы у меня так не болели ноги. Вскрыла коробку, отыскала свои двадцать долларов и присоединилась к толпе туристов в очереди, надеясь, что ни один из них не заметит, как от меня воняет. Купила себе стаканчик с мороженым и уселась за стол для пикников, пожирая его с плохо скрытым наслаждением.

> Мы уселись вокруг стола, нагрузившись бумажными тарелками с хот-догами, воздушной кукурузой и чипсами, с которых стекал прозрачный оранжевый сыр. У всего этого был вкус пиршества и праздника.

Пока я сидела там, ко мне подошел Рекс, а спустя несколько минут к нам присоединилась и Трина со своим здоровенным белым псом. Мы обнялись, и я познакомила ее с Рексом. Они со Стейси пришли в городок накануне. Трина решила сойти здесь с маршрута и вернуться в Колорадо, чтобы до конца лета предпринять еще несколько суточных походов неподалеку от своего дома, вместо того чтобы дальше идти по МТХ. Стейси собиралась идти дальше, как и планировала.

— Я уверена, она была бы счастлива, если бы ты к ней присоединилась, — добавила Трина. — Она выходит отсюда следующим утром.

— Я не могу, — сказала я и путано объяснила, что мне необходимо дождаться своих новых ботинок.

— Мы же говорили тебе об этом в Хэт-Крик-Рим, — сказала она. — Говорили, что здесь нет никакой воды...

— Я знаю, — сказала я, и мы сокрушенно покачали головами.

— Идем, — сказала она Рексу и мне. — Я покажу вам, где мы разбили лагерь. Это в двадцати минутах ходьбы отсюда. Но достаточно далеко от всего этого, — она презрительно махнула рукой в сторону туристов, бара и магазина. — К тому же еще и бесплатно.

Мои ноги дошли до такого состояния, что всякий раз после отдыха они болели еще сильнее, когда приходилось встать и идти, и все многочисленные ранки на них открывались при каждом новом усилии. Я похромала вслед за Триной и Рексом по тропинке через лес, которая вывела нас обратно на МТХ, где обнаружилась небольшая опушка среди деревьев.

— Шерил! — воскликнула Стейси, подходя, чтобы обнять меня.

Мы поговорили о Хэт-Крик-Рим и о жаре, о маршруте и отсутствии воды, о том, чем можно разжиться в баре на ужин. Пока мы болтали, я стянула с себя ботинки и носки, надела сандалии, поставила палатку и провела приятный ритуал распаковывания посылки с припасами. Стейси и Рекс быстро подружились и решили пройти следующую часть маршрута вместе. К тому времени как я была готова отправиться в бар за ужином, большие пальцы на моих ногах раздулись и покраснели настолько, что напоминали две свеклы. Я не могла теперь надеть даже носки, поэтому похромала обратно в бар в сандалиях, а там мы уселись вокруг стола для пикников, нагрузившись бумажными тарелками с хот-догами, воздушной кукурузой, приправленной перцем халапенью, и чипсами начос, с которых стекал прозрачный оранжевый сыр. У всего этого был вкус пиршества и праздника. Мы налили в пластиковые стаканчики содовой и подняли тост.

> Видеть, как они прижимаются друг к другу, переплетают пальцы и с нежностью тянут друг друга за руки, было почти невыносимо. Их вид вызывал у меня одновременно и тошноту, и жгучую зависть.

— За то, чтобы Трина и Óдин благополучно вернулись домой! — говорили мы и чокались стаканчиками.

— За то, чтобы Стейси и Рэкс прошли свой маршрут! — восклицали мы.

ЧТО ТАКОЕ КИЛОМЕТР

— За новые ботинки Шерил! — вопили мы.

И вот за это я выпила со всей серьезностью.

Когда я проснулась на следующее утро, моя палатка была единственной на опушке среди деревьев. Я сходила в душевую, предназначенную для туристов, в официальном палаточном городке, приняла там душ и вернулась в свой лагерь, где просидела на стульчике не один час: позавтракала, прочла половину «Летней клетки для птиц» в один присест. Днем отправилась в магазин возле бара, чтобы выяснить, не пришли ли мои ботинки, но женщина, стоявшая за конторкой, сказала, что почты сегодня еще не было.

Я ушла, чувствуя себя несколько потерянной, кое-как дошагала по короткой мощеной дорожке до смотровой площадки, с которой были видны гигантские водопады-каскады, в честь которых получил свое название парк. Барни-Фоллс — самый полноводный водопад в штате Калифорния и остается таким большую часть года, гласила табличка. Вглядываясь в грохочущую воду, я чувствовала себя почти невидимкой среди людей с их камерами, легкомысленными рюкзачками и шортами-бермудами. Я уселась на скамейку и наблюдала, как одна парочка скормила полную пачку мятных конфет стайке чрезмерно фамильярных белок, метавшихся туда-сюда мимо знака, на котором было написано «Не кормите диких животных». При виде этого я разозлилась на них, но ярость мою вызвало не то, что они нарушали нормальный ритм жизни белок. Дело было еще и в том, что они были *парой*. Видеть, как они прижимаются друг к другу, переплетают пальцы и с нежностью тянут друг друга за руки, спускаясь по мощеной дорожке, — это было почти невыносимо. Их вид вызывал у меня одновременно и тошноту, и жгучую зависть. Их существование казалось доказательством того, что я никогда не добьюсь успеха в романтической любви. Всего несколько дней назад, на Олд-Стейшен, разговаривая по телефону с Полом, я чувствовала себя такой сильной и довольной жизнью. Теперь я ничего подобного не чувствовала. Все улегшиеся было переживания снова оказались взбаламучены.

Я похромала обратно в лагерь и принялась изучать свои истерзанные большие пальцы. Даже легкое неосторожное прикосновение к ним вызывало мучительную боль. Я буквально видела, как они пульсируют: кровь под кожей двигалась в регулярном ритме, который окрашивал мои ногти в белый цвет, потом в розовый, снова в белый, снова в розовый. Они были настолько раздуты, что, казалось, ногти из них вот-вот выскочат. И мне пришло в голову, что удалить их, возможно, не такая уж и плохая идея. Я крепко зажала в пальцах один из ногтей, сильно потянула — и после секунды обжигающей боли ноготь подался под рукой, и я ощутила мгновенное, почти тотальное облегчение. Минутой позже проделала то же самое с другим пальцем.

И тут до меня дошло, что между мной и МТХ происходит этакий спортивный матч.

Счет был 6:4, и разрыв в мою пользу оставался совсем незначительным.

К наступлению ночи к моему лагерю подтянулись еще четверо туристов, шедших по МТХ. Они подошли, когда я сжигала последние страницы «Летней клетки для птиц» в своей маленькой алюминиевой форме для пирога. Это были две парочки примерно моего возраста, которые шли от самой Мексики, пропустив тот же участок Сьерра-Невады, который пропустила я. Они вышли в поход независимо друг от друга, но познакомились и объединили свои силы в Южной Калифорнии, вместе идя по маршруту и обходя снег. Все это превратилось для них в затянувшееся на долгие недели двойное свидание на дикой природе. Джон и Сара были из Канады, из Альберты, и к моменту начала похода их отношения еще не продлились и года. Сэм и Хелен были супружеской парой из штата Мэн. Они собирались задержаться на стоянке на весь следующий день, а я сказала, что собираюсь идти дальше, как только прибудут мои новые ботинки.

На следующее утро я упаковала Монстра, надела сандалии и пошла к магазину, привязав ботинки шнурками к раме рюкзака. Уселась за один из ближайших столов, ожидая прибытия почты. Я горела желанием уйти не потому, что мне так уж хотелось продолжать поход, но потому, что я должна была это сделать. Чтобы добраться до следующей посылки с припасами примерно в тот день, который я запланировала, нужно было придерживаться расписания. Несмотря на все изменения и обходы, по причинам, связанным как с деньгами, так и с погодой, я была обязана держаться своего плана и закончить поход к середине сентября. Я просидела несколько часов, читая книгу, которую получила вместе с последней посылкой — «Лолиту» Владимира Набокова, — ожидая прибытия новых ботинок. Люди приезжали и уезжали волнами. Иногда, заметив мой рюкзак, собирались вокруг меня в маленький кружок, чтобы порасспрашивать об МТХ. Пока я говорила, все сомнения насчет самой себя, которые возникали у меня на тропе, отпадали, и я забывала о том, какая я круглая идиотка. Нежась в тепле внимания людей, которые обступали меня, я не просто чувствовала себя опытной походницей. Я чувствовала себя несгибаемой — круче только яйца, выше только звезды — королевой амазонок.

— Я бы посоветовала вам вставить эту строчку в свое резюме, — проговорила пожилая женщина из Флориды, украшенная ярко-розовыми горнолыжными очками и целой горстью золотых цепочек. — Я в свое время работала в отделе кадров. Наниматели обращают внимание на такие вещи. Это говорит о том, что у вас есть характер. Это выделяет вас на фоне остальных.

Обычный почтальон прибыл около трех дня. Парень, развозивший срочную почту — на час позже. Ни один из них не привез с собой мои ботинки. С упавшим сердцем я двинулась к таксофону и позвонила в *REI*.

Мужчина, с которым я разговаривала, вежливо проинформировал меня, что они еще не выслали мне ботинки. Проблема состояла в том, что, как они выяснили, их не удастся доставить в почтовое отделение парка за одни сутки. Поэтому они хотели послать их обычной почтой, но, поскольку не знали, как со мной связаться, чтобы сообщить об этом, они *вообще* ничего не сделали.

— Думаю, вы не понимаете, — проговорила я, стараясь сдерживаться. — Я иду по МТХ. Я сплю в лесу. *Разумеется*, вы не могли со мной связаться. Никак. И я не могу ждать здесь… сколько там потребуется, чтобы мои ботинки прибыли обычной почтой?

— Приблизительно пять дней, — ответил он невозмутимо.

— Пять дней?! — переспросила я. Не то чтобы у меня были основания расстраиваться. Ведь они, в конце концов, собирались выслать мне новую пару ботинок бесплатно. Но все же я была расстроена, и меня мало-помалу охватывала паника. Мало того, что необходимо придерживаться расписания — те продукты, которые были в моем рюкзаке, нужны мне для следующего отрезка маршрута — 133 километра, которые привели бы меня в Касл-Крэгз. Если бы я осталась в Берни-Фоллс ждать своих ботинок, мне пришлось бы съесть эту еду, поскольку при оставшихся менее чем пяти долларах мне не хватило бы денег, чтобы в течение этих пяти дней питаться в баре. Я раскрыла рюкзак, вынула путеводитель и нашла в нем адрес Касл-Крэгз. Я не могла себе представить, как пройду еще 133 километра в своих слишком тесных ботинках, но у меня не было иного выбора, кроме как попросить сотрудников *REI* выслать новые ботинки туда.

Повесив трубку, я больше не чувствовала себя несгибаемой — круче только яйца, выше только звезды — королевой амазонок.

Я уставилась на свои ботинки с умоляющим выражением, как будто с ними можно было заключить сделку. Они свисали с рамы рюкзака на пыльных красных шнурках, зловещие в своем безразличии. Я планировала оставить их в бесплатной коробке для путешествующих по МТХ, как только прибыли бы мои новые ботинки. Отвязала их с рамы, но надеть — это было выше

> Нежась в тепле внимания людей, которые обступали меня, я чувствовала себя несгибаемой — круче только яйца, выше только звезды — королевой амазонок.

ЧТО ТАКОЕ КИЛОМЕТР

моих сил. Может быть, я смогу идти в своих хлипких сандалиях на небольших участках пути? Я встречалась с некоторыми людьми, которые меняли обувь, надевая попеременно то ботинки, то сандалии, но их сандалии выглядели гораздо более крепкими, чем мои. Мои не были предназначены для похода. Я взяла их с собой, только чтобы давать ногам отдых от ботинок в конце дня; это была дешевая обувь, которую я купила в магазине скидок долларов за двадцать. Я сняла их и стала нянчить в ладонях, словно, изучив попристальнее, могла наделить их выносливостью, которой они не обладали. Их искусственная кожа потемнела

> Я уставилась на свои ботинки с умоляющим выражением, как будто с ними можно было заключить сделку. Они свисали с рамы рюкзака на пыльных красных шнурках, зловещие в своем безразличии.

от пота и шелушилась на растрепанных кончиках черных перепонок. Их голубые подошвы были мягкими, как тесто, и настолько тонкими, что я при ходьбе ощущала под стопой контуры камешков и палок. При ходьбе в них ноги были защищены лишь самую малость лучше, чем при полном отсутствии всякой обуви. И что же, я пойду в Касл-Крэгз в *этом*?

Может быть, я и не должна этого делать. Может быть, и *не стану*. То, что я прошла до сих пор, уже немало. Я могла вставить эту строчку в свое резюме.

— Черт! — выговорила я. Подобрала камешек и со всех сил запулила его в ближайшее дерево, а потом еще один, и еще.

Я подумала о женщине, о которой всегда думала в такие моменты, — об астрологе, которая читала мою натальную карту, когда мне было двадцать три года. Одна подруга организовала для меня встречу с ней в качестве прощального подарка прямо перед моим отъездом из Миннесоты в Нью-Йорк. Астролог оказалась серьезной женщиной средних лет по имени Пэт, которая усадила меня за свой кухонный столик и положила между нами лист бумаги, покрытый таинственными пометками, а рядом с ним — жужжащий диктофон. У меня все это не вызывало особого доверия. Я думала, это будет своего рода развлечение, этакий сеанс поглаживания эго по брюшку, во время которого она будет сыпать общими фразами типа «У вас доброе сердце».

Но она этого не делала. Точнее, она говорила и что-то такое, но в ее речи попадались и странно конкретные фразы, настолько точные и личные, настолько утешительные и расстраивающие одновременно, что единственное, на что меня хватило — это не разреветься от их узнаваемости и печали, которую они во мне вызывали.

— Откуда вы это знаете? — то и дело повторяла я. А потом слушала ее объяснения насчет планет, Солнца и Луны и их расположения в тот момент, когда я родилась. О том, что это значит — быть Девой с Луной во Льве и восходящих Близнецах. Я кивала и думала про себя: «Все это куча безумного антиинтеллектуального «нью-эйджевского» бычачьего дерьма», — а потом она говорила что-нибудь такое, от чего мой мозг рассыпался примерно на семь тысяч кусков, поскольку это было абсолютной истиной.

Ровно до тех пор, пока она не начала говорить о моем отце.

— Он был вьетнамским ветераном? — спросила она. Нет, сказала я ей, не был. Он недолго состоял на военной службе в середине 1960-х — на самом деле служил на базе в Колорадо-Спрингс, где служил и отец моей матери, так они и познакомились. Но во Вьетнаме он никогда не был.

— Такое впечатление, что он похож на вьетнамского ветерана, — стояла она на своем. — Может быть, не буквально. Но у него есть нечто общее с такими людьми. Он был глубоко травмирован. Он был ранен. И эта рана инфицировала его жизнь — и инфицировала вас.

Я не собиралась кивать. Все, что случилось со мной за всю мою жизнь, смешалось в тот цемент, который удерживал мою голову в абсолютно неподвижном состоянии в минуту, когда астролог начала рассказывать мне о том, что мой отец инфицировал меня.

— Ранен? — вот и все, что я смогла из себя выдавить.

— Да, — подтвердила Пэт. — И у вас рана в том же месте. Именно это проделывают отцы, если не исцеляют собственные раны. Они наносят раны своим детям в тех же местах.

ЧТО ТАКОЕ КИЛОМЕТР

— Хм-м, — протянула я с ничего не выражавшим лицом.

— Я могу ошибаться. — Она уставилась на лист бумаги, лежавший между нами. — Это не обязательно нужно понимать буквально.

— На самом деле я видела своего отца лишь трижды после того, как мне исполнилось шесть, — сказала я.

— Задача отца — учить своих детей быть воинами, вселять в них уверенность, чтобы они могли вскочить на коня и ринуться в битву, когда это необходимо. Если не получаешь этого от своего отца — приходится учиться самостоятельно.

— Но… думаю, я уже воин, — запинаясь, пробормотала я. — Я сильная… я смотрю судьбе в лицо… я…

— Дело не в силе, — перебила меня Пэт. — И, возможно, вы пока не в состоянии этого понять, но может настать такой момент — пусть не сейчас, а много лет спустя, — когда вам понадобится оседлать свою лошадь и скакать в гущу битвы, а вы придете в замешательство. Вы будете медлить. Чтобы исцелить травму, нанесенную отцом, вам придется вскочить на эту лошадь и ринуться в битву, как воин.

Я тогда рассмеялась — неестественным полусмешком-полукваканьем, который прозвучал скорее печально, чем радостно. Я знаю это, потому что забрала с собой кассету и слушала ее снова и снова. «Чтобы исцелить травму, нанесенную отцом, вам придется вскочить на эту лошадь и ринуться в битву, как воин». Неестественный смешок.

Перемотка. Повтор.

— Хочешь отведать кулака? — спрашивал меня отец, когда сердился, держа свой огромный мужской кулак в каком-нибудь сантиметре от моего трехлетнего, потом четырехлетнего, потом пятилетнего, шестилетнего личика. — Хочешь? А? А?! ОТВЕЧАЙ СЕЙЧАС ЖЕ!

Я надела свои дурацкие сандалии и начала долгий путь к Касл-Крэгз.

13

КОРИДОР НЕТРОНУТОЙ ПРИРОДЫ

Впервые идея о создании МТХ пришла в голову женщине. Она была учительницей-пенсионеркой из Беллингэма, штат Вашингтон, звали ее Кэтрин Монтгомери. В разговоре с альпинистом и писателем Джозефом Хазардом она выдвинула предположение, что должна существовать тянущаяся от одной границы до другой «высокогорная тропа, вьющаяся по нашим западным горам». Это случилось в 1926 году. Хотя небольшая группа дальноходов немедленно подхватила идею Монтгомери, ясное представление об МТХ начало складываться лишь спустя шесть лет, когда ее поднял на щит Клинтон Черчилль-Кларк. Кларк был нефтяным магнатом, который жил на отдыхе в Пасадене. Но, кроме того, он был страстным любителем пеших походов. Испытывая отвращение к культуре, которая «проводила слишком много времени, сидя на мягких сиденьях в машинах, сидя на мягких сиденьях в кинотеатрах», Кларк добился от федерального правительства решения выделить для этого маршрута коридор нетронутой природы. Его мечты простирались далеко за пределы МТХ, который, как он надеялся, должен был стать всего лишь одним сегментом гораздо более длинного «маршрута по обеим Америкам», который должен был протянуться от Аляски до Чили. Он искренне верил, что время, проведенное в общении с дикой природой, имеет для человека «долгосрочную целительную и цивилизующую ценность». И сражался за МТХ двадцать пять лет. Но когда в 1957 году он умер, этот маршрут все еще оставался только мечтой.

КОРИДОР НЕТРОНУТОЙ ПРИРОДЫ

Возможно, наиболее важным вкладом Кларка в развитие маршрута было знакомство в 1932 году с Уорреном Роджерсом, которому было тогда двадцать четыре года. Роджерс работал в компании YMCA в Альгамбре, штат Калифорния, когда Кларк убедил его помочь составить карту маршрута, дав командам волонтеров YMCA задание рисовать карты. А в некоторых случаях и создавать то, что впоследствии должно было стать МТХ. Поначалу взявшийся за это задание с неохотой, Роджерс вскоре сделался страстным сторонником создания маршрута. Всю оставшуюся жизнь он пропагандировал идею МТХ и упорно работал над преодолением всех юридических, финансовых и прочих препятствий, стоявших на ее пути. Роджерс дожил до того момента, когда Конгресс ратифицировал создание Национального Маршрута Тихоокеанского хребта в 1968 году, но умер в 1992 году, не дожив одного года до полного завершения маршрута.

> Я прочла раздел путеводителя об истории маршрута той зимой. Но только теперь, через пару километров после Берни-Фоллс, шагая в своих хлипких сандалиях по жаре раннего вечера, осознала, что́ означает эта история.

Я прочла раздел путеводителя об истории маршрута той зимой. Но только теперь, через пару километров после Берни-Фоллс, шагая в своих хлипких сандалиях по жаре раннего вечера, осознала, что́ означает эта история. И это осознание буквально поразило меня прямо в сердце. Как ни смехотворно звучит, но когда Кэтрин Монтгомери, Клинтон Кларк, Уоррен Роджерс и сотни других создателей МТХ воображали людей, которые будут идти по этой высокогорной тропе, вьющейся по склонам наших западных гор, они представляли себе меня. Разумеется, все мое снаряжение, начиная от дешевых никчемных сандалий до высокотехнологичных по меркам 1995 года ботинок и рюкзака, было им совершенно неважно. А значение имели лишь абсолютно вневременные вещи. Это было то, что вынуждало их бороться за маршрут, невзирая на препятствия. Это было то, что двигало мною и каждым из остальных дальноходов, заставляя нас двигаться вперед в самые несчастные и неудачные дни. Это не имело ничего общего ни со снаряжением, ни с обувью, ни с вопросами укладки рюкзака, ни с философией какой-либо конкретной эпохи. Ни даже с задачей добраться из пункта А в пункт Б.

Это имело отношение только к ощущению того, каково это — быть в заповедной глуши. Каково это — идти километр за километром без всякого иного повода, кроме желания видеть скопление деревьев и лужаек, гор и пустынь, ручьев и скал, рек и трав. И так от восхода до заката. Этот опыт был мощным и фундаментальным. Мне кажется, у людей в дикой природе возникают сходные ощущения. И так будет, пока существует дикая природа. Это то, что наверняка знали Монтгомери, Кларк, Роджерс и тысячи их предшественников и потомков. Это то, что знала я еще до того, как действительно *узнала* это. До того, как смогла на собственном опыте понять, насколько воистину трудным и чудесным может быть МТХ. И как безжалостно этот маршрут будет изничтожать меня, одновременно спасая и давая приют.

Я думала об этом на шестой неделе своего похода, пробираясь в жидкой и жаркой тени орегонских сосен и дугласовых пихт. Покрытая гравием поверхность тропы ощущалась моими ступнями сквозь тонкие подошвы босоножек во всех деталях. Мышцы голеностопов ныли от напряжения без поддержки, которую давали ботинки. Но, по крайней мере, мои больные пальцы не бились при каждом шаге о носки ботинок. Я шла, пока не добралась до деревянного моста, перекинутого через ручей. Не сумев найти поблизости ни одного ровного местечка, я поставила палатку прямо на мосту, который был частью тропы, и спала под деликатный шум крохотного водопадика, журчавшего подо мною всю ночь.

Я проснулась с рассветом и шла в сандалиях несколько часов, поднявшись почти на 518 метров. Время от времени — когда тропа выныривала из тени еловых и сосновых лесов — на юге виднелась гора Берни. Остановившись на обеденный привал, я с неохотой отвязала от рамы ботинки, чувствуя, что у меня нет иного выбора, кроме как надеть их. Я начинала замечать признаки того, о чем авторы путеводителя предупреждали во вступлении к раз-

КОРИДОР НЕТРОНУТОЙ ПРИРОДЫ

делу, описывающему участок между Берни-Фоллс и Касл-Крэгз. Они писали, что тропа на этом участке поддерживается настолько небрежно, что идти по ней не намного легче, чем путешествовать по пересеченной местности. И хотя это еще не проявилось в полной мере, такое предостережение плохо вязалось с моими сандалиями. Они уже порядком истрепались. Их подметки почти оторвались и хлопали меня по пяткам при каждом шаге, не говоря уже о том, что цеплялись за сучки и камешки.

Я силой загнала ступни в ботинки и пошла дальше, не обращая внимания на боль. Миновала во время подъема пару призрачных электрических вышек, которые издавали треск, напоминавший звуки какого-то иного мира. Несколько раз за этот день видела Лысую гору и пик Гризли на северо-западе — темно-зеленые и бурые горы, покрытые беспорядочно разбросанными, искривленными постоянными ветрами деревьями и кустами. Но в основном шла по кустарниковому лесу, пересекая все возраставшее число примитивных дорог — это были глубокие колеи, оставшиеся от тракторов. Я миновала старые вырубки, которые медленно возвращались к жизни. Было немало огромных участков, покрытых пнями и корнями: между ними росли маленькие зеленые деревца, росточком не выше меня. В таких местах тропа становилась почти непроходимой, и ее, засыпанную поваленными деревьями и сучьями, трудно было различить. Деревья были тех же пород, что и раньше, но ощущение от леса было иным. Он казался беспорядочным и каким-то более темным, несмотря на открывавшиеся время от времени обширные панорамы.

Ближе к концу дня я остановилась на привал в одном из таких мест, где открывался роскошный вид на зеленые холмы. Это был склон, гора вздымалась надо мной и крутыми уступами ниспадала вниз. Поскольку сесть было больше некуда, я уселась на саму тропу, как часто делала. Стащила с ног ботинки и носки, принялась массировать ступни и глядеть вдаль поверх верхушек деревьев, поскольку мой наблюдательный пункт располагался выше уровня леса. Мне нравилось это ощущение — что я выше, чем деревья. Нравилось смотреть сверху на их зеленый полог, как смотрят птицы. Это зрелище ослабляло тревогу по поводу состояния ног и предстоящего трудного пути.

В этом мечтательном состоянии я потянулась к боковому карману рюкзака. Когда я дернула за молнию, Монстр опрокинулся прямо на мои ботинки, подцепив левый так, что он подскочил в воздух, будто я его бросила. Я смотрела, как он отскакивает от земли — быстро, как молния, и одновременно будто в замедленной съемке. А потом он перевалился через край горы и полетел вниз, в лесные заросли, без единого звука. Я ахнула от изумления и кинулась ловить второй ботинок, прижав его к груди, словно ожидая, что все это окажется сном, что кто-нибудь выйдет из леса, смеясь, качая головой и говоря, что это был розыгрыш.

Но никто не рассмеялся. Да и с чего бы вдруг. Вселенная, как я выяснила, никогда и никого не разыгрывает. Она просто берет то, что ей нужно, и никогда не отдает обратно. У меня действительно остался только один ботинок.

> Вселенная, как я выяснила, никогда и никого не разыгрывает. Она просто берет то, что ей нужно, и никогда не отдает обратно. У меня действительно остался только один ботинок.

Поэтому я вскочила и швырнула через край пропасти и его тоже. Бросила взгляд вниз, на свои босые ноги, некоторое время смотрела на них, потом стала чинить свои сандалии с помощью клейкой ленты, насколько это было возможно, склеивая вместе разошедшиеся подошвы и укрепляя перепонки в тех местах, где они грозили оторваться. Надела носки, чтобы защитить кожу от швов клейкой ленты, и пошла прочь, расстроенная таким поворотом дела, но утешая себя тем, что, по крайней мере, в Касл-Крэгз меня ждет новая пара ботинок.

К вечеру лес расступился, открыв широкую равнину, которую можно было назвать только кладезем природного булыжника. Это была широченная осыпь, прорезавшая и расчистившая местность, и МТХ робко пробирался вдоль ее границы. Несколько раз мне приходилось останавливаться, чтобы отыскать тропу, скрытую

КОРИДОР НЕТРОНУТОЙ ПРИРОДЫ

опавшими сучьями и наслоениями вывернутой почвы. Деревья, оставшиеся по краям этого участка, казалось, скорбели, их грубая кора была свежеободрана, искривленные конечности тянулись в разные стороны под неестественными углами. Я еще никогда не видела в лесах ничего подобного. Было такое ощущение, что кто-то прошел здесь с гигантским ядром, которым разрушают здания, размахивая им во все стороны. Это ли тот самый «коридор нетронутой природы», который был на уме у конгрессменов, когда они принимали свое решение? Мне так не казалось; но я шла через земли государственных лесов. Несмотря на многообещающее название, это означало, что нынешние власти могли использовать эту землю по своему усмотрению так, как им казалось подходящим для общественного блага. Иногда в результате земля оставалась нетронутой, как это было на большей части МТХ. В других же местах это значило, что древние деревья вырубали, чтобы изготовить из них всякие вещи, вроде стульев и туалетной бумаги.

> Я еще никогда не видела в лесах ничего подобного. Было такое ощущение, что кто-то прошел здесь с гигантским ядром, которым разрушают здания, размахивая им во все стороны.

Зрелище исковерканной, опустошенной земли расстроило меня. При виде ее меня охватили печаль и злость, но эти чувства включали в себя и сложную истину о моем собственном соучастии в этом преступлении. В конце концов, я ведь тоже пользовалась столами, стульями и туалетной бумагой. Пробираясь через каменистую осыпь, я поняла, что на этот день с меня хватит. Влезла на крутой уступ горы, чтобы добраться до плоской вырубки наверху, и поставила палатку посреди пней и вывернутых холмиков почвы, чувствуя такое одиночество, какое мне редко случалось ощущать на маршруте. Мне хотелось с кем-нибудь поговорить, причем не с кем-то вообще, а с конкретными людьми.

Я хотела поговорить с Карен, или с Лейфом, или с Эдди. Я хотела снова иметь семью, быть включенной в круг родных, который был бы защищен от разрушения. И одновременно с тоской по ним я ощущала горячее чувство, напоминающее ненависть, к каждому из них. Я воображала себе, как огромная машина, такая как та, которая изничтожила этот лес, изничтожает наши сорок акров в лесах Миннесоты. Я всем сердцем желала, чтобы так и случилось. Тогда я стала бы свободна, так мне казалось. Поскольку мы утратили защиту от разрушения после смерти мамы, тотальное разрушение теперь принесло бы облегчение. Утрата семьи и дома были моей собственной, частной вырубкой. А то, что осталось, было лишь уродливым напоминанием о вещах, которых больше не существовало.

Последний раз я была дома за неделю до того, как вышла на МТХ. Я поехала на север, чтобы попрощаться с Эдди и побыть на могиле мамы, зная, что больше не вернусь в Миннесоту после того, как закончу свой поход. Я отработала свою последнюю смену в ресторане в Миннеаполисе, где обслуживала столики, и три часа ехала на север, прибыв на место к часу ночи. Я планировала припарковаться на подъездной дорожке и переночевать на заднем сиденье своего грузовичка, чтоб никого не побеспокоить в доме, но когда приехала, оказалось, что там в полном разгаре вечеринка. Дом был ярко освещен, в саду пылал костер; повсюду стояли палатки, и громкая музыка наяривала из колонок, установленных в траве. Была суббота того уик-энда, когда отмечают День поминовения. Я вылезла из грузовичка и пошла, пробираясь сквозь толпу людей, с большинством которых не была знакома. Это застигло меня врасплох, но не удивило — ни разгульный характер вечеринки, ни тот факт, что меня на нее не пригласили. Просто лишнее свидетельство того, насколько сильно все изменилось.

— Шерил! — загремел Лейф, когда я ступила на порог гаража, битком набитого людьми. Я протолкалась к нему, и мы обнялись. — А я тут грибочки кушаю! — сообщил он мне радостно, слишком сильно сжимая мою руку.

— Где Эдди?

— Не знаю, но у меня есть кое-что, что я хочу тебе показать, — сказал он и потянул меня за руку. — Ты прямо на стенку полезешь.

КОРИДОР НЕТРОНУТОЙ ПРИРОДЫ

Я пошла за ним через сад — по переднему крыльцу нашего дома, в двери и дальше, пока мы не добрались до нашего кухонного стола. Это был тот самый стол, который стоял у нас в квартире в комплексе Три-Лофт, когда мы были детьми; тот самый, который наша мама купила за десять баксов; тот самый, за которым мы ужинали в первый вечер, когда познакомились с Эдди, за которым воображали себя китайцами, потому что сидели на полу. Теперь он был той же высоты, что и обычный стол. После того как мы переехали из Три-Лофта и стали жить с Эдди, он отпилил короткие ножки и прибил к нижней части столешницы бочку, и все эти годы мы ели за ним, сидя на стульях. Этот стол никогда не отличался особенной красотой, а годы еще больше его изуродовали, местами по нему поползли трещины, которые Эдди заделывал замазкой для дерева; но этот стол был нашим столом.

По крайней мере, был им до этого вечера, за неделю до того, как я начала свой поход по МТХ.

Теперь поверхность столешницы была изуродована свежевырезанными словами и фразами, именами и инициалами людей, соединенными плюсами или обведенными в рамки из сердец, и все это явно проделали участники вечеринки. Пока мы смотрели на него, мальчик-подросток, которого я не знала, принялся вырезать на поверхности стола какую-то надпись швейцарским складным ножом.

— Прекрати! — скомандовала я, и он в тревоге взглянул на меня. — Ведь этот стол... — я не смогла договорить то, что хотела сказать. Лишь развернулась и метнулась к двери. Лейф тащился позади меня, пока я быстро шагала мимо палаток и костра, мимо курятника, в котором теперь не было кур, прочь от конского пастбища, где больше не паслись лошади, по тропе, ведущей в лес, к еще стоявшей там беседке, в которой я села и разрыдалась, а брат молча стоял рядом со мной. Меня переполняло отвращение к Эдди, но больше всего тошнило от самой себя. Да, я жгла свечи и писала громкие заявления в своем дневнике. Я приходила к правильным выводам о принятии и благодарности, о судьбе, прощении и удаче. В маленьком, яростном уголке своей души я отпустила маму, отпустила отца; наконец, отпустила заодно и Эдди. Но стол — это совсем другое дело. Мне не приходило в голову, что я должна отказаться и от него тоже.

— Я так рада, что уезжаю из Миннесоты, — проговорила я, и от этих слов у меня во рту стало горько. — Так рада!

— А я — нет, — отозвался Лейф. Он запустил руку в мои волосы, погладил меня по затылку, а потом убрал ладонь.

— Я не имею в виду, что рада уехать *от тебя*, — пояснила я, вытирая лицо и нос ладонями. — Но мы ведь все равно практически не видимся. — Это действительно было так, сколько бы он ни утверждал, что я — самый важный человек в его жизни, его «вторая мама», как он иногда меня называл. Мы виделись очень редко. Он был неуловимым и необязательным, безответственным, и выследить его почти не представлялось возможности. Телефон у него постоянно был отключен. Все его жизненные ситуации всегда были временными. — Ты сможешь навещать меня, — сказала я.

— Навещать тебя — где? — спросил он.

— Там, где я решу поселиться осенью. После того как закончу с МТХ.

Я подумала о том, где я буду жить. Я и представить не могла, где это будет. Да где угодно! Единственное, что я знала точно — что это место будет не здесь. *Не здесь! Только не здесь!* — так расстроенно повторяла мама в те дни перед своей смертью, когда я уговаривала ее сказать мне, где бы ей хотелось, чтобы мы развеяли ее прах. Я даже не смогла от нее добиться, что она имела в виду — говорила ли она о Миннесоте или о каком-то ином «здесь», чем бы оно ни было.

— Может быть, в Орегоне, — сказала я Лейфу, и мы на некоторое время умолкли.

— В темноте эта беседка круто выглядит, — прошептал он через несколько минут, и мы оба огляделись, рассматривая ее в неверном ночном свете. В этой самой беседке состоялось наше с Полом бракосочетание. Мы выстроили ее вместе по случаю свадьбы почти семь лет назад, а Эдди и мама помогали нам. Это был скромный замок нашей наивной, обреченной любви. Крыша была из гофрированной жести; стены — из неошкуренного дерева, которое оставляло в пальцах занозы, если неловко коснуться. Пол был сделан из утрамбованной земли и плоских камней, которые мы волокли через лес в голубой тачке, принадлежавшей моей семье столько, сколько я себя помню. После того как мы с Полом поженились в этой беседке, она стала в нашем лесу тем местом,

> Я подумала о том, где я буду жить. Я и представить не могла, где это будет. Да где угодно!

куда приходили гулять, где собирались вместе. Несколько лет назад Эдди повесил поперек нее широкий веревочный гамак — подарок моей матери.

— Давай-ка заберемся в эту штуку, — предложил Лейф, указывая на гамак. Мы залезли в него, и я стала потихоньку нас раскачивать, отталкиваясь одной ногой от того самого камня, на котором стояла, выходя замуж за Пола.

— Я теперь разведена, — сказала я без эмоций.

— Я и раньше думал, что ты развелась.

— Ну, так теперь это официально. Нам нужно было послать документы в правительство штата, чтобы там дали им ход. Только на прошлой неделе я получила окончательное свидетельство о разводе с печатью судьи.

Он кивнул и ничего не ответил. Казалось, что он не испытывает жалости ко мне и не сожалеет о разводе, в который я сама себя ввергла. Ему, Эдди и Карен нравился Пол. Мне не удавалось заставить их понять, зачем мне понадобилось все разрушить. *«Но вы же казались такими счастливыми»* — вот и все, что они могли сказать. И это было действительно так: мы действительно казались счастливыми. Точно так же, как после смерти мамы казалось, что я отлично справляюсь со своими чувствами. У скорби нет лица.

Пока мы с Лейфом качались в гамаке, и перед нами мелькали огни ярко освещенного дома и костра, проглядывая меж деревьев. Мы слышали приглушенные голоса веселившихся людей.

Вечеринка постепенно стихала, а потом и совсем умолкла. Совсем близко за нами была могила нашей матери. Может быть, каких-нибудь шагов тридцать дальше по тропинке, которая вилась мимо беседки и выходила на маленькую лужайку, где мы разбили цветочную клумбу, похоронили ее прах и установили надгробный камень. Я чувствовала, что она с нами, и чувствовала, что Лейф тоже ощущает ее присутствие, хотя ни слова об этом не сказала — боялась, что мои слова заставят это чувство исчезнуть. Сама того не заметив, я задремала, и проснулась, когда солнце начало подниматься в небо, вздрогнув и рывком повернувшись к Лейфу, забыв на мгновение, где я нахожусь.

— Я уснула, — проговорила я.

— Я знаю, — ответил он. — А я все это время не спал. Грибочки, понимаешь, такое дело...

Я села в гамаке и повернулась, чтобы получше разглядеть его.

— Ты меня беспокоишь, — проговорила я. — В смысле наркотиков.

— Уж кто бы говорил!

— То было совсем другое дело. Это был только период такой, и ты прекрасно это знаешь, — сказала я, стараясь, чтобы мои слова не прозвучали агрессивно. У меня была масса причин пожалеть о том, что я связалась с героином, но утрата доверия брата — об этом я сожалела больше всего.

— Пойдем, прогуляемся, — предложил он.

— Который теперь час? — спросила я.

— А не все ли равно?

Я пошла вслед за ним по тропинке, мимо безмолвных палаток и машин, и дальше, по подъездной дорожке к гравийному шоссе, которое огибало наш дом. Свет утра был мягким, тронутым легчайшим оттенком розового, настолько прекрасным, что я перестала обращать внимание на усталость. Ни слова не говоря, мы пошли к заброшенному дому, который стоял недалеко от нашего, вниз по шоссе, куда мы, бывало, убегали детьми жаркими летними днями, еще до того как выросли настолько, чтобы суметь водить машину. Этот дом стоял пустой и разваливался от старости, пока мы росли. Теперь он стал еще большей развалюхой.

— Кажется, ее звали Вайолет, ту женщину, что жила здесь, — сказала я брату, когда мы взошли на крыльцо, припоминая рассказы об этом доме, которые я много лет назад слышала от наших старых соседей-финнов. Передняя дверь в нем никогда не была заперта — так было и сейчас. Мы толкнули ее и вошли внутрь, осторожно переступая через те места, где половицы в полу провалились. Как ни удивительно, по всему дому были разбросаны те же предметы, что и десять лет назад, вот только теперь они еще сильнее обветшали. Я подобрала с пола пожелтевший журнал и увидела, что он опубликован Коммунистической партией Миннесоты и датирован октябрем 1920 года. Обколотая по краям чайная чашка с рисунком из розовых розочек лежала на боку, и я наклонилась, чтобы поставить ее ровно. Домик был такой крохотный, что требовалось всего несколько шагов, чтобы оглядеть его целиком. Я подошла к задней стене и приблизилась к деревянной двери, косо висевшей на одной петле; в ее верхней половине до сих пор сохранилось нетронутое прозрачное стекло.

— Не прикасайся к нему, — прошептал Лейф. — Если разобьется — плохая примета.

Мы осторожно пробрались мимо двери в кухню. В ее стенах зияли отверстия и дыры, гигантское черное пятно осталось там, где некогда стояла плита. В углу притулился маленький деревянный столик, где-то потерявший одну ножку.

— Не хочешь вырезать на нем свое имя? — спросила я, указывая на стол, и голос мой внезапно окреп от нахлынувших эмоций.

— Не надо, — попросил Лейф, хватая меня за плечи и сильно встряхивая. — Просто забудь об этом, Шерил. Это реальность. А реальность — это то, что мы должны принимать, нравится она нам или нет.

> Мы действительно казались счастливыми. Точно так же, как после смерти мамы казалось, что я отлично справляюсь со своими чувствами. У скорби нет лица.

Я кивнула, и он отпустил меня. Мы стояли бок о бок, глядя из окон в сад. Там стоял полуразвалившийся сарай, некогда служивший баней, и большая лохань для стирки, теперь заросшая сорняками и мхом. За ними простиралось широкое болотистое поле, которое в отдалении уступало место небольшой березовой рощице. А дальше, за ней, начиналось настоящее болото, о существовании которого мы знали, но его не было видно.

— Конечно, я не стал бы ничего вырезать на этом столе, и ты бы не стала, — через некоторое время проговорил Лейф, поворачиваясь ко мне. — И знаешь, почему? — спросил он.

Я покачала головой, хотя ответ был мне известен.

— Потому что нас воспитывала наша мама.

Я вышла из своего лагеря на вырубке с первыми лучами солнца и все утро не видела ни одного человека. А к полудню уже не видела даже МТХ. Я потеряла тропу среди вывалов леса и временных дорог, которые пересекались во всех направлениях и со временем стерли тропу с лица земли. Поначалу я не так уж сильно тревожилась, полагая, что дорога, по которой я иду, где-нибудь непременно вырулит к такому месту, где снова пересечет тропу, но этого не случилось. Я вытащила из рюкзака карту и компас и попыталась сориентироваться. Именно что попыталась — мои навыки в ориентировании по-прежнему оставались ненадежными. Я пошла по другой дороге, но она лишь привела меня к третьей. А третья — к четвертой, пока я уже не могла ясно вспомнить, по которой из них я шла вначале.

Я остановилась, чтобы пообедать. Стояла послеполуденная жара, и мой монументальный голод лишь слегка приглушало тошнотворное осознание того, что я не понимаю, где нахожусь. Я молча пеняла себе за то, что была столь беспечна, за то, что в раздражении пошла дальше, вместо того чтобы остановиться и обдумать свой курс, но теперь с этим уже ничего невозможно было поделать. Я сняла футболку с Бобом Марли и повесила ее на ветку просушиться, вытащила из рюкзака другую футболку и натянула ее. С тех пор как Пако преподнес мне свой подарок,

КОРИДОР НЕТРОНУТОЙ ПРИРОДЫ

я носила футболки по очереди, меняя одну на другую в течение дня — так же, как меняла носки, хотя и понимала, что это — роскошь, которая лишь добавляет больше веса моему рюкзаку.

Я изучила карту и пошла дальше, сначала по одной неровной колее, потом по другой, ощущая трепет надежды всякий раз, как мне казалось, что я вновь набрела на тропу. Но к началу вечера дорога, по которой я шла, закончилась нагроможденной бульдозером кучей грунта, камней и веток, высокой, как дом. Я забралась на нее,

> Я пошла по другой дороге, но она лишь привела меня к третьей. А третья — к четвертой, пока я уже не могла ясно вспомнить, по которой из них я шла вначале.

чтобы осмотреться получше, и увидела еще одну дорогу, пересекавшую старую вырубку. Я шла по ней до тех пор, пока одна из моих сандалий не свалилась с ноги: и клейкая лента, и перепонка, которую она удерживала, оторвались от подошвы.

— А-а-а! — в ярости завопила я. Потом осмотрелась, ощущая странное безмолвие стоявших в отдалении деревьев. Они казались мне чем-то живым и мыслящим — как некие люди, защитники, которые всей душой рады были бы избавить меня от этого кошмара, — хотя не делали ничего, просто молча стояли и смотрели.

Я уселась на землю посреди высокой травы и древесных побегов высотой по колено и всерьез занялась починкой обуви. Сконструировала пару металлически-серых квазиботинок, снова и снова оборачивая клейкую ленту вокруг носков и похожих на скелеты остатков сандалий, словно создавая защитные заклинания для моих измученных ног. Я старалась наворачивать ленту достаточно туго, чтобы эти импровизированные ботинки продержались до конца перехода, но при этом достаточно свободно, чтобы можно было снять их в конце дня, не порвав. Они должны были донести меня до самого Касл-Крэгз.

А теперь я еще и не имела представления, насколько это далеко или как я туда попаду.

В этих своих квазиботинках я пошла дальше через вырубку, до дороги, а там осмотрелась. Я больше не понимала, в каком направлении следует двигаться. Единственными местами, где можно было осмотреться вокруг, были вырубки и дороги. Леса представляли собой густую чащу из елей и бурелома, и этот день дал мне понять, что здешние ненадежные дороги — всего лишь линии в необъяснимом, немыслимом лабиринте. Они шли на запад, потом сворачивали к северо-востоку, потом некоторое время тянулись к югу. Еще больше положение усложняло то, что отрезок МТХ между Берни-Фоллс и Касл-Крэгз не столько шел на север, сколько описывал широкую дугу с уклоном к западу. И теперь я вряд ли могла даже сделать вид, что иду по проложенному маршруту. Моей единственной целью теперь было выбраться оттуда, куда я попала. Я знала, что если пойду на север, то со временем выйду на шоссе 89. Я шла по дороге, пока почти не стемнело, отыскала сравнительно ровное место в лесу и поставила палатку.

Да, я заблудилась, но я не боюсь, твердила я себе, готовя ужин. У меня было в достатке пищи и воды. Все, что мне нужно, чтобы прожить неделю или больше, было упаковано в моем рюкзаке. Если я просто пойду дальше, то со временем выйду к цивилизации. И все же, заползая в свою палатку, я буквально дрожала от осязаемой благодарности за то, что у меня есть этот привычный кров, состоявший из зеленого нейлона и брезентовых стен, которые стали моим домом. Я осторожно выпростала ноги из самодельных «ботинок» и поставила их в уголок. Просмотрела карты в своем путеводителе — наверное, раз в сотый за этот день, — ощущая разочарование и неуверенность. Под конец просто бросила это занятие и залпом прочла около сотни страниц «Лолиты», погрузившись в ее ужасную и забавную реальность настолько полно, что позабыла о своей собственной.

Утром до меня дошло, что у меня больше нет футболки с Бобом Марли. Я оставила ее на той ветке, на которую повесила ее сушиться накануне. Лишиться ботинок — это было плохо. Но лишиться футболки с Бобом Марли — еще хуже. Это была не просто какая-то там старая футболка. Она была, по крайней мере, по словам Пако, священной рубахой, которая означала, что я иду вместе с духами животных, земли и небес. Я не была уверена,

КОРИДОР НЕТРОНУТОЙ ПРИРОДЫ

что верю в это, но она стала для меня символом чего-то такого, чему я не могла как следует подобрать название.

Я укрепила свои импровизированные ботинки еще одним слоем клейкой ленты и шла весь этот жаркий день до самого вечера. Накануне ночью у меня сложился план: я пойду по этой дороге, куда бы они меня ни привела. Я буду игнорировать все остальные, которые ее пересекают, какими бы интригующими и многообещающими они ни выглядели. Под конец я убедилась, что если не сделаю этого, то просто буду продолжать бродить по бесконечному лабиринту. К середине дня я почувствовала, что дорога вот-вот куда-то меня приведет. Она расширилась, стала не такой изрезанной, и лес впереди расступился. Наконец, я завернула за поворот и увидела трактор, в котором не было водителя. А за трактором открывалось двухполосное шоссе с настоящим покрытием. Я пересекла его, повернула влево и пошла по обочине. Единственное, что я могла предположить, что это шоссе 89. Я снова вытащила свои карты и проследила по ним маршрут, по которому я могла на попутках добраться обратно к МТХ, а потом стала пытаться поймать эту самую попутку, отчаянно стыдясь своих кошмарных самодельных ботинок. Машины проезжали мимо по две — по три, между ними были длительные перерывы. Я простояла на шоссе с полчаса, держа руку с поднятым вверх большим пальцем, чувствуя нарастающую тревогу. Наконец, мужчина, сидевший за рулем пикапа, притормозил и съехал на обочину. Я подошла к пассажирской дверце и открыла ее.

> Я больше не понимала, в каком направлении следует двигаться. Единственными местами, где можно было осмотреться вокруг, были вырубки и дороги.

— Можете забросить свой рюкзак в багажник, — сказал он. Это был здоровенный мужик с бычьей шеей, судя по внешнему виду, лет под пятьдесят.

— Это шоссе 89? — спросила я.

Он озадаченно уставился на меня.

— Вы что, даже не знаете, по какой дороге идете?

Я покачала головой.

— Во имя Господне, что это у вас на ногах?! — ахнул он.

Почти час спустя он высадил меня в том месте, где МТХ пересекал гравийную дорогу в лесу, очень похожую на те, по которым я шла, когда заблудилась. На следующий день я шла с рекордной для себя скоростью, подгоняемая желанием достичь Касл-Крэгз к концу дня. В моем путеводителе говорилось, как обычно, что это не совсем городок. Тропа выныривала из леса в государственном парке, на границе которого стояли магазин и почта, но для меня этого было достаточно. На почте меня должны были ждать новые ботинки и коробка с припасами. При магазинчике был небольшой ресторан, где я могла удовлетворить, по крайней мере, некоторые из своих фантазий насчет еды и напитков, когда выну двадцать долларов из коробки. А в государственном парке был бесплатный палаточный городок для дальноходов с МТХ, где заодно можно было принять горячий душ.

К трем часам дня, когда я добрела до Касл-Крэгз, я шла уже почти босая, мои «ботинки» практически перестали существовать. Я переступила порог почты, волоча за собой отдельные куски густо покрытой землей клейкой ленты, и спросила, есть ли для меня посылки.

— Их должно быть две, — уточнила я, почти не надеясь на посылку из *REI*. Пока я ждала возвращения со склада служащей почты, мне пришло в голову, что здесь может быть и кое-что еще, помимо коробок с посылками и припасами, — письма. Я послала извещения во все почтовые отделения, которые пропустила, делая крюк, и распорядилась, чтобы всю мою почту перенаправили сюда.

— Вот, пожалуйста, — проговорила служащая, с трудом водружая коробку с припасами на прилавок.

— Но ведь там должна быть... А из *REI* ничего нет? Там должны быть...

— Все в свое время, — пропела служащая, возвращаясь на склад.

К тому времени как я вышла с почты, я едва не прыгала от радости и облегчения. Помимо девственно-чистой коробки, в которой лежали мои ботинки — *мои новые ботинки!* — я держала в руке девять писем, адресованных мне в почтовые отделения на том отрезке пути, по которому я не пошла, надписанные знакомыми почерками. Я уселась на бетонную площадку рядом с маленьким зданием почты, быстро перебирая конверты, слишком переполненная чувствами, чтобы вскрыть какой-нибудь из них. Одно письмо было от Пола. Одно — от Джо. Еще одно — от Карен. Остальные — от друзей, живших в разных концах страны. Я отложила их в сторону и ножом вскрыла коробку из *REI*. Внутри, аккуратно завернутые в бумагу, лежали мои новенькие коричневые кожаные ботинки.

Точно такие же, как те, что отправились в путешествие вниз по склону горы, только новые и на размер больше.

— Шерил! — воскликнула какая-то женщина, и я подняла глаза. Это была Сара, одна из женщин из той четверки, которую я встретила в Барни-Фоллс. Она стояла напротив меня. Рюкзака при ней не было. — Что ты здесь делаешь? — спросила она.

— А *ты* что здесь делаешь? — ответила я вопросом. Я думала, что они все еще идут сзади меня по маршруту.

— Мы заблудились. В конце концов вышли на шоссе и поймали попутку.

— Я тоже заблудилась! — сказала я с удивлением и удовольствием, обрадованная тем, что не единственная ухитрилась сбиться с пути.

— Да здесь все плутают, — отмахнулась она. — Пойдем, — она указала на вход в ресторан в конце здания. — Мы все уже там.

— Сейчас буду, — ответила я. Когда она ушла, я вынула новые ботинки из коробки, содрала с ног остатки своей импровизированной обуви и сунула их в ближайшую мусорную корзину. Вскрыла коробку с припасами, отыскала в ней свежую пару чистых, еще ни разу не надеванных носков, натянула их прямо на грязные ноги, а потом зашнуровала ботинки. Они были безупречно чистыми. Они казались мне почти произведением искусства в своем совершенстве, пока я делала в них пробный круг по парковке. Чудо девственных подошв; сияние неободранных носков. Они были пока еще негнущимися, но просторными; казалось, что они мне впору, хотя меня беспокоил тот факт, что придется разнашивать их на маршруте. Но я ничего не могла сделать, кроме как надеяться на лучшее.

— Шерил! — басом заорал Рекс, когда я вошла в ресторан. С ним рядом сидела Стейси, а дальше — Сэм, Хелен, Джон и Сара, и они вшестером практически полностью заняли крохотный ресторанчик.

— Добро пожаловать в рай, — проговорил Джон, салютуя мне бутылкой пива.

Мы ели чизбургеры и картошку фри, потом в состоянии послепиршественного экстаза гуляли по магазину, набрав полные охапки чипсов, печенья, пива и больших бутылок дешевого красного вина. Заплатили за все это в складчину. Потом всемером, пошатываясь от усталости, поднялись вверх по холму к официальному бесплатному палаточному городку, где сдвинули свои палатки, поставив их в кружок, и провели остаток вечера вокруг стола для пикников, смеясь и рассказывая историю за историей. Пока мы болтали, из леса, окружавшего кольцом наш палаточный городок, появились два черных медведя — эти выглядели *по-настоящему* черными — и почти не испугались нас, когда мы принялись кричать, чтобы спугнуть их и заставить уйти прочь.

Весь вечер я то и дело наполняла маленький бумажный стаканчик, который прихватила из магазина, большими глотками пила из него красное вино, как будто оно было водой — пока оно и на вкус не перестало отличаться от воды. Мне вовсе не казалось, что я в этот день прошла 27 километров по 32-градусной жаре, с рюкзаком на спине и клейкой лентой, обернутой вокруг ног. Мне казалось, что я сюда прилетела. Что этот стол для пикников — лучшее место, где я когда-либо была или когда-либо буду. Я не сознавала, что опьянела, пока мы все не решили укладываться спать. Тогда я поднялась из-за стола, и меня поразило то, насколько сложное это, оказывается, искусство — ходить прямо.

КОРИДОР НЕТРОНУТОЙ ПРИРОДЫ

Через мгновение я уже стояла на четвереньках, и меня рвало на землю прямо посередине нашего лагеря. Несмотря на всю жалостную смехотворность моей жизни в последние годы, прежде меня ни разу не тошнило от алкоголя. Когда это закончилось, Стейси поставила рядом со мной бутылку с водой, пробормотав, что мне необходимо попить. Истинная я внутри той дымки, в которую я превратилась, осознавала, что она права, что я не только пьяна, но и сильно обезвожена. Я не выпила ни глотка воды с тех пор, как шла по жаркой тропе в этот день. Я заставила себя сесть прямо и попить. Стоило мне сделать глоток, и меня снова стошнило.

Утром я встала раньше остальных и, насколько могла, постаралась смести следы рвоты еловой веткой. Потом

> Мне вовсе не казалось, что я в этот день прошла 27 километров по 32-градусной жаре, с рюкзаком на спине и клейкой лентой, обернутой вокруг ног. Мне казалось, что я сюда прилетела.

пошла в душевую, сняла свою грязную одежду и долго стояла под горячим душем среди голых бетонных стен, чувствуя себя так, будто накануне ночью меня сильно избили. Но у меня не было времени на похмелье. Я планировала снова вернуться на маршрут к середине дня. Оделась, вернулась в лагерь и уселась за стол, стараясь выпить как можно больше воды, одновременно читая все девять своих писем, одно за другим, пока остальные спали. Пол философски писал о нашем разводе, любовь сквозила в каждой строчке его письма. Письмо Джо было романтическим и лихорадочным, и в нем ничего не говорилось о том, обратился ли он в реабилитационный центр. Карен писала кратко и деловито, рассказывая о новостях своей жизни. Письма от остальных людей были сплошным потоком любви и сплетен, новостей и забавных историй. К тому времени как я закончила их читать, остальные стали понемногу выползать из своих палаток. Прихрамывая, они вступали в новый день — так же, как я каждое утро, пока мышцы не разогрелись. Я втайне порадовалась тому, что, по крайней мере, у половины из них был такой же похмельный вид, как и у меня. Все улыбались друг другу, несчастные, но довольные. Хелен, Сэм и Сара отправились в душевую, Рекс и Стейси решили еще раз пройтись по магазину.

— У них есть булочки с корицей, — проговорил Рекс, пытаясь соблазнить меня присоединиться к ним, но я лишь помахала им вслед, и не только потому, что мысль о еде заставила мой желудок сжаться. После бургера, вина и всех закусок, которые я купила вчера, у меня опять осталось чуть меньше пяти баксов.

Когда они ушли, я принялась сортировать содержимое своей коробки, складывая продукты в стопку, чтобы упаковать их в Монстра. На этом следующем отрезке мне предстояло нести с собой тяжелый груз; это был один из самых длинных участков МТХ — до Сейед-Вэлли было 250 километров.

— Вам с Сарой нужны готовые ужины? — спросила я Джона, который сидел за столом. Мы ненадолго остались в лагере вдвоем. — У меня есть лишние, — я указала на упаковку лапши *Fiesta*, которую я с удовольствием ела в начале похода, но теперь возненавидела.

— Не-а. Спасибо, — отказался он.

Я вынула из коробки книгу Джеймса Джойса «Дублинцы» и поднесла ее к носу, вдыхая запах обшарпанной зеленой обложки. Она приятно пахла старыми, чуть плесневелыми книгами, точно так же, как весь букинистический магазинчик в Миннеаполисе, где я купила ее несколько месяцев назад. Я раскрыла томик и увидела, что мой экземпляр был отпечатан за несколько десятилетий до того, как я родилась.

— Что это? — спросил Джон, потянувшись за открыткой, которую я купила в магазине вчера вечером. Это была фотография вырезанного из дерева сасквоча, верх открытки украшали слова «Страна бигфутов». — Ты веришь, что они существуют? — спросил он, кладя открытку на место.

— Нет. Но те люди, которые верят, утверждают, что здесь столица бигфутов всего мира.

— Люди много чего говорят, — заметил он.

КОРИДОР НЕТРОНУТОЙ ПРИРОДЫ

— Ну, если они вообще где-то есть, то здесь им самое место, — ответила я, и мы огляделись по сторонам. За деревьями, которые окружали нас, возвышались древние серые скалы, которые носили название Касл-Крэгз, их зубчатые вершины нависали над нами, как своды кафедральных соборов. Вскоре нам предстояло пройти мимо них по маршруту, на протяжении многих километров двигаясь вдоль кромки гранитных и ультраосновных скал, которые мой путеводитель описывал как «вулканические по происхождению и интрузивные по природе», что бы это ни значило. Я никогда особенно не интересовалась геологией, но мне не нужно было знать значение слова «ультраосновный», чтобы понять, что я вступаю в совершенно иную страну. Переход в Каскадный хребет был подобен тому, который я совершила, пересекая Сьерра-Неваду: мне не один день приходилось идти по каждой из этих горных цепей, прежде чем у меня действительно начинало складываться определенное представление о них.

— Осталась только одна остановка, — проговорил Джон, словно читая мои мысли. — Вот доберемся до Сейед-Вэлли, а потом наш путь — в Орегон. Осталось всего лишь каких-то триста двадцать километров до границы.

Я кивнула и улыбнулась. Мне не казалось, что слова «только» и «триста двадцать километров» хорошо сочетаются в одном предложении. Я не позволяла себе загадывать дальше следующей остановки.

— Орегон! — воскликнул он, и радость в его голосе была такой заразительной, что мне почти показалось, что эти 320 километров будут преодолены одним прыжком, но я была уже научена горьким опытом. Не было ни единой недели на маршруте, которая не стала бы для меня тяжелым испытанием.

— Орегон, — подтвердила я, и лицо мое посерьезнело. — Но сначала — Калифорния.

14

В ГЛУШИ

Порой мне казалось, что Маршрут Тихоокеанского хребта — это одна длиннющая гора, на которую я взбираюсь. Что в конце своего путешествия, возле реки Колумбия, я достигну вершины этой тропы, а не ее нижней точки. И это чувство восхождения было не только метафорическим. Мне буквально казалось, что я постоянно — хотя это и невозможно — поднимаюсь вверх. Порой я была готова зарыдать от безжалостности этого подъема, мышцы и легкие пронизывала острая боль от усилий. И только когда я думала, что у меня больше нет сил подниматься, тропа вдруг вновь становилась ровной или начинала спускаться.

Какой роскошью был спуск в эти первые минуты! Я шла вниз, вниз, вниз — пока и спуск не становился настолько невозможным, мучительным и безжалостным, что я молилась, чтобы тропа вновь поднялась в гору. Спускаться с горы, как я осознала, было все равно что цеплять свободный конец пряжи, из которой ты только что несколько часов подряд вязала свитер, и тянуть за этот конец, пока весь свитер не превратится в кучку распущенной нити. Прохождение МТХ было одним сплошным сводящим с ума усилием по вязанию и распусканию этого свитера, снова и снова. Словно все, что удавалось обрести, неизбежно терялось.

Когда я в два часа вышла из Касл-Крэгз — на час отставая от Стейси и Рэкса и на несколько часов впереди обеих парочек, — на мне красовались ботинки, которые были на целый блаженный размер больше, чем предыдущая пара. «Теперь здесь *я* – бигфут!» — пошутила я, прощаясь с попутчиками. Я шла все вверх и вверх в обжигающем зное дня, в эйфории от того, что снова стою на маршруте, и последние воспоминания о похмелье вскоре выпарились из меня по́том. Я забиралась все выше и выше, весь этот день и весь следующий, хотя вскоре мой энтузиазм по поводу новых башмаков потускнел, сменившись мрачным пониманием того, что ступням от этого нисколько не легче. Новые ботинки лишь заново изжевали их. Я шла по прекрасной местности, которую уже научилась принимать как нечто само собой разумеющееся, мое тело наконец освоилось с задачей прохождения

> Порой мне казалось, что Маршрут Тихоокеанского хребта — это одна длиннющая гора, на которую я взбираюсь. Что в конце своего путешествия, возле реки Колумбия, я достигну вершины этой тропы, а не ее нижней точки.

по многу километров в день, но из-за проблем с ногами я погрузилась в мрачнейшее отчаяние. Я вспомнила, как загадывала то желание на звезду, когда была вместе с Брентом в Белден-Тауне. Казалось, будто я действительно навлекла на себя проклятие, произнеся его вслух. Может быть, мои ноги больше никогда не станут прежними.

Уйдя в круговорот горьких мыслей в свой второй день после выхода из Касл-Крэгз, я едва не наступила — последовательно — на двух гремучих змей, которые лежали, свернувшись кольцами, на тропе на расстоянии нескольких километров друг от друга. Каждая из них грохотом своей погремушки едва ли не буквально отбрасывала меня назад, предупредив в последнюю минуту. Пристыженная, я попыталась отвлечься от своих мыслей. И пошла дальше, воображая себе невообразимые вещи — к примеру, что мои ступни больше мне не принадлежат или что то ощущение, которое я испытываю, — это вовсе не боль, а просто некое *ощущение*.

Запыхавшаяся, сердитая, преисполненная отвращения к самой себе, я остановилась на обеденный привал в тени дерева, разложила брезент и растянулась на нем. Накануне ночью я разбила лагерь вместе с Рексом и Стейси и планировала снова встретиться с ними этим вечером — две парочки по-прежнему шли где-то позади нас, — но провела весь день в полном одиночестве, не увидев вокруг ни души. Лежа, я наблюдала за парением хищных птиц далеко над каменистыми пиками, за заблудившимся белым туманным облачком, неторопливо путешествовавшим по небу, — пока, сама того не желая, не заснула. Проснулась полчаса спустя, ошеломленно хватая ртом воздух, перепуганная сном — тем же сном, который снился мне накануне ночью. В этом сне меня похитил снежный человек. Сделал он это в достаточно галантной манере, приблизившись и уведя меня за руку в чащу леса, где обитала целая деревня других бигфутов. Это зрелище во сне меня и поразило, и испугало. «Как вы сумели так долго прятаться от людей?» — спросила я бигфута, который меня поймал, но он только зарычал в ответ. Пока я вглядывалась в него, мне стало ясно, что он вовсе не снежный человек, а просто мужчина, одетый в маску и волосатый костюм. Над краем маски я разглядела его бледную человеческую плоть, и это привело меня в ужас.

В то утро, проснувшись, я стряхнула с себя сон, свалив вину за него на ту открытку, которую купила в Касл-Крэгз. Но теперь, когда этот сон явился мне уже дважды, он как бы обрел больший вес, словно был уже не сном, а чем-то вроде предчувствия, предсказания — о чем, я не могла понять. Я встала, закинула Монстра на плечи и внимательно оглядела изборожденные трещинами утесы, скалистые пики и высокие серые и ржавые обрывы, которые окружали меня со всех сторон, вблизи и вдали, проглядывая сквозь пятна зелени, создавая чувство холодной неуверенности. Когда в этот вечер я нагнала Стейси и Рекса, при виде их меня охватило нечто большее, чем облегчение. Я слишком изнервничалась за эти часы, дергаясь на каждый тихий шорох из кустов и пугаясь долгих периодов тишины.

— Как твои ноги? — спросила Стейси, пока я ставила свою палатку рядом с ее палаткой. В ответ я просто уселась на землю, стянула ботинки и носки и показала ей.

В ГЛУШИ

— Черт побери, — прошептала она. — Даже на вид больно!

— А знаете, что я слышал вчера утром в магазине? — спросил Рекс. Он что-то помешивал в котелке над пламенем своей плитки, лицо его было все еще раскрасневшимся после дневного перехода. — Судя по всему, впереди, на Тоуд-лейк происходит эта штука, которая называется Встречей Племен Радуги.

— На Тоуд-лейк? — переспросила я, внезапно припоминая ту женщину, с которой познакомилась в женском туалете на автобусной станции в Рино. Она как раз туда собиралась.

— Ага, — подтвердил Рекс. — Это всего в километре в сторону от маршрута, около пятнадцати километров вперед. Думаю, нам стоит тоже зайти.

Я даже в ладоши захлопала от радости.

— А что это за радужное сборище такое? — спросила Стейси.

Я объяснила им, пока мы ужинали; я уже пару раз ездила туда раньше, летом. Встречи Племен Радуги организует «Радужная семья живого света» — вольное племя так называемых свободных мыслителей, которое ставит перед собой общую цель — мир и любовь на земле. Каждое лето они разбивают лагерь в одном из национальных лесных парков, и туда съезжаются тысячи людей на празднество, чья кульминация приходится на неделю Четвертого июля, но и потом оно не затухает до конца лета.

— Там бывают барабанные джем-сейшны, ночные костры и вечеринки, — объясняла я Рэксу и Стейси. — Но лучше всего — восхитительная кухня на свежем воздухе, куда люди просто приходят, пекут хлеб, готовят овощи, рагу и рис. Всевозможные вкусные вещи, и каждый может просто подойти и поесть.

— Каждый? — тоскливым голосом переспросил Рекс.

— Именно, — подтвердила я. — Только надо принести с собой собственную чашку и ложку.

Пока мы разговаривали, я решила, что останусь в лагере Племен Радуги на несколько дней, и к черту мое походное расписание! Мне необходимо было дать зажить ногам и сбросить с себя то жутковатое чувство, которое расцвело во мне из-за фантазии, что меня может похитить мифическое двуногое гуманоидное животное.

А может быть — только *может быть*, — мне еще и удастся переспать с каким-нибудь сексуальным хиппи.

Позже, забравшись в палатку, я рылась в рюкзаке и обнаружила в нем презерватив, который несла с собой весь этот путь, — тот самый, который прикарманила в Кеннеди-Медоуз, когда Альберт выбросил все остальные из моего рюкзака. Он лежал по-прежнему нетронутый в своей маленькой белой упаковке. Казалось, настало самое время найти ему применение. За шесть недель на маршруте я даже ни разу не мастурбировала, слишком утомленная к концу дня для любых занятий, кроме чтения, и испытывающая слишком сильное отвращение к убойному запаху своего собственного пота, чтобы думать о чем-нибудь еще, кроме сна.

На следующий день я шла быстрее, чем обычно, морщась при каждом шаге. Тропа извивалась на высоте от 1980 до 2225 метров над уровнем моря, время от времени открывая виды на высокогорные прозрачные озера внизу, под тропой, и бесконечные горы во всех направлениях. Был полдень, когда мы начали спускаться по маленькой тропке, ведущей от МТХ к Тоуд-лейк.

— Кажется, там не больно-то много народа, — заметил Рекс, глядя на озеро, лежавшее в ста с лишним метрах под нами.

— Кажется, там вообще нет народа, — отозвалась я. Внизу было только одно озеро, окруженное толпой кривоватых сосен, к востоку от которого возвышалась гора Шаста — постоянно видя ее к северу от себя с момента выхода из Хэт-Крик-Рим, теперь я наконец шла мимо этого снежного пика высотой в 4267 метров.

— Может быть, в этом году встречу решили провести под водой, — пошутила Стейси, поскольку, как только мы достигли берега озера, стало совершенно ясно, что здесь не было никакого беззаботного лагеря, никакой бурлящей массы людей, устраивающих джем-сейшны, покуривающих травку и готовящих сытное рагу. Здесь не было ни темных хлебов, ни сексуальных хиппи.

Встреча Племен Радуги оказалась блефом.

Мы втроем уныло пообедали возле озера все теми же жалкими припасами, которые ели всегда. Потом Рекс пошел искупаться,

В ГЛУШИ

а мы со Стейси, оставив рюкзаки, спустились по крутой тропе к проселочной дороге, которая, судя по указаниям путеводителя, должна была пролегать там. Несмотря на то что говорили нам наши глаза, мы не полностью потеряли надежду, что где-нибудь обнаружим Радужное сборище, но когда спустя десять минут добрались до грубой проселочной дороги, там не было ничего. И никого. Сплошные деревья, земля, скалы и сорняки, как и всегда.

— Думаю, мы что-то не так поняли, — проговорила Стейси, оглядывая округу, и голос ее был тонким от той же злости и сожаления, которые кипели во мне. Разочарование мое было огромным и ребяческим, словно вот-вот у меня случится истерика, какой я не закатывала лет с трех. Я добрела до большого плоского валуна рядом с дорогой, улеглась на него и закрыла глаза, отключая этот дурацкий мир, чтобы он не стал, наконец, той единственной вещью, которая доведет меня до слез на этом маршруте. Камень был теплым и гладким, широким, как стол. Спине было необыкновенно приятно лежать на нем.

> Я решила, что останусь в лагере Племен Радуги на несколько дней, и к черту мое походное расписание! А может быть — только *может быть,* — мне еще и удастся переспать с каким-нибудь сексуальным хиппи.

— Погоди-ка, — через некоторое время сказала Стейси. — Кажется, я что-то слышала.

Я открыла глаза и прислушалась.

— Наверное, просто ветер, — сказала я, ничего не услышав.

— Может быть, — Она посмотрела на меня, и мы печально улыбнулись друг другу. На ней была шляпа от солнца, подвязанная под подбородком, и короткие шорты с длинными подтяжками, свисавшими до колен, — в моих глазах они всегда делали ее похожей на девочку-скаута. Когда я с ней только познакомилась, меня немножко разочаровало то, что она не так похожа на моих друзей и меня саму. Она была тихой, эмоционально прохладной, в ней было меньше феминизма, интереса к искусству и политике, больше традиционности. Не уверена, что мы могли подружиться, если бы встретились не на маршруте, но теперь она стала мне дорога.

— Я снова что-то слышу! — внезапно воскликнула она, глядя вдоль дороги.

Я поднялась с камня как раз в ту минуту, когда небольшой потрепанный грузовичок, битком набитый людьми, завернул за поворот. У него были орегонские номера. Он помчался прямо на нас и с визгом затормозил в каком-нибудь метре от наших ног. Не успел еще водитель заглушить мотор, как семеро людей и две собаки, помещавшиеся в грузовичке, начали из него выпрыгивать. Оборванные и грязные, с гордостью украшенные высшими хипповскими регалиями, эти люди несомненно были членами Радужного Племени. Даже собаки были обдуманно наряжены в банданы и бусы. Я протянула руку, чтобы погладить их курчавые спины, когда они пробежали мимо меня в заросли травы.

— Привет, — в унисон сказали мы со Стейси четырем мужчинам и трем женщинам, которые стояли перед нами, хотя вместо ответа они просто уставились на нас, прищурив глаза, с обиженным выражением, словно только что вынырнули из пещеры, а не из постелей и не из кабины грузовика. Казалось, что у них у всех выдалась то ли бессонная ночь, то ли отходняк после галлюциногенов, а может, то и другое разом.

— Это и есть Встреча Племен Радуги? — спросил мужчина, который был за рулем. Он был загорелый, тонкий в кости. Странно неприятная на вид белая головная повязка, закрывавшая бóльшую часть его черепа, не давала длинным, волнистым волосам падать на лицо.

— Мы тоже его искали, но здесь только мы, как видите, — ответила я.

— Господи ты боже мой! — простонала бледная тень женщины с оголенным животом, неуловимо напоминавшая скелет, украшенный россыпью кельтских татуировок. — Мы что, проехали весь этот путь от гребаного Эшленда *просто так*?! — Она пошла и улеглась на валун, с которого недавно встала я. — Я так жрать хочу, что вот-вот помру.

— Я тоже есть хочу, — прохныкала другая женщина — черноволосая карлица. На талии у нее красовался бисерный пояс, в который были вплетены маленькие серебряные колокольчики. Она подошла к женщине-призраку и стала гладить ее по голове.

— Драные *организадницы!* — проревел мужчина с повязкой на голове.

— Вот, блин, ты прав, — промямлил мужчина с зеленым ирокезом и здоровенным серебряным кольцом в носу — очень похожим на те, которые красуются в ноздрях у быков.

— Знаете, что я сделаю? — спросил мужчина с повязкой. — Я организую свое собственное гребаное сборище на Кратерном озере. Мне не нужны эти

> Оборванные и грязные, с гордостью украшенные высшими хипповскими регалиями, эти люди несомненно были членами Радужного Племени. Даже собаки были обдуманно наряжены в банданы и бусы.

гребаные организадницы, которые будут распоряжаться, что мне делать и куда идти! У меня здесь есть кой-какое *влияние!*

— Далеко отсюда до Кратерного озера? — спросила последняя из женщин с австралийским акцентом. Она была высокой, красивой, светловолосой, впечатляюще зрелищной: ее волосы представляли собой кучу дредов, связанных в пучок на затылке, в ушах вместо пирсинга — нечто, напоминавшее настоящие птичьи кости, а все до единого пальцы были унизаны экстравагантными кольцами.

— Не так уж и далеко, дорогуша, — сказал мужчина с повязкой.

— Не называй меня дорогушей! — отрезала она.

— А что, дорогуша — это бранное слово в Австралии? — поинтересовался он.

Она вздохнула, а потом издала тихое рычание.

— Ладно, крошка, не буду называть тебя дорогушей. — Он рассмеялся резким смешком, подняв лицо к небу. — Но я таки *буду* называть тебя крошкой, если мне, черт побери, так нравится. Как сказал Джимми Хендрикс, «я *всех* называю крошками».

Я встретилась взглядом со Стейси.

— Мы тоже пытались отыскать Встречу, — сказала я. — Мы слышали, что она должна быть здесь.

— Мы путешествуем по Маршруту Тихоокеанского хребта, — добавила Стейси.

— Мне. Нужна. *Жратва!* — провыла бродяжка, лежавшая на валуне.

— У меня есть немного, могу с тобой поделиться, — сказала я ей. — Но за ней придется идти к озеру.

Она лишь уставилась на меня в ответ без выражения, с затуманенными глазами. Я задумалась: интересно, сколько ей лет? С виду она была моего возраста, а по поведению могла сойти за двенадцатилетнюю.

— У вас в машине есть места? — спросила меня австралийка приглушенным тоном. — Если вы вдвоем направляетесь обратно в Эшленд, я бы поехала с вами.

— Мы идем пешком, — ответила я и встретила ее непонимающий взгляд. — У нас только рюкзаки. Мы просто оставили их у озера.

— На самом деле мы *действительно* идем в Эшленд, — добавила Стейси. — Но нам понадобится около двенадцати дней, чтобы туда добраться, — и мы вдвоем рассмеялись, хотя к нам никто не присоединился.

Спустя пару минут все они погрузились обратно в грузовик и были таковы, а мы со Стейси пошли назад по тропе к Тоуд-лейк. К нашему возвращению обе парочки уже сидели рядом с Рексом, и мы вернулись на маршрут все вместе, хотя спустя совсем немного времени я уже стала замыкающей, прихромав в лагерь перед самыми сумерками, поскольку меня тормозило катастрофическое состояние ног.

— Мы даже не думали, что ты до нас доберешься, — сказала Сара. — Мы думали, ты уже где-то разбила лагерь.

В ГЛУШИ

— Ну вот, а я здесь, — ответила я, чувствуя себя уязвленной, хотя понимала, что она хотела всего лишь посочувствовать моим больным ногам. Пока мы пили и рассказывали друг другу разные истории в Касл-Крэгз, Сэм как-то раз пошутила, что на тропе мне надо было дать кличку «Ходячая Невезуха», после того как я поведала им обо всех своих неприятностях на маршруте. В то время я над этим посмеялась: мне казалось, что Ходячая Невезуха — вполне подходящее прозвище; но быть ею мне отнюдь не хотелось. Мне хотелось быть несгибаемой — круче только яйца, выше только звезды — королевой амазонок.

> Прохождение 27–30 километров в сутки, изо дня в день, стало для меня делом чести.

Утром я поднялась раньше остальных, потихоньку смешала в котелке заменитель молока с холодной водой, слегка заплесневевшей гранолой и изюмом. Меня разбудил еще один сон о снежном человеке, почти точь-в-точь такой же, как и два предыдущих. Завтракая, я поймала себя на том, что старательно прислушиваюсь к звукам, раздававшимся среди все еще темных деревьев. Я пошла вперед раньше, чем остальные успели хотя бы вылезти из своих палаток, довольная тем, что получила фору. Какой бы я ни была истощенной, медлительной и измученной больными ногами, какой бы я ни была невезучей, я держалась наравне с остальными — с людьми, которых считала настоящими дальноходами. Прохождение 27–30 километров в сутки, изо дня в день, стало для меня делом чести.

Час спустя я услышала чудовищный треск среди кустов и деревьев сбоку от тропы. Я застыла на месте, не зная, то ли завопить, то ли хранить молчание. И ничего не могла поделать: как ни глупо, тот мужчина в маске бигфута из снов снова и снова мелькал в моих мыслях.

— А-а-а! — завопила я, когда волосатое животное материализовалось прямо передо мной на тропе, настолько близко, что я почуяла его запах. Медведь, осознала я мгновением позже. Его взгляд равнодушно скользнул по мне, прежде чем он фыркнул, развернулся и потрусил на север по тропе. И почему это они всегда бегут именно в том направлении, куда иду я?!

Я выждала несколько минут, потом пошла дальше, осторожно выбирая путь, выкрикивая во всю мочь строчки из песен.

— «Я мог бы выпить всю тебя-а-а и не свалиться с но-о-ог!» — тянула я громко.

— «Она — машина, что летит к своей мечте, и свой мотор всегда содержит в чистоте!..» — хрипела я.

— «Чашку чая в маленькой чайной молча выпьем пополам с тобой!» — щебетала я.

Сработало. Я больше не нарвалась на медведя. Или на бигфута.

Вместо этого я набрела на то, чего действительно следовало бояться: на широкий язык обледенелого сверху снега, накрывшего тропу под углом в сорок градусов. Несмотря на жару, еще не весь снег стаял с северных склонов. Я видела то место, где язык заканчивался. В сущности, я могла бы добросить туда камень. Но я не могла сделать то же самое с собой. Я должна была пройти через него. Я бросила взгляд вниз с горы, следя за очертаниями снега, пытаясь понять, что будет, если я поскользнусь и съеду по нему. Он заканчивался далеко внизу возле кучи острых валунов. А за ними была только пустота.

Я начала пробираться вперед, при каждом шаге вбивая в снег ботинки, опираясь на лыжную палку. Вместо того чтобы ощущать себя на снегу увереннее, учитывая опыт, полученный в Сьерре, я чувствовала себя более слабой, лучше осознавая, что может пойти наперекосяк. Один ботинок соскользнул, нога ушла из-под меня, и я упала на руки; снова медленно поднялась, стоя на полусогнутых. *Я упаду*, мелькнула мысль в голове. Я застыла на месте и стала смотреть вниз, на валуны подо мной, представляя, как я мчусь по насту и врезаюсь в них. Обернулась к тому месту, с которого начала свой путь, потом к тому, куда я шла. До них обоих было примерно одинаково далеко. И я заставила себя идти вперед. Опустилась на четвереньки и проползла остаток пути по снегу, ноги мои неудержимо дрожали, палка, лязгая, волочилась позади, свисая с моего запястья на розовой нейлоновой петельке.

Добравшись до тропы на другой стороне, я чувствовала себя глупой, слабой и жалкой. Уязвимость, которую я ощущала, не могла сравниться ни с чем из того, что было со мной на маршруте прежде. Я завидовала парочкам, которые могли опереться друг на друга, Рексу и Стейси, которые с такой легкостью стали походной парой, — когда Рекс сойдет с маршрута в Сейед-Вэлли, Стейси там же встретится со своей подругой Ди, чтобы пройти через весь Орегон вместе с ней. Но я всегда буду одна. И зачем? Какой смысл в этом одиночестве? «Я не боюсь», — сказала я, повторяя свою старую мантру, чтобы успокоить разум. Но произнесение ее вслух уже не оказывало такого действия. Может быть, потому, что теперь это было уже не совсем правдой.

> Это было такое красивое место, что не хотелось уходить. Я сидела, болтая ногами в воде, пока не услышала приближающийся перезвон колокольчиков.

Может быть, теперь я уже зашла достаточно далеко, чтобы мне хватало смелости бояться.

Остановившись в тот день на обед, я медлила, пока остальные не нагнали меня. Они сказали, что повстречали местного егеря, который предупредил их о лесном пожаре к западу и северу, поблизости от Хэппи-Вэлли. Пожар еще не добрался до МТХ, но он велел им не терять бдительности. Я дала им всем уйти вперед, сказав, что нагоню их к вечеру, и двинулась дальше одна в послеполуденной жаре. Пару часов спустя набрела на источник на совершенно идиллической лужайке и остановилась, чтобы набрать воды. Это было такое красивое место, что не хотелось уходить. Я сидела, болтая ногами в воде, пока не услышала приближающийся перезвон колокольчиков. Я едва успела вскочить на ноги, и тут из-за поворота показалась белая лама, мчавшаяся ко мне во весь опор с зубастой ухмылкой на морде.

— А-а-а! — завопила я, точно так же, как когда увидела медведя, но все же протянула руку и ухватилась за поводья, свисавшие с недоуздка — старая привычка времен детства, проведенного в обществе лошадей. На ламе было седло, увешанное серебряными колокольчиками, очень похожее на тот пояс, который был на женщине, встреченной мною у Тоуд-лейк. — Тихо, тихо, — говорила я ламе, стоя возле нее, босая и ошеломленная, не понимая, что делать дальше.

Лама, казалось, тоже была ошеломлена, на ее морде застыло одновременно комическое и мрачное выражение. У меня мелькнула мысль, что она может укусить меня, но так ли это, узнать не было никакой возможности. Я никогда не видела ламу так близко. Если уж на то пошло, я и издали ламу не видела. Мой опыт общения с ламами был настолько нулевым, что я даже не была на сто процентов уверена, что это действительно лама. От нее пахло мешковиной и кислым утренним дыханием. Я осторожно подвела ее к тому месту, где стояли мои ботинки, всунула в них ноги и стала поглаживать ее щетинистую шею энергичными движениями, которые, как я надеялась, будут восприняты как хозяйские. Спустя пару минут пожилая женщина с двумя седыми косицами, спускавшимися по обе стороны головы, вышла из-за поворота.

— О, так вы ее поймали! Спасибо! — воскликнула она, широко улыбаясь, глаза ее сияли. Если не считать небольшого рюкзака на спине, она выглядела точь-в-точь как женщина из волшебной сказки, миниатюрная, пухленькая, розовощекая. Вслед за ней шел маленький мальчик, по пятам за которым бежала большая бурая собака. — Я выпустила ее на одно мгновение — и она тут же смылась, — сказала женщина, смеясь и принимая от меня поводья ламы. — Я так и думала, что вы ее поймаете: мы встретили наверху на тропе ваших друзей, и они сказали, что вы идете вслед за ними. Меня зовут Вера, а это мой друг, Кайл, — сказала она, указывая на мальчика. — Ему пять лет.

— Привет, — проговорила я, глядя на мальчика. — Я Шерил.

На плече у мальчика, оплетенная толстой веревкой, висела бутылка из-под кленового сиропа, доверху наполненная водой, и стекло на тропе было видеть так же странно, как видеть его самого. Я уже сто лет не оказывалась рядом ни с одним ребенком.

— Привет, — ответил он, и его зеленовато-серые глаза метнулись вверх, встретившись с моими.

— А с Падучей Звездой вы уже знакомы, — проговорила Вера, поглаживая ламу по шее.

— Ты забыла про Мириам, — упрекнул Кайл Веру. Он положил свою маленькую ручонку на голову собаки. — Это Мириам.

— Привет, Мириам, — послушно сказала я. — Как тебе, нравится поход? — спросила я Кайла.

— Мы замечательно проводим время, — отозвался он странно официальным тоном, потом отошел к источнику, опустил в него ладони и принялся плескаться.

Я разговаривала с Верой, а Кайл срывал травинки, пускал их по воде и наблюдал, как они уплывают вдаль. Вера рассказала мне, что живет в центральном Орегоне, в маленьком городке, и старается ходить в пешие походы при первой же возможности. Кайл и его мать попали в ужасную ситуацию, сказала она приглушенным голосом, они жили прямо на улицах в Портленде. Вера познакомилась с ними всего пару месяцев назад, через организацию, с которой они все были так или иначе связаны, под названием «Основные жизненные принципы». Мать Кайла попросила Веру взять ее сына в этот поход, пока она будет приводить свою жизнь в порядок.

— Ты обещала не рассказывать людям о моих проблемах! — со злостью завопил Кайл, надвигаясь на нас.

— Я и не рассказываю о твоих проблемах, — приветливо возразила Вера, хоть это была и неправда.

— Потому что у меня большие проблемы, и я не хочу рассказывать о них людям, которых не знаю, — продолжал Кайл, снова встречаясь со мной взглядом.

— У многих людей большие проблемы, — сказала я ему. — У меня тоже большие проблемы.

— И что это за проблемы? — поинтересовался он.

— Ну, например, проблемы с папой, — неуверенно проговорила я и тут же пожалела, что об этом сказала. Не так уж много времени я проводила с маленькими детьми, чтобы быть совершенно уверенной в том, насколько честно можно разговаривать с пятилетним малышом. — У меня, в сущности, и папы-то не было, — сказала я делано беззаботным тоном.

— У меня тоже нет папы, — сказал мне Кайл. — Ну, вообще-то папа есть у всех, но я своего больше не знаю. Я когда-то знал его, когда был совсем маленьким, но я этого не помню. — Он разжал кулаки и уставился на собственные руки. Они были полны тоненьких стебельков травы. Некоторое время мы молча смотрели, как они трепещут на ветру. — А что твоя мама? — спросил он.

— Она умерла.

Он мгновенно поднял голову и уставился на меня, изумленное выражение на его лице постепенно сменялось безмятежным.

— Моя мама любит петь, — сказал он. — Хочешь послушать, какой песенке она меня научила?

— Хочу, — ответила я, и ни секунды не медля, он от начала до конца пропел *Red River Valley* голосом настолько чистым, что я почувствовала себя заживо выпотрошенной. — Спасибо, — пробормотала я, едва не разрыдавшись к тому моменту, как он закончил. — Кажется, это лучшее, что я когда-либо слышала за всю свою жизнь.

— Мама научила меня многим песням, — сказал он серьезно. — Она певица.

Вера попросила разрешения меня сфотографировать, а потом я снова закинула Монстра на спину.

— До свидания, Кайл. До свидания, Вера. До свидания, Падучая Звезда, — сказала я им, отправляясь вверх по тропе.

— Шерил! — закричал Кайл, когда я уже почти скрылась из виду.

Я остановилась и обернулась.

— Нашу собаку зовут Мириам!

— Адиос, Мириам, — воскликнула я.

В ГЛУШИ

Позже в тот день я добрела до тенистого местечка, где стоял стол для пикника, — редкая роскошь на маршруте. Приблизившись, я увидела, что на столешнице лежит персик, а под ним — записка:

Шерил!
Мы выпросили эту прелесть для тебя у ребят, которые вышли в однодневный поход. Наслаждайся!
Сэм и Хелен

Конечно, я пришла в восторг от персика — свежие фрукты и овощи в моих гурманских фантазиях на равных соревновались с лимонадом. Но еще больше была тронута тем, что Сэм и Хелен оставили его для меня. Несомненно, их кулинарные фантазии были столь же всепоглощающими, что и мои собственные. Я взгромоздилась на стол и блаженно вгрызлась в персик; его изысканно вкусный сок, казалось, проникал в каждую мою клетку. Персик отодвинул на задний план даже то, что ноги мои представляли собой пульсирующую котлетную массу. Доброта, с какой он был подарен, победила и жару, и усталость этого дня. И пока я сидела, доедая его, до меня дошло, что мне не представится возможности поблагодарить Сэма и Хелен за то, что они оставили его мне. Я снова была готова быть одна; в ту ночь я собиралась ставить лагерь в одиночку.

Гоняя во рту персиковую косточку, я огляделась и увидела, что меня окружают сотни азалий с венчиками десятка оттенков розового и бледно-оранжевого цвета, а ветерок срывает и уносит вдаль их лепестки. Казалось, это был подарок мне — как персик, как Кайл, поющий *Red River Valley*. Каким бы трудным и головоломным ни был этот маршрут, все же не проходило ни дня, который не дарил бы мне нечто такое, что на жаргоне походников МТХ называлось «магией тропы» — неожиданные и приятные происшествия, которые выделялись на мрачном фоне трудностей маршрута. Собираясь подняться и снова закинуть Монстра на плечи, я услышала шаги и обернулась. По тропе мне навстречу шла олениха, явно не осознававшая моего присутствия. Я вскрикнула, совсем тихо, чтобы не испугать ее, но вместо того чтобы метнуться прочь, она лишь остановилась и присмотрелась ко мне, принюхалась, а потом медленно продолжала идти мне навстречу. После каждого шага она останавливалась, чтобы понять, можно ли идти дальше, и всякий раз решала, что можно, все приближаясь и приближаясь, пока до нее не осталось каких-нибудь три метра. Ее мордочка выражала спокойствие и любопытство, она вся вытянулась вперед, насколько осмелилась. Я сидела неподвижно, наблюдая за ней, ни капельки не боясь — как тогда, в снегах, когда ко мне подошел дикий лис и принялся меня изучать.

> Я пришла в восторг от персика — свежие фрукты и овощи в моих гурманских фантазиях на равных соревновались с лимонадом. Но еще больше была тронута тем, что Сэм и Хелен оставили его для меня.

— Все хорошо, — прошептала я оленихе, сама не догадываясь, что скажу дальше, пока слова не сорвались с моих губ: — Тебе ничто не грозит в этом мире.

И когда я договорила, с нас словно спало заклятие. Олениха утратила ко мне всякий интерес, хотя все равно не убежала. Она лишь подняла головку и медленно пошла прочь, деликатно переставляя между азалиями свои копытца, пощипывая на ходу растения.

Я шла в одиночестве следующие несколько дней, поднимаясь, спускаясь, снова поднимаясь. Через Этну в Мраморные горы, по длинному жаркому спуску в долину Сейед. Мимо озер, где москиты заставили меня в первый раз на всем маршруте обрызгаться репеллентом. Встречая по дороге однодневных походников, которые рассказали мне о лесных пожарах, бушевавших к западу, хотя они все еще не доползли до МТХ.

Однажды вечером я разбила лагерь на покрытой травой полянке, откуда были видны свидетельства этих пожаров: туманная ширма дыма заволакивала панораму на западе. Я просидела на своем стульчике целый час, глядя, как закатное солнце тускнеет в дыму. За вечера, проведенные на МТХ, я не раз видела захватывающие дух закаты, но этот был более зрелищным, чем они все. Солнечный свет постепенно становился неразличимым, расплавляясь в тысячу оттенков желтого, розового, оранжевого и пурпурного над покатыми волнами зеленой земли. Я могла бы почитать «Дублинцев» или уснуть в коконе своего спального мешка, но в тот вечер вид неба был слишком гипнотическим, чтобы просто встать и уйти. Разглядывая его, я осознала, что миновала срединную точку своего похода. Я шла по маршруту уже пятьдесят с чем-то дней. Если все пойдет как планировалось, еще через пятьдесят дней я закончу прохождение МТХ. И все, что происходит со мной здесь, уйдет в прошлое.

> Если все пойдет как планировалось, еще через пятьдесят дней я закончу прохождение МТХ. И все, что происходит со мной здесь, уйдет в прошлое.

— «О, помни долину Красной реки и ковбоя, который любил тебя так верно...» — запела я, а потом умолкла, потому что не знала остальных слов. Мне вспомнились личико и руки Кайла, эхом звучали в ушах ноты его безупречного голоса. Я стала размышлять о том, стану ли я когда-нибудь матерью, и в какую такую «ужасную ситуацию» попала мать Кайла, и где может быть его отец, и где теперь мой. «Что он делает сейчас, в эту самую минуту?» — время от времени я задумывалась об этом всю свою жизнь, но никогда не могла представить. Я ничего не знала о жизни отца. Он где-то был, но незримый, как тень зверя в лесу; как костер, настолько далекий, что не видно ничего, кроме дыма.

Таков был мой отец: мужчина, который так и не стал мне отцом. Всякий раз это меня изумляло. Снова, и снова, и снова. Из всех на свете дикостей то, что он не сумел любить меня так, как ему следовало бы, всегда было самой большой дикостью. Но в тот вечер, вглядываясь в темнеющую землю, проведя пятьдесят с лишним дней на МТХ, я осознала, что мне нет больше нужды больше изумляться по его поводу.

Ведь в мире так много других, по-настоящему изумительных вещей.

Все это вдруг открылось во мне, подобно реке. Словно раньше я и не представляла, что умею дышать — и вдруг вдохнула. Я рассмеялась от радости при этом ощущении — а в следующую секунду уже плакала, проливая свои первые слезы на маршруте. Я плакала, и плакала, и плакала. Я плакала не потому, что была счастлива. Я плакала не потому, что меня охватила печаль. Я не плакала ни по маме, ни по отцу, ни по Полу. Я плакала просто от полноты. От полноты этих пятидесяти с лишним дней на маршруте — и тех девяти тысяч семисот шестидесяти дней, которые предшествовали им.

Я вступала в одну жизнь и уходила из другой. Калифорния струилась за мной, как длинная шелковая вуаль. Я больше не чувствовала себя круглой идиоткой. Но не чувствовала себя и несгибаемой — круче только яйца, выше только звезды — королевой амазонок. Я чувствовала себя яростной, смиренной и внутренне собранной, словно мне в этом мире тоже ничто не грозило.

ЧАСТЬ ПЯТАЯ

КОРОБКА С ДОЖДЕМ

Я хожу медленно, зато никогда не пячусь назад.

АВРААМ ЛИНКОЛЬН

Скажи мне, что ты собираешься делать со своей единственной дикой и драгоценной жизнью?

МЭРИ ОЛИВЕР,
«Летний день»

15

КОРОБКА С ДОЖДЕМ

Я проснулась в темноте в свою предпоследнюю ночь в Калифорнии от звуков ветра, хлеставшего по ветвям деревьев, и капель дождя, лупивших по полотнищу палатки. То лето выдалось настолько засушливым, что я перестала укрывать палатку защитной пленкой от дождя, и когда спала, между мной и небом было только широкое сетчатое полотнище. Я босиком выползла во тьму, чтобы набросить водонепроницаемую пленку поверх палатки, вся дрожа, хотя было только начало августа. Много недель температура держалась на уровне не меньше +32 градусов, иногда даже переваливая за +38, но сейчас, из-за ветра и дождя, погода внезапно полностью переменилась. Вернувшись в палатку, я натянула флисовые штаны и анорак, заползла в спальный мешок и застегнула его до самого подбородка, плотно стянув капюшон вокруг головы. Когда в шесть часов утра я проснулась, маленький термометр на моем рюкзаке показывал +3.

Я пошла в одиночестве по высокому гребню под дождем, натянув на себя бóльшую часть одежды, которая была у меня с собой. Стоило мне остановиться дольше чем на пару минут, и я настолько промерзала, что зубы мои начинали выбивать комическую дробь, пока я не двигалась дальше, снова покрываясь потом. В ясные дни, утверждал мой путеводитель, с тропы к северу виден Орегон, но теперь я не видела ничего, кроме плотного тумана, который скрывал от глаз все на расстоянии дальше трех метров.

Мне не надо было видеть Орегон. Я его чувствовала, чувствовала его огромность впереди. Если я смогу проделать весь путь до конца, до Моста Богов, я пройду его насквозь. И кем я стану, если сделаю это? И кем стану, если не сделаю?

В середине утра из тумана вынырнула Стейси, которая шла по тропе на юг. Накануне днем мы с ней вместе вышли из Сейед-Вэлли, где ночевали вместе с Рексом и нашими знакомыми парочками. Утром Рекс сел в автобус, готовясь возвращаться в реальную жизнь, а все остальные пошли дальше, расставшись несколько часов спустя. Я была почти уверена, что с остальными больше не увижусь. Но со Стейси мы планировали встретиться в Эшленде, где она собиралась задержаться на несколько дней, поджидая свою подругу Ди, прежде чем пойти с ней вместе через Орегон. Увидев ее, я даже вздрогнула, как будто она была лишь отчасти женщиной, а отчасти — призраком.

— Я возвращаюсь обратно в Сейед-Вэлли, — сказала она и объяснила, что она промерзла, что ноги у нее стерты, а спальный мешок промок накануне ночью, и у нее не было никакой надежды высушить его до темноты. — Сяду на автобус до Эшленда, — продолжала она. — Найди меня в хостеле, когда доберешься туда.

Я обняла ее на прощание, а потом она пошла дальше, и туман поглотил ее в считаные секунды.

На следующее утро я проснулась раньше обычного, небо едва-едва успело посереть. Дождь прекратился, и воздух начал понемногу согреваться. Пристегивая Монстра и уходя от места ночевки, я ощущала возбуждение: это были последние мои километры в Калифорнии.

Я была всего в паре километров от границы, когда древесный сук, нависавший над тропой, зацепился за мой браслет с именем Уильяма Дж. Крокета, сорвал его и отправил в полет над плотными зарослями кустов. Я в панике принялась обыскивать камни, кусты и деревья, понимая, что это бесполезно. Браслета мне не найти. Я не видела, куда он упал. Слетев с меня, он издал лишь единственный тихий «звяк». Мне казалось таким абсурдным, что

КОРОБКА С ДОЖДЕМ

я потеряла браслет именно в этот момент — явное дурное предзнаменование поджидающих впереди невзгод. Я пыталась как-то мысленно переиграть это событие и сделать так, чтобы утрата символизировала нечто хорошее. Может быть, символ тех вещей, в которых я больше не нуждалась, облегчение метафорического бремени. Но потом эта мысль потускнела, и я могла думать только о самом Уильяме Крокете, парне из Миннесоты, которому было примерно столько же лет, сколько мне, когда он погиб во Вьетнаме, чьи останки так и не были найдены, чья семья, несомненно, все еще скорбит по нему. Мой браслет был не чем иным, как символом той жизни, которой он лишился, будучи слишком молодым. Вселенная просто отобрала ее, поглотив своей голодной, безжалостной утробой.

> Если я смогу проделать весь путь до конца, до Моста Богов, я пройду через весь Орегон. И кем я стану, если сделаю это? И кем стану, если не сделаю?

Ничего не оставалось делать, кроме как идти дальше.

Я достигла границы спустя считаные минуты, остановившись, чтобы осмыслить это: Калифорния и Орегон, конец и начало, притиснутые друг к другу. Для такого значительного места выглядело оно совершенно незначительным. Там был лишь коричневый металлический ящик, в котором лежал регистрационный журнал маршрута, и указатель, на котором было написано: «Вашингтон — 801 км»; никакого упоминания о самом Орегоне.

Но я-то знала, что это за 801 километр. Я провела в Калифорнии два месяца, но мне казалось, что прошла целая вечность с тех пор, как я ступила на перевал Техачапи наедине со своим рюкзаком и представляла себе, как достигну этого места. Я подошла к металлическому ящику, вынула из него журнал и пролистала его, перечитывая записи за предыдущие недели. Там были записи нескольких людей, чьих имен я никогда не видела, и других, с которыми не встречалась, но они казались мне знакомыми, потому что все лето я шла по их следам. Последние записи оставили мои знакомые парочки — Джон и Сара, Хелен и Сэм. Под их триумфальными строчками я нацарапала собственную, настолько ошеломленная эмоциями, что решила быть краткой: «Я это сделала!»

Орегон. Орегон. *Орегон!*

Я пришла. Я вошла в него, ловя взглядом величественную вершину горы Шаста на юге и более низкую, но и более угрюмую гору Маклафлин к северу. Я пробиралась по высокому гребню, периодически натыкаясь на короткие островки снега, которые пересекала с помощью лыжной палки. Я видела, как невдалеке подо мною на высокогорных зеленых лужайках паслись коровы, и их широкие большие бубенчики звякали, когда они двигали головами.

— Привет, орегонские коровки! — окликнула я их.

В ту ночь я спала под почти полной луной, небо было ярким и холодным. Перед сном раскрыла было роман Джозефа Максвелла Кутзее «В ожидании варваров», но прочла всего несколько страниц, потому что не могла сосредоточиться: мои мысли то и дело уносились к Эшленду. Теперь он уже был так близко, что я вполне могла разрешить себе подумать о нем. В Эшленде будут еда, музыка и вино, люди, которые ничего не знают о МТХ. И, что еще важнее,

> Я достигла границы спустя считаные минуты, остановившись, чтобы осмыслить это: Калифорния и Орегон, конец и начало, притиснутые друг к другу.

там будут деньги, и не просто какие-то мои обычные двадцать баксов. В свою коробку для Эшленда я положила двести пятьдесят долларов в дорожных чеках, поначалу полагая, что именно эта коробка будет приветствовать меня в самом конце моего путешествия. В ней не было ни еды, ни дополнительных вещей. В ней были только дорожные чеки и одежда, предназначенная для «настоящего мира», — мои любимые полинялые голубые джинсы *Levi's* и обтягивающая черная маечка; новехонький кружевной черный лифчик и такие же трусики. Месяцы назад именно в этой одежде я рассчитывала отпраздновать окончание моего путешествия и поймать попутку обратно до Портленда. Когда мой план изменился, я попросила Лизу вложить эту маленькую коробку в другую, одну из тех, которые я загрузила едой и экипировкой, и переадресовать ее в Эшленд, а не на одну из тех остановок, которые я все равно не собиралась делать в Сьерра-Неваде. Я не могла дождаться момента, когда наложу на них руки — на одну коробку внутри другой — и проведу наконец уик-энд в «гражданской» одежде.

Я прибыла в Эшленд на следующий день, ко времени обеда, спустившись по тропе с маршрута вместе с группой волонтеров из *AmeriCorps*.

— Вы слышали великую новость? — спросил меня один из них, когда я забралась в их мини-вэн.

Я покачала головой, не став объяснять, что за последние два месяца слышала не так уж много новостей, что великих, что незначительных.

— Знаете группу *Grateful Dead*? — спросил он, и я кивнула. — Джерри Гарсия умер.

Я стояла на тротуаре в центре городка, наклонившись к стеклянной витрине газетного киоска, чтобы рассмотреть лицо Гарсии, напечатанное психоделическими красками на первой странице местной газеты, слишком потрясенная, чтоб купить себе экземпляр. Мне нравились некоторые песни *Grateful Dead*, но я никогда не собирала их записи, и не смотрела живые концерты, и не ездила вслед за ними по стране, как некоторые из моих друзей — их фанатов. Смерть Курта Кобейна в предыдущем году ощущалась для меня как-то ближе — его печальная и яростная кончина послужила назидательной притчей не только для моего поколения, предававшегося излишествам, но и для меня самой. И все же смерть Гарсии казалась более величественным событием, словно это был конец не просто какого-то момента, но целой эпохи, которая длилась всю мою жизнь.

Я прошла с Монстром на спине через несколько кварталов к зданию почты, мимо написанных от руки плакатов, выставленных в витринах магазинов, которые гласили: «Мы любим тебя, Джерри, и скорбим». Улицы заполняла смешанная толпа хорошо одетых туристов, нагрянувших в город на уик-энд, и радикальной молодежи из нижней части Тихоокеанского Северо-Запада, которая сбивалась в кучки на обочинах улиц, испуская более интенсивные вибрации, чем обычно, обсуждая громкую новость. Некоторые окликали меня по дороге, иногда прибавляли в конце обращения слово «сестра». Они были разные — и подростки, и пожилые, а одежда помещала их в самые разные категории спектра андеграунда — хиппи, анархисты, панки, непризнанные художники... Я выглядела точь-в-точь как одна из них — обросшая, загорелая, с татуировкой; отягощенная весом всех своих пожитков — и пахла точно

> Смерть Гарсии казалась величественным событием, словно это был конец не просто какого-то момента, но целой эпохи, которая длилась всю мою жизнь.

так же, как они, только, несомненно, еще хуже, поскольку мне не удалось ни разу толком помыться с тех пор, как я принимала душ в палаточном городке в Касл-Крэгз, где пару недель назад со мной случилось жуткое похмелье. И все же я была настолько отделена от них, вообще от всех, словно приземлилась здесь, явившись из другого места и времени.

— Эй! — воскликнула я с удивлением, проходя мимо молчаливого мужчины, который сидел в кабине грузовичка, притормозившего рядом с нами на Тоуд-лейк, где мы со Стейси искали Радужную Встречу. Но он ответил равнодушным кивком, похоже, не вспомнив меня.

Я добралась до почты и, толкнув дверь, вошла внутрь, ухмыляясь от предвкушения, но когда назвала женщине, стоявшей за прилавком, свое имя, она вернулась всего лишь с маленьким пухлым конвертом, адресованным мне. Никакой коробки. Никакой коробки внутри другой коробки. Никаких джинсов, кружевного лифчика или двухсот пятидесяти долларов в дорожных чеках, никакой еды, которая нужна была мне, чтобы дойти до следующей остановки в национальном парке Кратерного озера.

— Но для меня должна быть коробка, — сказала я, держа в руках конверт.

КОРОБКА С ДОЖДЕМ

— Вам придется зайти еще раз, завтра, — нимало не смутившись, сказала женщина.

— Вы уверены? — заикаясь, пробормотала я. — Я имею в виду... она точно должна быть здесь.

Женщина лишь покачала головой без всякого сочувствия. Ей было на меня ровным счетом наплевать. Я была для нее грязной, вонючей девчонкой-радикалкой с нижнего Тихоокеанского Северо-Запада.

— Следующий, — скомандовала она, махнув рукой мужчине, стоявшему в очереди ближе всех.

Я вывалилась на улицу, полуослепшая от паники и ярости. Я была в Эшленде, в Орегоне, и у меня было всего два доллара двадцать девять центов! Мне нужно было заплатить за комнату в хостеле в ту ночь. Мне нужна была еда, прежде чем я смогу пойти дальше. Но больше всего остального — после шестидесяти дней ходьбы под весом рюкзака, после сухого пайка, который на вкус был похож на подогретый картон, после полного отсутствия контакта с людьми в течение недель, после подъемов и спусков по горам, после ошеломительной смены температур и пейзажей — мне нужно было, чтобы все было просто. Хотя бы несколько дней. *Пожалуйста!*

Я дошла до ближайшего таксофона, стащила с себя Монстра и поставила его на пол, потом закрылась в телефонной кабинке. Оказаться внутри было необыкновенно приятно, мне даже не хотелось выходить из этой крохотной прозрачной комнатушки. Я взглянула на пухлый конверт, который держала в руках. Это было письмо от моей подруги Лоры из Миннеаполиса. Я вскрыла конверт и вытащила его содержимое: письмо, в которое было завернуто ожерелье, она сделала его для меня в честь моего нового имени. Оно было набрано из серебряных кубиков с буквами, на цепочке из шариков-звеньев. С первого взгляда мне показалось, что там написано *starved*, а не *strayed*[1], потому что буква Y нем-

---

[1] Starved (англ.) — голодающая; strayed (англ.) — беспризорница, в данном случае и фамилия автора.

ного отличалась от остальных — она была толще, короче и отпечатана другим шрифтом, — и воображение машинально сложило буквы в другое знакомое слово. Я надела ожерелье и вгляделась в искаженное отражение своей груди в блестящей металлической поверхности телефонного диска. Новое украшение повисло под тем, которое я носила с самого Кеннеди-Медоуз — с сережкой из бирюзы и серебра, некогда принадлежавшей моей матери.

Я сняла телефонную трубку и попыталась дозвониться Лизе, но ответа не было.

Совершенно несчастная, я побрела по улицам, изо всех сил стараясь ничего не хотеть. Ни обеда, ни маффинов, ни пирожков, которые красовались в витринах магазинов, ни кофе латте в бумажных стаканчиках, которое держали туристы в своих безупречно чистых руках. Я дошла до хостела, чтобы выяснить, не удастся ли найти Стейси. Ее нет, сказал мне мужчина на рецепции, но она вернется попозже — она уже зарегистрировалась на ночь.

— Вы тоже хотите зарегистрироваться? — спросил он, но я лишь покачала головой.

Я дошла до кооператива натуральных продуктов, перед которым радикальная молодежь с Северо-Запада устроила себе нечто вроде дневного лагеря, собираясь на травке и на обочинах. Почти сразу же я заметила еще одного из компании, которого видела на Тоуд-лейк, — мужчину с повязкой на голове, вожака этой группы, который, подобно Джимми Хендриксу, называл всех «крошками». Он сидел на тротуаре возле входа в магазин, держа в руках маленькую картонку с нацарапанной на ней маркером просьбой о деньгах. Перед ним стояла пустая банка от кофе, на дне которой скопилась горстка мелочи.

— Привет, — сказала я, останавливаясь перед ним, радуясь, что вижу знакомое лицо, пусть даже и такое. Он по-прежнему был в той же самой странной повязке.

— Привет, — без выражения ответил он, явно не узнавая меня. Денег он у меня не попросил. Очевидно, по мне сразу было ясно, что их у меня нет. — Путешествуешь тут? — спросил он.

КОРОБКА С ДОЖДЕМ

— Я иду по Маршруту Тихоокеанского хребта, — сказала я, чтобы подстегнуть его память.

Он кивнул без малейшего признака узнавания.

— Многие сюда съезжаются на праздники в честь Джерри.

— А что, будут какие-то праздники? — спросила я.

— Сегодня вечером кое-что намечается.

Я хотела поинтересоваться, устроил ли он мини-Встречу Племен Радуги у Кратерного озера, как хотел, но не стала.

— Счастливо, — пробормотала я и пошла прочь.

Я вошла в кооперативный магазин, и прикосновение кондиционированного воздуха к моим обнаженным конечностям показалось таким странным! Мне случалось бывать в круглосуточных мини-маркетах и небольших, ориентированных на туристов магазинах в ходе нескольких моих остановок вдоль МТХ, сделанных для пополнения припасов, но еще ни разу с начала моего путешествия я не видела такого магазина, как этот. Я бродила взад-вперед по рядам, глядя на все вещи, которых не могла себе позволить, ошеломленная их бесстыдным изобилием.

> Совершенно несчастная, я побрела по улицам, изо всех сил стараясь ничего не хотеть. Ни обеда, ни маффинов, ни пирожков, которые красовались в витринах магазинов, ни кофе латте в бумажных стаканчиках.

Как такое могло быть, что я когда-то воспринимала все это как нечто само собой разумеющееся?! Банки с соленьями и багеты, настолько свежие, что их упаковывали в бумажные пакеты; бутылки с апельсиновым соком и картонные упаковки с сорбетом, а самое главное — овощи и фрукты, настолько яркие в своих корзинах, что едва не ослепили меня. Я медлила там, принюхиваясь — к помидорам и кочанчикам салата, к нектаринам и лаймам. Единственное, на что меня хватало, — это удержаться и не сунуть что-нибудь в карман.

Я дошла до секции товаров для здоровья и красоты и выдавила несколько порций бесплатных пробных лосьонов на ладони, растерла разные сорта по всему телу, и от их тонких ароматов у меня закружилась голова — персик и кокос, лаванда и мандарин. Помедлила возле тюбиков с помадой и нанесла одну, тон которой назывался «сливовая дымка». Промокнула губы «натуральной, органической, изготовленной из материалов вторичного использования» салфеткой и вгляделась в свое отражение в круглом зеркальце, стоявшем на подставке возле витрины с помадой. Я выбрала «сливовую дымку», потому что ее оттенок был похож на ту помаду, которой я пользовалась в своей обычной, допоходной жизни; но теперь с этой помадой на губах я показалась себе похожей на клоуна, мои губы выглядели маниакально-вызывающе на обветренном лице.

— Я могу вам помочь? — спросила женщина в круглых старомодных очках и с бейджиком, на котором было написано «Джен Джи».

— Нет, спасибо, — ответила я. — Я просто смотрю.

— Вам идет этот оттенок. Он превосходно подчеркивает голубизну ваших глаз.

— Вы так думаете? — усомнилась я, внезапно смутившись. И снова посмотрела в круглое маленькое зеркальце, как будто действительно раздумывала, не купить ли мне «сливовую дымку».

— Ваше ожерелье мне тоже нравится, — сказала Джен Джи. — Starved. Забавно!

Я взялась рукой за ожерелье.

— На самом деле здесь написано *Strayed*. Это моя фамилия.

— Ах да, — проговорила Джен Джи, наклонившись поближе, чтобы разглядеть. — Мне просто показалось. Но и так и сяк, все равно забавно.

— Это оптическая иллюзия, — пояснила я.

Я вернулась вдоль рядов к гастрономической секции, где вытащила из диспенсера грубую салфетку и насухо стерла помаду с губ, а потом принялась перебирать лимонад на полке. *Snapple* там не было, к моему большому сожалению. Я купила себе на последние деньги бутылку «натурального, органического, свежевыжатого, не содержащего консервантов» лимонада и вышла вместе с ним поси-

КОРОБКА С ДОЖДЕМ

деть перед магазином. Взволнованная тем, что добралась до города, я так и не пообедала, поэтому пришлось съесть протеиновый батончик и горсть затхлых орехов из своих запасов. И я, пока их грызла, запрещала себе думать о той трапезе, которую планировала вместо них: о салате «цезарь» с жаренной на гриле куриной грудкой и о корзинке хрустящего французского хлеба, который я макала бы в оливковое масло, и о диетической коле, которой я бы все это запивала, и о десерте «банана-сплит». Я пила лимонад и болтала со всеми проходившими мимо: поговорила с мужчиной из Мичигана, который приехал в Эшленд, чтобы учиться в местном колледже, и с другим мужчиной, который играл на барабанах в местной команде; с одной женщиной-гончаром, которая специализировалась на изготовлении фигурок богинь, и с другой женщиной, которая с европейским акцентом спросила меня, собираюсь ли я на концерт памяти Джерри Гарсии этим вечером.

Она протянула мне флаер, на котором было написано «Помним о Джерри».

— Если вы остановились в хостеле, то клуб совсем рядом с ним, — сказала она мне. Она была пухленькая и хорошенькая, ее светлые льняные волосы стянуты в тугой пучок на затылке. — Мы тоже путешествуем в этих краях, — добавила она, жестом указывая на мой рюкзак. Я не понимала, кто такие эти «мы», пока рядом с ней не появился мужчина. Он был ее полной физической противоположностью: высокий, почти болезненно худой, одетый в коричневый килт, который едва достигал костлявых коленей; его довольно короткие волосы были перехвачены резинками в четыре или пять хвостиков, разбросанных по всей голове.

— Вы путешествуете автостопом? — спросил мужчина. Он был американцем. Я объяснила им, что иду по маршруту МТХ, что планировала задержаться в Эшленде на весь уик-энд. Мужчина отреагировал на это с полным безразличием, но женщина была ошеломлена.

— Меня зовут Сюзанна, я из Швейцарии, — сказала она, беря мою ладонь в свои. — То, чем вы занимаетесь, у нас называется паломничеством. Если вы позволите, я разотру вам ступни.

— О, это так мило с вашей стороны, но вам совершенно не нужно этого делать, — отказалась я.

— Но я *хочу*! Это было бы для меня честью. У нас в Швейцарии так принято. Я сейчас вернусь. — Она развернулась и пошла в магазин, несмотря на то что я кричала ей вслед, что не надо, что она слишком добра. Когда она исчезла за дверями, я взглянула на ее бойфренда. Своей худобой и смешными хвостиками он напомнил мне деревянную марионетку.

— Ей действительно нравится это делать, так что не беспокойтесь, — проговорил он, усаживаясь рядом со мной.

Когда минуту спустя Сюзанна появилась в дверях магазина, она держала перед собой сложенные лодочкой ладони, в которых плескалась лужица ароматного масла.

— Это мятное, — пояснила она, улыбаясь мне. — Снимите свои ботинки и носки!

— Но мои ноги... — замешкалась я. — Они такие неухоженные и грязные…

— Это мое призвание! — воскликнула она, и мне пришлось повиноваться; вскоре она уже намазывала меня мятным маслом. — Ваши ноги, они такие сильные, — приговаривала Сюзанна. — Как у дикого животного. Я чувствую их силу своими ладонями. И как же им досталось, бедным ножкам! Вижу, вы потеряли несколько ногтей.

— Да, — пробормотала я, откинувшись на локти в траву, прикрыв глаза.

— Духи велели мне сделать это, — пояснила она, вдавливая большие пальцы в мои подошвы.

— Духи?

— Да. Когда я увидела вас, духи нашептали мне, что я должна что-нибудь вам подарить, поэтому я и подошла к вам с флаером, но потом поняла, что этого недостаточно. Мы, швейцарцы, очень уважаем людей, которые совершают паломничество. — Один за другим растирая мои пальцы, она подняла голову и спросила: — Что означает эта надпись на вашем ожерелье — вы действительно голодаете?

КОРОБКА С ДОЖДЕМ

Что ж, так оно и было в течение нескольких следующих часов, пока я сидела перед магазином. Я действительно умирала с голоду. Я была просто сама не своя. Я чувствовала себя сосудом желаний, изголодавшимся, истощенным существом. Кто-то из прохожих сжалился надо мной и угостил веганским маффином, другой — салатом из киноа с изюмом. Некоторые подходили, чтобы полюбоваться моей татуировкой или расспросить о рюкзаке. Около четырех часов объявилась Стейси, и я рассказала ей о своих невзгодах. Она предложила одолжить мне денег, пока не прибудет посылка.

— Спасибо, но сначала я еще раз попытаю счастья на почте, — сказала я. Мне была ненавистна мысль о том, что придется ловить ее на слове, как бы я ни была ей благодарна. Я вернулась на почту и отстояла очередь, с разочарованием видя, что за прилавком орудует все та же женщина, которая сказала мне, что моей посылки до сих пор нет. Подойдя к ней, я спросила о своей коробке так, будто не заходила сюда всего несколько часов назад. Она молча удалилась на склад — и вернулась с коробкой в руках, без единого слова извинения толкнув ее ко мне по прилавку.

— Так, значит, она была здесь все это время? — проговорила я, но ей было наплевать, она просто буркнула, что, должно быть, не заметила ее в тот раз.

Охвативший меня восторг был слишком силен, чтобы злиться, и я вместе со Стейси отправилась в хостел, держа перед собой коробку обеими руками. Зарегистрировавшись, я вслед за Стейси поднялась по лестнице на второй этаж, пройдя насквозь главную женскую спальню и оказавшись в маленьком уединенном алькове, который располагался под самой крышей здания. В комнатке стояли три односпальные кровати. Одну заняла Стейси, другую — ее подруга Ди, а третью они приберегали для меня. Она познакомила меня с Ди, и между нами завязался общий разговор, пока я вскрывала свою коробку. Там лежали мои чистые старые джинсы, новый лифчик и трусики — и больше денег, чем было у меня с самого начала моего похода.

ДИКАЯ

Я отправилась в душ и долго стояла под ним, соскребая с себя грязь под потоком горячей воды. Я не мылась две недели, и за это время температура воздуха менялась от −1 до +38 градусов. Я просто чувствовала, как вода смывает с меня слои засохшего пота, словно они были на самом деле слоями кожи. Закончив мыться, я принялась рассматривать свое отражение в зеркале: мое тело стало более поджарым, чем когда я смотрела на него в последний раз; волосы даже светлее, чем в детстве. Я натянула новое белье, футболку и полинялые джинсы, которые теперь висели на мне мешком, хотя три месяца назад я едва втискивалась в них, потом вернулась в спальню и надела ботинки. Они больше не были новыми — грязные и жаркие, тяжелые и причиняющие боль, — но теперь это была моя единственная обувь.

> Я действительно умирала с голоду. Я была просто сама не своя. Я чувствовала себя сосудом желаний, изголодавшимся, истощенным существом.

За ужином со Стейси и Ди я заказала все, чего хотела. После этого отправилась в обувной магазин и купила себе пару черных с голубым спортивных сандалий от Меррелла, именно таких, какие мне следовало купить перед началом путешествия. Мы вернулись в хостел, но лишь на минуту, после чего мы со Стейси снова вышли, направляясь на вечер в честь Джерри Гарсии в ближайший клуб, а Ди осталась в спальне, готовясь ко сну. Мы уселись за столик на небольшом, огражденном веревками пятачке на границе с танцполом, пили белое вино и наблюдали за женщинами всех возрастов, форм и размеров, кое-где разбавленными случайно затесавшимися мужчинами, которые топтались и кружились под песни *Grateful Dead*, игравшие без перерыва, одна за другой. За спинами танцующих был экран, на который проецировалась вереница слайдов, одни из них представляли собой абстрактные психоделические вихри, а другие — рисованные и фотографические изображения Джерри и его команды.

— Мы любим тебя, Джерри! — выкрикивала женщина за соседним столиком, когда появлялось его изображение.

КОРОБКА С ДОЖДЕМ

— Ты не собираешься пойти потанцевать? — спросила я Стейси. Она покачала головой.

— Мне нужно вернуться в хостел. Мы выдвигаемся ранним утром.

— А я думаю, что ненадолго останусь, — сказала я. — Разбудите меня, чтобы попрощаться, если я завтра утром сама не проснусь.

После того как она ушла, я заказала еще бокал вина и сидела, слушая музыку, наблюдая за людьми, наполняясь глубинным ощущением счастья просто оттого, что нахожусь в одном помещении с другими людьми в летний вечер, да еще и музыка играет. Когда полчаса спустя я встала, собираясь уходить, зазвучала песня *Box of Rain*. Это была одна из моих любимых песен у *Grateful Dead*, к тому же я была слегка навеселе, поэтому импульсивно ринулась на танцпол и начала танцевать — и почти сразу же об этом пожалела. Мои колени после бесконечной ходьбы казались жесткими и скрипучими, бедра — странно негибкими, но как раз когда я собиралась уйти, тот мужчина из Мичигана, с которым мы познакомились в этот день, внезапно подлетел ко мне и принялся танцевать как бы вместе со мной, вращаясь по орбите вокруг меня, как человек-гироскоп, рисуя пальцами в воздухе воображаемую коробку и одновременно кивая мне, будто я должна была понимать, что, черт возьми, все это значит, и мне показалось, что уйти будет невежливо.

— Каждый раз, когда слышу эту песню, я думаю об Орегоне! — прокричал он мне, перекрывая музыку. — Дошло?! — спросил он. — Коробка с дождем! Типа, Орегон — это тоже коробка с дождем!

Я кивнула и рассмеялась, пытаясь показать, что мне весело, но как только песня закончилась, я метнулась в сторону, чтобы

> Я заказала еще бокал вина и сидела, слушая музыку, наполняясь глубинным ощущением счастья просто оттого, что нахожусь в одном помещении с другими людьми в летний вечер.

встать у низкой, высотой по пояс, стенки, которая шла вдоль барной стойки.

— Привет, — произнес через некоторое время мужской голос, я обернулась. Он стоял по другую сторону стенки, держал в руке фломастер и фонарик — служащий клуба, по-видимому, управляющий той территорией, на которой можно было выпить, — хотя раньше я его не замечала.

— Привет, — ответила я. Он был красив, выглядел чуть постарше меня, темные кудрявые волосы достигали плеч. Поперек его футболки была надпись WILCO. — Мне нравится эта команда, — сказала я, указывая на надпись.

— Так ты их знаешь? — спросил он.

— Ну конечно, я их знаю, — ответила я.

Его карие глаза сощурились, когда он улыбнулся.

— Клево! — сказал он. — Меня зовут Джонатан, — и он пожал мне руку. Музыка снова заиграла до того, как я успела назвать ему свое имя, но он наклонился прямо к моему уху и, стараясь кричать не слишком громко, спросил, откуда я. Похоже, догадался, что я не из Эшленда. Я заорала в ответ, пытаясь объяснить, насколько это было возможно, что я иду по MTX, а потом он снова наклонился ко мне и прокричал какое-то длинное предложение, которое я не смогла разобрать из-за музыки. Но мне было все равно, потому что его губы мазнули по моему уху, а его дыхание щекотало мою шею, и это ощущение, очень приятное, пронизало меня до самых пяток.

— Что?! — закричала я в ответ, когда он договорил, и он снова повторил сказанное, на этот раз медленнее и громче, и я поняла, что он говорил мне, что сегодня работает допоздна, но завтра вечером будет занят только до одиннадцати, и спрашивал, не хочу ли завтра прийти послушать команду, которая будет играть вживую, а после этого пойти с ним посидеть в баре.

А будет ли у меня свидание? — думала я, неторопливо идя по теплым улицам. Может быть, это просто смехотворно — идти на свидание с человеком, с которым я едва перебросилась парой слов?

КОРОБКА С ДОЖДЕМ

— Конечно! — выкрикнула я, хотя мне ужасно хотелось заставить его повторить все снова, чтобы еще раз ощутить это чудесное прикосновение его губ к моим волосам и шее. Он протянул мне фломастер и жестами показал, чтобы я написала свое имя на его ладони, чтобы он смог внести меня в список гостей. «Шерил Стрэйд», написала я трясущимися руками, стараясь выводить буквы как можно аккуратнее. Когда я закончила, он бросил взгляд на ладонь и показал мне большой палец, я помахала ему и вышла за дверь, ощущая полный восторг.

Завтра у меня свидание!

А будет ли у меня свидание? — думала я, неторопливо идя по теплым улицам. Может быть, моего имени и не окажется в списке. Может быть, я не так его поняла. Может быть, это просто смехотворно — идти на свидание с человеком, с которым я едва перебросилась парой слов, чьей главной привлекательной чертой была внешняя красота и то, что ему нравились *Wilco*. Я, безусловно, прежде встречалась с мужчинами, имея на то гораздо меньше оснований, — но это было другое дело. Я была другой. Разве нет?

Я вернулась в хостел, тихонько пробралась мимо кроватей, на которых спали неизвестные мне женщины, вошла в маленькую спаленку под крышей, где лежали Ди и Стейси, тоже спящие. Сняла с себя одежду и забралась в настоящую, самую настоящую постель, которая — вот странность-то! — принадлежала мне на всю эту ночь. Я пролежала без сна добрый час, проводя ладонями по телу, воображая, каково это было бы, если бы на следующий вечер меня касался Джонатан. Холмики грудей и равнина живота, мускулы ног и грубоватая поросль волос на лобке — все это, кажется, было во вполне приемлемом состоянии. Но когда я добралась до больших, размером с ладонь, участков на бедрах,

> Когда я добралась до больших участков на бедрах, кожа на которых казалась каким-то гибридом между древесной корой и ощипанным цыпленком, я осознала, что ни при каких обстоятельствах на завтрашнем свидании не стяну с себя джинсы.

кожа на которых казалась каким-то гибридом между древесной корой и ощипанным мертвым цыпленком, я осознала, что ни при каких обстоятельствах на завтрашнем свидании не стяну с себя джинсы. Вероятно, оно и к лучшему. Видит Бог, я проделывала это слишком много раз, чтобы можно было сосчитать, и определенно больше, чем могло пойти мне на пользу.

Весь следующий день я отговаривала себя от вечерней встречи с Джонатаном. Все то время, пока я занималась стиркой, пировала в ресторанах, бродила по улицам, разглядывая людей, я спрашивала себя: «Да в любом случае, кто он такой для меня, этот симпатяга — любитель *Wilco*?» Но все это время воображение рисовало мне, чем мы будем заниматься.

Но не снимая джинсов!

В тот вечер я приняла душ, оделась и дошла до кооперативного магазина, чтобы попользоваться бесплатными образцами «сливовой дымки» и масла иланг-иланга вместо духов, а потом подошла к женщине, которая стояла на входе клуба, где работал Джонатан.

— Может быть, я есть в списке, — проговорила я беззаботно и назвала ей свое имя, готовая к тому, что меня сейчас прогонят.

Не говоря ни слова, она шлепнула мне на ладонь красную чернильную печать.

Мы с Джонатаном заметили друг друга в тот же миг, как я переступила порог: он помахал мне со своего недосягаемого поста на высокой платформе, откуда управлял осветительными приборами. Я взяла себе бокал вина и стояла, потягивая его и слушая музыку, как надеялась, в элегантной позе, у той самой низкой стенки, возле которой мы с Джонатаном познакомились накануне вечером. Это оказалась довольно известная блюграсс-команда откуда-то из области залива Сан-Франциско. Одну из песен они посвятили Джерри Гарсии. Музыка была неплоха, но я не могла на ней сосредоточиться, потому что изо всех сил пыталась казаться довольной и непринужденной, как будто я все равно была бы в этом самом клубе, слушая эту самую команду, даже если бы Джонатан меня не пригласил;

и больше всего одновременно стараясь не смотреть на Джонатана и *не* не смотреть на него, потому что каждый раз, когда я на него смотрела, оказывалось, что и он на меня смотрит, и это рождало во мне тревогу, потому что я боялась, как бы он не подумал, что я смотрю на него не отрываясь, ведь вдруг это только совпадение — что каждый раз, когда я смотрю на него, он тоже смотрит на меня, а на самом деле он смотрит на меня не постоянно, а только в те моменты, когда я на него смотрю, и это заставит его задуматься: «Почему эта женщина постоянно на меня смотрит?» Тогда я решилась — и не смотрела на него три долгих песни. В одной из них было импровизационное, казавшееся бесконечным скрипичное соло, длившееся до тех пор, пока слушатели не выдержали и не захлопали одобрительно — и я больше не могла терпеть и посмотрела на него. И оказалось, что он не только смотрит на меня, но и машет мне рукой.

И я помахала в ответ.

Я отвернулась и попыталась встать еще прямее и спокойнее, обостренно осознавая себя как эталон сексуальной и изысканной красоты, ощущая взгляд Джонатана на своих стопроцентно мускулистых ягодицах и бедрах, на груди, приподнятой красивым лифчиком под обтягивающей футболкой, на выгоревших добела волосах и бронзовой коже, на голубых глазах, которые стали еще голубее, оттененные помадой «сливовая дымка». Это чувство продержалось в течение целой песни, а после превратилось в свою противоположность. И я осознала, что я — отвратительное чудовище с пятнами то ли коры, то ли мертвой цыплячьей кожи на бедрах, с чересчур загорелым, изжеванным ветром лицом, с испорченными солнцем волосами и животом, который по-прежнему имел неоспоримо округлую форму, если только я не лежала на нем или не втягивала его. И это несмотря на всю физическую нагрузку и лишения и на то, что в течение двух долгих месяцев

> Я отвернулась и попыталась встать еще прямее и спокойнее, обостренно осознавая себя как эталон сексуальной и изысканной красоты.

поперечный ремень рюкзака вдавливал его внутрь, так что он, по идее, должен был вообще исчезнуть. В профиль мой нос настолько выделялся на лице, что одна подруга как-то заметила, что я напоминаю акулу. А губы — мои смехотворные и выставленные напоказ губы! Я тайком прижала к ним тыльную сторону ладони, чтобы стереть «сливовую дымку», когда музыка заиграла снова.

Слава богу, в концерте был антракт. Джонатан материализовался возле меня, жарко сжал мою ладонь, говоря, как он рад, что я пришла, спрашивая, не хочу ли я еще вина.

Я не хотела. Единственное, чего я хотела — это чтобы уже наступило одиннадцать часов и мы с ним ушли. И чтобы я могла перестать думать о том, кто я — сексуальная малышка или горгулья, и действительно ли он постоянно смотрел на меня — или думал, что это я все время на него смотрю.

Но до этого было еще полтора часа.

— Ну, и чем мы займемся потом? — спросил он. — Ты уже ужинала?

Я сказала ему, что ужинала, но все равно готова к чему угодно. Я не стала говорить ему, что в своем нынешнем состоянии вполне способна съесть четыре ужина подряд.

— Я живу на органической ферме примерно в двадцати пяти километрах отсюда. Там просто потрясающе гулять по вечерам. Мы могли бы поехать туда, а я бы отвез тебя обратно, когда ты захочешь.

— Договорились, — сказала я, гоняя маленький кулон из бирюзы и серебра по тонкой цепочке. Я решила сегодня не надевать свое именное ожерелье, на случай, чтобы Джонатан по ошибке не прочел на нем, что я голодаю. — Знаешь, я выйду на улицу, подышу воздухом, — добавила я, — но к одиннадцати вернусь.

— Клёво, — сказал он, еще раз сжал мою руку и вернулся на свой пост: команда снова собиралась играть.

Голова у меня кружилась. Я вышла на улицу, в темный вечер, покачивая красной нейлоновой сумочкой, свешивающейся с кисти — обычно в ней лежала моя походная плитка. Бо́льшую часть таких сумочек и пакетов я оставила в Кеннеди-Медоуз, не желая нести с собой лишний вес, но эту оставила, считая, что плитка нуждается в дополнительной защите. А в Эшленде она служила мне дамской сумочкой, хотя и немного припахивала керосином. Все, что лежало внутри нее, было упаковано в неказистый с виду зиплок-пакет: деньги, водительская лицензия, бальзам для губ и расческа, а также карточка, которую мне выдали в хостеле, чтобы я могла, когда будет нужно, забрать из камеры хранения своего Монстра, лыжную палку и коробку с припасами.

— Добрый вечер, — проговорил мужчина, который стоял в переулке рядом с баром. — Вам нравится эта команда? — спросил он тихим голосом.

— Да. — Я вежливо улыбнулась ему. С виду ему было лет под пятьдесят, одет в джинсы с подтяжками и поношенную футболку. У него была длинная путаная борода, которая спускалась до груди, и подстриженные в кружок седеющие волосы до плеч, окружавшие ровной полосой совершенно лысую макушку.

— Я спустился сюда с гор. Люблю иногда приехать и послушать музыку, — объяснил мужчина.

— Я тоже. В смысле, спустилась с гор.

— А где вы живете?

— Я путешествую по Маршруту Тихоокеанского хребта.

— Ах, конечно, — он кивнул. — МТХ. Я бывал на этой тропе. Но живу в другом направлении. У меня в горах хижина, в которой я живу четыре или пять месяцев в году.

— Вы живете в хижине? — удивилась я.

Он кивнул.

— Ага. Я там совсем один. Мне нравится, но порой становится одиноко. Кстати, меня зовут Клайд, — он протянул мне руку.

— А я — Шерил, — сказала я, пожимая ее.

— Не хотите пойти выпить со мной чашечку чая?

— Спасибо, но на самом деле я жду, пока мой друг закончит работу. — Я бросила взгляд на дверь клуба, как будто Джонатан мог выйти оттуда в любую секунду.

— Ну, мой трейлер стоит прямо здесь, так что нам не придется далеко уходить, — сказал он, указывая на старый грузовик с молочной цистерной, стоявший на парковке. — В нем я живу, когда уезжаю из хижины. Я уже несколько лет отшельничаю, но иногда бывает так здорово приехать в город и послушать какую-нибудь команду.

— Понимаю, что вы имеете в виду, — сказала я. Мне понравился он сам и его мягкие манеры. Он напомнил мне некоторых людей, которых я знавала в Северной Миннесоте. Мужчин, друживших с моей мамой и Эдди, пребывавших в духовном поиске, открытых сердцем, совершенно выпавших из обычного общества. После смерти мамы я почти ни с кем из них не виделась. Теперь мне казалось, что я никогда не была с ними знакома и никогда не буду. Казалось, все, что некогда существовало в том месте, где я росла, стало теперь таким далеким, невозвратным.

— Что ж, приятно познакомиться с вами, Шерил, — проговорил Клайд. — Я собираюсь пойти поставить чайник. Как я и говорил, можете ко мне присоединиться.

— Конечно, — сразу же отозвалась я. — Я с удовольствием выпью чаю.

Я еще ни разу в жизни не видела превращенного в жилище грузовика, который не казался бы мне лучшим жильем на свете, и трейлер Клайда не был исключением. Упорядоченно и функционально, элегантно и с выдумкой, симпатично и утилитарно. Там была дровяная плита и крохотная кухонька, множество свечей и рождественская гирлянда, которая отбрасывала чарующие тени на все небольшое помещение. Вдоль трех бортов грузовика тянулась полка с книгами, а под ней была устроена широкая кровать. Пока Клайд хлопотал с чайником, я сбросила сандалии и разлеглась на кровати, доставая с полки то одну книгу, то другую. Там были книги о монахах и пещерных отшельниках; о людях, которые жили в Арктике, в амазонских джунглях, на островах у побережья штата Вашингтон.

КОРОБКА С ДОЖДЕМ

— Чай из ромашки, я сам ее выращиваю, — проговорил Клайд, заливая кипяток в заварочный чайник. Пока он настаивался, Клайд зажег несколько свечей, подошел и уселся рядом со мной на кровати, где я лежала, опершись на локоть и пролистывая иллюстрированную книгу об индийских богах и богинях.

— Вы верите в реинкарнацию? — спросила я, пока мы вместе рассматривали затейливые рисунки, снабженные небольшими подписями на каждой странице.

— Нет, не верю, — ответил он. — Я верю, что мы здесь только раз, и то, что мы делаем, имеет значение. А во что верите вы?

— Я все еще пытаюсь выяснить, во что же я верю, — ответила я, принимая в ладони горячую кружку, которую он мне протянул.

— У меня есть для вас кое-что еще, если захотите. Штука, которую я собираю в лесах. — Он вытащил из кармана искривленный корень, похожий на имбирь, и показал его мне на раскрытой ладони. — Это жевательный опиум.

— Опиум? — переспросила я.

— Да, только гораздо более мягкий. Просто дает расслабленный приход. Хотите попробовать?

— Конечно, — рефлекторно согласилась я, он отрезал кусочек и протянул его мне, потом отрезал еще ломтик для себя и положил в рот.

— Его жуют? — спросила я, и он кивнул. Я положила корешок в рот и начала жевать. Это было все равно что жевать древесину. Мне понадобилось всего одно мгновение, чтобы осознать, что лучше всего воздержаться от жевания опиума — или любого другого корешка, который предложил бы мне этот странный человек, если уж на то пошло, каким бы милым и безобидным он ни казался. Я выплюнула корень в ладонь.

— Что, не понравилось? — проговорил он, рассмеялся и протянул мне маленькое мусорное ведерко, чтобы я выбросила остатки.

Мы с Клайдом проговорили в его грузовичке до одиннадцати вечера, а потом он проводил меня обратно к главному входу клуба.

— Удачи вам в лесах, — сказал он, обнимая меня на прощание. Через минуту из дверей вышел Джонатан и повел меня к своей машине, «Бьюик-скайларк», которую, как он сообщил, звали женским именем Беатрис.

— Ну, как тебе сегодня поработалось? — спросила я. Теперь, сидя рядом с ним в машине, я перестала так нервничать, как в баре, когда он смотрел на меня.

— Отлично, — ответил он. Пока мы ехали по темным полям, простиравшимся за Эшлендом, он рассказывал мне о своей жизни на органической ферме, которая принадлежала его друзьям.

> Мне понадобилось всего одно мгновение, чтобы осознать, что лучше всего воздержаться от жевания опиума — или любого другого корешка, который предложил бы мне этот странный человек.

Он живет там бесплатно, выполняя в обмен кое-какую работу, объяснял он, время от времени бросая на меня взгляд; лицо его мягко освещали огоньки приборной панели. Он свернул на одну дорогу, потом на другую, потом на третью, пока я совершенно не перестала понимать, в какой стороне находится Эшленд, — что для меня, в сущности, означало, что я понятия не имею, где находится мой Монстр. Я даже пожалела, что не взяла его с собой. Я не уходила от своего рюкзака надолго с того самого момента, как начала движение по маршруту, и теперь это ощущение казалось мне странным. Джонатан свернул на подъездную дорожку, проехал мимо неосвещенного дома, рядом с которым залаяла собака, по ухабистой проселочной дороге, которая шла между рядами кукурузы и цветов, пока наконец свет фар не мазнул по большой, похожей на коробку палатке, возведенной на высокой деревянной платформе, где он припарковался.

— Вот здесь я и живу, — сказал он, и мы вышли из машины. Воздух здесь был прохладнее, чем в Эшленде. Я поежилась, и Джонатан обнял меня за плечи — так естественно, что показалось, будто он проделывал это уже сотни раз. Мы шли между рядами кукурузы и цветов под полной луной, обсуждая различные группы и музыкантов, которые нравились нам обоим, вспоминая истории, связанные с концертами, на которых нам случалось бывать.

— А я трижды видел Мишель Шокд[1], — похвастался Джонатан.

— Трижды?!

— Однажды я ради этого концерта проехал через снежную бурю. В зале в тот вечер было всего десять человек.

— Вау, — протянула я, осознавая, что никоим образом не смогу оставаться в джинсах наедине с мужчиной, которых целых три раза видел Мишель Шокд вживую, какой бы отвратительной ни была кожа на моих бедрах.

— Вау, — отозвался он, его карие глаза отыскали в темноте мои.

— Вау, — повторила я.

— Вау, — снова повторил он.

Мы ничего не произнесли, кроме этого одного слова, но я внезапно смутилась. Было такое ощущение, что мы говорим уже не о Мишель Шокд.

— Что это за цветы? — спросила я, указывая на цветущие растения, окружавшие нас со всех сторон, внезапно испугавшись, что он меня сейчас поцелует. Дело не в том, что я не хотела с ним целоваться. Дело в том, что я ни с кем не целовалась с тех пор, как два месяца назад целовала Джо. А всякий раз, как мне случалось столько времени прожить без поцелуев, во мне рождалась уверенность, что я напрочь забыла, как это делается. Чтобы отсрочить поцелуй, я принялась расспрашивать его о работе на ферме и в клубе, о том, из каких краев он родом, кто были его родители, кем была его последняя подружка и долго ли они пробыли вместе, и почему расстались, и все это время он отвечал мне односложно и не стал ни о чем расспрашивать в ответ.

Но это было неважно. Было приятно ощущать его руку на моем плече, и стало еще лучше, когда он опустил ее на талию;

---

[1] Американская кантри-певица и композитор, особенно популярная в 1980-е гг.

и к тому моменту, как мы совершили полный круг, вернувшись к его палатке на платформе, он повернулся, чтобы поцеловать меня, и до меня дошло, что я на самом деле не разучилась целоваться, и все незаданные или оставшиеся без ответа вопросы отпали сами собой.

— Это было реально круто, — сказал он, и мы улыбнулись друг другу — глупо, как всегда улыбаются друг другу два человека, которые только что впервые поцеловались. — Я рад, что ты сюда приехала.

— Я тоже, — отозвалась я. Я обостренно чувствовала его ладони на своей талии, такие теплые, согревавшие меня сквозь тонкую ткань футболки, упирающиеся в пояс моих джинсов. Мы стояли в промежутке между машиной Джонатана и его палаткой. Передо мной были два пути — либо назад, в собственную кровать под крышей хостела в Эшленде, либо в его кровать вместе с ним.

— Погляди на небо, — сказал он. — Смотри, сколько там звезд.

— Как красиво, — отозвалась я, хотя на звезды не смотрела. Вместо этого я обвела взглядом темную землю, испещренную крохотными пятнышками света, горящего в домах и на фермах, разбросанных по всей равнине. Я подумала о Клайде, который в полном одиночестве под тем же самым небом читает хорошие книжки в своем грузовичке. Я подумала об МТХ. Он сейчас казался таким далеким. До меня дошло, что я ничего не сказала о своем маршруте Джонатану, если не считать той фразы, которую прокричала ему в ухо во время нашего знакомства. А он не спрашивал.

— Не знаю, в чем дело, — проговорил Джонатан. — В ту минуту, когда я увидел тебя, я понял, что должен подойти и поговорить с тобой. Я знал, что ты окажешься потрясающе клевой.

— Ты тоже клевый, — ответила я, хотя в жизни никогда не использовала слово «клевый».

Он наклонился и снова поцеловал меня, и я ответила на поцелуй с бо́льшим пылом, чем прежде, и мы стояли там, между палаткой и машиной, и целовались, целовались, и вокруг нас

КОРОБКА С ДОЖДЕМ

кружились кукуруза, и цветы, и звезды, и луна, и этот поцелуй казался мне лучшим, что есть в мире, и руки мои медленно забрались в его вьющиеся волосы, спустились по мускулистым плечам, по сильным рукам, по мощной спине, прижимая ко мне его роскошное мужественное тело. И, делая это, я не могла не вспомнить о том, как же сильно я люблю мужчин.

— Хочешь, пойдем в дом? — спросил Джонатан.

Я кивнула, и он попросил меня подождать снаружи, пока он войдет, включит свет и обогреватель; а минуту спустя он вернулся, придерживая для меня матерчатую дверь палатки, и я вошла внутрь.

Эта палатка была не похожа ни на одну из тех, в каких мне случалось бывать. Это был роскошный шатер. Согретый крохотным обогревателем и с достаточно высоким потолком, чтобы можно было стоять, не сгибаясь, с достаточным пространством, чтобы по нему можно было ходить, не спотыкаясь о двуспальную кровать, установленную в центре. По обе стороны кровати стояли маленькие фанерные тумбочки, на каждой из них — небольшой светильник в форме свечки, работавший от батарейки.

> Дело в том, что я ни с кем не целовалась уже два месяца. А всякий раз, как мне случалось столько времени прожить без поцелуев, во мне рождалась уверенность, что я напрочь забыла, как это делается.

— Как у тебя здесь мило, — проговорила я, стоя рядом с ним в небольшом проеме между дверью и изножьем кровати, и он притянул меня к себе, и мы снова поцеловались.

— Знаешь, мне неловко об этом спрашивать, — проговорил он через некоторое время. — Я не хочу ни на чем настаивать, потому что меня вполне устроит, если мы просто... ну, понимаешь, потусуемся — это было бы очень клево... Или ты хочешь, чтобы я отвез тебя обратно в хостел... можно даже прямо сейчас, если ты этого хочешь, хотя я надеюсь, что ты не хочешь. Но... прежде всего — я имею в виду, мы совсем не обязательно будем этим заниматься, но на случай, если мы... Я имею в виду, что у меня ничего нет, никаких болезней, ничего такого, но если мы... у тебя, случайно, нет презерватива?

— А что, у тебя нет презервативов? — спросила я.

Он помотал головой.

— Нет, у *меня* нет, — ответила я, и это показалось мне самой абсурдной вещью на свете, поскольку я действительно тащила с собой презерватив через обжигающе жаркие пустыни и ледяные склоны, через леса, горы и реки, через мучительные, утомительные и полные радости дни. И вот теперь, здесь, в отапливаемой роскошной палатке с двуспальной кроватью и светильниками в форме свечей, когда я глядела в глаза сексуального, милого, сдержанного, кареглазого, любящего Мишель Шокд мужчины, этого-то презерватива у меня и не оказалось. Просто потому, что у меня на бедрах были два здоровенных пятна унизительно грубой кожи, и я настолько яростно поклялась себе, что не стяну с себя джинсы, что нарочно оставила его в аптечке первой помощи в своем рюкзаке, в городе, и теперь он находился бог знает где. А надо было всего лишь совершить разумный, рациональный, реалистичный поступок и сунуть его в мою маленькую квазисумочку, которая припахивала керосином!

— Ничего страшного, — прошептал он, беря обе мои руки в свои ладони. — Мы можем просто потусоваться. На самом деле мы можем много чем заняться...

И мы снова стали целоваться. И целовались, и целовались, и целовались, и его руки блуждали повсюду поверх моей одежды, а мои руки блуждали поверх его.

— Ты не хочешь снять футболку? — прошептал он через некоторое время, отстраняясь от меня, и я рассмеялась, потому что действительно хотела ее снять — и сняла ее, и он стоял рядом, глядя на меня в черном кружевном лифчике, который я упаковала в посылку много месяцев назад, когда думала, что, когда доберусь до Эшленда, мне захочется его надеть. И снова рассмеялась, вспомнив об этом.

— Что здесь такого смешного? — спросил он.

— Просто... тебе нравится мой лифчик? — картинно повела я руками, словно модель, демонстрирующая нижнее белье. — Он проделал долгий путь.

— Я рад, что он сюда добрался, — пошутил он, протянул руку и очень бережно провел пальцем по краю одной из ямок возле моей ключицы. Но вместо того чтобы зацепить лямку и спустить ее с моего плеча, как я думала, он все так же медленно провел пальцем по его верхней границе спереди, а потом вдоль всей нижней его границы. Все это время я наблюдала за его лицом. В этом жесте было нечто гораздо более интимное, чем в поцелуе. К тому времени как он закончил, его прикосновение было легче перышка, однако я настолько взмокла, что едва стояла на ногах.

— Иди ко мне, — проговорила я, притягивая его к себе, а потом вниз, на кровать, одновременно стаскивая сандалии. Мы по-прежнему не снимали джинсов, но он сбросил свою рубашку, а я расстегнула лифчик и зашвырнула его в угол палатки. Мы целовались

> Я тащила с собой презерватив через обжигающе жаркие пустыни и ледяные склоны, через леса, горы и реки. И вот теперь, когда я глядела в глаза сексуального, милого мужчины, этого-то презерватива у меня и не оказалось.

и катались, перекатываясь друг на друга, в приступе лихорадочной страсти, пока не устали и не замерли снова, бок о бок, продолжая целоваться. Его ладони проделали весь путь от моих ладоней к груди, потом к талии и наконец начали расстегивать верхнюю пуговку моих джинсов, и в этот момент я вспомнила об ужасных пятнах на моих бедрах и откатилась от него.

— Извини, — пробормотал он. — Я думал, ты...

— Дело не в этом. Просто... я вначале должна кое-что тебе сказать.

— Ты замужем?

— Нет, — ответила я, хотя мне потребовалась пара секунд, чтоб осознать, что я говорю правду. Пол мелькнул в моих мыслях.

Пол. И внезапно я села прямо. — А ты женат? — спросила я, оборачиваясь к Джонатану, который лежал на кровати позади меня.

— Не женат. И детей нет, — ответил он.

— Сколько тебе лет? — спросила я.

— Тридцать четыре.

— А мне двадцать шесть.

Мы немного посидели, обдумывая сказанное. То, что ему тридцать четыре года, было для меня необычно. Этот возраст казался мне идеальным. Словно, несмотря на тот факт, что он ни о чем меня не расспрашивал, я, по крайней мере, оказалась в постели с мужчиной, который уже не был мальчишкой.

— Что ты хочешь мне рассказать? — спросил он и положил ладонь на мою голую спину. И когда он это сделал, я почувствовала, что дрожу. Интересно, он тоже это почувствовал?

— Дело в том, что мне немного стыдно. Кожа на моих бедрах... ну, она... помнишь, я вчера сказала тебе, что иду по МТХ? Мне постоянно приходится таскать на себе рюкзак, и там, где ремень рюкзака трется о кожу, она стала... — я поискала слова, пытаясь объяснить это так, чтобы избежать фраз «древесная кора» и «ощипанный цыпленок». — Она загрубела. На ней вроде как образовались мозоли. Я просто не хочу, чтобы ты был шокирован...

Мне не хватило воздуха, фраза оборвалась, и остатки моих слов совершенно утонули в ничем не замутненном удовольствии, когда его губы коснулись моей спины в районе поясницы, а руки потянулись вперед, чтобы завершить задачу по расстегиванию моих джинсов. Он сел и прижался ко мне обнаженной грудью, убрав с моей шеи волосы, чтобы поцеловать ее, а потом стал целовать плечи. Я развернулась и потянула его на себя, одновременно извиваясь и выползая из джинсов. А он покрыл поцелуями все мое тело — ухо, шею, ключицу, грудь, живот, и под конец добрался до кружева моих трусиков, оттянув их в сторону и добравшись до тех самых мест на бедренных косточках, к которым, как я надеялась, он никогда не прикоснется.

— Ох, детка, — прошептал он, нежно прикасаясь губами к загрубелой коже. — Тебе совершенно не из-за чего волноваться.

КОРОБКА С ДОЖДЕМ

Это было здорово. Это было более чем здорово. Это был настоящий праздник. Мы уснули в шесть утра и проснулись через два часа, утомленные, но бодрые, наши тела были слишком полны энергии, чтобы продолжать спать.

— Сегодня у меня выходной, — сказал Джонатан, садясь на постели. — Хочешь поехать на пляж?

Я согласилась, даже не зная, где именно находится этот пляж. У меня тоже был выходной. Последний. Назавтра мне предстояло вернуться на маршрут, направляясь к Кратерному озеру. Мы оделись и поехали по длинной, вытянувшейся по дуге дороге, которая пару часов шла через лес, а потом через прибрежные горы. В пути мы пили кофе, жевали булочки и слушали музыку, придерживаясь в разговоре тех же однообразных тем, что и в прошлую ночь: казалось, музыка была единственным, что мы могли обсуждать. К тому моменту как мы остановились в прибрежном городке Брукингз, я уже наполовину жалела, что согласилась поехать, и не только потому, что мой интерес к Джонатану начал таять. Но и потому, что ехать нам пришлось целых три часа. Мне казалось странным, что я оказалась так далеко от МТХ, как будто я каким-то образом его предала.

Но вид чудесного пляжа несколько приглушил это чувство. Гуляя по берегу океана вместе с Джонатаном, я сообразила, что уже была на этом самом пляже раньше, с Полом. Мы жили в кемпинге в расположенном поблизости национальном парке, когда совершали свое долгое путешествие после отъезда из Нью-Йорка — то самое, во время которого побывали в Большом Каньоне и Вегасе, Биг-Сюре и Сан-Франциско, и под конец вернулись в Портленд. По дороге остановились, заночевав на этом пляже. Мы развели тогда костер, приготовили себе ужин и играли в карты за столом для пикника, а потом забрались в кузов моего грузовичка, чтобы заняться любовью на разложенном в нем футоне. Я чувствовала, как воспоминания об этом обволакивают мою кожу, точно плащ. Все изменилось — и я сама, и мои мысли, вообще все.

Хотя я замолчала, Джонатан не стал спрашивать, о чем я думаю. Мы просто молча шли вместе, встречая по дороге очень немногих людей, хотя был воскресный полдень; все шли и шли, пока не остались совсем одни.

— Как тебе это местечко? — спросил Джонатан, когда мы добрались до клочка пляжа, с трех сторон окруженного валом темных камней. Я смотрела, как он расстилает одеяло и ставит сумку с продуктами к обеду, которые он купил в магазине по дороге, потом села.

— Если ты не против, я прогуляюсь еще немного дальше, — сказала я, ставя сандалии возле одеяла. Было приятно оказаться одной, почувствовать ветер в волосах, песок, ласкавший ноги. На ходу я подбирала красивые камешки, которые все равно не смогла бы взять с собой. Зайдя настолько далеко, что Джонатана не было видно, я наклонилась и написала на песке имя Пола.

Сколько раз я уже это делала! Я делала это не один год — всякий раз как попадала на пляж, с тех пор как влюбилась в Пола, когда мне было девятнадцать, и неважно, были мы в тот момент вместе или нет. Но сейчас, написав его имя, я поняла, что делаю это в последний раз. Я не хотела больше страдать по нему, гадать, не совершила ли ошибку, бросив его, мучить себя воспоминаниями обо всех своих поступках, которые были несправедливы по отношению к нему. А *что будет, если я себя прощу?* — думала я. Что, если я прощу себя, пусть даже и делала нечто такое, чего не должна была делать? Что, если я была лгуньей и изменницей, и моим действиям не было никакого оправдания, кроме того, что я хотела это сделать и нуждалась в этом? Что с того, что мне жаль, но если бы я вернулась назад во времени, то не стала бы поступать иначе, чем поступала тогда? Что, если я действительно хотела спать с каждым из этих мужчин? Что, если героин меня действительно чему-то научил?

> К тому моменту как мы остановились в прибрежном городке Брукингз, я уже наполовину жалела, что согласилась поехать.

КОРОБКА С ДОЖДЕМ

Что, если правильным ответом было «да», а не «нет»? Что, если все, что я не должна была делать, но делала, в конечном итоге привело меня сюда? Что, если мне никогда не удастся искупить свою вину? Что, если я уже ее искупила?..

— Тебе нужны такие камешки? — спросила я Джонатана, вернувшись к нему, протягивая ему собранную гальку.

Он улыбнулся, покачал головой и смотрел, как я роняю их обратно в песок.

Я уселась рядом с ним на одеяло, и он стал доставать еду из пакета — бейглы и сыр, маленькую пластиковую баночку с медом в форме медвежонка, бананы и апельсины, которые он чистил для нас обоих. Я ела, а потом он протянул к моим губам палец, окунув его в мед, вымазал мои губы медом и стал его сцеловывать, под конец нежно прикусив мою губу.

И так началась наша пляжная медовая фантазия. Он, я, мед с неизбежно попадавшими в него песчинками. Мои

А что будет, если я себя прощу? — думала я. Что, если я прощу себя, пусть даже и делала нечто такое, чего не должна была делать?

губы, его губы, весь долгий путь по внутренней стороне моей руки до груди. Весь долгий путь по широкой равнине его голых плеч, вниз, к соскам, к животу, до верхней границы его шортов, пока я не почувствовала, что больше не могу сдерживаться.

— Вау, — выдохнула я, потому что это слово казалось *нашим*. Оно означало то, чего я не говорила — что для мужчины, не очень-то ловкого в разговоре, он был потрясающе хорош в постели. А ведь мы с ним пока даже не переспали.

Без единого слова он вынул из пакета коробку с презервативами и вскрыл ее. Поднявшись на ноги, протянул руку и помог мне встать. Мы вместе пошли по песку к скоплению валунов, которые образовали небольшую бухточку, обогнули ее и вошли внутрь, в некое уютное убежище на общественном пляже — ущелье между темными камнями, залитое ярким светом солнца. Я никогда не была особенной поклонницей секса на свежем воздухе. Я уверена, что на свете есть женщины, которые предпочтут простор природы даже самой уютной временной квартире, но я таких не встречала. Хотя в этот день и решила, что защиты, которую давали нам валуны, будет достаточно. В конце концов, за последние пару месяцев чем я только не занималась под открытым небом. Мы раздели друг друга, и я легла голой спиной на наклоненный валун, обвивая ногами Джонатана, а потом он перевернул меня, и я обхватила камень руками. В воздухе пахло остатками меда, морской солью и песком, камышовым ароматом мха и планктона. И вскоре я уже забыла о том, что над нами только небо, а потом забыла думать и о привкусе меда, и даже о том, задал ли он мне хоть один вопрос...

Нам было особо не о чем говорить, пока мы совершали свой долгий обратный путь в Эшленд. Я настолько устала от секса и недосыпа, от песка, солнца и меда, что в любом случае едва могла слово произнести. Нам было тихо и спокойно вместе, и всю дорогу до хостела мы слушали на полной громкости Нила Янга, а потом, без особых церемоний, наше двадцатидвухчасовое свидание закончилось.

— Спасибо тебе за все, — сказала я, целуя его. Уже снова стемнело, было девять часов вечера воскресенья, городок притих, став спокойнее, чем в предыдущую ночь: половина туристов разъехались по домам, все умолкло, пыль осела.

— Оставь свой адрес, — сказал он, протягивая мне клочок бумаги и ручку. Я написала адрес Лизы, ощущая растущее во мне чувство чего-то, что было не вполне печалью, не вполне сожалением, не вполне желанием, но смесью всех этих чувств. Бесспорно, мы замечательно провели время, но теперь я чувствовала себя опустошенной. Как будто я хотела чего-то этакого, и даже не догадывалась о своем желании, пока не получила это.

Я протянула ему записку.

— Не забудь свою сумку, — напомнил он, подавая мне красную сумочку от походной плитки.

КОРОБКА С ДОЖДЕМ

— Пока, — сказала я, повесив ее на локоть и протягивая руку к двери.

— Не торопись, — попросил он, притягивая меня к себе. Он жадно поцеловал меня, а я в ответ поцеловала его еще более жадно, словно то был конец эпохи, длившейся всю мою жизнь.

На следующее утро я переоделась в свою походную одежду — прежний старый, покрытый пятнами спортивный лифчик и изрядно поизносившиеся темно-синие шорты, которые носила с первого дня, а также пару новых шерстяных носков и последнюю свежую футболку, которая оставалась у меня до самого конца пути, дымчато-серую, поперек груди которой была надпись: «Калифорнийский университет, Беркли». Закинула на спину Монстра и дошла до кооперативного магазина с лыжной палкой, свисающей с руки, и коробкой в руках. Заняла один из столиков в гастрономической секции магазина, чтобы заново переложить рюкзак.

Я настолько устала от секса и недосыпа, от песка, солнца и меда, что едва могла слово произнести.

Когда я закончила, аккуратно уложенный Монстр стоял на полу рядом с маленькой коробкой, в которой лежали мои джинсы, лифчик и белье. Их я собиралась отправить почтой обратно Лизе. А рядом с ними стоял пластиковый пакет с продуктами, которые я уже больше видеть не могла. И поэтому планировала оставить в бесплатной коробке для туристов с МТХ возле почты, когда буду выходить из города. Следующая остановка предстояла мне в 177 километрах отсюда, в национальном парке Кратерного озера. Мне нужно было вернуться обратно на МТХ. И все же я с неохотой покидала Эшленд. Я порылась в рюкзаке, отыскала свое именное ожерелье и надела его. Протянула руку и коснулась вороньего пера, которое подарил мне Дуг. Оно по-прежнему висело на моем рюкзаке в том месте, куда я его прикрепила изначально, хотя теперь стало уже потертым и растрепанным. Я расстегнула боковой карман, где хранилась аптечка, вытащила ее и открыла. Презерватив, который я пронесла с собой весь путь от Мохаве, лежал там, по-прежнему такой же новенький и блестящий. Я вынула его и сунула в пластиковый пакет с продуктами, которые были мне больше не нужны, потом закинула Монстра на плечи и вышла из магазина с коробкой и пакетом в руках.

Я прошла всего несколько шагов и увидела того мужчину с повязкой на голове, с которым мы познакомились возле Тоуд-лейк. Он сидел на обочине, там же, где я видела его в прошлый раз, и на земле перед ним по-прежнему стоял стаканчик из-под кофе и картонка с надписью от руки.

— Я ухожу, — сказала я, подходя к нему.

Он поднял взгляд на меня и кивнул. Похоже, он так меня и не помнил, ни по встрече возле Тоуд-лейк, ни по той, которая случилась два дня назад.

— Мы встречались, когда ты собирался устраивать собственное Радужное сборище, — напомнила я. — Я была там с другой женщиной по имени Стейси. Мы разговаривали.

Он снова кивнул, потряхивая мелочь в кофейном стаканчике.

— У меня здесь есть кое-какие продукты, которые мне больше не нужны, так что если хочешь, забирай, — сказала я, ставя рядом с ним пластиковый пакет.

— Спасибо, крошка, — проговорил он, когда я развернулась, чтобы идти дальше.

Я остановилась и обернулась.

— Эй, — окликнула я его. — Эй! Эй! Эй! — я кричала, пока он снова не посмотрел на меня — Не называй меня крошкой!

Он сложил вместе ладони, словно собирался молиться, и поклонился мне вслед.

16

ГОЛУБАЯ ГЛУБИНА

Кратерное озеро некогда было горой. Гора Мазама — так ее называли. В целом она похожа на ту цепь спящих вулканов, мимо которых мне предстояло идти по МТХ в Орегоне: Маклафлин, Три Сестры, Вашингтон, Трехпалый Джек, Джефферсон и Худ. Только она выше их всех — приблизительно 3657 метров. Гора Мазама взорвалась около 7700 лет назад в катастрофическом извержении, в сорок два раза мощнее, чем то, которое обезглавило гору Святой Елены в 1980 году. Это было самое крупное извержение вулкана в Каскадном хребте за последний миллион лет. После разрушения Мазамы пепел и магма покрывали сплошным ковром весь ландшафт на 800 тысячах квадратных километров — практически весь Орегон, дотягиваясь до канадской провинции Альберта. Люди из индейского племени кламат, которые наблюдали этот взрыв, решили, что происходит яростная битва между Ллао, духом подземного мира, и Скеллом, духом небес. Когда битва окончилась, Ллао был низвергнут обратно в подземный мир, а гора Мазама превратилась в пустой котел. Кальдера — вот как это называется, своего рода гора, вывернутая наизнанку. Гора, у которой вырвали сердце. Медленно, на протяжении сотен лет, эта кальдера заполнялась водой, собирая орегонские дожди и тающие снега, пока не превратилась в Кратерное озеро. Это озеро — самое глубокое в Соединенных Штатах и одно из самых глубоких в мире (более 580 метров).

ДИКАЯ

Я немного разбиралась в озерах, поскольку была родом из Миннесоты. Но, выходя из Эшленда, я не могла даже представить себе, что́ увижу возле Кратерного озера. Оно будет похоже на озеро Верхнее, полагала я, то самое, рядом с которым умерла моя мать, уходящее своей голубой безбрежностью за горизонт. В моем путеводителе было сказано лишь, что, когда я брошу первый взгляд вдаль с его берега, вздымавшегося на 275 метров выше поверхности озера, я «не поверю своим глазам». Теперь у меня был новый путеводитель. Новая библия. «Маршрут Тихоокеанского хребта, часть II: Орегон и Вашингтон». Купив эту книгу в магазине в Эшленде, я оторвала последние сто тридцать страниц, потому что часть, посвященная Вашингтону, была мне не нужна. В свой первый вечер за пределами Эшленда я пролистала его, прежде чем лечь спать, читая кусками. Точно так же, как читала путеводитель по Калифорнии в свою первую ночь на МТХ.

В первые несколько дней похода после Эшленда я пару раз видела на южном горизонте гору Шаста. Но в основном шла по лесам, из которых почти ничего не было видно. Орегонскую часть МТХ походники часто называют «зеленым туннелем», потому что на этом отрезке тропы открывается гораздо меньше панорам, чем на калифорнийском. У меня больше не возникало чувства, что я угнездилась на вершине, глядя на все сверху вниз. Было как-то странно, что невозможно оглядеться по сторонам. Калифорния изменила мой способ видения, но теперь Орегон снова его изменил, значительно сузив. Я шла по лесам из благородных и дугласовых пихт, проталкиваясь по берегам озер, поросших кустарником, через траву и высокие камыши, которые временами скрывали от глаз тропу. Потом их сменили гигантские деревья и участки вырубок, заполненные пнями и древесными корнями, подобные тем, что видела несколько недель назад. Весь день я блуждала среди этого древесного мусора, и прошел не один час, прежде чем я снова вышла на мощеную дорогу и отыскала тропу МТХ.

> Выходя из Эшленда, я не могла даже представить себе, что́ увижу возле Кратерного озера.

ГОЛУБАЯ ГЛУБИНА

Погода была солнечной и ясной, но воздух дышал прохладой. Становилось все холоднее с каждым днем, пока я продвигалась по окрестностям озера Скай, где высота маршрута составляла более 1830 метров. Теперь я шла по гребню, усыпанному вулканическими камнями и валунами, и время от времени передо мной открывались захватывающие дух виды — озера и раскинувшиеся вдали земли. Несмотря на солнце, казалось, что сейчас утро раннего октября, а не полдень середины августа. Чтобы не замерзнуть, приходилось постоянно двигаться. Если я останавливалась больше чем на пять минут, пот мгновенно леденел на спине моей футболки, обжигая холодом. С момента выхода из Эшленда несколько дней я не видела никого, потом встретила нескольких походников, которые пересекали МТХ по множеству извилистых троп, поднимавшихся в горы от раскинувшихся внизу озер. Но большую часть времени шла одна, что было не так уж необычно для МТХ, однако из-за холода маршрут казался еще более пустынным. Ветер над головой шумел ветвями деревьев, затенявших тропу. Стало холодно, даже еще холоднее, чем в снегах над Сьерра-Сити, хотя я лишь временами замечала крохотные островки снега то тут, то там. Я осознала, что шесть недель назад горы только-только начинали готовиться к лету, а теперь, каких-то полтора месяца спустя, лето в них уже заканчивалось, и они готовились к осени.

Однажды вечером я остановилась на ночевку, содрала с себя пропотевшую одежду, натянула все остальное, что у меня было, и быстро приготовила себе ужин. Как только его съела, забралась в спальный мешок, продрогшая до костей, слишком усталая даже для чтения. Я лежала, свернувшись в позе эмбриона, натянув шапку и перчатки, и не могла сомкнуть глаз всю ночь. Когда солнце наконец встало, градусник показывал –3, и моя палатка

> Чтобы не замерзнуть, приходилось постоянно двигаться. Если я останавливалась больше чем на пять минут, пот мгновенно леденел на спине моей футболки, обжигая холодом.

была покрыта тонким слоем снега. Вода в бутылках замерзла, хотя они и лежали в палатке рядом со мной. Сворачивая лагерь, жуя протеиновый батончик вместо обычной утренней гранолы, смешанной с заменителем молока, я снова стала думать о матери. Она уже несколько дней маячила в моих мыслях, все время с тех пор, как я вышла из Эшленда. И теперь, наконец, в тот день, когда выпал снег, ее присутствие ощущалось здесь несомненно.

Было восемнадцатое августа. Ее день рождения. Если бы она дожила, ей в этот день исполнилось бы пятьдесят.

Она не дожила. Ей не исполнилось пятьдесят. Ей никогда не будет пятьдесят, думала я, идя дальше под холодным и ярким августовским солнцем. *Если бы только тебе исполнилось пятьдесят, мама, если бы!* — думала я с возрастающей яростью, прокладывая себе путь сквозь кусты. Я просто кипела от ярости из-за того, что мама не дожила до своего пятидесятого дня рождения. Меня переполняло осязаемое желание ударить ее по лицу.

Ее прошлый день рождения не вызвал во мне таких чувств. Все предыдущие годы я не ощущала ничего, кроме печали. В первый день рождения без нее — в тот день, когда ей исполнилось бы сорок шесть, — я рассыпала ее прах вместе с Эдди, Карен, Лейфом и Полом на маленькой, огороженной камнями клумбе, которую мы разбили в ее честь на нашей земле. В три последовавшие дня рождения я только плакала, молча слушая подряд весь альбом Джуди Коллинз «Краски дня», и каждая его нота проникала в каждую мою клетку. У меня хватало сил слушать его только раз в год, ради всех воспоминаний, связанных с матерью, которая любила ставить этот альбом, когда я была ребенком. От музыки возникало такое ощущение, что мама рядом, в комнате… Вот только ее там не было и никогда больше не будет.

Теперь, на МТХ, я не могла позволить ни строчке из этого альбома проникнуть в меня. Я стерла из своей памяти все до единой песни, с бешеной скоростью заставив вращаться невидимую перемотку, заставляя свой разум умолкнуть. Это был непятидесятый день рождения моей матери, и песен не будет. Вместо этого я ускорила шаг и шла мимо высокогорных озер, пересекала гигантские блоки вулканической лавы, пока ночной снег таял на морозоустойчивых диких цветах, росших между камнями. Я шла быстрее, чем когда-либо прежде, и в голове одна за другой всплывали немилосердные мысли о матери. Умереть в сорок пять лет — это был всего лишь наихудший из ее проступков. На ходу я составляла список остальных, скрупулезно подсчитывая их в уме:

1. У нее был такой период, когда она курила травку, не так уж помногу, но постоянно. И не стыдилась делать это в присутствии своих детей. Как-то раз, обкурившись, она сказала: «Это же всего лишь травка. Как чай».

2. Она нередко оставляла нас с братом и сестрой одних, когда мы жили в многоквартирных зданиях, окруженные со всех сторон одинокими матерями. Она говорила, что мы достаточно взрослые, чтобы несколько часов позаботиться о самих себе, потому что у нее нет возможности нанять няню. К тому же вокруг полно было других женщин, к которым мы могли прийти, если что не так, говорила она. Но нам была нужна *наша* мама.

3. В тот же самый период, когда мы по-настоящему выводили ее из себя, она часто грозилась отшлепать нас деревянной ложкой и несколько раз осуществила свою угрозу.

> Я просто кипела от ярости из-за того, что моя мама не дожила до своего пятидесятого дня рождения. Меня переполняло осязаемое желание ударить ее по лицу.

4. Однажды она сказала, что ее полностью устроит, если мы пожелаем называть ее по имени, а не мамой.

5. Она бывала холодной и часто отстраненной со своими друзьями. Она любила их, но держала на расстоянии. Не думаю, что она когда-либо подпускала кого-то близко к себе. Она держалась того мнения, что «кровь — не водица», несмотря на тот факт, что в нашей семье явно не хватало кровных родственников, которые жили бы ближе пары сотен километров от нас. Она поддержива-

ла атмосферу изоляции и уединения, участвуя в жизни дружеского сообщества, но при этом отделяя от него нашу семью. Именно поэтому, полагаю я, никто не бросился к ней, когда она умирала. Именно поэтому меня оставили одну в моем неизбежном изгнанничестве. Поскольку она не подпускала никого из них близко, никто из них не был близок мне. Они желали мне добра, но ни один из них ни разу не приглашал меня на обед в честь Дня благодарения, не звонил мне в день рождения мамы, чтобы узнать, как дела, после того как она умерла.

6. Она была оптимисткой до такой степени, что это раздражало, и любила повторять всякие глупости, вроде «Мы не бедны, поскольку богаты любовью!» или «Когда одна дверь захлопывается, другая открывается!» И эти дурацкие слова, по причине, которую я сама не вполне понимала, каждый раз вызывали во мне желание придушить ее. Даже когда она умирала и ее оптимизм печально и кратковременно выражался в том, что она верила, будто не умрет, пока будет пить в огромных количествах сок из проростков пшеницы.

7. Когда я училась в старших классах школы, она не спрашивала меня, в какой колледж я хотела бы поступить. Она не возила меня в ознакомительные туры. Я даже не знала, что люди ездят в такие туры, пока не поступила в колледж и мои сокурсники не рассказали мне, что они в такие туры ездили. Мне предоставлено было все решать самой, подав заявление в единственный колледж в Сент-Поле, по той единственной причине, что он красиво выглядел в буклете и был расположен всего в трех часах езды на автомобиле от нашего дома. Да, в старшей школе я училась не слишком хорошо, разыгрывая из себя тупую блондинку, чтобы не подвергнуться социальному остракизму. Потому что моя семья жила в доме, где туалетом служило старое ведро, а источником тепла — дровяная печь. А мой отчим носил длинные волосы, длинную кустистую бороду и разъезжал по округе в старом драндулете, который сам превратил в пикап с помощью паяльной лампы, бензопилы и лесоматериалов. А моя мать предпочитала

не брить подмышки и говорила красномордым местным жителям, любителям огнестрельного оружия, вещи вроде «На самом деле я считаю, что охота — это убийство». Но она знала, что на самом деле я не глупа. Она знала, что у меня пытливый ум, что я пачками поглощаю книги. Я попадала в верхний процентиль[1] по результатам каждого теста, который сдавала, и это удивляло всех, кроме нее и меня. Почему она не сказала: «Слушай, может быть, тебе подать заявление в Гарвард? Может быть, тебе попробовать поступить в Йель?» В то время мысли о Гарварде и Йеле у меня даже не возникало. Мне они казались совершенно выдуманными, фантастическими университетами. Только позднее до меня дошло, что Гарвард и Йель были реальностью. И даже несмотря на то, что меня бы в них не приняли — честно говоря, я не соответствовала их стандартам, — что-то внутри меня было сокрушено тем фактом, что ни разу даже не возник вопрос о том, что мне, может быть, стоит туда поступать.

> Умереть в сорок пять лет — это был всего лишь наихудший из ее проступков. На ходу я составляла список остальных, скрупулезно подсчитывая их в уме.

Но теперь было уже слишком поздно, и винить в этом следовало только одного человека — мою покойную маму. Мою замкнутую, слишком оптимистичную, не готовившую меня к колледжу, время от времени бросавшую своих детей одних, курившую травку, размахивавшую деревянной ложкой, не возражавшую против того, чтобы ее называли по имени, маму. Она меня подвела. Она меня подвела! Она так основательно и бесповоротно подвела меня.

Ну ее к черту, подумала я, настолько разозленная, что даже остановилась.

---

[1] Процентиль — процент значений в наборе данных, которые находятся ниже данного первичного показателя. В данном случае, чем выше процентиль, тем лучше результат.

ДИКАЯ

А потом завыла. Слез не было, только серия громких завываний, которые сотрясали мое тело так мощно, что я не смогла устоять на ногах. Мне пришлось согнуться, упираясь ладонями в колени, рюкзак давил на меня сверху всей тяжестью, лыжная палка с лязгом упала за моей спиной наземь. И вся дурацкая жизнь, которую я вела, выходила из меня вместе с воплем через горло.

Это было несправедливо! Это было так безжалостно и ужасно — то, что у меня забрали мою маму! Я не могла даже как следует возненавидеть ее. Я так и не успела стать взрослой, отстраниться от нее, злословить на ее счет со своими друзьями и обвинять ее во всех тех вещах, которые, как мне хотелось бы, она должна была сделать по-другому. А потом стать еще старше и понять, что она сделала для меня все, что могла. И осознать, что то, что она делала, было чертовски хорошо, и снова полностью принять ее в свои объятия. Ее смерть все это уничтожила. Она уничтожила меня. Она подрубила меня на самой вершине моего юношеского высокомерия. Она принудила меня мгновенно стать взрослой и простить все ее материнские ошибки — и в то же время оставила меня навсегда ребенком. Моя жизнь одновременно закончилась и началась в этот момент нашего преждевременного расставания. Она была моей матерью, но я стала сиротой. Я не могла от нее оторваться, но была крайне одинока. Она навсегда останется пустой котловиной, которую ничто не сможет заполнить. Мне придется заполнять ее самой — снова, и снова, и снова.

Ну ее к черту, распевала я, маршируя в течение следующих нескольких километров, и меня подхлестывала ярость. Но вскоре я затормозила и остановилась, чтобы присесть на валун. У моих ног была полянка низкорослых цветов, их едва розоватые лепестки обрамляли камни. *Крокусы*, подумала я. Это название всплыло в моей памяти потому, что мне говорила его мама. Такие же цветы росли на земле, по которой я рассыпала ее прах. Я наклонилась и коснулась лепестков одного из них, чувствуя, как гнев покидает меня.

ГОЛУБАЯ ГЛУБИНА

К тому времени как я поднялась и пошла дальше, я уже не злилась на мать. На самом деле, несмотря ни на что, она была великолепной мамой. Я знала это, пока росла. Я знала это в те дни, когда она умирала. Я знала это сейчас. И я знала, что это кое-что значит. Значит много. У меня было полным-полно друзей, матери которых — неважно, сколько времени они прожили на земле, — никогда не дарили им той всепоглощающей любви, которую моя мать дарила мне. Она считала эту любовь своим величайшим достижением. Любовь была тем, на что она сделала ставку, когда поняла, что действительно умрет, и умрет скоро. Любовь помогала ей хоть как-то смириться с тем, что она покидает меня, Карен и Лейфа.

> Ее смерть уничтожила меня. Она подрубила меня на самой вершине моего юношеского высокомерия. Она принудила меня мгновенно стать взрослой и простить все ее материнские ошибки — и в то же время оставила меня навсегда ребенком.

— Я отдала вам все, — настаивала она снова и снова в свои последние дни.

— Да, — соглашалась я. Так и было, это правда. Так и было. Так и было. Материнская щедрость была беспредельна. Она не утаивала от нас ничего, ни единой крохи своей любви.

— Я всегда буду с вами, что бы ни случилось, — говорила она.

— Да, — отвечала я, поглаживая ее слабую руку.

Когда ее состояние уже не оставляло сомнений в том, что она действительно умрет; когда мы вышли на последний отрезок дороги, ведущей к аду; когда мы уже совсем перестали думать о том, что какое бы то ни было количество сока из ростков пшеницы может ее спасти, я спросила ее, что она хочет, чтобы мы сделали с ее телом — кремировали или похоронили. Но она лишь взглянула на меня непонимающим взглядом, как будто я говорила по-китайски.

— Я хочу, чтобы все, что можно пожертвовать, было пожертвовано, — проговорила она через некоторое время. — Мои органы, я имею в виду. Пусть они возьмут все, что смогут использовать.

— Хорошо, — ответила я. Думать об этом было так странно! — знать, что мы строим какие-то невозможные, далекие планы. Воображать, как части тела моей матери будут жить в телах каких-то других людей.

— Но потом — что? — настаивала я, едва не задыхаясь от боли. Я должна была знать. Ведь все это падет на мои плечи. — Что ты хотела бы сделать с тем… что… что останется? Ты хочешь, чтобы тебя похоронили или кремировали?

— Мне все равно, — ответила она.

— Не может быть, чтобы тебе было все равно, — возразила я.

— Мне на самом деле все равно. Сделай то, что, по-твоему, лучше. Сделай то, что дешевле обойдется.

— Нет! — настаивала я. — Ты должна мне сказать. Я хочу знать, что ты хочешь, чтобы было сделано, — уже одна мысль о том, что решать придется мне, наполнила меня паникой.

— О, Шерил, — проговорила она, утомленная моей настойчивостью, и наши взгляды встретились, исполненные скорби. Ибо каждый раз, когда мне хотелось придушить ее за то, что она была чересчур оптимистична, ей хотелось придушить меня за то, что я не знаю жалости.

— Сожги меня, — сказала она наконец. — Преврати меня в пепел.

Так мы и сделали, хотя пепел ее тела оказался не таким, как я ожидала. Он не был похож на пепел сгоревшего дерева, шелковистый и мелкий, как песок. Он был похож на бледную гальку, смешанную с мелким серым гравием. Некоторые кусочки были настолько крупными, что было очевидно, что они прежде были костями. Коробка, которую протянул мне мужчина в крематории, была, как ни странно, адресована моей маме. Я привезла ее домой и поставила в трюмо рядом со шкатулкой, в которой она держала свои самые красивые вещи. Был июнь. Там она и простояла до восемнадцатого августа, как и надгробный камень, который мы для нее изготовили сразу после кремации. Он стоял в гостиной, сбоку, и, наверное, немало смущал гостей, но для меня он был утешением. Камень был синевато-серым, а выгравированная на нем надпись — белой. На нем было написано ее имя, даты рождения и смерти и то предложение, которое она снова и снова повторяла, болея и умирая: «Я с вами всегда».

Она хотела, чтобы мы об этом помнили. И я помнила. Было такое ощущение, что она всегда со мной, по крайней мере метафорически. И в некотором смысле буквально — тоже. Когда мы наконец установили этот надгробный камень и рассыпали ее прах в землю, я высыпала его не весь. Несколько самых крупных кусочков я сохранила, зажав в руке. Я долго стояла там, не чувствуя себя готовой бросить их в землю. Так и не бросила. И никогда не брошу.

Я положила ее сожженные кости в рот и проглотила их целиком.

К вечеру того дня, когда моей матери должно было исполниться пятьдесят, я снова любила ее. Хотя по-прежнему не могла допустить песни Джуди Коллинз в свою голову, не могла позволить им играть там. Было холодно, но не так, как накануне. Я сидела в палатке, сжавшись в комок, натянув перчатки, читая первые страницы новой книги — «Лучшие американские эссе 1991 года». Обычно я дожидалась утра, чтобы сжечь те страницы, которые прочла накануне. Но в этот вечер, закончив читать, я выползла из палатки и сложила костерок из прочитанных

> Когда мы рассыпали ее прах в землю, я высыпала его не весь. Несколько самых крупных кусочков я сохранила, зажав в руке. Я положила ее сожженные кости в рот и проглотила их целиком.

страниц. Глядя, как они занимаются огнем, я громко произнесла вслух мамино имя, словно это была церемония в ее честь. Официальное имя мамы — Барбара, но все звали ее Бобби, так что я произнесла именно это имя. Сказать «Бобби» вместо «мама» — это было как откровение. Словно я впервые в жизни по-настоящему поняла, что она была моей матерью, но *не только*. Когда она умерла, я лишилась и этого тоже — той Бобби, которой она была, той женщины, которая существовала отдельно от того, чем она была для меня. Казалось, теперь она пришла ко мне, во всей полной, совершенной и несовершенной силе своей человечности. Как будто ее жизнь была затейливо раскрашенной фреской, и я наконец могла увидеть ее целиком. Кем она была для меня — и кем не была. Как она мне принадлежала — и как не принадлежала.

Бобби было отказано в удовлетворении последнего ее желания — чтобы ее органы были использованы для помощи другим. Или, по крайней мере, оно было удовлетворено не в такой степени, как она надеялась. Когда она умерла, ее тело было истерзано раком и морфином; это сорокапятилетнее тело превратилось в ядовитую, опасную вещь. В результате использовать можно было только ее роговицу. Я знала, что эта часть глаза — всего лишь прозрачная мембрана. Но, думая о том, чтó отдала моя мать, я не думала о мембране. Я думала о ее ошеломительно голубых, даже синих глазах, которые будут жить на чьем-то чужом лице. Спустя несколько месяцев после смерти мамы мы получили благодарственное письмо от фонда, который распоряжался этим пожертвованием. Благодаря ее великодушию другой человек сможет видеть, говорилось в письме. Я испытала отчаянное желание встретиться с этим человеком, вглядеться в его глаза. Ему не пришлось бы говорить ни слова. Все, чего я хотела, — это чтобы он посмотрел на меня. Я позвонила по телефонному номеру, указанному в письме, чтобы попросить о встрече, но меня быстро осадили. Конфиденциальность имеет огромную важность, сказали мне. Существует такая вещь, как права реципиента.

— Я хотела бы объяснить вам природу благотворительного вклада вашей матери, — проговорила женщина, взявшая трубку, терпеливым и утешающим голосом, который напомнил мне всех психотерапевтов, волонтеров из больницы, медсестер, врачей и сотрудников похоронного бюро, которые общались со мной в те недели, пока моя мама умирала, и в несколько дней после ее смерти. Голосом, полным намеренного, почти избыточного сострадания, который также говорил мне о том, что во всей своей скорби я осталась совершенно одна. — Дело в том, что трансплантирован был не весь глаз целиком, — объясняла женщина, — но только роговица, которая…

— Я знаю, что такое роговица! — рявкнула я. — И все равно я хочу знать, кто этот человек. Увидеться с ним, если это возможно. Думаю, вы мне это должны.

Я повесила трубку, переполненная скорбью. Но крохотное ядрышко разума и логики, которое по-прежнему жило внутри меня, понимало, что эта женщина права. Моей матери больше нет. Ее голубых глаз больше нет. Я никогда не увижу их снова.

Когда костерок из страниц догорел и я встала, чтобы вернуться в палатку, с востока до меня донесся тонкий лай и вой — там бежала стая койотов. Я столько раз слышала эти звуки в северной Миннесоте, что они меня не пугали. Они напоминали мне о доме. Я вгляделась в небо, чудесное, сплошь покрытое звездами, очень яркими на темном фоне. Поежилась, подумала о том, как мне повезло, что я здесь, чувствуя, что ночь слишком прекрасна, чтобы сразу возвращаться в палатку. Где буду я через месяц? Казалось невероятным, что я уже не буду на маршруте, но это было правдой. Вероятней всего, я буду в Портленде, если и не по какой-то иной причине, то хотя бы по той, что у меня нет денег на квартиру. После Эшленда у меня еще оставалось немного денег, но к тому времени, как я доберусь до Моста Богов, от них не останется ничего.

Мысль о Портленде не покидала меня все ближайшие дни, пока я шла через заповедник в Орегонскую пустыню — высокогорную пыльную плоскую равнину, поросшую широкохвойными соснами. Она, говорилось в моем путеводителе, была сплошь покрыта озерами и ручьями, пока их не похоронили под собой тонны магмы и пепла из вулкана Мазама. Было раннее субботнее утро, когда я добралась до национального парка Кратерного озера. Но самого озера не было видно. Я пришла в палаточный городок, расположенный в 11 километрах к югу от его берега.

Этот палаточный городок был не просто палаточным городком. То был великолепный туристический комплекс, который включал парковку, магазин, мотель, небольшую автоматическую прачечную. А еще примерно три сотни людей, которые ставили на полную громкость радио, хлебали прохладительные напитки из гигантских бумажных стаканов с соломинками и хрустели чипсами из огромных пакетов. Это зрелище одновременно захватывало и вызвало отвращение. Если бы я не знала этого на собственном опыте, я бы не поверила, что могу отойти на полкилометра в любом направлении — и оказаться в совершенно ином мире. Я остановилась там на ночь, блаженно приняла душ в местной бане, а на следующее утро продолжила свой путь к Кратерному озеру.

> Неровный круг озера простирался подо мной огромным мазком невыразимо чистого ультрамаринового голубого цвета.

В моем путеводителе все было сказано верно: при первом взгляде на него я глазам своим не поверила. Поверхность воды находилась на 275 метров ниже того места, где я стояла на каменистой кромке бывшего вулкана, вознесшегося к небу на 2164 метра. Неровный круг озера простирался подо мной огромным мазком невыразимо чистого ультрамаринового голубого цвета. Поперечная ширина озера составляла приблизительно 9,5 километра, и его голубую поверхность нарушала лишь вершина маленького вулкана, Колдовского острова. Она выступала на 244 метра над водой, сформировав конический островок, на котором росли искривленные сосны Бальфура. Волнистая кромка, окружавшая озеро, в основном голая, тоже местами была покрыта этими соснами, фон которым создавали далекие горы.

— Это озеро такое глубокое и чистое, что поглощает все цвета видимого спектра, кроме голубого, и отражает нам эту чистую голубизну, — сказала незнакомка, стоявшая рядом со мной, отвечая на вопрос, который я едва не выкрикнула вслух в изумлении.

— Спасибо, — сказала я ей. Да, то, что озеро настолько глубоко и чисто, что поглощает все краски видимого спектра, кроме голубого, казалось абсолютно разумным и научным объяснением. Но все же было еще что-то, что нельзя было объяснить ничем. Племя кламат по-прежнему считает это озеро священным местом, и я понимаю, почему. У меня и в мыслях не было отнестись к их верованиям скептически. И неважно, что со всех сторон меня окружали туристы, щелкавшие фотоаппаратами и медленно ехавшие по кругу в своих машинах. Я чувствовала силу этого озера. Посреди великой равнины оно казалось настоящим потрясением: отчужденное и одинокое, словно всегда существовало и всегда будет существовать, поглощая все краски видимого спектра, кроме голубого.

Я сделала несколько фотографий и пошла вдоль кромки озера рядом с горсткой зданий, которые были выстроены для размещения туристов. У меня не было иного выбора, кроме как провести здесь день, поскольку я пришла в воскресенье, и почтовое отделение парка было закрыто. До завтрашнего дня я не могла получить свою посылку. Сияло солнце, снова стало тепло. Я подумала о том, что если бы не прервала беременность, о которой узнала в комнате мотеля в Су-Фоллс в вечер накануне того, как решила отправиться на МТХ, то примерно в это время родила бы ребенка.

> Я подумала о том, что если бы не прервала беременность, о которой узнала в вечер накануне того, как решила отправиться на МТХ, то примерно в это время родила бы ребенка.

Это должно было случиться в неделю, предшествовавшую дню рождения мамы. Сокрушительное совпадение этих дат в тот момент было подобно удару под дых, но оно не поколебало мою решимость прервать беременность. Только заставило меня умолять вселенную дать мне еще один шанс. Позволить мне стать той, кем я должна была стать, прежде чем стану матерью, — женщиной, чья жизнь в корне отличается от жизни, которой жила моя мать.

Какую бы любовь и обожание я ни испытывала к своей матери, все свое детство я провела, планируя не становиться ею. Я знала, почему она вышла замуж за моего отца в девятнадцать лет, беременная и только самую чуточку влюбленная. Это была одна из тех историй, которые я заставляла ее рассказывать, расспрашивая и снова расспрашивая, и она качала головой и отвечала: «Зачем ты хочешь это знать?» Но я просила так настойчиво, что она наконец сдавалась. Узнав, что беременна, она раздумывала над двумя вариантами выбора: сделать нелегальный аборт в Денвере либо прятаться в течение всей беременности в отдаленном городке, а затем передать мою сестру своей матери, которая предложила воспитать малышку как собственного ребенка. Но мама не сделала ни того, ни другого. Она решила родить ребенка, поэтому и вышла замуж за моего отца. Она стала матерью Карен, потом моей, а потом матерью Лейфа.

Нашей матерью.

— Мне так и не пришлось посидеть на водительском сиденье собственной жизни! — как-то раз, плача, сказала она мне в те дни, когда узнала, что умрет. — Я всегда делала то, чего от меня хотели другие. Я всегда была чьей-то дочерью, или матерью, или женой. Я никогда не была просто собой.

— Ох, мама... — вот и все, что я могла сказать, гладя ее руку. Я была тогда слишком молода, чтобы сказать что-то еще.

После полудня я зашла в один из кафетериев в расположенных неподалеку домиках и пообедала. После этого отправилась через парковку к мотелю Кратерного озера с Монстром на спине. На минуту заглянула в обеденный зал элегантного лобби в сельском

> Мне еще предстояло пройти 537,5 километра, прежде чем я достигну Моста Богов. Но что-то рождало во мне такое чувство, будто я уже пришла на место.

стиле. Там сидело довольно много красивых, ухоженных людей. Они держали в руках бокалы с шардоне и пино гри, похожие на бледные драгоценные камни. Потом вышла на длинную веранду, с которой открывался вид на озеро, миновала ряд больших шезлонгов и выбрала один, стоявший особняком.

Остаток дня я просидела в нем, глядя на озеро. Мне еще предстояло пройти 537,5 километра, прежде чем я достигну Моста Богов. Но что-то рождало во мне такое чувство, будто я уже пришла на место. Эти голубые воды рассказали мне нечто, ради чего я и преодолела столько километров.

Когда-то это была Мазама, напоминала я себе. Когда-то это была гора почти 3650 метров высотой, а потом у нее вырвали сердце. Когда-то здесь была сплошная пустыня лавы, магмы и пепла. Когда-то здесь была пустая котловина, для заполнения которой потребовались сотни лет. Но, как я ни старалась, не могла увидеть это своим мысленным взором. Ни гору, ни запустение, ни пустую котловину. Их здесь просто больше не было. Были только покой и неподвижность воды — того, во что превратились гора, запустение и пустая котловина после того, как началось исцеление.

17

В ПЕРВОБЫТНОМ СОСТОЯНИИ

Орегон в моем воображении был подобен игре в классики. Я прыгала по нему, скакала по нему, неслась по нему в своем воображении всю дорогу от Кратерного озера до Моста Богов. Почти 137 километров до моей следующей остановки и коробки с припасами в местечке, которое называлось Шелтер-Коув-Резорт. 230 километров — следующий отрезок, до моей последней посылки в Олалли-Лейк. А затем — последний отрезок пути к реке Колумбия: 170,5 километра до города Каскад-Локс с короткой остановкой в Тимберлайн-Лодж на горе Худ, в срединной точке этого последнего отрезка.

Но все равно при сложении всего этого получалось еще 537,5 километра похода.

Хорошо было то, как я вскоре поняла, что какие бы испытания ни подстерегали меня на этих 537,5 километра, на всем пути меня ждут свежие ягоды. Черника и голубика, морошка и ежевика — налитые соком, их можно собирать в течение многих километров вдоль тропы. Я наполняла ягодами сложенную лодочкой ладонь прямо на ходу, иногда останавливалась, чтобы набрать их в панаму, неторопливо пробираясь по маршруту между горой Тилсен и заповедником Даймонд-Пик.

Было холодно. Было жарко. Гибрид древесной коры и ощипанного цыпленка на моих бедрах отрастил новый слой. Ступни перестали кровоточить и покрываться волдырями, но все равно адски болели. Несколько дней я проходила только половину запланированного расстояния, всего по 11–13 километров, в попытке облегчить боль, но особой пользы от этого не было. Они болели глубоко внутри. Иногда на ходу мне казалось, что они просто изломаны, что на ногах у меня железные кандалы, а не ботинки. Словно я сотворила с ними нечто глубинно непоправимое, таща на себе такой огромный вес в течение многих километров по сложной местности. Да, все так — и все же я чувствовала себя сильнее, чем когда-либо. Даже с огромным рюкзаком я была способна проходить в день большие расстояния, хотя к концу каждого дня все равно чувствовала себя совершенно разбитой.

Теперь МТХ стал для меня легче. Но это не значит, что он стал легким.

Бывали приятные утра и чудесные дни, 16-километровые отрезки пути, по которым я просто скользила, практически ничего не ощущая. Мне нравилось растворяться в ритме шагов и звяканья лыжной палки по тропе; в тишине, песнях и фразах, звучавших в моей голове. Я обожала эти горы и камни, оленей и кроликов, которые молниями мелькали среди деревьев, жучков и лягушек, попадавшихся на тропе. Но ежедневно возникал какой-то момент, когда я переставала все это любить, когда все становилось монотонным и трудным. Мой разум переключался на первобытное состояние, в котором не было ничего, кроме движения вперед. И я шла, пока ходьба не становилась невыносимой, пока я не убеждалась в том, что не могу больше сделать ни единого шага. Тогда останавливалась и разбивала лагерь, как можно быстрее проделывая все операции, которые для этого требовались. Чтобы приблизить тот благословенный миг, когда я могла свалиться, совершенно разбитая, на ложе в своей палатке.

> Иногда мне казалось, что на ногах у меня железные кандалы, а не ботинки. И все же я чувствовала себя сильнее, чем когда-либо.

Именно так я и чувствовала себя к тому времени, когда дотащилась до Шелтер-Коув-Резорт — обессиленная и лишенная каких бы то ни было чувств, кроме благодарности за то, что я сюда добралась. Я перескочила еще одну клетку в своих орегонских «классиках». Шелтер-Коув-Резорт представлял собой магазин, окруженный горсткой сельских домиков, разбежавшихся по широкой зеленой лужайке на берегу большого озера Оделл, обрамленного зелеными лесами. Я поднялась на веранду магазина и вошла внутрь. Там были короткие ряды с закусками и рыболовными снастями, а также маленький холодильник с напитками. Я отыскала бутылку *Snapple*, взяла пакетик чипсов и подошла к кассе.

— Вы идете по МТХ? — спросил меня мужчина, стоявший за кассой. Когда я кивнула, он показал жестом на окно в задней части магазина. — Почта закрыта до завтрашнего утра, но вы можете бесплатно переночевать в палаточном городке, который у нас здесь поблизости. И там есть душ, который обойдется вам в один бакс.

У меня оставалось всего десять долларов. Как я теперь начинала понимать, остановки в Эшленде и национальном парке Кратерного озера обошлись мне дороже, чем я предполагала. Но я знала, что в коробке, которую я получу на следующее утро, лежат еще двадцать долларов. Так что, протянув этому человеку деньги, чтобы заплатить за напиток и чипсы, я попросила его разменять мне остальное на долларовые монетки, чтобы заплатить за душ.

Выйдя наружу, я вскрыла лимонад и чипсы и ела на ходу, направляясь к маленькой деревянной баньке, на которую указал мне мужчина из магазина. Войдя внутрь, обрадовалась, увидев, что душевые здесь персональные, рассчитанные на одного человека. Заперла за собой дверь — и внутри оказалось мое собственное маленькое царство. Я бы, пожалуй, даже осталась здесь ночевать, если бы можно было. Сняла одежду и принялась рассматривать себя в поцарапанном зеркале. Похоже, поход повредил не только мои ногти и ноги, но и волосы: они стали грубее и странным образом в два раза гуще, покрытые множеством слоев засохшего пота и земляной пыли, как будто я медленно, но верно превращалась в нечто среднее между Фэррой Фоссет[1] в дни ее славы и Гангой Дином[2] в не самые удачные для него моменты.

Я сунула одну за другой свои монетки в небольшой автомат, вошла в душ и стала нежиться под горячей водой, намыливаясь узеньким обмылком, который кто-то оставил там, пока он не растворился в моих руках без остатка. После этого вытерлась той же банданой, с помощью которой мыла котелок и ложку озерной и речной водой, и снова натянула на себя грязную одежду. Взвалила на плечи рюкзак и отправилась обратно к магазину, чувствуя себя в тысячу раз лучше. Перед магазином была широкая веранда с длинной скамьей, установленной вдоль ее бортов. Я уселась на скамью и стала разглядывать озеро Оделл, распутывая влажные волосы пальцами. *Олалли-Лейк, потом Тимберлайн-Лодж, а потом Каскад-Локс*, думала я.

Прыг, скок, поворот, «дом».

— Вы — Шерил? — спросил меня мужчина, выходивший из магазина. Спустя секунду за его спиной показались еще двое мужчин. Я тут же поняла по их залитым потом футболкам, что они идут по МТХ, хотя рюкзаков у них при себе не было. Они были молодые и симпатичные, бородатые, загорелые и грязные, одновременно невероятно мускулистые — и невероятно худые. Один — высокий, другой — блондин, третий — с пронзительными глазами. Я была так рада, что приняла душ…

— Да, — ответила я.

— Мы долго шли за вами, — сказал блондин, и на его худом лице расцвела широкая улыбка.

— Мы так и знали, что сегодня вас нагоним, — сказал тот, что с пронзительными глазами. — Мы видели ваши следы на маршруте.

---

[1] Голливудская актриса.
[2] Герой стихотворной баллады Р. Киплинга, молодой индиец-водонос, мечтавший стать солдатом.

— Мы читали ваши заметки в регистрационных журналах, — добавил высокий.

— Мы пытались вычислить, сколько вам может быть лет, — проговорил блондин.

— Ну, и сколько мне должно было быть лет? — спросила я, неудержимо улыбаясь.

— Мы думали, что вам либо столько, сколько нам, либо пятьдесят, — проговорил парень с пронзительными глазами.

— Надеюсь, вы не разочарованы? — спросила я, и все мы рассмеялись и покраснели.

Их звали Риком, Джошем и Ричи, все трое на три или четыре года моложе меня. Рик — из Портленда, Джош — из Юджина, а Ричи — из Нового Орлеана. Они все вместе учились в колледже, точнее — в Школе либеральных искусств Миннесоты, расположенной на островке в часе езды от «городов-близнецов».

— Я тоже из Миннесоты! — воскликнула я, когда они мне об этом сказали. Но они это и так уже знали из моих заметок в журнале-регистраторе.

— А у тебя еще нет маршрутного прозвища? — спросил меня один из них.

— Нет, по крайней мере, я о таком не знаю.

А вот у них такое прозвище было, одно на троих: Три Молодых Пижона. Его придумали другие походники в Южной Калифорнии. И это прозвище им шло. Они действительно были тремя молодыми пижонистыми парнями. Они прошли по маршруту весь путь от самой мексиканской границы. Они не пропустили заснеженный участок, как все остальные. Они прошли через снег, прямо через него — несмотря на тот факт, что в этот год снежные заносы были рекордными. И поскольку они это сделали, то оказались в самом хвосте группы дальноходов, растянувшейся от Мексики до Канады, вот поэтому и нагнали меня так поздно. Они не встречали ни Тома, ни Дуга, ни Грэга. Не знали Мэтта, Альберта, Брента, Стейси, Трину, Рекса, Сэма, Хелен, Джона, Сару. Они даже не останавливались в Эшленде. Они не танцевали на вечере памяти солиста *Grateful Dead*, не пробовали жевательный опиум, не занимались ни с кем сексом на пляже. Они просто упорно шли вперед, проходя по тридцать с лишним километров в день, нагоняя меня с того самого момента, когда я заложила петлю на север, уйдя в Сьерра-Сити. Они были не просто Тремя Молодыми Пижонами. Они были тремя молодыми невероятными походными машинами.

И их общество стало для меня настоящим праздником.

Мы дошли до палаточного городка, где Три Молодых Пижона уже оставили свои рюкзаки. Принялись готовить ужин и разговаривать, рассказывая истории о том, что случилось с нами на маршруте и вне его. Они нравились мне ужасно. Между нами что-то «щелкнуло». Они были милыми, симпатичными, забавными, добрыми ребятами. Они заставили меня забыть о том, насколько разбитой я чувствовала себя часом раньше. В их честь я приготовила коблер[1] из замороженной и высушенной малины, которую несла с собой все эти недели, приберегая для особого случая. Когда он был готов, мы поглотили его, черпая из моего котелка четырьмя ложками, а затем улеглись спать под звездами.

Утром мы забрали с почты свои посылки и принесли их в лагерь, чтобы заново переложить рюкзаки, прежде чем двинуться дальше. Я вскрыла свою коробку и сунула ладони между гладкими упаковками с едой, нащупывая конверт, в котором должна была лежать двадцатидолларовая купюра. Теперь он стал для меня таким привычным поводом для восторга — этот конверт с деньгами… но на сей раз я его не нашла. Я вывалила из ящика все, что в нем было, и принялась шарить пальцами в каждой складке, ища конверт, но его там не было. Не понимаю, почему. Просто — не было. У меня оставалось шесть долларов и двадцать центов.

— Вот дерьмо! — выругалась я.

---

[1] Прохладительный напиток, в состав которого обязательно входят различные фрукты и толченый лед.

— Что такое? — спросил меня один из Молодых Пижонов.

— Ничего, — ответила я. Мне было стыдно признаваться, что я постоянно балансирую на грани банкротства, что за моей спиной не стоит никто невидимый с кредитной картой или банковским счетом.

Я сгрузила продукты в свой старый голубой мешок. Меня даже мутило от осознания того, что мне придется пройти 230 километров до следующей коробки с припасами, имея в кармане всего лишь шесть долларов и двенадцать центов. Что ж, по крайней мере, там, где я буду идти, деньги мне не понадобятся, успокаивала я сама себя. Я направлялась в самое сердце Орегона — через перевалы Уилламетт, Маккензи и Сантиам, через Три Сестры и гору Вашингтон, через заповедник горы Джефферсон. Там в любом случае просто негде будет потратить мои шесть долларов и двенадцать центов, верно?

> Они были не просто Тремя Молодыми Пижонами. Они были тремя молодыми невероятными походными машинами. И их общество стало для меня настоящим праздником.

Я вышла на тропу через час одновременно с Тремя Молодыми Пижонами и пересекалась с ними весь день. Время от времени мы вместе устраивали привалы. Меня восхищало то, что они ели и как они это ели. Они были похожи на вырвавшихся на волю варваров, запихивали в рот по три батончика «Сникерс» подряд за единственный пятнадцатиминутный привал, хотя при этом оставались худы, как щепки. Когда они снимали рубахи, ребра просвечивали сквозь кожу. Я тоже сбросила вес на маршруте, но не так, как мужчины. Это неравенство я замечала всю дорогу и в других мужчинах и женщинах, которых встречала за лето. Но для меня больше не имело значения, толстая я или худая. Меня заботил только вопрос, как бы добыть побольше еды. Я тоже была варваркой, мой голод был хищническим и монументальным. Я дошла до такого состояния, что, если персонаж в романе, который я читала, начинал что-то есть, мне приходилось поскорее перелистнуть страницы этой сцены, потому что было слишком больно читать о том, как другие едят то, чего я хотела и не могла получить.

В этот день я попрощалась с Молодыми Пижонами. Они собирались пройти еще несколько километров вперед от того места, где я планировала разбить лагерь. Потому что эти три молодые невероятные походные машины не чаяли добраться до перевала Сантиам, где собирались на несколько дней сойти с маршрута, чтобы навестить друзей и родственников. За то время, пока они будут жить там, блаженствуя под душем, ночуя в настоящих кроватях и наслаждаясь едой, которую мне даже не хотелось представлять себе, я уйду вперед, и они снова будут идти по моим следам.

— Поймайте меня, если сможете! — сказала я, надеясь, что так и будет, опечаленная тем, что нам приходится так скоро расставаться. В тот вечер я в одиночестве разбила лагерь возле пруда, все еще обрадованная нашей встречей, размышляя о тех историях, которые они мне рассказывали, пока массировала после ужина ноги. Еще один почерневший ноготь отделялся от пальца. Я потянула за него, и он отскочил. Я отшвырнула его в траву.

Теперь между МТХ и мной была ничья. Счет был 5:5.

Я уселась в палатке, положив ноги на мешок с продуктами, читая книгу, которую получила вместе с посылкой — «Десять тысяч вещей» Марии Дермут, — пока глаза у меня не начали слипаться. Потом выключила фонарик и лежала в темноте. Сквозь дрему я слышала уханье совы, сидевшей на дереве прямо надо мной. «Ух-хуу, ух-хуу», — звала она голосом одновременно столь сильным и столь нежным, что я проснулась.

— Ух-хуу, — передразнила я ее, и сова умолкла.

— Ух-хуу, — попробовала я снова.

— Ух-хуу, — отозвалась она.

Я вошла в заповедник Трех Сестер, который получил свое имя в честь гор, называемых Южной, Северной и Средней Сестрами. Каждая была выше 3000 метров — третья, четвертая и пятая по высоте горы в Орегоне. Они были бриллиантами в короне сравнительно близко стоящих друг к другу вулканических пиков, мимо которых мне предстояло идти в ближайшую неделю. Но я еще не видела их, поскольку шла с южной стороны МТХ, распевая на ходу песни и рассказывая обрывки стихотворений, через лес, состоявший из высоких дугласовых пихт, веймутовых сосен и горной тсуги, мимо озер и прудов.

Через пару дней после прощания с Тремя Молодыми Пижонами я сделала петлю, сойдя с маршрута, чтобы заглянуть в Элк-Лейк-Резорт — место, упомянутое в моем путеводителе. Это был небольшой магазинчик на берегу озера, который обслуживал рыбаков. Очень похожий на Шелтер-Коув-Резорт, но там было кафе, в котором подавали бургеры. Я не планировала сходить с маршрута. Но когда дошла до пересечения МТХ и тропы, ведущей к нему, мой бесконечный голод взял надо мной верх. Я пришла туда без нескольких минут одиннадцать утра. И оказалась там единственным человеком, не считая продавца. Я пробежала взглядом меню, произвела в уме подсчеты и заказала чизбургер,

> Для меня больше не имело значения, толстая я или худая. Меня заботил только вопрос, как бы добыть побольше еды.

картошку фри и маленькую колу. А потом сидела там, наслаждаясь едой, окруженная стенами, увешанными рыбацкими трофеями. Мой счет составил шесть долларов и десять центов. Впервые за всю свою жизнь я не могла оставить чаевые. Оставлять два цента, кроме которых у меня больше ничего не было, казалось слишком похожим на оскорбление. Я вытащила небольшой прямоугольный блок марок, который хранила в зиплок-пакете вместе со своей водительской лицензией, и положила его рядом с тарелкой.

— Извините... У меня нет лишних денег, но я оставила вам кое-что другое, — сказала я, слишком пристыженная, чтобы объяснять, что именно я оставила.

Мужчина только покачал головой и пробормотал что-то, я не расслышала его слова.

В ПЕРВОБЫТНОМ СОСТОЯНИИ

Я спустилась к пустынному маленькому пляжику вдоль озера Элк, зажав в руке два цента. Подумала, не бросить ли их в воду, загадав желание? Но решила этого не делать и сунула их в карман шортов. Просто на случай, если мне вдруг понадобятся два цента между этим местом и озером Олалли, до которого было еще добрых 160 километров. Не иметь ничего, кроме этих двух монеток, было ужасно и одновременно слегка забавно. Именно так я и представляла себе временами полное банкротство. Пока я стояла там и глядела на озеро, мне впервые в жизни пришло в голову, что проведенное в бедности детство может принести какую-то пользу. Вероятно, у меня не хватило бы бесстрашия отправиться в такой поход с таким малым количеством денег, если бы не мое детство. Экономическое положение моей семьи всегда ассоциировалось у меня с тем, чего я не могла получить — летнего лагеря, дополнительных уроков, путешествий, обучения в колледже. И той необъяснимой легкости, которая возникает у человека, когда у него есть доступ к кредитной карте, на которую кладет деньги кто-то другой. Но теперь я видела связь между детством, когда мои мать и отчим снова и снова упорно шли вперед, имея в кармане жалкие две монетки, и моим теперешним положением. Перед походом я не вычисляла точно, какое количество денег мне потребуется, не скопила это количество плюс еще немного, чтобы эти деньги послужили для меня буфером на случай непредвиденных расходов. Если бы я это делала, меня бы здесь не было. Я бы не шла уже восемьдесят с лишним дней по МТХ, нищая, но делая то, чего хотела, хотя разумный человек сказал бы, что я не могу себе этого позволить.

Я пошла дальше, поднялась на обзорную площадку высотой 1980 метров, откуда мне были видны вершины на севере и востоке: Бачелор Бьютт и покрытый льдом Брокен Топ, и — выше их

> Не иметь ничего, кроме этих двух центов, было ужасно и одновременно слегка забавно. Именно так я и представляла себе временами полное банкротство.

всех — Южная Сестра, достигавшая в высоту 3157 метров. В путеводителе было сказано, что это самая молодая, самая высокая и самая симметричная из Трех Сестер. Ее конус был сложен из более чем двух десятков различных видов вулканического камня, но мне она казалась однородной красновато-бурой горой, ее верхние склоны покрывало кружево снега. Я опять двинулась вперед. Направление ветра сменилось, он снова стал теплым. Мне показалось, будто я вернулась в Калифорнию, со всей ее жарой и роскошными панорамами скалистой и зеленой земли, открывавшимися на целые километры вокруг.

Теперь, когда я вступила в официальные владения Трех Сестер, тропа больше не принадлежала мне одной. На высокогорных каменистых лужайках я встречала однодневных походников и людей, вышедших в кратковременные походы. И даже группу бойскаутов, поднявшихся в горы в поход с ночевкой. Я останавливалась, чтобы переговорить с некоторыми из них. «А у вас есть оружие? Вы не боитесь?» — спрашивали они, и их вопросы звучали эхом тех, которые я слышала все лето. «Нет, нет», — говорила я, посмеиваясь. Я повстречала двоих мужчин своего возраста, которые служили в Ираке во время «Бури в пустыне» и продолжали службу в армии, оба в чине капитанов. Они были аккуратно подстриженными, мускулистыми и симпатичными, словно только что сошедшими с рекрутского плаката. Мы устроили себе долгий дневной привал возле ручья, в который они опустили две банки пива, чтобы те охладились. Это был последний вечер их пятидневного похода. Они несли эти две банки с собой с самого начала, чтобы выпить их в последний вечер, отпраздновав окончание похода.

Они желали услышать о моем походе все. Каково это — так долго идти по маршруту; что я видела, кого встречала и что, черт

> Добравшись до другой стороны кратеров, я с благодарностью вступила под кроны деревьев. И тут до меня дошло, что толпы туристов исчезли. Я снова была одна, только тропа и я.

возьми, случилось с моими ногами. Они попросили разрешения по очереди поднять мой рюкзак и были поражены тем, что он тяжелее, чем рюкзак любого из них. Потом они собрались уходить, и я пожелала им удачи, все еще нежась на солнце на берегу ручья.

— Эй, Шерил! — обернувшись, крикнул один из них, когда они уже почти скрылись из виду. — Мы оставили для тебя одну банку пива в ручье. Это чтобы ты не смогла отказаться! Мы хотим, чтобы ты ее выпила, потому что ты круче нас обоих!

Я рассмеялась и поблагодарила их, потом дошла до ручья, чтобы достать банку, чувствуя себя польщенной и воодушевленной. Я осушила ее тем же вечером рядом с Обсидиановыми водопадами, которые получили свое имя в честь угольно-черных осколков вулканического стекла. Эти осколки покрывали тропу, издавая при каждом шаге лязг и шорох, словно я ступала по многослойному разбитому фарфору.

Гораздо меньшее восхищение я испытывала на следующий день, когда шла через перевал Маккензи в заповедную зону горы Вашингтон. Тропа стала еще более каменистой, когда я пересекала базальтовые потоки кратеров Белкнэп и Литтл Белкнэп. Здесь уже не было красивых сверкающих осколков камня среди по-весеннему зеленых лужаек. Теперь я шла через восьмикилометровую пустошь, усыпанную черными вулканическими камнями, размерами от бейсбольного мяча до футбольного, и то и дело подворачивала ступни. Ландшафт был голым и безлюдным, солнце палило нещадно, пока я с мучениями продвигалась в направлении горы Вашингтон. Добравшись до другой стороны кратеров, я с благодарностью вступила под кроны деревьев. И тут до меня дошло, что толпы туристов исчезли. Я снова была одна, только тропа и я.

На следующий день я миновала перевал Сантиам и вступила в заповедник горы Джефферсон. Он назван так по имени темной и внушительной вершины, высившейся к северу от меня. Я прошла мимо скалистой многоглавой горы Трехпалый Джек, которая вздымалась к небу, как изувеченная рука. И продолжала идти до самого вечера, пока солнце не стало исчезать за пеленой облаков и меня не начал обволакивать густой туман со всех сторон. День выдался жарким, но за какие-нибудь тридцать минут температура упала на двадцать градусов, ветер набрал силу, а потом внезапно стих. Я шла вверх по тропе так быстро, как могла, пот капал с моего тела, несмотря на прохладу. Я искала место, чтобы разбить лагерь. Приближалась темнота, но мне никак не удавалось найти ни единого достаточно плоского или чистого участка, чтобы поставить палатку. К тому времени как я нашла его — клочок земли неподалеку от маленького пруда, — было такое ощущение, что я попала внутрь облака. Воздух был пугающе неподвижен и безмолвен. За то время, которое потребовалось мне, чтобы поставить палатку и накачать бутылку воды с помощью моего неизменно медлительного фильтра, снова поднялся ветер, налетая яростными порывами, раскачивая ветви деревьев. Мне еще ни разу не приходилось попадать в бурю в горах. Я *не боюсь*, напоминала я себе, заползая обратно в палатку, даже не съев свой ужин. Я чувствовала себя слишком уязвимой, чтобы оставаться снаружи, хотя и знала, что от палатки особой защиты мне не дождаться. Я сидела там, объятая любопытством и страхом, подготавливая себя к мощной буре, которая так и не началась.

> Когда я водила по деревьям лучом своего фонарика, он что-то зацепил, и я замерла, увидев его отражение в двух парах ярких глаз, глядевших прямо на меня.

Через час после наступления темноты ветер снова утих. Я услышала, как в отдалении повизгивают койоты, словно радуясь тому, что буря прошла стороной. Август сменялся сентябрем. Ночная температура почти всегда опускалась до обжигающего холода. Я выбралась из палатки, чтобы пописать, натянув шапку и перчатки. Когда я водила по деревьям лучом своего фонарика, он что-то зацепил, и я замерла, увидев его отражение в двух парах ярких глаз, глядевших прямо на меня.

Я так и не узнала, кому они принадлежали. Мгновением позже глаза исчезли.

В ПЕРВОБЫТНОМ СОСТОЯНИИ

Следующий день был жарким и солнечным, точно странная буря накануне ночью была всего лишь сном. Я пропустила развилку на тропе и только потом обнаружила, что иду уже не по МТХ, а по орегонской тропе Скайлайн, которая вилась параллельно МТХ приблизительно в полутора километрах к западу. Это был альтернативный маршрут, подробно описанный в моем путеводителе, так что я пошла по нему дальше, ничуть не беспокоясь. На следующий день эта тропа должна была привести меня обратно к МТХ. А еще сутки спустя я буду в Олалли-Лейк.

Прыг, скок, поворот, «дом».

Всю вторую половину дня я шла по густому лесу, однажды наткнулась на трех огромных лосей, которые убежали в чащу, громко топоча копытами. В тот же вечер, всего несколько минут спустя после того, как я остановилась, чтобы поставить палатку у пруда, появились два охотника с луками, которые двигались по тропе на юг.

— У тебя есть вода? — без обиняков спросил один из них.

— Мы же не можем пить воду из этого пруда… или можем? — спросил второй, на лице его явственно читалось отчаяние.

На вид им обоим было между тридцатью и сорока годами. Один был мускулистым, светловолосым, хотя у него уже намечалось небольшое брюшко. Другой — рыжий, высокий и достаточно крупный, чтобы его взяли в футбольную команду вратарем. Оба в джинсах, за ремни были заткнуты большие охотничьи ножи, а на спинах — огромные рюкзаки, поперек которых были увязаны луки и стрелы.

— Воду из пруда пить можно, но сначала нужно профильтровать, — ответила я.

— У нас нет фильтра, — сказал светловолосый, снимая рюкзак и ставя его возле валуна, который стоял на небольшом ровном местечке между прудом и тропой, как раз на том, где я как раз собиралась поставить палатку. К тому времени как они появились, я едва успела снять с плеч собственный рюкзак.

— Можете воспользоваться моим, если хотите, — сказала я. Я расстегнула карман Монстра, вынула свой фильтр и передала его светловолосому. Тот взял его, подошел к илистому берегу пруда и присел рядом с ним на корточки.

— А как этой штукой пользоваться? — окликнул он меня.

Я показала ему, как погрузить заборную трубку в воду и как качать рукоятку возле картриджа.

— Нужна еще бутылка для воды, — добавила я, но он и его рыжеволосый приятель с сожалением переглянулись, так что я поняла, что бутылки у них тоже нет. Они пошли в горы только на день, чтобы поохотиться. Их грузовик был припаркован на лесной дороге, примерно в пяти километрах отсюда вниз по тропе, которую я только что пересекла. Они думали, что к этому времени уже доберутся до него.

— Вы что же, весь день шли без питья? — спросила я.

— Мы взяли с собой пепси, — ответил светловолосый. — У каждого из нас было по шесть банок.

— Мы все равно после этого должны были спуститься к своему грузовику, так что нам нужна была вода, только чтобы продержаться днем. Но теперь мы оба умираем от жажды, — добавил рыжий.

— Возьмите, — сказала я, протягивая им бутылку с остатками воды, она была полна еще примерно на четверть. Рыжий сделал долгий глоток и передал ее приятелю, который допил остальное. Мне было жаль их, но гораздо больше я жалела о том, что они навязались на мою голову. Я была совершенно обессилена. Мне до смерти хотелось стянуть ботинки и переодеться, сменив пропотевшую одежду, поставить палатку, приготовить ужин и расслабиться, почитав «Десять тысяч вещей». Кроме того, у меня возникли некоторые подозрения насчет этих мужчин, с их пепси-колой, луками и стрелами, с их большими ногами и бесцеремонными манерами. Нечто похожее на то, что я чувствовала в самую первую неделю своего похода, сидя в грузовике Фрэнка, когда мне показалось, что он может причинить мне вред, а он вместо этого всего лишь угостил меня лакричными палочками. И я заставила себя думать об этом безобидном происшествии.

— У нас есть пустые банки из-под пепси, — проговорил рыжеволосый. — Мы можем накачать воды в твою бутылку, а потом перелить ее в две банки.

Светловолосый сидел на берегу с моей пустой бутылкой и фильтром, а рыжий снял с плеч рюкзак и принялся рыться в нем в поисках пустых банок из-под пепси. Я стояла, наблюдая за ними, охватив себя руками за плечи, и с каждой минутой мне становилось все холоднее. Влажная задняя сторона моих шортов, футболки и лифчика обжигала теперь кожу ледяным холодом.

— Как тяжело его качать-то! — через некоторое время сказал светловолосый.

— Да, приходится поработать, — отозвалась я. — Такой уж у меня фильтр.

— Ну, не знаю, — ответил он. — Что-то из него ничего не льется.

Я подошла к нему и увидела, что поплавок опущен ниже картриджа, и открытый конец заборной трубки погрузился в ил, скопившийся на мелком дне пруда. Я отобрала у него фильтр, вывела трубку на чистую воду и попыталась накачать воды. Но она оказалась наглухо забита илом.

— Не надо было погружать трубку в ил, — сказала я. — Надо было держать ее в воде.

— Дерьмо! — выругался он, даже не подумав извиниться.

— Ну, и что же нам теперь делать? — спросил его приятель. — Мне надо чего-нибудь попить.

Я вернулась к своему рюкзаку, вытащила аптечку первой помощи, а из нее — маленький пузырек с таблетками йода, который носила с собой. Я не пользовалась ими с тех пор, как побывала возле того населенного лягушками пруда в Хэт-Крик-Рим, где сама едва с ума не сошла от обезвоживания.

— Мы можем воспользоваться этими таблетками, — сказала я с угрюмым осознанием, что теперь мне придется пить йодированную воду до тех пор, пока я не сумею починить свой фильтр, если он вообще подлежит починке.

— А что это? — спросил светловолосый.

— Йодин. Кладешь таблетки в воду и ждешь тридцать минут, потом ее можно пить без опаски.

Я подошла к озерцу, погрузила две свои бутылки в самое чистое место, до которого сумела дотянуться, и положила по таблетке в каждую из них, мужчины последовали моему примеру, набрав воды в банки, и я положила по таблетке каждому.

— Итак, — сказала я, глядя на часы. — Воду можно будет пить в десять минут восьмого.

Я надеялась, что на этом они и уйдут, но они уселись, устраиваясь поудобнее.

— Так что ты тут делаешь совсем одна? — спросил светловолосый.

— Я иду по Маршруту Тихоокеанского хребта, — сказала я и сразу прикусила язык. Мне не понравилось то, как он смотрел на меня, открыто оценивая мое тело.

— Совсем одна?

— Да, — сказала я неохотно, одинаково боясь сказать ему правду и плести ложь, из-за которой почувствовала бы себя еще более неуютно, чем теперь.

— Не могу поверить, что такая девушка, как ты, может быть здесь совершенно одна! Ты слишком красивая, чтобы быть одной, мне кажется. Ты давно в походе? — спросил он.

— Очень давно, — ответила я.

— Что-то мне не верится, что такая молодка может быть здесь совершенно одна, а тебе? — сказал он своему рыжему приятелю, как будто меня там вообще не было.

— Да ладно, — сказала я, прежде чем второй успел ответить. — Это любой может сделать. Я имею в виду, просто...

— Я бы не позволил тебе бродить здесь, будь ты моей подружкой, и это, черт возьми, ясно как день! — перебил рыжий.

В ПЕРВОБЫТНОМ СОСТОЯНИИ

— А у нее клевая фигурка, правда? — проговорил световолосый. — Здоровая такая, с мягкими округлостями. Как раз такая, как мне нравится.

Я издала тихий звук, что-то вроде смешка, хотя горло у меня внезапно перехватило от страха.

— Что ж, приятно было повидаться с вами, ребята, — сказала я, делая шаг к Монстру. — Я, пожалуй, пройду немного дальше, — солгала я, — так что мне пора.

— Да и мы идем дальше. Не хотелось бы шататься здесь в темноте, — проговорил рыжий, поднимая свой рюкзак, и световолосый последовал его примеру. Я наблюдала за ними, делая вид, что сама собираюсь идти дальше, хотя мне очень не хотелось, чтобы действительно пришлось это сделать. Я устала, хотела пить, хотела есть и вся продрогла. Сумерки сгущались, и я решила заночевать у этого пруда, потому что мой путеводитель — который очень скупо описывал этот отрезок маршрута, потому что, в сущности, он не был МТХ, — указывал, что это последний отрезок пути, на котором можно поставить палатку.

Когда они ушли, я некоторое время постояла, ожидая, пока не растает комок в горле. Со мной все в порядке. Пронесло. Я просто вообразила всякие глупости. Да, они грубы, они сексисты, они испортили мой водяной фильтр, но они мне ничего не сделали. Они не желали причинить мне зло. Просто некоторые мужчины не умеют себя вести. Я снова вывалила вещи из рюкзака, набрала в котелок воды из пруда, разожгла плитку и поставила воду кипятиться. Содрала с себя пропотевшую одежду, натянула красные флисовые легинсы и рубашку с длинными рукавами. Расстелила брезент и уже вытряхивала из мешка палатку, когда вновь появился световолосый. Едва увидев его, я поняла, что все мои прежние подозрения были верны. У меня действительно была причина бояться. Он вернулся из-за меня.

— Что-то случилось? — спросила я наигранно расслабленным тоном, хотя то, что он явился сюда без своего приятеля, привело меня в ужас. Я словно наконец встретилась с горным львом, и мне пришлось напоминать себе, вопреки всем инстинктам, не убегать. Не возбуждать его быстрыми движениями, не настраивать его против себя злостью, не показывать ему своего страха.

— Я думал, ты пойдешь дальше, — сказал он.

— Я передумала, — ответила я.

— Ты пыталась обмануть нас!

— Нет, не пыталась. Я просто передумала...

— О, да ты еще и переоделась, — сказал он двусмысленным тоном, и его слова ударили в меня, как россыпь дроби. Все мое тело загорелось при мысли о том, что, когда я переодевалась, он мог быть совсем рядом, наблюдать за мной.

— Мне нравятся твои брючки, — сказал он с ухмылкой. Снял с плеч рюкзак и сел рядом с ним. — Или *легинсы*, так они, кажется, называются.

— Я не очень понимаю, о чем ты говоришь, — невыразительно пробормотала я, едва в состоянии расслышать собственные слова из-за грохота пульса в голове, осознавая, что всему моему походу по МТХ может на этом прийти конец. Что неважно, насколько я крута, вынослива, сильна или отважна, насколько я привыкла быть одна — мне еще и везло все это время. И если мое везение сейчас закончится, то это перечеркнет, уничтожит все, что было до него.

> Когда они ушли, я некоторое время постояла, ожидая, пока не растает комок в горле. Пронесло. Да, они грубы, они сексисты, они испортили мой водяной фильтр, но они мне ничего не сделали.

— Я говорю, что мне нравятся твои штанишки, — проговорил мужчина с ноткой раздражения. — Они хорошо на тебе смотрятся. Демонстрируют все твои бедра и ножки.

— Пожалуйста, не надо так говорить, — сказала я, стараясь не запинаться.

— Что?! Да я делаю тебе комплимент! Что, парень уже не может сделать девушке комплимент? Тебе должно быть приятно.

— Спасибо, — сказала я, пытаясь утихомирить его, ненавидя себя за это. Мне вспомнились Три Молодых Пижона, которые, наверное, еще даже не вернулись на тропу. Все кончится «самым громким в мире свистком», которого не услышит никто, кроме рыжего. Я могла надеяться только на швейцарский нож, который был слишком далеко, спрятанный в верхний левый карман моего рюкзака. Еще можно было надеяться на пока не закипевшую воду в котелке без ручки, стоявшем на моей плитке. А потом мне на глаза попались лук и стрелы, торчавшие над рюкзаком светловолосого. Я чувствовала невидимую линию, протянувшуюся между этими стрелами и мной, как раскаленная нить. Если он попытается что-то со мной сделать, я схвачу одну из этих стрел и всажу ему в глотку.

> Я чувствовала невидимую линию, протянувшуюся между этими стрелами и мной. Если он попытается что-то со мной сделать, я схвачу одну из этих стрел и всажу ему в глотку.

— Думаю, тебе лучше идти, — ровным тоном сказала я. — Скоро стемнеет. — Я обхватила себя руками за плечи, обостренно осознавая, что на мне нет лифчика.

— Это свободная страна, — возразил он. — Я пойду тогда, когда буду готов. У меня есть права, знаешь ли! — Он взял в руки свою банку от пепси с водой и осторожно поболтал ее.

— Какого черта ты здесь делаешь? — донесся сердитый мужской голос, и секундой спустя на полянке появился рыжий. — Мне пришлось взбираться по тропе, чтобы отыскать тебя. Я уж думал, ты заблудился. — Он бросил на меня неприязненный взгляд, словно это я была виновата, словно это я сговорилась со светловолосым, заставила его остаться. — Нам нужно идти сейчас же, если мы хотим добраться до грузовика до темноты.

— Поосторожней тут, — бросил мне светловолосый, снова надевая на плечи рюкзак.

— Пока, — сказала я очень тихо, не желая ни отвечать ему, ни разозлить его, оставив без ответа.

— Глянь-ка! Уже десять минут восьмого, — сказал он. — Теперь можно и попить.

Он отсалютовал мне своей банкой, словно готовя тост.

— За молодую девицу, которая бродит по лесам в полном одиночестве! — сказал он, сделал глоток, а потом повернулся и пошел вслед за своим другом вниз по тропе.

Я некоторое время постояла, как в прошлый раз, когда они уходили, ожидая, пока распустятся узлы страха. Ничего не случилось, говорила я себе. Я в полном порядке. Просто он подозрительный, вспыльчивый, недобрый человек. Но теперь он ушел.

Я торопливо запихала палатку обратно в рюкзак, выключила плитку, опрокинула почти закипевшую воду в траву и швырнула котелок в пруд, чтобы он остыл. Сделала глоток обработанной йодином воды и затолкала бутылку, влажную футболку, лифчик и шорты обратно в рюкзак. Подняла Монстра, застегнула его, встала на тропу и пошла на север в сгущающихся сумерках. Мой разум снова переключился в первобытное состояние, в котором не было ничего, кроме движения вперед. Я шла и шла, до тех пор, пока ходьба не стала невыносимой, пока мне не показалось, что я больше не смогу сделать ни шага.

А потом побежала.

18

КОРОЛЕВА МТХ

Когда на следующее утро в небе забрезжил рассвет и я проснулась, шел дождь. Я лежала в своей палатке на узкой ленте тропы; ее 60 сантиметров были единственным плоским местом, которое я сумела отыскать в темноте накануне вечером. Дождь начался в полночь, он лил всю ночь и все утро, пока я двигалась вперед. Я думала о том, что случилось между мной и теми двумя мужчинами. О том, что едва не случилось — или вообще не должно было случиться, — проигрывая это снова и снова в своем воображении, чувствуя дурноту и слабость в конечностях. Но к полудню все это было уже далеко позади, и я вернулась на МТХ — после петли, которую ненамеренно описала, промахнувшись мимо развилки.

Вода лилась с неба и капала с ветвей, струилась по ложу тропы. Я шла под кронами огромных деревьев, которые смыкались высоко надо мной. Кусты и высокие травы, обрамлявшие тропу, обдавали меня брызгами, когда я задевала их. Каким бы мокрым и печальным ни был лес, в нем было нечто волшебное — нечто готическое во всей его зеленой грандиозности, одновременно сияющей и темной, настолько щедрой и роскошной в своем буйстве, что это казалось нереальным. Будто я иду по волшебной сказке, а не по настоящему миру.

Дождь то прекращался, то снова начинался весь этот день и весь следующий. В начале вечера, когда я достигла берегов озера Олалли, раскинувшегося на двухстах сорока акрах, тоже шел дождь. Я прошла мимо закрытой егерской станции с глубоким чувством облегчения, плюхая по грязи и влажной траве. Миновала несколько столиков для пикника и дошла до небольшого скопления темных деревянных зданий, составлявших Олалли-Лейк-Резорт. До того как я попала в Орегон, у меня было совершенно иное представление о том, что означает слово *resort* — «курорт». Вокруг не было ни души. Все десять примитивных хижин, разбросанных по берегу озера, казались пустыми. А крохотный магазинчик, расположившийся между ними, был закрыт на ночь.

Пока я стояла под высокой елью возле магазина, снова начался дождь. Я натянула на голову капюшон дождевика и стала смотреть на озеро. В отдалении должна была маячить огромная вершина горы Джефферсон, а на севере начинался невысокий подъем на Олалли-Бьютт. Но я не могла разглядеть ни одну из этих гор, заслоненных пеленой сгущающихся сумерек и тумана. Поскольку гор видно не было, ели и широкое озеро напомнили мне северные леса Миннесоты. Да и воздух пахнул так же, как в Миннесоте. Прошла неделя после Дня труда[1]; осень еще не наступила, но была близка. Все здесь казалось заброшенным и покинутым. Я пошарила в карманах дождевика, вытащила оттуда страницы путеводителя и прочла о месте, где можно было разбить лагерь, — о полянке за егерской станцией, выходившей лицом к озеру Хэд, миниатюрному соседу Олалли.

Я разбила лагерь, приготовила себе ужин под дождем, потом залезла в палатку и легла в пропитавшийся влагой спальный мешок, одетая во все ту же влажную одежду. Батарейки в моем фо-

---

[1] Праздник, который отмечают в США в первый понедельник сентября.

нарике сели, так что читать я не могла. Пришлось просто лежать и слушать дробь дождевых капель по натянутому нейлону в нескольких футах над головой.

Завтра в моей коробке будут новые батарейки. Там будут шоколадки «Херши», которые я выделила себе на следующую неделю. Там будет последняя порция сухого пайка и пакетики с орехами и семечками, которые уже стали припахивать затхлостью. Мысль обо всем этом была для меня и пыткой, и утешением. Я свернулась калачиком, стараясь сделать так, чтобы мой спальный мешок не соприкасался с бортами палатки, на случай, если она вдруг протечет. Но заснуть не могла. Как бы мне ни было неуютно, я чувствовала, что внутри меня горит искра света, зажженная тем фактом, что я закончу свой поход примерно через неделю. Я буду в Портленде, буду снова жить как нормальный человек. Я найду себе работу официантки по вечерам, а днем буду писать книгу. С того самого момента, как мысль поселиться в Портленде устоялась в моем воображении, я часто представляла себе, каково это будет — снова оказаться в мире, где есть еда и музыка, вино и кофе.

> С того самого момента, как мысль поселиться в Портленде устоялась в моем воображении, я часто представляла себе, каково это будет — снова оказаться в мире, где есть еда и музыка, вино и кофе.

Конечно, там будет и героин, думала я. Но дело в том, что я больше его не хотела. Может быть, я никогда его по-настоящему не хотела. Наконец-то я пришла к пониманию, чем было это желание: желанием найти выход, когда в действительности мне нужно было найти вход. И теперь я его нашла. Или была к тому близка.

— Для меня должна быть коробка! — крикнула я вслед егерю на следующее утро, подбегая к нему, когда он уже начал отъезжать от станции в своем грузовике.

Он остановился и опустил стекло.

— Вы Шерил?

Я кивнула.

— Для меня должна быть коробка, — повторила я, по-прежнему кутаясь в свою опостылевшую непромокаемую амуницию.

— Ваши друзья рассказали мне о вас, — сказал он, вылезая из грузовика. — Супружеская пара.

Я моргнула и откинула капюшон.

— Сэм и Хелен? — спросила я, и егерь кивнул. Мысль о них наполнила меня нежностью. Я снова натянула капюшон на голову и пошла вслед за егерем в гараж, соединенный с егерской станцией, в которой, похоже, он и жил.

— Я собираюсь в город, но сегодня днем вернусь, так что если вам что-нибудь нужно... — проговорил он, протягивая мне коробку и три письма. Он был шатен, лет сорока, усатый.

— Спасибо, — сказала я, прижимая к себе коробку и письма.

На улице все еще шел дождь, и было тоскливо. Так что я зашла в маленький магазинчик, где взяла себе чашку кофе у старика, работавшего за кассой, пообещав, что заплачу, как только вскрою коробку. Я уселась на стул возле дровяной печи и прочитала письма. Первое было от Эме, второе — от Пола, третье — к моему изумлению — от Эда, «ангела тропы», с которым я познакомилась в Кеннеди-Медоуз. «*Если ты получила это письмо, значит, тебе удалось, Шерил! Поздравляю!*» — писал он. Я была так тронута, читая эти слова, что громко рассмеялась, и старик за прилавком поднял голову.

— Хорошие новости из дома? — поинтересовался он.

— Ага, — сказала я. — Что-то вроде того.

Я вскрыла коробку и нашла там не только тот конверт, в котором лежали мои обычные двадцать долларов, но и второй, с еще одной двадцаткой — тот, который должен был лежать в моей посылке в Шелтер-Коув-Резорт. Должно быть, я сунула его сюда по ошибке. Но теперь это было уже неважно. Я прошла последний отрезок маршрута с двумя центовыми монетками в кармане, и меня ожидала награда. Теперь я была богата: целых сорок долларов и два цента. Я расплатилась за кофе, купила упаковку печенья и спросила продавца, есть ли здесь душевые. Но он лишь покачал головой в ответ на мой сокрушенный взгляд. Это был «курорт» без душевых, без ресторана, на улице шел проливной дождь, а температура была около +13.

Я вновь наполнила чашку кофе и принялась размышлять, что мне делать: выходить на тропу в этот день или нет. У меня было не так много причин остаться. Однако снова уходить в леса в мокрой одежде было не только грустно, но и опасно: неизбежный промозглый холод угрожал мне переохлаждением. Здесь, по крайней мере, я могла посидеть в тепле у печки. В течение последних трех дней я то обливалась потом в жару, то дрожала от холода. Я устала и физически, и психологически. Несколько раз я проходила только по половине суточной нормы, но у меня не было полного дня отдыха с момента выхода от Кратерного озера. К тому же, как мне ни хотелось добраться до Моста Богов, я никуда не спешила. Теперь я была достаточно близко к нему и понимала, что с легкостью доберусь туда к своему дню рождения. Я могла не торопиться.

> Это был «курорт» без душевых, без ресторана, на улице шел проливной дождь, а температура была около +13.

— У нас нет душевых, юная леди, — проговорил старик, — но я могу сегодня вечером, в пять часов, угостить вас ужином, если вы захотите присоединиться ко мне и тем, кто здесь работает.

— Ужином?!

Решение остаться было принято.

Я вернулась к палатке и попыталась, насколько было возможно, просушить свои вещи между то и дело налетавшими ливнями. Согрела котелок воды и, присев голышом возле него, кое-как вымылась с помощью банданы. Разобрала водяной фильтр, вытрясла из него ил, которым забил заборную трубку световолосый, и несколько раз прокачала через него чистую воду, чтобы можно было снова им пользоваться. Я уже совсем было собиралась направиться к небольшому домику, где намечался сегодняшний ужин, как появились Три Молодых Пижона, промокшие насквозь и еще более фантастические. Увидев их, я буквально подскочила от радости. Объяснила им, что меня сегодня зазвали на ужин, но я спрошу, нельзя ли им поужинать вместе со мной. И тогда зайду за ними, если мне дадут «добро». Но когда я зашла в домик и задала этот вопрос, женщина, накрывавшая на стол, вовсе не обрадовалась их прибытию.

> Я уже совсем было собиралась направиться к небольшому домику, где намечался сегодняшний ужин, как появились Три Молодых Пижона, промокшие насквозь и еще более фантастические.

— Сожалею, но еды у нас на всех не хватит, — сказала она. Мне было неловко садиться за стол одной, но я невероятно изголодалась. На ужин были поданы типичные домашние блюда, такие, какие я тысячу раз ела в детстве в Миннесоте. Рагу из овощей с говяжьим фаршем под корочкой из сыра чеддер, консервированная кукуруза и картофель с салатом «айсберг». Я наполнила свою тарелку и съела все, что было в ней, почти мгновенно. А потом сидела и вежливо ждала, пока женщина разрежет желтоватый кекс с белой глазурью, который стоял и источал заманчивый аромат на боковом столике. Когда кекс был разрезан, я взяла себе маленький кусочек, а потом незаметно подошла и взяла еще один — самый большой, — завернула его в бумажную салфетку и положила в карман дождевика.

— Спасибо, — поблагодарила я хозяев после ужина. — А теперь мне лучше вернуться к моим друзьям.

Я шла по мокрой траве, бережно держа кусок кекса в кармане дождевика. Была только половина шестого, но на улице было так темно и мрачно, что с тем же успехом могла оказаться и полночь.

— Вот вы где! А я-то вас ищу, — позвал меня мужчина. Это был тот самый егерь, который отдал мне коробку и письма этим утром. Он стоял, промакивая губы кухонным полотенцем. —

Я сегодня невнятно говорю, — пробормотал он, когда я подошла поближе. — Мне сделали операцию во рту.

Я натянула капюшон на голову, потому что снова начался дождь. Похоже, егерь был немного пьян, и язык у него заплетался не только в результате операции.

— Не хотите зайти ко мне и выпить по глоточку? Там хотя бы дождя нет, — проговорил он гнусаво. — Я живу прямо здесь, на другой половине станции. У меня в камине разожжен огонь, и я смешаю вам пару вкусных коктейлей.

— Спасибо, но я не могу. Только что пришли мои друзья, и мы все вместе разбили лагерь, — сказала я, указывая на холмик за дорогой, за которым стояла моя палатка, а к этому времени, возможно, уже и палатки Трех Молодых Пижонов. И пока я говорила это, в моем воображении возникла яркая картинка того, чем сейчас занимаются ребята, как они сутулятся под своими дождевиками, пытаясь жевать ненавистный сухой паек, или сидят по одному в своих палатках, поскольку больше просто некуда деться. А потом подумала о тепле камина, о выпивке и о том, что если они пойдут вместе со мной к егерю, то это обезопасит меня от не слишком добрых намерений, которые могут у него возникнуть. — Но, может быть… — заколебалась я, не зная, что сказать. Егерь сплюнул и снова вытер губы. — Я имею в виду, если вы не против, я возьму с собой друзей.

Я вернулась в лагерь, стараясь не раскрошить по дороге кекс. Парни уже закрылись на молнии в своих палатках.

— Эй, я принесла вам вкуснятинки! — позвала я, они вышли и сгрудились вокруг меня и стали есть кекс руками из моих ладоней, деля их между собой легко и молча, как привыкли за многие месяцы бесконечных лишений и единства.

Казалось, за девять дней, которые прошли с тех пор, как я с ними попрощалась, мы словно стали ближе, лучше узнали друг друга. Как будто провели это время вместе, а не врозь. Они по-прежнему оставались для меня единым целым, Тремя Молодыми Пижонами, но каждый стал приобретать индивидуальные черты. Ричи был веселым, но немного странным, в нем чувствовался легкий привкус таинственности, который казался мне привлекательным. Джош — милый и умный, более сдержанный, чем остальные. Рик был забавным и язвительным, добряком и отличным собеседником. Пока я стояла там с ними троими, и они ели кекс из моих рук, до меня дошло, что хотя я была капельку влюблена в них всех, сильнее всего мне нравился Рик. Я понимала, что это абсурдно. Он почти на четыре года младше, а мы были в таком возрасте, когда эти почти четыре года многое значат. Когда пропасть между тем, что сделал в жизни он и что сделала в жизни я, была достаточно велика, чтобы я была для него скорее старшей сестрой, чем женщиной, с которой ему могло бы захотеться остаться вдвоем в палатке. Так что я старалась об этом не думать. Но всякий раз как глаза Рика встречались с моими, внутри меня возникал легкий трепет. И я ясно видела по его взгляду, что он испытывает то же самое.

> Всякий раз как глаза Рика встречались с моими, внутри меня возникал легкий трепет. И я ясно видела по его взгляду, что он испытывает то же самое.

— Извините, что так получилось с ужином, — сказала я, объяснив, что случилось. — Вы успели поужинать? — спросила я, ощущая привкус вины, и все они кивнули, слизывая крошки глазури с пальцев.

— А что, ужин был хорош? — спросил Ричи со своим новоорлеанским акцентом, который лишь усиливал его очарование, несмотря на то что меня тянуло к Рику.

— Ничего особенного, просто рагу и салат.

Все трое посмотрели на меня так, будто я их обидела.

— Но ведь именно поэтому я и принесла вам кекс! — воскликнула я из-под своего капюшона. — К тому же есть кое-что еще, что может вас порадовать. Другое лакомство. Здешний егерь пригласил меня к себе выпить, и я сказала ему, что пойду только в том случае, если пойдете и вы. Должна вас предупредить, что он малость со странностью. Ему сегодня делали операцию или что-то в этом роде, так что он то ли на обезболивающих, то ли уже немного выпил. Зато у него есть камин, в котором горит огонь, выпивка, и кроме всего прочего, все это *под крышей*. Ну что, хотите пойти?

Три Молодых Пижона окинули меня таким взглядом, каким, верно, одаривали своего вождя варвары, собираясь хорошенько разграбить захваченный город, и две минуты спустя мы уже стучались в дверь егеря.

— А, вот и ты, — неразборчиво пробормотал егерь, впуская нас. — Я уж думал, ты меня надуешь.

— Это мои друзья, Рик, Ричи и Джош, — сказала я, хотя он взглянул на них с явным пренебрежением, по-прежнему прижимая к губам полотенце. Он был не очень-то рад тому, что я их привела. Еле-еле согласился, когда я сказала, что придем мы все — или никто.

Три Молодых Пижона гуськом вошли в дом и уселись в ряд на диване перед горящим камином, выставив промокшие ботинки на каменную кладку перед топкой.

— Хочешь выпить, красавица? — спросил меня егерь, когда я прошла за ним в кухню. — Кстати, меня зовут Гай. Не помню, говорил я уже об этом или нет.

— Приятно познакомиться, Гай, — сказала я, стараясь встать так, чтобы дать ясно понять, что я не столько с ним в кухне, сколько между ним и молодыми людьми у камина, и что все мы — одна большая веселая компания.

— Я готовлю для тебя кое-что особенное.

— Для меня? Спасибо, — сказала я. — Ребята, хотите выпить? — окликнула я парней. Они ответили утвердительно, и я стала смотреть, как Гай наполняет гигантский пластиковый шейкер льдом, потом друг за другом наливает туда различные жидкости из бутылок, а потом добавляет фруктовый пунш из банки, которую он достал из холодильника.

— Коктейль самоубийцы, — сказала я, когда он протянул мне шейкер. — Так мы называли подобную смесь, когда сливаешь вместе самые различные напитки, когда я училась в колледже.

— Попробуй — увидишь, что это вкусно, — возразил Гай.

Я отпила глоток. Вкус был невероятный, но в хорошем смысле. Это было лучше, чем сидеть на улице под холодным дождем.

— Ням-ням! — сказала я, может быть, немножко слишком воодушевленно. — Думаю, ребятам тоже хотелось бы попробовать. Хотите, ребята? — спросила я снова, подходя к дивану.

— Конечно, — сказали они хором, хотя Гай и виду не подал, что слышал это. Я протянула бокал Рику и примостилась между ними. Теперь мы все четверо сидели рядком в плюшевой стране чудес у огня, между нами не было ни сантиметра свободного места, и роскошное тело Рика боком прижималось ко мне. Камин пылал перед нами, как наше личное солнце, поджаривая нас досуха.

— Если хочешь поговорить о самоубийстве, дорогая, то я тебе расскажу о самоубийстве, — проговорил Гай. Он подошел, встал передо мной и облокотился на каминную полку. Рик отпил глоток и передал шейкер Джошу, сидевшему рядом с ним, Джош повторил его движение и передал коктейль Ричи.

— К несчастью, нам тут частенько приходится иметь дело с самоубийствами. Правда, именно это и делает мою работу интересной, — продолжал Гай, и в глазах его полыхнуло оживление, а нижняя часть лица по-прежнему скрывалась за полотенцем. Шейкер, описав круг, вернулся ко мне. Я сделала глоток и снова отдала его Рику — и дальше по кругу, словно это была гигантская жидкая самокрутка. Пока мы пили, Гай рассказал нам в натуралистических подробностях об одной сцене, которую ему случилось видеть, когда какой-то мужчина вышиб себе мозги из карабина в ближнем лесу.

— Я имею в виду, эти его мозги разлетелись повсюду, — невнятно рассказывал он сквозь полотенце. — Больше, чем ты можешь себе представить. Подумай о самой отвратительной вещи, которую способна вообразить, Шерил, а потом представь ее.

Он стоял, глядя только на меня, как будто троих парней вообще здесь не было.

— И не только мозги. Еще и кровь, и кусочки черепа и кожи. Во все стороны. Все стены в домике были забрызганы.

— Не могу себе даже представить, — проговорила я, болтая лед в шейкере. Теперь, когда он опустел, парни предоставили его в мое полное распоряжение.

— Хочешь еще глоточек, горячая штучка? — спросил Гай. Я отдала ему шейкер, и он унес его в кухню. Я повернулась к парням, и мы обменялись многозначительными взглядами, а потом разразились смехом, стараясь смеяться как можно тише, продолжая нежиться в тепле очага.

— Я могу тебе рассказать еще об одном случае, — сказал Гай, возвращаясь с полным шейкером. — Только на этот раз было убийство. Убийство человека. И никаких мозгов, зато много крови. Целые *галлоны* крови, я бы сказал. *ВЕДРА* крови, Шерил!

И так далее, весь вечер.

После этого мы вернулись в лагерь и постояли кружком возле наших палаток, ведя полупьяную беседу в темноте. Но снова начался дождь, и у нас не осталось иного выбора, кроме как расстаться и пожелать друг другу спокойной ночи. Забравшись в палатку, я увидела, что у дальней ее стенки образовалась лужица. К утру она превратилась в небольшое озерцо; мой спальный мешок промок. Я отжала его и оглядела палаточный городок, ища место, где можно было бы его развесить на просушку, но это было бесполезно. Он бы только еще больше намок, поскольку дождь продолжался и явно вознамерился перейти в ливень. Я взяла его с собой, когда мы с ребятами пошли в магазин пить кофе, и стала развешивать возле печки.

— А мы придумали тебе маршрутное прозвище, — сказал Джош.

— Да? И что это за прозвище? — спросила я неохотно, наклонившись к своему спальному мешку, словно он мог защитить меня от того, что Джош хотел сказать.

— Королева МТХ! — сказал Ричи.

— Это потому, что люди всегда хотят тебе что-нибудь подарить и что-нибудь для тебя сделать, — добавил Рик. — А нам они никогда ничего не дарят. Ради нас они палец о палец не ударят.

Я выпустила из рук мешок, уставилась на них, и все мы хором рассмеялись. Все это время, пока меня осаждали вопросами о том, не боюсь ли я, женщина, идти по маршруту в одиночку — предполагая, что одинокая женщина представляет собой легкую добычу, — на меня сыпался один добрый поступок за другим. Не считая жутковатого приключения со светловолосым мужчиной, который забил мой фильтр илом, и той пожилой парой, которая изгнала меня из палаточного городка в Калифорнии, я ни разу не сталкивалась ни с чем, кроме душевной щедрости. Этот мир и населявшие его люди за каждым поворотом встречали меня с распростертыми объятиями.

> Забравшись в палатку, я увидела, что у дальней ее стенки образовалась лужица. К утру она превратилась в небольшое озерцо.

Словно по наитию, старик, стоявший за кассой, наклонился вперед.

— Юная леди, я хотел сказать вам, что если вы захотите остановиться у нас еще на одну ночь и обсохнуть, мы позволим вам занять одну из этих хижин практически бесплатно.

Я обернулась к парням с вопросом в глазах.

Не прошло и пятнадцати минут, как мы уже забрались в хижину, развешивая наши промокшие спальные мешки по пыльным стропилам. Хижина состояла из одной отделанной деревянными панелями комнаты, которую почти полностью занимали две двуспальные кровати на допотопных металлических рамах, начинавшие скрипеть, стоило хотя бы облокотиться на постель.

Когда мы разместились, я вернулась к магазину, чтобы купить что-нибудь перекусить. А когда переступила его порог, внутри, возле дровяной печи, стояла Лиза. Лиза, которая жила в Портленде. Лиза, которая все лето отправляла мне почтовые посылки. Лиза, к которой я должна была приехать через неделю!

— Привет! — завопила она, и мы заключили друг друга в объятия. — Я так и знала, что ты будешь здесь примерно в это время! — сказала она, едва мы оправились от потрясения. — Мы решили приехать сюда и посмотреть, как у тебя дела. — Она обернулась к своему бойфренду Джейсону, и мы пожали друг другу руки. Я пару раз видела его в те дни, когда собиралась уезжать из Портленда к МТХ — они тогда только начинали встречаться. В этой встрече с людьми из моего прежнего знакомого мира было нечто сюрреалистическое — и немного печальное. Я была рада видеть их обоих, и при этом немного разочарована. Казалось, их присутствие приближает конец моего похода, подчеркивая тот факт, что хотя мне потребуется неделя, чтобы добраться до Портленда, в действительности до него всего 145 километров езды на машине.

К вечеру все мы набились в пикап Джейсона и поехали по петляющим лесным дорогам к горячим источникам Бэгби. Бэгби — это своего рода рай в лесу: трехуровневый ряд деревянных палуб, которые поддерживают ванны разной конфигурации с проточной горячей водой, текущей из ручья в двух с половиной километрах к северу от придорожного туристического лагеря в национальном заповеднике Маунт-Худ. Это не деловой центр, не курорт и не место организованного отдыха. Это просто купальни, куда может прийти любой человек в любое время дня и ночи, чтобы бесплатно понежиться в природной горячей воде под древними сводами дугласовых пихт, тсуги и кедров. То, что такое место может существовать на свете, казалось мне еще менее реальным, чем Лиза, стоящая в магазинчике у озера Олалли.

> Я была рада видеть их и при этом немного разочарована. Казалось, их присутствие приближает конец моего похода

И это место в тот момент принадлежало безраздельно нам одним. Мы с ребятами зашли на нижнюю палубу, где длинные, вырубленные вручную купальни, огромные, как лодки, сделанные из цельных стволов кедров с выдолбленной серединой, стояли под высокими и просторными деревянными сводами. Мы раздевались, а дождь мягко шуршал, стекая по буйным кронам больших деревьев, которые окружали нас со всех сторон, и в полумраке мой взгляд невольно цеплялся за их обнаженные тела. Мы с Риком залезли в соседние ванны, повернули краны и даже застонали, когда горячая, насыщенная минералами вода стала подниматься вокруг нас. Я вспомнила, как принимала ванну в отеле Сьерра-Сити, прежде чем идти через снег. То, что я оказалась здесь сейчас, когда мне осталось идти всего неделю, было как-то удивительно уместно, словно я пережила трудный и прекрасный сон.

По дороге к Бэгби я ехала на переднем сиденье вместе с Лизой и Джейсоном. А когда мы возвращались к озеру Олалли, я забралась в кузов вместе с ребятами, чувствуя себя чистой, согревшейся и блаженной, растянувшись на футоне, который покрывал дно грузовика.

— Кстати, это же твой футон, — сказала Лиза, прежде чем захлопнуть за нами дверцу. — Я достала его из твоего грузовичка и положила сюда на случай, если мы решим переночевать здесь.

— Добро пожаловать в мою постель, мальчики! — сказала я наигранно сладострастным тоном, пытаясь скрыть, как меня расстроило то, что это действительно была моя постель — футон, который я не один год делила с Полом. Мысль о нем приглушила мое экстатическое настроение. Я еще не прочла письмо, которое он прислал мне, несмотря на ставшую привычной радость, с которой обычно вскрывала свою почту. Вид его знакомого почерка в этот раз заставил меня медлить. Я решила прочесть его, когда вернусь на тропу. Вероятно, потому, что понимала, что не смогу тут же написать ему ответ, вылить на бумагу необдуманные и страстные слова, которые все равно больше не были правдой. «В своем сердце я всегда буду замужем за тобой», — сказала я ему в тот день, когда мы подали документы на развод. Это случилось всего пять месяцев назад, но я уже сомневалась в том, что сказала ему тогда. Моя любовь к нему была бесспорной, чего не скажешь о моей верности. Мы больше не были женаты, и, устраиваясь рядом с Тремя Молодыми Пижонами на постели, которую я некогда делила с Полом, я почувствовала, что принимаю это. Ощутила своего рода ясность в том месте своей души, где была прежде полная неуверенность.

Мы вчетвером улеглись на футон поперек, пока грузовик петлял по темным дорогам: я, Рик, Джош и Ричи. Между нами снова не осталось ни одного свободного сантиметра, как и на том диване в домике егеря накануне ночью. Тело Рика боком прижималось к моему, чуть больше прислоняясь ко мне, чем к Джошу. Небо наконец расчистилось, и я увидела в окошке почти полную луну.

— Смотри, — сказала я Рику, указывая через окошко кемпера в небо. Мы лежали и тихо разговаривали о луне, о тех местах, которые прошли, о тропе, ждавшей впереди.

— Тебе придется дать мне номер телефона Лизы, чтоб мы могли потусоваться в Портленде, — сказал он. — Я тоже буду жить там после того, как закончу маршрут.

— Конечно, непременно потусуемся, — ответила я.

— Непременно, — повторил он и посмотрел на меня тем своим мягким взглядом, от которого у меня кружилась голова. Хотя я и сознавала, что, несмотря на то что он мне нравится в тысячу раз больше, чем многие из тех мужчин, с которыми я спала, я и не подумаю прибрать его к рукам, как бы мне того ни хотелось. Это было так же невозможно, как достать луну с неба. И не только потому, что он был младше меня, или потому что двое его друзей лежали рядом с нами. Дело в том, что мне наконец-то было достаточно просто лежать рядом с ним, в сдержанной и целомудренной близости. Рядом с красивым, сильным, сексуальным, умным, добрым мужчиной, который, вероятно, и сам хотел быть мне просто другом. На-

> Моя любовь к нему была бесспорной, чего не скажешь о моей верности.

конец-то я перестала страдать без спутника. Наконец-то фраза «женщина с дырой в сердце» перестала греметь в моей голове. Эта фраза мне больше не подходила.

— Я очень рада, что познакомилась с тобой, — проговорила я.

— Я тоже, — ответил Рик. — Да и кто не был бы рад познакомиться с Королевой МТХ!

Я улыбнулась ему и повернула голову, чтобы смотреть сквозь крохотное оконце на луну, обостренно осознавая прикосновение его тела. Такого теплого, пока мы лежали вместе в изысканном сознательном безмолвии.

— Просто замечательно, — сказал мне Рик через некоторое время. — *Просто замечательно*, — повторил он во второй раз с чуть большим нажимом.

— Что именно? — спросила я, поворачиваясь к нему, хотя все понимала.

— Все, — ответил он.

И это было действительно так.

19

«МЕЧТА ОБ ОБЩЕМ ЯЗЫКЕ»

На следующее утро небо было чистым и голубым. Солнце поблескивало на водах озера Олалли. Контуры гор Джефферсон и Олалли-Бьютт ясно вырисовывались на фоне неба на юге и севере. Я села за один из столов для пикника неподалеку от станции егеря, приготовившись заново упаковать Монстра перед последним отрезком пути. Три Молодых Пижона вышли на тропу на рассвете, торопясь достичь Канады прежде, чем Высокие Каскады Вашингтона покроет снег, но я не собиралась идти так далеко. Я могла не торопиться.

Гай вышел из своего домика с коробкой в руках, сегодня уже трезвый, и пробудил меня от задумчивого транса.

— Как я рад, что поймал тебя, прежде чем ты ушла! Вот это только что доставили, — сказал он, протягивая мне коробку.

Я приняла ее и глянула на обратный адрес. Это была посылка от моей подруги Гретхен.

— Спасибо за все, — сказала я Гаю, когда он развернулся и пошел прочь. — За вчерашние напитки и за гостеприимство.

— Береги себя, — сказал он и завернул за угол дома. Я вскрыла коробку и ахнула, увидев, что лежит внутри: там был десяток шоколадных конфет в сверкающих завертках и бутылка красного вина. Пару шоколадок я съела сразу же, а над вином задумалась. Как бы мне ни хотелось открыть ее этим вечером на маршруте, я была не готова тащить бутылку весь путь до Тимберлайн-Лодж.

Я упаковала остальные свои вещи, застегнула Монстра, взяла в руки вино и пустую коробку и двинулась было к дому егеря.

— Шерил! — раздался за моей спиной гулкий голос, и я обернулась.

— Вот ты где! Вот ты где! Я догнал тебя! Я тебя поймал! — кричал мужчина, подбегавший ко мне. Я была настолько ошарашена, что уронила коробку в траву, видя, как он потрясает кулаками в воздухе и издает громкое улюлюканье, которое мне смутно напомнило что-то, но я не могла понять, что именно. Он был молод, бородат, светловолос — и наконец я начала его узнавать, хотя теперь он выглядел совсем не так, как при первой нашей встрече. — Шерил! — завопил он снова, едва не задушив меня в объятиях. Было такое ощущение, что время замедлилось и едва тащилось от того момента, когда я его не узнала, до того, когда наконец узнала. Но мое сознание по-прежнему отказывалось это воспринимать, пока он не закружил меня на руках, и я не завопила в ответ: «ДУГ!»

— Дуг, Дуг, Дуг! — повторяла я.

— Шерил, Шерил, Шерил! — твердил он.

А потом мы умолкли, разошлись на шаг и вгляделись друг в друга.

— Ты похудела, — заметил он.

— Ты тоже, — ответила я.

— Стала вся такая… обкатанная, — продолжал он.

— Я знаю! Да и ты тоже.

— А я отрастил бороду, — похвастался он, дергая за нее. — Мне так много нужно тебе рассказать!

— Мне тоже! А где Том?

— Он отстал на несколько километров. Нагонит нас позже.

— Так что, вы прошли сквозь снега? — спросила я.

— Немного прошли, но было слишком трудно, и тогда мы спустились и сделали петлю.

Я покачала головой, все еще потрясенная тем, что он стоит передо мной. Я рассказала ему о том, как сошел с маршрута Грэг, и спросила об Альберте и Мэтте.

«МЕЧТА ОБ ОБЩЕМ ЯЗЫКЕ»

— Ничего не слышал о них с тех пор, как мы виделись в последний раз. — Он смотрел на меня и улыбался, глаза его светились жизнью. — Мы все лето читали твои заметки в регистрационных журналах. Это поддерживало нас, заставляя идти дальше.

— А я как раз собиралась уходить, — сказала я. Наклонилась, чтобы поднять пустую коробку, которую уронила от волнения. — Еще минута — и я бы ушла, и кто знает, нагнали бы вы меня или нет.

— Я бы точно тебя нагнал! — заверил он и рассмеялся, как тот самый «золотой мальчик», которого я помнила так отчетливо, хотя и это теперь тоже изменилось. Теперь он стал немного жестче, немного взрослее, как будто за прошедшие месяцы постарел на несколько лет. — Ты не хочешь задержаться немного, пока я разберусь со своими вещами, а потом мы сможем пойти вместе?

— Конечно, — сказала я, ни секунды не медля. — Я должна пройти несколько последних дней до Каскад-Локс в одиночку — ну, понимаешь, просто чтобы закончить так, как начала. Но до Тимберлайн-Лодж — с удовольствием.

— Бог ты мой, Шерил! — Он притянул меня к себе и снова обнял. — Не могу поверить, что мы все-таки вместе. Слушай, так ты до сих пор хранишь то черное перо, которое я тебе подарил? — Он протянул руку, чтобы коснуться истрепанного края пера.

— Это мой талисман на удачу, — пояснила я.

— А что ты собираешься делать с этим вином? — спросил он, указывая на бутылку, которую я держала в руке.

— Подарю егерю, — ответила я, поднимая бутылку в воздух. — Не хочу тащить бутылку всю дорогу до Тимберлайна.

— Ты что, с ума сошла? — воскликнул Дуг. — Ну-ка, давай-ка ее сюда!

Мы открыли ее в тот же вечер в нашем лагере возле реки Уорм-Спрингс, воспользовавшись штопором из моего швейцарского ножа. Днем воздух прогрелся до +21, но вечер был прохладным, граница перехода лета в осень уже явственно ощущалась. Едва заметно поредела листва на деревьях; толстые стебли диких цветов согнулись, набухая от влаги и гнили. Пока на плитках готовился ужин, мы с Дугом развели костер. Потом уселись рядом с котелками и передавали друг другу вино, отпивая прямо из бутылки, поскольку ни у кого из нас не было кружки. Вино, костер, общество Дуга — теперь это казалось мне своего рода ритуалом взросления, церемонией, отмечающей конец моего путешествия.

Спустя какое-то время мы оба резко обернулись и стали смотреть во тьму, заслышав близкий визг койотов.

— У меня всегда от этого звука волосы дыбом встают, — пробормотал Дуг. Он сделал глоток из бутылки и передал ее мне. — Отличное вино.

— Точно, — согласилась я и тоже отпила. — Я слышала койотов все это лето, — сказала я.

— И ты не боялась, верно? Разве не это ты сама себе повторяешь все время?

— Так и есть, — согласилась я. — За исключением тех случаев, когда я действительно боялась.

— Я тоже! — Он протянул руку, положил ладонь на мое плечо, я накрыла ее своей ладонью и слегка сжала. Он был мне как брат, но не как мой настоящий, родной брат. Он казался мне человеком, которого я знала всегда и буду знать всегда. Даже если больше никогда не увижу.

Когда мы допили вино, я подошла к Монстру и вытащила пакет, в котором лежали мои книги.

— Тебе нужно что-нибудь почитать? — спросила я Дуга, протягивая ему «Десять тысяч вещей», но он покачал головой. Я закончила читать ее несколькими днями ранее, хотя и не смогла сжечь из-за дождя. В отличие от большинства других книг, которые я читала на маршруте, «Десять тысяч вещей» я успела прочесть раньше, чем упаковала ее в очередную коробку с припасами несколько месяцев назад. Густо напоенный лирикой роман, действие которого происходит на Молуккских островах в Индонезии, в оригинале написан на голландском языке и опубликован в 1955

«МЕЧТА ОБ ОБЩЕМ ЯЗЫКЕ»

году, но теперь почти забыт. Я никогда не встречала ни одного человека, который читал бы эту книгу. За исключением моего профессора в колледже, который дал мне ее в качестве задания на семинаре, когда моя мама заболела. Заглавие заинтересовало меня, и я прилежно читала ее, сидя в маминой больничной палате, пытаясь отрешиться от страха и печали. Я заставляла свой разум фокусироваться на фрагментах, которые я надеялась цитировать на следующем обсуждении в классе, но это было бесполезно. Я не могла думать ни о чем, кроме мамы. Кроме того, я уже все знала о десяти тысячах вещей. Это были самые разнообразные именованные и безымянные вещи в мире, и все вместе они не могли составить ничего похожего на ту любовь, которую питала ко мне мама, а я — к ней. Поэтому, пакуя вещи для МТХ, я решила дать этой книге еще один шанс. На этот раз у меня не было никаких проблем с сосредоточенностью. С самой первой страницы я все поняла. Каждую фразу.

> Вино, костер, общество Дуга — теперь это казалось мне своего рода ритуалом взросления, церемонией, отмечающей конец моего путешествия.

— Знаешь, пойду-ка я укладываться, — сказал Дуг, покачивая в руке пустую бутылку от вина. — Наверное, Том нагонит нас завтра утром.

— Я потушу костер, — сказала я.

Когда он ушел, я принялась выдирать страницы «Десяти тысяч вещей» из пропитанной клеем бумажной обложки и небольшими порциями отправлять в огонь, вороша палкой, пока они не догорели. Глядя на языки пламени, я думала об Эдди. Так же как всякий раз, когда мне приходилось сидеть у огня. Это он научил меня разжигать костер. Эдди был тем человеком, который впервые взял меня с собой в поход. Он показывал мне, как ставить палатку, как завязывать узел на веревке. От него я узнала, как открывать банку складным ножом, как грести веслом в каноэ, как увернуться от валуна на поверхности озера. В те три года после того, как он влюбился в мою мать, Эдди брал нас в походы пешком и на каноэ по Миннесоте, по рекам Сент-Круа и Намекаган практически каждый уик-энд с июня по сентябрь. А с тех пор как мы переехали на нашу землю, купленную за отступные, уплаченные ему за перелом спины, он передал мне еще больше знаний о лесах.

Невозможно понять, что приводит к одному событию, а не к другому. Что к чему ведет. Что что разрушает. Почему нечто процветает, или умирает, или принимает иное направление. Но в ту ночь, сидя у костра, я была совершенно уверена, что если бы не Эдди, я бы не оказалась на МТХ. И хотя все, что я чувствовала к нему, стояло у меня комом в горле, это осознание сделало тот, прежний ком намного легче. Как выяснилось, он не слишком любил меня под конец наших отношений, зато любил меня тогда, когда это имело значение.

Когда «Десять тысяч вещей» превратились в пепел, я вытащила из пакета другую книгу. Это была «Мечта об общем языке». Я несла ее с собой весь поход, хотя ни разу не раскрыла после той первой ночи на маршруте. Мне это было не нужно. Я знала, что там написано. Ее строки все лето крутились у меня в голове, фрагменты из разных стихотворений, иногда — заглавие самой книги, которое тоже было строчкой из стихотворения: *мечта об общем языке*. Я раскрыла книгу и начала ее перелистывать, наклонившись вперед, чтобы можно было разглядеть слова при свете костра. Я читала по одной-две строчки из десятка стихотворений. Каждая из них была настолько знакома мне, что это приносило некое странное утешение. Я мысленно распевала эти строчки все дни своего похода. Я далеко не всегда понимала, что они означают. Казалось, что их значение лежит прямо передо мной. Но оно оставалось недосягаемым, как рыба под поверхностью воды, которую я пыталась поймать голыми руками, — такая близкая,

«МЕЧТА ОБ ОБЩЕМ ЯЗЫКЕ»

такая настоящая, такая моя. Пока я не протягивала руку — тогда она молнией уносилась прочь.

Я закрыла книгу и вгляделась в ее бежевую обложку. У меня не было никаких причин не сжечь и ее тоже.

Вместо этого я прижала ее к груди.

Мы дошли до Тимберлайн-Лодж пару дней спустя. К тому времени мы с Дугом уже не были вдвоем. Нас нагнал Том, а еще к нам присоединились две женщины — обеим чуть за двадцать, — которые путешествовали по Орегону и небольшой части Вашингтона. Мы впятером шли по двое — по трое, меняясь составом, а иногда все вместе, одной цепочкой. Мы были охвачены непринужденным праздничным чувством, оттого что нас так много и оттого что стоят чудесные прохладные солнечные дни. Во время долгих привалов мы играли в сокс[1], торопливо окунались в ледяную воду озера, а как-то раз разозлили шершней и убегали от них с хохотом и воплями. К тому времени как мы добрались до Тимберлайн-Лодж, расположенного на высоте 1830 метров на южном склоне горы Худ, мы уже стали племенем. Между нами образовались узы, которые, вероятно, образуются между детьми, которые проводят вместе неделю в летнем лагере.

Когда мы прибыли, была середина дня. В баре мы впятером заняли пару диванов лицом друг к другу, разделенных низким деревянным столом, и заказали ужасно дорогие сэндвичи. А после сидели, потягивая кофе, сдобренный ликером «Бейлис», и играли в покер и рамми[2] колодой карт, которую позаимствовали у бармена. Склон горы Худ вздымался сразу за окнами гостиницы. При высоте в 3426 метров эта высочайшая гора в Орегоне была вулканом, как и все прочие, мимо которых я шла с того момента, как ступила в пределы Каскадного хребта к югу от Лассен-Пика

---

[1] Одна из разновидностей игры футбэг; играют в нее мячом, связанным из хлопковых нитей и наполненным твердым сыпучим наполнителем.

[2] Азартная логическая карточная игра, произошедшая от мексиканской игры кункен.

в июле. Но эта, последняя из великих гор, которые мне предстояло пересечь в своем походе, казалась самой важной. И не только потому, что я сидела у самого ее подножия. Ее вид был мне знаком, ее невозможное великолепие в ясные дни можно было видеть из Портленда. Придя в Маунт-Худ, я осознала, что у меня мало-помалу возникает «чувство дома». Портленд — где я никогда по-настоящему не жила, несмотря на все, что случилось в последние восемь или девять месяцев, которые я провела там за последние два года, — был всего в каких-нибудь 96 километрах от меня.

От зрелища горы Худ издалека у меня всегда перехватывало дыхание; но сейчас, вблизи, она была другой, как и все прочее. Она была не такой холодно-величественной, одновременно более обыденной и более неизмеримой в своей жесткой властности. На расстоянии нескольких десятков километров гора представала в виде сверкающего белого пика. А из северных окон гостиницы был виден сероватый обветренный склон, кое-где покрытый искривленными сосновыми рощицами и лужайками люпина и астр, которые росли среди камней. Этот природный ландшафт был пронизан пунктиром вышек фуникулера, который вел к расположенной выше кромке снежной шапки. Я была рада, что меня на некоторое время защищает от горы роскошная гостиница, страна чудес в суровом запустении. Это было величественное здание из камня и дерева, сложенное вручную рабочими в середине 1930-х годов. У каждой вещи в этом месте была своя история. Картины на стенах, архитектура здания, сотканные вручную ткани, которые покрывали мебель, — все здесь было основательным, отражая историю, культуру и естественные природные ресурсы Тихоокеанского Северо-Запада.

Я извинилась перед остальными и медленно вышла из гостиницы в широкое патио, расположенное на южной стороне.

> При высоте в 3426 метров эта высочайшая гора в Орегоне была вулканом, как и все прочие, мимо которых я шла.

«МЕЧТА ОБ ОБЩЕМ ЯЗЫКЕ»

В этот ясный солнечный день были видны многие горы, мимо которых я шла: две из Трех Сестер, Джефферсон и Сломанный Палец.

Прыг, скок, поворот, «дом», подумала я. Вот я и пришла. Почти пришла. Но не совсем. Мне предстояло пройти еще 80 километров до того момента, когда я коснусь Моста Богов.

На следующее утро я попрощалась с Дугом, Томом и двумя женщинами. Дальше пошла одна, взбираясь по короткой крутой тропе, которая поднималась от гостиницы к МТХ. Миновала канатную дорогу и двинулась на север и запад вокруг отрога горы Худ по тропе, образованной разрушенным камнем скалы, который суровые зимы выветрили до состояния крупного песка. К тому времени как я пересекла границу заповедника горы Худ, я снова вошла в лес и почувствовала, как на меня нисходит безмолвие.

Так приятно снова оказаться одной! И вокруг было на что посмотреть. В середине сентября солнце оставалось теплым и ярким, а небо — голубым. С тропы, окруженной густым лесом,

> Не знаю уж, каким образом мне стало казаться нормальным жить под открытым небом, спать на земле и просыпаться в полном безлюдье. Но теперь меня пугала мысль о том, что я больше не буду этого делать.

время от времени открывались обширные панорамы. Я прошла без остановок 16 километров, пересекла реку Сэнди и остановилась передохнуть на плоском обрыве, лицом к реке на другом ее берегу. К этому времени почти все страницы моего путеводителя, «Маршрут Тихоокеанского хребта, часть II: Орегон и Вашингтон», уже сгорели в кострах. То, что осталось, было сложено и засунуто в карман шортов. Я вытащила эти странички и снова перечитала их, позволив себе добраться до самого конца. Мысль о том, что вскоре я достигну Каскад-Локс, возбуждала меня и одновременно нагоняла печаль. Я уж не знаю, каким образом мне стало казаться нормальным жить под открытым небом, спать на земле в палатке каждую ночь и просыпаться одной в полном безлюдье почти каждый день, но так уж получилось. Теперь меня пугала мысль о том, что я больше не буду этого делать.

Я спустилась к воде, присела на корточки и ополоснула лицо. Река в этом месте была узкой и мелкой; так высоко в горах и в самом конце лета она представляла собой едва ли нечто большее, чем ручеек. *Где-то сейчас моя мама?* — задумалась я. Я несла ее с собой так долго, спотыкаясь под ее тяжестью.

На другом берегу реки, позволила я себе подумать.

И нечто внутри меня расслабилось.

В последующие дни я огибала водопады Рамона и шла по краю заповедной зоны реки Колумбия. Порой на севере мелькали виды гор Святой Елены, Рейнир и Адамс. Я достигла озера Уатам, сошла с МТХ и свернула на альтернативный маршрут, который рекомендовали авторы моего путеводителя. Он должен был привести меня к Игл-Крик и ущелью реки Колумбия, а со временем — и к самой реке, которая текла вдоль города Каскад-Локс.

В тот последний день похода я шла вниз, вниз и вниз, спустившись на 1220 метров на отрезке в какие-нибудь 25 километров, пересекая ручьи, речушки и канавы, оставшиеся от колес машин, которые тоже бежали вниз. Я чувствовала, как река притягивает меня, подобно огромному магниту. Я чувствовала, что приближаюсь к концу всего. На ночевку остановилась на берегах Игл-Крик. Было пять часов вечера, и до Каскад-Локс мне осталось всего 10 километров. Я могла бы прийти в город до темноты, но не хотела заканчивать свое путешествие таким образом. Я хотела подождать, хотела увидеть реку и Мост Богов при ярком свете дня.

В тот вечер я сидела у Игл-Крик, наблюдая, как вода струится среди камней. Ноги убийственно болели после долгого спуска. Несмотря на весь пройденный путь, несмотря на то, что мое тело сейчас было сильнее, чем когда-либо прежде и, вероятно, когда-либо будет, пеший поход до сих пор причинял мне боль. Новые мозоли образовались на пальцах в тех местах, которые стали

«МЕЧТА ОБ ОБЩЕМ ЯЗЫКЕ»

мягче благодаря сравнительно небольшому количеству подъемов и спусков на территории всего Орегона. Я осторожно взяла ступни в ладони, баюкая их прикосновением. Похоже было, что еще один ноготь вот-вот оторвется, я легонько потянула его, и он остался у меня в руке — шестой. Теперь у меня осталось всего четыре нетронутых ногтя.

Больше у нас с МТХ ничьей не было. Счет 4:6 не в мою пользу.

Я спала на разложенном брезенте, не желая в эту последнюю ночь прятаться в палатке. И проснулась до рассвета, чтобы наблюдать, как солнце встает над горой Худ. *Вот теперь действительно все*, думала я. Теперь уже нет пути назад, невозможно остаться. Да и всегда было невозможно. Я долго сидела, глядя, как светлеют небеса и первые солнечные лучи касаются верхушек деревьев. Прикрыла глаза и долго слушала голос Игл-Крик.

Она бежала к реке Колумбия, как и я.

Казалось, последние шесть с половиной километров до маленькой парковки у начала тропы Игл-Крик я проплыла по воздуху, напоенная чистой, неразбавленной эмоцией, которую можно описать только как радость. Миновала почти пустую парковку, прошла мимо туалетов, потом двинулась по другой тропе, которая должна была спустя три километра привести меня в Каскад-Локс. Тропа резко ушла вправо, и передо мной раскинулась река Колумбия,

> Я могла бы прийти в город до темноты, но хотела увидеть реку и Мост Богов при ярком свете дня.

видимая сквозь металлическую ограду, которая отделяла тропу от федерального шоссе 84, шумевшего прямо внизу. Я остановилась, схватилась за ограду и стала смотреть вдаль. Мне казалось чудом то, что я наконец увидела эту реку. Словно новорожденный младенец скользнул наконец в мои ладони после долгих родов. Эти поблескивающие темные воды казались мне прекраснее всего, что я воображала себе на протяжении долгих километров, которые я прошла на пути к ним.

Я двинулась на восток по роскошному зеленому коридору, ложу давным-давно заброшенного шоссе Колумбия, которое было превращено в тропу. Местами еще были видны пятна бетона, но в основном на дорогу снова предъявили свои права мох на камнях по краям тропы, нависающие над ней деревья и пауки, которые сплетали сети, простиравшиеся на всю ее ширину. Я шла сквозь паутину, чувствуя, как она оседает на моем лице подобно чарам.

> Эти поблескивающие темные воды казались мне прекраснее всего, что я воображала себе на протяжении долгих километров, которые прошла на пути к ним.

Слышала шум автомобилей слева, но не видела их: они мчались между рекой и мной — такой обыденный шум, сильный шипящий гул и гудение.

Выйдя из леса, я оказалась у Каскад-Локс, который, в отличие от столь многих моих остановок на маршруте, был настоящим городком с населением чуть больше тысячи человек. Было утро пятницы, и я чувствовала, как утреннее пятничное настроение исходит от домов, мимо которых я проходила. Дорога нырнула под шоссе, а потом я стала пробираться по улицам, клацая лыжной палкой по тротуарам, и сердце мое забилось быстрее, когда вдали показался мост. Его элегантные стальные фермы и балки повторяют очертания естественной перемычки, которая была сформирована гигантским оползнем примерно триста лет назад и временно перекрыла течение реки. Местные индейцы назвали эту перемычку Мостом Богов. Рукотворное сооружение, получившее то же имя, выгнулось над рекой на протяжении более 500 метров, соединяя Орегон с Вашингтоном, городки Каскад-Локс и Стивенсон. На орегонской стороне стоит пункт взимания платы за проезд, и когда я дошла до него, женщина, которая там работала, сказала, что я могу пересечь мост бесплатно.

— Я не собираюсь его пересекать, — сказала я. — Я только хочу к нему прикоснуться.

Я шла вдоль обочины дороги, пока не добралась до бетонной опоры моста, приложила к ней ладонь и стала смотреть на те-

«МЕЧТА ОБ ОБЩЕМ ЯЗЫКЕ»

чение реки Колумбия, бурлившее подо мной. Это самая крупная река Тихоокеанского Северо-Запада, четвертая по величине в США. Коренные американцы жили на этой реке тысячи лет, питаясь в основном некогда изобильным лососем. Мерриуэзер Льюис и Уильям Кларк проплыли вниз по Колумбии в каноэ во время своей знаменитой экспедиции 1805 года[1]. 190 лет спустя, за два дня до своего двадцать седьмого дня рождения, здесь стояла я.

Я пришла. Я это сделала. Это казалось такой мелочью и одновременно таким великим деянием — как тайна, которую я всегда рассказывала сама себе, хотя до сих пор не понимала ее значения. Я простояла там несколько минут, глядя на проносившиеся мимо легковушки и грузовики, чувствуя, будто вот-вот заплачу — но не заплакала.

Много недель назад я слышала байки о том, что как только доберешься до Каскад-Локс, непременно нужно зайти в уличное кафе *East Wind Drive-In* и попробовать один из их знаменитых рожков с мороженым. Ради этого я приберегла пару долларов, когда была в Тимберлайн-Лодж. Я рассталась с мостом и пошла по оживленной улице, которая шла параллельно реке и федеральным шоссе. Бо́льшая часть города была втиснута между ними двумя. Было еще утро, и кафе пока не открылось, поэтому я присела на белую деревянную скамейку перед ним, поставив рядом с собой Монстра.

> Я простояла там несколько минут, глядя на проносившиеся мимо легковушки и грузовики, чувствуя, будто вот-вот заплачу — но не заплакала.

В этот же день к вечеру я буду в Портленде. До него оставалось всего каких-нибудь 72 километра на запад. Я буду спать на своем старом футоне под крышей. Распакую свои компакт-диски и музыкальный центр и буду слушать любую песню, какую захочу. Надену свое черное кружевное белье и голубые джинсы. Буду поглощать самую восхитительную еду и напитки,

---

[1] Экспедиция, целью которой было исследование Луизианы.

которые только можно придумать. Смогу поехать на своем грузовичке, куда только захочу. Включу свой компьютер и буду писать роман. Заберу коробки с книгами, которые привезла с собой из Миннесоты, и продам их на следующий день в букинистический магазин, чтобы иметь кое-какие наличные. Устрою распродажу своих пожитков, чтобы продержаться до тех пор, пока не найду работу. Продам свои платья, и маленький бинокль, и складную пилу и получу за них столько, сколько смогу. Мысль обо всем этом ошеломила меня.

— Мы вас ждем! — позвала меня женщина, просовывая голову через окошко, выходящее на переднее крыльцо кафе.

Я заказала стаканчик с шоколадно-ванильным мороженым. Минуту спустя она протянула его мне и забрала мои два доллара, дав две десятицентовые монетки сдачи. Это были последние деньги, которые у меня оставались. Двадцать центов. Я снова уселась на белую скамейку и съела мороженое до последней крошки, а потом снова стала смотреть на машины. Я была в этом кафе единственной посетительницей, пока рядом не притормозил BMW, из которого вышел молодой мужчина в деловом костюме.

— Здравствуйте, — сказал он мне, проходя мимо. Он был примерно моего возраста, волосы причесаны и убраны гелем назад, туфли без единого пятнышка. Получив свое мороженое, он вернулся и встал рядом со мной.

— Похоже, вы только что из похода?

— Да. С Маршрута Тихоокеанского хребта. Я прошагала больше 1770 километров! — сказала я, слишком взволнованная, чтобы сдерживаться. — И закончила свой поход только сегодня утром.

— Правда?

Я кивнула и рассмеялась.

— Это невероятно! Я всегда хотел сделать что-нибудь такое. Предпринять большое путешествие.

— Вы можете это сделать. Оно того стоит. Поверьте мне, если уж я смогла это сделать, то сможет кто угодно.

«МЕЧТА ОБ ОБЩЕМ ЯЗЫКЕ»

— Я не могу взять такой длительный отпуск — я поверенный, — сказал он. Он бросил недоеденный остаток мороженого в мусорную корзину и вытер руки салфеткой. — А куда вы направляетесь сейчас?

— В Портленд. Я собираюсь какое-то время пожить там.

— Я тоже там живу. Как раз сейчас туда еду. Если хотите, подвезу. С удовольствием подброшу вас в любое место, в какое скажете.

— Спасибо, — сказала я. — Но я хотела бы немного побыть здесь. Просто чтобы осмыслить все это.

Он вытащил из бумажника визитку и протянул ее мне.

— Позвоните мне, когда устроитесь. Я бы с удовольствием повел вас обедать и послушал о вашем путешествии.

— Ладно, — сказала я, глядя на карточку. Она была белая с голубым, с витиеватыми буквами — диковинка из иного мира.

— Для меня было большой честью встретиться с вами в этот памятный момент, — сказал он.

— Мне тоже приятно с вами познакомиться, — сказала я, пожимая ему руку.

Когда он уехал, я запрокинула голову, закрыла глаза и подставила лицо солнцу. Слезы, которых я ожидала раньше, на мосту, наполнили мои глаза. «Спасибо, — думала я снова и снова. — Спасибо». Не только за этот долгий путь, но и за все, что, как я чувствовала, наконец собиралось внутри меня. За все, чему научила меня тропа. За все, чего я еще не знала, хотя чувствовала, что оно уже зреет внутри меня.

И то, что я больше никогда не увижу мужчину из BMW, но через четыре года перейду через Мост Богов с другим мужчиной и выйду за него замуж в месте, которое почти видно оттуда, где я сейчас сидела. И что через девять лет у этого мужчины и у меня появится сын, которого мы назовем Карвером, а спустя еще полтора года — дочь по имени Бобби. Что через пятнадцать лет я приведу свою семью на эту самую белую скамейку, и мы вчетвером будем есть мороженое. А я буду рассказывать им историю о том времени, как впервые пришла сюда, закончив поход по длинной тропе, которая называлась Маршрутом Тихоокеанского хребта. И только тогда значение моего похода развернется внутри меня; та тайна, которую я всегда себе рассказывала, наконец раскроется.

И приведет меня к этому повествованию.

Я не знала тогда, как потянусь сквозь годы и стану искать — и находить — некоторых людей, с которыми познакомилась на маршруте. Как я буду искать — и не находить — других. Как однажды наткнусь на то, чего совсем не ожидала — на некролог. Некролог Дуга. Спустя девять лет после того, как мы распрощались на МТХ, он погиб — разбился в Новой Зеландии, летая на дельтаплане. И как потом, оплакав «золотого мальчика», я пойду в самый дальний угол своего подвала, к тому месту, где висел на паре ржавых гвоздей Монстр. И буду смотреть на подаренное мне Дугом воронье перо, сломанное и растрепанное, но по-прежнему висящее там — прикрепленное к раме моего рюкзака, куда я поместила его много лет назад.

> «Спасибо», — думала я. Не только за этот долгий путь, но и за все, чему научила меня тропа. За все, чего я еще не знала, хотя чувствовала, что оно уже зреет внутри меня.

Всего этого я не знала, сидя на белой скамейке в тот день, когда закончила свой поход. Не знала ничего, кроме того факта, что я и не обязана знать. Что достаточно верить: я сделала это. Понимать значение этого, даже не будучи способной сказать точно, в чем оно состоит, — как и значение всех тех строчек из «Мечты об общем языке», которые звенели в моих мыслях дни и ночи. Верить, что мне больше не нужно тянуться за рыбой голыми руками. Знать, что просто видеть эту рыбу под поверхностью воды — уже достаточно. Что это и есть — всё. Это и есть моя жизнь — как и все жизни, таинственная, невозвратная и священная. Такая близкая, такая настоящая, такая моя.

И как это потрясающе — позволить ей быть.

БЛАГОДАРНОСТИ

Миигвеч — это слово из языка оджибве я часто слышала, пока росла в Миннесоте, и чувствую, что должна употребить его здесь. Оно означает «спасибо», но не только. Его значение пропитано смирением, так же как и благодарностью. Это то, что я чувствую, когда хочу поблагодарить всех людей, которые помогали мне создавать эту книгу: смирение и благодарность.

Своему мужу, Брайану Линдстрому, я обязана своим самым глубоким *миигвеч*, ибо он любит меня без меры. Спасибо тебе, Брайан!

Я в долгу перед Орегонской художественной комиссией, перед региональным Советом по искусству и культуре, перед объединением «Литературных искусств» — за то, что финансировали и поддерживали меня, пока я писала эту книгу, равно как и на всем протяжении моей карьеры. Перед Грегом Нетцером и Ларри Колтоном из оргкомитета фестиваля Уордсток — за то, что всегда приглашают меня на свой праздник. Перед Писательской конференцией *Bread Loaf* и Писательской конференцией *Sewanee* — за значимую поддержку, которую они постоянно мне оказывали.

Я написала бóльшую часть этой книги, сидя за столом в своей столовой, но самые важные ее главы были созданы далеко от дома. Я благодарна организации *Soapstone* за жилище, которое они мне предоставили. И особенно Рут Гандл, бывшему директору *Soapstone*, которая проявила ко мне особенное великодушие на ранних стадиях работы над книгой. Огромное спасибо Салли и Кону Фицджеральдам, которые столь милосердно давали мне приют, пока я дописывала последние главы «Дикарки» в их прекрасном, тихом «маленьком домике» в Уорнер-Вэлли в Орегоне. Спасибо также несравненной Джейн О'Киф, которая сделала возможным мое времяпрепровождение в Уорнер-Вэлли, а также одалживала мне машину и ездила закупать для меня продукты.

Спасибо моему агенту Дженет Силвер и ее коллегам в *Zachary Shuster Harmsworth Agency*. Дженет, ты — моя подруга, защитница и родственная литературная душа. Я всегда буду благодарна тебе за твою поддержку, ум и любовь.

Я в долгу перед многими людьми из *Knopf*, которые поверили в «Дикарку» с самого начала и трудились над тем, чтобы она увидела свет.

ДИКАЯ

Я особенно благодарна моему редактору Робин Дессер, которая неустанно теребила меня, чтобы сделать эту книгу настолько хорошей, насколько возможно. Спасибо, Робин, за твой интеллект и твою доброту, за твое великодушие и невероятно длинные, густо исписанные письма. Без тебя эта книга не стала бы тем, что она есть. Также спасибо Габриель Брукс, Эринн Хартман, Саре Ротбард, Сюзанне Стерджис и Лу-Энн Уолтер.

Низкий поклон моим детям, Карверу и Бобби Линдстромам, которые с милосердием и юмором переносили все тяготы, когда мне нужно было уезжать одной, чтобы писать. Они никогда не дают мне забыть о том, что важнее всего на свете жизнь и любовь.

Спасибо также моей звездной писательской группе: Челси Кейн, Монике Дрейк, Диане Пейдж-Джордан, Эрин Леонард, Чаку Паланику, Сюзи Вителло-Суле, Мэри Висонг-Хэри и Лидии Юхневич. Я в долгу перед каждым из вас за ваши мудрые советы, честные отзывы и потрясающее пино нуар.

Я глубоко благодарна друзьям, которые поддерживают и любят меня. Их слишком много, чтобы перечислить всех. Могу лишь сказать, что вы знаете, кто вы, и мне очень повезло, что вы есть в моей жизни. Однако некоторых людей я хотела бы поблагодарить отдельно — это те, кто конкретно и по-разному помогали мне в то время, когда я писала эту книгу: Сара Берри, Эллен Урбани, Маргарет Малоун, Брайан Падиан, Лори Фокс, Бриджет Уолш, Крис Левенштейн, Сара Харт, Гарт Штейн, Эме Херт, Тайлер Роуди и Хоуп Эдельман. Я смиренно благодарна за вашу дружбу и доброту. Спасибо также Артуру Рикидок-Флауэрсу, Джорджу Саундерсу, Мэри Капонегро и Полетт Бейтс-Альден, чье наставничество и бесконечная добрая воля очень много для меня значили.

Спасибо *Wilderness Press* за публикацию путеводителей, которые были и являются определяющими справочниками для тех, кто идет по Маршруту Тихоокеанского хребта. Без авторов путеводителей — Джефри П. Шефера, Бена Шифрина, Томаса Уиннетта, Руби Дженкинса и Энди Селтерса — я бы безнадежно заблудилась.

Большинство людей, с которыми я познакомилась на МТХ, лишь коротко промелькнули в моей жизни, но каждый из них меня обогатил. Они заставляли меня смеяться. Они заставляли меня думать. Они заставляли меня пройти еще один день. И, самое главное, они заставили меня безоговорочно уверовать в доброту незнакомых людей. Я в особенном долгу перед моими братьями и сестрами по МТХ-1995 С. Дж. Маклеллан, Риком Топинкой, Кэтрин Гатри и Джошуа О'Брайеном, которые с вниманием и заботой откликнулись на мои расспросы.

И наконец, я хотела бы помянуть моего друга Дуга Уизора, о котором я писала в этой книге. Он погиб 16 октября 2004 года, ему был 31 год. Он был хорошим человеком, который слишком рано пересек реку.

Миигвеч!

КНИГИ, СОЖЖЕННЫЕ НА МТХ

«Маршрут Тихоокеанского хребта, часть I: Калифорния»,
Джефри П. Шефер, Томас Уиннетт, Бен Шифрин, Руби Дженкинс.
Четвертое издание, Wilderness Press, январь 1989 г.

*«Как не заблудиться. Полное руководство
по обращению с картой и компасом»*,
Джун Флеминг

«Мечта об общем языке»,
Адриенна Рич (не сожгла, а пронесла с собой весь маршрут)

«Когда я умирала»,
Уильям Фолкнер

«Полное собрание рассказов»,
Флэннери О'Коннор (не сожгла, а обменяла на «Роман»)

«Роман»,
Джеймс Миченер

«Летняя клетка для птиц»,
Маргарет Дрэббл

«Лолита»,
Владимир Набоков

«Дублинцы»,
Джеймс Джойс

«В ожидании варваров»,
Дж. М. Кутзее

«Маршрут Тихоокеанского хребта, часть II: Орегон и Вашингтон»,
Джефри П. Шефер и Энди Селтерс. Пятое издание,
Wilderness Press, май 1992 г.

«Лучшие американские эссе 1991 г.»,
под редакцией Роберта Арвана и Джойс Кэрол Оутс

«Десять тысяч вещей»,
Мария Дермут

ЭТУ КНИГУ ХОРОШО ДОПОЛНЯЮТ

ЖИЗНЬ БЕЗ ГРАНИЦ
Путь к потрясающе счастливой жизни
Ник Вуйчич

НЕУДЕРЖИМЫЙ
Невероятная сила веры в действии
Ник Вуйчич

БОГ НИКОГДА НЕ МОРГАЕТ
50 уроков, которые изменят твою жизнь
Регина Бретт

МЕНЯ СПАСЛА СЛЕЗА
Реальная история о хрупкости жизни и о том, что любовь способна творить чудеса
Анжель Либи при участии Эрве де Шаландара

ПЕРЕКЕСТОК
Владимир Чеповой, Анна Ясная

ЧЕТЫРЕ МИНУС ТРИ
Как после немыслимого горя научиться улыбаться
Барбара Пахль-Эберхард

ПОСЛЕДНЯЯ ЛЕКЦИЯ
Ренди Пауш

Все права защищены. Книга или любая ее часть не может быть скопирована, воспроизведена в электронной или механической форме, в виде фотокопии, записи в память ЭВМ, репродукции или каким-либо иным способом, а также использована в любой информационной системе без получения разрешения от издателя. Копирование, воспроизведение и иное использование книги или ее части без согласия издателя является незаконным и влечет уголовную, административную и гражданскую ответственность.

Издание для досуга

ПРОЕКТ TRUESTORY. КНИГИ, КОТОРЫЕ ВДОХНОВЛЯЮТ

Шерил Стрэйд

ДИКАЯ

Опасное путешествие
как способ обрести себя

Главный редактор *Р. Фасхутдинов*. Ответственный редактор *Л. Ошеверова*
Редактор *Е. Окорокова*. Художественный редактор *П. Петров*
Технический редактор *М. Печковская*. Компьютерная верстка *А. Москаленко*
Корректор *Т. Бородоченкова*

ООО «Издательство «Эксмо»
123308, Москва, ул. Зорге, д. 1. Тел.: 8 (495) 411-68-86.
Home page: www.eksmo.ru E-mail: info@eksmo.ru
Өндіруші: «ЭКСМО» АҚБ Баспасы, 123308, Мәскеу, Ресей, Зорге көшесі, 1 үй.
Тел.: 8 (495) 411-68-86.
Home page: www.eksmo.ru E-mail: info@eksmo.ru.
Тауар белгісі: «Эксмо»
Интернет-магазин : www.book24.ru

Интернет-магазин : www.book24.kz
Интернет-дүкен : www.book24.kz
Импортёр в Республику Казахстан ТОО «РДЦ-Алматы».
Қазақстан Республикасындағы импорттаушы «РДЦ-Алматы» ЖШС.
Дистрибьютор и представитель по приему претензий на продукцию,
в Республике Казахстан: ТОО «РДЦ-Алматы»
Қазақстан Республикасында дистрибьютор және өнім бойынша арыз-талаптарды
қабылдаушының өкілі «РДЦ-Алматы» ЖШС,
Алматы қ., Домбровский көш., 3«а», литер Б, офис 1.
Тел.: 8 (727) 251-59-90/91/92; E-mail: RDC-Almaty@eksmo.kz
Өнімнің жарамдылық мерзімі шектелмеген.
Сертификация туралы ақпарат сайтта: www.eksmo.ru/certification
Сведения о подтверждении соответствия издания согласно законодательству РФ
о техническом регулировании можно получить на сайте Издательства «Эксмо»
www.eksmo.ru/certification
Өндірген мемлекет: Ресей. Сертификация қарастырылмаған

Подписано в печать 02.08.2019. Формат 70x100 $^1/_{16}$.
Гарнитура «CharterC». Печать офсетная. Усл. печ. л. 37,59.
Доп. тираж 5000 экз (3500 Оф.1 + 1500 Оф.2). Заказ 7701, 7702.

Отпечатано в АО «Первая Образцовая типография»,
филиал «УЛЬЯНОВСКИЙ ДОМ ПЕЧАТИ». 432980, Россия, г. Ульяновск, ул. Гончарова, 14

В электронном виде книги издательства вы можете купить на www.litres.ru

ЛитРес:
один клик до книг

18+

ИСКУССТВО СЧАСТЬЯ

ТАЙНА СЧАСТЬЯ В ШЕДЕВРАХ ВЕЛИКИХ ХУДОЖНИКОВ

Знаменитый французский психотерапевт Кристоф Андре делится с читателями секретами счастья, иллюстрируя их картинами великих художников — Рембранта, Моне, Климта, Ван Гога, Шагала, Гогена, Малевича, Джотто и др. Рассматривая эти картины вместе с автором, мы задумываемся о своей жизни, а уроки, которые формулирует Кристоф Андре, помогают нам изменить свою жизнь и стать счастливыми.